A E
& I

Victoria

Autores Españoles e Iberoamericanos

Esta novela obtuvo el Premio Planeta 2024,
concedido por el siguiente jurado: José Manuel Blecua,
Juan Eslava Galán, Luz Gabás, Pere Gimferrer, Eva Giner,
Carmen Posadas y Belén López Celada,
que actuó como secretaria con voto.

Paloma Sánchez-Garnica

Victoria

Premio Planeta
2024

Planeta

Obra editada en colaboración con Editorial Planeta – España

Diseño de la colección: Compañía
Composición: Realización Planeta

Bajo el sello editorial PLANETA M.R.
Avenida Presidente Masarik núm. 111,
Piso 2, Polanco V Sección, Miguel Hidalgo
C.P. 11560, Ciudad de México
www.planetadelibros.com.mx

Primera edición impresa en España: noviembre de 2024
ISBN: 978-84-08-29585-3

Primera edición impresa en México: noviembre de 2024
Primera reimpresión en México: febrero de 2025
ISBN: 978-607-39-2380-4

Impreso en los talleres de Diversidad Gráfica S.A. de C.V
Privada de Av. 11 No. 1 Col. El Vergel, Iztapalapa,
C.P 09890, Ciudad de México
Impreso en México – *Printed in Mexico*

A Manolo, el amor de mi vida,
porque siento que a su lado todo es posible

Una nación de ovejas engendra un gobierno de lobos.

EDWARD R. MURROW

PRIMERA PARTE

Podemos tener paz o podemos tener venganza, pero no podemos tener ambas.

HERBERT HOOVER

En algún lugar de Bad Elster, Sajonia, Alemania.
15 de abril de 1945

Los ocho oficiales permanecían sentados alrededor de una mesa con su impecable uniforme de campo gris verdoso. Presidía la reunión el general Gehlen, jefe del servicio secreto del frente del Este de la Wehrmacht. Su voz dura y el gesto preocupado incrementaban la trascendencia del momento.

—Caballeros, la derrota es inevitable. Hitler no dará su brazo a torcer hasta el final, y el final lo conocemos todos. Alemania será destruida y con ella todo el pueblo alemán. Nuestra labor acaba aquí. La guerra terminará pronto. A partir de ahora debemos separarnos y actuar por cuenta propia. —Abrió una carpeta que tenía delante, sacó varios sobres blancos y los distribuyó por la mesa—. Ahí dentro encontrarán una nueva identidad para cada uno de ustedes, un pasaporte y la documentación necesaria para borrar su pasado, además de algo de dinero y algunas direcciones a las que pueden acudir para recibir ayuda, si es que la ayuda continúa con vida. Traten de integrarse en la población civil; lo mejor será hacerse pasar por simples soldados hasta saber cómo termina todo esto. Procuren no caer en manos de los rusos, tómenlo como un último consejo —dijo con un deje de amargura—. Confío en ustedes como siempre he hecho, y solo les pido lo que nos ha mantenido vivos hasta ahora: discreción y disciplina. —Se detuvo y, a continuación, sentenció—: Eso es todo.

Ante la mirada pasiva del que había sido su general durante los últimos tres años, los siete oficiales de la Wehrmacht se levantaron mientras guardaban los sobres en sus chaquetas. Con la gorra de plato bajo el brazo, fueron abandonando el despacho.

Gehlen esperó y cuando Stefan von Ribbeck iba a salir del despacho, le llamó.

—Coronel Von Ribbeck, quédese un momento.

Stefan se giró y aguardó a que los demás saliesen.

—Cierre la puerta, por favor, y tome asiento —le ordenó Gehlen—. Tengo que hablar con usted.

Stefan obedeció y, ya ante Gehlen, vio cómo el general deslizaba hacia él otro sobre cerrado, esta vez de color sepia y algo más abultado.

—Esto es para usted —le dijo—. Debe esconderlo en un lugar seguro.

—¿Puedo saber qué es, general?

—La lista de los enclaves en los que ha estado, los datos recopilados, el análisis de los mismos y los informes finales, además de sus contactos, tanto soviéticos como alemanes.

—¿No sería mejor destruirlo?

—En tal caso, el trabajo de los últimos años habrá sido en vano.

—Pero la guerra está perdida y...

—Cierto —le interrumpió—, y ahora toca buscar nuevos aliados, hacernos imprescindibles gracias a la información contenida en esos microfilmes.

—Cambiar el tablero de juego —puntualizó Stefan.

—Así es. Nuestra única oportunidad de salir indemnes de este desastre cuando esta guerra acabe pasa por convertirnos en necesarios para Estados Unidos. —Dirigió la mirada hacia el sobre que aún permanecía en la mesa—. Si sabe jugar bien su baza, es posible que el contenido de esos microfilmes le facilite algún tipo de impunidad.

—¿Y el resto de la información?

El general Gehlen esbozó una sonrisa serena.

—Me he ocupado de ocultar una copia de nuestros archivos más comprometedores sobre los soviéticos. Toda la información recopilada en los últimos tres años está a buen recaudo, fuera del alcance de los buitres que nos acechan.

Stefan asintió. Sin necesidad de mencionarlo, ambos sabían que esos buitres tenían la marca de la hoz y el martillo: más allá del eje occidental, el enemigo del Reich siempre sería Rusia. Tenían la obligación de luchar contra el marxismo, en cualquier situación, en cualquier momento, ese era el verdadero peligro mortal.

Stefan cogió el nuevo sobre con gesto reflexivo.

—¿Por qué los norteamericanos y no los ingleses?

—La obsesión de Inglaterra ha sido derrotar al Tercer Reich. Estados Unidos es más anticomunista. Ambos lo ignoran todo sobre la Unión Soviética. Cuando Alemania sea derrotada, no tardarán mucho en darse cuenta de que la verdadera amenaza se encuentra en Rusia y su sistema. La confrontación entre las potencias occidentales y la Unión Soviética será inevitable y, en esa nueva lucha, la Alemania que nosotros representamos y que con tanto ahínco hemos defendido debe estar del lado occidental. Será entonces cuando la información que poseemos sobre los soviéticos adquiera un valor incalculable.

—¿Y si a los norteamericanos no les interesa? Han sido aliados de los rusos durante toda la guerra, ¿por qué iban a cambiar ahora?

—«El enemigo nunca muere: solo cambia de rostro». Stalin no se va a conformar con ganar la guerra y llevarse los honores del triunfo. Las potencias del Eje, especialmente Estados Unidos, lo convertirán en su nuevo enemigo. Y tenga por seguro una cosa: si temen a Stalin, si se ven amenazados, nos necesitarán, aunque esa amenaza sea algo... —hizo una pausa consciente y agitó la mano en el aire— exagerada. Ese miedo será nuestra salvación.

Stefan miró ceñudo el sobre.

—¿Y si no lo conseguimos? ¿Y si nos matan a todos?

El general lo pensó unos segundos porque no se había planteado siquiera aquella posibilidad. Soltó un leve suspiro y apretó los labios.

—Entonces, coronel, el trabajo que hemos hecho en estos tres años quedará sepultado para siempre bajo la tierra de los Alpes.

Se hizo un silencio inquietante entre los dos hombres que rompió Stefan al cabo.

—Me pregunto para qué ha servido esta maldita guerra.

—No debería hacerse esas preguntas —dijo Gehlen con gesto molesto al tiempo que se ponía en pie dando la reunión por finalizada—. Nada es en vano si se sabe jugar bien las cartas. Hemos perdido esta partida, pero queda mucho juego por delante. Lo importante es estar bien posicionados y poseer aquello que el enemigo necesita. Esa es la clave: la información —sentenció con firmeza.

Stefan se levantó también y ambos se estrecharon la mano.

—Le deseo suerte, coronel Von Ribbeck, todos vamos a necesitarla.

CAPÍTULO 1

Berlín, sector norteamericano. 16 de octubre de 1946

Victoria subió el volumen del viejo aparato de radio que había conseguido a cambio de una maleta de piel y que, además de escuchar música, le permitía conocer las últimas noticias. Con voz grave y monótona, el locutor informaba de las ejecuciones que se habían llevado a cabo de madrugada. Se trataba de diez de los más estrechos colaboradores de Adolf Hitler, en cumplimiento de la sentencia del Tribunal Militar Internacional constituido por los cuatro países vencedores de la guerra. El tortuoso juicio se había llevado a cabo en la ciudad de Núremberg, lugar simbólico del Tercer Reich: veinticuatro oficiales nazis de alto rango acusados; doce condenados a muerte en la horca, uno de ellos *in absentia.* Hermann Göring había conseguido evitar la humillación de la soga ingiriendo, tres horas antes, una cápsula de cianuro, pero los otros diez pasaron por el cadalso. Los cadáveres de los sentenciados serían incinerados, y sus cenizas arrojadas al río Isar para evitar futuros homenajes de sus vehementes partidarios, ahora callados, huidos y muchos de ellos ocultos bajo identidades falsas.

La puerta se abrió y apareció su hermana Rebecca: llevaba en brazos a la niña, despeinada y todavía somnolienta.

—¿Os he despertado? —Bajó el volumen de la radio.

—Apenas hemos pegado ojo. —La voz de Rebecca sonaba ronca y débil—. No ha dejado de moverse en toda la noche.

—La he oído llorar.

La pequeña se desperezaba frotándose las manitas contra los ojos.

—Tiene un poco de fiebre.

Victoria se acercó a su hija y le tocó la frente unos segundos con expresión preocupada.

—Ven con mamá. —La cogió en sus brazos—. ¿Cómo está mi tesoro?

La acunó bajo la atenta mirada de su hermana.

—Estuviste trabajando hasta muy tarde. Te vas a dejar los ojos con tanta fórmula.

—Me recuerdas a mamá —dijo Victoria sonriendo a su hermana antes de volver la atención a la niña—. Tiene unas décimas. Debería verla el doctor Wolf. ¿No te importa llevarla? Esta mañana he quedado con el profesor Seegers y...

—Por supuesto que lo haré —atajó Rebecca sin dejarla terminar.

A continuación reclamó a la pequeña, que de inmediato se inclinó hacia ella. Victoria tuvo que ceder y sus brazos quedaron vacíos mientras miraba cómo su hija se acurrucaba en el regazo de su tía.

—¿Quieres un café? —preguntó amontonando a un lado de la mesa la libreta, los papeles y los lápices con los que estaba trabajando—. Aún está caliente.

Su hermana aceptó y Victoria le sirvió una taza y puso a calentar algo de leche en el hornillo eléctrico.

—Hay que ir a por leche. Los cupones están en ese cajón. Tampoco hay mantequilla, y deberías ir a ver si han recibido carne. Llevamos dos semanas sin...

—Ya lo sé —la interrumpió de nuevo Rebecca, esta vez con un tono desabrido—. No me digas lo que tengo que hacer.

—No lo pretendía.

—Pues lo haces constantemente —replicó—. Me tratas como a tu sirvienta.

Victoria la miró unos segundos. Se dio cuenta de que su hermana apenas había dormido porque la niña había estado quejándose toda la noche; prefería que volcase su mal humor contra ella.

—Lo siento, tienes razón —se disculpó mientras ponía una caja de galletas encima de la mesa—. Están como una piedra, pero empapadas en la leche se pueden comer. Procuraré traer alguna cosa más, se lo pediré a Charlotte.

—No me importa ir a por leche y cuidar de Hedy —dijo Rebecca con un tono más suave.

Victoria asintió agradecida: sabía que su hermana haría lo que fuera por conseguir más comida para la niña. Con un suspiro cogió el cazo, vertió la leche caliente en un cuenco y lo puso en la mesa sobre un plato.

—No sé qué habría sido de mí sin ti, Rebecca —le aseguró mientras desmigaba dos galletas.

Su hermana le dedicó una mirada de desconcierto.

—Sé que soy un estorbo —dijo entre la queja y el reproche—. Estoy convencida de que si algún día tienes la oportunidad, te irás... —la miró con ojos desvalidos—, y si te llevas a mi niña... —Envolvió a Hedy en sus brazos estrujándola tanto que protestó, de modo que aflojó el abrazo y le acarició el pelo con ternura—. No podría soportarlo... Preferiría morirme a perderla.

—No digas eso. —Victoria restó importancia a las palabras de su hermana. Con una cuchara, removió la leche con galletas—. Sabes que nunca te dejaría. Siempre juntas, ¿verdad, Hedy? Las tres juntas.

—Mami, canta la canción de la luna —le pidió la niña con una sonrisa.

Victoria la miró enternecida. Cada vez se parecía más a ella; los mismos ojos, el pelo oscuro y abundante, sus cejas, la forma de la boca... Pensó que no había sacado nada de su padre.

Victoria cantó *How High the Moon*, una canción con la que Hedy siempre se quedaba embobada escuchándola, y que a Rebecca le gustaba especialmente. Su voz ocupó el aire, y por un momento desapareció toda preocupación.

Al acabar la melodía, Rebecca le habló sin apenas mirarla, pendiente de que la niña comiera.

—A ver si consigo unas manzanas y puedo hacer la *apfelkuchen.*

—Mmmm —musitó Victoria relamiéndose con los ojos cerrados—. Cuánto echo de menos esa tarta. Te sale tan bien...

Rebecca sonrió a su vez. Sabía que era la preferida de su hermana. Fue a poner la taza en la mesa y se fijó en el montón de papeles.

—Debes tener cuidado con tu trabajo: lo sueltas en cualquier sitio y un día la niña te va a hacer un estropicio. Esas hojas llenas de números y fórmulas la atraen como el mejor de los juguetes.

—No te preocupes —dijo haciendo una carantoña a la niña.

—¿Qué esperas conseguir? Llevas tanto tiempo con ese proyecto que parece el cuento de nunca acabar.

Victoria sonrió a su hermana y dejó la cuchara en el plato.

—Estoy desarrollando un sistema de cifrado que será impenetrable. Un lenguaje en clave para salvaguardar la privacidad de las comunicaciones.

—¿Las comunicaciones de quién?

—De aquel a quien le interese transmitir algo en secreto. —Trataba de hablarle de tal forma que entendiera su trabajo, aunque sabía que era complicado—. Lo tengo muy adelantado. Pronto lo podré presentar.

—¿Presentarlo a quién? —insistió Rebecca.

—Eso aún no está decidido. Es un asunto delicado. El profesor Seegers dice que si se enterasen de lo que tenemos entre manos, lo querrían a cualquier precio, y por eso insiste en que debemos mantenerlo en secreto hasta decidir lo que más nos conviene. Lo que sí te aseguro es que antes se lo entregaría al mismísimo diablo que a los soviéticos.

Rebecca cogió la cuchara y la llevó a la boca de la niña, pero esta la rechazó, volvió la cabeza y hundió la cara en su regazo, mimosa.

—Siempre has tenido una cabeza privilegiada —murmuró mientras arrullaba a la pequeña.

Victoria agarró la mano de su hermana; todo en ella irradiaba esperanza.

—Este proyecto nos sacará de la vida miserable en la que estamos atrapadas. Estoy muy cerca de conseguir algo importante y, cuando lo haga, nos iremos a Nueva York, las tres. —Observó la mirada de inquietud de su hermana—. Os sacaré de aquí, te lo prometo. Confía en mí, anda —añadió con dulzura.

Rebecca no quiso mirarla a pesar del gesto cariñoso de su hermana; se centraba en darle a Hedy otra cucharada.

La dicción monótona y grave del locutor anunció la hora: «Son las ocho en punto de la mañana».

—Se me hace tarde —dijo Victoria con un gesto apresurado.

Recogió los papeles en los que había estado trabajando hasta el amanecer y salió de la cocina. Al cabo, volvió a entrar para despedirse:

—Me voy. Luego me cuentas qué te ha dicho el doctor. —Le dio un beso en la frente a su hermana y otro a la niña en la mejilla—. Os quiero a las dos con locura —dijo dedicándoles una cálida sonrisa.

Rebecca sonrió con una gratitud tiznada de resentimiento. Envidiaba a su hermana mayor desde niña, más guapa y mucho más inteligente que ella. Victoria había heredado lo mejor de su padre y lo mejor de su madre, como si al nacer se hubiera quedado con todo lo bueno y le hubiera dejado tan solo las migajas. Ella era poco agraciada, su hermana una belleza; su pelo era rubio pajizo, Victoria lo tenía negro y abundante; los grandes ojos verde esmeralda de esta nada tenían que ver con los suyos, pequeños y demasiado juntos; su boca, su piel, todo en Victoria era perfecto, y además era inteligente y brillante; había estudiado Física y Matemáticas, destacando en todo aquello que se proponía, y Rebecca no podía soportarlo, incapaz de hacer nada de provecho. Desde muy pequeña, su padre le recriminaba constantemente que era torpe y tonta, y que solo sabía estorbar, a veces con tanta inquina que le provocaba el llanto. Victoria siempre salía en su defensa y trataba de protegerla, pero esa actitud la irritaba aún más que los ataques directos de su padre, molesta por la paciencia que su hermana mostraba hacia ella a pesar de sus desplantes. El nacimiento de Hedy en plena guerra lo había cambiado todo: con Victoria centrada en otras cosas, de repente ella se hizo imprescindible en el cuidado de la niña, y ni pudo ni quiso evitar entablar una estrecha relación maternal con su sobrina. Había llegado a ponerla a su pecho desnudo al tiempo que le daba el biberón, por supuesto a escondidas de su hermana. En cuanto tenía ocasión decía que era su hija y, de hecho, así la consideraba. Esa niña se había convertido en el centro de su universo, la única razón por la que seguir viviendo después de los terribles zarpazos de la guerra y sus consecuencias. Hedy le había otorgado la fortaleza y resolución de las que había carecido toda su vida.

Victoria cogió el metro en Wittenbergplatz para dirigirse a casa del profesor Seegers, situada en Ziegelstrasse, un espacio sagrado donde nadie los molestaba y podían enfrascarse durante horas en su trabajo.

Sentada en el vagón del metro, se dejó mecer por el balanceo de la marcha. No se acostumbraba al aire viciado, mezcla de tabaco y el hedor a suciedad y pobreza que desprendían los cuerpos malnutridos y mugrientos. Se miró los pies y los cruzó bajo el asiento para no ver los horribles zapatos que se le abrían por los lados. Suspiró consciente de la costra de miseria que la rodeaba, y no solo a ella: una sucia sordidez se había instalado en la mayoría de los ciudadanos que trataban de sobrevivir entre las ruinas de aquella ciudad asolada y dividida. Al terminar la guerra, los cuatro países vencedores se habían repartido el territorio de Alemania, y Berlín quedó como una isla en la zona de influencia rusa, por eso se emuló en la ciudad la misma división en cuatro sectores; los barrios del oeste quedaron bajo el mando francés, británico y norteamericano, y la parte este de la ciudad quedó bajo el control soviético. Hacia allí se dirigía ahora.

Al salir a la calle en la estación de Friedrichstrasse agradeció el frescor húmedo del ambiente. Echó a andar por Georgenstrasse, tomada por banderas rojas de la Unión Soviética. A lo largo y ancho del sector soviético, la imagen de Stalin colgaba de farolas o fachadas reclamando su espacio; esa proliferación de avisos le recordaba a los inicios del nazismo, el despliegue de enormes banderolas rojas con la esvástica negra sobre el fondo blanco, el rostro de Hitler en cada rincón, omnipresente, como un dios pagano que los había precipitado al más horrible de los infiernos.

Torció por la Geschwister-Scholl-Strasse, cruzó el puente Eberts y avanzó sorteando baches, flanqueada por edificios amputados y solares yermos de vida. Ella misma había contribuido durante semanas a retirar con sus propias manos los escombros de las calles una vez terminada la guerra, pero, a pesar de los esfuerzos, Berlín permanecía detenido en un tiempo gris que parecía no tener fin, ecos de una devastadora contienda que, un año y medio después de su aparente final, seguía latente allá donde posaras la vista. Las cosas apenas mejoraban o lo hacían con una desesperante lentitud.

Llegó al portal de los Seegers y, al empujarla, la pesada puerta de madera se abrió con un crujido como un largo lamento. Subió la escalera hasta el segundo piso. Antaño aquel edificio había tenido cuatro plantas, pero las dos superiores habían desaparecido arrasadas por efecto de una potente bomba que dejó la estructura algo tocada, aunque no tanto como para evacuar los pisos inferiores milagrosamente salvados de la destrucción.

El profesor Seegers era un viejo catedrático que había sido apartado de la universidad por ser un judío mestizo, un *mischlinge* de segundo grado. Estar casado con una mujer aria le había evitado la deportación, iniciada para los judíos de Berlín a partir de octubre de 1941. Aun así, ni él ni ella se libraron de que les arrebataran casi todos sus derechos civiles, sociales y laborales, acorralados en una sociedad pervertida por un odio irracional. Eterno optimista, para contrarrestar el desaliento de su esposa, el profesor repetía una y otra vez que debían sentirse afortunados porque les habían permitido seguir respirando, y eso suponía futuro.

Victoria le había conocido en su primer curso de la universidad; sus clases eran tan interesantes que solía asistir a las que impartía en los otros grupos para seguir escuchándole. Le admiraba porque era un sabio, sus conocimientos habían sido un tesoro para ella; su serenidad y carácter amable, un bálsamo. Cuando le apartaron de su cátedra de Física en la Universidad de Berlín, a Victoria le pareció una tremenda injusticia. Con el fin de ayudarle económicamente, acudía a casa de Seegers para recibir clases particulares de sus asignaturas. Lo tuvo que hacer a escondidas y con una extraordinaria cautela, ya que el mero hecho de ayudar y relacionarse con un judío podía suponer serias dificultades con la Gestapo. Fue en aquellos tiempos cuando Victoria le habló de una idea que le estaba rondando por la cabeza, un sofisticado sistema de cifrado. Cuando le presentó los esbozos que había desarrollado, el profesor Seegers se mostró asombrado y, sin dudarlo, apostó por ella y por su proyecto.

No habían dejado de trabajar juntos ni siquiera al estallar la guerra. Todo se complicó cuando Victoria supo que estaba embarazada. El mundo se le cayó encima, no quería ese hijo, no lo deseaba, llegaba en el momento más inoportuno, y se rebeló contra ese vientre cada vez más abultado hasta el instante del nacimiento. Sin embargo, cuando vio la carita de Hedy entre sus brazos se quedó prendada de aquellos ojos, de aquellas manos, de su arrullo y el olor de su piel, y sintió un miedo que nunca había percibido: el miedo a que le sucediera algo a su hija, miedo a que sufriera hambre o frío, miedo a cualquier sombra de amenaza que pudiera cernirse sobre su bebé. Su vida cambió desde entonces, y aquel proyecto se convirtió en una obsesión para ella, porque sabía (se lo había dicho el profesor) que podría sacarla de aquella Alemania arrasada con destino a Estados Unidos, la tierra soñada de las oportunidades.

Cuando Victoria llegó al rellano del segundo, se detuvo en seco. La puerta de los Seegers se encontraba entreabierta. Se acercó despacio, extrañada. Nadie en Berlín dejaba la puerta abierta; a veces, ni siquiera los cerrojos bastaban para evitar robos o intrusiones, con cientos de miles de almas pululando entre las ruinas de la ciudad en busca de un lugar donde refugiarse del frío y la intemperie. Pulsó el timbre y un desafinado chirrido resonó en el interior sin obtener respuesta. Empujó la puerta y habló al silencio gélido de la casa.

—¿Profesor Seegers? —Esperó unos segundos, atenta a cualquier ruido—. ¿Señora Seegers? —Volvió a esperar—. ¿Hay alguien en casa?

Se adentró por el estrecho pasillo en dirección al despacho que estaba al final del corredor, pero al pasar por la puerta abierta de la cocina, descubrió una figura tendida en el suelo, boca arriba. Alarmada, se precipitó hacia ella.

—Señora Seegers... Dios mío...

Tenía un tiro en la frente, que le había dejado un agujero con un hilillo de sangre y la expresión sobresaltada.

Victoria se alejó del cuerpo horrorizada, mirando a un lado y a otro, confusa, sin saber qué hacer. Aquella amplia cocina, que tan bien conocía, la aprisionaba. Salió al pasillo y se dirigió hacia el despacho. Empujó la puerta entornada y un latigazo le recorrió el cuerpo. Papeles, pizarras, rotores y conectores... Todo estaba revuelto, como si un tornado hubiera barrido la estancia; papeles desparramados por todas partes, libros abiertos, tirados y desperdigados por el suelo. Bajo sus pies crujieron los cristales rotos procedentes de las puertas de una preciosa librería que había quedado hecha añicos.

El profesor Seegers se encontraba tendido en la alfombra, boca abajo.

—No... No... —murmuró mientras corría a arrodillarse junto a él, sin atreverse a tocarle. Le dio la vuelta con mucho cuidado. Tenía la cara llena de golpes y sangraba por la nariz, pero aún respiraba—. Profesor Seegers... Dígame algo... —Sus ojos se llenaron de lágrimas—. ¿Quién le ha hecho esto? —Se le quebraba la voz al salir de sus labios trémulos—. ¿Quién ha podido hacerle esto?

Le costaba creer que aún existieran aquellos violentos ataques contra personas tan inocentes e indefensas como aquella entrañable pareja de ancianos, de trato exquisito y siempre acogedores; por qué y para qué hacer daño a seres tan vulnerables. ¿Es que no habían tenido suficiente con todo lo que había pasado? ¿Es que nunca iba a acabar aquella barbarie volcada contra los más débiles?

Se debatía en la desesperación de la impotencia y la incomprensión, cuando el profesor se removió y abrió los ojos hinchados e inyectados en sangre; su voz surgió débil y quebradiza, apenas audible.

—Victoria... —le susurró—, menos mal que has venido...

Con su ayuda, consiguió incorporarse un poco.

—¿Quién le ha hecho esto? ¿Quién ha sido?

—Eso ya no importa... —Respiraba con dificultad—. Escúchame, tienes que hacer algo por mí... El buró, abre el compartimento secreto que está bajo el cajón...

Abrumada, no reaccionó a las instrucciones que le estaba dando.

—Voy a llamar a un médico, necesita un médico...

Hizo un amago de levantarse, pero el profesor le asió la muñeca con inusitada fuerza.

—No lo hagas... Ya no hay remedio para mí.

—Pero está malherido.

—No, no, no —repetía negando con la cabeza. Tragó saliva antes de continuar—. Ni médicos ni policía. Estamos en el sector ruso y te harán preguntas, y son ellos los que me han hecho esto. Escúchame bien porque no tenemos mucho tiempo; volverán en cuanto se den cuenta de que los he engañado. —Señaló un antiguo buró con la mano—. Bajo el cajón central, a la izquierda, hay una palanca; presiónala y se abrirá un compartimento. Ahí encontrarás un sobre con información muy delicada. —Su tono era bajo, renqueante, cada sílaba le suponía un esfuerzo.

—¿Y qué quiere que haga con él? —preguntó angustiada.

—Has de actuar con mucha cautela. El contenido de ese sobre puede ser tu salvación y la de tu hija, pero también puede ser tu perdición... —Hizo una pausa y prosiguió, consciente de que se le acababa el tiempo—. Debes acudir a los norteamericanos, ellos sabrán qué hacer con esa información...

Le interrumpió un acceso de tos que le estremeció de dolor. Victoria le observaba angustiada.

—Tiene que verle un médico... —Le rompía el alma ver a aquel pobre anciano, sentado en el suelo, abatido como un muñeco roto y maltratado.

—No hay tiempo. Victoria, escúchame bien. —La miró un instante, sus ojos exhaustos—. Stefan von Ribbeck estuvo aquí...

—¿Stefan está vivo? —se sorprendió ella.

—No sé si lo estará ahora, pero al poco tiempo de terminar la guerra me trajo esos malditos microfilmes. Me pidió que los escondiera, y me aseguró que vendría a buscarlos en cuanto pudiera.

—¿Por qué nunca antes me dijo que había estado aquí? —preguntó algo aturdida.

—Me hizo prometer que no te involucraría en esto. No he vuelto a saber nada de él. —Pesaroso, negó con la cabeza—. Victoria, ese hombre... —la miró afligido—, ese hombre es un monstruo... Formó parte de la Fremde Heere Ost, la unidad de inteligencia liderada por el general Reinhard Gehlen. Sus métodos... —Calló unos segundos, tratando de reunir fuerzas—. Me contó... Me confesó cosas... —Se abismó en el amargo recuerdo de aquella visita, la voz de aquel hombre, el terrible relato de su arrepentimiento, la carga de su culpa volcada en la conciencia de aquel pobre anciano en un vano intento de aligerar su pena—. Para obtener información utilizaba los métodos más brutales y sádicos que puedas llegar a imaginar... Sus decisiones causaron la muerte y el sufrimiento de miles de inocentes.

Victoria permanecía atónita, demudada por aquella información referida al hombre al que había amado. Seegers la observó en silencio unos instantes.

—Creo que debías saberlo, para que actúes en consecuencia si algún día... Y ahora coge esos microfilmes y márchate. No debes estar aquí, es muy peligroso. Si regresan, te matarán.

—No pienso dejarle aquí...

—Haz lo que te digo —dijo con firmeza—, y no se te ocurra denunciar lo que has visto aquí, te pondrías en peligro. —La agarró con fuerza de la mano buscando toda su atención—. Prométeme que no avisarás a nadie, prométemelo.

—Se lo prometo —dijo ella conteniendo un llanto de impotencia.

Solo entonces el profesor soltó el amarre de la muñeca y cerró los ojos y se dejó caer lentamente.

—Vamos, márchate —susurró vencido.

—¿Cómo voy a dejarlo así?

—Te lo suplico... Hazlo por mí. Vete y sálvate...

En ese momento un ruido la alertó. Alguien había empujado la puerta del portal. Inquieta, se levantó y se acercó al viejo buró. Con premura, procurando controlar el temblor de manos, se arrodilló y metió los dedos por debajo del cajón central buscando algo parecido a una palanca. Oyó pasos en el rellano de la escalera. Continuó tanteando hasta palpar una pequeña clavija, la accionó y se abrió una trampilla y un sobre cayó al suelo. Lo cogió y se puso en pie. Los pasos estaban ya en el interior del piso. Apretó el sobre contra su pecho y, de puntillas para no hacer ruido, se coló en un hueco entre la pared y la librería justo cuando alguien llegaba al despacho. Los pasos se detuvieron por un instante y ella contuvo el aliento y trató de dominar el pánico, presionando en su regazo aquel sobre por miedo a que se le escapara de las manos.

La dicción ronca de un hombre rompió el silencio. Victoria no entendió nada de lo que dijo porque hablaba en ruso.

Se oyeron varios topetazos secos seguidos de amargos gemidos de dolor. Victoria comprendió que estaban golpeando el cuerpo del profesor. Cerró los ojos procurando dominar el horror de saber el trato al pobre anciano.

Entonces irrumpió la voz de otro hombre, seguida de un disparo que la sobresaltó hasta el punto de que casi soltó un grito. Con la mano libre se tapó la boca, en la certeza de que habían matado al profesor a sangre fría.

Los recién llegados seguían hablando: oyó más ruidos cerca del buró. En ese momento fue consciente de que se darían cuenta del compartimento oculto y entonces sabrían que alguien tenía que haberse llevado lo que ellos andaban buscando. Seguía sin comprender nada, pero percibía con toda claridad la amenaza.

Después de eso, Victoria notó que salían de la habitación; se mantuvo alerta hasta que oyó el retumbar de pasos que se alejaba por la escalera. Solo entonces soltó el aire igual que si saliera de un agujero sin oxígeno. Cuando oyó el golpe de la puerta del portal al cerrarse, asomó la cabeza y vio al profesor en la misma postura que cuando le había dejado. El impacto le había destrozado el rostro. Se fue hacia la cocina. Vio su cartera tirada a un lado de la señora Seegers. La cogió dando gracias por que no la hubieran visto. Metió el sobre en su interior, se acercó a la ventana y se asomó con mucho cuidado a tiempo para ver cómo dos hombres —uno uniformado con casaca negra, el otro con gabardina y sombrero oscuro— subían a un viejo Opel negro. No pudo verles las caras, aunque se aseguró de memorizar la matrícula.

Cuando el coche se alejó, abandonó la casa y salió a la calle intentando mantener una calma que no tenía, tragándose el llanto, con el corazón roto por el final tan brutal del matrimonio Seegers. No podía creer lo que había sucedido. Hacía apenas unos días habían hablado del horror de los campos de exterminio nazis, los millones de víctimas del terror más extremo que pueda llegar a padecer un ser humano. El profesor Seegers le había confesado que daba gracias por haberse librado de aquel espanto. Sin embargo, cuando uno cree estar a cubierto de todo mal, surge un endriago malvado que vuelve a destruir todo lo bueno que queda.

Al llegar a casa, Victoria se alegró de que Rebecca hubiera salido con la niña. Tenía que ocultar aquel sobre. Junto a su cama, debajo de una raída alfombra, una tabla suelta dejaba una cavidad bajo el entarimado en la que solía esconder las cosas de valor cuando las tenía. Fue hacia allí directa, aunque antes no pudo reprimir la curiosidad de abrirlo y ojear su contenido. Sacó el rollo de acetato de celulosa. Con mucho cuidado lo fue desplegando al contraluz de la ventana. Sobre el plástico diáfano, con alguna dificultad por el tamaño de las letras, vio el nombre conocido: Stefan von Ribbeck, coronel de la FHO. En ese momento el ruido de la cerradura le alertó. Con manos temblorosas enrolló con rapidez el microfilme, lo guardó en el sobre y se arrodilló para introducirlo en el hueco del suelo. Encajó de nuevo la tabla y justo cuando estaba colocando la alfombra se abrió la puerta. Estaba de espaldas, de rodillas en el suelo. La voz de su hermana la paralizó.

—Victoria, ¿cómo es que estás en casa?

Ella se giró tratando de transmitir tranquilidad.

—El profesor Seegers no se encontraba bien y... Bueno, lo hemos dejado para otro día —mintió.

—¿Y qué haces en el suelo?

Ella la miró pasmada, como si no entendiera la pregunta.

—Ah... Estoy... —Se levantó mientras se atusaba la ropa y el pelo—. Estaba buscando un lápiz que se ha ido rodando debajo de la cama.

Su hermana la miró como a un niño pillado en falta.

—Estás sudando. ¿Qué escondes?

—No escondo nada.

Justo entonces entró Hedy y se abalanzó hacia su madre, que la cogió en brazos y la abrazó con la grata sensación de que la había salvado. Rebecca la observaba sin decir nada.

—¿La has llevado al médico? —le preguntó Victoria mientras salía de la habitación.

Su hermana fue tras ella, hacia la cocina.

—Sí. Le ha recetado comida caliente —respondió en tono sarcástico—. Dice que está muy débil y tiene pocas defensas. Va a cumplir cinco años en febrero y tiene el cuerpo de una niña de tres.

—Dios santo —murmuró Victoria con un ademán desesperado.

Dejó a la niña en el suelo de la cocina e hizo un gesto hacia la mesa, donde estaba la mochila de Rebecca.

—¿Te ha cobrado algo?

—Me ha dicho que ya le pagarás tú.

—Pasaré a verle en cuanto pueda —dijo con voz neutra—. ¿Has conseguido leche?

—Un cuarto de litro, además de un trozo de manteca, tres patatas y un trozo de pan más duro que una piedra. Ni carne ni nada parecido. Esos putos *amis.*

—Rebecca —la reconvino muy seria—, no hables así delante de la niña.

—¿Es que tú no lo piensas?

—Es el precio que estamos pagando —replicó Victoria mirando los escasos productos desperdigados sobre la mesa.

—No nos mataron con las bombas y ahora pretenden hacerlo de hambre —añadió Rebecca con un gesto de asco.

Se hizo un silencio entre las dos hermanas. Victoria suspiró.

—Habrá que buscar comida de otra forma.

—No tienes por qué hacerlo —dijo Rebecca a sabiendas de lo que se proponía su hermana—. Es peligroso y no quiero que te suceda nada.

—Elegiré bien, no te preocupes.

Sabía de lo que hablaba. Una horda de soldados rusos había violado a las dos hermanas en los últimos días de la guerra. Rebecca acabó contagiada de gonorrea y habría muerto de no ser por los cuidados de Victoria y la penicilina que había conseguido para ella. Rebecca nunca le preguntó cómo la había obtenido y a qué precio, pero desde entonces, cada vez que visitaba al doctor Wolf para que las atendiera a ellas o a la niña, siempre pedía que fuera Victoria a cancelar la deuda.

—Me duele la cabeza —se excusó Victoria—. Voy a dormir un poco. Esta noche tengo que ir al Kassandra.

El Kassandra Club había conseguido resurgir de la ruina y continuar en su labor de entretener y divertir, no a los berlineses, sino a los ocupantes, los vencedores de la guerra. Desde su reapertura, la dueña, Charlotte Nyssen, le había ofrecido a Victoria la oportunidad de ganarse doscientos marcos a la semana como solista de la orquesta de Heiko. Además, solía darle objetos de lo más variopinto que luego podía cambiar en el mercado negro, con lo que complementaban la nimia dieta de las cartillas de racionamiento.

—Victoria, ¿qué ha pasado? —insistió Rebecca antes de que saliera de la cocina.

—No ha pasado nada —contestó ella con aspereza.

—A mí me pides que confíe en ti, pero tú nunca lo haces conmigo. Siempre te guardas tus secretos.

Victoria la miró con fijeza. Su hermana tenía un sentido especial para detectar sus estados de ánimo. Era insistente y tenaz, como un depredador a la caza de su presa. Debía andarse con mucho cuidado, no quería ponerlas en peligro a ella y a la niña. Por eso decidió darle algo para calmar su curiosidad.

—Los Seegers han muerto —dijo con voz fría.

—¿Cómo ha sido?

—No lo sé —respondió aturdida—, me los he encontrado así.

—¿Y por qué me has dicho que habíais aplazado la reunión? ¿Por qué mentir?

—Me he asustado, eso es todo. No me lo tengas en cuenta, por favor. Y no le des más vueltas —dijo tratando de escapar de la mirada analítica de sospecha que su hermana tenía clavada en ella—. No me encuentro bien.

Le dio la espalda y se encerró en su habitación.

Victoria se dejó caer en la cama mientras oía la voz de la niña contándole algo a su tía. Un montón de dudas la asaltaron. Stefan von Ribbeck era el padre de su hija, aunque él nunca llegó a saberlo porque llevaba sin verle desde mayo de 1941, cuando aún desconocía que estaba embarazada. Lo que el profesor Seegers le había contado sobre él le resultaba doloroso, pero tampoco le sorprendía; el nazismo primero y la guerra después habían convertido a muchos hombres buenos en asesinos inmisericordes. Se preguntaba por qué razón

Stefan le había llevado esos microfilmes al profesor Seegers poniéndole en peligro. Debía meditar muy bien qué hacer con ellos. Lo que tenía bajo sus pies suponía una amenaza de muerte, no solo para ella sino también para su hija y su hermana. Los que lo buscaban seguirían intentando dar con ello, y había comprobado cómo se las gastaban.

Dejó escapar un largo suspiro y posó la mirada en la estantería, atestada de libros de física, cálculo, electrónica y tratados de criptografía, mezclados con alguna que otra novela; observó la pizarra colgada en la pared, similar a la que tenía el profesor Seegers en su casa, donde hacía cálculos matemáticos, desarrollaba secuencias de algoritmos y elaboraba esquemas de sus pensamientos y averiguaciones antes de plasmarlos en las libretas o en hojas sueltas para llevárselo después al profesor. Sintió un escalofrío, plegó las rodillas hacia el pecho, se rodeó las piernas con los brazos y dejó que el llanto contenido fluyera a sus ojos. Lloró durante mucho rato, aturdida, sin saber qué hacer ni cómo actuar. Se dio cuenta de que se había quedado sola, que ya no tendría el consejo y la protección de ese hombre sabio y bueno; había desaparecido la seguridad que le aportaba su presencia. Se sintió atrapada en aquella ciudad en la que cada vez le resultaba más insufrible subsistir.

Pasó todo el día tumbada en la cama, dándole vueltas a esa encrucijada. Oía a su hermana trastear con la niña, pero no quiso salir ni siquiera para comer. Si no tuviera la imperiosa necesidad de cobrar lo que Charlotte le pagaba, habría renunciado a ir al Kassandra, pero necesitaba cantar para seguir adelante. Con los cupones de las cartillas no serían capaces de mantenerse ni una semana.

Apenas tenía un paseo de diez minutos desde su casa hasta el club, pero cuando enfiló la Bundesallee y sintió el aire frío de la noche colarse a través de la lana tazada de su abrigo, pensó que no llegaría nunca. Apresuró el paso, esquivó un tranvía y enseguida aparecieron el luminoso de letras doradas del Kassandra Club y las pintadas de la fachada escritas con toscos trazos negros en las que se podían leer frases que se repetían por todas partes, como un siniestro recordatorio: ¡ESTA CIUDAD ES CULPABLE! ¡ALEMANES, VOSOTROS SOIS CULPABLES!

A lo largo de la acera había aparcados varios jeeps militares y elegantes coches bien lustrados. Un grupo de soldados bulliciosos se arremolinaban en la entrada del local; algunos de ellos iban emparejados con chicas alemanas, a la vista de todos, sin ocultarse, obviando los remilgos normativos, cada vez más ignorados, de no confraternizar con alemanes.

Evitó a la gente que se agolpaba en la entrada y empujó la puerta giratoria mientras miraba de reojo el cartel que rezaba: PROHIBIDA LA ENTRADA A CIVILES ALEMANES. Ya en el interior, se adentró por el corredor que llevaba al camerino.

El Kassandra Club conservaba el esplendor de antaño en sus distintos espacios y su decoración de brocados rojos y dorados, ya reparados la mayoría de los desperfectos que el edificio había sufrido sobre todo en las últimas semanas de la contienda. Sin embargo, la clientela carecía del glamur de antes de la guerra. Emulando la división de la ciudad acordada por los gobiernos vencedores, los clientes se distribuían en cuatro zonas bien delimitadas, sin llegar a mezclarse. Al haber quedado el local en el sector estadounidense de la ciudad, eran mayoría los soldados y oficiales norteamericanos que ocupaban las mesas a la derecha del escenario, cerca de la barra; los ingleses y franceses se sentaban en esa misma franja rodeando la zona de baile, mientras que los rusos se agrupaban justo al otro lado, separados por el pasillo de entrada como frontera imaginaria. Los camareros, embutidos en impolutas levitas blancas, iban y venían con las bandejas cargadas de *bocks* o de otras bebidas espirituosas. Los sones de la música ahogaban las voces y risas de la clientela, iluminada por la luz lechosa de las bombillas circundadas por densas guedejas de humo.

Al tiempo que Victoria se despojaba del abrigo, en la puerta del camerino apareció Charlotte Nyssen. Nadie sabía su edad, aunque la dueña del local debía de haber cumplido de largo los cuarenta años. Era alta y esbelta, y su aire distinguido le daba una apariencia inaccesible. Sostenía entre los dedos una larga boquilla negra con un cigarrillo insertado en la punta. Iba peinada con un moño alto, bien maquillada; su vestido era austero pero elegante.

Victoria se metió detrás de un biombo para cambiarse.

—¿Cómo estás? —preguntó la dueña.

—Me preocupa Hedy —dijo desde el otro lado de la mampara—, está muy débil, ha tenido fiebre, es muy pequeña y no come lo suficiente. Necesito un extra. —Calló un instante; a pesar de que ya había pasado por esto, le daba mucha vergüenza pedírselo—. Alguien de confianza.

Salió del biombo sin mirarla, intentando alcanzar la cremallera del ceñido vestido de seda rosa que se le pegaba al cuerpo como la dermis de una sirena. Charlotte se acercó a su espalda y subió el cierre muy despacio, incapaz de quitar los ojos de aquella piel blanca, de aquellos hombros perfectos, de aquella nuca despejada.

—Déjalo de mi cuenta —indicó con seguridad—. Procuraré encontrarte lo mejor. —Chascó la lengua contrariada—. Aunque ya sabes que no me gusta que te entregues a ese tipo de negocios, Victoria. Tú vales mucho más que eso.

—No te preocupes —le dijo esta tratando de restar importancia al asunto—. No lo pienso. Es algo ajeno a mí. Lo único que me importa es alimentar y vestir a mi hija.

Se sentó delante de un espejo con tres bombillas encendidas en la parte superior, y empezó a maquillarse. El amplio escote resaltaba su cuello y el inicio de su pecho, embutido en lo angosto de la seda.

Charlotte rompió el incómodo silencio.

—Esta noche hay mucho personal. La gente está contenta con lo de Núremberg, como si esas muertes hubiesen puesto un punto final a una página negra de este país.

—Yo no creo que haya acabado nada. —Victoria hablaba mirándose al espejo, acercándose y alejándose una y otra vez, manejando con destreza brochas y pinturas de distintos tonos aplicadas en párpados y mejillas—. Esas condenas apenas cubren un mínimo de la gigantesca cantidad de cuentas pendientes que ha dejado esta maldita guerra. Nunca quedarán saldadas.

—Tal vez tengas razón, al menos para los alemanes. Pero nuestros clientes son los vencedores; para ellos es una victoria más y quieren celebrarlo, están más alegres y consumen más.

Victoria continuó en silencio con el ritual frente al espejo. Le costaba entender aquella euforia, aquel afán de celebrar la muerte, aunque fuera de unos indeseables.

Los acordes de *In The Mood* interpretados por la orquesta del viejo Heiko se mecían en el aire.

—Un hombre ha preguntado por ti. No ha dado su nombre. Solo me ha dicho que quiere hablar contigo. Ha insistido mucho en verte en privado, aquí, en el camerino; por supuesto, le he dicho que eso era imposible.

Victoria le dedicó una sonrisa agradecida a través del espejo: no era la primera vez que aquella mujer la protegía del incómodo acoso de algunos hombres que pretendían de ella algo más que escucharla cantar.

—Puede que me equivoque —añadió Charlotte—, pero creo que lo que busca no pretende encontrarlo debajo de tu ropa.

Victoria había continuado con su acicalamiento, sin dejar de mirarla de reojo, alarmada. Se preguntaba quién querría hablar con ella. Sabía que allí estaba protegida. Nadie le haría daño en aquel entorno, pero después de lo de esa mañana en casa de los Seegers, no podía evitar sentir miedo.

—Y entonces, ¿qué quiere de mí?

—Ya te lo he dicho: según él, hablar contigo, y tiene prisa. —Con arrogante parsimonia, se llevó la boquilla a los labios y dio una larga calada. Luego dejó escapar el humo muy despacio—. Parecía desesperado.

Victoria se puso de pie, ajustó los dos broches dorados prendidos en la seda del vestido a cada lado del escote, y se calzó los zapatos de fino tacón.

—¿Quién no lo está en estos tiempos?

La voz de un hombre se oyó desde el pasillo.

—¡Dos minutos!

Era Kovalenko, el encargado de la seguridad en Kassandra, que también la avisaba del tiempo que le quedaba para el comienzo de su actuación.

Charlotte metió la mano en el bolsillo de su vestido, sacó un tubo de agujas y un carrete de hilo y lo dejó sobre el tocador.

—Yo no doy ni una puntada y últimamente están muy cotizados.

Victoria se volvió hacia ella y le sonrió azarada.

—Charlotte, no sé cómo agradecerte todo lo que haces por mí...

—No tienes que agradecerme nada —dijo en un tono indulgente. Se alejó hacia la puerta y se giró con una sonrisa ladina—. Tu público te espera. No le defraudes.

Se dio la vuelta y se marchó.

Victoria metió el hilo y las agujas en el bolso, y se miró al espejo. El maquillaje había disimulado algo las profundas ojeras que se le habían formado bajo los ojos. Se encontraba cansada y el dolor de cabeza no se le había pasado en todo el día, pero tenía que salir a cantar. Tomó aire, soltó un largo suspiro y reaccionó cuando oyó de nuevo el aviso de Kovalenko.

La recibieron en la sala con un entusiasmado aplauso, gritos, voces y jarana hasta que comenzó la música y se apaciguó el jolgorio. Con movimientos pausados, creando la atmósfera adecuada, Victoria se situó en el centro del escenario, agarró el micrófono con las dos manos, cerró los ojos y empezó a cantar. La voz cálida y seductora inundó todo el local con la melodía de *How High the Moon*. El foco de luz dirigido hacia ella dejaba el resto en penumbra. El humo del tabaco enturbiaba el aire y las puntas incandescentes de los cigarros se encendían un solo instante cada vez que unos labios los aspiraban. Una tras otra interpretó las cinco canciones de aquella primera parte de su actuación. Al finalizar su particular versión de *I've Got my Eyes on You*, un estruendo de aplausos irrumpió en la sala; las luces se encendieron, los soldados clamaban por aquella voz prodigiosa.

Fue entonces cuando le vio. Sentado en el lugar más recóndito del lado ruso, muy cerca del extremo del escenario; no aplaudía, permanecía mirándola impertérrito ante la algarabía reinante, cual fantasma venido del pasado.

Con los suaves acordes de la trompeta de Heiko interpretando *Pick Yourself Up*, Victoria dejó el escenario y caminó despacio entre los veladores, haciendo caso omiso a las llamadas de los clientes que la reclamaban a su lado. Llegó frente a él, pero no se sentó, sin dar crédito aún a lo que veían sus ojos.

—Stefan...

No sabía qué pensar, no sintió alegría pero tampoco indiferencia; no podía obviar que la descarnada realidad sobre él que le había confesado el profesor Seegers había deteriorado definitivamente el recuerdo que guardaba de aquel hombre.

—Hola, Victoria —respondió él con una sonrisa tensa.

Había perdido el porte atractivo de antes de la guerra: mucho más delgado, pálido, los ojos hundidos y sin brillo; del pelo, antes abundante y rizado, apenas le quedaban unos ralos mechones greñudos. Vestía un traje oscuro y camisa clara no muy limpia y mal planchada; el nudo de la corbata estaba caído. Nada que ver con el tipo elegante, presumido y arrogante que siempre había sido.

—Creí... —Calló y tragó saliva para humedecer la garganta seca—. Me dijeron que habías muerto.

—Espero no haberte defraudado —añadió él con expresión apacible.

Victoria se sentó mientras se preguntaba hasta qué punto aquella aparición estaría relacionada con los microfilmes que en ese instante se hallaban a buen recaudo bajo el suelo de su casa. Debía estar alerta.

—¿Has sido tú quien ha preguntado por mí? ¿Por qué no has dicho quién eras?

Stefan extendió las manos sobre la mesa y, con delicadeza, sin dejar de mirarla a los ojos, asió las de ella.

—Escúchame —le dijo con gesto apremiante—, no tengo mucho tiempo. Necesito que vayas a ver al profesor Seegers.

Ella parpadeó aturdida, separó sus manos y se irguió en la silla.

—¿Por qué debería hacerlo? —preguntó.

—Necesito que le pidas algo que guarda para mí.

Victoria le miró durante unos largos segundos. Le veía tan agobiado que llegó a sentir lástima por él.

—El profesor Seegers está muerto.

—¿Cómo? ¿Desde cuándo? —balbucía trastornado—. ¿Qué...? No puede ser... Él... No puede ser.

—Esta misma mañana los he encontrado a él y a su esposa en su casa... Asesinados a sangre fría... Me habló de ti, de que fuiste a verle nada más acabar la guerra. —Abrió las manos y arrugó el ceño—. ¿Por qué no viniste a verme? ¿Dónde has estado todo este tiempo? —Pensó en Hedy. Se echó hacia atrás pegando la espalda al respaldo de la silla, como si buscase poner distancia—. Tienes una hija de cuatro años.

Stefan la miraba entre el pasmo y el desconcierto.

—¿Una hija?

—Se llama Hedy.

Se llevó las manos a la cara y se mesó el pelo.

—Dios santo... —Volvió a posar los brazos sobre el velador con la intención de tomar las manos de Victoria, pero ella las mantuvo bajo la mesa, fuera de su alcance. Sonaba pesimista—. Tan solo puedo acudir a ti. El profesor tenía algo que me pertenecía, necesito recuperarlo, me va la vida en ello.

En ese momento Kovalenko se acercó a la mesa y le tocó el hombro.

—Victoria, tienes que salir ya.

La orquesta de Heiko empezaba a tocar los primeros acordes de *Bei Mir Bist Du Schön.* Ella no se movió, fijos los ojos en Stefan, que se aferraba a su mirada, su única tabla de salvación.

Kovalenko insistió.

—Ya voy —dijo ella, antes de dirigirse a Stefan—. Tengo que subir al escenario. Espérame aquí y hablaremos cuando termine.

El rostro de Stefan volvió a reflejar una profunda aflicción.

—No puedo, Victoria —le dijo con la voz desgarrada de un sentenciado a muerte—. Mi tiempo se acaba. Eres mi última oportunidad...

Ella se levantó y le apretó la mano.

—Hablaremos luego.

Le dio la espalda y se dirigió al escenario. Cuando se volvió hacia el público para empezar a cantar, vio su mesa vacía.

El día había amanecido frío y con una pertinaz llovizna. A pesar del mal tiempo, aquel 20 de octubre de 1946 los berlineses formaban largas colas para votar en las primeras elecciones municipales que se realizaban en Berlín desde hacía más de trece años. Las proclamas electorales estaban por todas partes. Dos días antes, los rusos, que controlaban el suministro de electricidad en la ciudad, habían dejado premeditadamente sin luz a los tres sectores bajo la ocupación aliada en una torticera maniobra electoral. Primero había sido el barrio de Steglitz, en la zona estadounidense; los barrios británicos y franceses lo siguieron a los pocos minutos. Sin la electricidad rusa, todo se paralizaba, no había transporte, ni industria, ni hospitales, ni escuelas.

La energía se recuperó en las horas siguientes, pero era una de las herramientas de presión que los soviéticos ejercían contra los aliados, utilizando como arma arrojadiza la dignidad y la supervivencia de los ciudadanos berlineses.

En los alrededores de las ruinas del Reichstag bullía, desde el amanecer, una multitud deseosa de comprar, vender, cambiar o encontrar algo que llevarse. La intuición era lo más importante para no caer en la trampa de pillos y mangantes que abusaban de la necesidad, la ingenuidad y la buena fe que aún les quedaba a muchos. Había gente de toda edad y condición, niños que sorteaban los grupos en busca de alguna víctima propiciatoria en quien enfocar su engaño, soldados aliados y soviéticos, viejos desdentados, mujeres ataviadas con abrigos de pieles que apenas cubrían sus andrajosos trajes, jóvenes lozanas en busca de medias de nailon o carmín. Se oían voces en alemán, en inglés y ruso, chapurreos de palabras sueltas, frases aprendidas a base de repetirlas. Victoria andaba despacio entre el gentío, observando y escuchando lo que se ofrecía. «¿Quieres huevos frescos? Tengo cigarrillos, pantalones, vinilos, abrelatas, jarrones, joyas, cintas de pelo, calcetines, mantequilla, café, jabón...». En aquel bazar al aire libre podía encontrarse y ofrecerse casi cualquier cosa.

Llevaba las manos metidas en los bolsillos, apretaba el tubo de agujas y el carrete de hilo que le había dado Charlotte. Pretendía obtener unos zapatos a cambio. Le habían hablado de un zapatero que, a través de un sepulturero, conseguía hacerse con el calzado de los muertos, lo arreglaba y lo dejaba como nuevo. Tal y como le había dicho Charlotte, las agujas y el hilo eran productos muy cotizados, así que tenía que ser muy cauta y no conformarse con lo primero que le ofreciera. Lo localizó negociando con un hombre de mediana edad. Esperó a que terminasen el trato y se acercó cuando el zapatero se quedó solo.

—¿Tiene zapatos para mí?

El hombre le miró los pies.

—Un treinta y ocho —murmuró para sí, luego levantó la vista y la observó de arriba abajo—. Tengo unos preciosos y prácticamente nuevos. Su dueña no pudo ni estrenarlos. Los rusos acabaron con ella, pero sus zapatos quedaron en el fondo de su armario a salvo de las bombas y el fuego. Unos buenos zapatos para lucirlos en unos bonitos pies, aunque son caros. —Alzó la mano y frotó la yema de los dedos.

—Tengo agujas e hilo.

El hombre la miró fijamente.

—Si te interesa, tengo un abrigo nuevo y un bolso de piel buena, además de dos tabletas de chocolate.

—¿Da para todo eso? —preguntó ingenua.

—Las agujas y el hilo serían para los zapatos, lo demás sería a cambio de unas horas con un oficial inglés de muy buen ver. Lo pasarías bien y el rato te compensaría. El invierno se presenta frío y salta a la vista que necesitas un abrigo. Acéptalo, es un buen acuerdo, te lo aseguro. No te arrepentirás.

Ella se quedó pensativa. Era habitual este tipo de ofrecimientos, se daban por todas partes. El robo, el mercado negro y la prostitución habían dejado de ser inmorales al convertirse en la única forma de subsistencia. Si aceptaba, el zapatero se llevaría su comisión. Se miró el abrigo, desgastado por el uso; había pasado con él los largos inviernos de la guerra, pero de inmediato pensó en Hedy: había crecido y apenas tenía ropa que ponerle para afrontar el frío.

—¿Adónde tendría que ir?

El hombre sacó un papel y se lo entregó. Tenía escrita una dirección.

—Ve allí mañana a las cuatro de la tarde. Di que vas de

parte de Kohler, de lo contrario no entrarás y te arriesgas a que te detengan.

Ella miró la dirección y guardó el papel en el bolsillo.

—¿Y los zapatos?

—¿Cuántas agujas tienes?

—Un bote de cinco, y el carrete está sin estrenar y es de hilo negro. Quiero los mejores zapatos de tacón que tenga.

—Está bien. Ven conmigo.

El hombre se alejó y Victoria le siguió esquivando a la gente, sin perderle de vista. Se detuvo ante un desvencijado carricoche de bebé custodiado por un muchacho de unos diez años de aspecto desarrapado.

—Enséñame las agujas y el hilo.

Cuando Victoria mostró sus productos con la palma de la mano abierta, el hombre le hizo una sutil seña al chico y este intentó arrebatárselos, pero ella la cerró y la retiró a tiempo.

—Primero los zapatos, quiero verlos.

El hombre sacó del interior del carrito un paquete envuelto con un viejo papel de periódico y se los mostró solo un segundo.

—Las agujas y el hilo —insistió antes de entregárselo.

Victoria puso las agujas y el carrete en la mano del chico, y el hombre le dio los zapatos. Al instante, el chico desapareció entre la multitud empujando el carro.

Victoria abrió el paquete y se dio cuenta enseguida de que eran pequeños.

—No son de mi talla.

—Me has pedido unos zapatos, no has especificado talla.

—Un treinta y ocho. Lo ha dicho usted —protestó ella. Le puso el paquete en el pecho—. Devuélvame las agujas y el hilo. No hay trato.

En ese momento se oyeron unos silbatos y todo se desbarató. Hubo una estampida y el gentío se dispersó hacia todas partes. El hombre echó a correr llevándose los zapatos. Victoria trató de detenerle sin hacer caso de la redada, que ya se estaba extendiendo y acorralaba a los más rezagados. Estaba a punto de alcanzarle cuando alguien la empujó y cayó al suelo. Un policía con casco blanco y brazalete militar la agarró por el brazo, la ayudó a levantarse y la arrastró hacia la camioneta en la que iban subiendo a los detenidos.

—Suélteme —gritó indignada, consciente de que había perdido las agujas y el hilo y no había conseguido los zapatos—. No llevo nada, no tengo nada. Solo estaba paseando.

El policía, un joven con las mejillas muy coloradas y la bandera inglesa cosida en la manga de su uniforme, obviaba sus quejas. Ella forcejeó para soltarse y lo consiguió, y al echar a correr se topó con el cuerpo de otro hombre que la sujetó de los brazos como quien atrapa una mariposa por las alas.

—Ya me encargo yo —le dijo en inglés al soldado que había corrido tras ella.

El chico hizo un saludo militar y se alejó obediente a la búsqueda de otra presa. Victoria bregó por soltarse, pero aquel tipo de uniforme la retenía con fuerza.

—¿Es usted Victoria Kiesler?

Ella dejó de resistirse y le miró sorprendida.

—¿Quién lo pregunta?

—Soy el capitán Norton. Robert Norton. —La soltó y los dos quedaron frente a frente—. ¿Es usted la cantante del Kassandra Club?

—¿Por qué quiere saberlo? —respondió mirando a su alrededor, exasperada por el negocio absurdamente fallido que acababa de hacer.

—Necesito hacerle algunas preguntas sobre Stefan von Ribbeck.

Victoria le observó recelosa.

—¿Qué quiere saber?

—¿Puedo invitarla a un café? —preguntó cortés—. Estaremos más cómodos.

Ella le miró unos segundos, analizando su semblante.

—Lo siento. No sé nada de ese hombre.

Echó a andar envuelta en la misma sensación de amenaza en la que vivía constantemente. La explanada del Reichstag se había despejado, volatilizado el jaleo que hasta hacía unos instantes la abarrotaba. Se veía a grupos de detenidos custodiados por los soldados que iban subiendo a los camiones. En la comisaría los identificarían, procederían a decomisar todo lo que llevasen encima y los mandarían a casa de vacío.

—Señorita Kiesler. —Norton acomodó su paso junto a ella—. Le suplico que me dedique unos minutos. No se trata de un interrogatorio. No soy policía. Necesito saber dónde está Stefan von Ribbeck. Le aseguro que no le robaré mucho tiempo.

—Le repito que no sé nada.

—Comprendo su desconfianza. Verá, desde hace dos meses el coronel Von Ribbeck está bajo mi protección. El miércoles pasado se marchó del lugar en el que lo teníamos escondido y no hemos vuelto a verle desde entonces.

—¿De qué conoce usted a Stefan?

—Es una larga historia —dijo el capitán, plantado frente a ella—. Hace frío y está empezando a llover. Si le parece, se lo cuento delante de un café caliente.

Ella se mantuvo inmóvil. No sabía si fiarse, pero sentía curiosidad por escuchar lo que aquel hombre sabía de Stefan y si había alguna forma de volver a encontrarlo porque él no se había presentado en el camerino al final de la noche, pese a que le estuvo esperando.

—Lleva usted uniforme estadounidense. Sin embargo, su alemán es perfecto.

—Nací en Alabama —hizo un amago de sonrisa—, en el profundo sur de Estados Unidos, pero mis padres eran de Múnich; los dos emigraron siendo niños a Tuskegee, allí se conocieron y allí se casaron. En mi casa siempre se habló alemán.

—Norton no es un apellido muy bávaro.

—Mi abuelo paterno se apellidaba Nothelfer, demasiado alemán en su opinión. Se lo cambió al convertirse en ciudadano estadounidense.

Ella le escuchaba atenta sin dejar de observarle. Era un hombre muy atractivo, nada que ver con los varones alemanes que pululaban por la ciudad como almas en pena, tullidos y humillados, raquíticos, carentes de dignidad. Debía de rondar los treinta años, alto, de aspecto sano y corpulento, moreno de piel y con el pelo claro y abundante. Tenía los ojos castaños, pequeños y risueños. Sus labios eran carnosos y rosados y mostraba unos dientes bien cuidados.

Seguía cayendo una fina lluvia que, poco a poco, iba calando el desgastado abrigo de Victoria. Suspiró con gesto desolado.

—Acabo de hacer el negocio más nefasto de mi vida... Creo que me vendrá bien un café caliente.

—Tengo mi jeep aparcado allí enfrente.

Enfilaron la Charlottenburger Chaussee. Dejaron a mano derecha el monumento de guerra soviético que Stalin había ordenado construir al terminar la contienda y que había quedado en el sector británico. Avanzaban en silencio flanqueados a un lado y a otro por la desolación que presentaba el Tiergarten, arrasada su extensa arboleda, sin un atisbo de vida natural en su tierra calcinada sembrada de muerte. Torcieron por Hofjägerallee hasta llegar al número 58 de la Kurfürstenstrasse, una vieja casona en cuyas ventanas se podía leer Café Einstein. A pesar del cartel de la puerta que prohibía la entrada a los civiles alemanes, a Victoria no le pusieron ninguna objeción como acompañante de un oficial norteamericano.

—Solía venir por aquí muy a menudo —dijo ella mientras se acomodaban en una mesa junto a la cristalera—. Servían el mejor café de Berlín.

—¿Mejor que el Moka Efti? No lo conocí, pero dicen que marcó una época.

—El Moka tenía la fama. —Victoria miró a su alrededor con nostalgia—. No había vuelto aquí desde... No sé. Ya ni lo recuerdo.

En ese momento llegó el camarero y Norton pidió dos

cafés. En cuanto se alejó, Victoria trató de averiguar algo más de aquel hombre.

—¿Lleva mucho tiempo en Berlín?

—Desde el mes de marzo, pero no es mi primera vez aquí.

—¿Puedo preguntarle a qué se dedica?

Norton sacó una cajetilla y le ofreció un cigarro que ella rechazó. El capitán prendió uno y continuó hablando.

—La primera vez que vine aquí trabajaba como abogado en un bufete de Nueva York: uno de mis mejores clientes, Noah Carter, tenía una participación en un laboratorio farmacéutico con sede en Berlín, pero no estaba de acuerdo con las políticas de guerra seguidas por Hitler, y quiso cortar toda relación con sus socios, así que en septiembre del 41 me desplacé aquí con el fin de negociar la venta de sus acciones. Conseguí cerrar un trato excelente, se notaba que las cosas en Alemania iban muy bien, a pesar de la guerra. Aun así, tuve que regresar precipitadamente tras el ataque de los japoneses a Pearl Harbor. —Calló y dio una calada a su cigarro—. A principios de este año el Servicio de Seguridad de Estados Unidos me propuso trabajar bajo su mando en territorio alemán, y yo acepté.

—¿Es usted un espía?

—Yo no diría eso —añadió él sonriente—, suena pretencioso. Mi labor consiste en buscar personal alemán de interés para Estados Unidos. Stefan es uno de ellos.

—¿Le busca para juzgarle?

—No exactamente. —Norton se removió; intentaba conseguir la colaboración de Victoria—. Señorita Kiesler, sé que Stefan estuvo hablando con usted en el Kassandra la noche del pasado miércoles. Desde entonces hemos perdido todo contacto con él.

—Me dijeron que Stefan había muerto en Rusia. ¿Dónde ha estado todo este tiempo y por qué no ha dado señales de vida?

—No podía hacerlo.

—Usted sabe qué pasó. Quiero saberlo.

El camarero se acercó, dejó los dos cafés humeantes sobre la mesa y se retiró.

Norton se llevó la taza a los labios y dio un sorbo sin dejar de mirarla.

—El coronel Stefan von Ribbeck fue apresado por los rusos en mayo del 45. Permaneció encerrado en el campo de concentración de Sachsenhausen hasta hace dos meses, cuando dimos con él. No estoy autorizado a contarle cómo conseguimos liberarle, pero lo hicimos. Durante la guerra formó parte de un cuerpo de élite alemán que llegó a recopilar una gran cantidad de información sobre la Unión Soviética: enclaves militares, tácticas y estrategias, infraestructuras, recursos... —Abrió las manos, como si la lista fuese inabarcable—. De ahí mi interés por él. Stefan nos aseguró que tiene información de suma importancia para mi gobierno.

Victoria no pudo evitar replicarle con un marcado tono sarcástico.

—A cambio de inmunidad para él, imagino.

—No soy yo quien establece las normas, señorita Kiesler. Me limito a cumplir con mi trabajo.

—También los nazis cumplieron órdenes, capitán Norton.

Tras un silencio incómodo, Victoria continuó con su particular indagación.

—¿Esa información está contenida en unos microfilmes?

Norton la escrutó unos segundos, analizando su rostro.

—¿Sabe algo sobre ellos?

Ella indagó en sus ojos la honestidad de aquel hombre. Bebió de su café y habló en tono pausado.

—Como usted ha dicho, Stefan fue a verme al Kassandra el miércoles por la noche. Estaba muy nervioso. Quería que yo fuera a recoger los microfilmes.

—¿Le dijo dónde los ha escondido?

Ella guardó silencio. Recordó las palabras del profesor

Seegers sobre lo que debía hacer con los microfilmes. Consciente de que tenía una bomba de relojería en su poder, decidió que aquel hombre, miembro del ejército de Estados Unidos, podría ser el candidato para contarle todo lo sucedido.

—No hizo falta —respondió al fin—, yo ya lo sabía desde esa misma mañana.

El capitán hizo un amago de hablar, pero se contuvo. Ella tomó aire y prosiguió su relato.

—Al poco tiempo de terminar la guerra, Stefan le pidió a mi profesor de Física, el señor Seegers, que se los guardase. Apareció en el Kassandra para pedirme que fuera a buscarlos a casa de él sin saber que le habían asesinado unas horas antes. Aquella mañana había quedado temprano con el profesor, trabajábamos juntos en un proyecto... Pero cuando llegué... —calló unos segundos, alzó las cejas y siguió hablando— su esposa estaba muerta y él estaba malherido.

Victoria le contó lo que pasó, lo que Seegers le explicó sobre Stefan y cómo cogió los microfilmes justo cuando llegaron aquellos dos hombres.

—Yo estaba allí, escondida con ese maldito sobre sin poder hacer nada.

—¿Aún lo tiene usted en su poder? —inquirió ávido Norton.

Ella asintió con un leve movimiento de cabeza. Luego, perdiendo la mirada en aquel doloroso momento, habló con voz queda.

—Le pegaron un tiro en la cara —alzó los ojos y le miró—, a bocajarro.

—¿Sabe quiénes fueron?

—No pude verlos. Hablaban en ruso y vi el coche en que se marcharon, creo que un Opel Kapitän, pero no lo podría asegurar. Tengo la matrícula.

—Si me la dice, puedo hacer averiguaciones.

Victoria lo apuntó en un papel con un lápiz que le dejó Norton. El capitán guardó la nota, aunque le regaló el lápiz. Ella lo aceptó con una sonrisa de gratitud y lo metió en su bolso. Él la observaba, pensativo; arrugó el ceño antes de hablar.

—¿No le resulta muy extraño que Stefan fuera al Kassandra a pedirle a usted que recogiese los microfilmes?

Ella se encogió de hombros, dando a entender que ni siquiera lo había pensado.

—¿Dónde está la casa del profesor Seegers? —volvió a preguntar Norton.

—En el sector soviético. Justo por eso el profesor me pidió que no denunciara ni dijera nada, que era peligroso para mí.

—Por eso no fue él directamente. Se arriesgaba mucho. Desde que salió de Sachsenhausen, los rusos le seguían los pasos muy de cerca. —Inclinó el cuerpo hacia delante para acercarse más a ella, como si reclamara su máxima atención—. Señorita Kiesler, debe entregarme esos microfilmes.

—El profesor me dijo que se los debía entregar a los norteamericanos.

—Soy norteamericano —afirmó él ante la obviedad. Hizo una pausa mirando aquel rostro perfecto; pensó que era uno de los más bellos que había contemplado en toda su vida—. Señorita Kiesler, con esos documentos en su poder está usted en un grave peligro.

—¿Me va a proteger a mí también?

—Si es necesario, lo haré. Pero le ruego que me los entregue.

—Si se los doy, Stefan quedará sin nada que ofrecerles, y ya no les servirá, ¿no es cierto?

—No son solo los microfilmes lo que nos interesa de Stefan.

Ella bebió un trago del café y agradeció el calor en su garganta.

—¿Me da un cigarrillo?

Norton sacó de inmediato una cajetilla de Camel.

—¿Le vale este? —preguntó—. También tengo Lucky Strike. Puede elegir.

—Este está bien, gracias —dijo ella cogiendo un pitillo.

Norton abrió un mechero y lo prendió. Ella aspiró y alzó la barbilla soltando el humo. Le devolvió la cajetilla, pero él la empujó hacia sus manos.

—Por favor, quédesela.

Ella le sonrió agradecida. Estaba casi llena, y esos cigarrillos serían oro en el mercado negro. Ese paquete suponía comida caliente para Hedy.

El capitán Norton la miraba expectante.

Victoria pensó de nuevo en lo que había dicho el profesor. Aquellos microfilmes podrían ser su oportunidad.

—Stefan hizo un trato con ustedes a cambio de esos microfilmes que ahora están en mi poder —dijo con voz sosegada, controlando la situación—. ¿Qué obtengo yo si se los entrego?

—Estoy dispuesto a negociar —afirmó con las manos abiertas en un gesto de ofrecimiento—. Pídame lo que quiera.

Victoria dio una larga calada. Lo miró con una media sonrisa, sabedora de que tenía un as en la manga y que debía utilizarlo con inteligencia.

—Siempre he querido ir a Estados Unidos. Si esos microfilmes son tan importantes para usted, no le resultará difícil conseguirme visados. No solo para mí, tengo una hermana y una hija. Ellas también entran en el trato. Si tengo los visados, le entregaré esos microfilmes.

Norton la observó pensativo. Luego asintió.

—Haré lo que pueda, pero si le soy sincero, no va a ser fácil.

—Esos microfilmes son mi salvoconducto.

—Señorita Kiesler, si los rusos sospechan que los microfilmes están en su poder, irán a por usted, y le aseguro que ellos no negocian ni la van a invitar a un café.

—Sé muy bien cómo se las gastan los rusos, capitán Norton, no hace falta que me lo recuerde.

—Tan solo quiero advertirle del grave riesgo que está corriendo.

—No se preocupe, sé cuidarme sola, ustedes me han obligado a hacerlo.

Tras un silencio, Norton se dio cuenta de que tenía su taza vacía.

—¿Le apetece comer algo? No sé usted, pero yo tengo un hambre feroz.

Ella asintió. Salieron de aquel local y fueron a un restaurante cercano. Pidieron dos platos, sopa con verduras en abundancia, un filete con puré de patata y un pastel de manzana de postre. Victoria no dejó nada en su plato, y cuando vio que Norton dejaba un poco de pastel, le hizo una señal.

—¿No lo va a terminar?

Norton sonrió y lo empujó hacia ella. Victoria sacó de su bolso un pañuelo, puso el pastel con mucho cuidado sobre la tela, lo envolvió y se lo guardó en el bolso. Cuando terminó, le miró y sonrió como si nada. Norton habló con la intención de romper aquel mutismo.

—Me ha dicho que tiene una hija, pero no ha nombrado a su marido en su intención de ir a Estados Unidos.

—Stefan es el padre de mi hija —dijo ella sin rodeos.

La mirada de Norton acusó la sorpresa, aunque no dijo una sola palabra. Se limitó a seguir escuchando.

—No llegamos a casarnos porque empezó la guerra... Tal vez no lo hubiéramos hecho nunca, no lo sé —musitó con pesadumbre—. Lo conocí en la universidad. Tenía dos años más que yo y nos enamoramos casi al instante, fue un flechazo. Era un chico dulce, guapo, atento, inteligente, divertido, lleno de vida y proyectos. —Se detuvo y frunció el ceño, alzó las cejas con un gesto de decepción—. Pero el nazismo me robó su amor. Primero fue la afiliación al NSDAP, luego las

SS; abrazó los postulados nazis; esa fervorosa entrega le facilitó un ascenso meteórico y se convirtió en un alto oficial de las Waffen-SS. Se volvió irascible y prepotente. Discutíamos constantemente: la guerra, ese maldito uniforme que parecía transformarle en un elegante monstruo, todo le hacía diferente al hombre bueno que había conocido. No obstante, seguimos juntos. La guerra le mantenía alejado de mí durante largas temporadas. Reconozco que tenía la esperanza de que, una vez terminada aquella locura, volvería triunfante y, tal vez, podría llegar a recuperar al hombre del que me había enamorado. —Victoria sacudió la ceniza varias veces en el borde del cenicero, pensativa, con una expresión abatida por los recuerdos. Dio un largo suspiro y continuó—: En mayo de 1941 volvió a Berlín con cinco días de permiso. Fue entonces cuando me quedé embarazada. —Negó con la cabeza y miró a Norton con una leve sonrisa—. No volví a verlo hasta la otra noche. Y fue entonces cuando se enteró de la existencia de Hedy.

—Además de su hija y su hermana, ¿tiene usted familia en Berlín?

Ella negó con un gesto.

—La guerra me trajo a mi hija, pero me arrebató a mis padres —dijo melancólica—. Mi madre era cantante de ópera, una de las mejores de su tiempo. Era una mujer especial, una estrella. A mí me tuvo por obligación, por cumplir con mi padre; cuando se quedó embarazada de mi hermana se le agrió el carácter. Siempre la consideró un error. —Suspiró antes de continuar—. Nunca se comportó como una madre, nunca nos trató como a sus hijas: éramos un estorbo en su carrera, por lo tanto, procuró siempre quitarnos de en medio.

—Por lo visto usted ha heredado su voz.

—Bueno, ella era mucho más que una voz, era una diva. —Volvió a sacudir el cigarrillo sobre el cenicero con la intención de desprender la ceniza—. En septiembre de 1939 se embarcó en Glasgow a bordo del Athenia rumbo a Canadá, aunque su destino final era Nueva York, donde tenía previsto cantar en el Metropolitan. A los tres días de travesía, unas horas después de que Inglaterra declarase la guerra a Alemania, un submarino alemán hundió el barco con todo su pasaje.

Victoria se mantuvo callada, evocando el momento en el que su padre les dio la noticia, y recordó que Rebecca no había derramado ni una sola lágrima.

—¿Y su padre?

—Mi padre era un ingeniero excelente y un ejemplo de lo que te podía pasar en este país si decías lo que pensabas. Nunca hablaba de política aunque, a pesar de no ser nazi, sí se afilió al partido. —Le miró fijamente—. ¿Quién podía mantener su trabajo si no lo hacía? El día que Hitler anunció el ataque a Rusia mi padre lo estaba escuchando en la radio de la empresa durante un descanso. Por lo visto murmuró lo que muchos pensaban, que aquella guerra era una locura y que Hitler nos iba a llevar al desastre. Un compañero de trabajo le oyó y le denunció por derrotismo. —Se llevó el pitillo a los labios y aspiró—. Ese mismo día, al llegar a casa, le detuvo la Gestapo, acusado de traición a la patria. Lo encerraron en la prisión de Torgau. Por una escueta carta suya supimos que se había enrolado en los Strafbataillon, los batallones de castigo de la Wehrmacht formados por convictos, delincuentes, hombres arios casados con mujeres judías o penados que quisieran enmendar su delito; estoy convencida de que no fue una elección, aunque en su carta decía que iba voluntariamente. Ocupaban las posiciones más peligrosas, destinados a morir, carne de cañón en el frente. Mi padre cayó abatido en la madrugada del 6 de junio de 1944, durante el desembarco aliado. Muerto sin ningún honor de la patria por la que había entregado la vida. Está enterrado en una fosa común de una de las playas de Normandía. Ni siquiera le dieron una sepultura para que sus hijas pudiéramos llevar flores a su tumba.

—Menuda historia la suya... —murmuró Norton con un gesto amable.

—¿Sabe, capitán? Hace tiempo leí una novela que habla de su país: *Lo que el viento se llevó,* de Margaret Mitchell.

Norton se estremeció al escuchar aquel título.

—Es una historia apasionante. No sé si lo ha leído.

—Varias veces... —susurró él con gesto ausente.

—Entonces recordará la escena en la que Ashley Wilkes, derrotado por la guerra, el hambre, el miedo y la desesperación de no poder sacar a su familia adelante, habla de cómo los sureños se habían creído dioses y que, tras los estragos de cuatro años de cruenta guerra civil, esa sociedad a la que pertenecía, hasta entonces arrogante y engreída, había presenciado un *Götterdämmerung,* un crepúsculo de los dioses. —Se detuvo y observó el rostro de aquel hombre que parecía sufrir con sus palabras—. Capitán Norton, los alemanes nos creímos dioses, pero no imagina lo que hemos vivido aquí, un verdadero ocaso; esta ciudad ha sido un infierno y lo sigue siendo: aunque se hayan apagado las llamas y silenciado las bombas, vivimos en un abismo de pobreza, hambre y miseria. —Jugueteó con la cajetilla de tabaco, con una sonrisa dibujada en sus labios, relajada—. Estoy convencida de que su pasado en Alabama ha sido mucho más sereno que en este lado del mundo.

Él la miró con una expresión consternada. En sus ojos había una profunda amargura.

—Nunca se fíe de las apariencias, señorita Kiesler, puede llegar a cometer un grave error.

CAPÍTULO 2

No hay secreto que el tiempo no revele.

JEAN RACINE

Robert Norton y Katie Coleman se casaron una espléndida mañana de principios de mayo de 1938 en la iglesia de Tuskegee. Los invitados pudieron degustar un delicioso ágape, servido por una legión de camareros y criados negros ataviados con impolutos uniformes, en el amplio jardín de la casa de los Coleman, una vasta construcción de dos plantas, con un gran porche y cuatro altas columnas, que se alzaba señorial mostrando el prestigio de sus propietarios.

La única rebeldía que había mostrado Katie a lo largo de su vida frente a la rígida educación sureña inculcada por su madre había sido enamorarse del hombre inadecuado. Los Coleman, o más bien la señora Coleman, habían pretendido hasta el último minuto casar a su hija con Lucas Ewell, cinco años mayor que Katie, hijo del socio y amigo del señor Coleman y médico del instituto del hospital John Andrews. Sin embargo, los ardides que empleó la señora Coleman para separar a Katie y Robert en beneficio de Lucas Ewell habían resultado fallidos, y no hubo más remedio que ceder ante la evidencia de un embarazo en ciernes. Una vez asumido lo inevitable, y antes de que el escándalo fuera aún mayor, la mujer aceptó de mala gana aquel enlace que, en su opinión, empezaba con mal pie, por mucho que se dijera que un hijo era una bendición de Dios para una pareja de recién casados. Por su parte, el señor Coleman acogió la noticia con alivio: Robert Norton le agradaba para su Katie mucho más que el insoportable hijo de su buen amigo Ewell, quien, por cierto, encajó muy mal la derrota.

Los padres de Robert Norton regentaban un exitoso restaurante en el centro de Tuskegee que se había hecho famoso por su cerveza bávara y sus salchichas Frankfurter o Weisswurst, buena comida al más puro estilo alemán. Desde muy pequeños, Robert y su hermana Rose ayudaban a sus padres en el negocio siempre que las clases y los estudios se lo permitían, en fines de semana o vacaciones. Wolfgang Norton creía firmemente que la educación era el camino más seguro para enfrentar la vida y lo que les permitiría llegar hasta donde se propusieran, por eso puso todo su empeño en proporcionársela a sus dos hijos. Su esposa y él trabajaron hasta la extenuación, ahorrando cada penique con el fin de que sus vástagos pudieran llegar a la universidad. A pesar de los efectos perniciosos para el empleo en los años que siguieron a la Gran Depresión, el señor Norton envió a su hija Rose a una universidad privada en Boston, donde se graduó en Medicina con unas notas excelentes. Unos años después lo hacía en Derecho su hermano Robert en Harvard. Rose, cuatro años mayor que él, encontró trabajo en el hospital John Andrews de Tuskegee, aunque no como médico, sino como asistente del doctor Lucas Ewell. Era algo más que una enfermera, pero con menos capacidad de decisión que su jefe.

Robert había estado formándose como abogado durante un año en el prestigioso bufete Makenzie & Cooper, situado en el corazón de Manhattan, pero, a pesar de la insistencia de los socios del despacho, que le querían en su equipo, optó por regresar a Tuskegee junto a Katie, la mujer de la que estaba enamorado desde los quince años. En el momento de casarse con ella llevaba un año trabajando con Samuel Keating, un yanqui procedente de Nueva York muy comprometido con la defensa de los derechos de los negros.

Oliver Coleman era el hermano mayor de Katie. Había nacido el mismo día que Robert Norton y a muy poca distancia uno de otro. Oliver y Robert hicieron buenas migas desde muy niños, aunque nada tenían que ver entre ellos. Oliver era impulsivo, vanidoso, obstinado, pero también un loco encantador y muy divertido; se atrevía a hacer aquello que el sensato Robert jamás habría hecho, lo que, en varias ocasiones, había puesto a Norton en serios aprietos. Los dos amigos habían asistido juntos a la universidad, pero Oliver no se dedicó a la abogacía, sino que se convirtió en ayudante del fiscal, ya que su padre, el señor Coleman, era el fiscal del distrito con aspiraciones de alcanzar alguna de las altas esferas jurídicas de Washington.

Los recién casados ocuparon una preciosa casa, regalo de boda del señor Coleman. Tenía dos plantas y un porche en la parte delantera. Se encontraba al norte de la ciudad, cerca de la casa principal de la familia Coleman y algo alejada del centro.

Katie llevó mal el embarazo y, para cuidar tanto de la madre como del futuro bebé, Robert Norton contrató a Maudi, una mestiza marcada por «la regla de una gota»: hija de padre blanco y madre negra, a Maudi no la aceptaban los blancos porque era medio negra, y tampoco la querían los negros porque tenía sangre blanca y no se fiaban de ella. Robert la conocía desde hacía años, ya que en muchas ocasiones los había cuidado cuando eran pequeños mientras su madre estaba en el restaurante. Maudi era trabajadora y cariñosa con los niños, y además sabía leer y escribir. Katie estuvo de acuerdo, pero tuvo que bregar con la oposición de su madre, que había pretendido imponer a su propia candidata. Katie estaba encantada con Maudi porque no la dejaba hacer nada. La nueva señora Norton había sido educada para el matrimonio siguiendo la antigua tradición de las damas sureñas propietarias de grandes plantaciones de algodón, según la cual la mujer asumía la gestión del nuevo hogar, poniendo orden, delicadeza y refinamiento. Katie había adquirido todas estas virtudes, pero carecía de carácter, nada que ver con su madre; ella se dejaba llevar, rechazaba cualquier cosa que supusiera un esfuerzo, le asustaba asumir responsabilidades, todo lo delegaba en otros; su mayor virtud era estar siempre perfecta, su pelo rubio recogido en un moño impecable, sus labios pintados, su ropa sin tacha y sus zapatos limpios. Era elegante y exquisita en sus formas, anfitriona ideal en cualquier evento y conseguía que todos los que la rodeaban se sintieran a gusto. También era dulce y alegre, aunque le faltaba la chispa de su hermano Oliver. El gran problema de Katie era la presión constante que su madre pretendía ejercer sobre ella. Ella trataba de desprenderse de su acoso, pero resultaba complicado, porque la señora Coleman siempre estaba presente, opinando, calculando, organizando la vida de los recién casados.

A finales de octubre de aquel año llegaba al mundo el pequeño Ben, diminutivo que se le impuso desde su primer día de vida para diferenciarlo de su abuelo materno, Benjamin Coleman.

Robert Norton tenía un viejo Chevrolet de 1920 muy deslustrado, incómodo y sin capota que avergonzaba a Katie. Él se resistía a cambiar de coche, ya que cumplía su cometido de llevarle y traerle cuando lo necesitaba, que era en muy pocas ocasiones. Le gustaba salir temprano y caminar hasta el centro de la ciudad. Solía almorzar en el restaurante de sus padres, que le pillaba muy cerca del bufete de Samuel Keating. Se sentaba en un extremo del local, cerca de la puerta de la cocina, y mientras comía, observaba a su madre ir y venir cargada con varios platos estratégicamente distribuidos en sus brazos, que iba dejando en las mesas con sorprendente habilidad. Su padre atendía a los clientes en la barra. Resultaba muy gratificante verlos siempre con una sonrisa, siempre alegres, dispuestos a cuidar lo mejor posible a su clientela. Hacía tiempo que habían contratado a una cocinera, la señora Molly, una negra de ojos grandes y saltones, pecho enorme y gruesos brazos, vestida siempre con un delantal almidonado que le cubría el cuerpo y un turbante blanco atado a la cabeza. La mujer había conseguido coger el punto «alemán» a todo lo que se servía en el restaurante. También habían tenido que contratar a un camarero para que los ayudase cuando los dos hermanos Norton se marcharon a estudiar fuera. El acceso al restaurante era el mismo para los blancos y los negros, pero, debido a las presiones recibidas por parte de las autoridades, tuvieron que habilitar una sección aparte para los negros, con el fin de que algunos clientes blancos, demasiado escrupulosos, no se sintieran agraviados al tener que compartir espacio con la gente de color.

Las cosas marchaban bien en la vida de Robert Norton, tenía un trabajo que le gustaba, estaba con la mujer a la que amaba, Ben crecía feliz y aquel nieto había colmado de felicidad a sus padres, conscientes de las pocas posibilidades que tenían de que su hija Rose, siempre independiente, aceptase algún día atarse a un hombre y mucho menos tener hijos. La plácida vida de Tuskegee parecía transcurrir sin demasiados sobresaltos; las gentes solían murmurar lo de siempre, los chismorreos se extendían siguiendo su curso habitual, los domingos las mujeres y los niños se bañaban y los hombres se afeitaban para acudir a la iglesia con sus mejores trajes.

Todo empezó a torcerse la madrugada del 1 de enero de 1939. Después de la cena en casa de los padres de Katie, y de cantar juntos *Auld Lang Syne*, Oliver Coleman invitó a su amigo y cuñado a tomar unas copas en el centro de la ciudad para celebrar la llegada del nuevo año. Se les unió Lucas Ewell y uno de sus asistentes en el hospital, un tipo provocador y pendenciero de nombre Hightower, quien desde hacía tiempo pretendía conquistar a Rose Norton, a pesar de que ella le había dejado claro que no le interesaba en absoluto. La noche transcurrió de un bar a otro cargada de música, alcohol y tabaco. Bien entrada la madrugada, los cuatro hombres regresaban a casa en el nuevo Buick verde de Oliver Coleman, que conducía a demasiada velocidad cuando, a la luz de los faros, aparecieron de repente un grupo de jóvenes que caminaban por un lado de la carretera. Para evitar el atropello, Oliver se vio obligado a dar un súbito volantazo y frenar en seco. Por suerte, los ocupantes del coche solo se llevaron algún que otro golpe y algunas magulladuras sin mayor importancia, pero Oliver estaba furioso. Él fue el primero en bajar del auto, seguido por Lucas Ewell y Hightower, este muy borracho. Robert, que viajaba atrás, fue el último en abandonar el vehículo. El grupo al que estuvieron a punto de atropellar lo formaban tres chicos y dos chicas de color, todos muy jóvenes, ninguno de ellos había cumplido los veinte años. Permanecían inmóviles en medio del camino, aún impactados por el susto. No dijeron nada, solo esperaban, atentos a que ninguno de los ocupantes hubiera sufrido un percance de gravedad.

Hightower, Oliver y Lucas comenzaron a insultarlos y se fueron hacia ellos enfurecidos. Con ademán protector, los chicos se pusieron delante de las dos chicas y uno de ellos, el más alto, vestido con un pantalón azul de dril, camisa blanca y un sombrero echado hacia atrás, trató de calmar los ánimos.

—Lo siento mucho, señor —dijo con amabilidad—. Mis amigos y yo esperamos que no hayan sufrido ningún daño.

Hightower se plantó delante del chico con una expresión mezcla de amenaza y soberbia.

—¡Maldito negro de mierda! —rugió fuera de sí ante el tono sereno de aquel chico—. Que lo sientes... Dices que lo sientes... —Con la respiración desacompasada y sin dejar de mirarle, se desabrochó el cinto de cuero del pantalón y lo agarró por la parte contraria a la hebilla—. Yo haré que lo sientas de verdad.

Alzó la mano y le soltó un latigazo con toda la fuerza de su brazo. El chico se inclinó a un lado, pero no pudo evitar que le atizara en la cara.

Los demás se apartaron asustados, caminando hacia atrás, agarrados unos a otros, buscando apoyo para defenderse. Oliver y Lucas permanecían flanqueando la figura de Hightower, uno a cada lado, con la misma actitud arrogante y malévola.

—¡Arrodíllate, maldita sea! —gritó Hightower con autoridad, blandiendo la correa—. Bésame las botas si no quieres que te azote hasta arrancarte la piel, a ti y a todos tus sucios amigos.

El muchacho se quedó quieto, con más respeto que miedo.

—Señor, le he pedido disculpas...

—¡Te he dicho que te arrodilles! —bramó Hightower señalando hacia el suelo, y volvió a fustigar el cinto sobre sus hombros.

Las risas beodas de Oliver y Lucas rompían el tenso silencio. Robert alzó la voz, detrás de ellos.

—Déjalo ya, no ha sido culpa suya. Oliver iba demasiado rápido. Vámonos a casa de una vez. Estoy cansado.

Hightower ni siquiera se movió. No dejaba de mirar al joven negro que se mantenía frente a él con una dignidad vacilante.

—Agáchate y bésame la bota o lo lamentarás. —Esta vez el tono fue muy pausado—. Hazlo...

El chico miró un instante a sus amigos, que permanecían a un lado, paralizados por la amenaza y el miedo. Luego, en medio de un estremecedor silencio, miró al suelo, se arrodilló lentamente, primero una rodilla, luego la otra, se inclinó para bajar la cabeza, y justo cuando estaba a punto de tocar la bota, Hightower lanzó el pie contra el rostro del chico. El golpe le tiró al suelo. El chico miró perplejo a su agresor con la mano en el labio partido y se levantó con movimientos pausados.

Los tres hombres reían a carcajadas. Robert lo observaba todo desde la distancia, apoyado el cuerpo en el coche, deseando zanjar aquel circo.

—Hazlo otra vez —ordenaba Hightower—. Arrodíllate y besa mis pies. Has estado a punto de matarnos a los cuatro, así que te arrodillarás y me besarás las botas cuatro veces, para resarcirnos a todos... —Señaló con el dedo al suelo—. ¡Vamos!

Robert perdió la paciencia; avanzó hasta situarse entre el muchacho y Hightower, y le miró a los ojos.

—Basta ya —repitió—. Deja que se vayan.

—Tú ¿qué eres? —le espetó el otro—. ¿Un defensor de *niggers*?

—No, no lo soy —habló con un deje irritado—. Me importan un bledo los negros y tus ajustes de cuentas con ellos. —Mentía, no le gustaba ese acoso a los negros por el mero hecho de serlo, pero no le apetecía discutir sobre ese asunto con Hightower—. Lo que quiero es irme a casa. Y tú deberías hacer lo mismo. Es muy tarde...

Hightower hizo una mueca. Miró a Oliver, que estaba a su derecha, y su labio superior se alzó un instante. No era una sonrisa. Luego se giró a su izquierda, donde Lucas le observaba atento. En la expresión de los tres hombres había un reflejo de mofa por la intervención de Robert.

—Está bien —dijo abriendo los brazos con aire socarrón—, está bien... Vayámonos a casa... Dejemos que estos perros sarnosos se marchen sin un escarmiento.

Se dio la vuelta y se agarró a Oliver Coleman echándole el brazo por los hombros. Cuando Robert echó a andar hacia el coche, Hightower se giró de forma imprevista y trató de embestir al chico negro, que logró esquivarle con un hábil movimiento. Con el impulso, Hightower perdió el equilibrio, trastabilló unos pasos hacia delante y cayó de bruces contra el saliente de una roca al borde de la carretera.

El golpe sonó fuerte y seco. Durante unos largos segundos, todos permanecieron quietos, expectantes a la reacción de Hightower, que continuó inmóvil en el suelo, las piernas abiertas, los brazos dislocados sobre la tierra y la cabeza ladeada contra el suelo, iluminada la escena por los faros del coche. Oliver se acercó a él, le dio con el pie manteniendo apenas el equilibrio que le había arrebatado el exceso de whisky.

—Vamos, levántate, no seas capullo.

Pero Hightower no lo hizo. Lucas Ewell se inclinó hacia él y se dio cuenta de que tenía los ojos abiertos; sin embargo, no había mirada en ellos y un hilo de sangre le manaba de la sien. Alarmado, le buscó el pulso.

—Está muerto —dijo con la voz ahogada mientras se levantaba lentamente.

Un silencio sepulcral condensó el aire húmedo de invierno haciéndolo irrespirable.

—¿Muerto? —preguntó Oliver Coleman, con la dicción beoda—. No puede ser...

Ewell se acercó hasta el grupo de chicos y se enfrentó al que había hablado.

—Sé quién eres, maldita sea. No te había reconocido hasta ahora porque de noche sois todos iguales... —Hacía un esfuerzo por que su voz gangosa fuera clara—. Eres el hijo de John Sanders, ese malnacido...

Los chicos tiraron de su amigo para alejarse. Estaban muy asustados. Robert se acercó hasta ellos.

—¡Marchaos de aquí! —les gritó—. Vamos, largaos de una vez.

—¡No te escaparás, Sanders! —bramó Ewell con el puño en alto—. Dile a tu padre que me cobraré mi venganza.

Los chicos se alejaron muy despacio, hasta que, a una cierta distancia, con la confianza suficiente, echaron a correr y desaparecieron en la oscuridad.

Jimmy Sanders fue detenido en la tarde del día siguiente acusado de asesinar a Brent Hightower. De nada sirvió la versión que ofreció Robert Norton, ya que tanto Oliver como Lucas se pusieron de acuerdo para alegar que, cuando sucedió todo, Robert dormía la mona en el interior del coche y, por lo tanto, no pudo ver nada. El hecho de que Oliver Coleman, ayudante del fiscal de distrito, hubiera sido testigo directo y declarara que Hightower había sido atacado y golpeado de forma violenta por el acusado bastó para que se le imputase su asesinato. Los testimonios de los amigos de color de Sanders no se tuvieron en cuenta.

—Quiero defender a Jimmy Sanders.

Robert Norton había contado todo lo ocurrido a Samuel Keating. Este le había escuchado con atención, sin interrumpirle, hasta que oyó esa frase de labios de su protegido.

—¿Eres consciente de que el fiscal del distrito al que te enfrentarás es tu suegro? ¿Cómo crees que se lo va a tomar Katie? —preguntó, pero Norton mantuvo un mutismo reflexivo—. Si te embarcas en este asunto es muy probable que se cree un grave conflicto en tu matrimonio.

Robert bajó la cabeza con la intención de ocultar la duda en sus ojos. Negó con un leve movimiento y volvió a alzar la cara, mirando de nuevo a su jefe.

—Yo vi lo que pasó... —Le miró con los ojos graves, fijos, y habló con voz serena—. Fue un accidente, señor Keating. Ese hombre es inocente. Es la verdad.

Keating resopló.

—La verdad es la que se forme el jurado con los elementos que ellos elijan, no con lo que tú aportes. —Le observaba con las pupilas apagadas—. Robert, aquí no hablamos de lo que es justo o injusto o de lo que es cierto o una burda mentira. Debemos bregar con las leyes y costumbres que tenemos, no nos queda otra. Ni una sola vez he salido airoso de un juicio defendiendo a un hombre de color acusado de un delito contra un blanco. En un caso semejante, los miembros del jurado seguirían pensando que el negro es culpable, aunque les diera con las pruebas más irrefutables en la cabeza. Esta clase de escrúpulos son muy difíciles de cambiar.

—Pero aun así usted los defiende.

—Porque estoy convencido de que es necesario hacer valer los derechos de todo ser humano, el derecho a un juicio justo, cualquiera que sea el crimen por el que se le acusa. Pero eso no quiere decir que los que componen los jurados se atengan siempre a la justicia que yo defiendo. Ellos lo entienden de otra manera, y muy poco se puede hacer ante eso.

—Entonces, ¿de qué nos sirve la justicia? ¿Para qué tenemos tribunales?

—La justicia está para ejercitarla, y los tribunales para hacer cumplir la ley, aunque cuando se trata de negros esa ley se retuerza sin apenas consecuencias, salvo para ellos. —La firmeza de Keating se acompasaba con la tranquilidad de su expresión—. La mayoría de los blancos de esta ciudad cumplen con sus obligaciones como ciudadanos, son padres diligentes, buenos maridos o esposas virtuosas, trabajadores responsables, acuden puntuales a la iglesia cada domingo y dan limosna al necesitado. Pero cuando se trata de prejuicios instalados en lo más profundo de la conciencia, olvidan todo lo que los hace honrados vecinos y se vuelven animales rabiosos sedientos de venganza, una venganza que ni les concierne ni les aporta nada, ni siquiera la satisfacción de ver reparado un daño, porque no es su daño, pero la perversión de las costumbres arraigadas hasta la médula o el temor a ser señalados por el resto los incapacita para actuar de otra manera.

Los dos hombres se mantuvieron callados durante un rato. Keating encendió un cigarro con parsimonia, aspiró el humo y lo expulsó lentamente entre los labios. Tenía ese aire de inquebrantable respetabilidad que siempre había apreciado Norton.

—Yo he pagado un precio muy alto por defender este tipo

de casos, muchacho. Mi esposa no pudo soportarlo... Ella no pudo soportar la presión. —Se llevó el cigarrillo a la boca con la expresión ensombrecida—. Ni un solo día he dejado de preguntarme si podría haber evitado su muerte.

—Fue un infarto, señor Keating. Nadie podía prever lo que pasó.

Keating le miró y le dedicó una apesadumbrada sonrisa.

—O tal vez sí... —murmuró cabizbajo.

En los días previos al fallecimiento de la señora Keating, estaba a punto de celebrarse un juicio en el que se acusaba a tres hombres de color de violar a una mujer blanca. Samuel Keating era el abogado de los tres hombres. Él intuía que su esposa había sufrido en la tienda el acoso de miembros del Ku Klux Klan para que le convenciera de que abandonase el caso. Ella nunca le habló del asunto. Dos días después de enterrar a su esposa, el señor Keating se presentó en el juicio, defendió a los tres chicos, demostró con pruebas inequívocas que la chica no fue violada por los acusados sino por el que era su prometido, al que trataba de proteger con aquella infame acusación; sin embargo, el jurado, formado por doce hombres blancos, condenó a los acusados por unanimidad. A pesar de que Keating presentó la apelación a la sentencia, unos meses después fueron colgados.

El silencio fue una muestra de respeto. Al cabo, Robert habló en tono sosegado, firme, poniendo énfasis en su convencimiento.

—La madre de Sanders ha venido esta mañana a primera hora para pedirme que defienda a su hijo. Está dispuesta a venderlo todo para pagarme. Ella sabe que yo le vi. Tengo que hacerlo, señor Keating, yo soy su única esperanza.

Keating le observó con una mezcla de prudencia y admiración.

—Si defiendes a Jimmy Sanders, habrá consecuencias graves. No solo para ti, también afectará a tu familia: tus padres, tu hermana, tu hijo, incluso Katie se verá perjudicada, a pesar de ser una Coleman. Yo estoy solo, no me importa que haya gente que aparte la mirada a mi paso, que me llamen *amanegros* o me señalen. Conozco bien al fiscal Coleman —insistió—. Las presiones serán muchas. No se detiene ante nada, tampoco lo hará contigo por muy yerno suyo que seas, incluso tal vez actúe con más saña por eso mismo... Sin contar con ese indeseable de Lucas Ewell, que hará lo que sea por salirse con la suya. He ahí todos los ingredientes para la tormenta perfecta. Hay que tener la sangre muy fría para soportar la presión, o nada que te ate a este mundo.

—Señor Keating, desde que tenía quince años he asistido a todos los juicios en los que usted actuaba. Me resultaba admirable la dignidad y el pundonor que mostraba en el estrado. Me hice abogado porque quería ser como usted... —Le miró con insistencia, buscando su aprobación—. Una vez le oí decir que la victoria no está en la sentencia. La victoria se halla en la conciencia de cada uno.

Sin dejar de mirarle, Samuel Keating apagó el cigarrillo aplastando la colilla en el cenicero y expulsó el humo entre los dientes. Alzó las cejas, abrió sus manos y asintió.

—Está bien, Norton, si eso es lo que quieres, no te dejaré solo en esto. Me tendrás a tu lado.

Se estrecharon la mano como señal de mutuo compromiso. Keating sonrió con una expresión de orgullo por su discípulo. Tenía cuarenta y cinco años; era bajo de estatura, robusto de cuerpo, su abundante pelo castaño empezaba a encanecer por las patillas; sus ojos eran oscuros y risueños, aunque en su mirada siempre había un reflejo de melancolía. Se había instalado en Tuskegee, renunciando a un prometedor futuro profesional en el norte, tan solo por complacer los deseos de su esposa de regresar a su Alabama natal, donde residía su madre enferma, que regentaba una tienda de telas en el centro de la ciudad. Al fallecer la madre, la señora Keating se había hecho cargo del negocio. Una mañana la señora Keating no despertó. El señor Keating cargó con la angustiosa sensación de culpa de haber provocado el infarto que había acabado con la vida de su esposa.

—¿Cuándo pensabas decírmelo? No puedes hacerme esto, Robert. No es posible que nos hagas una cosa así.

Katie estaba furiosa. Se movía de un lado a otro, los puños apretados, dirigiéndose a su marido, que permanecía sentado en el sillón junto a la chimenea. La madre de ella lo observaba todo desde la otra butaca, muy tiesa, muy seria, los labios prietos, haciendo un gran esfuerzo para no soltar lo que le pasaba por la cabeza. Había sido ella quien había llevado la noticia a su hija: su marido sería el abogado defensor de un negro, en contra de su propio padre y de su hermano. A la señora Coleman, el solo hecho de pensarlo le provocaba escalofríos.

—Es la comidilla de toda la ciudad —objetó esta sin poder reprimirse con una expresión ofendida—. Si sigues adelante con esto, se convertirá en un escándalo que nos salpicará a todos.

—Vas a actuar contra mi padre —intervino Katie nerviosa—. ¿Cómo crees que voy a asumir todo esto?

—Con naturalidad, Katie —respondió él dedicándole una sonrisa a su esposa—. Tu padre es fiscal, yo soy abogado defensor, cada uno tenemos nuestro cometido y cumplimos con nuestra obligación...

—No, Robert —le interrumpió fuera de sí—. No puedes hacerlo. Tú no. Que lo haga ese Keating. No te expongas, te lo suplico.

Robert tenía los ojos puestos en el fuego. El niño rompió a llorar. Él se levantó y fue hacia el capazo, pero Maudi entró como una exhalación en la sala y le cogió en brazos antes de que su padre llegara a alcanzarle. Robert acarició la manita del bebé y se la llevó a los labios con un beso mientras le dedicaba unas tiernas palabras en alemán.

—No le hables en ese idioma, por el amor de Dios —le recriminó Katie incómoda al advertir la expresión de horror de su madre.

Robert hizo un gesto a Maudi para que se llevara al niño. Se volvió hacia su esposa, las manos entrelazadas a la espalda, la expresión tranquila, a la par que su conciencia.

—Te he contado lo que pasó, Katie. Ese chico es inocente.

—Mi hermano y Lucas dicen que estabas tan borracho que no te enteraste de nada.

—Por lo que veo, los crees a ellos y no a mí.

—¿Por qué iban a mentir? —preguntó indignada la señora Coleman.

—No lo sé —contestó Robert airado—. Debería preguntárselo usted a su hijo. Lo que sí le aseguro es que yo no miento.

—Qué importa eso, Robert —replicó su esposa—. Se trata de un negro. No puedes poner en peligro nuestra reputación, mancillar el nombre de los Coleman por querer emular a ese loco de Keating, que te llena la cabeza de pájaros...

—Un comunista —recalcó la señora Coleman con un tono envenenado—. Eso es lo que es, un sucio judío y un peligro para la estabilidad de esta ciudad. Siempre lo ha sido.

Robert se revolvió hacia ellas indignado por primera vez.

—No es ningún loco —dijo a su esposa enfadado—. Y no es comunista ni judío —rebatió con aspereza a su suegra—. No tiene usted ni idea de lo que dice.

—Pues deja que le defienda él —insistió Katie suplicante—. No nos hagas esto.

Robert relajó de nuevo el gesto. Se acercó hasta ella, la tomó con suavidad por los hombros y la besó en la frente. Le sonrió mostrando ternura en sus ojos.

—Lo siento, Katie, debo hacerlo yo. —La soltó, se dio la vuelta y se alejó unos cuantos pasos hacia la puerta, pero antes de salir se detuvo—. Quiero que quede clara una cosa: he sido yo el que ha elegido defender a ese chico. La decisión es mía, no de Keating. Y lo voy a hacer hasta el final, cueste lo que cueste, porque se merece una defensa como cualquiera, y porque es inocente.

Cuando salía de su casa vio llegar el fastuoso Lincoln Model K Coupe conducido por el señor Coleman. Norton ralentizó el paso y el coche frenó a su lado. Esperó a que su suegro descendiera y los dos hombres quedaron frente a frente.

—Buenos días, Robert. ¿Está mi esposa en tu casa?

—Sí, señor Coleman, está con su hija.

Robert hizo ademán de seguir su camino, pero la voz de su suegro le retuvo.

—¿Piensas hacerlo?

—Debo hacerlo, señor.

Coleman se mantuvo en silencio durante un rato, analizando a su yerno.

—Seré implacable, Robert.

—No espero otra cosa de usted, señor.

—Nos veremos en el juicio, entonces. —Coleman se tocó el sombrero y esbozó una leve sonrisa—. Te deseo suerte, muchacho, la vas a necesitar.

Le dio una palmada en el hombro y se adentró en la casa. Norton observó cómo se alejaba. Sentía por aquel hombre un gran respeto. Bajo su gesto severo se escondía un ser humano sosegado y afable. Era un gran conversador, sus opiniones resultaban interesantes y siempre tenía la sensación de aprender cosas de él. En su juventud había sido uno de los más asiduos al restaurante de sus padres y tenía muy buena relación con su padre, hasta que se casó con la señora Coleman; entonces tuvo que alejarse de la gente basura, como ella llamaba a los que no consideraba de su clase. En alguna ocasión, después de varias copas, le había llegado a confesar a su yerno cuánto echaba de menos los platos alemanes de los Norton.

Robert emprendió el camino en dirección al centro de la ciudad. Pasó por delante de la carpintería del señor Joyce, que le había construido una preciosa cuna para su hijo, además de algunos de los muebles que decoraban su nueva casa. El hombre estaba sentado en la bancada de la puerta, muy concentrado, tallando una figura en un trozo de madera.

—Buenos días, señor Joyce —saludó Robert con amabilidad.

El carpintero alzó la vista, le miró un instante, escupió al suelo y siguió con su tarea, ignorando el saludo. Robert se detuvo, extrañado.

—Señor Joyce —su tono era suave y cordial—, le he dicho «buenos días».

—No saludo a un *amanegros* —replicó sin levantar la vista de su tablero—. Váyase al diablo, Norton, usted y todos sus amigos *niggers*.

Robert le observó unos segundos: su pelo cano, sus manos angulosas y fuertes, su mandil de cuero y sus botas recias. Decidió no responder a la ofensa y continuó su camino hasta llegar al restaurante de sus padres. Estaba casi vacío, algo nada habitual a esa hora de la mañana. Vio a sus padres hablando al final de la barra. Robert se acercó hasta ellos y se sentó al otro lado del mostrador.

—Buenos días, hijo —dijo su madre en alemán—. ¿Cómo está mi pequeño Ben?

—Creciendo, madre, y llorando mucho. Resulta agotador, sobre todo para la pobre Katie. Menos mal que está Maudi, no sé qué haríamos sin ella.

—Es hijo de su padre; menudas noches nos diste en tu primer año.

—Matilda, tráele un café al chico.

—Muy cargado, por favor —lo aceptó Robert.

Miraba a su padre, que a su vez le observaba con esos ojos escrutadores que él conocía tan bien. Cuando su madre se alejó para preparar el café, Robert dirigió la mirada hacia el local.

—¿Qué pasa hoy? ¿Por qué hay tan poca gente?

El padre arqueó las cejas. Con expresión seria, apoyó los codos sobre la barra para acercarse más a su hijo.

—Se han enterado todos, Robert. Ayer por la tarde estuvieron aquí tu cuñado Oliver con ese Lucas Ewell y otros dos fanfarrones que desprecian el más común de los sentidos que es la convivencia pacífica de un pueblo pacífico. A esa hora el local estaba lleno a rebosar. Gritaron como hienas asustando a todo el mundo; nos acusaron de proteger a los negros, incluso se metieron con la señora Molly. —Wolfgang soltó una risotada—. Si la hubieras visto... Se puso hecha una fiera con ellos. Casi los atiza con una sartén.

—¿Os hicieron algo? —se alarmó a pesar de las risas de su padre.

—No, no... No te preocupes. Son inofensivos. Fue algo desagradable, nada más.

Matilda Norton se acercó con el café y unos huevos revueltos con tostadas. Robert apartó el plato que le había puesto delante.

—Solo quiero café, gracias. No tengo hambre.

—No permitas que esa gente te quite el apetito, Robert —le dijo ella.

Volvió a acercarle el plato con esa expresión persuasiva que solo una madre puede mostrar. Robert cogió el tenedor y, cabizbajo, hurgó en el revuelto sin llegar a llevárselo a la boca. En ese momento se oyó tintinear la campanilla de la puerta y su hermana Rose apareció con gesto serio. Llevaba un vestido de flores bajo un abrigo de lana gris y un sombrero de fieltro color canela. Las botas de hombre le daban un aire recio a su forma de caminar. En cuanto los vio, se acercó a ellos. Casi nunca llevaba polvos en la cara y tampoco solía pintarse los labios ni las uñas, convencida de que trabajar en el hospital no requería esas fruslerías, pero aquel día Robert notó que sí se había maquillado y sus uñas brillaban con una capa de Cutex Natural. Llevaba un grueso libro bajo el brazo, lo dejó sobre la barra y se sentó junto a su hermano.

—Dame una Coca-Cola, por favor —pidió dirigiéndose a su madre—. Necesito algo que estimule mi mente. —Luego miró a su hermano y le sonrió, dándole un ligero empujón cariñoso en el hombro—. Buena la has montado, hermanito. Ese Lucas Ewell va diciendo barbaridades sobre ti por toda la ciudad, es un indeseable, igual que tu cuñado.

—¿Te han hecho algo?

—Que no se atrevan, que les parto la espalda —dijo convencida. La madre dejó la botella de Coca-Cola delante de su hija. Ella la cogió y bebió un trago—. ¿Cómo ha reaccionado Katie?

—Se lo ha contado su madre... Me insiste en que no puedo hacerlo.

—¿Cómo has dejado que se entere por esa bruja? —criticó su hermana.

—No la llames bruja —le reconvino Matilda.

Robert bebió un sorbo de su café antes de hablar.

—Tienes razón, debería habérselo dicho yo, pero no encontraba el momento. —Tras un silencio incómodo, continuó hablando con los ojos puestos en su padre—: Si os quedáis sin clientes... No quiero crearos problemas.

—No eres tú el que crea problemas —objetó Wolfgang—. Ellos son el problema, y nada ni nadie puede solucionar eso, al menos nosotros no lo veremos.

—No todos —precisó Rose—. Hay mucha gente que no piensa igual, pero tienen miedo a que los señalen, a que la gente deje de comprar en su tienda o se cruce de acera cuando se encuentren con ellos... Hay que entenderlos. La presión es mucha y no todos son fuertes como los Norton. —Alzó el puño cerrado, sonriente.

Robert bajó de nuevo los ojos hacia el plato humeante. Su postura denotaba preocupación.

—Vosotros me habéis enseñado que las cosas en las que uno cree hay que hacerlas, aunque tengan consecuencias. Yo vi lo que pasó, fue un desgraciado accidente. Ese chico es inocente.

—No quiero que te disculpes —dijo su padre con firmeza—, te creemos, y tu deber es defender a ese chico. Y debes hacerlo con la mayor dignidad posible. —Miró el local vacío—. Esto será así durante unos días. Podremos soportarlo. No tardarán mucho en volver. La vida no es la misma sin los deliciosos platos de la señora Molly.

—Tiene razón papá —añadió Rose—, esto no durará mucho. Mientras tanto, habrá que aguantar. —Miró a su madre—. Dile a la señora Molly que me prepare una de sus deliciosas Bratwurst bien tostada, por favor. Me muero de hambre.

Su padre se alejó de ellos para atender a un hombre de color que acababa de entrar.

—¿Qué lees? —Robert señaló el libro que su hermana había dejado sobre la barra.

Ella lo tomó en sus manos, acarició la cubierta y se lo mostró.

—*Lo que el viento se llevó*, de Margaret Mitchell.

—He oído hablar de él —afirmó él echándole una ojeada—. Dicen que es muy bueno.

—Refleja como nadie el carácter de esta tierra, aunque creo que trata de blanquear nuestro oscuro pasado. Plantea el dilema de si todo vale con tal de salvar del hambre y la miseria a aquellos a los que amas. Le dieron el Pulitzer hace dos años y están rodando una película. Me quedan cien páginas. Te lo pasaré cuando lo termine para que juzgues tú mismo.

Los dos guardaron silencio. Sabía que algo le preocupaba.

—Imagino que estarás desolada —dijo él en un intento de levantar los ánimos—. Con la muerte de Hightower te has quedado sin pretendiente.

—Hightower era un malnacido —contestó ella en un tono desabrido, como si el hecho de nombrarlo le produjera grima. Luego se quedó callada, mirando fijamente el líquido oscuro de su botella. Arrugó la frente y se giró hacia su hermano—. Robert, ¿qué pensarías...? —Se detuvo y apartó la mirada—. Bah, déjalo... No importa...

Su hermano la miró de reojo. La conocía muy bien. Pese a

su aspecto delicado —alta, rubia y muy delgada—, Rose era fuerte como un roble, resolutiva, nada se le resistía. Su seguridad en todo lo que hacía ahuyentaba a cualquier hombre que pretendiera someterla. Era un espíritu libre, como decía su padre.

—Rose, soy tu hermano pequeño, siempre te he escuchado, lo quisiera o no... Suelta de una vez qué es lo que te preocupa. ¿Es por el asunto de Sanders?

—Sanders tendrá la mejor defensa posible gracias a ti, estoy segura. Pero no es eso lo que me preocupa, ni siquiera las presiones que van a ejercer sobre ti y tu entorno. —Echó una rápida mirada al local vacío. Bajó los ojos y encogió los hombros, tensa—. Es muy posible que tenga que marcharme de Tuskegee.

—Habrá buenas razones para ello, imagino.

—Son muchas las razones, una de las principales es que cada vez soporto menos mi trabajo en el hospital. Lo que estamos haciendo con esos hombres es tan repugnante...

—¿Ese experimento? —Ya habían hablado antes de ello.

Ella asintió con un gesto.

—Llevan seis años sin recibir tratamiento, los estamos engañando...

—¿Por qué no lo dejas? Abandona. Te lo he dicho varias veces. Eres médico, no enfermera, tu puesto no es ese. No tienes que estar allí, déjalo de una vez.

—No es tan fácil... —murmuró desencantada—. Ellos, sus familias, sus mujeres y sus hijos, confían en nosotros. Creen que los estamos curando y todo es una mentira. Los utilizamos como conejillos de Indias solo porque son negros.

—¿No hay ni un solo hombre blanco en ese estudio? Seguro que habrá más de uno con sífilis.

—A los blancos se les da medicación, los intentamos curar. Eso no ocurre con los negros.

—Me contaste que en Oslo se había hecho algo similar con hombres blancos.

—Lo de Oslo fue distinto. Se trataba de un estudio retrospectivo de la evolución de la sífilis en hombres ya contagiados y con la enfermedad muy avanzada, y solo duró unos meses. Es cierto que los tratamientos para estas enfermedades venéreas son muy tóxicos, pero se está avanzando mucho, y creo que en poco tiempo habrá una solución más efectiva, al menos para paliar los daños más graves; el deterioro y el sufrimiento a los que aboca la sífilis pueden llegar a ser terribles. Sin embargo, a los hombres de color de Tuskegee no se les está haciendo un estudio con el fin de curarlos, sino para ver cómo evoluciona la enfermedad en sus cuerpos. No es algo terapéutico. Es como si dejásemos que una persona se desangrase por una herida con el único fin de observar cómo reacciona su organismo. —Hizo una pausa con el ceño fruncido, movió la cabeza y la voz salió ronca de su garganta—. Estudié Medicina para curar, no para observar cómo enferman hombres utilizados como cobayas con la pobre justificación de que se hace en beneficio de la humanidad... ¿De qué humanidad? ¿La de los blancos? Es una locura...

Robert arrugó el ceño.

—Me molesta que te vayas por un asunto así, aunque respeto tu decisión.

—No es solo por ese maldito experimento. —Rose le miró y el semblante se le iluminó con una sonrisa—. Hay algo más... —Le agarró la mano con un gesto cariñoso—. Robert, creo que me he enamorado...

Él tardó unos segundos en reaccionar. Nunca antes su hermana había mostrado interés alguno por ningún chico salvo cuando con catorce años se enamoró perdidamente de su profesor de Aritmética, enamoramiento que duró hasta el verano, cuando el profesor se marchó a Virginia para casarse con la hija de un tendero de Richmond.

—Pero eso es fantástico. Mi hermanita, la más dura del condado, por fin ha caído en las redes del amor... Debe de ser un tipo muy especial para que te hayas fijado en él.

—Lo es: interesante, inteligente, guapo, bueno, delicado. En fin, todo un caballero.

—Tiene que ser de fuera porque no se me ocurre un solo hombre en esta ciudad que cumpla con todas esas virtudes. ¿De quién se trata?

Ella sonrió satisfecha.

—En efecto, es de Nueva York, y creo que no le conoces, al menos él no había oído hablar de ti hasta ayer, precisamente por el tema de Sanders. Se llama Caleb Douglas. Es médico especialista en enfermedades venéreas, llegó hace unos meses al hospital. Le han enviado de Sanidad para recopilar información sobre el «experimento Tuskegee».

—Me alegro por ti, Rose. Imagino que cuando él se vaya, te irás con él.

—Caleb podría quedarse. Le han ofrecido un buen sueldo, una casa y ser el director del experimento, pero lo ha rechazado. —Sus ojos estaban fijos en la botella que tenía entre las manos. De repente le miró—. Robert, la razón por la que me iré de Tuskegee es porque aquí Caleb y yo no podríamos casarnos.

Robert la miró mientras asimilaba despacio el sentido de esas palabras.

—¿Caleb es negro?

Ella asintió.

La réplica de Robert surgió ahogada de su garganta.

—Rose, por favor, ten mucho cuidado...

—¿Te has enterado de esto?

El señor Keating dejó un ejemplar del *New York Herald Tribune* sobre el escritorio. Robert lo cogió y lo desplegó. Una fotografía ocupaba casi toda la portada: un anfiteatro presidido por una enorme esvástica lleno de hombres uniformados en un orden de apariencia milimetrada.

—¿Es Berlín?

Keating negó con la cabeza y puso el dedo índice sobre el periódico.

—Es el mismísimo corazón de Nueva York. El Madison Square Garden, nada menos, lleno absoluto. Fue hace apenas una semana, el 20 de febrero. Y no es el único acto de apoyo a las políticas de ese fanático de Hitler.

—Parece que el odio se extiende hacia este lado del océano.

—Por desgracia, está anclado en este país desde hace tiempo. En vez de judíos, pon negros y ahí lo tienes. Las leyes de Núremberg que los nazis aprobaron hace cuatro años se moldearon sobre nuestras leyes de segregación de Jim Crow, esa cínica doctrina de «iguales pero separados».

—Mis padres tienen familia en Alemania, primos y tíos que les informan de la complicada situación en la que se hallan los judíos que se han quedado allí. Los acosan y los maltratan, muchos de los que han salido del país lo han tenido que abandonar todo. Debe de ser algo abrumador.

Keating prendió el cigarrillo y se alejó de la mesa de Robert para acercarse a la suya.

—Es sorprendente y contradictorio a la vez —dijo sin mirarle—. La gran mayoría de los estadounidenses condena la política nazi contra los judíos, pero esa misma mayoría rechaza que se abra la mano para admitir en nuestro país a más refugiados judíos que huyen del nazismo. Condenamos, pero que no nos molesten con su presencia. —Cogió el periódico y buscó una página, lo dobló por la mitad y se lo mostró señalando con el dedo un artículo—. Dorothy Thompson, una mujer extraordinaria, la conocí en Nueva York. Fue corresponsal en Berlín, consiguió entrevistar a Hitler en 1931 y criticó la deriva de locura, a pesar de que se la jugaba. Eso le supuso el «honor» de ser la primera corresponsal extranjera expulsada por el gobierno nazi en 1934. En este artículo ha dado en el clavo al considerar una falta de humanidad de nuestros tiempos el hecho de que, para miles y miles de personas, un trozo de papel con un sello sea la diferencia entre la vida y la muerte. Son muchos los que claman volver a la política de *American First* de los presidentes Wilson y Harding. Nuestro país y nuestros ciudadanos primero —murmuró con gesto frustrado.

Robert cogió el periódico y leyó el artículo. Keating daba paseos a un lado y otro del despacho, inquieto.

—Roosevelt se resiste a entrar en cualquier provocación de Alemania, sigue una línea de apaciguamiento que están manejando Inglaterra y Francia. Pero ese Hitler no tiene límites, y la guerra en Europa es inevitable.

—Ojalá se equivoque —replicó Robert.

—Me temo que no será así, y lo vamos a ver antes de lo que imaginamos. —Se detuvo unos segundos, pensativo. Echó una mirada cavilosa hacia Norton, analizándole. Luego hundió la mano en el bolsillo de su pantalón y sacó un sobre. Se lo dejó encima de la mesa—. Lo he encontrado esta mañana debajo de la puerta de mi casa. Nunca se habían atrevido a tanto.

Norton lo abrió y desplegó un trozo de papel con una frase escrita en mayúsculas: «Lárgate de Tuskegee, sucio judío, o lo lamentarás». Alzó los ojos con el estupor reflejado en su rostro. Le vino a la memoria la acusación de su suegra.

—¿Es usted judío, Keating?

—Qué más da que lo sea o no. Para muchos en este país, ser negro, judío, homosexual, comunista o defender a cualquiera de estos es motivo suficiente para señalar, insultar o vilipendiar —meneó la cabeza con un gesto hacia el anónimo que sostenía Norton en sus manos—, y ahora para amenazar.

En ese instante llamaron a la puerta. No les dio tiempo a contestar porque se abrió de inmediato. Era Oliver Coleman.

—Hola, Robert. Señor Keating, ¿puedo pasar?

—Coleman, adelante —dijo Keating mostrando una postura erguida, marcando el terreno que le pertenecía—. ¿Cómo está su padre?

—Muy bien, gracias. —Puso su atención en Norton, que

le observaba con recelo—. ¿Puedo hablar contigo, Robert? Será solo un minuto.

La relación entre ambos se había enfriado desde el incidente de la Nochevieja. Después de que Oliver y Lucas cuestionaran su declaración bajo una falsa acusación de embriaguez, Robert pidió explicaciones a ambos. Lucas le mandó al diablo sin más, y Oliver le había evitado sin darle ninguna, hasta aquel momento.

Keating cogió su sombrero y su abrigo.

—Os dejo. Tengo que ir al juzgado. Adiós, Coleman, salude a su padre de mi parte.

Al quedarse solos, Oliver se acercó hasta Robert, quien no se había movido de la postura en la que estaba, en una actitud de alerta. Los dos se miraban con reparo. La tensión era evidente.

Fue Oliver quien rompió el silencio.

—Robert, somos amigos desde siempre. Estás casado con mi hermana, me has hecho tío de un niño precioso... —Abrió los brazos con expresión fraternal—. ¿Por qué te empeñas en estropearlo todo por un maldito negro?

—¿Te ha enviado tu hermana?

—Sí —contestó entregado—, está muy preocupada, y mi madre, y yo, maldita sea...

—No te preocupaste de los míos cuando entraste en su restaurante a amedrentar a la clientela.

Oliver bajó la cabeza, torció el gesto y esbozó una sonrisa.

—Lo siento, Robert, reconozco que no fue lo más acertado. Lucas se empeñó...

—Siempre te he advertido de la clase de persona que es Lucas Ewell. No tiene moral y no le importa arruinar la vida de gente honrada con tal de salirse con la suya. Incluso la tuya o la mía.

La expresión de Oliver se ablandó, asumiendo los reproches de su amigo. Movió las manos buscando algo a lo que aferrarse.

—¿Es que no lo entiendes? Si sigues adelante con tu empeño de defender a Sanders nos vas a perjudicar a todos.

—Ese chico es inocente, los tres sabemos que solo fue un accidente. ¿Por qué insistes en inculparle?

Oliver tomó aire y lo soltó con un gesto pesado. Se quitó el sombrero, lo echó sobre el escritorio de Robert y se sentó en una silla al otro lado de la mesa.

—A mí me da lo mismo ese Sanders, incluso Hightower. —Puso cara de desagrado—. Bien muerto está. No me caía bien. Todo es cosa de Lucas... Fue él quien insistió en cambiar la versión. Tenía una cuenta pendiente con el padre de Sanders. ¿Recuerdas el juicio en el que nos acusaron de contrabando y de matar a un chico negro?

Lo recordaba: durante los últimos años de la Ley Seca, Oliver se había juntado con Lucas Ewell, dos años mayor, y este le arrastró al peligroso mundo del contrabando de alcohol con graves consecuencias para él; habría acabado en la cárcel de no ser por la intervención de su padre y la inestimable ayuda del *sheriff* del condado de Macon.

—Claro que lo recuerdo. Tú saliste absuelto y a él le impusieron dos años de cárcel de los que no cumplió ni una semana.

—Ya, pero John Sanders tuvo la desfachatez de testificar en nuestra contra. —Abrió las manos como para mostrar la evidencia y arqueó una ceja con una mueca sardónica—. Para Lucas ha llegado la hora de saldar ese asunto.

—No te entiendo, Oliver. —Robert parecía realmente desconcertado—. ¿De verdad vas a acusar de asesinato a un inocente para vengarte de que su padre dijera la verdad? Porque tú sabes que en aquel juicio Sanders dijo la verdad, tú mismo me lo confesaste. La cosa se os fue de las manos y Lucas disparó a ese hombre.

Oliver se incorporó e inclinó el cuerpo hacia delante. Su gesto era grave, ceñudo.

—Un negro puso en duda nuestra versión, Robert, y eso

lo tiene que pagar, da igual cómo, pero ha de pagarlo. Y si se nos presenta la ocasión con su hijo, pues tanto mejor.

Robert tragó saliva turbado, no comprendía cómo se podía llegar a ese grado de envilecimiento. Replegó los labios y bajó los ojos, preocupado. Luego se levantó, se acercó a la ventana y observó la calle. Era la avenida principal de la ciudad. La gente iba y venía abstraída en sus propios asuntos; un coche tuvo que frenar bruscamente para evitar llevarse por delante a un transeúnte despistado que invadió la calzada; se oyó el bocinazo seguido de las voces de protesta del conductor. Robert se volvió hacia su cuñado.

—Defenderé a Sanders.

—No permitiré que hagas daño a mi familia.

—También es la mía, Oliver. —Regresó al escritorio y se quedó al lado de su cuñado, las manos en los bolsillos del pantalón, la mirada tranquila. Le escrutaba desde arriba, como si estuviera a una altura moral diferente—. No puedo hacer otra cosa. Sería ir contra mi propia conciencia.

Tras unos instantes de un incómodo silencio, Oliver se puso en pie con gesto arrogante. Cogió su sombrero y se lo caló, ajustándolo a la frente.

—Espero que tu conciencia no te juegue una mala pasada.

La mañana en la que se celebró el juicio contra Jimmy Sanders caía una fina lluvia que ensombrecía la tierra roja de los campos de Tuskegee. El aire estaba cargado de una fría humedad. Gente llegada de todo el condado para asistir al procedimiento se apretujaba en la entrada del edificio del juzgado. Los dos policías que organizaban el acceso no daban abasto. Entretanto, un numeroso grupo de hombres y mujeres de color esperaba paciente su turno para entrar. Muchos de ellos se habían cobijado bajo los soportales que rodeaban una parte de la plaza, a cubierto de la lluvia; otros permanecían quietos en la explanada frente al juzgado, sin importarles que sus viejos sombreros se empapasen, los ojos clavados en aquel edificio de fachada blanca con pórtico de piedra de cuatro columnas en cuyo interior impartía justicia un tribunal que debía considerar a todos los hombres iguales ante la ley. A su debido tiempo fueron accediendo poco a poco a las gradas superiores, donde se distribuyeron en bancadas sin respaldo. Desde aquella galería que rodeaba por tres lados el perímetro de la sala se podía ver a los ciudadanos blancos sentados en filas de bancos con un pasillo en el centro. Delante del todo, separado del público por una baranda de madera, se veía la cabeza y la espalda de Benjamin Coleman encorvado ante su mesa en su papel de fiscal. Le acompañaba su hijo Oliver y detrás estaba sentado Lucas Ewell. En la parte izquierda, al otro lado del pasillo central, Robert Norton miraba unas notas muy concentrado. El señor Keating se sentaba junto a él, muy erguido y alerta. Los doce miembros del jurado entraron por una puerta lateral y ocuparon sus asientos a la derecha del estrado destinado para el juez. Por otra puerta apareció Jimmy Sanders, esposado por las muñecas y escoltado por dos policías que lo condujeron junto a Norton, y solo entonces le quitaron las esposas y se sentaron en unas sillas justo detrás de él. Una potente voz anunció la entrada del juez Winder y todos en la sala se pusieron en pie.

El juicio se desarrolló con normalidad, sin demasiados aspavientos. El primero en prestar declaración fue Lucas Ewell, quien juró ante la Biblia decir la verdad, pero luego esgrimió un testimonio cuajado de mentiras al respecto de un «violento» Sanders frente a un «indefenso» Hightower. El siguiente en declarar fue Oliver, con el mismo mensaje bien aprendido sobre los hechos desplegado antes por Ewell, aunque con mucha menos contundencia. Robert Norton también prestó declaración, con los hechos por delante. Los ácidos ataques de su suegro resultaron muy incómodos, pero sostuvo con dignidad el interrogatorio. Los testimonios de los amigos de Sanders y del propio acusado se desarrollaron como estaba previsto, a pesar del intento de manipulación y retorcimiento de las preguntas planteadas por el fiscal Coleman.

Parecía que todo estaba resuelto. El ambiente en la sala era de expectación en la parte de abajo y de desesperanza en las gradas. Cuando el fiscal estaba a punto de desplegar su alegato final ante el jurado, ocurrió algo que lo alteró todo, incluso al tranquilo juez Winder. Un hombre blanco se puso en pie al fondo de la sala y alzó la voz:

—Señor juez, yo vi lo que ocurrió aquella noche, y si me lo permite, puedo dar testimonio de lo sucedido.

Tras unos segundos de pasmo por lo inesperado, una oleada de murmullos fue ascendiendo en intensidad hasta convertirse en tal algarabía que Winder tuvo que dar varios golpes con el mazo y advertir a voz en grito que mandaría desalojar la sala si no se guardaba el orden.

Cuando se impuso el silencio, el juez pidió al hombre que se acercase.

—¿Por qué no se ha presentado antes a este juzgado?

—Porque nadie me lo ha pedido.

—¿Y dice que quiere testificar?

—Sí, señor.

El fiscal Coleman se levantó indignado pidiendo que no se aceptara dicho testimonio, pero el juez desestimó la protesta e invitó al hombre a subir al estrado.

Después de jurar, el hombre se sentó.

—Díganos quién es y qué sabe de este caso —le indicó el juez.

—Mi nombre es Stuart Calvert, soy de Hogansville, en el estado de Georgia, y allí vivo con mi esposa Peggy y mis dos hijas. En las Navidades pasadas mi esposa y yo vinimos a pasar unos días a la granja de la señorita Philby; ella es tía de mi esposa y vive sola desde que enviudó hace un año. La madrugada del 1 de enero del presente, después de cenar, me acerqué caminando hasta el centro de Tuskegee con la intención de dar un paseo y celebrar el nuevo año. Cuando regresaba a la granja me alertó el frenazo de un coche. Oí voces y corrí hacia donde se veían las luces pensando que tal vez pudiera haber alguien herido. Pero al aproximarme fui testigo de la misma escena que ha contado el señor abogado —dijo señalando hacia Robert Norton—. Nadie me vio porque me mantuve oculto entre los arbustos. Enseguida me di cuenta de que se trataba de un altercado en el que no debía entrometerme, no quería problemas. Pero lo que sí le aseguro es que la muerte de ese hombre fue un fatal accidente en el que no tuvieron ninguna responsabilidad ni el acusado ni ninguno de sus amigos.

Tras sus palabras, un extraño mutismo espesó el aire de la sala. Durante unos largos segundos nadie se movió, hasta que el fiscal Coleman reaccionó y se levantó de nuevo con actitud vehemente.

—¡Protesto, señoría! Este hombre miente.

Winder le miró sorprendido.

—Fiscal Coleman, este hombre ha jurado decir la verdad sobre la Biblia. ¿Por qué habría que creer a sus testigos y no a él? —El juez no le permitió responder. Dio un golpe de mazo antes de manifestar «protesta denegada».

—¿Y por qué no se ha presentado antes? —insistió el fiscal algo desaforado.

—Ya lo ha dicho —dijo el juez.

El hombre volvió a tomar la palabra dirigiéndose al fiscal, dispuesto a aclarar las cosas.

—Esa misma mañana de enero regresé a Hogansville con mi esposa y no supe nada de este juicio hasta hace unos días, cuando recibimos la carta de la señora Philby, en la que nos daba noticias de todo lo que estaba pasando aquí, en Tuskegee. —Luego se dirigió hacia el juez—. En conciencia, pensé que debía venir para contar la verdad. Ese chico es inocente —añadió señalando a Sanders.

Tras aquella sorpresa de última hora, el juez Winder ordenó a las partes que presentaran sus alegatos finales ante el jurado. Los argumentos del señor Coleman contra Sanders fueron demoledores, utilizando las pruebas testimoniales de forma artera. Mientras le escuchaba, Robert Norton tuvo que reconocer que su suegro era uno de los fiscales más habilidosos y perspicaces que había conocido; aunque careciera de toda probidad resultaba tan convincente en sus argumentaciones que si él mismo no hubiera sido testigo directo de los hechos, le habría hecho dudar. Cuando llegó su turno, trató de hacer una defensa serena de Sanders, basada en el convencimiento de que el jurado actuaría en conciencia.

Después de dos horas de deliberaciones, los doce miembros del jurado presentaron su veredicto al juez Winder. Jimmy Sanders fue declarado culpable, pero no por asesinato sino por homicidio de Brent Hightower, lo que le libró de la silla eléctrica. Se le impuso una pena de diez años de prisión.

Aquella sentencia podría considerarse un triunfo para Robert Norton. Resultaba totalmente insólito que un hombre de color acusado por dos hombres blancos de asesinar a otro se hubiera librado de la pena de muerte. Así lo vieron y lo celebraron los que le apoyaban en este asunto. De la cárcel se sale tarde o temprano, de la tumba no. Las habladurías en favor y en contra duraron unos cuantos días; pasado un tiempo, la mayoría de los que habían estado pendientes del juicio volvieron de nuevo a sus quehaceres, y otros chismes hicieron olvidar a muchos el pulso mantenido por Norton.

Los Coleman, sin embargo, no olvidaron tan fácilmente, y comenzaron a tratar a Robert con una fría displicencia. La señora Coleman dejó de acudir a casa de su hija y esa circunstancia permitió a Robert ganarse a Katie a su favor. Katie sostuvo su enfado durante algunos días, pero al final no pudo resistirse al amor que sentía por Robert y acabó por ceder, ocultando su reconciliación a sus padres, incluso a su hermano Oliver, quien dejó de hablar a Robert y actuaba como si no le conociera. Norton asumió aquella actitud, persuadido de que el tiempo colocaría las cosas en su sitio. A lo largo de los años, Oliver y él habían tenido muchos encontronazos, malentendidos y conflictos mal cerrados que los habían alejado durante una temporada; a pesar de ello, siempre había un momento para enterrar el hacha de guerra y tomarse unas copas con las que olvidar lo pasado.

Habían transcurrido dos meses de la sentencia cuando Rose se presentó en el despacho de su hermano.

—Quiero que conozcas a Caleb. Me gustaría invitaros a ti y a Katie a casa.

—¿A Katie? Imposible —replicó Robert negando con un movimiento vehemente de las manos—. Tal y como están las cosas, si Katie se entera de que una Norton se va a casar con un hombre de color... —dejó la frase en el aire.

—No es para tanto —dijo su hermana con la voz apagada.

—Démosle tiempo, Rose. Lo de defender a Sanders lo tengo casi resuelto. Ponerle delante otro posible motivo de humillación familiar... —miró al techo y puso cara de mártir— sería insoportable para ella.

—Está bien, pero quiero que tú, papá y mamá le conozcáis. No creo que la familia Coleman ponga pegas a eso, ¿no? También me gustaría, si a ti te parece bien, invitar al señor Keating. Está siempre tan solo... Me da un poco de lástima.

—Es un buen tipo. Seguro que aceptará encantado.

—Me fastidia tanto tener que estar escondiéndome —dijo Rose con desesperación—. Como si amar fuera un delito.

—Lamentablemente, según las leyes del estado de Alabama, vuestra relación lo es y os puede costar la cárcel a los dos.

Ella lanzó un largo suspiro con gesto cansado.

—Estoy harta de fingir, harta de tanta hipocresía y tanto cinismo.

—Sé que no tiene que ser nada agradable para ti, pero

debéis ir con mucha cautela. No me gustaría que alguien te incomodase.

—Robert, soy tu hermana mayor. He sido yo la que siempre te he protegido.

—Lo sé, lo sé... —rio—. Sé que puedes con todo, pero seamos discretos, ¿quieres? —Se quedó un instante callado con expresión pensativa—. El lunes de la semana que viene, Katie acompañará a su madre a Montgomery a visitar a una de sus primas Coleman, que ha dado a luz a su cuarto hijo. Pasarán allí unos días. Sería una buena ocasión para conocerle.

—Es perfecto, el restaurante cierra el lunes por la tarde, así papá y mamá podrán venir sin problema. Yo me encargo de avisarlos. Ah... —alzó el dedo para puntualizar algo importante—, y no te dejaré entrar ni siquiera en el jardín si no traes contigo a mi pequeño Ben. Que venga también Maudi, así me ayuda a preparar la tarta de manzana, que a mí nunca me sale como a ella.

—No me perdería esa tarta por nada del mundo.

—Yo me encargo de recoger a papá y a mamá cuando salga del hospital. Se lo diré al señor Keating también, por si quiere venir con nosotros. Así iréis más cómodos en tu horrible coche.

—¿Qué tienes contra mi Chevrolet descapotable?

—Que es horrible —repitió ella riendo—. Os espero el lunes a las siete. —Se acercó a su hermano y le dio un beso en la mejilla—. Robert, gracias.

—Me tienes de tu parte, hermanita...

Aquel lunes, al filo de las seis y media de la tarde, Robert se dirigió hacia el este de la ciudad al volante de su viejo Chevrolet con Maudi atrás llevando al pequeño Ben en brazos. La casa de su hermana quedaba a unos cinco kilómetros de la suya. Era una vivienda antigua de una planta con dos habitaciones, un pequeño salón y un chiribitil bajo el tejado. Estaba algo aislada y cerca de una zona de cabañas habitadas por familias de negros que trabajaban en el aserradero de los Coleman, pero a Rose no le importaba porque nunca tuvo miedo a nada ni a nadie. La había alquilado a su propietario, un comerciante que se había trasladado a Columbus. Fue lo único que encontró asequible para su sueldo. Aunque adoraba a sus padres, tenía la necesidad de instalarse sola y vivir independiente.

Caleb Douglas resultó ser un hombre apuesto, inteligente, con una conversación exquisita, un yanqui de pies a cabeza, bien vestido, leído, instruido, amante de los libros, del arte y de la música. A los Norton los dejó encantados, aunque no pudieron ocultar su preocupación por el miedo a que la gente se enterase de la relación que mantenía con Rose. Caleb reconoció a su vez que Tuskegee le provocaba claustrofobia.

—Señor Norton, en cuanto termine mi trabajo aquí, que será en un par de meses, regresaré a Nueva York, y quiero que su hija Rose venga conmigo. Allí nos podremos casar y vivir sin escondernos.

—Y yo te doy mi bendición, Caleb. Aunque nos alejes de nuestra hija, nunca me opondría a su decisión.

Todos brindaron por la felicidad de la pareja. La charla se alargó hasta casi la medianoche. El pequeño Ben llevaba un buen rato durmiendo plácidamente en un capazo que le había preparado Rose para que estuviera cómodo y abrigado. Llovía con fuerza desde hacía un rato. Robert propuso llevar a casa al señor Keating y a sus padres, y luego volver para llevarse al niño y a Maudi, pero Rose le hizo replanteárselo.

—Deja que Ben y Maudi se queden aquí hasta mañana —dijo a su hermano—. Llueve demasiado y tu coche tiene goteras. No me perdonaría que mi sobrino cogiera frío. Además, Maudi se acaba de dormir, mírala. —Le abrió la puerta de una habitación con una cama en la que la mujer estaba acostada, encogida sobre sí misma. Rose se acercó y le echó una manta. Luego miró al bebé, que dormía tranquilo a su lado—. Está agotada, la pobre. Para qué despertarla. Mañana los llevaré a casa en mi coche.

—¿No te importa? —preguntó Robert. Su hermana negó con la cabeza—. Está bien. —Cerró la puerta con mucho cuidado e hizo un gesto hacia Caleb, que charlaba amigablemente con el matrimonio Norton y con el señor Keating—. No se quedará a dormir aquí, ¿verdad? —añadió alarmado.

Rose trató de utilizar un tono convincente.

—Se irá en cuanto os vayáis vosotros.

Él la miró fijamente: no la había creído. Ella se revolvió.

—Robert, no te preocupes. Tenemos mucho cuidado. No pasa nada, ¿vale? Se marchará en un rato. No tenemos muchas oportunidades de estar solos.

—Está bien, confío en que sabes lo que haces. Mañana nos vemos.

Los Norton subieron al coche junto al señor Keating. El coche se alejó y Caleb entró en la casa y cerró la puerta. Rose se abrazó a él. Se sentía segura en su regazo fuerte y acogedor.

—Todo ha salido bien. Les has encantado —dijo ella aspirando el aroma de su ropa. Se despegó de su cuerpo y le miró con expresión ansiosa—. ¿Crees que tu familia me aceptará a mí?

—Si no lo hicieran serían estúpidos. —Caleb la estrechó entre sus brazos, acariciando su pelo—. Les vas a encantar, no lo dudes. Eres la mujer más extraordinaria que he conocido nunca. Nada ni nadie se interpondrá entre nosotros.

Se besaron.

—Tengo que marcharme —susurró él al separarse—. Se lo he prometido a tu hermano.

Rose sonrió.

—Te irás, pero primero vendrás conmigo.

Apagaron las luces. Procurando no hacer ruido para no despertar a Maudi y al bebé, se metieron en la cama.

Hacía un buen rato que había dejado de llover. En la quietud de la noche, Caleb abrió los ojos sin moverse. Rose dormía profundamente envuelta en sus brazos. Un ruido fuera de la casa le había despertado. Con mucho cuidado, se deshizo del abrazo de Rose y se levantó sigiloso, pendiente del crujir de la cama. Se puso en pie y cuando caminaba de puntillas hacia la ventana percibió el resplandor de una llama. A través de las cortinas vio una tosca cruz de madera que ardía en la entrada del jardín. La flama alumbraba la imagen siniestra de varios tipos con capirotes y túnicas blancas del Klan que se movían delante de la casa. El corazón le dio un vuelco. Se fue hacia Rose y la zarandeó suavemente para despertarla. Cuando abrió los ojos, sobresaltada, él le pidió con un gesto que no hiciera ruido. Entre susurros le explicó la situación.

—Si me pillan aquí te crearé muchos problemas. Saldré por la parte de atrás y me ocultaré. —Le agarró la cara con las dos manos y la besó en los labios, un beso rápido, nervioso—. No me iré muy lejos. Estaré pendiente de que no te hagan nada. Intenta mantener la calma, ¿de acuerdo?

Ella asintió. Mientras él se alejaba hacia la puerta, Rose se levantó, se puso el camisón y se echó un chal de lana sobre los hombros. Luego se acercó de puntillas a la ventana. Enseguida atisbó aquellos espectros blancos entrando en el jardín.

Rose corrió hacia la habitación en la que estaba Maudi, con el temor de que, si no encontraban lo que buscaban, tal vez la emprendieran con ella. La mujer se había despertado y estaba junto al capazo del niño. Rose se llevó un dedo a los labios para indicarle que no hiciera ruido. En ese momento se oyó una voz fuerte de hombre que procedía de fuera.

—¡Rose Norton, abre la puerta! Sabemos que tienes a un negro en tu cama.

Ella, aterrada, le hizo una señal a Maudi para que la siguiera. El niño se había despertado y se removía inquieto en su improvisada cuna. Maudi le cogió en brazos y le arrulló para evitar que llorase. Salió de la habitación y, siguiendo las indicaciones mudas de Rose, se introdujo en un tabuco que había bajo el hueco de la escalera que subía al sobrado.

—Escóndete ahí hasta que se vayan —le susurró oyendo las voces insistentes procedentes de fuera—. Me desharé de ellos.

Después de cerrar, Rose echó un vistazo a la parte de atrás de la casa para asegurarse de que Caleb había salido. Solo entonces se irguió, tomó aire y lo soltó procurando calmarse.

—¡¿Quiénes sois y qué queréis a estas horas?! —gritó desde donde estaba.

—Abre la puerta o la tiraremos abajo —se oyó fuera.

Rose se acercó hasta la puerta y pulsó el interruptor de la luz del porche. Tuvo que agarrar con fuerza el pomo porque le temblaban las manos. Corrió el cerrojo y abrió. Dos hombres ocultos bajo su disfraz permanecían a los pies de la escalera de acceso al pequeño porche. Rose empujó la puerta metálica y se apoyó en el quicio con los brazos cruzados y gesto retador.

—Vaya... —dijo con sorna en su tono—. Creí que la noche de Halloween había pasado. ¿A qué debo esta blanca visita?

—¿Dónde tienes escondido a ese negro?

—¿Qué negro? ¿Es que has bebido?

—Sabemos que está ahí dentro —indicó el único que hablaba—. Ese médico yanqui que te acompaña a todas partes como un perro faldero.

—Sabes mucho de mi vida —dijo ella afianzándose en su posición. Sabía que debía mantener la calma y convencerlos de que se marcharan—. ¿Te conozco?

—Hemos visto su moto en la parte de atrás de la casa. Si no sale, entraremos a buscarle.

—En mi casa no entran fantasmas ridículos con capirotes de payaso. Sois unos cobardes —arremetió rabiosa—. Enseñadme la cara si os atrevéis.

El que había hablado miró al otro y le hizo una señal. A continuación aquel subió los tres escalones y se precipitó hacia la puerta, pero Rose se irguió con la intención de impedirle el paso. Ambos quedaron muy cerca, frente a frente. Ella solo podía ver sus ojos enmarcados en los dos agujeros toscamente abiertos en la tela blanca. Sentía su respiración acelerada. La voz surgió susurrante desde detrás de la tela como un rugido contenido.

—Apártate.

Ella se sorprendió. Entonces cayó en la cuenta, aquellos ojos, aquella voz...

—¿Oliver?

El hombre la apartó de un empujón y a punto estuvo de tirarla al suelo. Entró como una exhalación. Rose se recompuso y se quedó junto a la mosquitera mirando hacia el interior. Se le oía trajinar por la casa de un lado a otro buscando por todos los rincones. De repente apareció y batió la puerta mosquitera.

—No hay nadie —dijo bajando la escalera—. Vámonos...

El que había hablado se mantuvo quieto, ignorando la orden que había dado el otro.

—¡Vámonos! —insistió el segundo ya desde el camino.

—Cuídate de tus compañías, Rose Norton, o lo lamentarás.

Retrocedió unos pasos sin llegar a volverse, y cuando lo hizo y estaba a punto de salir del jardín, se oyeron unas voces procedentes de la parte de atrás.

—¡Aquí, está aquí! Lo tenemos...

Los dos hombres corrieron para rodear la casa. Rose los siguió angustiada. Al otro lado de la valla que rodeaba el jardín, dos individuos vestidos con la túnica blanca forcejeaban con Caleb, que se resistía como un animal salvaje. Sin embargo, pronto le tuvieron controlado y maniatado. La imagen quedaba débilmente iluminada por las llamas de la cruz que seguía ardiendo delante del porche.

—¡Dejadle en paz! —gritó Rose yendo hacia los que le sujetaban—. No ha hecho nada. ¡Dejadle, maldita sea!

Antes de que pudiera acercarse, uno de ellos la agarró por los brazos con tanta fuerza que le resultó imposible soltarse por mucho que bregó para hacerlo. Como no paraba de gritar, su captor le tapó la boca. Con ayuda de otro, le ataron las manos a la espalda y acallaron sus gritos con una tela anudada en la nuca. La presión de la mordaza le hacía daño en la boca, pero se olvidó de todo ante el horror de ver a Caleb atado a un árbol con el torso al descubierto recibiendo latigazos, al tiempo que proferían toda clase de insultos contra él.

—Esto te enseñará a alejarte de las mujeres blancas —le decían mientras lanzaban sus trallas con saña y los verdugones asomaban sangrantes en la piel.

Rose miraba espantada e impotente el sufrimiento de Caleb. Se desgañitaba pidiendo que parasen, pero sus gritos quedaban ahogados en la garganta.

Uno de ellos se volvió hacia ella.

—Puta... —dijo con desprecio. Rose pudo ver el odio reflejado en aquellos ojos fijos, grises, maliciosos, que asomaban desde el interior de la caperuza blanca—. Eres una puta...

Alzó el brazo y restalló el látigo contra la cara de ella. El dolor fue tan intenso que a punto estuvo de desvanecerse. Cuando abrió los ojos, vio que el hombre había dejado el látigo y encendía una tea. En cuanto prendió se acercó a la casa, rompió un cristal y lanzó la llama al interior. Rose gritó horrorizada, trató de alertar de la presencia del bebé, pero aquellos hombres estaban demasiado ofuscados en su bacanal de violencia como para oír nada. Mientras el fuego iba avanzando en el interior y el humo salía por las rendijas de las ventanas, ellos no dejaron de golpear a Caleb y Rose no dejó de gritar la palabra *bebé*.

De repente, uno de ellos obligó a parar a los otros. Todos se mantuvieron atentos. Rose seguía con su esfuerzo sobrehumano. Los gritos de auxilio de Maudi se mezclaban con el llanto angustiado del bebé, filtrados con el humo que se escapaba desde dentro. El que se había dado cuenta miró a Rose, se fue hacia ella y le arrancó la mordaza de la boca.

—¡Hay un bebé en la casa! —gritó ella desesperada—. ¡Mi sobrino Ben está dentro!

El hombre miró a la casa, de forma inconsciente, se desprendió del capirote y quedó al descubierto el rostro trastornado de Oliver Coleman. Corrió hacia la puerta por la que un rato antes había salido Caleb, la abrió y, al intentar entrar, el humo le cegó y el calor abrasador de las llamas le obligó a detenerse. Se volvió tosiendo y gritó a los otros que miraban absortos sin hacer nada.

—¡Ayudadme! ¡Mi sobrino está dentro! ¡Tenemos que sacarle de ahí!

—¡Desátame! —chilló Rose consciente de que el fuego avanzaba demasiado rápido—. Yo sé dónde están. ¡Desátame!

Los otros no se movieron, estaban paralizados, con los látigos en las manos, meros espectadores de la tragedia. Caleb había perdido el conocimiento, y su cabeza se inclinaba vencida sobre su pecho lacerado. Oliver se fue hacia Rose y la desató. Al instante ella se precipitó hacia la casa, pero de nuevo el fuego y la humareda le impidieron entrar. Sintió que estaba ante la puerta del infierno. Vio su chal, que había perdido en el suelo del porche, lo cogió y se cubrió con él la cabeza y la boca. A gatas, procurando evitar el humo, se internó hacia la escalera. El niño seguía llorando y se oía la llamada angustiosa de Maudi aporreando la puerta. Rose consiguió llegar hasta donde estaban y trató de abrir la portilla, pero estaba atascada. Maudi la oyó desde el interior.

—Señorita Rose, abra, por favor, dese prisa. Hay mucho humo. Nos asfixiamos.

—¡Oliver! ¡Necesito que me ayudes! ¡Oliver!

—No puedo entrar, Rose, no se ve nada.

El humo la cegaba casi por completo y las llamas las tenía tan cerca que se le estaba empezando a chamuscar el pelo. Tiró del picaporte con tanta fuerza que se quedó con él en la mano. Apenas podía ver, le escocían los ojos y le ardían los pulmones. Necesitaba a Oliver, necesitaba su fuerza para echar abajo la puerta. Regresó fuera e instó a Coleman para que entrase con ella.

—La puerta se ha atascado —hablaba con prisa y la desesperación reflejada en sus ojos—. Sola no puedo hacerlo; vamos, Oliver, es tu sobrino.

Sin embargo, Oliver estaba conmocionado, incapaz de reaccionar. Negaba con la cabeza, su expresión era de un horror inmovilizante. Cuando Rose se dio cuenta de que no iba a conseguir nada, se dio la vuelta para volver a entrar. Solo se oían los golpes sobre la madera y las toses de Maudi. Estaba a punto de enfilar el pasillo cuando una parte del techo se derrumbó haciendo infranqueable el paso para llegar al hueco de la escalera.

—¡Nooooo! —su grito fue desgarrador.

Salió a gatas de la casa con la angustiosa sensación de que se estaba quemando por dentro. Se quedó sentada en el suelo. Le dolía el corazón con cada latido.

—Es inútil, no podemos hacer nada.

Al oír aquella frase, se levantó tambaleante con el puño cerrado en actitud amenazante y se enfrentó a Oliver Coleman, que seguía de pie, contemplando con horror cómo las llamas devoraban la casa.

—¡Maldito seas, Oliver Coleman! —gritó con la rabia abrasándole la garganta; luego se volvió hacia los otros—. ¡Malditos seáis todos! ¡Pagaréis caro esta salvajada, lo vais a pagar muy caro!

Solo entonces cayó de rodillas, los ojos clavados en la casa ardiendo, sintiendo que algo se le rompía por dentro.

—¿Qué vamos a hacer? —preguntó el que había atrapado a Caleb.

—Nada —dijo otro.

Oliver se volvió hacia él, con el espanto reflejado en su rostro.

—Lucas..., hemos matado a mi sobrino...

—No me llames por mi nombre, imbécil.

—No cargaré yo solo con esto. Esta locura ha sido idea tuya.

—Nadie va a cargar con esto.

—Pero ella lo va a contar...

Un disparo le sobrecogió. Rose cayó hacia delante y quedó inerte. La sangre salpicó las botas y la túnica blanca de Oliver. A continuación Lucas Ewell se dirigió a grandes zancadas hacia el árbol en el que estaba atado Caleb y le descerrajó un disparo en la cabeza.

—Ya no hay testigos —dijo con frialdad. Se despojó del capirote y se secó el sudor de la frente—. Vámonos de aquí.

Tuvo que empujar a Oliver para que echase a andar. La casa continuó ardiendo durante mucho rato. Un silencio lúgubre se mecía con el crepitar del fuego.

CAPÍTULO 3

El sonido del teléfono le arrancó de las fauces de la pesadilla. Estaba empapado de sudor, sentía el golpeteo de la sangre en las sienes y le costaba respirar.

Se incorporó y descolgó el auricular.

—Capitán Norton al habla... —Su voz sonó pastosa y desacompasada. Escuchó atento a su interlocutor—. Voy para allá.

Colgó y volvió a recostarse sobre la almohada. Se tapó los ojos intentando borrar de su memoria aquella madrugada en la que también le había despertado el sonido del teléfono. Habían pasado más de siete años, pero sus recuerdos eran tan nítidos como si el reloj se hubiese detenido aquella noche. La voz fría del *sheriff* avisándole de una tragedia, la salida precipitada, la terrible noticia... La conciencia de la muerte, el dolor, el desgarro interior, la quiebra de todo lo que le era cotidiano, destruido en mil pedazos el sentido de las palabras *hogar* y *familia*. Así se sintió aquella madrugada, y en los días y meses que siguieron, incapaz de asimilar tan tremenda pérdida.

Se levantó, se aseó y se vistió. Al tiempo que se ajustaba la corbata frente al espejo, vislumbró a su espalda, sobre la mesilla, el reflejo del libro con las esquinas chamuscadas que había recuperado de las ruinas de la casa. Fue de las pocas cosas que se habían salvado milagrosamente de las llamas, lo único material que le quedaba de Rose. Desde entonces lo llevaba consigo a todas partes, como un amuleto que le mantenía unido al pasado; lo había leído varias veces y cuando lo hacía, parecía escuchar en su mente la voz de su hermana; eso le hacía sentirse bien.

Bajó la escalera hasta el salón y allí se topó con el señor Schröeder, el antiguo propietario de la casa. El gobierno militar de Estados Unidos se la había requisado para albergar a algunos de los oficiales norteamericanos instalados en Berlín, pero lejos de mostrarse resentidos, los Schröeder dispensaban a sus «huéspedes» un trato exquisito, a la altura de su aristocrática educación prusiana. Se trataba de un matrimonio que rondaba los sesenta años y cargaba el duelo en cada paso: su hijo mayor había muerto en el frente, el otro varón permanecía preso en Rusia desde el final de la guerra, y su única hija había perdido la vida en los últimos días de la batalla de Berlín. Se les había permitido quedarse en la casa habitando la parte del sótano, donde estaban situadas la cocina y las habitaciones del servicio. El señor Schröeder ejercía como un excelente mayordomo de los siete oficiales que residían en la casa, mientras su esposa se encargaba de preparar la comida, adecentar los cuartos, hacer la colada y planchar; para ello recibían todo lo que necesitaban del ejército norteamericano, y eso los ayudaba a sobrellevar con dignidad su situación.

—Buenos días, capitán Norton —dijo colocando los periódicos de la mañana sobre la mesa—. ¿Quiere que le sirva el desayuno?

Su dicción era pausada, pero su expresión era tensa, de incomodidad. Aquella actitud servicial era una máscara. Norton sabía que odiaba a los extranjeros que se habían apropiado de lo que pertenecía a los alemanes.

—No hace falta, señor Schröeder, tengo prisa —le sonrió afable.

Cogió uno de los diarios. El invierno se acercaba, las temperaturas caían cada día un poco más, y la falta de carbón era un problema añadido a las penurias de los berlineses, que pululaban por la ciudad como sombras fantasmagóricas.

Se marchó pensando en la historia de aquel hombre que apenas unos años atrás era el dueño y señor de una mansión en una de las mejores zonas de Berlín, en cuyas estancias había vivido una familia feliz, que celebraba fastuosas fiestas sin temor al futuro. Ahora se veía morando en el espacio que antaño ocupaban los criados y sirviendo a los ocupantes.

Norton condujo su jeep en dirección oeste. No tardó en llegar a su destino, el cuartel general del sector norteamericano. Entró en el edificio del gobierno militar y fue directo a su despacho, un cuarto que daba a un patio interior en penumbra. Detrás de un pequeño escritorio aledaño a otro más grande se sentaba el teniente Scott. En cuanto Norton entró se levantó y saludó llevándose la mano a la frente.

—Buenos días, teniente —saludó también el capitán Norton dirigiéndose a su mesa—. ¿Ya han levantado el cadáver?

Esa era la noticia que le había despertado: habían hallado el cadáver de Stefan von Ribbeck en una zanja de Rummelsburg, un barrio al sur de la ciudad, sector ruso.

—Me temo que sí, coronel.

—¿Quién lo ha encontrado?

—No lo sé. El muerto está en poder de los rusos.

—¿Han sido ellos los que han informado? Me desconcierta tanta amabilidad.

—No directamente, me lo ha dicho un agente de la policía rusa. Un alemán que actúa como antena para nosotros. Llevaba la documentación encima. Lo han identificado sin lugar a dudas.

—Tendremos que fiarnos de su palabra.

—Si usted quiere, podría reclamar el cadáver.

Norton barrió el aire con la mano.

—No nos conviene mostrar demasiado interés. Y en cualquier caso, muerto no nos sirve de nada.

—Parece que le han desfigurado la cara, una muerte horrible, por lo que me ha contado nuestro hombre.

—Si le han torturado es muy posible que le hayan sacado alguna información —dijo Norton preocupado—. Tal vez convendría proteger a Victoria Kiesler. No sabemos qué ha contado. Quizá ella sea el siguiente objetivo. Si la cogen, lo perderemos todo.

—Capitán, ¿de verdad sigue creyendo que esa mujer tiene los microfilmes?

—Ella dice que los tiene.

—¿Usted los ha visto?

Norton no dijo nada, le miró de reojo y contrajo los labios. El teniente tenía razón, Victoria se había negado a mostrarle los microfilmes, ni siquiera para su custodia. Había afirmado que no los entregaría mientras no tuviera la garantía de que Estados Unidos las sacaría a las tres de Berlín. Esos microfilmes eran su salvoconducto, su única baza para salir de Alemania.

Desde un primer momento, cuando Norton planteó a sus superiores que Victoria Kiesler, una cantante de un cabaret de Berlín, era la que tenía los microfilmes, había provocado incredulidad y bastantes reticencias. Lo veían más bien como una singular argucia utilizada para escapar del infierno de Berlín.

—El general Gehlen lo dejó muy claro —dijo el teniente Scott—: En esos microfilmes, aparte de otra información crucial para nosotros sobre Rusia, se recogen los nombres de los enlaces de Ucrania, Moldavia y Bielorrusia que necesitamos para poder montar otras operaciones sobre el terreno. Si es cierto que esa mujer los tiene en su poder, debería entregarlos.

—No lo hará hasta que obtenga los visados. Es lo justo: *quid pro quo*.

—Los jefes no están por la labor de dárselo a las tres. Es lo último que sé al respecto. Tal vez a ella...

—No hará nada sin su hija y su hermana —murmuró para sí, pensativo—. ¿Algún avance con la matrícula que le pedí que investigara?

—Sí, señor. Se trata de un vehículo del MGB, la agencia de seguridad soviética. Estos no se andan con remilgos, continúan haciendo lo que les da la gana.

Habían pasado tres meses desde su primer encuentro con Robert Norton. Él mismo le había informado de la muerte violenta de Stefan y, desde ese día, solía ir a buscarla en su jeep para llevarla al Kassandra Club; se sentaba en una mesa cercana al escenario, la escuchaba cantar, bebía, fumaba y observaba. A veces, Kovalenko se sentaba con él a compartir charla, copa y tabaco. Al terminar la actuación, Norton la esperaba en la puerta del club y la llevaba de vuelta a casa.

Durante aquellos meses, el americano le había estado proveyendo de comida, tabaco y hasta carbón en unas cantidades que la abrumaban. Poder caldear la casa, lavarse con agua templada o comer caliente la hacía sentirse de buen humor, animada por la idea de salir de Berlín, creyendo las promesas que Norton le hacía. Le había hablado de su pasión por las matemáticas y por el lenguaje cifrado, y le avanzó algo del trabajo que había estado desarrollando con el profesor Seegers. Él la escuchaba fascinado; se daba cuenta de que aquella mujer no solo era un rostro bonito o una voz extraordinaria, además era una experta en criptografía, inteligente, sagaz y con una sorprendente capacidad analítica, lo que la hacía mucho más interesante.

Preocupado por su seguridad, Norton le había pedido encarecidamente que bajo ningún concepto se adentrase en las calles ocupadas por los soviéticos. Le tranquilizaba el hecho de que viviera en el sector norteamericano. Ella se lo prometió.

A la tan ansiada espera de los visados que les permitieran salir de Alemania, el capitán Norton le pedía paciencia; sin embargo, el tiempo pasaba, los trámites se alargaban y las excusas de Norton empezaban a resultar banales.

En varias ocasiones la había invitado a comer en algunos de esos restaurantes de Berlín a los que ella no podía ni siquiera asomarse. A Victoria le agradaba su compañía, se sentía cómoda con él; era educado, y gracias a su conversación pudo perfeccionar su oxidado inglés, aprendido desde pequeña con su madre y la mujer que la cuidaba durante sus ausencias. Después de tanto sufrimiento, le costaba identificar o definir sus sentimientos, pero la fuerte atracción que sentía hacia aquel hombre le provocaba un agradable vértigo.

Victoria había presentado a Robert a su hermana Rebecca. Subía a la casa, cada vez con más frecuencia, a llevar provisiones y se quedaba a tomar un café. Desde el principio su hermana se mostró muy desconfiada ante su presencia, sobre todo cuando entre ellos hablaban en inglés, dejándola al margen de la conversación; no lo soportaba y tampoco ocultaba su incomodidad. Si a Robert se le ocurría hacer alguna carantoña a Hedy, ella la apartaba con brusquedad. Victoria aguantaba aquellas escenas con estoicismo, y Robert trataba de tomarse con naturalidad aquel infundado rechazo.

Las cosas que Victoria le contaba sobre él —adónde la llevaba, cómo la trataba, el hormigueo que sentía cada vez que estaba a su lado— exasperaban a Rebecca. Como siempre le pasaba con todo lo bueno que le ocurría a Victoria, sentía unos celos irracionales de aquel hombre de apariencia tan correcta, simpático y apuesto que les había resuelto sus problemas de despensa.

—No me fío de él —refunfuñaba, al tiempo que iba sacando latas y paquetes de una caja con la serigrafía en una de sus caras, CARE U.S.A., que les había hecho llegar un soldado por orden de Norton—. Nos desprecia. Nos trata como a mendigas.

—¿Y es que no lo somos? —inquirió Victoria antes de señalar, feliz, hacia la mesa de la cocina a rebosar de cosas de lo más variado—. Al menos lo éramos antes de que Robert apareciera en nuestras vidas.

—Dirás en la tuya. Yo no tengo nada que ver.

—Pero comes su comida, te cepillas con su pasta de dientes, te calientas con el carbón que nos proporciona... ¿Sigo?

Rebecca no dijo nada; continuó sacando cosas y las ponía sobre la mesa con un golpe, descargando su incomprensible rabia en ese acto.

—Tienes que reconocer que, gracias a la ayuda de Robert, Hedy ha ganado peso, incluso ha crecido, duerme bien, juega y brinca como una niña de su edad. Y nosotras... Ya no somos esqueletos vestidos.

—Vaya estupidez —replicó Rebecca con desprecio—. Robert, Robert, Robert —repitió con una expresión de burla. Victoria ya le tuteaba y eso molestaba aún más a su hermana, que seguía manteniendo las distancias con él—. Ese hombre busca algo, te lo digo yo, no es trigo limpio —mascullaba enfurruñada—. No lo es.

Victoria se sentó en una silla y se encendió un Camel de una de las cajetillas que acababa de sacar de la caja. No le había contado nada ni de la aparición de Stefan ni de su posterior asesinato. El mismo Norton le había sugerido que guardase silencio al respecto, incluso con su hermana. Tampoco le había dicho Victoria nada sobre la tramitación de los visados para viajar a Estados Unidos; no las tenía todas consigo y no quería crearle expectativas por si no se cumplían. Sería un mazazo para la propia Victoria, pero ella sabía gestionar mejor las frustraciones que su hermana pequeña. Si no salía, si no podían marcharse de Berlín, sufriría la decepción ella sola. No obstante, tenía curiosidad por saber cómo reaccionaría si al final lo lograba, y no pudo evitar la pregunta.

—Rebecca, ¿qué te parecería si nos fuéramos a Estados Unidos? Las tres, a vivir a Nueva York.

—¿Eso te ha prometido el yanqui? —El tono despectivo incomodó a Victoria.

—No entiendo por qué le odias tanto.

—¿Y qué hago yo en Nueva York? Si puede saberse...

—Tener una vida distinta a la negra existencia que se nos presenta aquí —respondió con paciencia.

—Somos alemanas y nuestro sitio está aquí. —Rebecca golpeó la mesa con el dedo índice para subrayar su argumento.

—Nuestro sitio está donde tengamos una oportunidad de ser felices.

—Yo soy muy feliz aquí —sentenció su hermana.

Victoria la miró sorprendida.

—No pensabas así antes.

—¿Acaso te ha interesado alguna vez lo que yo piense?

—Claro que sí. Tu opinión es importante.

—¿De verdad te importa mi opinión? Pues la vas a saber: no quiero irme de Berlín. Este es mi lugar y aquí me quiero quedar.

—Pero sería algo bueno para las tres.

—Sería bueno para ti —arremetió con saña.

Victoria adoptó un tono calmado.

—Es tu elección. Puedes quedarte si quieres, pero te lo advierto: en cuanto tenga oportunidad, Hedy y yo nos vamos de aquí.

—Tú no sabes cuidar de Hedy —le soltó con displicente irritación.

Aquello le dolió. Rebecca sabía muy bien cómo llevarla hasta el límite.

—Te recuerdo que es mi hija —replicó con firmeza, pero sin perder la mesura.

—Pero la estoy criando yo desde el mismo momento en que nació.

Victoria la miró y suspiró, intentando reconducir la deriva en la que estaba cayendo su hermana. No le resultaba extraña aquella actitud, siempre había sabido manejar ese carácter irascible hacia ella.

—Rebecca, por favor, no discutamos por eso. La niña se da cuenta de todo. —Estiró el brazo hacia ella ofreciéndole su mano en señal de paz—. Sé lo que estás haciendo por mí y por Hedy, y sabes cuánto te lo agradezco.

Su hermana la miró en silencio, disgustada.

Casi desde el nacimiento de Hedy, Victoria había delegado en Rebecca su cuidado en una inconsciente carrera por buscar un mundo mejor para su hija, salvarla de aquella locura, de la miseria de la guerra y del hambre, enfrascada en sus estudios, obsesionada con la idea de que su lenguaje cifrado sería la salvación para las tres. Solía trabajar por la noche cuando llegaba del Kassandra y dormía durante el día; por lo tanto, apenas veía a la pequeña. Rebecca era la que hacía colas eternas para canjear los cupones, limpiaba la casa, lavaba, cocinaba, y sobre todo estaba siempre pendiente de Hedy.

En el fondo, Victoria sería incapaz de marcharse con su hija y dejar a su hermana en Berlín. Tendría que buscar la manera de convencerla de las ventajas y bondades de iniciar una nueva vida en Nueva York. Pero ya pensaría cómo hacerlo cuando llegase el momento, si es que llegaba.

Era de madrugada cuando Victoria salió del Kassandra. La noche había sido intensa con el club a rebosar de clientes ávidos de sus canciones y de la música de Heiko y su banda. Miró a un lado y a otro y no vio el jeep de Norton. Pensó en esperarle, pero hacía frío y decidió caminar de vuelta a casa; el aire fresco la despejaría y podría dedicar un rato a poner en orden algunos datos que tenía en la cabeza. El cielo estaba limpio de nubes y había luna llena, así que avanzaba en la seguridad de la penumbra. Sentía el suave tacto de su bufanda de lana nueva; con el abrigo y el bolso que había conseguido a cambio de un rato de cama con el oficial inglés cuyo contacto le proporcionó el zapatero que le robó sus agujas y el carrete de hilo, había podido adquirir un buen abrigo para Hedy, además de dos jerséis, calcetines y unas botas de piel casi nuevas que le mantenían los piececitos calientes; también se había hecho con un vestido para Rebecca; ella seguía con los mismos zapatos y el mismo abrigo, tendría que esperar a una mejor ocasión. Casi se había olvidado de aquel fugaz encuentro hasta hacía unos días, cuando el inglés la reconoció en el Kassandra. Desde entonces, había insistido en verla de nuevo. Victoria había rechazado las flores y otros regalos que le enviaba a cambio de una nueva cita, pero el inglés resultó ser muy persistente. Dos noches antes había logrado llegar hasta el camerino en un intento de que le atendiera. Kovalenko había tenido que echarle del local por orden de Charlotte. En ningún momento se había mostrado agresivo, ni Victoria le sintió como una amenaza; más bien era la obstinación, incapaz de aceptar que rehusara sus propuestas.

Estaba a punto de torcer hacia Fuggerstrasse cuando oyó el motor de un coche que se acercaba y la oscuridad de la calle se iluminó con el haz de luz de los faros. Giró la cabeza un instante sin llegar a detenerse. El vehículo ralentizó la marcha al llegar a su altura. Ella aceleró el paso, pero en una brusca maniobra el auto torció y, frenando en seco, le bloqueó el paso contra la fachada. La puerta del conductor se abrió en el acto.

—¡Victoria! —Reconoció la voz del oficial inglés—. Por favor, espera, solo quiero hablar contigo.

—Ya le he dicho que no quiero nada con usted, teniente Wembley. —No se detuvo, continuó apresurada—. Mi inglés es lo bastante bueno para que lo entienda perfectamente. Déjeme en paz de una vez.

El oficial, que hasta ese momento se había mostrado insistente pero educado, la asió del brazo, tiró de ella con fuerza y le propinó una bofetada tan violenta que Victoria quedó aturdida. La agarró de la melena y tiró de ella hacia el coche.

—Zorra alemana. —Su voz había cambiado de registro, era gruesa y ronca—. Te crees que puedes rechazarme sin consecuencias.

—Déjeme... —reclamaba Victoria intentando no trastabillar y caerse, segura de que la arrastraría sin piedad desde el suelo—. Me hace daño... Suélteme...

Con la mano libre, el inglés la empujó al interior del vehículo con brusquedad. Empezó a levantarle la falda. Victoria sentía sus manos hurgar en su cuerpo, todo estaba oscuro. Se resistía hasta que recibió un golpe muy fuerte en la boca. En ese momento notó que el inglés se retiraba de ella, como impelido por una fuerza que le derribó al suelo.

—Te ha dicho la señorita que no quiere nada contigo. Y te lo ha dicho en un perfecto inglés.

Victoria oyó la voz de Norton. Aturdida por los golpes, reaccionó con premura, salió del coche y se alejó unos pasos. Vio al inglés tirado en el suelo con una mano en la mandíbula, donde debía de haber recibido un puñetazo. Norton permanecía de pie junto a él. Le cogió de las solapas, le alzó y le arrastró hasta el coche sin ningún miramiento y le metió dentro como a un saco.

—Teniente James Wembley, conozco personalmente a su superior y sé que es inflexible con este tipo de conductas. Si no quiere complicarse la vida y que le retornen a Inglaterra con un borrón en su expediente, no olvide esto que le voy a decir: aléjese de ella, ¿me ha entendido?

—Está bien... —dijo el oficial, bastante más moderado—. Toda suya, no hace falta ponerse así. Será por putas en este podrido país.

Arrancó el motor y aceleró con un volantazo que a punto estuvo de llevarse por delante a Victoria.

Norton fue hacia ella y la abrazó. Ella se dejó estrechar al calor de sus brazos. Estaba temblando, asustada y dolorida. Se sintió protegida en aquel regazo fuerte y acogedor.

—¿Estás herida? —preguntó Norton deshaciendo el abrazo para examinarla—. ¿Te ha hecho daño?

—Me duele el labio... —dijo llevándose la mano a la

boca—. Creo que me lo ha partido. ¿Por qué los hombres os empeñáis en arreglarlo todo a puñetazos?

Él sacó un pañuelo limpio de su bolsillo y se lo puso en la comisura de la boca.

—Hay hombres salvajes, idiotas, groseros, y luego estamos los hombres que no somos nada de todo eso, o al menos lo intentamos.

Ella miró su rostro, iluminado por el resplandor cenital de la luna.

—Eres como un héroe de novela, has aparecido en el momento justo.

—Siento no haberte recogido en el Kassandra. El jeep me dejó tirado a medio camino. Tuve que ir andando y cuando llegué te habías ido. Kovalenko me dijo que no hacía ni cinco minutos que habías salido, así que decidí darte alcance.

—Me alegro de que tomases esa decisión —sonrió—. De lo contrario, me temo que la noche no hubiera acabado bien para mí.

—Vamos, te acompañaré a casa.

Llegaron al piso y ella le indicó que entrara. Abrió la puerta con mucho cuidado para no despertar a Rebecca. En la habitación, bajo la tenue luz de la lámpara, Norton pudo verle la cara. Examinó con detenimiento la comisura de los labios.

—Tienes un corte, pero es superficial.

—Me arde la mejilla.

—¿Tienes hielo?

—No sé si habrá algo en el refrigerador. Con los continuos cortes de luz...

—Voy a ver. El frío te calmará y bajará la inflamación.

Pese a que se movió con mucho sigilo, no pudo evitar que Rebecca se despertase, pero en vez de salir, se quedó agazapada tras la puerta, espiando.

Además de unos cubitos de hielo, Norton había encontrado una botella mediada de Johnnie Walker.

—Os cuidáis bien. —Alzó la botella—. Esto no se encuentra fácilmente.

—Me la dio Kovalenko. Es para mi hermana. Dice que le sienta bien cuando está cansada. Mucho mejor que el café.

Norton hizo que se enjuagase la boca con el whisky para desinfectar la herida. Luego envolvió en un trapo los trozos de hielo y se los puso sobre la mejilla.

Tumbada en la cama, Victoria se dejó hacer. Observaba el cuidado que ponía en no lastimarla mientras la curaba. Le gustaba su rostro, esos ojos castaños enmarcados en unas pestañas largas y pobladas.

—¿Tienes aspirinas?

Ella negó con la cabeza.

—Entonces haz como tu hermana, bebe un trago, te vendrá bien. —La ayudó a incorporarse y ella echó un buen trago—. Mañana te traeré aspirinas.

El alcohol le calentó el estómago y abotargó un poco el dolor. Recostada de nuevo sobre la almohada, Victoria le cogió la mano y se la besó. Luego le miró con una sonrisa.

—No te vayas...

—Me quedaré a tu lado hasta que te duermas —dijo él con ternura.

Victoria cerró los ojos sujetando la mano de Robert entre las suyas, aferrada a ella como un lazo protector. Se sintió relajada y pronto se quedó dormida.

Dos semanas después de aquel incidente, Norton la invitó a cenar a un buen restaurante en el sector norteamericano de la ciudad. Desde un principio, Victoria le notó raro, más serio y menos locuaz que otras veces. La velada transcurrió tensa.

—¿Me vas a decir qué te ocurre? —preguntó ella cuando les sirvieron el segundo plato.

Él la miró unos segundos con los cubiertos en el aire. Pausadamente, los dejó sobre el plato, se limpió la boca con la servilleta, tomó aire y lo soltó.

—He recibido una llamada de mi madre. Mi padre está muy enfermo. No cree que dure mucho.

—Lo siento mucho, Robert. —Apenada, tendió el brazo por encima de la mesa hasta tomar su mano con un gesto tierno. Luego, de forma inconsciente, la retiró sin dejar de mirarle al comprender lo que resultaba evidente—. ¿Cuándo te vas?

—Hay una plaza en un C-47 a Fráncfort mañana por la tarde. Desde allí espero tomar uno de los vuelos de Lufthansa con destino a Nueva York. —Negó con la cabeza, con la preocupación reflejada en su semblante—. No estoy seguro de llegar a tiempo...

—Llegarás, ten confianza —dijo ella en un tono tranquilizador—. Él te esperará.

Robert la miraba con arrobo.

—Victoria, me preocupa dejarte aquí sola.

Ella le dedicó una sonrisa entristecida.

—He pasado una guerra, Robert, sé cuidarme. Y tú debes ir.

—Volveré... Te prometo que volveré a por ti.

—No prometas lo que no sabes si vas a poder cumplir. —Victoria guardó silencio un instante y luego su voz se tornó grave—: No me van a dar los visados para salir de aquí, ¿verdad?

Robert la miró durante unos largos segundos.

—Todo sería mucho más fácil si solo fueran para ti, incluso para la niña, pero se niegan a conceder la salida a Rebecca. No se fían de ella.

—¿Por qué? Tiene mal genio, pero es la persona más inofensiva de toda Alemania.

—Tienes que entenderlo, Victoria —trató de calmarla—, antes de dar un visado de entrada al país tienen que comprobar a quién se concede. Los espías brotan por esta ciudad como setas en un bosque. Hay muchos que están dispuestos a cualquier cosa por calentarse durante el invierno.

Ella le escuchaba con estupefacción.

—¿Crees que mi hermana es una espía? —soltó una risa sarcástica—. Pobrecita, si lo fuera sería un auténtico desastre.

—No he dicho que lo sea, pero las autoridades encargadas de conceder los visados son muy cautas. —Tomó aire y lo soltó, intentando rebajar la tensión que se había formado entre ellos—. Son muchas las solicitudes para entrar en Estados Unidos y la desconfianza es aún muy grande.

El semblante de ella se endureció en un amargo reproche.

—Tu país protege y ampara a los asesinos de la guerra y, sin embargo, tiene reparos ante una chica inofensiva que lo único que pretende es salir de la miseria.

Norton apartó la vista, agobiado por la aplastante verdad. Dio un largo suspiro.

—Tal vez... —Calló y tragó saliva. Se acercó más a ella, reclamando su atención—. Victoria, si me entregases esos microfilmes...

Ella le sostuvo la mirada sin decir nada.

Apenas probaron bocado. Los silencios se adueñaron del resto de la cena. Al salir a la calle decidieron dar un paseo. Era una de las primeras noches cálidas de la primavera. Llevaban un rato caminando cuando Norton se detuvo, se giró hacia ella y la miró a los ojos.

—Victoria, estoy enamorado de ti.

Ella le miró ruborizada.

—Robert... —murmuró sin saber muy bien qué decir—, yo... creo que siento lo mismo hacia ti.

Norton se acercó buscando sus labios, ella se dejó hacer. Cuando notó la calidez de su aliento cerró los ojos. A Victoria le pareció que aquel beso duraba una bendita eternidad, un beso tierno y delicado. Cuando separaron sus rostros, Robert le habló con voz muy dulce tomando su cara entre las manos.

—Quiero pasar la noche contigo, necesito tenerte.

Ella acercó los labios a su boca, le dio otro beso más escueto como respuesta, se colgó de su brazo y continuaron caminando pausados.

—En mi casa es imposible —dijo ella acercando su cuerpo al de él—. No podría hacerlo con mi hermana espiando tras la puerta.

—Has dicho que no valdría para espía —dijo él con dulce sorna.

Ella sonrió.

Robert la llevó hacia el jeep y se perdieron en la noche en dirección a la Argentinische Allee.

Victoria se despertó en sus brazos y arropada por un ligero edredón de plumas. Robert seguía durmiendo. Se incorporó de costado, apoyó la cabeza en la mano y le observó durante un rato, su respiración serena, los ojos cerrados, el pelo alborotado. Apenas sabía nada de su pasado, pero había algo en él que la atraía poderosamente y que había conquistado su corazón. Lo que sentía hacia aquel hombre era mucho más fuerte de lo que había querido reconocer. Por eso la asaltó el angustioso vértigo de que aquella historia de amor que acababa de empezar pudiera haber llegado a su fin, disipada en el aire como el humo de una hoguera.

La luz del amanecer se colaba por la ventana. Miró a su alrededor. Habían entrado de forma sigilosa, sin encender la luz para no despertar a nadie, y no se había fijado en ningún detalle de aquella amplia habitación de techos altos pero acogedora, las paredes empapeladas con colores suaves y los muebles sólidos, un armario de tres puertas, un escritorio de nogal junto a la ventana, una butaca y la cama grande con un mullido colchón y un historiado cabecero de madera. La cabeza de Norton se hundía en una almohada blanda. Todo olía a limpio, todo estaba ordenado, no había desconchones o huellas de bombas ni restos calcinados por el fuego. Era como si por aquel lugar no hubiera pasado la guerra.

Norton abrió los ojos y, al descubrirla mirándole, le sonrió, la atrajo hacia él y se besaron. Hicieron de nuevo el amor y sus cuerpos se estremecieron bajo el ligero edredón. Después se mantuvieron durante un buen rato en silencio, enlazados en un abrazo que parecía imposible de deshacer, mirando hacia el cielo azul que se veía por la ventana con el sol escalando en el horizonte.

—Voy a ponerte protección...

—No quiero vivir con un tipo pegado a mi espalda. —Levantó la cabeza para mirarle a los ojos—. Te entregaré los microfilmes.

—Conseguiré esos visados.

Ella le sonrió y volvió a posar la mejilla en su pecho. Aspiró el aroma de su piel.

—Sin ti Berlín será mucho más triste de lo que ya es.

Él la obligó a alzar la cara de nuevo, buscando sus ojos.

—Victoria, volveré a buscarte.

Ella no dijo nada porque no quería llorar y la emoción le cerraba la garganta.

Robert la llevó a casa. Subió con ella al piso. Victoria abrió la puerta y comprobó que Rebecca no estaba. Fue a la habitación, retiró la alfombra y la tabla y sacó el sobre con los microfilmes. Volvió a colocar la tabla, se giró hacia él y se los entregó. Le acompañó hasta el portal para despedirse. Norton le pidió que no fuera al aeropuerto y prometió escribirle con noticias.

—Te escribiré cada día que estemos separados —le susurró entre beso y beso.

Ella sonrió esperanzada.

—Te esperaré... —murmuró aferrada a él con fuerza, mientras trataba de memorizar los latidos de su corazón.

Tras un largo beso, Norton subió de un salto al jeep, puso en marcha el motor, la miró unos instantes, pisó el acelerador y se alejó. Victoria se quedó inmóvil hasta que desapareció de su vista y al darse la vuelta se topó con su hermana, que la observaba desde el portal.

—Por fin apareces —dijo Rebecca en actitud agresiva—. ¿Lo has pasado bien? Imagino que mientras Hedy se retorcía de dolor tú estarías resolviendo fórmulas y cuentas con ese yanqui.

—¿Qué le pasa a Hedy? —preguntó algo aturdida por el imprevisto ataque.

—¿Te importa acaso?

—Rebecca, no empieces, dime qué le ha pasado a Hedy, y ¿dónde está? No estabais en casa.

—Tiene mucha fiebre, y ha estado vomitando toda la noche. El doctor Wolf se ha pasado por aquí. Tengo que ir a por medicinas. La está cuidando el señor Heyman.

—¿La has dejado en manos de ese loco? ¿Cómo se te ocurre?

—Ese loco es el único al que he podido acudir a las tres de la madrugada para ir a buscar al doctor Wolf. Y lo he tenido que hacer porque tú estabas revolcándote como una furcia con ese maldito *ami*. Al final es lo que eres: una vulgar puta.

—Dios santo, Hedy... —Esquivó a su hermana con intención de subir—. Mi pequeña.

Rebecca la agarró con fuerza del brazo y se encaró con ella.

—Eres igual que mamá, una mala madre a quien no le importa nada su hija.

Victoria la miró atónita, intentando asimilar el odio que irradiaban hacia ella los ojos de su hermana. Sin decir nada, se zafó, se alejó de ella y subió la escalera corriendo.

Encontró a su hija en un estado lamentable. No fueron capaces de conseguir las medicinas que el médico había recetado, y Victoria tuvo que pedir ayuda a Charlotte, que movió sus contactos para que la niña ingresara en el hospital La Charité, donde fue operada de urgencia de una apendicitis aguda. Pasaron tres días envueltas en una gran incertidumbre, ya que no había forma de que remitiera la fiebre. Pero los cuidados médicos, los medicamentos y la fortaleza infantil hicieron el milagro de la recuperación a partir del cuarto día.

Victoria no se movió del hospital durante la semana que la niña permaneció ingresada, haciendo caso omiso a los consejos de enfermeras y médicos de la conveniencia de que descansara. Dormitaba a los pies de la cama de su hija, comía muy poco y estaba siempre pendiente de la fiebre y los horarios de la medicación. Su hermana entraba y salía con una actitud arrogante, agitando el sentimiento de culpabilidad contra ella con una despiadada saña.

En aquellos días de desasosiego fue consciente de cuánto echaba de menos la compañía de Robert. La acuciaba una angustiosa sensación de abandono y soledad que solo aplacaba mirando a su hija.

Durante las dos primeras semanas después de la marcha de Norton, y cumpliendo una orden suya, las hermanas habían recibido algunos productos del economato del ejército norteamericano que les llevó un soldado. Pasado ese tiempo dejó de acudir y no le vieron más. No les quedó otro remedio que volver al racionamiento y al trapicheo en el mercado negro.

El verano pasó sin ninguna noticia de Robert. Victoria miraba el buzón cada día, pero no recibió ni una sola carta. Cuando llegó el invierno se hizo el propósito de quitárselo de la cabeza, no quería pensar en la traición una vez obtenidos esos malditos microfilmes, pero la evidencia de su silencio mantenido en el tiempo le resultaba asfixiante. La sensación de abandono crecía cada día. Se sentía dolida, aunque no quedaba otra que tratar de superarlo y continuó en solitario con su existencia. Cada noche, cuando regresaba del Kassandra, se encerraba en su cuarto y se ponía a trabajar con sus fórmulas, algoritmos, procedimientos y análisis de posibilidades, con la impresión de que había llegado a un callejón sin salida. Había algo que fallaba y eso le impedía avanzar, algo en lo que se habían fijado en las últimas semanas de vida del profesor Seegers y que ahora era incapaz de descifrar por sí sola. Se sentía desamparada sin su presencia; sin sus sabios consejos le parecía estar sola y sin brújula en un inmenso desierto, dando vueltas y más vueltas para llegar al mismo sitio. Al menos su hermana había calmado los ataques contra ella y la relación volvió a ser más cordial y sosegada. Victoria sabía que la razón de ese sosiego era la desaparición de Norton y, sobre todo, la falta de noticias suyas, algo en lo que Rebecca se regodeaba sin ocultarlo, a pesar de la aflicción que provocaba en Victoria. Incluso llegaba a reprocharle sus eternos silencios.

—Pareces un alma en pena —decía con sarcasmo cuando la veía sentada, tan callada—. ¿Es que ese yanqui te robó la lengua?

—Déjalo ya, ¿quieres?

—No volverá. Cuanto antes lo aceptes, mejor será para todos.

Victoria la miraba con pesar. A veces la odiaba, pero enseguida se arrepentía de tener esos sentimientos. Rebecca y la niña eran lo único que le quedaba, su única familia. Tenía que luchar por ellas.

Durante sus encuentros, Norton y ella habían hablado de que estaba cediendo la presión de los aliados occidentales sobre los alemanes, incluso contra los declarados nazis. Norton lo justificaba porque el nuevo enemigo eran los rusos. Y eso cada vez era más evidente. Con el paso del tiempo había aumentado ostensiblemente la desconfianza entre las tres zonas aliadas dominadas por franceses, británicos y estadounidenses, y los barrios controlados por los soviéticos de la parte este de la ciudad. Se rumoreaba que Stalin pretendía forzar a los aliados para que abandonasen Berlín con el fin de ocuparlo en toda su extensión. Al fin y al cabo, la ciudad se enclavaba en la zona de Alemania dominada por los rusos. Había inquietud por ello entre los berlineses de los sectores occidentales.

La tensión estalló en Berlín en los primeros días de verano de 1948. Había pasado más de un año desde la partida de Norton. Con la puesta en marcha del Plan Marshall, un programa de ayuda económica promovida por Estados Unidos para impulsar la economía y las inversiones extranjeras en Berlín, los aliados decidieron unilateralmente la emisión de una nueva moneda, el Deutsche Mark, con el fin de implantarla en todo el sector occidental dominado por ellos y que reemplazaba al antiguo Reichsmark, muy devaluado debido a la creciente inflación que siguió a la guerra. El 22 de junio de aquel año, Victoria se pasó más de seis horas bajo una pertinaz lluvia de verano, con el fin de obtener los nuevos marcos a cambio de los antiguos.

Cuando llegó a casa estaba cansada y hambrienta.

—¿Te los han dado? —preguntó Rebecca.

Victoria sacó los ocho billetes de cinco marcos y los puso sobre la mesa. Rebecca los cogió y los contó. Todos llevaban un sello en forma de B, por Berlín.

—¿Solo te han dado cuarenta? Si llevabas más de...

—Es lo que dan —la interrumpió—, cuarenta marcos, lleves lo que lleves. Mañana iré al sector ruso, dicen que se pueden llegar a cambiar uno a cinco. Con esto podré comprar allí más barato.

—Déjalo, iré yo —dijo Rebecca con los billetes aún entre las manos. Alzó a la niña hasta sus rodillas y le enseñó el dinero—. Y Hedy se vendrá conmigo, ¿verdad, mi amor? Mira, dinero para que *mumi* te compre comida y un vestido de verano, que has crecido mucho.

Victoria le arrancó los billetes de la mano con brusquedad. Rebecca se la quedó mirando.

—Su madre soy yo —arguyó irritada.

Hubo un tenso silencio. Rebecca fingió ignorarla y abrazó a la niña como a un escudo.

—Tía Becca —susurró Hedy desde el regazo de Rebecca—, ¿está enfadada mamá?

—No, mi pequeña, no está enfadada. —Miró de reojo a Victoria con malicia—. Es que mamá tiene mal genio, pero se le pasa enseguida, ya verás.

Victoria la observó sin decir nada. Estaba demasiado cansada como para rebatir las actitudes estúpidas de su hermana. Se levantó y se sirvió un vaso de agua. Lo bebió de un trago. La niña se removió y Rebecca la bajó de su regazo y dejó que se fuera.

Victoria se dio la vuelta para decir algo, pero su hermana se le adelantó.

—Lo siento —dijo en tono de forzada contrición—. No quería ofenderte.

Su hermana la miró sin encontrar sus ojos, rehuía su mirada. Dejó el vaso en el fregadero.

—No pasa nada —dijo cabizbaja en tono frío—. Mañana iré al sector ruso. Le compraré un vestido a Hedy... Tienes razón, necesita ropa. Está creciendo mucho.

Salió de la cocina y se encerró en su habitación. Rebecca se quedó mirando al vacío. Desde que ese yanqui se había marchado, su hermana se había vuelto taciturna e introvertida. No podía evitar el remordimiento por lo que estaba haciendo, pero, por otra parte, estaba convencida de que era lo mejor para ella y para todos; tenía que olvidar a ese hombre. Se palpó el bolsillo y sacó un sobre lleno de matasellos con el nombre de Victoria Kiesler escrito y, a continuación, su dirección. Al girarlo, aparecía el remitente, Robert Norton, y lo hacía desde un lugar llamado Tuskegee, en el estado de Alabama.

La niña se asomó a la puerta de la cocina.

—¿Me ayudas con el dibujo?

Rebecca la miró satisfecha; acudía a ella, no a su madre.

—Ahora mismo voy, mi pequeña.

Se levantó con la carta en la mano, entró en su cuarto, abrió el armario y echó el sobre en una caja de latón con decenas de cartas con la misma letra, dirigidas a la misma destinataria y con el mismo remitente. Al principio llegaban varias cada semana y tenía que estar muy pendiente del cartero, al que había pedido que le entregase a ella en persona la correspondencia a cambio de algunos favores en forma de cigarros y latas de conservas. Cada vez que llegaba una pensaba en destruirlas, pero nunca lo hacía; algo en lo más profundo de su ser se lo impedía, consciente de lo que le estaba hurtando a su hermana. Tenía la esperanza de que dejasen de llegar, solo entonces lo haría, las quemaría todas para hacerlas desaparecer y borrar definitivamente a ese hombre de sus vidas. De hecho, las cartas se habían ido espaciando en el tiempo, y ahora recibía alguna muy de cuando en cuando. Ese Norton no se daba por vencido, pensó Rebecca mientras cerraba la caja y la escondía en el fondo del armario. Luego fue a ver a Hedy y la ayudó con las pinturas de colores.

CAPÍTULO 4

Robert Norton no llegó a tiempo de ver con vida a su padre. Cuando bajó del vagón y vio al señor Keating esperándole en el andén, supo que era demasiado tarde. Su madre lo acompañó al cementerio. La lápida con su nombre, Wolfgang Norton, estaba junto a la de su hermana Rose. Algo más alejada se hallaba la tumba de Ben, una lápida blanca y pequeña situada en un panteón al aire libre que pertenecía a la familia Coleman. Robert había aceptado el deseo de Katie de enterrarlo allí, junto a sus antepasados. Norton no había vuelto a aquel cementerio desde el día en el que enterró allí a su hijo y a su hermana. El cadáver de Caleb, por su parte, fue trasladado al norte, a su ciudad natal.

Fueron tiempos oscuros envueltos en una desesperación que a punto estuvo de llevarle a cometer una locura. Al poco del terrible suceso, Katie le pidió el divorcio; le culpaba de la tragedia por haber dejado al bebé en casa de Rose, que, para mayor horror, había metido en su cama a un negro. Mostró contra él una rabia enloquecida de la que Robert no trató de defenderse, ni tenía fuerzas ni lo creía justo. El dolor por la pérdida del pequeño Ben había arrojado a Katie a un estado físico y anímico lamentable. Nunca habrían sido capaces de salvar la relación con un lastre de tal envergadura. Aceptó su petición sin poner ni una sola condición. Semanas después, Robert se despidió de sus padres y se marchó de Tuskegee. Ellos se habían negado a dejar su negocio, su casa y sus recuerdos: les resultaba insufrible la idea de abandonar a sus muertos, con los que vivirían lo que les quedase de existencia. Entendieron la decisión de su hijo de alejarse para instalarse en Nueva York, en un intento de calmar, a través de la distancia, el intenso dolor que le provocaba caminar por los lugares que había compartido con su hermana y vivido con su hijo. Y, sobre todo, le mortificaba la idea de que pudiera cruzarse, hablar o tratar con los verdaderos asesinos.

En la misma madrugada del terrible incidente habían detenido a dos negros que vivían en la zona y que habían cometido el fatídico error de acercarse al ver el fuego, pensando que la señorita Rose quizá necesitase ayuda. A pesar de que se hallaron los restos calcinados de una cruz en el jardín delantero de la casa, marca del Klan, los dos hombres fueron juzgados y acusados de cuatro asesinatos sin más prueba que su presencia en el lugar de los hechos, sin tener en cuenta los casquillos de las balas o las pisadas de botas que ellos no podrían calzar jamás y que se extendían alrededor de la casa. Los condenaron y, a los pocos meses, los colgaron. Robert sabía que no habían sido ellos, lo vio en sus ojos cuando los visitó en la cárcel. No eran ellos los que habían cometido semejante atrocidad. Como ocurría en demasiadas ocasiones, fueron dos inocentes más asesinados, los chivos expiatorios de una justicia estrábica y sesgada.

Cuatro años después de la tragedia, su madre le había escrito a Nueva York para contarle que Katie Coleman se había casado con Lucas Ewell, y que el matrimonio se iba a vivir a Manhattan porque a Ewell le habían concedido una plaza de médico virólogo en el Bellevue Hospital. Se lo decía como advertencia, convencida su madre de que Nueva York era como Tuskegee y que la probabilidad de encontrarse con ellos era muy factible.

Norton dio por cerrada definitivamente aquella etapa de

su vida. Katie Coleman y todo lo que ella había significado quedaron en un pasado que necesitaba olvidar.

Tras la muerte de su padre, se quedó en Tuskegee por expreso deseo de su madre. Ella sabía que se apagaba. Se encontraba enferma, no solo por los años, sino por la pena, demasiado pesada para su delicado corazón. Quiso que la ayudase a organizar todo lo que su padre había dispuesto antes de morir. Cedieron la propiedad del restaurante a la señora Molly y su hija Prissy. Desde el nefasto día en que la vida había cambiado con la brusquedad de un latigazo, ni el padre ni la madre volvieron a levantar cabeza. Llevaban el negocio como almas en pena, y consiguieron mantenerlo activo gracias a la vieja Molly, a su hija y a Sam, el marido de esta. Al entregarles la propiedad del negocio, compensaban sus esfuerzos y su entrega. Robert conocía la voluntad de su padre y estaba de acuerdo. No quería nada que le uniera a Tuskegee salvo las sepulturas a las que podría volver si sentía la necesidad de hacerlo.

La buena noticia la había recibido de Samuel Keating. Se iba a casar con una mujer llamada Valeria, dos décadas más joven y de nacionalidad mexicana, que tres años atrás había entrado ilegalmente en Estados Unidos para trabajar recogiendo fruta en los campos de California. Había llegado a Tuskegee huyendo de un hombre que la maltrataba. Keating le dio cobijo y la asesoró para la obtención de una visa de inmigrante. Empezaron una relación, ella se quedó embarazada y decidieron contraer matrimonio. Norton tuvo el honor de ser el padrino de la novia; su madre actuó como madrina. Aquella unión y la felicidad de Keating con Valeria fue como una brisa fresca en el fiasco de aquellos días.

Durante semanas estuvo enviando cartas a Victoria, cumpliendo su promesa de hacerlo cada día. Escribirlas fue la única manera de atenuar el profundo dolor que le embargaba por la muerte de su padre y por ver cómo se iba consumiendo su madre. Aquella ciudad para él significaba la maldición y el paraíso; la maldición de la pérdida de lo más querido y el paraíso en el que reposaban los restos de sus seres más queridos. Le escribía con el ansia de recibir respuesta, asido a un amor apenas nacido al que se aferraba como a una tabla de salvación. Sin embargo, cuando pasaron los meses sin obtener respuesta, comenzó a flaquear la esperanza de redimirse a través de ese amor. No obstante, porfió en su empeño y continuó enviando cartas con destino a Berlín, aunque cada vez más espaciadas en el tiempo.

Después de la amarga sensación de no haber podido llegar a despedirse de su padre, Robert Norton tuvo la compensación de poder acompañar a su madre en sus últimos momentos.

—Esa chica alemana —le dijo Matilda muy debilitada, recostada sobre la almohada—, ¿has sabido algo de ella?

—No ha contestado a ninguna de mis cartas —respondió él esforzándose en sonreír, en vano—. Hace tiempo que se ha debido de olvidar de mí.

—Tal vez no las haya recibido. Me has contado que Berlín estaba en ruinas. Las cartas se pierden...

—No lo sé, madre. No quiero pensar en eso ahora.

—Me hubiera gustado conocerla. —Miró a su hijo con ternura y esbozó una sonrisa—. Hasta que ocurrió la tragedia, tu padre y yo fuimos tan felices...

Robert luchó por ocultarle el llanto que pugnaba por brotar de sus ojos.

—Madre, siento tanto haberos hecho pasar por todo lo que habéis pasado, lo siento tanto... Si yo no hubiera...

Ella le tapó la boca con la mano interrumpiendo sus palabras.

—No quiero que lo digas, ni siquiera que lo pienses. No tuviste culpa de nada, Robert, no te atormentes con ese pensamiento. Tú siempre has estado en el lado bueno, no lo olvides. —Retiró la mano de la boca de su hijo—. Me voy de este mundo con la pena de no saber quién mató a mi hija y a mi nieto. Lo único que me consuela es estar segura de que el causante de un asesinato tan aberrante lo pagará en el infierno.

Cerró los ojos y dejó escapar un suspiro, sintiendo que aquellas palabras le provocaban un intenso dolor en lo más profundo de su corazón.

Norton se quedó mirando aquel rostro constreñido por el sufrimiento y la impotencia que ni siquiera la sombra de la muerte podía borrar. Le besó la mano y hundió la cara en el regazo materno. Se estremeció al notar la caricia en su pelo.

Cuando era un niño y tenía miedo, solía refugiarse en ese vientre cálido tan protector; para calmar sus temores, su madre le contaba algún cuento con voz muy dulce mientras le acariciaba delicadamente el pelo con los dedos.

—Ojalá encuentres la felicidad, hijo mío.

Robert alzó la cabeza para mirarla. Una placentera calma había vuelto a sus ojos.

—Saber que al menos lo vas a intentar me daría serenidad.

—Mi única felicidad sois vosotros, madre, mi familia: papá, Rose... —tragó saliva para poder continuar—, el pequeño Ben...

—Tu padre y yo te enseñamos que hay que luchar por aquello en lo que uno cree. —Le hizo un gesto con la mano—. Ve a buscarla; no des por sentado lo que no es seguro. Si lo haces, tal vez estés perdiendo lo mejor de tu vida —volvió a sonreírle con dulzura—. ¿Lo harás?

Norton asintió reprimiendo las lágrimas. Tenía la mano de su madre pegada a sus labios.

—Con eso me basta... —susurró sin fuerzas—. Puedo irme tranquila.

Sin dejar de sonreír, cerró los ojos, pero esta vez no volvió a abrirlos. Norton estuvo mucho rato mirando el semblante inerte de su madre, con la impresión de que el dolor abandonaba por fin su alma atormentada, devolviéndole la paz que le habían arrebatado brutalmente nueve años antes, y que moría para liberarle a él.

Norton enterró a su madre en el mismo cementerio en el que estaban las sepulturas del resto de su familia. Hizo su equipaje y volvió a su casa de Brooklyn.

CAPÍTULO 5

Empezaba a amanecer cuando abrió los ojos. Se quedó con la mirada fija en la ventana, observando cómo las primeras luces del día se iban filtrando poco a poco a través de la escueta cortina, un retal de una vieja colcha que había encontrado entre las ruinas de un edificio cercano. Cada vez que despertaba no podía evitar pensar en Robert. Había pasado más de un año desde su marcha y la falta de noticias le hería profundamente el corazón, pero sobre todo se sentía una estúpida por haber confiado en él entregándole los microfilmes. Al hacerlo había perdido la única posibilidad de salir de aquella ciudad. Esa esperanza se iba diluyendo con el paso del tiempo y la sensación de sentirse traicionada la enfurecía y la desalentaba a la vez.

Se sentó en la cama y sacudió la cabeza en un intento de librarse de aquellos pensamientos reincidentes que le provocaban tanta amargura. Oyó las voces de su hermana y Hedy en el cuarto contiguo. Se puso en pie y echó un rápido vistazo a la calle; era algo que solía hacer a menudo, rémoras de un pasado de miedo a que algún peligro acechase en los alrededores. Entró en la cocina y, antes de poner a calentar el café, encendió la radio. El locutor hablaba con voz grave y algo atropellada. Vertía las noticias a las ondas cual rimero de palabras. Victoria se detuvo con la cafetera en la mano prestando la máxima atención y sin dar crédito a lo que estaba escuchando. Los rusos habían cerrado los accesos a las zonas ocupadas por los aliados, lo que suponía que no se podía pasar a Berlín Occidental. Según el locutor, que hablaba un alemán con un fuerte acento estadounidense, se trataba de una medida de presión de Stalin para obligar a los aliados a regresar a la mesa de negociaciones sobre el futuro de Alemania. Aquella misma noche, Berlín había sufrido el primer apagón general en muchos meses. La incertidumbre se expandió por cada rincón de la ciudad.

—Dios mío... ¿Qué va a ser de nosotros? —se preguntaba Rebecca, que acababa de entrar en la cocina—. ¿Crees que pasará pronto?

—No lo sé —contestó intentando ocultar su inquietud. No había visto ningún movimiento extraño el día anterior cuando pasó a la zona soviética a comprar un vestido para Hedy, todo parecía tranquilo en ese momento—. Ya me lo advirtió Robert: Stalin pretende echar a los aliados y quedarse con todo Berlín bajo el control soviético.

—Eso es lo que debería pasar —afirmó Rebecca tajante—. En el sector ruso se come mucho mejor que las migajas que nos dan los norteamericanos.

—Pero si no les gusta tu cara te detienen y no se vuelve a saber nada de ti —replicó Victoria con ironía, mientras servía el café en la taza que su hermana tenía entre las manos—. Parece mentira que hables así de los rusos. Ya sabes cómo se las gastan —resopló con un gesto desesperado—. Si al final consiguen salirse con la suya, no lo soportaré, me iré de aquí sea como sea.

—Los rusos no amparan a los criminales nazis como están haciendo los norteamericanos delante de nuestras narices.

—Sí que lo hacen. Hace ya tiempo que los nazis dejaron de ser el enemigo. Ahora el enfrentamiento es otro: el mundo soviético contra el occidental, el capitalismo contra el comunismo, en eso se basa ahora esta guerra.

Su hermana la miró en silencio. Se dio la vuelta y salió de

la cocina. Victoria subió el volumen de la radio para seguir escuchando con preocupación las noticias.

A partir del bloqueo del 24 de junio de 1948, quedó interrumpido el abastecimiento que debía llegar a los sectores occidentales de la ciudad. Ello suponía que en unos cuarenta días se acabaría el carbón, y en un mes Berlín Oeste se quedaría sin alimentos y otros bienes esenciales. La presión era muy fuerte. La falta de suministro eléctrico provocó la paralización absoluta de industrias y comercios, el metro y los coches quedaron arrinconados por la escasez de combustible y la falta de recambios necesarios, que obligaba a sus trabajadores a agudizar el ingenio para suplir los originales; todo ello dificultaba la maltrecha economía y complicaba aún más la miserable vida cotidiana de los ciudadanos. Aparte de las incomodidades y de la incertidumbre, estaba el temor al estallido de un conflicto; todavía quedaban en toda la ciudad demasiadas heridas abiertas por la guerra. Ante la presión ejercida por la decisión de Stalin, los aliados tenían varias alternativas. Podían ceder y marcharse, dejando Berlín y a los berlineses bajo el control absoluto de los soviéticos, tal y como estaban los países situados al otro lado de lo que Churchill había denominado el telón de acero. Otra posibilidad era que los aliados plantasen cara al bloqueo enviando a Berlín un convoy armado; si la valla de los rusos se levantaba, la paz se mantendría y el bloqueo habría finalizado; de lo contrario, se desataría un enfrentamiento armado de consecuencias imprevisibles. La última opción era la de resistir, con todas las dificultades que ello suponía. Después de algunas dudas, los aliados decidieron no abandonar la ciudad a su suerte, y se comenzó a organizar un puente aéreo, el único medio que permanecía abierto. A través de tres pasillos aéreos desde la Alemania federal, sobrevolando territorio de la Alemania ocupada por los rusos, los aviones aliados empezaron a llegar principalmente a Tempelhof, pero también al aeródromo de Gatow, y los hidroaviones podían amerizar en el lago Havel. En las bodegas habilitadas de los aeroplanos se transportaba todo tipo de suministros para abastecer a los berlineses de los sectores occidentales con todo lo necesario para sobrevivir: desde carbón, combustible, alimentos y medicinas, hasta maquinaria, ropa y otros productos de imperiosa necesidad.

A finales de agosto, Charlotte comunicó a sus empleados que, debido a la crítica situación, no le quedaba otro remedio que cerrar temporalmente las puertas del Kassandra. Durante dos meses habían ido sorteando las dificultades del bloqueo, la escasez de bebidas, de cerveza, de tabaco, los cortes de luz; pero incluso las velas con las que había estado iluminando el local cuando no había electricidad se habían agotado. Resultaba imposible sostener el negocio. Les prometió reabrir en cuanto cambiasen las circunstancias.

Victoria quedó desolada al escucharlo. No sabía cómo iban a salir adelante sin el sueldo del club. Cuando estaba a punto de marcharse del local, la dueña la llamó.

—Quédate un momento, tengo que hablar contigo.

Esperaron a que todos se fueran y entraron en el despacho.

—¿Te apetece una copa? —preguntó Charlotte al tiempo que Victoria tomaba asiento ante el escritorio de nogal.

—Un whisky me vendría bien, gracias.

—Tengo algo mejor. —Con una sonrisa, sacó una botella de champán de una cubitera llena de hielo—. Me la regaló un oficial francés —añadió alzándola como un trofeo. Cogió dos copas y las puso sobre la mesa—. La guardaba para una ocasión especial.

—¿Es esta una ocasión especial?

—Lo es si tú y yo queremos que lo sea. —Manipuló el tapón con habilidad y cuando cedió el corcho, antes de que se derramara el líquido, lo vertió en una de las copas. Luego sirvió la otra—. Si algo he aprendido a lo largo de los años es que en los momentos de dificultad surgen las mejores oportunidades, siempre y cuando sepas aprovecharlas.

—A mí pocas oportunidades me quedan después del cierre del Kassandra. No sé qué voy a hacer —murmuró Victoria abatida al recordar cómo se las había tenido que apañar antes de que Charlotte apareciera en su vida.

Esta le tendió una de las copas y con la otra en la mano la alzó en el aire abriendo una sonrisa confiada en los labios.

—Brindemos por las oportunidades.

Victoria imitó el gesto con apatía, y ambas bebieron el espumoso.

—Tengo un buen trabajo para ti —dijo Charlotte sentándose junto a ella, en vez de hacerlo al otro lado de la mesa. Al cruzar las piernas quedaron a la vista sus rodillas.

Victoria la miró sin decir nada, a la espera, entre la curiosidad y la prudencia.

—Un buen amigo periodista, conductor de un programa en la RIAS, necesita una voz bonita para informar a la población. No pagan mucho, pero se trata de la emisora norteamericana y seguro que algo te caerá de sus economatos militares.

—¿Yo en la radio? —preguntó sin dar crédito.

—De locutora de noticias; también podrás cantar, alegrar la vida a la gente; si no hay escenario, ¿por qué no hacerlo desde un estudio de radio?

—No es lo mismo... No creo que sepa.

—Querida, tú puedes hacer lo que te propongas. No solo tienes una cara bonita, eres valiente, tienes talento y una voz preciosa; utilízalos.

Victoria se quedó mirando el líquido burbujeante de su copa. Alzó los ojos y levantó la mano en un brindis hacia Charlotte.

—Qué suerte tenerte en mi vida. Siempre estás ahí para salvarme.

Entrechocaron las copas y bebieron. Charlotte apuntó un nombre y una dirección en una tarjeta y se la dio.

—Ve mañana mismo a la emisora, y preguntas por Alfred Brown; te estará esperando. Serán unas pocas horas, es muy posible que te propongan que eches una mano en la gestión del puente aéreo. Hablas inglés y sabes de números. Podrás sacarte un buen pellizco con las dos cosas. Aunque te quedará poco tiempo libre.

—Me interesa todo lo que me ofrezcas —dijo Victoria mirando la tarjeta y la dirección apuntada. La metió en el bolso—. No sé cómo agradecértelo.

—No lo hagas. Si estás junto a los norteamericanos en el núcleo de la información y la distribución de los productos que lleguen a Berlín, será como si estuviera yo misma. —Charlotte levantó la copa al tiempo que alzaba las cejas, con esa mirada astuta tan peculiar en ella—. Serás mis ojos y mis oídos de cuanto se fragüe tanto en la emisora como en el aeropuerto. Espero que no me defraudes.

—Confía en mí. No te fallaré. —Victoria dejó la copa en la mesa—. Será mejor que me vaya o mi hermana empezará a preocuparse. Desde el bloqueo la noto más alterada de lo normal.

—¿Te fías de ella?

La pregunta de Charlotte le pilló desprevenida. Arrugó el ceño, y se removió buscando una respuesta lógica.

—¿Por qué no iba a hacerlo?

—¿Sabes que visita de forma asidua el sector ruso?

—¿Y qué problema hay en ello? En el Este siempre se encuentran cosas a mejor precio. No tiene nada de malo.

—Tu hermana no solo va al encuentro de gangas —replicó Charlotte con gesto serio—. Desde hace tiempo se ve con un tipo nada recomendable.

—¿Cómo lo sabes?

Charlotte sonrió benevolente.

—Ya sabes mi lema, querida: la información es poder.

Tengo confidentes que me cuentan lo que pasa ahí fuera. Me gusta saber qué peligros acechan a la gente que me importa. Y tú me importas, Victoria, mucho más de lo que te imaginas.

—No sé qué pensar... —murmuró Victoria algo turbada.

—El hombre con el que se reúne es un pez gordo de la policía secreta soviética. Un mal tipo, capaz de cualquier cosa por alcanzar sus objetivos. —Escrutó su rostro, testigo de cómo iba inoculando la desconfianza en su conciencia—. Se hace llamar Lugovoy. Es peligroso.

—Me dejas preocupada... Hablaré con ella.

—Hazlo con mucho tacto —apuntó en tono mesurado—. Es un consejo. Si no te ha hablado de ello, es porque tiene motivos para ocultártelo. Y eso debería ponerte en guardia.

A pesar de ser temprano, hacía mucho calor. La ventana estaba abierta y se oía el zumbido constante de los aviones que sobrevolaban Berlín Occidental para aterrizar y despegar cada poco en el aeródromo de Tempelhof. El bullicio de la ciudad había quedado reducido a ese incesante sonido de fondo que se imponía de noche y de día. Con el tráfico detenido a la fuerza, las bicicletas volvieron a convertirse en la única forma, fácil y segura, de desplazarse, pero también escaseaban, pasando a ser un objeto de deseo, por lo que no se podían dejar a la vista de cualquiera en la calle, a riesgo de quedarse uno sin ella. Victoria cuidaba la suya como oro en paño, una destartalada bicicleta que le había prestado Charlotte y con la que se desplazaba por aquella ciudad de nuevo asediada por el hambre, la escasez, la oscuridad, el miedo y la incertidumbre.

Cuando entró en la habitación de su hermana esa mañana, Hedy se fue hacia ella.

—Mira, mamá, mira mi dibujo.

Victoria cogió aquel papel y miró la imagen de las tres: Hedy en medio, más pequeña, agarrada de la mano a dos figuras de mujeres. Un sol amarillo y un gran corazón rojo en la parte de arriba remataban la estampa.

—Te ha quedado precioso, Hedy, dibujas muy bien.

—Me ha ayudado la tía Becca —sonrió la niña—. Es para ti, te lo regalo.

Victoria miró a su hermana, que se abotonaba el vestido. Se sentó en la cama revuelta donde la niña dormía con su tía.

—Deberíamos buscar una cama para Hedy —dijo Victoria—. Ya es muy mayor para que durmáis juntas.

—Ni hablar —replicó Rebecca—. En esa cama dormimos las dos estupendamente, ¿a que sí, Hedy?

—Yo quiero dormir con tía Becca —protestó la niña.

—Está bien, está bien... —cedió Victoria forzando una sonrisa.

Observó cómo su hermana ayudaba a Hedy a anudarse los cordones de los zapatos. No comentó nada de la conversación que había mantenido con Charlotte la noche anterior. Debía pensar con tranquilidad cómo abordar el tema con ella, y encontrar el momento adecuado para hacerlo sin que la niña estuviera delante.

—El Kassandra ha cerrado —dijo con voz neutra—, al menos hasta que se aclare la situación.

Rebecca se detuvo, la miró un instante y continuó ayudando a la niña.

—No sé de qué vamos a vivir... —murmuró inquieta.

—Me ha dicho Charlotte que necesitan a una persona en la radio. Iré a ver qué me encuentro.

Rebecca cepilló el pelo a la niña y le hizo una coleta alta con un lazo blanco. Luego se peinó ella recogiendo en un moño pegado a la nuca la mata de pelo fosco.

Victoria ayudó a su hija a meter la libreta en la cartera y cuando la niña le dio la caja de pinturas se quedó mirando la imagen de Pinocho impresa en la tapa. Aquel juego de lápices de colores ya muy gastados se lo había regalado Norton a Hedy. Metió la caja en el fondo de la cartera infantil arrojando sus recuerdos con ella y las acompañó hasta la puerta.

—Deséame suerte —dijo acariciando el pelo de Hedy.

—¿Suerte para qué?

—Para que me den ese trabajo en la radio.

—Te lo darán —dijo Rebecca con frialdad mientras se calaba un ligero sombrero frente al espejo.

—¿Qué harás tú toda la mañana? —preguntó Victoria como si tal cosa.

—¿Yo? —Encogió los hombros—: Llevar a la niña al colegio y tratar de encontrar algo para comer, como hago siempre. ¿Te parece buen plan?

—¿Llevas dinero suficiente?

Rebecca abrió la puerta y se volvió hacia su hermana.

—Procura que te den ese trabajo o moriremos de hambre.

Victoria se quedó en el quicio mirando cómo su hija bajaba saltando los escalones de dos en dos. Cuando Rebecca empezó el descenso, giró la cabeza un instante hacia su hermana y Victoria sintió un escalofrío. Su rostro parecía de hielo. Cerró la puerta y fue hacia la ventana. Las vio alejarse por la calle. La niña agarrada de la mano de su tía, hablando y riendo con ella. Cuando las perdió de vista, regresó a la habitación de su hermana. Miró a su alrededor sintiéndose una intrusa. Tenía un concepto muy claro de la inviolabilidad de lo ajeno, algo que había aprendido de su padre. Dio unos pasos y se situó frente a la cómoda de seis cajones. Al poner la mano en el tirador, el corazón le latió con fuerza, como si profanase un lugar sagrado. Abrió el primer cajón y se encontró con la ropa de la niña perfectamente doblada. Palpó la parte de abajo, el fondo, los lados. A medida que iba abriendo cajones parecía cargarse de valor y lo hacía con más seguridad. En el último cajón se acumulaban enaguas tazadas, camisones llenos de remiendos y viejas camisetas de Rebecca. Todo lo guardaba por si acaso. Al empujar el cajón para cerrarlo, una de las camisetas se deslizó un poco y dejó a la vista algo que le llamó la atención. Retiró la ropa y se sorprendió por lo que apareció ante sus ojos: tres tabletas de chocolate, un tubo de pasta de dientes sin estrenar, una pastilla de jabón con su horrible envoltorio y una botella mediada de vodka. Eran marcas soviéticas, elaboradas en Rusia e importadas a Berlín Este para su venta. Le extrañó que le ocultase todas aquellas cosas, le pareció egoísta por su parte no compartirlo.

Un sentimiento de indignación le recorrió todo el cuerpo. Miró a un lado y a otro de la habitación. «¿Qué más escondes, hermanita?», dijo entre dientes. Abrió las dos puertas del armario. La escasa ropa colgada en las perchas osciló en el vacío. Revisó los bolsillos del abrigo, de la chaqueta y de los dos vestidos que tenía. En el fondo había dos cajas: una de zapatos y otra más pequeña de latón. En la primera guardaba unos zapatos con la suela gastada y un agujero en la parte delantera. Cuando abrió la tapa de la de latón se sintió consternada. No podía creer lo que tenía ante sus ojos. Lo primero que vio fue su nombre escrito en uno de los muchos sobres que se amontonaban en el interior. Con la mano temblorosa, cogió aquella carta, la única que estaba sin abrir. Removió las demás; debía de haber casi un centenar de sobres dirigidos a ella con el remite de Robert Norton. Con la caja en su regazo, se dejó caer en la cama porque le temblaba todo el cuerpo. Examinó uno a uno los sobres abiertos, ultrajada su intimidad. Sintió una rabia inmensa y tuvo ganas de chillar por la impotencia que le desgarraba las entrañas. Si en ese momento hubiera tenido delante a su hermana la habría abofeteado hasta quedar exhausta. Sacó una de las cartas abierta, la desplegó y empezó a leer.

Estaba fechada hacía casi un año, el 16 de septiembre de 1947, desde Tuskegee, Alabama. Empezaba con un «mi amada Victoria» que le atravesó el corazón. Se le nubló la vista al continuar con la siguiente línea: «Han pasado cuatro meses y no sé nada de ti, y eso me asusta mucho más de lo que nunca hubiera imaginado...».

Durante un rato fue incapaz de leer. Sus lágrimas se lo impedían. Sentía un dolor intenso en el pecho, una presión que le atravesaba por dentro y le hacía difícil respirar. Cuando se calmó un poco, hipando como un niño, se secó con la mano las lágrimas y leyó el resto de la carta. Luego cogió otra, y otra... Las fue leyendo una a una con el corazón encogido por la deriva de desesperanza que, con el paso del tiempo, iban tomando las palabras de Robert al no tener respuesta a sus misivas. No sabía cuánto tiempo había transcurrido cuando oyó un ruido a su espalda. Se giró y vio a su hermana en el umbral de la puerta. Sus ojos parecían herirla con la mirada.

En silencio, Victoria dejó la caja a un lado y se levantó. Muy lentamente se fue hacia ella, apretando los puños.

—¿Cómo has podido hacerme esto?

—¿Hacerte qué? —arremetió Rebecca desafiante—. ¿Alejarte de un chulo que lo único que quería era aprovecharse no solo de ti, sino de nosotras? Eres tan estúpida que no te das ni cuenta...

La bofetada fue tan fuerte y tan inesperada que la desequilibró. Rebecca se llevó la mano a la mejilla, que le ardía como tea pegada a la piel. Miró desconcertada a su hermana. Nunca antes le había puesto la mano encima.

—Márchate —le ordenó Victoria con la voz ronca, dándole la espalda para volver a sentarse en la cama y ponerse de nuevo la caja sobre las rodillas cual muro defensivo contra una amenaza—. No quiero volver a verte nunca más.

—No puedes echarme...

Victoria se levantó impelida por la exasperación que le bullía por dentro. La caja cayó a sus pies y todas las cartas quedaron desparramadas por el suelo.

—¡Vete de aquí o te arranco la piel a tiras!

Su voz rabiosa, su tono encolerizado, sus ojos henchidos

de ira surtieron efecto. Sin quitarse la mano de la cara, Rebecca retrocedió, la miró un momento y se volvió hacia la puerta, pero antes de que hubiera dado un paso, las palabras de su hermana la detuvieron en seco.

—¡Y no te atrevas a acercarte a mi hija! —le gritó—. Nunca, ¿me oyes? No te atrevas o... —Se interrumpió ante la mirada que le dedicaba su hermana.

—¿O qué? —inquirió con una hiriente insolencia—. ¿Me vas a matar acaso?

—No me provoques, Rebecca, no me provoques.

Su hermana esbozó una sonrisa maléfica.

—No podrás quitarme a Hedy. No te lo consentiré.

Se marchó dejando a Victoria al borde del colapso. Se sentó de nuevo en la cama. Sabía que no podía cuidar de Hedy ella sola. ¿Cómo iba a hacerlo? De pronto cayó en la cuenta de que tenía que ir a la radio. Miró la hora en el reloj de pulsera y reaccionó. Iría a la entrevista y volvería a tiempo para buscar a su hija al colegio. Ya pensaría luego cómo se las apañaría y qué haría con Rebecca. Recogió a toda prisa las cartas del suelo desechando la caja; no quería nada de ella, ni siquiera eso. Fue a su habitación y retiró la alfombra y el tablón e introdujo la correspondencia en el hueco. Al tiempo que se arreglaba se le pasaron un montón de soluciones por la cabeza para apartar de su vida a su hermana, pero todas le parecían imposibles, y más en aquellos días tan complicados. Se lavó la cara, se arregló el peinado y se puso el mejor vestido que tenía. Cogió la bicicleta que estaba en el recibidor y bajó la escalera guiándola con las manos. Le dolía todo el cuerpo como si le hubieran dado una paliza.

A pesar de que pedaleó todo lo rápido que pudo, al final se perdió y llegó tarde al edificio de la RIAS en la Hans-Rosenthal-Platz, en el distrito de Schöneberg. El señor Brown la había estado esperando, pero había tenido que salir. Le dijeron que volvería enseguida. Tuvo que permanecer a la espera más de dos horas, inquieta y viendo transcurrir los minutos en el reloj. Cuando apareció, la pasó a su despacho, hablaron sobre lo que necesitaban de ella, le hicieron una prueba de voz y le dijeron que empezaría al día siguiente en el primer informativo de las seis de la mañana. Tendría que madrugar mucho.

El señor Brown también le dio la dirección del jefe del departamento encargado de la logística, recepción, gestión y distribución de los productos que traían los aviones. En un tono complaciente, Brown le contó que se tardaban solo siete minutos en descargar las toneladas de productos que traían las panzas de los aviones. Los pilotos se bajaban para estirar las piernas, e inmediatamente, en cuanto quedaban vacías las bodegas, despegaban de nuevo para hacer otro viaje. Cada piloto podía llegar a realizar tres o cuatro viajes al día. No ocultaba el orgullo por el esfuerzo que sus compatriotas norteamericanos estaban realizando para mantener activa aquella zona de la ciudad.

Cuando Victoria salió de los estudios de radio miró el reloj. Hacía más de una hora que debería haber recogido a Hedy de la escuela. Cogió la bicicleta y pedaleó con todas sus fuerzas. Cuando llegó al colegio, la puerta estaba cerrada. Se encontraba exhausta, las piernas le temblaban por el esfuerzo y una agria angustia le subió por la garganta. Pulsó el timbre, pero resultó inútil porque no había electricidad. Golpeó la puerta, clamando que alguien la atendiera. Una mujer que pasaba por allí se detuvo al verla.

—No hay nadie. Hace rato que salieron los chiquillos, y la maestra se ha ido ya.

—Pero mi hija... No me ha dado tiempo a venir a buscarla.

—Se habrá vuelto sola a casa —dijo la mujer, despreocupada, y se alejó.

Victoria cogió de nuevo la bici y se dirigió a casa. Sentía el doloroso pálpito en las sienes. Tenía la esperanza de ver a la niña sentada en el escalón del portal, pero luego le asaltaba la idea de que tal vez se hubiera perdido, o de que su hermana se la hubiera llevado para hacerle más daño. Cuando llegó al portal, se bajó de la bicicleta, la tiró al suelo y subió la escalera corriendo. Abrió la puerta y buscó con desesperación por toda la casa incapaz de aceptar que no había nadie. Angustiada, volvió a la calle justo en el momento en que un hombre se llevaba su bicicleta. Le persiguió hasta alcanzarle, le dio un empujón y cayó al suelo. El hombre se golpeó en la cara. Victoria cogió la bici; al hacerlo, se dio cuenta de que el hombre sangraba por la boca. Le recordó a su padre y no pudo evitar sentirse mal.

—Lo siento... —murmuró con las manos aferradas al manillar.

—Vete al diablo, puta asquerosa.

El hombre se levantó tambaleante y se alejó lanzando todo tipo de improperios por no haber conseguido la ansiada bicicleta.

Victoria le observó un rato. Se sintió desolada.

Se pasó el resto del día deambulando por las calles, buscando en cada rincón, en cada esquina, convencida de que su hermana se la había llevado. Cuando empezó a anochecer, regresó a casa. Antes de meter la llave en la cerradura oyó en el interior las risas de Hedy. Abrió, soltó la bicicleta en el recibidor y las vio en la cocina.

—¡Mami! —exclamó la niña con una sonrisa brillante—. ¿Dónde estabas? La tía estaba muy preocupada por ti.

Las dos hermanas se miraron durante unos tensos segundos. Hedy se bajó de la silla y se abrazó a su madre.

—Te estaba buscando, tesoro. —Le hablaba a su hija, pero con los ojos puestos en su hermana—. He ido a recogerte a la escuela, pero ya te habías ido.

—La tía me recoge siempre. Hemos ido a...

Rebecca la interrumpió con algo de brusquedad.

—Vamos, Hedy, mamá está muy cansada, y tú también.

Mañana hay que madrugar para ir a la escuela. Te llevaré a la cama. —Le hizo una señal con la mano y la pequeña reaccionó de inmediato deslizándose de los brazos de su madre y corriendo hacia ella—. Ve poniéndote el pijama.

—¿Leemos un cuento? —preguntó a su tía.

—Claro que sí, preciosa. Ahora mismo voy.

Hedy salió de la cocina. Victoria permanecía inmóvil, incapaz de reaccionar. Antes de ir tras ella, Rebecca le dedicó una mirada ladina.

Cuando se quedó sola, se dejó caer en la silla con los brazos extendidos sobre la mesa, derrotada y sin energía. Vio el envoltorio vacío de chocolate ruso, y dos platos con restos de pescado y verdura. En ese momento fue consciente de que no había comido en todo el día. El estómago rugió como un animal enfurecido y sintió un pinchazo de hambre. Se levantó y buscó algo para comer. Encontró un trozo de pan y mermelada que habían conseguido hacía unos días. Lo llevó a la mesa y con un cuchillo untó la confitura aguada sobre el pan. Se sirvió un poco de leche que había sobrado de la niña y la bebió. Mientras llenaba el vacío de su estómago, oía la voz sosegada de su hermana hablando con su hija. De vez en cuando, las dos reían.

Victoria se encendió un cigarro y fumó pensando en lo que debía hacer. En muy pocas horas tenía que ponerse en marcha de nuevo hacia la radio para su primer programa. Eso la inquietaba aún más que la idea de que Rebecca se hubiera salido otra vez con la suya. Por mucha rabia que le diera, no podía prescindir de ella. ¿Cómo se las iba a apañar si la echaba de su vida?

Se levantó y aplastó la colilla en uno de los platos. Cuando iba a salir, entró Rebecca en la cocina.

—Ya se ha dormido —dijo como si no hubiera pasado nada—. Estaba muy cansada, y tú también lo pareces. ¿Te han dado el trabajo en la radio?

—Empiezo mañana a las seis —su voz se deslizó de sus labios sin apenas fuerza.

—Pues ve a dormir —añadió su hermana—. Yo me encargo de todo.

Durante las semanas y meses siguientes, la vida de Victoria fue una locura. Salía de casa antes del amanecer para llegar al edificio de la RIAS donde se emitía la información de los productos que en esa jornada llegarían a Berlín en los aviones británicos y norteamericanos, y los lugares en los que estarían disponibles para los ciudadanos. Pero también tuvieron que bregar con la información confrontada con la que los rusos querían dar la imagen, sobre todo en el sector este, de que eran ellos los que estaban procurando el abastecimiento de la población de todo Berlín con titulares que ofrecían comida y combustible de sobra para el sector occidental de la ciudad.

El incesante desfile aéreo de los plateados Dakotas se convirtió con el tiempo en un espectáculo para los berlineses. A uno de los oficiales de las Fuerzas Aéreas norteamericanas se le ocurrió la idea de fabricar pequeños paracaídas con trozos de tela y mangas de camisa en los que metía tabletas de chocolate, caramelos y chicles; cuando estaba a punto de tomar tierra, los arrojaba desde la ventanilla de la cabina. Las decenas de niños que pululaban por las inmediaciones del aeropuerto para ver el constante cortejo de aparatos aterrizando y elevándose hacia las nubes recibían con regocijo aquellos regalos caídos del cielo. Cualquier cosa era válida para mantener el ánimo de una población que soportaba demasiadas penurias desde hacía demasiado tiempo.

La misma noche en la que descubrió las cartas de Norton en el armario de su hermana, Victoria le escribió una larga misiva contándole todo lo que había pasado y la razón de su falta de respuestas. En la carta escrita por Robert antes del verano le anunciaba que aquella sería la última, que no insistiría más y que no le reprochaba nada salvo su incomprensible y doloroso silencio; Victoria había leído aquellas líneas con los ojos anegados en lágrimas ante la idea de que Robert hubiera llegado al convencimiento de que no quería saber nada de él, cuando la realidad había sido la contraria; día tras día desde su partida había deseado una carta, una nota, la sorpresa de un regreso inesperado, había sentido el ansia de su presencia. Con el paso del tiempo y la falta de noticias, se había ido apagando la esperanza de que volviera alguna vez. Pidió un sobre en la radio, escribió la dirección de Tuskegee y el nombre del destinatario, y la echó en las sacas del correo que cada día se llevaban los aviones desde Tempelhof. En esa carta le pedía que si aún quería contestarle (tenía sus dudas) lo hiciera a la dirección de la RIAS; de ese modo su hermana no podría interceptar la correspondencia.

El trabajo en la radio le gustaba mucho más de lo que hubiera podido imaginar. Todo eran prisas, boletines que pasaban de mano en mano, noticias de última hora y carreras para llegar a tiempo. A veces, ante la falta de electricidad y la imposibilidad de emitir, Victoria, acompañada de un conductor, se subía a un coche y transitaban por las calles con un altavoz para proporcionar la información necesaria a la población que la esperaba con ansia. También interpretaba canciones con el fin de entretener y atenuar en lo posible el temor y la incertidumbre que se respiraba en la ciudad. Al final de la mañana se iba al aeropuerto de Tempelhof, donde se encargaba de la coordinación y gestión de los suministros que llegaban en la franja horaria en la que estaba ella, además de la distribución de las mercancías recibidas que cargaban en camiones para el reparto en su destino final.

Aquel puente aéreo, que en un principio parecía una locura imposible, funcionó cada vez mejor. Tras varios meses, los aviones ya no solo traían materiales imprescindibles para la subsistencia de la población, como alimentos, carbón o medicamentos, sino que la mayor capacidad y la alta frecuencia de los vuelos permitían transportar suministros menos indispensables, pero también necesarios para facilitar la vida cotidiana. El rugido constante de los aviones en el aire se convirtió en la banda sonora de los berlineses veinticuatro horas del día, siete días a la semana. Al principio, muchos ciudadanos del Oeste se adentraban en el sector soviético, donde podían encontrar productos que en la trizona eran complicados de obtener, amén de cervecerías, cafés abiertos o locales en los que poder bailar o escuchar música. De todos modos, a pesar de que el bloqueo afectaba directamente a los sectores aliados, con el paso del tiempo la escasez también acabó perjudicando a los barrios de la zona soviética, debido a la interrupción de las rutas de suministros que los aliados llevaron a cabo para, a su vez, presionar a Stalin contra el bloqueo.

La tarde del 11 de mayo de 1949, Victoria se encontraba en la oficina del aeropuerto de Tempelhof cuando recibió una llamada de la radio.

—Tienes que venir inmediatamente —le ordenó Brown—. En pocas horas Stalin dará por finalizado el bloqueo.

Victoria se presentó en la emisora justo a tiempo para montarse en un coche que la llevó, junto al resto del equipo, a uno de los puntos en los que la barrera fronteriza no se levantaba desde hacía once meses.

Cuando al filo de la medianoche la policía soviética alzó de nuevo aquella barrera, la gente que asistía al acto estalló en aplausos y todo fue alegría y regocijo. Victoria radiaba el momento con un micrófono, emocionada ella misma. La noticia en su voz corrió por toda la ciudad y se produjo una reacción en cadena de una población agotada. Fue como un estallido espontáneo de entusiasmo después de tantos meses de temor a otro conflicto que los arrojase de regreso a una peligrosa violencia.

Hacía rato que había amanecido cuando volvieron a la emisora. Había sido una jornada agotadora, pero todos estaban felices de haber asistido a un momento histórico tan crucial. Estar al pie de la noticia, repetían sus compañeros reporteros y técnicos, esto es un privilegio que no todos pueden alcanzar. Y tenían razón. A Victoria le gustaba.

—Id a descansar —dijo Brown—. Pero os quiero aquí a todos mañana a primera hora.

Cuando Victoria llegó a casa, Rebecca y la niña habían salido ya. Así que se echó en la cama y durmió todo el día. Entre sueños, oyó a su hija hablar con Rebecca, pero estaba tan cansada que ni siquiera abrió los ojos. El despertador sonó a las cuatro de la madrugada. Se levantó y se desperezó. Tratando, como siempre, de no hacer ruido para no despertar a su hermana y a la niña, puso la cafetera al fuego, se aseó, se vistió, bebió a sorbos el café mientras masticaba un trozo de pan con mantequilla. Cuando iba a salir de casa, al coger las llaves se dio cuenta de que había un sobre pequeño con su nombre. Lo cogió y le dio la vuelta. Era de Charlotte. Lo abrió, y en una tarjeta le pedía que pasara por su casa lo antes posible. La fecha era del día anterior, y no tenía sello ni franqueo; alguien lo debía de haber traído en mano. Era algo habitual en Charlotte para los que, como ella, no tenían teléfono. Lo guardó en el bolso y cogió la bicicleta para ir a la emisora.

Una vez terminado el programa, Brown la mandó llamar a su despacho, le dio la enhorabuena por su trabajo y le tendió un sobre con su sueldo. Sentada al otro lado del escritorio, ella le dio las gracias y esbozó una sonrisa.

—Me alegro de que todo haya acabado —añadió—. Espero que a partir de ahora nos dejen vivir tranquilos.

—Siento decirte que no será así —dijo él sacando una cajetilla de Camel. Le ofreció y ella cogió uno—. Me temo que esto no ha hecho más que empezar. —Prendió un mechero, le dio fuego y luego encendió el suyo. Dio una larga calada antes de seguir hablando—: Las tensiones entre los dos bloques no solo continúan, sino que aumentan por momentos. En su columna del *New York Herald Tribune*, Lipmann afirma que estamos inmersos en una guerra fría. Ahora no hay bombas, ni movilización de ejércitos, ni operaciones militares; a lo que nos enfrentamos es a un conflicto de competencia ideológica, económica y militar con el único fin de controlar el mundo. Las posturas están muy claras: por un lado, tenemos a Stalin y el comunismo, por el otro, el capitalismo y la democracia liderada por Estados Unidos; en el centro de todo Alemania, y más concretamente esta ciudad, que puedo decirte que con toda seguridad se va a convertir en un futuro inmediato en el núcleo de todas las conspiraciones mundiales. —Calló con un gesto pensativo y grave—. El pasado domingo los aliados de la trizona aprobaron en Bonn una ley fundamental; ayer mismo la ratificaron; ha sido la gota que ha colmado el vaso para que Stalin haya cedido en lo del bloqueo. No han querido darle rango de Constitución porque la pretensión final es la unidad de toda Alemania.

—Stalin no permitirá la unificación —agregó Victoria—. No se va a retirar de su parte de Alemania y mucho menos de Berlín.

—Eso pienso yo, pero en política y en asuntos de diplomacia hay que mantener las apariencias. En los próximos días esa ley se promulgará y dará lugar a la nueva República Federal Alemana. Y ahí estaremos los berlineses de esta zona de la ciudad.

—Pensé que era usted norteamericano —le interrumpió Victoria.

—Lo soy de nacimiento, pero hace veinte años me casé con una alemana y me convertí en un berlinés de corazón. —Guardó silencio unos segundos—. Ahora nos queda esperar a ver cómo se toman todo esto nuestros vecinos soviéticos.

Victoria cogió el sobre con su sueldo y lo abrió para ver el contenido. Mes a mes le habían pagado algo más de lo que ganaba en el Kassandra, pero trabajando cuatro veces más. La habían compensado con productos del economato y con otros artículos que también le venían muy bien, pero nunca había visto la cantidad de billetes que había en el sobre.

Alzó la mirada con los ojos muy abiertos.

—Señor Brown, esto es mucho dinero, mucho más de...

—Has trabajado duro —la cortó Brown con una sonrisa—. Te lo has ganado.

Ella sonrió complacida. Era cierto, se había volcado en el trabajo en la radio y en el aeropuerto con la intención de alejarse de su propia realidad. Habían pasado los meses y no había tenido ninguna noticia de Robert. Así que se rindió ante la evidencia. También lo hizo con su hermana: no podía prescindir de ella si quería mantener a su hija bien atendida. Rebecca tenía razón, había ganado la batalla.

—Se lo agradezco mucho, señor Brown. Me alegro de haber sido de ayuda.

—¿Qué planes tienes? ¿No pensarás volver a cantar en el Kassandra?

Ella encogió los hombros con una expresión de duda.

—No sé qué otra cosa podría hacer. Tengo una hija y una hermana que mantener.

—¿No te interesaría seguir aquí, en la radio?

Ella le miró incrédula. Estaba segura de que Charlotte la había citado para comunicarle la reapertura del Kassandra. Tal y como había prometido, una vez superado el bloqueo, todo volvería a ser como antes.

—No sé... —contestó desconcertada.

—A los jefes les entusiasma tu voz y tu manera de comunicar. —Señaló con el dedo hacia el sobre que sujetaba en su mano—. Te pagarían muy bien.

—Tendría que pensarlo.

—No tienes mucho tiempo para hacerlo. Necesito una respuesta mañana por la mañana. Aquí las cosas van muy deprisa, Victoria. Se avecinan muchos cambios interesantes en esta ciudad, y en Alemania, y nosotros estaremos en la primera línea para contarlo. Te estoy ofreciendo la oportunidad de que formes parte de esto. Piénsalo bien.

—Lo haré.

Cuando se levantó para marcharse, Brown hizo un gesto como si recordase algo.

—Se me olvidaba —dijo al tiempo que buscaba entre la correspondencia que había sobre el escritorio. Encontró un sobre y se lo tendió—. Esto llegó en el correo de ayer. Es para ti.

Ella lo cogió y al mirar el remite contuvo la respiración cuando vio el nombre de Robert Norton. Le extrañó la dirección de Brooklyn, Nueva York.

—Espero que sean buenas noticias —le deseó Brown.

Victoria alzó los ojos aturdida.

—Gracias —dijo esbozando una sonrisa.

Se despidió y salió del despacho con la carta en la mano.

Buscó un lugar tranquilo en un rincón del largo pasillo y abrió el sobre con cuidado para no rasgar el papel de su interior. Le temblaba el pulso. Sacó la cuartilla, la desdobló y empezó a leer.

—Dios mío... —musitó llevándose una mano a la boca para contener un grito.

Era una carta corta en la que, además de decirle cuánto la amaba y que era la mujer de su vida, le explicaba que si había tardado en contestar había sido porque dejó Tuskegee en mayo de 1948. La carta estuvo tirada casi un año en el suelo del domicilio que había sido de sus padres, vacío desde que él se marchó. La había encontrado la señora Molly, y se la había entregado al señor Keating, quien se la hizo llegar a su actual domicilio de Brooklyn. «Hoy mismo la he recibido —le decía con letra clara y picuda— y, después de leerla varias docenas de veces, me he puesto a escribirte para decirte que nunca he dejado de amarte y que, una vez seguro de que tu amor por mí sigue vivo, cumpliré mi promesa de ir a buscarte».

Victoria pasó todo el día saltando mentalmente de esa carta a la propuesta de Brown. La atraía mucho la idea de seguir en la emisora, sin embargo, se sentía en deuda con Charlotte, y cuando le pidiera que volviese a cantar en el Kassandra le iba a costar mucho decirle que tenía algo mejor. De no ser por ella, no habrían conseguido salir adelante en las épocas más duras, pero ser cantante en un club de noche no era lo que ella había soñado hacer en su vida. Además, Charlotte nunca podría pagarle el sueldo que los norteamericanos le ofrecían. Era una cantidad importante, el trabajo le gustaba y se alejaría de la noche y los babosos que, por el hecho de estar en un escenario con un vestido ceñido y un escote generoso, se creían con el derecho a reclamarla para sí, como si fuera una mercancía.

La convivencia con los compañeros de la emisora (la mayoría hombres, aunque también trabajaban algunas mujeres) había sido extraordinaria. Desde el primer momento la hicieron sentirse muy cómoda y valorada, todo era camaradería entre ellos. En el Kassandra siempre había rencillas entre las chicas de baile que actuaban antes o después de ella, además de la sensación constante de encontrarse en un lugar en el que no quería estar.

Cuando terminó su jornada en el aeropuerto de Tempelhof, el encargado le comunicó que, a pesar de que los vuelos continuarían durante una temporada, la frecuencia había empezado a descender y ya no la necesitaban allí. Le pagó su sueldo y Victoria se despidió de aquel trabajo extra que le había absorbido tantas horas en los últimos meses.

Era ya media tarde cuando pedaleó rumbo a la Schorlemerallee, donde estaba situada la casa de Charlotte. Había llegado el momento de enfrentarse a una realidad que le resultaba muy incómoda. La dueña del Kassandra estaba muy agradecida por la información que Victoria le había estado pasando a lo largo de los meses de bloqueo, información de primera mano sobre los productos que llegaban a Berlín y dónde se iban a distribuir, con lo que ella podía conseguirlos antes que el resto de la población y sin tener que guardar colas eternas ante la puerta de los comercios o almacenes de reparto.

Dejó la bicicleta apoyada en la verja y se adentró en el pequeño jardín que precedía a la casa. Eran dos plantas con un tejado a dos aguas, que se había librado de las bombas. La fachada estaba recién pintada de color crema, y un césped salvaje comenzaba a brotar en la tierra endurecida; algunas flores silvestres daban un tono de color a los antiguos parterres. Abrió la puerta la propia Charlotte.

—Creí que no ibas a venir —se sorprendió al verla—. Te envié una nota ayer.

—Lo siento, la he visto esta mañana cuando salía hacia la radio. Debió de recogerla mi hermana, pero no me dijo nada porque estaba durmiendo cuando llegué a casa. La noticia del final de bloqueo fue de locos en la radio.

Fueron hasta el salón. La luz del atardecer se colaba por los cristales.

—Siéntate, Victoria, tenemos que hablar.

Las dos mujeres tomaron asiento en las butacas delante del ventanal que daba al jardín trasero. Las sombras de la noche empezaban a tomar cada rincón de la estancia.

—Parece un milagro que volvamos a tener luz todo el día —dijo Charlotte mientras encendía una lámpara—. Cuatro horas era demasiado poco. Pero todo ha terminado y las aguas vuelven a su cauce. Hay que pensar en el futuro. —Sacó un cigarrillo, lo incrustó en su larga boquilla y ofreció uno a Victoria. Encendieron sus pitillos y exhalaron el humo—. Estoy pensando en abrir el Kassandra cuanto antes. Mañana mismo me pondré en contacto con el personal y los proveedores. En cuanto lo tenga todo listo, abrimos. Y lo haremos con una gran fiesta. Será una noche memorable para el club. Y, por supuesto, cuento contigo, Victoria. —Alzó la copa con una expresión de entusiasmo—. Tu voz es el alma del Kassandra.

Victoria no reaccionó a la invitación al brindis, ni siquiera la miró. Tenía los ojos puestos en la copa que sujetaba entre sus manos, sobre sus rodillas. Estaba tensa.

—Cuento contigo, ¿verdad? —preguntó Charlotte bajando la copa con un atisbo de preocupación.

Ella alzó la cara y la miró. Forzó una sonrisa y apretó los labios.

—Charlotte... Alfred Brown me ha pedido que me quede en la radio.

—Victoria, no me hagas esto —le reprochó—. Con todo lo que he hecho por ti.

Aquellas palabras le llegaron a Victoria a lo más profundo de su conciencia. Le debía mucho a Charlotte, sin ella todo habría sido muchísimo más complicado. La había conocido tres meses después de que las bombas se silenciaran y los incendios quedasen por fin extinguidos. Su situación entonces era desesperada, sin nada a lo que aferrarse, con su hermana Rebecca muy enferma contagiada de gonorrea, apagándose día a día, con su hija Hedy hambrienta y cada vez más débil. Se pasaba el día en la calle buscando algo: comida o trabajo. Un hombre le ofreció cantar en su bar, un local de mala muerte en Knaackstrasse esquina con Prenzlauer Berg. Actuar en aquel lugar cada noche le resultaba una tortura; hacía un esfuerzo por mantenerse en pie, agarrada al micrófono, cantando con los ojos cerrados. Trataba de abstraerse del guirigay que la rodeaba, en un escenario mal iluminado, acompañado su canto por un piano desafinado y un trompetista falto de fondo. Además del olor a *schnapps* barato, a cuerpos mal lavados y tabaco rancio, tenía que soportar a una clientela zafia y borracha que la molestaba continuamente, incluido el dueño, que abusaba de su posición cuando se negaba a pagarle el sueldo convenido si, a cambio, no le hacía un «favor» fuera de lugar, a lo que Victoria se había negado siempre, aun a riesgo de quedarse sin el dinero y sin trabajo. Una noche, la presencia de un hombre le llamó la atención. Iba solo, se sentó en una mesa con una cerveza en la mano, el rostro serio. La estuvo observando toda la actuación en silencio, sin soltarle ninguna grosería. Cuando terminó de cantar, el hombre desapareció, pero la noche siguiente le volvió a ver, esta vez con una mujer que en nada encajaba en aquel tugurio. Aquella noche Kovalenko y Charlotte la escucharon, y al terminar, él le pidió que se sentara con ellos. Victoria lo hizo pese a las protestas del dueño, que la amenazó con el puño. Kovalenko reaccionó dándole un empujón de manera tan firme que el dueño se retiró. Lo que Victoria no supo en ese momento era que, con el empujón, el ucraniano le había dado un billete de cinco marcos para que los dejase tranquilos. Charlotte le ofreció cantar en su local y salir de aquel antro. Victoria no dudó ni un segundo. Aquella noche no cobró su jornal, no quiso humillarse ni siquiera para pedirle el sueldo que le correspondía. Desde aquel día su vida empezó a mejorar; pudo curar a su hermana y alimentar a su hija. Por eso, la gratitud que le debía a Charlotte era muy grande.

—Lo siento...

—¿Has aceptado la oferta? —preguntó esta ceñuda.

—No... —se apresuró a responder—. Tenía que hablar contigo...

Charlotte le dedicó una mirada enfurecida.

—¿No pretenderás mi aprobación?

Victoria no dijo nada.

Charlotte la observó durante un rato.

—¿Cuánto te pagan? —preguntó secamente.

—Mil quinientos marcos al mes. Jornada completa. Con algunos fines de semana incluidos.

—Vaya... —dijo decepcionada—. No puedo competir con esos yanquis.

—Charlotte, si tú quieres podría cantar alguna noche, los fines de semana que tenga libre...

—Ya sabes lo que opino, Victoria: mis empleados son míos, y no los comparto con nadie. O estás conmigo o no estás.

—Pero tienes que entenderlo.

—Claro que lo entiendo, querida —replicó con gesto seco—, es la oferta y la demanda.

Victoria cogió la copa, pero no llegó a alzarla.

—Tengo que decirte algo, Charlotte —dijo recuperando la sonrisa y con el brillo de la ilusión iluminando sus ojos de nuevo—. He recibido carta de Robert. Dice que me ama y... —meneó la cabeza, aturdida de felicidad—, y que vendrá a buscarme.

Ella alzó las cejas, sorprendida.

—Vaya, enhorabuena, querida. Es una gran noticia —sonrió de medio lado—. Le vas a durar poco a Brown; en cuanto ese yanqui asome por aquí, se acabó la RIAS. —Tras unos segundos, alzó la copa—. Está bien. Brindemos por tu futuro.

—Mejor brindemos por el tuyo, Charlotte, por tu futuro y por el Kassandra Club —dijo Victoria con la copa en alto—. Espero que todo te salga bien.

—No lo dudes, querida —añadió ella con una mirada sagaz—. Yo me encargaré de que así sea.

CAPÍTULO 6

Una vez enterrada su madre y liquidado todo lo que le unía a Tuskegee, y ante la errónea idea de que Victoria lo había olvidado, Robert Norton había decidido rechazar el ofrecimiento de continuar trabajando para la recién creada Agencia Central de Inteligencia. No veía claros sus objetivos y, sobre todo, se sentía decepcionado por la falta de compromiso de las autoridades militares, quienes, una vez obtenidos los microfilmes, se habían desentendido de la solicitud de los visados de Victoria. En varias ocasiones había reclamado que continuara su tramitación, pero la respuesta siempre fue el silencio, un silencio ofensivo que Norton no quiso perdonar. Optó por incorporarse a su despacho del bufete de Makenzie & Cooper, cuyo edificio estaba situado en el 180 de Central Park S, dando así por finalizados los servicios prestados como agente de inteligencia de Estados Unidos durante más de dos años en diversas operaciones en Berlín. Tenía un buen sueldo y un precioso apartamento en Brooklyn, en el 96 de Pierrepont Street.

Desde que recibió la carta que le había remitido el señor Keating procedente de Tuskegee, en la que Victoria le explicaba la causa de su falta de respuesta, el ánimo de Norton mejoró de forma manifiesta. Había contestado de inmediato anunciándole no solo su amor inquebrantable, sino su firme intención de ir a buscarla, siguiendo los consejos que le había dado su madre antes de fallecer. Al día siguiente volvió a poner en marcha a todos sus contactos con el fin de obtener unos visados en apariencia imposibles.

Además de los trámites, las reticencias y las trabas burocráticas, a Norton se le complicaron mucho las cosas en el bufete con asuntos pendientes de gran envergadura que no admitían aplazamientos ni delegación inmediata y le obligaron a ir posponiendo ese viaje del reencuentro.

Le escribía cada semana, y hablaban de vez en cuando por teléfono desde la radio. Eran conversaciones entrecortadas, plagadas de interferencias, precipitadas por el ansia de saber del otro y contar cosas propias. Siempre que colgaba, Robert era consciente del inmenso abismo que los separaba, y le embargaba la sensación de que podría llegar a perderla por no saltarlo a tiempo.

Hacía más de cuatro meses que Stalin había levantado el bloqueo sobre Berlín. La República Federal Alemana era un hecho con la promulgación de la Ley Fundamental aprobada por representantes de los tres países aliados, y las tensiones entre los dos bloques de uno y otro lado del Telón de Acero seguían aumentando. El 29 de agosto de 1949, la Unión Soviética detonó su propia bomba atómica en Semipalátinsk, en Kazajistán. Apenas un mes después, el presidente Truman anunció al mundo que la URSS había conseguido fabricar su propia bomba nuclear, dando a entender que el equilibrio del terror podría quebrarse en cualquier momento. Se acrecentó el temor a una nueva guerra que se preveía aún más devastadora, se intensificó el miedo a los sabotajes y actividades subversivas, aumentando la paranoia persecutoria de cualquier elemento infiltrado, espía o informante soviético en territorio de Estados Unidos. Todos los demonios posibles, todos los males, lo más perverso y terrible que pudiera llegar a suceder a los ciudadanos estadounidenses procedía de la Unión Soviética, del comunismo y de los comunistas. Las cosas se agravaron no solo por el empate nuclear entre las dos potencias, sino por la amenaza de instauración del comunismo cada vez en más países, como Checoslovaquia y China, o la tensión derivada del bloqueo de Berlín. El gobierno de Truman fue uno de los impulsores de esta cacería anticomunista en ascenso, amparada y potenciada gracias a la ingente labor del FBI y, más concretamente, de su director y jefe supremo, J. Edgar Hoover, que aventaron la idea de la existencia de un ejército invisible compuesto por miles de miembros clandestinos e incondicionales comunistas dentro de Estados Unidos, preparado para presentar batalla en cualquier momento y con la intención de derrocar al gobierno legítimo mediante el uso de la violencia.

En este caldo de cultivo social y político, Norton atravesaba cada mañana el puente de Brooklyn en su impecable Packard Clipper, bordeaba Manhattan por el este y torcía por la Cincuenta y siete para llegar al elegante edificio en cuya décima planta se encontraba el bufete; un amplísimo piso con varias salas de reuniones, biblioteca y más de una docena de despachos; algunos de ellos, los más importantes, con espectaculares vistas a Central Park. Allí trabajaban cerca de una treintena de personas, entre abogados, pasantes, secretarias, ayudantes, encargados de la limpieza o chicos de los recados.

Norton ocupaba uno de los despachos con vistas al parque. Aquel día de mediados de septiembre, llegó temprano al bufete. Margaret, que atendía la recepción, le entregó varias cartas. Norton las cogió casi al vuelo.

—Margaret, dígale a Delcy que necesito un café bien cargado, por favor.

—Enseguida... —contestó la chica, para decir al instante—: Señor Norton, tiene una visita.

Robert la miró con el ceño fruncido, molesto.

—Le dije que mi agenda estaba cerrada.

—Lo sé, señor Norton, y así se lo he hecho saber al caballero —replicó ella con cara de circunstancias—, pero ha insistido en verle. Dice que es muy importante, y que no le quitará mucho tiempo.

Norton se quedó pensativo. Por fin había conseguido unos días libres para viajar a Berlín. En dos días embarcaría rumbo a Le Havre, desde allí viajaría a París y tomaría un vuelo directo a Berlín. Le había costado un ojo de la cara hacerse con los pasajes y las conexiones, pero necesitaba verla. No le había dicho nada a Victoria, no quería defraudarla de nuevo; en varias ocasiones había alimentado sus expectativas y en todas le había surgido un imprevisto de última hora que hacía imposible la realización del viaje. Por eso había decidido que cuando estuviera en París le pondría un telegrama para anunciarle su llegada.

—Está bien, le atenderé, pero...

—Lo sé, señor Norton —atajó solícita—, ni una sola cita más.

Se alejó con el sonido de sus pisadas que retumbaban en el brillante suelo de mármol. Robert entró en su despacho, se quitó el sombrero de fieltro gris, dejó el correo sobre el escritorio y aceptó el café cargado que ya le traía su secretaria. Sintió el líquido caliente recorrer su garganta. Se dio la vuelta hacia el ventanal. Era un ritual que repetía cada mañana. Un café en la mano y, durante unos segundos, dejar vagar la vista por el horizonte que se abría ante sus ojos. Los colores cambiaban según el tiempo y la época del año. Aquella visión le proporcionaba tranquilidad para empezar la jornada.

Un toque en la puerta le obligó a regresar a la realidad. Dejó la taza sobre la mesa, se sentó en su silla y cogió un cigarro.

—Adelante.

—Señor Norton —Margaret se asomó abriendo del todo y presentó al hombre que la seguía—, el señor Sanders.

Cuando oyó ese nombre, Norton alzó los ojos y le vio. Su imagen le dejó paralizado con el mechero a punto de prender el pitillo. Apagó la llama y se lo quitó de los labios sin llegar a encenderlo.

A instancias de Margaret, el recién llegado dio unos tímidos pasos en el interior del despacho. Con un gesto de Robert, la mujer cerró la puerta y los dejó solos.

—Buenos días, señor Norton. —El sombrero se movía entre sus nerviosas manos negras—. No sé si me recuerda. Soy Jimmy Sanders... De Tuskegee.

—¡Santo cielo, Jimmy Sanders! —sonrió Norton—. ¡Qué sorpresa! —Hubo unos instantes de pasmo, sin que ninguno de los dos hombres supiera cómo actuar—. Siéntate, por favor... ¿Cómo estás?

—Gracias, señor, es usted muy amable. —Sanders se acercó despacio, con pasos inseguros, y se sentó en una de las sillas que había al otro lado del escritorio. Llevaba un traje oscuro de confección que le quedaba un poco grande, una corbata de lana y una camisa clara. Hablaba mientras tomaba asiento, con movimientos cohibidos—. Siento mucho presentarme así. Me ha dicho su secretaria que está usted muy ocupado...

—No te preocupes, Sanders. Tienes muy buen aspecto. —Norton calló, aún aturdido por aquella inesperada aparición—. ¿Cuándo has...? —dudó unos segundos, pero continuó hablando—: ¿Cuándo has salido de la cárcel?

Jimmy Sanders soltó una leve risa por el impacto que había causado su presencia.

—Salí hace seis meses, señor. Cumplí diez años de condena por un delito que no había cometido. Pero puedo decir que la cárcel me sirvió de algo. No perdí el tiempo: estudié y me gradué.

—Enhorabuena, Jimmy, me alegro mucho por ti.

Sanders se removió en su asiento, incómodo por la sensación de estar robando tiempo a un hombre importante.

—En la cárcel estuve colaborando con un periódico mensual que publicaban allí. Llevo tres meses trabajando en el *New York Post*, en el departamento de redacción con el columnista James Wechsler. Por ahora hago solo de chico de los recados, busco información útil en los archivos, fotografías que puedan servir para ilustrar una noticia y ayudo en lo que se me pide —dijo en un tono entre agradecido y resignado—. Me han acogido muy bien y me gano un sueldo.

—Conozco a Wechsler, leo su columna política. Es un buen periodista. Aprenderás mucho a su lado.

—Me gustaría convertirme en reportero, es solo un sueño —torció la cabeza y esbozó una sonrisa—, pero ¿qué sentido tiene vivir si no soñamos? —Calló antes de continuar. Sujetaba con sus manos el ala del sombrero y no dejaba de darle vueltas, evidenciando su nerviosismo—. En la cárcel conocí al señor Thompson, un hombre bueno que visitaba la prisión para ayudar a los presos a reinsertarse en la sociedad; fue quien me animó a estudiar, a prepararme, dijo que era un chico listo y que si me lo proponía y trabajaba duro podría llegar a ser lo que quisiera. Acepté su reto, y me ayudó con los libros y el material necesario para mis estudios. Creyó en mí como si fuera un padre. Él sabía que cuando cumpliera mi condena no podría volver a Tuskegee; me dijo que tenía que venir aquí, a Nueva York, donde están todas las oportunidades, incluso para un negro. Me dio la dirección de su hermana, la señora Thackerey. Ella tiene una casa en Queens con cuatro habitaciones; me arrendó una de ellas a muy buen precio y vivo allí desde que llegué. La señora Thackerey tiene un hijo, Frank, que trabaja en el *New York Post*. Es reportero en el equipo de Wechsler. Gracias a él conseguí el trabajo. Le estoy muy agradecido, ¿sabe? Los Thackerey han sido muy buenos conmigo y ahora..., están muy preocupados. Frank está en un aprieto y no sé cómo ayudarlos...

Norton cogió el cigarro que había dejado sin encender; le ofreció uno a Sanders, que lo rechazó.

—¿Qué ocurre, Jimmy? ¿Qué problema tiene Frank Thackerey? —se interesó antes de encenderse el pitillo que tenía en los labios.

—El FBI le investiga —sentenció Sanders con voz ronca—. Teme que le abran un expediente y que le despidan.

—¿Qué ha hecho? ¿Por qué le investiga el FBI?

—Le acusan de comunista, señor.

Norton le miró con gesto grave.

—¿Y lo es? —preguntó serio.

—No, señor, al menos no lo es ahora. —Movió la mano en el aire, nervioso—. Tuvo una novia antes de la guerra que era sindicalista. Frank la acompañó a algunas reuniones, conoció a algunos comunistas, pero solo porque estaban allí y él iba a cualquier sitio adonde fuera su novia. —Encogió los hombros, preocupado—. Apenas estuvo con ella un año. Frank participó en el desembarco de Normandía, es un héroe, no un peligro para Estados Unidos —negó con la cabeza, incapaz de aceptar lo que estaba ocurriendo—. ¿Cómo va a ser Frank un peligro? No ha cometido ningún delito. Él nunca participó en nada que tuviera que ver con los comunistas.

Norton se dio cuenta de que estaba tratando de justificar algo que no tenía sentido, algo vacuo, y el solo hecho de intentar hacerlo le avergonzaba como norteamericano de la misma manera que había sentido vergüenza del trato dado por las leyes a los negros.

—¿Qué necesitas, Jimmy?

—Señor Norton, desde que se sabe que le investigan ha empezado a sentir el rechazo de algunos compañeros. Tiene miedo. Necesita saber qué hacer y qué decir. El señor Wechsler le ha aconsejado que se busque un abogado. Él no conoce a ninguno... —Volvió a negar con la cabeza incómodo—. Y yo solo le conozco a usted.

—¿Le han llamado a declarar?

—Dos agentes del FBI estuvieron en la redacción hace tres días. Le hicieron preguntas... —tragó saliva—, le pidieron nombres. Si les da una lista de diez nombres le dejarán en paz.

—¿Diez comunistas?

—Diez nombres... Eso le dijeron. Señor Norton, no sabemos qué hacer. Por eso he venido a verle. El sueldo de Frank es el único que entra en casa, con eso y con mi pequeña aportación del alquiler mantiene a su madre... Ella es viuda...

—¿Cuánto tiempo le han dado para responder? —preguntó Robert pensativo.

—El martes tiene que presentarse a las diez de la mañana. Si no lleva los nombres, tendrá problemas; si no se presenta, tendrá problemas...

—Así que la única alternativa que le dan es denunciar y que cargue con ese peso sobre su conciencia. —Norton hablaba para sí, la cabeza baja, pensativo, con el cigarro humeante consumiéndose entre sus dedos—. Los muy cabrones —susurró meditabundo.

Norton conocía muy bien cómo funcionaba la División Federal de Investigación liderada por J. Edgar Hoover. En 1939, tras su huida existencial de Tuskegee, había formado parte de la plantilla del FBI como agente de investigación después de superar una exigente selección. Ya entonces, la ancestral obsesión de Hoover por perseguir y destruir a cualquiera que tuviera algo que ver con el comunismo resultaba muy evidente. Consideraba esa ideología y todas sus derivadas, sindicatos y cualquier partido de izquierdas, incluidos los socialistas, una peligrosa amenaza contra la forma de vida y la libertad de Estados Unidos. Norton aguantó apenas seis meses en las filas de Hoover. Se retiró antes de que le echasen. A pesar de la innegable eficacia del FBI, no podía aceptar los métodos utilizados por sus agentes e informantes, métodos que cruzaban los límites de la legalidad, como escuchas telefónicas, instalación de micrófonos en lugares privados e íntimos, allanamiento de espacios particulares, incluso el robo de material susceptible de resultar interesante para una inexistente investigación, y todo ello sin orden judicial ni de otro tipo, a espaldas incluso del fiscal general y superior de Hoover. Norton fue muy consciente de que la información inadecuada, comprometida o inconveniente significaba la posibilidad de extorsionar, persuadir o someter con fines espurios o fraudulentos, y eso suponía poder.

Pensó en su viaje a Berlín. Dio una calada al cigarro y lo aplastó en el cenicero de cristal limpio. Miró de reojo el calendario. Supo que no podría coger el barco.

—Está bien, Jimmy. Dile que venga a verme. Tu amigo tiene el derecho de pensar como quiera y de reunirse con quien quiera, y vamos a defenderle. Invocaremos la Primera Enmienda.

Jimmy Sanders sonrió más relajado.

—Gracias, señor Norton, le dije a Frank que usted nos ayudaría.

—No me lo agradezcas. Soy abogado y una de mis obligaciones es defender el derecho del ciudadano frente a los abusos del poder. Esto fue lo que me motivó a optar por este oficio. ¿Adónde tiene que ir?

—A un edificio en la Tercera Avenida con la calle Sesenta y nueve. ¿Cree que pueden hacerle algo, señor Norton?

—Tengo que serte sincero: cuando el FBI muerde una presa, no es fácil que la suelte hasta que consigue lo que quiere. Tenemos que averiguar qué es eso que buscan. De todas formas, dile a Frank que mantenga la calma. Huelen el miedo a kilómetros.

Norton creyó que ya estaba todo resuelto, pero Jimmy Sanders no se movió. Le miró desde su asiento, con ojos lánguidos y temerosos, para luego bajarlos esquivando su mirada y se removió en el asiento, inquieto. Norton arrugó el ceño.

—¿Hay algo más?

—Señor Norton... —Su voz se había vuelto lúgubre—. Llevo mucho tiempo con la idea de venir a verle... Tengo que contarle algo y no sé cómo... —Su rostro parecía reflejar un sufrimiento interior.

—Inténtalo.

—Señor Norton, quería decirle... —Alzó un instante los ojos hacia él, pero enseguida apartó la mirada con un gesto de angustia—. Sentí mucho la pérdida que sufrió... Su hijo, su hermana...

—Lo sé, Jimmy... —dijo en tono cortante.

—En la cárcel conocí a un hombre negro. Cumplía condena por robo. Vivía cerca de la casa de su hermana Rose, con su mujer y sus hijos. Ese hombre me contó que su hija... —Hizo una pausa nerviosa, bajó los ojos, inquieto, y de nuevo alzó la mirada para enfrentarse a la de Norton—. Me contó que la niña vio todo lo que ocurrió aquella noche...

Cada palabra era como una soga que se iba cerrando en torno al cuello de Norton.

—¿Me estás diciendo...?

Jimmy asintió muy serio:

—Ella vio quién los mató.

CAPÍTULO 7

Tras la revelación hecha por Jimmy Sanders, Norton quedó devastado. Al parecer, la niña tuvo tanto miedo que no contó nada hasta un año después.

—¿Por qué no lo denunció? —preguntó Norton atónito.

Sanders le había mirado con una expresión de sorpresa, como si hubiera oído la mayor de las barbaridades.

—¿De verdad piensa que alguien se tomaría en serio el relato de una niña negra de doce años, hija de un negro condenado a seis años de prisión por robar dos gallinas a un blanco?

Norton había bajado la cabeza, derrotado. Tenía razón: nadie la habría creído. Pero él sí, él creía a pies juntillas la descripción de lo que ocurrió aquella noche. La niña se levantaba antes del amanecer para llegar a la casa de una familia de blancos donde servía como criada. Aquella noche de primavera de 1939 se dirigía a su trabajo por el camino que pasaba por delante de la casa de Rose Norton cuando atisbó las túnicas blancas y los capirotes del Klan, se asustó y se escondió; vio cómo colocaban una cruz con dos tablones de madera en la entrada del jardín y cómo la prendían inmediatamente con una tea. Por la situación en la que se encontraba, vio salir sigiloso a un hombre por la puerta de atrás, que se escondió entre los matorrales. Luego fue testigo del cruce de palabras entre aquellos hombres y Rose y de cómo descubrieron a quien permanecía oculto. La última parte del relato estremeció tanto el alma de Norton que durante un buen rato fue incapaz de articular una palabra. La niña había identificado sin lugar a dudas a Oliver Coleman y a Lucas Ewell. Según su testimonio, Rose reconoció al primero y varias veces le llamó por su nombre; y el propio Oliver había pronunciado en alto el de Lucas. De los otros, nada sabía.

Con la voz rota, Norton le pidió a Sanders que se marchase; necesitaba estar solo, digerir aquella noticia que le había provocado un impacto similar al que sintió aquella fatídica noche en la que lo perdió todo. Su hijo, de apenas unos meses, su querida hermana Rose, la buena de Maudi y el pobre enamorado Caleb, asesinados a manos de Lucas Ewell, casado ahora con Katie, y con la complicidad necesaria de Oliver, el que fue su mejor amigo y cuñado, tío carnal de su hijo. Sentía un intenso dolor en el pecho. Le faltaba el aire. Tuvo que correr al cuarto de baño a vomitar.

Consternado, bajó a la calle y cruzó la avenida para adentrarse en la quietud de Central Park. Aquel inmenso parque le pareció triste y sombrío como su propio corazón. Paseó durante más de tres horas, sin rumbo fijo, simplemente poniendo un pie delante del otro, la mirada perdida en un horizonte abrumador. Cuando fue capaz de regresar al despacho, se sentó en su silla de cara al ventanal y no se movió hasta que Margaret llamó a la puerta para preguntarle si necesitaba algo, porque ella se marchaba. Norton la miró como a una desconocida, no le dijo nada. Margaret cerró la puerta y se marchó. Poco a poco, el resto de los que trabajaban en el bufete también lo fueron abandonando. La mujer de la limpieza le descubrió a oscuras, mirando hacia la noche cerrada más allá del ventanal. Solo entonces, Norton se levantó y se fue a casa. Estaba tan agotado que le costaba moverse.

Al llegar a su apartamento, miró su reloj de pulsera: era casi medianoche, seis horas más en Berlín. Sabía que a esa hora solía llegar Victoria a la emisora. Necesitaba imperiosamente escuchar su voz, aunque no sabía qué iba a decirle, cómo podría hablarle de aquella tragedia que le asfixiaba el alma. Descolgó el auricular, marcó el 0 y esperó la respuesta de la operadora. Cuando oyó su voz, le dio el número de Berlín. La mujer le advirtió que las líneas estaban muy saturadas y le dijo que le avisaría en cuanto pudiera establecer la llamada. Norton volvió a colgar el auricular en la horquilla. Se desmoronó en el sillón, se aflojó la corbata, se desabotonó el cuello de la camisa y cerró los ojos.

El sonido del teléfono le sobresaltó. Al otro lado de la línea se oyó la voz de un hombre. Norton preguntó por la señorita Kiesler, pero su interlocutor no le oía bien. Tuvo que gritar y repetir varias veces el nombre; le dijo que esperase un momento; el momento se le hizo eterno, hasta que le llegó la voz de Victoria. Las continuas interferencias hacían difícil la conversación. No obstante, ella notó que algo le ocurría y le preguntó qué le pasaba; tras unos segundos de silencio, le respondió que había tenido un mal día. Cuando colgó el teléfono se sintió aún peor, y solo entonces rompió a llorar desconsoladamente.

Estuvo toda la noche en vela, pensando en qué debía hacer ahora que conocía toda la verdad, cómo actuar. Katie estaba casada con el asesino de su hijo, dormía, convivía y hacía el amor con el hombre que había prendido la tea que abrasó a su bebé; su propio hermano estaba directamente involucrado en aquel crimen. Norton no sabía cómo gestionar aquella espantosa realidad. Si se lo contaba, la destrozaría de nuevo; si guardaba silencio, cargaría para siempre sobre su conciencia el peso de haber dejado que Katie continuase viviendo al lado de un monstruo. Ella no se merecía eso, pero tampoco tenía derecho a infligirle más sufrimiento, uno que ahondaba aún más en la pérdida del hijo, un padecimiento que no podría superar jamás.

Nunca se había planteado volver a verla. Sabía de ella por

las páginas de sociedad en las que salía con su marido en fiestas y recepciones filantrópicas a las que ambos asistían. Por lo visto, Lucas practicaba la caridad en forma de grandes donaciones, seguramente para lavar su conciencia, pensó entonces. Durante las largas jornadas que habían pasado juntos antes de su muerte, su madre le había contado algunos detalles personales: que vivían en un lujoso apartamento en Park Avenue y, que ella supiera, no tenían hijos. Las «malas lenguas» de Tuskegee decían que Katie se había casado con Lucas porque su madre la había empujado a hacerlo, con la idea de que saliera del bucle en el que había caído. La señora Coleman, siempre tan práctica, había pensado que alejarse de la ciudad le haría bien a su hija, y como no podía hacerlo sola, la única solución era casándose con Lucas Ewell, que tenía la posición y el sueldo que su hija necesitaba para salir adelante.

«Una madre nunca se recupera de la pérdida de un hijo —decía Matilda con un hilo de voz resignado y entristecido—; por mucho tiempo que pase, por mucho que se aleje y ponga tierra por medio, por muchas riquezas que le pongan a sus pies, nada te salva de ese dolor atroz que te atormenta el alma el resto de tu vida».

Norton recordaba esas palabras y lamentaba no poder preguntar a su madre qué debía hacer, qué era lo correcto, si contar o callar para siempre. Qué consecuencias tendría para Lucas Ewell. Ningún tribunal le encausaría en un procedimiento penal por un crimen que ya fue juzgado con condenados que habían sido ejecutados; tal y como le había dicho Sanders, nadie creería el testimonio de una chica negra, y menos uno que llegaba con una década de retraso. Pero también estaba la posibilidad del escándalo. Una sospecha de esa naturaleza afectaría gravemente la reputación del eminente virólogo, doctor Ewell. Tendría que valorarlo todo con calma.

En cuanto a Oliver Coleman, el hermano de Katie, se sabía muy poco en los mentideros de Tuskegee. Tras la tragedia se volvió irascible y se volcó en la bebida. Un buen día desapareció de la ciudad y no se le volvió a ver. Su madre decía que se había ido a Nueva York como fiscal de distrito, pero la gente murmuraba que esa era solo la pobre excusa de una madre que pretendía ocultar la mala vida de un hijo a la deriva.

Ahora que conocía la verdad sobre aquella noche de 1939, debía actuar con frialdad y cautela. No se lo dijo a nadie. No quería incurrir en ningún error en aquel asunto, ni tampoco cometer una locura que no arreglase nada y complicase aún más las cosas. La venganza es un plato que se sirve frío, pensó para sí, y habría venganza, se lo prometió a sí mismo, por la memoria de los suyos.

CAPÍTULO 8

Victoria se quedó muy preocupada tras la última conversación telefónica que había mantenido con Robert; apenas pudieron intercambiar algunas frases entrecortadas por las continuas interferencias, y la comunicación se cortó al poco de empezar. Sin embargo, tuvo el presentimiento de que el hombre al que amaba estaba absolutamente desolado.

Cada vez la abatía más la distancia, la falta de comunicación, salvo las cartas, que a veces se demoraban en exceso para su frágil paciencia. A pesar de las continuas promesas, el tiempo pasaba y Robert no regresaba. Tampoco conseguía avanzar con el visado prometido hacía ya casi tres años. A pesar de las dudas y las reticencias, no tanto de la buena voluntad de Norton sino de las autoridades estadounidenses, cada cierto tiempo y siguiendo las indicaciones de Robert, Victoria acudía al consulado de Estados Unidos, esperaba su turno con paciencia, exponía al funcionario su solicitud, sus datos personales y los de su hija, pero cuando llegaba a los de su hermana el gesto del funcionario se tornaba duro, negaba con la cabeza y rechazaba siquiera tramitarlo, repitiendo una y otra vez que había cientos de miles de alemanes que querían abandonar Berlín y que les resultaba materialmente imposible aceptarlos a todos.

Siempre callaba, bajaba la cabeza y, vencida, se marchaba.

Llegó a plantearse la posibilidad de renunciar al visado de su hermana. Sabía que eso les facilitaría las cosas a ella y a

Hedy, pero la idea de dejar a Rebecca sola en Berlín y separarla de Hedy la frenaba: le daba miedo que su hermana cometiese una imprudencia, que su marcha desembocara en una tragedia de la que siempre se sentiría culpable. No podía hacerlo, no podía separar a Rebecca de Hedy, sería una crueldad por su parte que no estaba dispuesta a asumir.

Aquella jornada de octubre resultó de locos. Hacía dos meses se habían celebrado las primeras elecciones de la recién fundada República Federal Alemana, que convirtieron en canciller a Konrad Adenauer, de la Unión Demócrata Cristiana. Dos semanas antes, en el sector soviético se había proclamado la llamada República Democrática Alemana como respuesta a la consagración de la República Federal de los sectores occidentales, y ante las elecciones de esta última, el gobierno de la República Democrática emitió una orden por la que se restringían los viajes privados de los ciudadanos del Este hacia el sector occidental, haciendo más eficientes los controles de la llamada frontera verde.

Victoria llegó a casa muy tarde. Al abrir la puerta vio la luz de la cocina encendida. Su relación con Rebecca se había suavizado, entre otras cosas porque apenas se veían. Igual que durante el bloqueo, Victoria salía muy temprano, mucho antes de que ellas se despertasen, y solía regresar cuando ya estaban acostadas. Tiempo atrás había vuelto a pedirle explicaciones de por qué había incautado sus cartas, y en esa ocasión Rebecca se echó a llorar y no supo decirle nada salvo que lo sentía, que pensaba que la iba a abandonar por ese hombre, que temía que le quitase a la niña y que se arrepentía de haberlo hecho. Ante aquella reacción, Victoria quedó desarmada. Sabía cómo era su hermana, su carácter a veces irascible y sus impulsos incomprensibles. Pero no pudo hacer otra cosa que perdonarla y seguir adelante. No volvieron a hablar del tema. En cuanto a los productos que había encontrado escondidos del sector ruso, Rebecca le confesó que tenía un contacto en esa zona que le proporcionaba comida a cambio de darle clases de alemán a una chica rusa que había sido soldado y vivía en Pankow. Alegó que de ese modo se sentía útil más allá del cuidado de la casa y de Hedy. Victoria le reprochó que no se lo hubiera contado, y Rebecca le respondió que pensaba que no se lo permitiría. Las rencillas entre las hermanas quedaron zanjadas y continuaron con su vida.

Victoria dejó la bicicleta en el recibidor y entró en la cocina. Rebecca estaba sentada, con una taza de té en la mano y un cigarrillo en la otra.

—¿Desde cuándo fumas? —dijo sorprendida mientras se quitaba el abrigo.

Ella la miró sin decir nada. Se llevó el cigarro a los labios con aire distendido.

—Tabaco ruso —dijo Victoria al ver la cajetilla con la grafía rusa—. ¿De verdad te gusta esto? —preguntó sin ocultar su desdén.

—El tabaco ruso es tan bueno como el yanqui —replicó su hermana a la defensiva.

—Vale, vale... —Se sirvió el resto del té que había en la tetera. Estaba ya frío, pero no le importó—. Debes tener mucho cuidado si pasas al sector soviético. Dicen que la policía popular requisa productos a su antojo, incluso detienen a la gente durante unos días con el único fin de causar temor.

—¿Y te extraña que lo hagan? —preguntó Rebecca irónica—. Saqueamos sus mejores productos porque todo nos sale mucho más barato y los dejamos a ellos sin lo más básico o con todo lo de peor calidad. La gente vive allí, estudia allí, se forma allí, pero en vez de trabajar en beneficio del país que ha invertido en ellos, se vienen a Occidente porque aquí les pagan más.

—¿Qué problema hay en eso? Cada uno es libre de vivir, de comprar y de trabajar donde quiera, o al menos debería serlo.

—No, porque es injusto. Aquí, en la República Federal, se

compra con el dinero de los americanos a los mejores profesionales del Este ofreciéndoles unos sueldos más altos. Eso supone quebrar la economía de la República Democrática y su sistema de vida. Así nunca podrán salir adelante. La RDA siempre está en desventaja.

—¿Quién te ha dictado esas frases? ¿Tu alumna rusa?

El gesto airado de Rebecca no le impidió objetarle con firmeza:

—En el sector ruso no hay libertad de prensa, ni de expresión, hay un partido único, la economía está planificada, todo lo controlan.

—Ah, claro, el capitalismo es muchísimo mejor, adónde va a parar, aquí no hay desigualdades, ¿verdad?

—¿Es que acaso allí no las hay? —replicó Victoria con sarcasmo.

—Si las hay, se intentan mitigar, mientras que aquí los que prosperan lo hacen a costa del trabajo de otros, y son muchos los que quedan rezagados y marginados, y al final la brecha entre ricos y pobres se abre cada vez más. La competencia es despiadada y fomenta esa desigualdad.

Victoria no salía de su asombro. Se preguntaba quién le estaba metiendo esas ideas en la cabeza; eran demasiado demagógicas, algo que su hermana sería incapaz de pensar por sí misma. No quiso echárselo en cara para no ofenderla y se mordió la lengua.

El semblante de Rebecca se iluminaba según iba hablando, consciente de que era capaz de argumentar sus teorías y lanzarlas contra su hermana.

—En el sector ruso la protección estatal está garantizada para todos, tengas la edad que tengas o estés más o menos preparado. Todos tienen aseguradas sus necesidades más básicas: vivienda, educación, sanidad... Hasta los más ancianos están amparados por el sistema, que los cuida y los protege.

Victoria no pudo aguantarse y arrojó palabras llenas de

rabia y resentimiento hacia aquella repentina condescendencia.

—Parece que se te ha olvidado todo lo que nos hicieron los rusos que ahora tanto defiendes.

Rebecca se irguió, orgullosa, apretó la mandíbula, le levantó el dedo y la señaló en una aprendida actitud moralizante.

—Fueron los rusos los que más sufrieron y los que más muertos pusieron. Nuestros hombres asesinaron sin piedad a sus mujeres y a sus hijos; a muchas de ellas las trajeron a Alemania a trabajar como esclavas para nosotros... ¿Qué querías que hicieran? ¿Darnos las gracias?

—Dios santo, Rebecca... —balbució confusa—. ¿Qué...? ¿Quién te ha...? —Calló porque cada palabra le abrasaba la garganta como carbón candente—. ¿Cómo es posible que hables así? ¿Cómo puedes siquiera justificar semejantes atrocidades? ¡¿Es que no tienes memoria?!

—No justifico lo que nos hicieron —respondió Rebecca con un aplomo sorprendente—. Aquello fue terrible, pero después de eso, los rusos han sido mucho más generosos con el pueblo alemán que los norteamericanos y los británicos, que se pavonean por ahí como si fueran los dueños de la ciudad y de nuestras vidas.

Victoria bajó la mirada y permaneció callada un buen rato, tratando de sosegar su embarullada conciencia. Soltó un suspiro antes de hablar.

—En una cosa tienes razón: han pasado cuatro años desde que terminó la guerra y seguimos sufriendo el triunfo de los unos y de los otros, nos lo restriegan por la cara, nos humillan y nos manejan como si fuéramos los peones en su particular juego de ajedrez.

—¡Abre los ojos de una vez, Victoria! —bramó Rebecca regodeándose en sus argumentos—. No todos son iguales, ¿es que no te das cuenta? —Hizo una pausa y la miró un instante fijamente. Luego resopló como si se desesperase ante la inacción de su hermana—. Ojalá viviéramos en el sector ruso. Estaríamos mucho mejor. Pero solo es cuestión de tiempo que los rusos echen de Berlín a esos yanquis y a sus esbirros británicos.

Victoria la miró confusa y farfulló:

—Están locos si piensan que van a conseguir quedarse con todo Berlín.

—Berlín Occidental se incorporará al comunismo —replicó Rebecca secamente, con un sutil aire de triunfo—. Solo entonces las cosas empezarán a ir bien para todos.

Victoria no dijo nada, se limitó a observar la arrogancia que rezumaba su hermana, una arrogancia incomprensible, pero sobre la que no le apetecía indagar. Tomó un sorbo de té y, al cabo de un rato, señaló la cajetilla.

—¿Puedo?

Rebecca empujó la cajetilla para que cogiera uno, y cuando lo hizo, prendió una cerilla y le dio fuego. Victoria tosió al aspirar el humo recio del tabaco.

—Demasiado fuerte para mí.

Las dos se quedaron calladas unos segundos.

—Deberían irse todos —musitó Victoria—: los rusos, los norteamericanos, los británicos. Dejarnos en paz de una vez y permitir que nos organicemos nosotros sin que nos compliquen con sus continuas consignas contradictorias.

—No se van a ir —dijo Rebecca con la voz más dulcificada—. No soltarán esta presa tan fácilmente.

—Tampoco los rusos...

—Los rusos hacen lo que pueden por ayudar a Alemania.

Victoria dio otra calada y esta vez soportó, sin toser, el humo en su garganta. Observaba a su hermana. Sus ojos oscuros, su pelo recogido en una coleta, algo desgreñada. Si se cuidase un poco, podría sacarse mucho más partido, pensó. Antes de la guerra era más coqueta, se pintaba con su maquillaje y trataba de moldearse el pelo para estar más favorecida. La guerra y la escasez habían obligado a prescindir de todo lo superfluo, pero las cosas empezaban a ir mejor, al menos para ellas; Victoria ganaba lo suficiente para poder comprar ropa más bonita y femenina. Aun así, Rebecca había renunciado a eso, hacía tiempo que no se ponía vestidos; iba siempre con el mismo pantalón gris de mezclilla que había conseguido en el mercado negro, con jerséis lisos, sin adornos y de colores siempre neutros y zapatos de cuero plano o botas de soldado. Era mucho más cómodo que los vestidos y faldas, decía, y menos frívolo para los tiempos que corrían.

—¿Cómo le ha ido a Hedy en la escuela? —preguntó con gesto afable.

—La he cambiado de colegio —respondió Rebecca con voz seca.

—¿Que la has cambiado? —inquirió Victoria extrañada—. ¿Ha ocurrido algo con la señorita Hoffmann? A mí me gustaba como maestra y Hedy la quería mucho.

—Frau Hoffmann es una estúpida que permite que peguen a Hedy.

—¿Qué ha ocurrido?

Rebecca meneó la cabeza como si le molestase solo recordarlo.

—El otro día Hedy salió llorando. Me contó que una niña más mayor le había tirado del pelo y la había empujado. —Tensó la mandíbula, rabiosa—. Hedy lloró y esa bruja le pegó una bofetada por llorar.

Victoria la miró atónita.

—¿La señorita Hoffmann pegó a la niña por echarse a llorar?

—Y no era la primera vez. Eso me contó Hedy entre llantos. Por lo visto la tiene tomada con ella.

—No lo sabía... —arrugó la frente, asimilando aquellas palabras—, tendrías que habérmelo dicho.

—No quería preocuparte. Siempre estás cansada para nosotras.

Hubo un silencio incómodo entre ellas. Victoria soltó el aire en un largo suspiro.

—Me parece bien que la hayas cambiado de escuela.

—Es lo mejor —afirmó Rebecca, aplastando la colilla sobre un plato con restos de comida. Se levantó—. Me voy a dormir.

—¿A qué escuela va ahora Hedy? —se apresuró a preguntar Victoria.

—A la Ernst Thälmann.

Victoria arrugó el ceño y se irguió.

—Esa escuela está en Friedrichshain... Y eso es el sector soviético.

—Así es.

—No creo que sea necesario llevarla al sector soviético habiendo buenas escuelas mucho más cerca y sin tener que cruzar un paso fronterizo.

—A Hedy y a mí no nos va a pasar nada por cruzar al lado soviético. No temas por nosotras.

—¡Claro que temo por vosotras! —dijo ella alzando la voz.

—No me grites, Victoria, no te lo voy a permitir.

—Que no me vas a... —Se detuvo, contenida—. No me gusta que la lleves a esa escuela. Adoctrinan a los niños con ideas comunistas.

—No te has preocupado nunca del adoctrinamiento que la señorita Hoffmann ha ejercido sobre tu hija. Además de tratar mal a Hedy, esa mujer es una nazi. ¿Lo sabías? —No esperó respuesta, continuó sin pausa—: No, claro que no lo sabes, no te enteras de nada de lo que ocurre con Hedy.

Victoria la miró atónita. Tragó saliva y trató de hablar con un tono sereno, pero imprimiendo autoridad en sus palabras.

—Rebecca, no quiero a Hedy en esa escuela. Si no te gusta la señorita Hoffmann, buscaremos otro sitio más adecuado, pero cerca de casa y sin necesidad de adentrarte en el sector soviético.

Rebecca la miró con una expresión furibunda.

—Soy yo la que se ocupa de Hedy, así que soy yo la que decide.

—¡Ya está bien! —exclamó Victoria enfadada—. ¡Ya basta!

Un silencio gélido y hondo se hizo entre ellas. Lo rompió el sonido de la puerta al abrirse. Hedy apareció descalza, en camisón, amodorrada, frotándose los ojos y el pelo alborotado.

—¿Qué pasa, tía Becca? —murmuró adormecida.

Rebecca se fue hacia ella y la estrechó en su regazo. La acunó ante la mirada atenta de Victoria.

—No pasa nada, mi niña. Que mamá y tía Becca estaban hablando de la nueva escuela. ¿A que te gusta mucho? —Se volvió hacia Victoria—. Díselo a mamá. Dile cuánto te gusta tu nuevo colegio.

—Me gusta mucho, mami. La señorita Hoffmann era mala, me pegaba.

Victoria sintió ganas de llorar. No sabía cómo gestionar aquella situación. Notaba que se le iba de las manos. Pensó que todo se resolvería en cuanto tuviera los visados y pudiera sacarlas de aquella ciudad llena de trampas que la angustiaba cada vez más.

—Pero eso ya se olvidó, ¿verdad, mi pequeña? —intervino Rebecca acariciando con suavidad la mejilla de la niña—. Además, muy pronto formará parte de los Jóvenes Pioneros.

—Eso no... —protestó Victoria, pero se detuvo en su embate ante la mirada fría que le dedicó su hermana.

En ese momento, la niña empezó a recitar con voz tonante:

—Por la paz y el socialismo, estad preparados, siempre preparados. —Se aplaudió a sí misma—. La tía me va a comprar el uniforme, y la semana que viene me darán el pañuelo para el cuello. Es de color azul —añadió entusiasmada.

Rebecca volvió a sonreír para hablar a la niña.

—Dale un beso a mamá y vuelve a la cama, que mañana hay que madrugar.

—Pero ¿ahora vienes? —susurró Hedy.

—Claro que sí, mi amor, claro que sí...

Hedy le dio un beso a su madre. Victoria le acarició la mejilla y le sonrió.

—¿Es necesario que la apuntes a esa organización? —preguntó Victoria conteniendo la rabia en cuanto se quedaron solas.

—¿Qué quieres? ¿Que se sienta diferente al resto? ¿Que la señalen y la excluyan de sus juegos?

—Eso sería una crueldad, es solo una niña...

—Es lo que hay. Hedy necesita integrarse entre sus compañeros, sentirse una más. Hacen excursiones, aprenden cantos, juegos... No hacen nada malo.

—Les meten en vena las ideas comunistas —rabió.

Rebecca se mantuvo callada sin dejar de mirarla con suficiencia.

—Más te valdría a ti aprender algunas de esas ideas. Tal vez nos iría mejor a todos.

Victoria tomó aire para controlar una rabia que parecía a punto de explotar. Tenía que conseguir esos visados, tenía que sacar a su hermana de aquella estúpida deriva comunista en la que se había metido. Se preguntaba si sería ese tal Lugovoy del que le habló Charlotte quien la había embaucado de aquella manera; por el nombre tenía que ser ruso. Debía averiguarlo.

Rebecca le dio la espalda, pero antes de que saliera de la cocina, Victoria le habló de nuevo.

—Voy a necesitar tu pasaporte y el documento de la niña. Quiero ir al consulado de Estados Unidos. Es posible que pronto tengamos los visados.

Su hermana la miró con el rostro ensombrecido.

—No sabía que estabas tramitando los visados.

—No quería decirte nada hasta tenerlos, todo está siendo muy complicado.

—Ya sabes dónde están —le dijo enfurruñada dándole la espalda.

Se dio la vuelta y se metió con Hedy en la habitación.

Victoria se quedó con la mirada clavada en el umbral de la puerta. Durante un rato, no se movió. Oyó el crujido de los muelles de la cama, las voces susurrantes. Apartó la mirada y dejó escapar un largo suspiro. Se sintió muy cansada, aplastó el cigarrillo y se fue a dormir.

Enseguida cayó en un sueño profundo. Se despertó aturdida; miró el reloj que estaba en la mesilla; el despertador no había sonado. Se levantó y se arregló a toda prisa. Tendría que pedalear a toda velocidad para llegar a la reunión que había convocado Brown. No podía llegar tarde.

Antes de salir, sacó de su bolso el sobre con el sueldo que había cobrado el día anterior con la intención de dejarlo en una lata en la que iba guardando unos ahorros para el momento de salir de Berlín, pero al abrirla se dio cuenta de que no estaba todo. Lo contó, faltaban más de quinientos marcos. Sintió que se apoderaba de ella una rabia interna. Alzó la cara al techo y tomó aire con la intención de no estallar, de no gritar, de controlar su furia. Cerró la lata con un golpe seco y miró a un lado y a otro. Pensó en despertar a su hermana, pero ni quería ni podía enfrascarse a esas horas en una absurda discusión de por qué y para qué le había cogido el dinero sin su permiso. Sabía que Rebecca se enrocaría en excusas absurdas y sin sentido, y no podía permitirse llegar tarde a la emisora. Hablaría con ella por la noche. Tendría que darle un motivo convincente para justificar aquello. Con movimientos exasperados, se puso el abrigo, tomó la bicicleta y salió de la casa.

Desde la cama, arrebujada bajo las mantas en la penumbra de su alcoba, con el cuerpo caliente de Hedy a su lado como una barricada infranqueable, Rebecca escuchaba atenta cada movimiento de su hermana, dispuesta al ataque si la puerta se abría. Pero no se abrió. La oyó marcharse, cerró los ojos y siguió durmiendo.

Esa noche no llegó a tiempo de hablar con su hermana, pero al día siguiente, cuando salió de su habitación, encontró a Rebecca, que, con el rostro compungido, le tendía un fajo de billetes.

—Antes de ayer te cogí dinero para comprar unas cosas que necesitaba para Hedy. Siento no haberte avisado...

—Es mucho dinero.

—La niña necesitaba un abrigo y unos zapatos...

—¿Por qué no me lo dijiste? —preguntó Victoria absolutamente desarmada.

—Se me olvidó. Toma, solo faltan cinco marcos. Compré unos cuadernos y unos lápices. No tuve tiempo de más.

La instó con un gesto a coger el dinero. Victoria lo hizo y miró los billetes, antes de alzar los ojos hacia su hermana.

—Lo siento —le dijo Rebecca.

—No pasa nada. —Volvió a meter el dinero entre los dedos de su hermana—. Compra lo que quieras. Pero cuando necesites algo, dímelo. ¿De acuerdo?

Rebecca se guardó el dinero en el bolsillo y enfiló hacia la cocina seguida de su hermana. Hedy estaba sentada desayunando. La niña le contó que el nuevo colegio era muy grande y que tenía muchos amigos, que la clase era muy bonita y que en el patio jugaban a la comba y al escondite con otros niños. Victoria escuchaba la retahíla de cosas que su hija de siete años le contaba con esa voz dulce y cantarina y con los ojos brillantes de ingenua alegría. Era tan inocente que le provocaba una inmensa ternura.

Cuando Rebecca y Hedy se marcharon, Victoria se arregló con la intención de ir al consulado de Estados Unidos para comprobar, una vez más, cómo iba la tramitación de los visados.

Se estaba poniendo el abrigo cuando llamaron a la puerta. Era el cartero.

—Buenos días, señorita Kiesler —dijo el operario con una amplia sonrisa—, cuánto tiempo sin verla. Desde que trabaja en la radio tan solo oigo la voz de usted. Me gusta mucho su programa.

—Muchas gracias, señor Weber, pero no es mi programa —le aclaró con los ojos puestos en la cartera que llevaba al hombro, en cuyo interior hurgaba afanosa su mano—. ¿Qué me trae?

El hombre tardó una eternidad en extraer una carta. Tenía un sello oficial.

—Carta de Bonn, nada menos, de la embajada norteamericana. —Se la tendió con una sonrisa—. Espero que sean buenas noticias. Con estas cosas, nunca se sabe.

Victoria forzó una sonrisa, le dio las gracias y cerró la puerta. Nerviosa, sin poder esperar, rasgó la solapa del sobre y extrajo el contenido. Lo leyó con las manos temblorosas, sintiendo los latidos de su corazón acelerarse línea tras línea. Le concedían visados de inmigración para las tres. Se designaba como patrocinador único de las tres solicitantes a Robert Norton, ciudadano estadounidense con capacidad económica suficiente para mantenerlas, y adjuntaba una declaración jurada en la que se comprometía a prestarles su apoyo financiero, además de una vivienda digna y otros datos adicionales.

Victoria ahogó un grito de alegría desatada. Se llevó el papel al pecho antes de seguir leyendo.

A continuación se le informaba del requisito imprescindible de una revisión médica completa: la tuberculosis, las enfermedades venéreas y otros problemas de salud que pudieran suponer una amenaza para la salud pública de Estados Unidos o un tratamiento costoso durante la estancia en aquel país supondrían la denegación del visado.

Las tres estaban sanas, pensó Victoria satisfecha. La dirección de la clínica en la que tenían que hacerse la revisión médica estaba en el distrito de Dahlem. Tenían cita allí en cuatro días.

Otro de los requisitos obligatorios era la entrevista con un oficial del consulado estadounidense. Se citaba a las dos hermanas en las oficinas del consulado.

Nerviosa, empezó a pensar en todo lo que tenía que hacer. Debía avisar a Robert lo antes posible, pero en Nueva York era aún madrugada y no quería despertarle. Decidió que le pondría un telegrama. Sentía un extraño desasosiego al saber al alcance de la mano lo que tanto había anhelado.

Sus ojos se posaron en el reloj. Debía marcharse.

Fue directa a poner el telegrama en Correos. Hacía mucho frío y soplaba un incómodo viento, pero Victoria no lo sentía. Estaba pletórica. Pedaleó hasta una agencia para informarse sobre las diferentes posibilidades de viajar a Nueva York. Los vuelos eran demasiado caros y no estaba segura de que Hedy pudiera soportar tantas horas metida en un avión, así que reservó tres pasajes para un barco que partía en tres semanas desde Hamburgo. De ese modo le daría tiempo a cerrar todos sus asuntos en Berlín: despedirse de la RIAS, pasar el examen médico, hacer la entrevista y organizar lo que se iban a llevar. También compró los billetes de tren hasta Hamburgo. Desde su puerto embarcarían en el SS America de la naviera United States Lines rumbo a Nueva York. En total se había gastado unos mil quinientos marcos alemanes en tan solo unas horas, pero estaba feliz.

No había podido hablarlo con nadie, compartir su alegría, así que decidió regresar a casa y esperar a que llegase su hermana con Hedy. Por el camino compró una botella de vino y un buen corte de ternera, y también manzanas y el resto de los ingredientes necesarios para que su hermana pudiera hacer la *apfelkuchen*. Todo lo pagó a un precio excesivo, pero estaba eufórica, necesitaba celebrarlo.

Aun así, estaba preparada para una posible reacción adversa de Rebecca; tenía que persuadirla de la conveniencia para las tres de aquel viaje, de estar en un país donde se daban todas las oportunidades para el que las quisiera tomar, sobre todo pensando en Hedy. Si tanto la quería, no podía negarle la posibilidad de un futuro mejor.

Guisó con esmero la carne, y aunque se le quemó un poco y estaba algo reseca, tenía buen sabor. Puso la mesa y colocó dos velas. A través de la ventana, las vio llegar. Encendió las velas, impaciente, y desplegó sobre la mesa los visados y los pasajes del barco. Luego esperó a que la puerta se abriera, expectante por la reacción de Rebecca ante la noticia.

Cuando entraron, la niña se echó a sus brazos.

—¡Mami! ¡Mami! Mira, me han dado un premio por cantar —le dijo señalando un pañuelo rojo que llevaba atado a su cuello—. La maestra dice que tengo una voz preciosa.

Victoria se había agachado para abrazarla.

—Qué bien, Hedy —dijo con una gran sonrisa en los labios—. Estoy de acuerdo con la maestra. Tienes una voz preciosa.

Rebecca permanecía de pie en el umbral de la puerta de la sala, sorprendida, observando la mesa puesta.

—Hedy, ve a lavarte las manos.

El tono era tranquilo. Cuando la niña, obediente, se fue hacia el cuarto de baño y las dos mujeres se quedaron solas, Rebecca preguntó con suspicacia:

—¿Puedo saber a qué debemos este despliegue?

Victoria la miró emocionada, con ganas de llorar de alegría.

—Rebecca, nos han dado los visados. Por fin podemos salir de aquí, nos vamos a Nueva York... —Ante la falta de reacción de su hermana, cogió los papeles de la mesa y se los mostró—. Mira, los visados para las tres, tal y como te prometí. He comprado los pasajes. Salimos de Hamburgo el 15 de noviembre. Robert nos dará cobijo hasta que podamos valernos por nosotras mismas. Por fin podemos dejar atrás esta miseria y encontrar una vida mejor.

Su hermana no dijo nada, no reaccionó. Miraba absorta los visados y los pasajes. La niña regresó y se sentó a la mesa.

—Tengo hambre.

Solo en ese momento Rebecca pareció salir de su ensimismamiento. Se desprendió del abrigo y lo colgó, le entregó los papeles a Victoria y se fue hacia la mesa para atender a la niña. Le sirvió un poco de carne.

Victoria se quedó con los papeles en la mano, observando a su hermana, sin saber muy bien qué hacer o decir.

—¿No vas a decir nada? —preguntó al fin tratando de ocultar su decepción.

—¿Qué quieres que diga? —inquirió ella con voz neutra, sin apenas mirarla—. Está todo decidido. Lo has organizado a tu manera sin contar con nadie y ya está. No hay más que hablar.

—Rebecca, por favor, esto ya lo habíamos hablado. Nos vamos las tres, tal y como te prometí.

Su hermana la miró fijamente. Asintió y esbozó una leve sonrisa.

—Está bien —dijo más relajada al tiempo que se sentaba a la mesa.

—Mira —añadió Victoria mostrándole las manzanas rojas y brillantes—, he traído todo lo necesario para que hagas tu tarta estrella...

—Tu tarta preferida... —matizó la otra punzante—. La haré mañana. ¿Comemos? Sería una pena que se enfriase. Además —añadió sonriente, al tiempo que se servía un trozo de carne—, una no está acostumbrada a llegar a mesa puesta.

Victoria respiró hondo, algo más tranquila. Las cosas parecían ir bien. La comida transcurrió entre risas por las cosas que contaba Hedy y los cantos que entonaba acompañada de su madre.

En los días siguientes todo fueron prisas para Victoria, no tanto para Rebecca, que parecía llevar la rutina habitual sin más preocupación.

Envió otro telegrama a Robert para anunciarle la fecha de salida del barco desde Hamburgo. Tardarían unos siete días si las condiciones del mar eran buenas. Estaba tan ansiosa por el viaje como por reencontrarse con él.

Cuando le presentó su renuncia, su jefe no le ocultó la profunda decepción por perderla.

—Esta ciudad está dando un cambio espectacular, Victoria, y necesita de todo el talento que le pertenece, entre ellos el tuyo.

—Es mi oportunidad, señor Brown, viajar a Nueva York es un sueño que llevo persiguiendo desde antes de la guerra. Allí podré desarrollar mi pasión por la criptografía. Es el momento para mí. No puedo... No quiero esperar más.

—A veces idealizamos en exceso los sueños, y luego llega el desencanto.

—No creo que sea peor que el infierno que hemos vivido aquí.

Brown se dio por vencido, se levantó y le tendió la mano por encima del escritorio.

—Te deseo suerte, Victoria, y espero que tus sueños en la tierra prometida se hagan realidad. De lo contrario, no dudes en buscarme, siempre habrá un puesto para ti en mi equipo.

Salió de la RIAS con la sensación de que había comenzado a cortar lazos con Berlín.

El día de la revisión médica, Hedy tuvo que faltar a la escuela. Rebecca había defendido que lo mejor era que siguiese asistiendo a sus clases hasta el último día, y Victoria estuvo de acuerdo. La revisión fue perfecta, las tres estaban sanas. También pasaron sin mayor problema la entrevista con un funcionario del consulado. Victoria llevó la voz cantante y todo salió bien. Todo estaba listo para el viaje.

Dos días antes de su partida fue a ver a Charlotte, que recibió la noticia con una extraña frialdad.

—¿Qué ha dicho Rebecca? —preguntó.

—No está muy entusiasmada, pero no le queda más remedio que aceptarlo si quiere seguir al lado de Hedy.

Charlotte la observó con una expresión seria que contrastaba con sus palabras.

—Está bien, querida, demuestra a esos neoyorquinos lo que vales.

Se comprometió a recogerlas con el coche el día 15 para llevarlas a la estación.

La mañana antes de partir, Rebecca salió temprano con Hedy para asistir a su último día de colegio. La niña le había contado a su madre que la tutora y sus compañeros de clase le habían preparado una fiesta de despedida. Hedy se iba tan ilusionada que Victoria se sintió conmovida. Cuando se quedó sola, miró a su alrededor. Tenían ya algunas cosas preparadas, aunque tampoco podían llevarse mucho. Su pasaje era de segunda clase y no les permitían nada más que un bulto por persona. Se preparó un café cargado, una rebanada de pan y un trozo de jamón y lo puso en la mesa. Buscó la emisora de la RIAS y se sentó desplegando el *Der Tagesspiegel* para enterarse de las noticias de Estados Unidos. Leía los titulares al tiempo que daba mordiscos a la tostada.

De pronto, empezó a sonar en la radio la bucólica voz de Juanita Hall cantando *Bali Ha'i*. Dejó el periódico sobre la mesa y se perdió en la letra de aquella canción. En algunas de sus cartas, Robert le contaba que había ido al estreno del musical *South Pacific* en Broadway y que aquella melodía siempre le recordaba a ella. Le escribía los versos: *Cualquier noche, cualquier día, tu corazón escuchará la llamada... Ven a mí... Ven a mí.* Victoria tarareó la canción dejándose mecer por la suave cadencia de aquella voz. Tomó un sorbo de café y sonrió.

Cuando iba a coger el periódico para retomar la lectura, oyó el timbre. Echó un vistazo rápido al reloj que llevaba en la muñeca. Por la hora, era muy probable que fuera el cartero; se levantó y fue hacia la puerta sin imaginar lo que le iba a suponer aquella inesperada visita.

CAPÍTULO 9

Norton acompañó a Frank Thackerey a las oficinas del FBI y desde el primer momento quedó patente que su presencia resultaba molesta. Los metieron en un despacho y los tuvieron esperando más de tres horas.

—Es la fórmula que utilizan para ponerle a uno nervioso y agotarle mentalmente —le dijo Norton al sentir la inquietud de Frank—. De ese modo se está más receptivo a sus preguntas. No les dé ese gusto, al menos, que no lo noten.

—Es difícil, señor Norton, todo esto me está costando una enfermedad, no puedo dormir, apenas como... Lo cierto es que estoy aterrorizado.

La puerta se abrió y apareció un hombre.

—Buenos días, señor Thackerey. —Echó una rápida mirada a Norton mientras se dirigía al otro lado del escritorio—. Señor Norton, he oído hablar de usted. Me alegra conocerle, pero no hacía falta su asistencia, el señor Thackerey no está detenido. Tan solo se trata de un mero trámite.

Norton no respondió.

El agente llevaba un expediente en la mano que dejó sobre la mesa. Se desabrochó la chaqueta del traje y se sentó. Era un hombre alto, bien plantado, arrogante y con una mirada tan incisiva que resultaba desagradable. Para Norton era evidente la pretensión de impresionar a aquel pobre hombre asustado.

—Soy el agente Calvert —se presentó, y abrió la carpeta

con los ojos fijos en los documentos que estaban en el interior—. Señor Thackerey, le haré algunas preguntas y le pido que responda con sinceridad.

Las preguntas fueron las mismas que le habían hecho en el periódico: si era o había sido miembro del Partido Comunista, y si conocía a alguien que lo fuera o lo hubiera sido. Siguiendo las instrucciones de Norton, Thackerey negó cada una de las preguntas con un no rotundo.

El agente le indicó que su poca disposición a colaborar podría traerle graves consecuencias.

—¿A qué tipo de colaboración se refiere, agente Calvert? —preguntó Norton.

El agente le miró sin ocultar su irritación, antes de dirigirse a Frank Thackerey.

—Hay pruebas contra usted, señor Thackerey. Dos testigos han afirmado que formó parte de una asociación sindical en 1939.

Thackerey se agitó. Miró un instante a Norton.

—Yo n-no... —tartamudeaba—, yo no he pertenecido a n-ninguna asociación ni sindical ni política ni de nada... —Encogió los hombros, aturdido—. Antes de la guerra tuve algunos amigos sindicalistas...

El gesto de satisfacción del agente le puso en alerta. Había caído en la trampa.

Norton no dijo nada. Se lo había advertido, que no bajase la guardia ni un instante, que no respondiera, que era mejor guardar silencio o negar con tan solo un no, ni una palabra más que pudiera meterle en un lío.

—Así que tiene amigos sindicalistas —se relamió el agente Calvert—. Entonces, puede darme sus nombres.

—No eran exactamente amigos, eran solo conocidos, fue hace más de diez años y no sé nada de ellos desde antes de la guerra.

—Mejor para usted.

—No eran delincuentes, defendían los derechos de los

obreros en los lugares donde trabajaban. Eran buenos profesionales, no hacían daño a nadie.

—Deje que eso lo decidamos nosotros, señor Thackerey. Deme sus nombres y acabaremos esta conversación. Si coopera, su expediente quedará archivado y podrá olvidar todo esto.

—Pero yo... —balbucía confuso—. Ellos no eran comunistas...

—Detrás de cada sindicalista siempre hay un comunista —sentenció el hombre con firmeza.

Norton observaba la situación analizando hasta dónde quería llegar.

—Agente Calvert —intervino con voz grave y un tono sereno—, ¿qué le ocurrirá al señor Thackerey si se niega a dar esos nombres?

El agente del FBI cruzó las manos sobre la mesa e inclinó ligeramente el cuerpo hacia delante, en un intento de mostrar una firme autoridad.

—Si se niega a colaborar, la investigación sobre sus posibles actividades antiamericanas seguirá su curso. —Fijó su atención en Frank—. Las cosas se le complicarían mucho al señor Thackerey, tal vez también a su madre. Tengo entendido que la señora Thackerey tiene arrendado un cuarto en su casa a un exconvicto negro. Eso viola los convenios raciales en los contratos de propiedad.

—Esos convenios fueron declarados ilegales hace un año, agente Calvert —replicó Norton firme—. Usted debería saberlo.

—Es posible. Pero los vecinos no están cómodos con la situación y eso es un problema.

—No hay ningún problema con mis vecinos —atajó Frank.

El agente Calvert le miró fijamente.

—Le conviene colaborar. No pierde nada si lo hace. Sin embargo, si se niega, podría tener muchos problemas.

—Eso suena a amenaza —manifestó de nuevo Norton.

—Tan solo le informo —rebatió el del FBI con aplomo—. Le estoy dando al señor Thackerey la oportunidad de hacer un gesto de defensa de su patria, colaborar en la identificación y eliminación de posibles elementos subversivos que pudieran atentar contra nuestro país, poniendo en peligro su seguridad.

—Pero qué clase de peligro puedo representar yo o cualquiera de esos... infelices. —Dirigió una mirada a Norton, que se mantenía impertérrito sin apartar la vista de Calvert—. ¿Qué clase de broma es esta?

—Los peligros sobre nuestro país no llegan anunciándose a bombo y platillo. Por norma se esconden tras la fachada de una vida común y corriente. Pasar desapercibidos es una de las fórmulas para no ser detectado.

—No puedo creerlo —murmuró Thackerey inquieto.

—Señor Thackerey, colaborar es un acto patriótico, una obligación de cualquier norteamericano que ame a su país. Si se empeña en ocultar el nombre de posibles sospechosos de desarrollar actividades contra Estados Unidos, se convierte en uno de ellos.

—No lo haré —afirmó Frank contrariado—. No voy a hundir la vida de gente a la que casi no conozco solo por salvarme yo. Me defenderé. —Se volvió hacia Norton reclamando su apoyo—. Apelaré a la justicia si es necesario. Pero no me convertiré en un chivato. Eso nunca.

El agente le escuchó con un gesto de decepción.

—Está bien. Usted elige, estamos en un país libre, señor Thackerey.

Norton le interrumpió, irritado por esas palabras vacías.

—Agente Calvert, ¿quiénes son esos dos testigos que le han acusado?

—Lo siento, abogado, pero no puedo darle esa información.

—Eso supone indefensión para mi cliente y la violación de sus derechos civiles.

—Cálmese, señor Norton, no vea fantasmas donde no los hay. Le recuerdo que esto no es un juicio, ni estamos ante un tribunal.

—Es mucho peor, agente: aquí, en la sede del FBI, se está acusando a un hombre por el mero hecho de pensar; da igual lo que sea, si es comunista o sindicalista o defiende los derechos de los negros. Se le acusa, se le amenaza y se le conmina a la delación, coaccionándole a que dé nombres para que la tela de araña se extienda a otros inocentes como él cuyo único delito es tener o haber tenido contacto con sindicalistas. Estos métodos me recuerdan a los que empleaba en sus mejores tiempos la Gestapo contra sus propios ciudadanos.

—Señor Norton, cuide sus palabras... No le voy a permitir...

Robert se levantó con firmeza y ese mero gesto detuvo la frase del agente. Se abrochó los botones de la chaqueta, se ajustó la corbata al cuello y se caló el sombrero.

—Nos vamos, esta farsa ha terminado.

Frank se levantó y siguió a Norton hacia la puerta.

—Tendrá noticias nuestras muy pronto, señor Thackerey. Si lo piensa mejor, aquí estaremos, siempre a su servicio.

Norton había salido indignado. Por su parte, Frank Thackerey se encontraba absolutamente desolado. Atravesaron los pasillos con puertas a cada lado, cerradas a cal y canto. Cuando llegaron al ascensor, Frank habló angustiado.

—Señor Norton, ¿podrían hacerle algo a mi madre? No lo soportaría... Eso no.

Norton no dijo nada hasta que salieron a la calle. Respiró hondo y perdió la mirada en el jaleo del tráfico, el ir y venir de la multitud de transeúntes con esas prisas que se imprimían a todo en aquella ciudad vibrante. Con los brazos en jarras, miró a un lado y a otro.

—Frank... —se volvió hacia él inquieto—, no sé lo que le pueden hacer, pero estoy convencido de que son capaces de cualquier cosa. No se detendrán ante nada.

—Pero... —el hombre trataba de encontrar alguna explicación a todo aquello—, ¿quién...? —Tragó saliva y sintió un sabor amargo en su garganta—. ¿Quién puede haber dado mi nombre? ¿Quién puede haberme hecho algo así?

—Puede ser cualquiera igual que usted, alguien que ha cedido a la presión, o simplemente alguien que se crea más patriota por el mero hecho de dar unos cuantos nombres.

—Pero ¿es que no se dan cuenta del daño que pueden llegar a hacer?

—Y qué más da ese daño si ellos salen indemnes, al menos de primeras. Lo que ocurre en la conciencia de cada uno es un misterio.

—¿Qué va a pasar ahora? ¿Qué me va a suceder?

—Casi con toda seguridad le citarán en la HUAC, el Comité de Actividades Antiamericanas.

Frank Thackerey se mesaba el pelo con fruición.

—¿Tengo la obligación de acudir?

—Así es.

—¿Y si me niego a responder?

—Probablemente le acusen de desacato al Congreso y le procesen por ello.

—Dios santo... —murmuró con los ojos orlados de unas profundas ojeras y la mirada perdida en el tráfico—. ¿Qué le está pasando a este país...?

Aquella mañana Norton había recibido el telegrama de Victoria que le anunciaba la buena noticia sobre la obtención de los visados y su inminente viaje a Nueva York. Sonrió al leerlo, con una mezcla de alegría y serenidad. La noticia no le había cogido por sorpresa; sabía por sus contactos en la embajada que los visados estaban expedidos y que en breve les serían remitidos a sus titulares. Ese era uno de los motivos de su inminente viaje a Berlín, ahora suspendido debido al caso Thackerey, pero había otro igual de importante. Quería estar delante de ella, mirarla a los ojos cuando le diera la noticia de que el equipo de investigación criptográfica de la Universidad de Columbia, dirigido por William Friedman, estaba interesado en conocer su proyecto. Norton se había entrevistado en varias ocasiones con algunos miembros del equipo de la universidad, tratando de convencerlos de que merecía la pena conocer el trabajo de Victoria.

Sabía lo feliz que la haría aquella propuesta, unida a la concesión del visado. Una vez suspendido su viaje a Berlín con la idea de acompañarla en el regreso, decidió esperarla para darle la noticia ya en territorio norteamericano. Además, pensaba pedirle matrimonio en cuanto tuviera ocasión.

El día antes de que Victoria emprendiera el viaje con su hija y su hermana con destino a Nueva York, Norton se vio obligado a invitar a cenar a un importante empresario de cosméticos que pretendía presentar una demanda contra una empresa competidora. El caso podría suponer no solo ingresos considerables para el bufete que le representase, sino una publicidad impagable debido al alcance que iba a tener en los medios, y los socios fundadores de Makenzie & Cooper habían encargado a Norton que le persuadiera para contratarlos a ellos.

Había reservado una mesa en el restaurante del hotel Savoy en la Quinta Avenida, uno de los más lujosos de Manhattan. Sabía de los gustos exquisitos del empresario y pretendía impresionarle. Los dos hombres entraron en el local, que rebosaba elegancia y vistosidad y siguieron al maître hasta su mesa, situada junto al enorme ventanal por el que se podían contemplar unas espectaculares vistas de la noche neoyorquina. Justo cuando iban a tomar asiento, Norton oyó a su espalda una voz conocida que le interpelaba.

—Vaya, vaya, a quién tenemos aquí... El ínclito abogado Robert Norton, el gran defensor de las causas perdidas.

Norton se volvió y sintió que un escalofrío le recorría de arriba abajo como un doloroso latigazo. En la mesa contigua se sentaban dos parejas, y una de ellas era la de Lucas Ewell —el que había hablado y quien le miraba con aire arrogante y una mueca boba— y la señora Ewell, antes Norton y antes Coleman. Robert cruzó una mirada con Katie. Llevaba sin verla desde que salió de Tuskegee, hacía ya diez años. Le asaltó una mezcla de náusea y mareo. Estaba distinta: tenía el pelo más rubio, ondulado en un recogido en la parte alta de la cabeza que le despejaba la cara y realzaba sus facciones y su esbelto cuello de piel blanca, circundado por un collar de perlas de dos vueltas. Seguía siendo una mujer muy guapa, pero había desaparecido el brillo de sus ojos claros, ese brillo especial que años atrás le había enamorado perdidamente.

Lucas advirtió aquella mirada y se levantó con un ademán de insolencia.

—No sé si sabes que Katie y yo... —Se volvió hacia ella un instante—. Bueno, Katie es ahora la señora Ewell, mi esposa. —Tendió la mano hacia Norton abriendo en su flácida boca una sonrisa estúpida, en un intento impostado de resultar amable—. Espero que te alegres por nosotros. ¿Cómo estás, Robert?

Norton miró aquella mano, aquel rostro que osaba dirigirse a él, el mismo hombre responsable de causarles el dolor más espantoso que puede llegar a sufrir un ser humano. Sintió que la sangre le hervía en las venas.

Ante su falta de respuesta, Lucas retiró la mano.

—Últimamente se habla mucho de ti. Eres famoso, Robert, todo un referente en la ciudad. Además de defensor de los negros ahora también defiendes a comunis...

No pudo terminar la frase porque el puñetazo fue tan repentino que le pilló del todo desprevenido. Su cuerpo se dobló con violencia hacia atrás y cayó de forma aparatosa sobre la mesa en la que permanecían sentados Katie y la otra pareja. El estruendo de copas rotas y platos volcados y estrellados contra el suelo llamó la atención de todo el restaurante. De pie con los puños apretados, Norton miraba a Lucas, que, aturdido por el golpe, trataba de incorporarse con torpeza. Cuando lo hizo se precipitó rabioso contra él, y los dos hombres cayeron sobre la mesa en la que estaba sentado el empresario que iba a cenar con Norton. La mesa se desplazó y se inclinó por el peso de los cuerpos, lo que impulsó la caída de espaldas del invitado, con silla y todo: quedó en el suelo con las piernas en alto en una posición esperpéntica. El forcejeo continuó hasta que los camareros consiguieron separarlos. El resto de los comensales exclamaba y murmuraba por lo bajo, escandalizados por el lamentable espectáculo. El primero que reaccionó fue el empresario, que, una vez puesto en pie, enfurecido y muy ofendido, se ajustó la chaqueta, se colocó la corbata y, señalando a Norton con el dedo amenazante, le espetó indignado:

—Esto es intolerable, señor Norton. Intolerable. Olvídense usted y su bufete de mí y de mi empresa. Es usted un... —Resopló como un animal herido. Se dio la vuelta y se alejó enrojecido de rabia y de vergüenza.

Norton le había ignorado, ni siquiera se había vuelto hacia él. Mantenía el reto hacia Lucas Ewell, quien, sujeto por dos camareros, bramaba enloquecido de ira, expulsando saliva por la boca.

—Siempre has sido un pobre estúpido, un muerto de hambre, un *kraut* ingrato con este país que te lo ha dado todo. Eres una basura...

Robert se mantenía impertérrito, con los ojos clavados en él, en una pasividad inquietante para Katie, que le observaba mientras trataba de mantener la impulsividad de su marido, que se revolvía nervioso, alterado por la situación de humillación inesperada a la que se había visto abocado. Su voz se oía en todo el local, airada y ridícula.

Norton llevó su atención hacia Katie. En su mirada incisiva había algo que le provocó una conmoción. Sin dejar de mirarle, ella se cruzó de brazos, estremecida, surgiendo de sus ojos algo gélido.

Él se dio la vuelta, sacó su cartera y dejó varios billetes en la mano del maître, que observaba atónito la desagradable escena; luego se alejó sin hacer caso a las palabras vociferantes, amenazas e insultos que se alzaban a su espalda. Salió a la calle sin aliento, inhalando el aire a bocanadas, con la angustiosa sensación de presión en el pecho. Dolorido, se dobló sobre sí mismo con las manos en las rodillas, tratando de sostenerse en pie. El portero del restaurante se acercó hasta él.

—Señor, ¿se encuentra bien?

Norton alzó un poco la cara y se desmayó.

CAPÍTULO 10

—Hola, Victoria.

La imagen de aquel desconocido le provocó un escalofrío que le subió por la espalda. Era alto y de complexión fuerte, con la cara tiznada de marcas de viruela. Debía de rondar los cuarenta años y sus ojos oscuros parecían los de un halcón acechante.

—¿Quién es usted?

—Mi nombre es Dimitri Lugovoy —dijo con una pretendida afabilidad—. Creo que su hermana Rebecca le ha hablado de mí.

—No exactamente —respondió seca—. Aunque sé que se conocen.

—¿Puedo pasar?

Hubo un silencio incómodo. Victoria se mantuvo inmóvil, sin atender a la solicitud del visitante.

—¿Puedo? —insistió él con un gesto de la mano.

—¿Qué es lo que quiere? —preguntó Victoria desconfiada.

—Hablar de usted, de su hermana y de su hija.

Sin más preludios, Lugovoy dio un paso hacia delante, pero Victoria se irguió como un muro infranqueable.

El hombre le habló con una impertinente condescendencia.

—Victoria, le conviene ser amable. Tenemos algo importante que tratar.

Tras unos segundos, ella cedió y le franqueó la entrada.

Mientras ella cerraba la puerta, el hombre entró en la cocina, donde la radio seguía emitiendo una melodía. Sin pedir permiso, apagó el aparato, se quitó la gorra militar y la dejó sobre la mesa, junto al periódico, la taza de café y el plato con el trozo de pan mordisqueado. Victoria, que le había seguido y permanecía en el umbral observando sus movimientos, reparó en que en la parte frontal de la gorra tenía cosidas las siglas en cirílico, МГБ: Ministerio de Seguridad del Estado Soviético. No le gustaba su aspecto, y recordaba bien las palabras de Charlotte referentes a aquel hombre, un pez gordo de la policía secreta soviética, un hombre peligroso. Vestía pantalón y chaqueta de color verde muy oscuro con una insignia en la solapa con la estrella roja, que representaba una espada y una antorcha encendida; un cinturón negro le circundaba la cintura.

Lugovoy se sentó en la misma silla de la que se había levantado Victoria para abrir la puerta, retiró el plato y posó los brazos sobre la mesa.

—Siéntate, tenemos que hablar.

Se sintió molesta por el tuteo, pero no dijo nada. Quería saber qué buscaba ese hombre, qué quería de ella, y que se marchase cuanto antes. Se acercó despacio hasta la mesa y se sentó al otro extremo, quedando ambos frente a frente. Lugovoy extrajo una cajetilla de tabaco de su bolsillo y sacó un pitillo. No le ofreció. Victoria se dio cuenta de que era la misma marca que había visto fumar a Rebecca en las últimas semanas. Encendió el cigarro y exhaló el humo.

—Dígame qué es lo que quiere —le urgió ella—, tengo muchas cosas que hacer.

—Claro —replicó él en tono sereno—, no te haré perder mucho tiempo. Tienes que preparar la maleta. Mañana emprendes un largo viaje a la tierra prometida.

—Ya veo que mi hermana le ha informado —dijo con acritud.

—Estás de enhorabuena —dijo el hombre con regodeo—. Nueva York, lo que siempre habías querido. Nos va a venir muy bien que estés posicionada allí. Ese yanqui que te corteja está siendo de gran ayuda. Reconozco que nos ha allanado el camino para que puedas sernos útil en tu nuevo destino.

Victoria se sintió ultrajada por la información que Rebecca había compartido con ese hombre. Estaba rabiosa con ella.

—No sé en qué podría yo serle útil —objetó con una marcada ironía.

—Voy a hacerte un encargo, algo... —lo pensó durante unos segundos antes de continuar— delicado. Podría decirse que es un intercambio de favores.

—No tengo intención de hacerle ningún favor.

La observaba con arrogancia, seguro de sí mismo, controlando la situación.

—Fue una pena que ese profesor tuyo no colaborase. Nos habría ahorrado muchos quebraderos de cabeza.

El corazón de Victoria dio un salto, sus latidos eran tan desbocados que, instintivamente, se llevó la mano al pecho.

—¿Asesinó usted al matrimonio Seegers?

—Claro que no —parecía ofendido—, de esos asuntos se encargan mis hombres. Reconozco que no siempre miden bien sus fuerzas. Pasó lo mismo con ese coronel Von Ribbeck, el padre de tu hija. No quiso colaborar y... —Abrió las manos y dejó en el aire el resto de la frase.

Victoria no sabía qué decir ni qué hacer. Estaba segura de que aquel hombre iba buscando los microfilmes que ya no tenía. Notaba secos los labios y temblaba con una amarga sensación de indefensión.

—¿Piensa matarme también a mí?

—Muerta no me servirías de nada —contestó displicente—. No os pasará nada ni a ti ni a tu hija si cumples con lo que se te pide.

—¡No meta a mi hija en esto! —rugió rabiosa.

—La colaboración tiene sus compensaciones, Victoria. —Lugovoy la miraba con insolencia—. Tu afán por irte a la tierra de las oportunidades servirá a nuestros fines.

—¿A qué fines se refiere?

—Escúchame bien. Si no haces lo que te digo, no volverás a ver a Hedy. —Alzó las cejas, consciente del efecto que sus palabras estaban provocando en Victoria—. ¿Lo has entendido?

Ella se levantó tan rápido que la silla cayó al suelo con estrépito.

—¡No mencione a mi hija! —dijo furiosa. Sentía deseos de gritar, de arrojar a aquel tipo fuera de su casa, de echarle a patadas escaleras abajo—. No se lo permito...

Lugovoy aplastó en el plato el cigarro casi consumido. Se puso en pie con una arrogante calma; cogió la gorra y se la caló. Victoria tomó aire y se irguió, tratando de aparentar una firmeza que se le escapaba por cada poro. La voz grave del ruso le taladró la conciencia.

—Mañana irás tú sola a la estación, cogerás tú sola ese tren a Hamburgo, te embarcarás tú sola en el barco que te lleve a los brazos de ese Norton. —Cogió el paquete de tabaco y lo guardó en el bolsillo—. Una vez allí, recibirás órdenes concretas de lo que debes hacer —se detuvo un instante para imprimir más contundencia a su mensaje—, si quieres volver a ver a tu hija y a tu hermana con vida.

Victoria permaneció conmocionada todo el día. En un primer impulso había salido de casa precipitadamente, se había dirigido a la zona soviética y había llegado hasta la Ernst Thälmann para preguntar por su hija; allí le dijeron que la niña había faltado a clase aquel día. Fuera de sí, había insistido con vehemencia en saber dónde estaba su hija, pero lo único que consiguió fue que la amenazaran con llamar a la policía si seguía armando escándalo. Desesperada, regresó al lado occidental escudriñando cada rostro con el que se cruzaba en busca de su pequeña. Ya en casa, se apostó en la ventana, pendiente del reloj, agobiada con el paso de los minutos y las horas y el horror de no verlas aparecer. No sabía qué hacer, no sabía a quién acudir, no quería salir de casa por si volvían. Pensó que, si lo hacían, las tres se irían a casa de Charlotte a pasar la noche. El miedo se había apoderado de ella y se sentía paralizada. No comió nada, solo fumaba y paseaba y se asomaba, y volvía a pasear y a fumar. Cuando cayó la noche empezó a perder la esperanza de su regreso, y el pánico por la ausencia aplastaba cada uno de sus pensamientos. Se pasó la noche en vela, sentada en la misma silla en la que había estado frente a Lugovoy. No quiso hacerlo donde lo había hecho él, la sola idea le provocaba náuseas, como si aquella silla hubiera quedado impregnada de algo de aquel hombre que pudiera provocarle algún daño.

Comenzaba a amanecer cuando oyó acercarse el motor de un coche. Se levantó de la mesa y se acercó a la ventana: era el coche de Charlotte, con Kovalenko al volante. Tal y como le había prometido, había ido para llevarlas a la estación. Abrió la ventana y se asomó impaciente. Cuando vio bajar a Charlotte, la llamó con premura.

—Sube, deprisa, sube.

Kovalenko se quedó junto al auto, y ella desapareció en el portal. Victoria corrió hacia la puerta para esperarla. Todavía no había llegado al rellano cuando empezó a hablarle desde lo alto de la escalera, alterada por los nervios destrozados y la falta de descanso.

—Menos mal que has venido. Ha ocurrido algo terrible... Rebecca y la niña no han regresado desde ayer... Y...

Charlotte llegó hasta ella y, con expresión serena, le sonrió.

—Cálmate, querida, entremos en casa y me lo cuentas todo, ¿de acuerdo?

Victoria hizo lo que le pedía, aunque le costaba controlar los nervios. Una vez dentro, cerró la puerta y en ese momento vio reflejado su rostro en el espejo que había en el recibidor. Reparó en lo astroso de su atuendo en comparación con el de su amiga, envuelta en un abrigo oscuro de buena lana con un cuello de piel que le daba una sobria elegancia; su peinado parecía perfecto bajo un favorecedor sombrero. Nada que ver con las trazas que llevaba Victoria, su pelo recogido en una coleta, con un vestido viejo y una chaqueta de lana para abrigarse además de unos calcetines gordos que le cubrían hasta la pantorrilla. Encogida y agotada por la preocupación y falta de sueño.

Angustiada, volvió a la carga con sus cuitas. Charlotte podría ayudarla, ella era capaz de resolverlo casi todo.

—Ayer estuvo aquí ese Lugovoy... No sé qué ha hecho con mi hermana y mi hija... —las palabras salían a trompicones, temblorosas, una riada caótica—. Salieron ayer muy temprano, iban al colegio... N-no han vuelto y ese hombre... Lugovoy me ha dicho que tengo que marcharme sola a Nueva York... —Hizo un gesto de desesperación, se llevó la mano a la frente y negó con la cabeza—. Dios santo, no sé qué hacer, estoy tan asustada...

Charlotte la escuchaba con una desesperante tranquilidad.

—Invítame a un café, ¿quieres? Hace frío y me vendrá bien algo caliente. —Dicho esto, le dio la espalda y se dirigió a la cocina.

Victoria la miraba incapaz de reaccionar. La rabia empezó a apoderarse de ella. La siguió y observó cómo se desprendía de los guantes de cabritilla dedo a dedo, de forma pausada. Le habló desde el umbral de la cocina, en un tono indignado.

—Ese hombre se... se ha llevado a mi hija... —Buscaba desesperadamente explicación a lo que estaba ocurriendo con los nervios a flor de piel—. Ha... ha secuestrado a mi hija y a mi hermana y tú... ¿tú me pides un café?

—Haz el favor de calmarte. Nada ganas con ponerte histérica. En estos casos hay que actuar con más astucia e inteligencia que ellos. Ponme el café, y sírvete tú uno, creo que lo necesitas más que yo.

Victoria aún se mantuvo unos segundos inmóvil. Como una autómata, cogió la cafetera, metió el café en su interior y la puso a calentar. Colocó dos tazas sobre la mesa y se quedó de pie mirándola, los brazos cruzados sobre el regazo.

Charlotte había sacado un cigarrillo y lo encendió.

—Coge uno, anda, y siéntate.

Su voz apaciguada iba diluyendo poco a poco la tensión del ambiente. Victoria le hizo caso, cogió un pitillo y lo prendió. Solo entonces se sentó.

—¿Qué te ha dicho exactamente Lugovoy? —preguntó Charlotte.

—Me ha dicho que me vaya sola a Nueva York —bajó los ojos a sus manos temblorosas y tragó saliva, el gesto angustiado—, y que allí se pondrá alguien en contacto conmigo. No sé qué pretende exactamente...

—Y te ha amenazado con que si no haces lo que te dice, tu hija estará en peligro —afirmó con el sosiego que le faltaba a Victoria.

—Dice que no volveré a ver a Hedy con vida... —murmuró ella—. No puedo marcharme, no voy a dejar a mi hija y a mi hermana en manos de ese loco. ¿Para qué quiere que me vaya? ¿Qué es lo que pretende de mí?

Se oyó el borboteo del café al hervir. Victoria miró hacia la cafetera, se levantó, la cogió y sirvió el café en las tazas antes de sentarse de nuevo. Charlotte cogió la suya y habló en tono tranquilo.

—Seguramente quieran utilizarte para alguna operación en Nueva York.

—¿Una operación? —preguntó desesperada—. ¿Qué significa eso?

La dueña del Kassandra apretó los labios.

—No lo sé, Victoria. Tal vez se sirvan de ti para ser un simple correo, recoger información y enviarla, o como enlace que recibe información y la lleva a un lugar determinado. Así funciona esto.

—No sabía que dominases estos temas —susurró ella, recelosa.

—Querida —su tono era condescendiente—, en este mundo en el que vivimos o sigues la melodía o sales de la pista de baile, y yo siempre he tratado de no perder el ritmo y de bailar al son que a mí me conviene.

—No lo haré —sentenció Victoria resuelta.

—Ese tipo carece de escrúpulos. Si no haces lo que dice, cumplirá su amenaza.

—Acudiré a la policía, no voy a permitir...

—¿Es que no lo entiendes? —interrumpió Charlotte exasperada por primera vez—. No servirá de nada que vayas a la policía. No la encontrarás y la pondrás en peligro. —Calló un instante tratando de serenar los ánimos—. Victoria, él sabe que harás cualquier cosa por Hedy... Lo que sea.

—No puedo irme... No puedo hacerlo, Charlotte, cómo voy a dejar a mi hija...

—Hedy estará a salvo con Rebecca.

—No lo haré —repitió obstinada.

—No tienes opción. Si no te vas, no solo no volverás a ver a ninguna de las dos, sino que les harán daño, y a ti también. Os eliminarán sin miramientos. Te hablo en serio, Victoria. No está en tu mano. Conozco sus métodos, no puedes luchar contra ellos.

El rostro agónico del profesor Seegers regresó como un relámpago a su memoria. Victoria se contrajo. Sus ojos de espanto conmovieron a Charlotte.

—¿Por qué está pasando todo esto?

Charlotte se llevó la boquilla a los labios con delicadeza. Sus movimientos eran tan calculados como siempre, distinguida y sutil.

—Has sido un objetivo muy fácil. Eres vulnerable porque tienes algo que no quieres perder, además te vas a Nueva York, donde ellos necesitan imperiosamente ojos y oídos que trabajen para su causa. Estamos en guerra, Victoria, Guerra Fría la llaman. Distinta a la que vivimos hace unos años, pero igual de inmisericorde: es el tiempo que nos toca vivir. Acéptalo y sigue adelante. —Se detuvo observando el estado de confusión y desasosiego de la joven. Trató de animarla—. Vamos, vamos, querida, debes reaccionar. Toma ese tren y vete a Nueva York, haz lo que te dicen y, con el tiempo, volverás a reunirte con Hedy.

—Con el tiempo... —repitió con una mueca sarcástica—. Tú puedes hablar así porque no eres madre, no sabes lo que me estás pidiendo...

Charlotte la observó durante un rato con una mirada indulgente.

—El futuro se presenta muy incierto, y nada ni nadie nos va a librar de formar parte de él. Hay tantas incertidumbres como oportunidades. Se trata de sobrevivir, de hacer todo lo posible por esquivar los peligros que nos acechan, y Lugovoy es uno de ellos. —Le cogió una mano, afectuosa—. Hazme caso, Victoria, vete a Nueva York y haz lo que te piden. Ahora debes prepararte para el viaje. No puedes perder ese tren. Te juegas mucho...

Obedeció. Se lavó y se vistió. Además de algo de ropa y sus cosas de aseo, echó en su equipaje los apuntes e informes que había elaborado junto al profesor Seegers. La idea de desarrollar su proyecto en alguna universidad de Nueva York había quedado casi olvidada con todos los acontecimientos sucedidos desde el asesinato del profesor tres años atrás, pero pensó que tal vez allí pudiera tener una oportunidad. Asimismo, introdujo la foto de Hedy que Kovalenko le había hecho en su casa aquel mismo mes de febrero, el día que cumplió los siete años, y el dibujo que la niña le había dado con las figuras de las tres agarradas de la mano.

Antes de cerrar la maleta, cogió el paquete de cartas remitidas por Norton, el pasaporte, el billete de tren y su pasaje del barco. Miró rota por dentro los de su hermana y su hija.

Salieron a la calle. Kovalenko guardó el equipaje y ellas ocuparon los asientos de atrás. El trayecto hasta la estación de tren lo hicieron en completo silencio.

Cuando llegaron, Kovalenko bajó del coche, cogió la maleta de Victoria y las precedió al interior del barullo de la estación. Subió al vagón con el equipaje para colocarlo en el compartimento mientras Charlotte y Victoria se despedían en el andén.

—Victoria, escúchame bien: no te fíes de nadie, no hables con nadie de Lugovoy ni de lo que tendrás que hacer allí. Ni una palabra a nadie de lo que te pidan o hagas para ellos —se lo dijo en tono muy bajo, confidencial—. Y esto también incluye a Robert. No puede saber nada. Invéntate cualquier historia creíble para explicar tu llegada sola. No compartas con él ni una gota de información sobre esto, ni una sola. No corras riesgos. —Buscó con la mirada su complicidad y su compromiso. Victoria asintió con un firme movimiento de cabeza. Charlotte relajó el gesto—. Vive la vida con normalidad, conviértete en una norteamericana, sigue sus patrones, sus modas. Que nadie note nada extraño en ti. Con el tiempo, todo esto será un mal sueño.

—No entiendo nada —murmuró Victoria desolada.

—Te prometo que haré cuanto esté en mi mano para ayudarte en este asunto.

—¿Podré llamarte?

Charlotte la miró con una expresión de amargura.

—Comprendo cómo te sientes, pero no debes hacerlo y será inútil que me escribas; seguro que interceptan las cartas y nos pondríamos en peligro las dos. —Apretó los labios con aflicción—. Lo siento, Victoria, lo siento mucho.

—Tengo miedo, Charlotte... —Su voz apenas era un apocado susurro.

—Trataré de averiguar algo sobre Hedy y encontraré el modo de comunicarme contigo.

Ella asintió agradecida sin poder ocultar su preocupación. Aquel viaje tan soñado se estaba convirtiendo en una pesadilla. La idea de dejar a su hija y a su hermana en manos de los rusos, sin saber sus intenciones y en qué condiciones se encontraban, la atormentaba, y el hecho de marcharse le provocaba un doloroso sentimiento de culpabilidad. Temía por su hija, tal vez estuviera asustada o la echase de menos. Tenía miedo de todo, del viaje, de lo que le esperaría al otro lado del océano, de cómo encontraría a Robert, si habría cambiado y sentiría por él lo mismo que sintió cuando se despidieron hacía dos años, o si él de verdad seguiría tan enamorado de ella como lo estaba antes de marcharse o si solo se aferraban a un recuerdo que se rompería al reunirse de nuevo. Todas las dudas, temores y desasosiegos reventaban en su conciencia como fuegos artificiales estallando sin control.

Kovalenko bajó del tren y le puso el billete de su asiento en la mano, le dio un abrazo y se alejó hacia la salida.

De nuevo solas, frente a frente, Charlotte la tomó de los hombros y le habló en un tono firme y a la vez cargado de ternura.

—Nunca olvides que, pase lo que pase, siempre estaré de tu lado.

Victoria consiguió esbozar una sonrisa. Abrazó a Charlotte tratando de contener el llanto y subió al tren cuando empezaba a moverse. Desde lo alto de la plataforma del vagón volvió la vista hacia el andén para mirar a su amiga. Justo en ese momento vio cómo dos hombres se acercaban a ella y se colocaban uno a cada lado. Intercambiaron unas palabras.

Charlotte volvió sus ojos hacia ella solo un instante. A pesar de que cada vez estaba más lejos, percibió la preocupación en su rostro, disfrazada bajo un amago de sonrisa. A continuación la dueña del Kassandra se dio la vuelta y echó a andar flanqueada por los dos hombres. Victoria no dejó de mirarla hasta que desapareció de su vista por completo.

CAPÍTULO 11

Norton descolgó el teléfono y marcó el número.

—¿Hablo con la oficina de la United State Lines?

Al otro lado del auricular le confirmaron que se trataba de la naviera.

—Quería saber si el SS América procedente de Hamburgo ha atracado ya. —Volvió a escuchar la información—. Entonces, ¿ya están desembarcando los pasajeros?

La mujer de la naviera le confirmó que el pasaje había iniciado el desembarco en la isla de Ellis; sin embargo, le advertía de que los trámites de inmigración podrían alargarse durante horas, incluso días si hubiera alguna irregularidad en la documentación del pasajero. En caso de superar el control policial, los que fueran admitidos serían trasladados a los muelles del puerto de Nueva York.

No lo pensó demasiado. Quería estar allí cuando ella pisara suelo americano. Venía sola, eso le había comunicado en un telegrama que había recibido unos días atrás, enviado desde Hamburgo poco antes de embarcarse. Le dijo que se lo explicaría cuando llegase. El hecho de que viniera sola le preocupaba. Dejar a Hedy en Berlín suponía mantener un vínculo demasiado fuerte con aquella ciudad como para que pudiera adaptarse de una forma más firme y definitiva a su lado, cosa que él deseaba. Estaba ansioso por saber qué razón le había llevado a dejar a su hija y su hermana en Alemania, teniendo en cuenta que los visados estaban en regla, la revisión médica superada, incluso los pasajes confirmados para las tres. Había pensado en alquilar un apartamento para ellas cerca de donde él vivía pero, dadas las circunstancias, esperaría para saber si Victoria quería vivir con él o si prefería tener su propio espacio.

En cualquier caso, esa misma noche lo hablarían todo. Sabía que llegaría cansada del largo viaje, por eso había preparado una cena especial en su casa, con un buen vino y buena música. Había encargado un precioso ramo de rosas blancas, que guardaba Margaret.

Miró el reloj y se levantó decidido a marcharse. Tenía que atravesar todo Manhattan y a esas horas el tráfico se hacía infernal. Prefería esperarla a que llegara ella y se encontrase sola.

Estaba poniéndose la chaqueta cuando sonó el interfono.

—Sí, Margaret.

—Señor Norton, tiene una visita.

—Sea quien sea, dígale que vuelva mañana. Salgo ahora mismo y voy con prisa.

Desconectó sin esperar respuesta. Tomó el sombrero y el abrigo y salió al pasillo. La vio junto al mostrador de la recepción. Ella se volvió hacia él intuyendo su presencia, y le sonrió. Norton ralentizó el paso a la vez que los latidos de su corazón se aceleraban.

—Robert, siento molestarte. Pasaba por aquí y yo...

—Katie... —interrumpió perplejo. Se detuvo frente a ella y le sonrió—. Qué sorpresa verte aquí.

Tenía ese atractivo elegante que siempre la había caracterizado, con un pañuelo de seda celeste anudado alrededor del cuello, cubriéndole el cabello ondulado y recogido. Llevaba un abrigo azul marino de buena lana, un bolso de piel claro cuyas asas pendían de su antebrazo ligeramente doblado, y unos zapatos de medio tacón del mismo tono. En las manos lucía unos guantes de piel blancos.

—No quiero interrumpirte, tu secretaria me estaba diciendo que tienes que salir. No es nada importante. Puedo volver otro día —dijo tímida, y se giró para ir hacia la puerta.

—Espera... —balbució indeciso—. Iba a salir, pero... si quieres, podemos tomar un café.

Ella asintió con una sonrisa en los labios. Se dirigían al ascensor cuando la voz de Margaret los detuvo.

—Señor Norton, ¿qué hago con el ramo de rosas?

Él la miró desconcertado.

—Pasaré luego a recogerlo —contestó tras pensarlo unos instantes.

Durante el descenso del ascensor se mantuvieron uno junto al otro sin decir nada porque no iban solos. Se buscaban de reojo y esbozaban una sonrisa cohibida, para retirar de inmediato la mirada.

Norton estaba desconcertado por aquella visita inesperada. Se había arrepentido de invitarla conforme las palabras salían de sus labios. No sabía qué decirle, cómo tratarla; ahora que la tenía a su lado la sombra de la tragedia que él conocía y ella ignoraba se hacía mucho más siniestra, más atroz, más insoportable. Cómo podía mirarla a los ojos sabiendo lo que sabía de su hermano y de su marido. Había pensado mucho en ello, en cómo afrontarlo, pero el tiempo pasaba sin encontrar una solución razonable. La presencia de Katie lo complicaba todo. El derecho a saber la verdad o privarla de semejante sufrimiento, el deber de contar o de guardar silencio. Qué ganaba o qué perdía, no solo él, sino ella, si hablaba o callaba. En ese barullo mental se vio abocado a la salida del edificio y, ya en la calle, miró a un lado y a otro, aturdido.

—No debería haber venido sin avisar. Será mejor que lo dejemos para otro día, Robert. Estás muy ocupado y yo...

—No, no —murmuró él sin poder ocultar su nerviosismo. Estaba deseando que se marchara; sin embargo, había algo que le impedía dejarla ir, no sabía exactamente por qué—. Podemos ir al hotel Plaza. Tengo el coche aparcado allí. —Señaló con la mano al otro lado de la calle.

La tomó del brazo para cruzar la calzada. Solícito, le abrió la puerta del copiloto y esperó a que se acomodara, y no pudo evitar admirar sus piernas, envueltas en finas medias de nailon, al tiempo que se sentaba. Cerró, se instaló al volante y puso el motor en marcha. En el interior del coche la tensión entre ellos resultaba más evidente.

—Katie —dijo en un intento de disipar la nube que se cernía sobre ambos—, lamento mucho lo que ocurrió la otra noche con...

—No tienes que disculparte, Robert. Lucas se comportó como un patoso y tuvo su merecido. Lo que siento es que te fastidiase la cena. El caballero que te acompañaba se fue muy enfadado, pero con la persona equivocada.

—Te confieso que no habría podido cenar a vuestro lado.

De nuevo un rato largo de mutismo.

—Qué afortunada la mujer que reciba ese ramo —dijo ella con una voz suave, deslizadas sus palabras de los labios—. Las rosas blancas son mis favoritas.

—Lo sé, lo recuerdo —indicó él en un tono neutro, la mirada al frente.

No volvieron a hablar hasta llegar frente al hotel Plaza. El portero uniformado con una librea de botones dorados y sombrero de copa alta abrió la puerta del coche a Katie. Los dos entraron en el vestíbulo y se dirigieron al Palm Court, con sus techos altos y sus elegantes lámparas de araña. Se sentaron frente a frente en una mesa cerca del ventanal que daba a la Gran Army Plaza y, más allá, a la Quinta Avenida. Robert pidió un café doble.

—¿Qué quieres tomar? —le preguntó a ella.

Katie se dirigió al camarero mientras se desprendía de sus guantes y dejaba a la vista sus manos finas y delicadas, con las uñas largas pintadas del mismo rojo que sus labios.

—Un martini doble —dijo sin más.

Norton la miró perplejo. En Alabama, Katie era de esas mujeres que nunca probaban una gota de alcohol. Cuando el camarero se alejó, Robert no pudo evitar una sonrisa. Ella se dio cuenta y habló mientras se retiraba el pañuelo de la cabeza.

—Todos cambiamos, Robert, también yo. Nueva York no es Tuskegee. Aquí llevo una vida muy distinta a la que teníamos tú y yo...

Enmudeció y bajó la mirada. Norton advirtió que la tristeza se había instalado en sus ojos como unas lentes con las que mirar al mundo.

Ella abrió su bolso y sacó una cajetilla de Lucky Strike. Norton se apresuró a echar mano de su mechero y lo encendió justo cuando ella se llevaba el pitillo a los labios. Katie le sujetó la mano para acercarse a la llama y, una vez prendido el cigarrillo, se la retuvo contemplando el Dupont de oro.

—Veo que te va muy bien —dijo, y le liberó. Dio una calada al cigarro y expulsó el humo echando la cabeza ligeramente hacia atrás—. Nada que ver con el primero que te regalé; era un Ronson, ¿recuerdas? Fue el primer regalo que te hice.

Norton había sacado su cajetilla de Camel y se encendió un pitillo. La observó mientras dejaba escapar el humo por los labios entrecerrados.

En ese momento llegó el camarero con la bandeja. Dejó las consumiciones y se alejó.

—Aún lo conservo —dijo él.

—Me alegra saberlo —añadió ella con una expresión de grata sorpresa.

Bebió un sorbo de su martini. Robert bajó los ojos al líquido oscuro de su taza, luego alzó la cara y la miró.

—¿Cómo te va, Katie?

Dejó la mirada perdida en un punto indefinido y sonrió melancólica.

—Que cómo me va... —musitó. Encogió los hombros con gesto indolente—. Sobrevivo. Es lo único que puedo decir.

—¿Eres feliz con Lucas?

Ella clavó la mirada en los ojos de Robert, una mirada

herida, llena de rabia y dolor mantenidos a lo largo del tiempo. Su voz se volvió turbia y ronca.

—¿Se puede llegar a ser feliz después de lo que vivimos? —Soltó un lánguido suspiro antes de continuar—: Cometí un grave error, Robert, el peor error de mi vida... Arrojé sobre ti toda mi ira, te culpé injustamente...

—Katie...

Ella alzó la mano para que no la interrumpiera.

—Necesito decírtelo, Robert. Fui muy injusta contigo... —se detuvo unos segundos y le miró con fijeza—, y lo peor de todo es que te dejé marchar cuando más falta me hacías.

Norton no dijo nada, dio un sorbo de su café y ella se bebió de un trago la copa que le habían puesto. Alzó la mano y pidió otra.

—¿A qué has venido a mi despacho, Katie?

Ella aspiró el humo de su pitillo y le miró de reojo.

—Necesito que me ayudes. —Su voz volvió a ser dulce y suave—. No a mí exactamente. Se trata de mi hermano. De tu amigo Oliver.

Al oír aquel nombre, Norton se sintió como si le hubiera dado un puñetazo en la boca del estómago. Tragó saliva para recuperarse. En ese momento el camarero se acercó con la segunda copa para Katie.

—Un bourbon doble, por favor —le pidió Norton antes de que se retirase.

No la miraba, era incapaz de hacerlo. Cerró los puños para no dar un golpe en la mesa, y contrajo los labios para no gritarle lo que llevaba dentro, lo que clamaba a voz en grito en su conciencia. Mientras observaba aquel rostro angelical ensombrecido por la tristeza y la vergüenza, se preguntaba cómo era posible que Oliver pudiera mirarla a la cara, cómo Lucas podía dormir a su lado, estrecharla en sus brazos, besarla y hacerla suya sabiendo que era el responsable de la horrible muerte de su hijo. Aquellas conjeturas le revolvieron el estómago.

—Se ha metido en problemas —prosiguió ella—. Problemas muy graves que podrían llevarle a prisión muchos años.

Norton alzó la vista y la miró.

—¿Qué ha hecho esta vez? —preguntó sin esconder el desprecio en su voz.

—Es un tema muy delicado, un asunto escabroso, turbio. Oliver es ayudante del fiscal de distrito. En su departamento están investigando a un hombre muy poderoso, un empresario del Medio Oeste que tiene importantes negocios, entre ellos algo referente a la prostitución y... Bueno, negocios en ese mundo sórdido. Ese hombre le preparó una cita con una chica... Le tendieron una trampa con una... —frunció los labios dolorida con solo pensarlo—, le pillaron con una mujer.

—¿Desde cuándo es delito estar con una mujer? ¿Era la esposa de algún pez gordo?

—Era menor, tenía quince años... Y además..., bueno, las prácticas eran... —lo miró un instante y, de inmediato, avergonzada, bajó los ojos al vaso que tenía entre sus manos—, eran violentas...

—¿La violó? —preguntó a bocajarro.

—No exactamente. Él me ha asegurado que se trataba de una violencia consentida.

—¿Y tú le crees? —inquirió con voz seca.

—No es lo que crea yo o no, Robert. Fue una trampa y tiene miedo.

Norton se quedó perplejo ante aquella basura que Katie le estaba contando. Le ardía la boca y le faltaba el aire.

El camarero dejó el bourbon sobre la mesa. Cuando se quedaron solos, ella venció el cuerpo hacia delante para acercarse más a él, con la desesperación reflejada en sus pupilas.

—Últimamente Oliver está bebiendo demasiado. No lleva una vida muy ordenada. Ya sabes cómo es. Se rodea de lo peor de cada ambiente y, bueno...

—¿Le estás justificando? —se irritó él.

Ella volvió a echarse hacia atrás en la silla poniendo distancia, cruzó el brazo en su regazo y dejó el que sostenía el cigarro alzado junto a la cara, le temblaba la mano. Dio una calada y continuó hablando, con una voz tenue y sin fuerza.

—Le están extorsionando para que destruya pruebas que incriminan al empresario. Si no lo hace, harán públicas las imágenes y las grabaciones con esa chica. Podrían caerle más de veinte años y su prestigio quedaría arrasado, y no solo el suyo... Yo misma, mi padre.

—¿Lo sabe tu padre?

—No, claro que no...

Norton no pudo soportarlo. Tomó aire. La miró unos segundos con fijeza. Se levantó, sacó la cartera, dejó varios billetes y volvió a guardársela. Cogió su sombrero sin ponérselo.

—Este encuentro ha sido un error, Katie.

Ella le tendió la mano para retenerlo.

—Robert, por favor... —le suplicó en un tono atribulado—. Oliver era tu amigo...

A Norton se le agrió la saliva. Tragó con dificultad para no soltar lo que pensaba sobre aquellas palabras. De repente sintió una exasperante compasión por ella.

—Lo siento, Katie, no puedo ayudarte.

—No sé a quién acudir. Escúchale al menos, hazlo por mí, te lo suplico.

De pie, delante de ella, la miró con el sombrero en la mano, el gesto serio.

—Ojalá se pudra en la cárcel. Es lo que se merece.

Se alejó sin decir nada más.

Ya en la calle, Norton subió al coche y lo puso en marcha. Justo cuando pisaba el acelerador, la vio salir del hotel. Ella se detuvo en la acera y le miró desolada. Robert aceleró, la dejó atrás y se perdió en el bullicio de la Quinta Avenida.

Cuando llegó a la zona del puerto, vio varios barcos atracados en los muelles. Bajó del coche y se dirigió a las dársenas a las que llegaban los paquebotes procedentes de la isla de Ellis. Preguntó a un policía y le confirmó que uno acababa de atracar hacía apenas unos minutos. Se acercó hasta la terminal. Un viento racheado húmedo y frío le atería. Se caló el sombrero y se subió el cuello del abrigo. De pronto se dio cuenta de que había olvidado el ramo de rosas. Miró a un lado y otro, pero no vio nada parecido a un puesto de flores. Pensó en la docena de preciosas rosas blancas que se habían quedado en el bufete por culpa de la inoportuna aparición de Katie.

Desde lo alto de una larga pasarela que unía el barco con el muelle iban descendiendo poco a poco hombres, mujeres y niños, cargados con bultos y maletas. Azotados por el aire más fuerte en la altura, se detenían, alzaban la cabeza y, desorientados, miraban a lo lejos. Los que los seguían los apremiaban para que continuasen la marcha. Llevaba un rato observando bajar a gente sin verla y llegó a pensar que tal vez no había podido tomar ese barco desde Ellis. Sacó un cigarrillo y lo encendió protegiendo la llama de las ráfagas de viento con las manos. Cuando levantó la mirada de nuevo la vio en lo alto de la pasarela. Victoria hizo el mismo gesto que la mayoría. Al iniciar el tránsito por el inestable puente de madera que la llevaba a tierra firme, se detuvo un instante y miró a lo lejos. Norton alzó la mano para atraer su atención, pero ella no le vio porque los de atrás le metieron prisa para que continuara con el ansiado descenso.

Norton tiró el cigarrillo, se acercó al pie de la pasarela y la esperó. Bajaba muy concentrada en no tropezar, cargando la maleta en una mano y el bolso colgado del brazo. Pese a llevar en la cabeza un pañuelo anudado al cuello, varios mechones de pelo le ondeaban delante de la cara a merced del viento. A unos metros del final de la pasarela, Victoria miró al frente y le descubrió. Ralentizó el paso y se le iluminaron los ojos, feliz de ver por fin aquel rostro anhelado durante tanto tiempo.

Con el cansancio grabado en el gesto, avanzó hasta quedar frente a él. Sin dejar de mirarle, se inclinó un poco para depositar la maleta en el suelo.

—Robert —susurró.

Él la observaba extasiado. Delicadamente retiró con la mano una guedeja que le serpenteaba delante del rostro, la sujetó entre los dedos, le acarició la mejilla y le sonrió.

—Victoria... Amor mío... —Su voz temblaba embargado por la emoción—. Bienvenida a Nueva York.

La estrechó entre sus brazos y estuvieron así, sintiendo el uno el cuerpo del otro, un rato largo, mientras la gente, que seguía bajando del barco, los esquivaba por ambos lados.

Cuando Robert deshizo el abrazo, buscó su rostro.

—¿Cómo estás?

—Aturdida y muy cansada y hambrienta, y con el frío metido en el cuerpo y sucia... —Lo dijo todo seguido en un tono agotado—. Necesito un baño y cambiarme de ropa. Ha sido horrible. Todavía siento el balanceo bajo los pies.

Robert cogió la maleta, la rodeó por los hombros, la estrechó hacia su cuerpo para darle calor y echaron a andar hacia el coche.

—Te he preparado una deliciosa cena, con un buen vino, en un lugar firme sin oleaje ni mareas.

—¿Has cocinado para mí?

—No se me ocurriría jamás; si lo hiciera, cogerías tu equipaje y huirías de mí en el primer barco.

Los dos rieron. Caminaron de forma pausada, guardando un sentido silencio, ella recogida en su abrazo, mirándose ambos, sin poder creer aún que estuvieran de nuevo juntos.

—Estás preciosa, Victoria.

—Estoy horrible —le contradijo ella, y ocultó la cara en su pecho, ruborizada. Luego se abrazó más fuerte a él, volvió a mirarle embelesada—. Te miro y temo despertar de repente y que te hayas esfumado. Te he echado tanto de menos...

—Nada ni nadie volverá a separarme de ti.

Avanzaron hasta el coche.

—Te había comprado un precioso ramo de flores, pero se me olvidó en el despacho. Esto es Nueva York: prisas, tráfico, vivimos en el caos.

—Para mí Nueva York eres tú, y tú representas mi nueva vida —dijo ella desde el cobijo de su brazo.

Durante el camino apenas hablaron de nada que no fuera el aspecto de la ciudad, el perfil de edificios que se divisaba cuando cruzaron el puente de Brooklyn y la tranquilidad que se respiraba al llegar al barrio de Robert, en Brooklyn Heights; calzadas flanqueadas de árboles algo desangelados por el frío invernal, casas adosadas de dos o tres alturas con una mezcla de estilos, federal, neogriego, renacentista. El edificio de Norton era de ladrillo rojo y piedra, con una escalinata que ascendía desde la acera hasta la entrada. En el interior, otro tramo de escalera llevaba a su apartamento en el primer piso.

Victoria lo observaba todo con detenimiento, dejándose guiar por las explicaciones de Robert. Lo primero que hizo fue darse un baño caliente. Una vez sumergida en la calidez del agua y la espuma de jabón, Robert se sentó en el borde de la bañera y estuvieron hablando de cosas triviales. Cuando salió de la bañera, él la envolvió con la toalla, la estrechó en un delicado abrazo, la alzó en sus brazos y la llevó hasta la cama. Se amaron con pasión y ternura.

Ya tranquilos, sus cabezas reposadas sobre la almohada, frente a frente y sin dejar de mirarse, Robert ensortijaba entre sus dedos un mechón de pelo de la melena de ella.

—He deseado tanto tiempo este momento que me parece increíble tenerte al fin a mi lado —afirmó apacible—. Te imaginaba así cada día, llenando mi cama, mi vida.

Ella le escuchaba con una sonrisa serena y cansada, y un halo de pesadumbre en los ojos.

—Voy a hacerte feliz, Victoria. Se lo prometí a mi madre en el lecho de muerte.

—¿Le prometiste eso de verdad?

Robert sonrió, la atrajo hacia sí y la abrazó.

—Quiero darte una buena noticia.

—Necesito buenas noticias... —le dijo ella al tiempo que se desprendía del abrazo y buscaba sus ojos.

—Te han admitido en un equipo de investigación criptográfica de la Universidad de Columbia. Les hablé de tu proyecto. Traté de hacerlo lo mejor posible y hace un mes me respondieron: podrás empezar después de las Navidades.

Ella se incorporó en la cama, entre la alegría y el desconcierto.

—¿Y no me lo has contado hasta ahora?

—Quería decírtelo cuando te tuviera delante, verte la cara al escucharme —dijo con satisfacción al comprobar su gesto—. Se trata de un departamento que estudia diferentes formas de lenguaje cifrado, su codificación y su desciframiento. Estoy convencido de que puedes aportar mucho.

Ella le miraba sin dar crédito. Se mantuvo callada durante un rato, asimilando el nuevo horizonte que se le abría, pero de repente una sombra se cernió sobre ella. Se inclinó hacia su pecho para ocultar el rostro y que él no se lo notase. Se preguntó qué haría Lugovoy si se enteraba de aquello.

—¿Es que no te alegras?

—Estoy feliz... Pero un poco asustada. No sé si daré la talla.

—Los vas a dejar con la boca abierta. Confía en ti, Victoria. Tienes mucho talento y ahora tendrás la oportunidad de demostrarlo.

Buscó sus ojos para reforzar su convencimiento. Ella le sonrió y asintió con un gesto. Robert la atrajo hacia sí, se besaron apasionadamente y cayeron de nuevo el uno en el abrazo del otro. Después, cenaron a la luz de las velas, enamorados. Victoria le contó la historia que había ido elaborando en el viaje para explicar el cambio de planes respecto a Hedy y su hermana. Le dijo que Rebecca no se había tomado nada bien lo de marcharse de Berlín y que, después de hablarlo mucho, había convenido con su hermana en que se quedarían en Berlín en tanto que Victoria se establecía en Nueva York con cierta solvencia y que, mientras, Hedy aprendería inglés para que pudiera adaptarse sin problemas a un nuevo país y una cultura nueva. Aquello no tranquilizó demasiado a Norton; no se terminó de creer que fuera esa la verdadera razón por la que se había separado de su hija. Tampoco ayudaba el recelo que sentía hacia Rebecca, entre otras cosas por el hecho de haber ocultado a Victoria su correspondencia y el dolor gratuito que eso les había provocado a ambos. Sin embargo, lo aceptó sin hacer preguntas. Estaba seguro de que con el tiempo conocería la verdad.

—Cuéntame cosas sobre ti —dijo ella con la pretensión de cambiar de tema—. Quiero saberlo todo, qué ha sido de tu vida desde que te fuiste de mi lado.

—Te lo conté todo en mis cartas. Mi vida se resume en una rutina de trabajo, casa, más trabajo... Un aburrimiento. El único aliciente siempre fue la idea de volver a verte.

—Robert —estiró el brazo por encima de la mesa hasta posar la mano sobre la suya—, la última vez que hablamos por teléfono te ocurría algo. Te lo noté y me dejaste muy preocupada.

Norton valoró de nuevo si contarle lo que había descubierto sobre la muerte de su hijo y su hermana, y el dilema que le acuciaba. Llegó a la conclusión de que debía saberlo. Revelarle aquel yugo que le asfixiaba el alma sería una muestra de confianza hacia ella; además, necesitaba expresarlo, compartirlo con alguien para poder liberar su conciencia de la presión en la que se movía desde que Sanders le desveló aquella cruel realidad.

Victoria escuchó aquel espanto en un respetuoso silencio. Cuando terminó, se levantó de la mesa, se acercó a él y, con delicadeza, estrechó la cabeza contra su pecho.

—Amor mío, cuánto lo siento...

Él alzó los ojos y la sentó en sus rodillas.

—Es todo tan complicado... Dios santo...

—¿Qué vas a hacer?

Robert suspiró con una expresión derrotada. Negó con la cabeza.

—Aún no lo sé. No sé lo que es mejor, ni para mí, ni para Katie.

—¿No deberías denunciarle? Obligarías a que se reabriera el caso. Hay una testigo que lo vio todo y que es capaz de identificar al menos a dos de ellos.

Norton sabía que era imposible. Había investigado: la niña negra había crecido, se había casado y tenía tres críos muy pequeños. Había hablado por teléfono con ella, pero se negó siquiera a recibirle. No quería saber nada, tenía miedo y, en el fondo, él lo entendía.

—No serviría de nada, Victoria, no aquí, en Estados Unidos, y mucho menos en el estado de Alabama. El testimonio de una negra, diez años después de la tragedia, acusando a unos blancos. —Volvió a negar—. Ningún fiscal reabriría el caso.

—Inténtalo al menos.

—Eso supondría desvelar a Katie que vive con un asesino, y que su propio hermano participó en aquella matanza. —Su tono era desesperado—. Y aún no sé si eso es justo para ella.

Victoria lo pensó. ¿Cómo resolver algo tan terrible? ¿Qué decisión sería la apropiada?

—Estoy convencida de que encontrarás la solución.

Aquella primera noche, Victoria durmió profundamente hasta el mediodía. Cuando despertó, el lado de la cama en el que había dormido Norton estaba vacío y sobre su almohada había una rosa con una nota en la que decía: «Estás en tu hogar. Te amo». Sonrió, se sentó en la cama y miró a su alrededor. No podía creer que estuviera allí. El viaje sin Hedy había sido mucho más duro de lo que había imaginado. La echaba de menos, y la incertidumbre sobre la posibilidad de que le hicieran algún daño se le hacía insoportable. Temía por ella. Se levantó, cogió una camisa de Robert que había en una silla, aspiró su olor, se la puso y volvió a sentir ese aroma suyo que tanto la atraía. En la cocina se preparó un café y, con la taza en una mano, se adentró en el salón. Nada más entrar vio un teléfono sobre una mesita junto al sofá. Dejó la taza y, con las manos temblorosas, descolgó el auricular y pidió una conferencia al número de Charlotte, obviando las advertencias de su amiga sobre el peligro de hacer esa llamada. Necesitaba hablar con alguien de aquel maldito viaje y de cómo se sentía, desahogar la angustia que le oprimía el pecho. Enseguida la operadora, con tono monocorde, le comunicó que el número de teléfono no estaba operativo. Victoria insistió en que lo intentase de nuevo, pero la telefonista le confirmó la baja del abonado con ese número de Berlín.

Colgó y, poco a poco, empezó a asimilar la terrible idea de que estaba sola, completamente sola en aquel doloroso asunto; tampoco podía contarle sus angustias a Robert por temor a ponerle en peligro. No dejaba de preguntarse cómo iba a vivir con aquella inquietud constante y si sería capaz de ocultarle aquel colosal secreto. Se encontraba al fin en el país de las oportunidades, junto al hombre al que amaba, en aquella ciudad tanto tiempo soñada, y sin embargo la ahogaba la nostalgia.

Volvió a coger la taza y dio un sorbo al café, mientras miraba todo a su alrededor. En la mesa quedaban los restos de la cena. Se fijó en la tapicería de rayas del sillón y las dos butacas dispuestas alrededor de una mesa auxiliar de madera con dos ceniceros rebosantes de colillas. Robert le había dicho que su asistenta, la señora Betsy, acudía a diario para organizar la limpieza y la ropa, pero que aquella mañana le había pedido que no fuera para que ella pudiese tomar posesión de la casa con tranquilidad. Había un pequeño escritorio situado entre las dos ventanas de la estancia. Le llamó la atención un libro con el lomo y los bordes de la cubierta ennegrecidos. Dejó la taza humeante y la tostada sobre la mesa auxiliar. Se acercó y lo tomó entre las manos: *Lo que el viento se llevó*. Al hojearlo, pudo ver en su primera página un nombre y una fecha escritos con letra redondeada: *Ross Norton, enero 1939*, y debajo, una firma de trazos largos y firmes.

Victoria se estremeció. Aquel libro había pertenecido a la hermana de Robert, un recuerdo que guardaba en sus bordes calcinados la memoria de la tragedia. Pensó en el milagro de que aquel libro se hubiera salvado de las llamas.

El teléfono sonó, descolgó y la voz dulcificada de Robert la hizo sonreír.

—¿Te he despertado?

—Llevo un rato fisgando en tus cosas.

—También son las tuyas.

Robert le dijo que la invitaba a comer. En una hora le enviaría un taxi. Le dio la dirección del restaurante y colgó. Ella se arregló como mejor pudo. El día estaba gris y lluvioso. Hacía mucho frío, aunque el ambiente en la casa era cálido y confortable. Él le había dejado veinte dólares sobre la mesilla por si los necesitaba, aunque ella disponía de sus propios marcos, que tendría que cambiar en algún banco.

Metió el dinero en el bolso; delante del espejo, se colocó el único sombrero que se había llevado, se puso el abrigo, los feos guantes de lana y salió a la calle.

El taxi llegaba en ese instante hasta su puerta. Desde el interior, el conductor pronunció su apellido y ella subió.

Robert la esperaba en la entrada de Le Pavillon, un opulento restaurante francés situado en la calle Cincuenta y cinco, con una decoración palatina de techos altos y paredes decoradas en crema y dorado y molduras de escayola. Nada más entrar, un camarero los ayudó a quitarse los abrigos. Cuando el maître se acercó hacia ellos, Victoria advirtió que la miraba reprobador. El vestido que llevaba era viejo y anticuado. Cruzó los brazos sobre el pecho.

—No puedo entrar —le susurró a Robert girándose hacia él—. Estoy horrible.

Él la cogió del brazo y se acercó a su oído.

—Soy el hombre más envidiado de todo el restaurante porque llevo a mi lado a la mujer más espectacular del mundo. —Le guiñó el ojo con una sonrisa—. Créeme, están locos de envidia.

Victoria no disfrutó demasiado de la exquisita comida porque se sentía fuera de lugar. A su alrededor pululaban mujeres elegantes, con vestidos y trajes de chaqueta de colores vivos y hechura perfecta. Sus peinados, sus rostros, sus zapatos, todo en ellas parecía sofisticado mientras ella se veía como una pordiosera.

A pesar de su atuendo, la atención de los camareros fue exquisita. Cuando les servían el postre, Robert miró el reloj, intranquilo. Ella se dio cuenta.

—¿Tienes prisa?

—Lo siento, antes de salir del despacho me han convocado a una reunión a las tres. No puedo faltar.

—Márchate. Ya me las arreglaré.

—¿No te importa? —preguntó él, algo más relajado.

—Claro que no. Debería comprar ropa y zapatos, y arreglarme el pelo. No puedo ir con esta facha por una ciudad como esta. El problema es que solo tengo marcos alemanes. No sé cuánto me darán por el cambio.

Robert sacó un fajo de billetes.

—Te lo devolveré.

—No te preocupes —sonrió él—. Con esto podrás comprarte lo más básico. Mañana te acompañaré al banco para cambiar tu dinero. Poco a poco podrás completar tu vestuario.

—Está bien. ¿Qué quieres que haga luego? ¿Te espero?

—No sé cuándo terminaré. Será mejor que vuelvas a casa.

En la puerta de la nevera hay un teléfono del supermercado Gristedes. Pide lo que quieras. Lo llevan a domicilio.

Norton pidió la cuenta. Victoria le observaba atenta. Estaba nervioso.

—Te veré luego —dijo poniéndose en pie.

Le dio un beso en los labios y se marchó con paso rápido sorteando las mesas. Ella le miró al tiempo que se alejaba. Se terminó el postre y salió a la calle. Estuvo en varias tiendas, compró un vestido y unos botines de tacón bajo de cuero forrados, que se llevó puestos. También se hizo con ropa interior y cosas de aseo. Entró en una peluquería, se arregló el pelo y se hizo la manicura. Era de noche cuando salió del salón de belleza, aunque las calles resplandecían de luz y jaleo. Echó a andar por la amplia acera de la Quinta Avenida. Soplaba un viento gélido y unos copos ligeros de nieve revoloteaban por el aire al albur del gentío que iba y venía a pesar del frío, motivados por los preparativos navideños. Los transeúntes entraban y salían de las tiendas y de los grandes almacenes con bolsas y paquetes envueltos en papel de regalo, mujeres elegantes aparcaban sus coches y bajaban o subían a ellos cargadas con compras. Por todas partes brillaban luces de colores y los árboles de Navidad con preciosos adornos copaban cada escaparate. Hombres vestidos de Papá Noel cantaban alegres villancicos mientras agitaban al aire las campanillas. Impelida por el bullicio del tráfico, las voces, risas y sirenas, Victoria llegó hasta el Rockefeller Center y se quedó un buen rato admirando a los patinadores que se deslizaban en la pista de hielo instalada al pie del gigantesco abeto que presidía la plaza. Aquella ciudad iluminada latía de vida.

Recordó con nostalgia ese Berlín de otros tiempos, apagado ahora de todo aquel esplendor del pasado, aplastado por el sufrimiento, la muerte, el frío y la oscuridad. Unas niñas salieron en tropel a la pista de patinaje: reían mientras hacían equilibrios sobre las finas hojas de sus patines. Sintió que la angustia se le clavaba en el corazón al pensar en su hija, en cómo habría disfrutado de todo aquello. La embargó la tristeza y echó a andar con los ojos anegados en lágrimas. Miró a un lado y otro de la calle, alzó la mano y un taxi se detuvo a su altura. Se subió y regresó a casa de Robert para refugiarse en su soledad.

Los días siguientes fueron jornadas de locura en el bufete. La cercanía de las Navidades lo alteraba todo. Los clientes querían resolver sus asuntos antes de finalizar el año, el personal andaba pendiente de los regalos que aún tenía que comprar y de dónde o con quién iban a celebrar la Nochebuena. Se respiraba un ambiente festivo, pero también de completo desbarajuste en la frenética rutina perfectamente estructurada con la que se trabajaba a diario.

Las Navidades de 1949 pasaron y llegó una nueva década. Aquellas primeras celebraciones sin la sombra de tragedia y miseria del pasado reciente las vivió Victoria con una mezcla de alegría, fascinación y una profunda nostalgia por la ausencia de Hedy. En la mayor parte de los eventos a los que asistía tenía presente el recuerdo de su hija; sus constantes comentarios de «esto le encantaría a Hedy», «cómo disfrutaría Hedy con aquello» denotaban una añoranza que Norton percibía. Él le había insistido en que pusiera las conferencias que estimase convenientes para de alguna manera contactar con Rebecca y poder saber de ellas. Ella se lo agradecía, y lo habría hecho de haber tenido adónde llamar. Sentía un nudo en la garganta al pensar que no sabía dónde estaban, ni dónde residían, ni siquiera si continuaban en Berlín. Le mintió asegurándole que había enviado un telegrama, o que escribía cartas casi a diario, cuando no era cierto.

El 2 de enero del nuevo año, Victoria se presentó en el departamento de criptografía dirigido por el profesor William Friedman y expuso su idea ante varios de sus colaboradores. Lo había estado preparando a conciencia durante todas las Navidades en un pequeño estudio que Robert le había habilitado junto al dormitorio. El proyecto les resultó lo bastante interesante como para aceptar que fuera desarrollado en el departamento. Desde aquel momento, la vida empezó a normalizarse para Victoria con una rutina diaria. Le ofrecieron diez dólares semanales, muy poco para el nivel de vida de Manhattan, pero ni siquiera se le ocurrió protestar. Cada día salían juntos muy temprano; Robert conducía por East River Drive, giraba en la Noventa y siete, que cruzaba de este a oeste Central Park, para luego dirigirse hacia el norte por Amsterdam Avenue hasta el campus de la universidad. Allí se despedían, y él volvía hacia el sur para llegar al bufete. Por la noche ella regresaba en el metro que le quedaba cerca de la universidad, se bajaba en la estación de Borough Hall, en Brooklyn Heights, y desde allí caminaba hasta Pierrepont. Como solía llegar mucho antes que él, compraba algo por el camino para la cena, o bien llamaba por teléfono para hacer un pedido al supermercado. Hasta que él llegaba, seguía trabajando.

Los fines de semana se los dedicaban a ellos; salían de compras, a comer o cenar, solos o con algunos amigos de Robert, iban al cine o a alguno de los espectáculos de Broadway. Robert la llevó a ver *South Pacific*, de Rodgers y Hammerstein, de la que ya le había hablado en sus cartas. Victoria vivía con fascinación todo aquello, siempre con la sensación de lo que disfrutaría Hedy, incluso lo mucho que le gustaría a Rebecca. También viajaron por los alrededores, fueron hasta Southampton y visitaron la ciudad de Washington. Le prometió que más adelante la llevaría a Tuskegee. La vida entre ambos parecía fluir con la serena rutina que tanto había soñado. Aun así, el desasosiego de Victoria aumentaba con el paso de las semanas sin saber nada de su pequeña Hedy y de Rebecca.

Al principio estaba siempre alerta, a la espera de que alguien la abordase y le dijera qué debía hacer, de acuerdo con las palabras de Lugovoy; sin embargo, la vida se desarrollaba sin ningún sobresalto. En el departamento fue muy bien acogida y el proyecto que tenía entre manos resultó muy alabado por sus colegas, cinco hombres y una mujer. Todo el trabajo lo hacía bajo la supervisión de la señorita Ostermann, una mujer menuda y callada de origen austriaco, con una inteligencia extraordinaria, cuyo trabajo durante la guerra en el desencriptado de códigos del ejército enemigo había resultado fundamental para la victoria aliada. Ambas mujeres apenas hablaban nada que no fuera de los cálculos, fórmulas y probabilidades matemáticas. Nunca le preguntó nada sobre su pasado o su vida más allá de las horas que pasaban juntas en el departamento, y Victoria tampoco preguntaba.

Pasó el verano, y tras unas cortas vacaciones en una casita en North Creek en las montañas de Adirondack en la que estuvieron los dos solos, volvieron al ritmo acelerado de Nueva York. Al margen del trabajo, la vida entre ellos parecía una constante luna de miel. Robert trataba de hacerle todo fácil, la cuidaba y estaba pendiente de ella. Victoria, por su parte, le amaba mucho más de lo que creía, y el hecho de no poder contarle toda la verdad sobre la situación que vivía con su hija le provocaba un profundo sentimiento de culpa. El tiempo pasaba y no ocurría nada de lo que Lugovoy le había anunciado. Llegó a pensar que se trataba de una treta urdida por su hermana para quedarse en Berlín y no viajar con ella. Con esa sospecha, la incertidumbre en la que había vivido los primeros meses, alerta a cualquiera que se le acercase, se fue relajando poco a poco. Y lo único que seguía obsesionándola era saber algo de Hedy, aunque —quizá por pura supervivencia— llegó a convencerse de que, con Rebecca, la niña tenía que estar bien.

Robert era consciente de su tribulación y lo achacaba a la ausencia de su hija, aunque no entendía su empecinamiento en negarse a sacarla de Berlín. En varias ocasiones le había ofrecido la posibilidad de traerla a Nueva York: él se haría cargo de todos los trámites y del viaje, incluso llegó a proponerle ir a buscarla él mismo. Aun así, Victoria se negaba con tanta contundencia que le dejaba atónito. Le suplicaba que la dejase gestionar a ella el asunto de su hija y de su hermana. No quería, aducía, enfrentamientos con Rebecca. Él respetó esa decisión, aunque sin ningún convencimiento.

Un año después de su llegada a Nueva York, Victoria terminó de elaborar su lenguaje cifrado y el libro de códigos con el que descifrar mensajes. Se trataba de una hábil mezcla del sistema de sustitución y transposición que convertían el mensaje en infranqueable gracias a unos complicados algoritmos codificados. Incorporaba, además, una novedosa técnica de autenticación que garantizaba no solo la confidencialidad de la información emitida o recibida, sino también la autenticidad de los datos.

Todos los miembros del equipo liderado por el profesor Friedman la felicitaron. Victoria se sentía feliz y algo abrumada por el sincero reconocimiento, y porque por fin había podido demostrar la validez y utilidad de su idea. Habían sido muchos años de trabajo; tuvo un recuerdo entrañable del profesor Seegers y pensó en lo que habría disfrutado con todo aquello.

—Estamos ante una herramienta de gran calado —aplaudió Friedman—, y por eso debemos presentarla al Departamento de Defensa, a la CIA en concreto. Al fin y al cabo, financian todo lo que hacemos. Esta nueva forma de lenguaje cifrado será de gran utilidad para enviar y recibir información sin temor a que la intercepte el enemigo.

Todos estaban de acuerdo con las palabras del profesor. Quedaron emplazados para el momento de la exposición ante el comité de expertos de la oficina gubernamental. Su aprobación daría el espaldarazo definitivo al trabajo de Victoria y pasaría a formar parte de la plantilla del departamento. Sintió que se le abría un prometedor futuro profesional.

Era un día muy especial y había que celebrarlo. Victoria quedó con Robert a las siete en el Club 21.

Eran casi las seis cuando abandonó el edificio de la universidad. Se había hecho muy tarde y llovía a mares. Pensó en buscar un taxi, pero de pronto oyó el claxon de un coche. Se volvió y vio un viejo Studebaker Champion de color amarillo detenido junto al bordillo de la acera. La señorita Ostermann estaba al volante.

—¿Puedo acercarla a algún sitio, señorita Kiesler? —le preguntó a través del cristal medio bajado de la ventanilla.

—Voy a la Veintiuno Oeste, pero no se preocupe: tomaré un taxi.

—Tengo que pasar por allí. Suba —insistió mientras estiraba el brazo para abrir la puerta del copiloto—; le resultará imposible encontrar un taxi libre en todo Manhattan con este diluvio, se lo puedo asegurar.

Dudó unos segundos, pero la lluvia arreciaba y corrió hasta subirse al coche. En cuanto cerró, la conductora pisó el acelerador e inició la marcha.

—Enhorabuena, Victoria, lo que ha conseguido es muy importante.

La miró extrañada, nunca antes la había llamado por su nombre.

—Se lo agradezco mucho, señorita Ostermann.

—Ha sido un logro extraordinario, y estoy convencida de que va a suponer un avance importante en el lenguaje cifrado. He de reconocerle que al principio tuve dudas de que fuera a lograrlo. Ha hecho un gran trabajo.

Victoria la miró agradecida. Aquella mujer le imponía mucho respeto, aunque desde su llegada le había brindado colaboración y amabilidad, nada que ver con la mayoría de los hombres del departamento, quienes solían tratarla con desdén.

—Usted ha sido de gran ayuda, señorita Ostermann.

Durante un buen rato se hizo el silencio entre ellas. La calle estaba atestada de tráfico. Apenas se movían y avanzaban muy lentamente entre el sinfín de coches que se incorporaban por cada bocacalle. Había que ir con cuidado en la conducción. Victoria observaba el caos en derredor: los viandantes corrían bajo la lluvia cruzando entre los coches detenidos o que avanzaban a marcha lenta. Miró el reloj de muñeca que le había regalado Robert en Navidad. Eran casi las siete. Se hacía tarde y aún quedaba un buen trecho. Debería haber tomado el metro, pensó incómoda. De repente, la profesora Ostermann la arrancó de sus pensamientos.

—¿Le importa que fume?

—No, claro que no. —La miró mientras sacaba del bolsillo de su chaqueta una cajetilla de tabaco mentolado Kool. Le ofreció y Victoria aceptó uno—. No sabía que fumara —dijo mientras encendía una cerilla y se la acercaba al pitillo que tenía entre los labios. Luego prendió el suyo, apagó la llama y echó la cerilla en el cenicero que había en el salpicadero.

—Debería dejarlo. Cada principio de mes me propongo hacerlo, pero no llego ni al día tres sin fumar. Eso sí, nunca lo hago en el trabajo.

—Yo también debería dejarlo —dijo Victoria con voz queda.

El humo del tabaco inundó el habitáculo y Victoria abrió una rendija de su ventanilla. El ruido de la calle irrumpió con fuerza: estridentes bocinas que sonaban con insistencia, las voces de la gente, el chapoteo de la lluvia contra los capós y las aceras. Se quedó embobada observando a una niña de unos ocho años que, de la mano de su madre, corría sin paraguas. Llevaba un precioso impermeable rosa con la capucha puesta; la madre iba con una gabardina y un sombrero. Las dos reían divertidas, tal vez porque se estaban empapando; la madre sorteaba los charcos que se habían formado en el asfalto, pero la niña pasaba sobre ellos salpicando con los pies enfundados en unas llamativas botas de agua de color amarillo.

La voz de la señorita Ostermann estalló en los oídos de Victoria.

—¿Echa de menos a su hijita?

Victoria la miró confusa. No había hablado con nadie de su vida en Berlín, nadie en Nueva York sabía de la existencia de Hedy ni de Rebecca, nadie excepto Robert.

—¿Cómo sabe...? ¿Quién le ha dicho que tengo una hija?

—Victoria, lo sé todo de usted. Hablemos claro. Su proyecto es perfecto y, tal y como nos dijo Lugovoy, tiene usted una mente prodigiosa. Ha hecho lo más difícil. Ahora podremos empezar a trabajar.

—¿A qué se refiere?

Le habló sin mirarla, sus ojos clavados al frente, las manos aferradas al volante.

—Lo sabrá en su momento. —En ese instante se detuvo en un semáforo, se volvió hacia ella, la miró y Victoria sintió un escalofrío ante aquellos ojos oscuros que parecían taladrarla—. Solo hará lo que yo le diga cuando yo se lo diga, sin preguntas, sin contarlo a nadie, ¿me oye? Mucho menos a Norton. Estoy segura de que no le gustaría que sufriera algún infortunado accidente por culpa de su... indiscreción. —De nuevo fijó la mirada en la carretera—. Cuanto más efectiva y discreta sea usted, antes podrá ver a su pequeña Hedy y a su hermana... en perfecto estado.

A Victoria se le entumeció el latido del corazón.

—Señorita Ostermann, dígame cómo está mi hija, se lo suplico. Haré lo que me pidan, pero dígame si está bien.

—No tiene de qué preocuparse.

—No le hagan daño, por favor, es solo una niña...

—No le ocurrirá nada malo si usted colabora. Ese es el acuerdo.

—¿Por qué no me permiten hablar con ella, escribirle

una carta, saber dónde está? ¿Es que no lo entiende? —inquirió alzando un poco la voz—. Necesito verla...

El coche se detuvo frente al Club 21 y la señorita Ostermann la interrumpió sonriente y, de nuevo, con un tono afable.

—Será mejor que se apresure, querida, de lo contrario llegará usted tarde.

Victoria se mantuvo unos segundos observando aquel pétreo perfil insensible al dolor ajeno. Se apeó y se quedó inmóvil en la acera viendo cómo se alejaba el coche sin ser consciente de que se estaba empapando, hasta que, a su espalda, alguien la cubrió con un enorme paraguas. Se volvió asustada para encontrarse con Robert. Llevaba en una mano un gran ramo de rosas rojas, y en la otra sujetaba el mango del paraguas.

—Enhorabuena, princesa —le dijo acercándose a ella con una sonrisa en sus labios—. Estaba seguro de que lo conseguirías.

—Robert... —Le miró aturdida, sin entender su presencia y sus palabras—. No me encuentro bien... Por favor, llévame a casa.

CAPÍTULO 12

—

Una vez presentado con éxito su trabajo, Victoria pasó a formar parte del equipo del profesor Friedman, pero antes tuvo que firmar una cláusula de confidencialidad y no divulgación de las actividades realizadas.

En apariencia, la señorita Ostermann continuó tratándola como si nada hubiera pasado entre ellas. Sin embargo, a Victoria le resultaba muy complicado mantener la normalidad en aquella relación en la que se había construido una barrera infranqueable tras saber que era ella el contacto de Lugovoy.

Habían pasado dos meses desde aquella desagradable conversación en su coche cuando se las vio de nuevo con ella. Caminaba rumbo a la estación de metro y el Studebaker amarillo se detuvo a su lado.

—Suba —le dijo la señorita Ostermann con autoridad.

Victoria lo hizo. Cerró la puerta y el auto avanzó despacio.

—Abra el salpicadero y coja el sobre que hay dentro.

Se trataba de un sobre cerrado de color sepia de tamaño cuartilla. Lo puso sobre sus rodillas y se mantuvo a la espera.

—Guárdelo en el bolso. A las seis en punto debe estar en The Pool de Central Park, en el mirador de piedra que hay en el arco de Glen Span. Esperará cinco minutos exactos. Pasado ese tiempo, echará el sobre en la papelera que hay junto al banco de madera, es el único que hay. —Detuvo el coche justo al lado de la estación del metro en la que debía entrar Victoria—. Después se alejará sin mirar atrás. Cuanto menos sepa, cuanto menos vea, mejor para usted. Y ahora, bájese y haga exactamente lo que le he dicho.

—Si lo hago, ¿me dejarán hablar con mi hija?

La mirada que le dedicó Ostermann la sobrecogió. Era como si aquella mujer se transformase cuando le hablaba de aquel asunto.

—Baje del coche. —La orden sonó siniestra en aquella oscuridad que las rodeaba.

Victoria introdujo el sobre en su bolso y, sin decir nada, descendió del vehículo. Estaba cerca y tenía tiempo, así que caminó hacia el lado este de Central Park. Estuvo tensa durante todo el trayecto. No se atrevía a mirar a nadie por si descubrían algo sospechoso en sus ojos, como si llevase la fórmula de la bomba atómica metida en el bolso. Cruzó la calle para adentrarse en el parque. Localizó el estanque y el arco, y miró el reloj. Faltaba media hora para las seis. Se sentó en un banco en el extremo contrario al que le había indicado con el fin de hacer tiempo. Cuando quedaban cinco minutos para las seis, se dirigió hacia Glen Span. Pasó bajo su arcada de piedra, sin prisa. Localizó la papelera en uno de los lados. Estaba tan inquieta que le temblaban las rodillas. Pasado el tiempo, sacó el sobre del bolso, se acercó a la papelera y lo arrojó al interior, y, sin detenerse, se alejó con el corazón desbocado. Se dio cuenta de que estaba sudando y tuvo que acompasar la respiración porque sentía que se ahogaba, igual que si hubiera estado corriendo durante mucho rato. Tomó el metro y, al llegar a casa, se derrumbó agotada por los nervios.

En las semanas siguientes tuvo que hacer cosas parecidas. Siempre sobres sellados de color sepia. La señorita Ostermann la abordaba con su coche, le daba instrucciones precisas; debía ir a otro lugar del parque y depositarlo en otra papelera, o en una cabina de teléfono de una calle solitaria. No pensaba, no preguntaba, nunca miraba hacia atrás para saber quién lo recogía, si lo hacía inmediatamente o esperaba la ocasión para hacerlo. Se ceñía a lo que le mandaban, sin más; cumpliría con su parte con la frágil esperanza de que ellos cumplieran con la suya. Era consciente de que podía acabar en la cárcel o deportada, y eso supondría que la integridad de su hija y su hermana correrían peligro. Se preguntaba qué le pasaría si la descubrían, si alguien la veía dejando alguno de esos sobres cuyo contenido ignoraba.

Aquellos días seguía candente la detención, durante el verano, del matrimonio Rosenberg, acusados de suministrar información clasificada sobre la bomba atómica a la Unión Soviética, con el fin de desestabilizar la guerra que se había desatado en la península de Corea. Se enfrentaban Corea del Sur, capitalista, contra el Norte, comunista, en un empeño de Estados Unidos en contener el peligroso avance del comunismo en Asia Oriental. Para Victoria, los Rosenberg eran un claro ejemplo de lo que podría llegar a ocurrir si la pillaban.

Se sentía vigilada. Cuando estaba con Robert tenía la impresión de que le estaba traicionando y, a veces, la ansiedad era tanta que a punto estaba de contarle todo, deseosa de desahogarse y volcar sus miedos en su regazo buscando seguridad. Sin embargo, tras unos segundos de duda, le miraba y recordaba la amenaza de Lugovoy, incluso la de la señorita Ostermann sobre un «infortunado accidente». No podía ponerle en peligro, no a él; aquel hombre que tanto aportaba a su vida, que le estaba demostrando un amor generoso e incondicional, con el que se sentía a salvo. Él era lo único seguro que tenía en el mundo y no podía ni quería perderle.

Norton continuaba inmerso en su trabajo, ajeno a los tejemanejes de Victoria con la señorita Ostermann y los servicios secretos soviéticos. El caso de Frank Thackerey había acabado en tragedia. Después de la visita a las oficinas del FBI y de su negativa a dar nombres de posibles sospechosos comunistas, no solo recibió la citación para que se presentase ante el Comité de Actividades Antiamericanas, en el que fue interrogado de nuevo sin aportar más pruebas sobre su pasado comunista que la denuncia de dos testigos cuya identidad jamás supo, sino que también presionaron a su madre con la excusa de que alquilaba una habitación a un negro en su propia casa, algo que, alegaban, era contrario a las normas de vivienda y arrendamiento, y que habían denunciado varios vecinos descontentos con la situación. Frank Thackerey se negó a dar un solo nombre. Fue una súplica que su madre le hizo; no podría mirarle a la cara si hacía padecer a alguien el mismo sufrimiento que ellos estaban soportando. Fue condenado por desacato a un año de prisión. Su madre tuvo que echar de la casa a Jimmy Sanders, pero esto no fue suficiente para una parte del vecindario que, movido por un odio irracional, continuó acosándola por tener un hijo comunista. A los pocos días de que su hijo ingresase en prisión, la señora Thackerey ingirió demasiados somníferos para poder conciliar el sueño, un sueño del que nunca despertó. Cuando Frank Thackerey se enteró de la muerte de su madre, se ahorcó en su celda. Jimmy Sanders fue despedido debido a las presiones al periódico; se marchó de Nueva York y se instaló en San Francisco, donde encontró trabajo como estibador.

Marzo de 1951 se estrenó con temperaturas gélidas. Norton había tenido una jornada agotadora: un juicio muy complicado que le había exigido una concentración absoluta. Era muy tarde y estaba terminando de revisar el caso de otro cliente por el que tendría que batirse en el juzgado al día siguiente. Justo al cerrar la carpeta del expediente, sonó el interfono de la secretaria. Presionó el botón con desgana.

—Señor Norton, el señor Oliver Coleman está aquí.

Norton se quedó atónito al oír aquel nombre. Le costó asimilarlo. Antes de que pudiera contestar, oyó la voz de Margaret.

—¿Le hago pasar? —insistió ella—. Dice que es muy urgente, que necesita verle hoy mismo... Y que son viejos amigos. —Añadió la coletilla animada, con seguridad, por el propio Oliver, al que tenía delante.

¿Cómo se atrevía a presentarse allí? Sentía la boca seca como el esparto. Tras unos segundos, habló sin apenas reconocer su voz.

—Hágale pasar.

Se preguntó cómo iba a enfrentarse a él. Su mitad más irracional le clamaba arrojarse a su cuello y apretar hasta que los ojos se le saltasen de las órbitas. De repente, se sintió exhausto, como si un fantasma llegado de otra vida le hubiese robado toda la energía antes incluso de verle. En aquellos pocos segundos tomó la decisión de mantener la calma. Tenía que pensar qué hacer sin precipitarse y errar el tiro.

La puerta se abrió y Margaret franqueó el paso a Oliver Coleman.

—Señor Norton —dijo la secretaria con un gesto leve hacia el reloj—, si no me necesita... Es el cumpleaños de mi marido y...

—Puede irse, Margaret, gracias. Hasta mañana.

Habló sin apartar la mirada del hombre que acababa de franquear la puerta. Se le vino a la cabeza la imagen de un cuervo. Oliver Coleman parecía haber envejecido décadas. El joven apuesto y arrogante que Robert recordaba se había convertido en un tipo encorvado, arrugado y con el pelo encanecido. Sin embargo, mantenía su vestir impecable sin llegar a ser elegante, con un traje de tweed tostado hecho a medida, camisa blanca bien planchada adornada con una corbata de tonos claros y un fedora marrón oscuro que llevaba en la mano.

La última vez que le vio había sido en el funeral del pequeño Benjamin, doce años atrás. En ese momento cayó en la cuenta de que aquel día nefasto Oliver no se había dirigido ni una sola vez a él. Durante aquellas dolorosas horas de velatorio se había mantenido abatido en un rincón, con la cabeza baja, pusilánime y cobarde. Todos a su alrededor habían justificado su hermetismo por el impacto de la muerte de su sobrino; pero incluso Katie, embargada por el profundo dolor de madre, había sido capaz de atender con dignidad a los que allí se congregaron. Robert comprendía ahora que aquel apocamiento no era otra cosa que su culpabilidad.

Sintió en su interior un odio visceral.

—Hola, Robert —saludó el recién llegado con voz tan firme que hirió aún más la sensibilidad de Norton—. Cuánto tiempo... —Echó una ojeada a su alrededor abriendo los brazos—. Veo que te va muy bien.

—¿Qué haces aquí, Oliver? —Las palabras de Norton resonaron amenazantes en el despacho. Trataba de contener la repulsión que sentía ante su presencia.

—He venido a verte —dijo sonriente y relajado—. ¿No te alegras? Éramos amigos.

—Lárgate de aquí antes de que te eche a patadas.

—Ya sé que estás al tanto de mi... desliz. —Achacó a eso el frío recibimiento—. Mi hermana me contó que en su día vino a pedirte ayuda. —Obviando las palabras desabridas de Norton, se sentó al otro lado del escritorio—. También me dijo que no quisiste mover un dedo. Tu actitud la dejó destrozada.

Norton le miraba fijamente, sin hacer ningún movimiento, petrificado en su silla, con los brazos apoyados sobre la mesa y las manos entrelazadas.

Oliver cambió el gesto y habló de forma condescendiente.

—Vamos, Robert, son cosas que pasan... Lo que te contó mi hermana... Bueno, no debería haberlo hecho, no debería haberte pedido ayuda, y mucho menos contarte algo tan...

—Miserable —completó Norton en tono arisco.

—Miserable... —murmuró Oliver con indiferencia—. No diría yo tanto: esa pequeña furcia sabía lo que estaba haciendo y no era la primera vez.

Norton tuvo que tomar aire para contener la ira. Oliver lo notó y sonrió alzando la mano.

—Me tendieron una trampa, Robert, y caí como un mirlo. Pero ese asunto está más que arreglado, totalmente cerrado —añadió con aire sobrado.

—Hiciste desaparecer las pruebas que incriminaban a quien te estaba extorsionando —dedujo Norton—. Eliminar pruebas es un delito. —Hablaba con un tono plano. Tenía curiosidad por saber adónde quería llegar y a qué había ido a su despacho.

—No te voy a negar que me vi obligado a hacer algún cambio... Pero compréndelo: se trataba de un asunto muy turbio que no solo me hubiera salpicado a mí... Katie me suplicó que lo hiciera. ¿Quién no hace caso a su hermana querida?

—No la metas a ella en tu mierda, Oliver. —Su voz era fría como un témpano; su mirada, incisiva, incriminatoria—. Ella está muy por encima de ti y de tu indecencia.

Oliver llevó los ojos al ventanal en un gesto de hastío.

—Katie no debería habértelo contado —repitió—. No se puede confiar en las mujeres, les resulta imposible mantener la boca cerrada —sonrió con suficiencia—. Creo que ella quería verte de nuevo, y yo fui la excusa. No sabes cómo te echa de menos, Robert. Cometió un error al casarse con ese imbécil de Lucas, pero ya sabes cómo es mi madre, lo enreda todo, y mi pobre hermana cayó en la trampa. Está algo tocada, ¿sabes?, Lucas no es el mejor marido...

—¿A qué has venido? —inquirió con brusquedad.

Oliver le miró con una mueca sarcástica, dispuesto a dar un zarpazo.

—Tengo una información muy interesante que me gustaría compartir contigo.

—Nada de ti me interesa.

—No has cambiado, Robert, siempre te has creído por encima de todos nosotros: el más listo, el más justo, el mejor hijo, el mejor marido, el mejor padre...

—¡Cállate, maldita sea!

Norton descargó el puño sobre la mesa con tanta fuerza que su mano se resintió. Encajó las mandíbulas y le miró furibundo.

Oliver le mantuvo la mirada, tomó aire y continuó hablando calmado.

—Tengo contactos en el FBI que me cuentan cosas muy interesantes, precisamente sobre tipos como tú que suelen arrojar su dignidad a la cara de los demás.

Aquello le sonó a Norton como un ataque personal.

—¿Qué es lo que quieres, Oliver?

Empezaba a perder la paciencia que se había autoimpuesto. Tenía muy claro que aquel indeseable no se iría sin su merecido, pero sentía una lacerante curiosidad por saber a qué había acudido a su despacho después de tanto tiempo.

—Vengo a advertirte sobre esa amante que te has echado. Esa alemana que te has traído de Berlín. Victoria Kiesler se llama, ¿no es cierto?

—No es mi amante. —Su voz fría y seca horadó el aire.

Oliver agitó la mano en el aire con una expresión de suficiencia.

—Vive contigo, en tu casa, doy por hecho que duerme en tu cama, y no estáis casados.

Norton arqueó las cejas con aire sorprendido y una mueca burlona.

—¿Ahora te dedicas a espiar las camas ajenas?

—Para ser una *kartoffel* es un bombón, sí, señor, una mujer espectacular. Siempre has tenido buen gusto para las mujeres.

—¿Qué sabes tú de ella? —le inquirió alertado y ofendido.

—Ya te lo he dicho, tengo contactos —añadió Oliver con una media sonrisa—, y esos contactos tienen fotos...

—Comunica a tus contactos que pueden estar tranquilos, Victoria es mi prometida y pensamos casarnos pronto. —Lo dijo convencido porque se lo había pedido a los pocos días de su llegada a Nueva York. Lo habían estado posponiendo ante la perspectiva de reunirse con Hedy, pero estaban pensando en una fecha para el verano.

Oliver le miró con una risa burlona, asintió y arqueó una ceja.

—Robert, querido amigo, uno debe tener cuidado con quién se casa.

—No soy tu amigo, Oliver...

Coleman no era consciente de la ira que se estaba acumulando en su interior y continuó tensando más la cuerda.

—No deberías cometer el mismo error que mi hermana... Ese Lucas es una alimaña... ¿No te contó cómo la trata?

Norton permaneció impertérrito, y Oliver chascó la lengua y negó con la cabeza.

—Erais la pareja perfecta. Ahora ella está con un hombre que la desprecia y que la humilla, y tú..., tú te traes a Nueva York a una comunista que probablemente trabaje para los rusos en contra de Estados Unidos. Me dais pena.

Un silencio estremecedor cayó entre ellos. Oliver era muy consciente del efecto demoledor de aquellas palabras.

—Vengo a prevenirte, Robert. Ten cuidado con esa mujer. Puede arrastrarte a un terreno peligroso del que no escaparás. Los rusos no tienen corazón.

Norton tomó aire, se aflojó el nudo de la corbata y soltó un largo suspiro con el que también trataba de liberar la exasperación que corría por sus venas. Echó el cuerpo hacia delante, puso los brazos sobre la mesa y enlazó las manos. Sus palabras salieron de su boca con una mezcla de serenidad y rabia reprimida.

—Eres uno de los seres más miserables que he conocido, Oliver. Mereces pudrirte en el infierno...

—Eh, eh... —dijo con sobrado desdén—, no la tomes conmigo, yo solo te traigo el chivatazo. Deberías agradecérmelo...

—¿Agradecértelo? —preguntó Robert con una expresión

iracunda. Le señaló con un ademán acusador—. Yo tengo otro chivatazo para ti. —Hizo una pausa breve, recreándose en ese momento en que tanto había pensado. Se inclinó un poco más sobre la mesa con la intención de acercarse todo lo posible a él, y empezó a escupir las palabras poco a poco, recreándose en la reacción de su rostro—. Sé que fuisteis tú y ese malnacido de Ewell los que acabasteis con la vida de mi hijo, de mi hermana y de otras dos personas de la forma más cruel que uno pueda llegar a imaginar.

Ambos quedaron como una foto fija, una imagen paralizada. Norton mantenía la misma postura, el semblante oscuro y colorado, los ojos brillaban de una forma aterradora.

Oliver se removió en su asiento, como si la mirada de aquel hombre le estuviera taladrando la mente. Reaccionó titubeante.

—Pero... ¿qué? ¿Qué dices?

—Os vieron... Sí, os vieron: a ti y a ese hijo de Satanás de Lucas Ewell en compañía de otros miembros del maldito Klan, vieron cómo quemabais la casa en la que estaban Maudi y tu sobrino —remarcó esas dos palabras como si, al pronunciarlas, le hundiera un cuchillo en el corazón—, mi hijo y el de Katie, y luego matasteis a sangre fría de un disparo a mi hermana y a Caleb.

En el gesto horrorizado de Oliver quedaba definida su culpabilidad.

—No fui yo... Fue... Fue Lucas... Él los mató... Yo... Yo no pude hacer...

Solo en ese momento Norton se envaró en su asiento mientras que Oliver parecía arrugarse. Norton le miró con desprecio desde su posición.

—¿Cómo has podido vivir con eso todo este tiempo, Oliver? ¿Cómo puedes soportarlo?

—No fui yo, Robert —repitió acumulando algo de fortaleza—. Quien lo vio puede confirmarlo. Yo intenté sacar al pequeño Ben, pero el fuego... —Se detuvo al caerle encima el terrible recuerdo que se había forzado a mantener alejado de su conciencia—. No pude hacer nada. Fue Lucas quien mató a tu hermana y a Caleb.

—¿Y tú dejaste que ese monstruo se casara con tu querida hermana? —Aquella pregunta le dolió a Oliver como un puñetazo en el estómago, tanto que le dejó sin aliento—. ¿Dejaste que se acercase a tu familia con las manos manchadas de la sangre de su hijo? —Estas últimas palabras las dijo alzando la voz.

—Yo... Yo n-no... —Las palabras chocaban en su mente como si fueran un enjambre de abejas aventado por un peligro inminente—. Robert... ¿Qué podía hacer yo?

—¿Testificarías en contra de Lucas?

Oliver le miró atónito. Negó con la cabeza y se levantó. En un gesto involuntario, como si acabase de recibir una paliza, se tocó el nudo de la corbata para ajustárselo al cuello.

—Es un asunto juzgado. Ha pasado mucho tiempo...

—¿Lo harías? ¿Testificarías contra él?

—¡¿Cómo podría explicar a mi hermana todo esto?! —le gritó enfurecido—. ¡No puedo hacerlo! ¿Lo vas a hacer tú? ¿Vas a decirle que su marido es el culpable de la muerte de su hijo? ¡Contesta! ¿Lo harás? —Un estremecedor mutismo se mantuvo entre ambos—. No seré yo quien lo haga, Robert, nunca le haría eso. Sería como matar otra vez al niño.

Norton le miró largamente, con el odio inyectado en sus ojos.

—Lárgate de mi vista —le espetó en un tono tranquilo pero gélido. Luego le dio la espalda y se acercó al ventanal, las manos en los bolsillos.

—¿Qué vas a hacer, Robert? No pensarás...

—¡Lárgate! —ordenó alzando la voz sin llegar a girarse.

Oliver le observó incómodo, cogió el sombrero, lo ahuecó con la mano.

—Cometerás una tremenda estupidez si pretendes reabrir ese asunto. Lucas es un hombre con enorme influencia y podría hacerte mucho daño... Y yo... —hizo una pausa y se caló el fedora—, yo no moveré un dedo por ti.

CAPÍTULO 13

Victoria llevaba un rato en el despacho que compartía con la señorita Ostermann absorta leyendo las noticias en el periódico: el juicio del matrimonio formado por Julius y Ethel Rosenberg, acusados de pasar información reservada a los rusos, había comenzado unas semanas atrás y estaba provocando un enorme impacto. Desde el momento de su detención el año anterior se había creado una gran polémica por lo controvertido del caso, debido a la falta de pruebas consistentes y al hecho de que el fiscal solicitase la condena a la silla eléctrica. Si se llevaba a cabo el ajusticiamiento de los condenados, sería la primera ejecución de civiles por espionaje. La división de pareceres se había desatado a nivel internacional. Una gran parte de los ciudadanos norteamericanos creían en la culpabilidad del matrimonio y abogaban por la mano dura, persuadidos de que era la forma de detener la amenaza comunista que se cernía sobre Estados Unidos, una amenaza cada vez más presente gracias a la intencionada difusión de noticias alarmistas perfectamente dirigidas por un senador por Wisconsin, de nombre Joseph McCarthy, ofuscado con acabar de raíz con toda sombra de comunismo en el país.

Además de por los periódicos, Victoria estaba informada del caso por Robert, quien había asistido a alguna de las sesiones del juicio y le había contado sus propias impresiones. Le había hablado de la forma de actuar del joven ayudante del fiscal adjunto, Roy Cohn, un tipo frío y sin escrúpulos, quien, en su opinión y en la de muchos, había retorcido las pruebas y las declaraciones de los testigos en un terco empeño, no solo de probar la culpabilidad del matrimonio Rosenberg, sino en su inquietante porfía por la aplicación de la pena capital. Robert percibía en la actitud del fiscal la misma inclinación perversa que se tenía en el sur en los juicios contra negros acusados de delitos cometidos contra blancos. Desde antes de comenzar el juicio, el acusado estaba sentenciado; si había que pervertir las pruebas y manipular los testimonios, se hacía sin ningún reparo, todo bordeando el límite de la ley, siempre en aras de elevados ideales espurios utilizados de forma torticera.

Sin poder evitarlo, Victoria sentía un interés especial por aquella pareja de apariencia tan banal e inofensiva. Le sorprendía el eterno semblante impasible y frío de Ethel Rosenberg, un signo que para muchos era muestra de soberbia y falta de arrepentimiento, convencidos de que una mujer como ella, madre y esposa, debería estar llorando, rota de dolor por la situación de sus hijos y la suya propia. Victoria no dejaba de darle vueltas a lo que ocurriría si se descubría lo que ella estaba haciendo, sometida a los hilos invisibles de Lugovoy y las órdenes directas de la señorita Ostermann. Los Rosenberg tenían dos niños, de tres y ocho años, y cuando iban a visitar a sus padres a la cárcel de Sing Sing se formaba un auténtico revuelo mediático que exponía a los dos pequeños a una incomprensible presión. Aquellos cándidos rostros atemorizados por las cámaras, agobiados por el barullo de periodistas que los abordaban a la entrada y a la salida de la prisión, provocaban en Victoria un estado de ansiedad al pensar en su propia hija. Hedy acababa de cumplir nueve años, y no le gustaría tenerla cerca si ocurría la tragedia que estaban viviendo los Rosenberg. En cierto modo se consolaba pensando que, si algo le sucediera a ella, la lejanía y el año y medio transcurrido sin tener contacto con ella no le harían tanto daño como a esos dos pequeños, arrancados bruscamente de los brazos de sus padres, expuestos a un país que los señalaba como traidores.

Además del caso Rosenberg, la agobiaba no poder compartir con Robert la angustia de no saber nada de Hedy. No podía hacerlo. Él tenía sus propios problemas y sus incertidumbres. Le había hablado de la visita de Oliver, la indignación que había sentido al verle, la ira que se había apoderado de él; y, sin embargo, reconocía que seguía sin saber cómo afrontar todo aquello. Le dolía en el alma la sola idea de que Katie se enterase de la verdad, y eso le frenaba en su impulso de denunciar, de hacerlo público para escarnio de los asesinos.

Al margen de los secretos que ambos se ocultaban con la única intención de proteger al otro, se había fraguado entre ellos un amor incondicional. Ella deseaba casarse con él; le había estado dando largas con la esperanza de que Hedy y Rebecca pudieran asistir a la boda, sin embargo, no quería esperar más y estaba dispuesta a dar el sí, siempre que fuese en una ceremonia íntima y sencilla, y Norton se lo había prometido.

Estaba tan absorta que no se dio cuenta de que el ujier trataba de llamar su atención. Levantó la mirada y le vio sonriente y solícito.

—Señorita Kiesler, el profesor Friedman le pide que vaya a su despacho.

—Está bien, gracias —dijo volviendo a bajar la vista al periódico.

—Discúlpeme, señorita, pero me ha insistido en que vaya inmediatamente, es muy urgente.

Ella frunció el ceño, pero el hombre no se movió del sitio hasta asegurarse de que salía del despacho en dirección al de Friedman.

Llegó ante la puerta del director del departamento, dio dos toques y abrió.

—Buenas tardes, profesor Friedman; ¿me ha llamado?

Se sorprendió al ver que no estaba solo. Dos hombres le acompañaban: uno estaba de pie junto a la ventana, el otro se había sentado en una de las butacas de la mesa de reuniones que había a un lado de la estancia. Friedman permanecía detrás de su escritorio de espaldas al ventanal. Tenía la cabeza inclinada sobre un documento que parecía leer; las finas gafas pendían en su afilada nariz.

—Adelante, señorita Kiesler —le instó el director—, pase y siéntese, por favor.

Victoria entró, cerró la puerta y permaneció junto a ella, expectante.

Friedman tenía una expresión gélida y sus habituales ojeras acentuaban las bolsas bajo sus ojos.

—Estos son los agentes Lewis y Wright, del FBI. Están interesados en hacerle unas preguntas.

A Victoria le dio un vuelco el corazón. Miró a los dos hombres con un nudo en el estómago.

—Unas preguntas... —titubeó nerviosa—, ¿a mí?

—Sí, a usted —contestó Friedman en un tono distante—. Siéntese, por favor.

Ninguno de los dos hombres se movió conforme ella tomaba asiento. Tan solo la observaban. Los dos agentes estaban fumando, a lo que se añadía el eterno puro de Friedman, siempre encendido. El cenicero sobre el escritorio rebosaba de colillas y ceniza y el aire podía mascarse, casi costaba respirar.

—La he mandado llamar porque hemos de tratar un asunto muy delicado en el que se requiere mucha discreción.

—¿Qué ha pasado, profesor Friedman?

Antes de contestar, Friedman le dedicó una mirada incisiva.

—La señorita Ostermann ha sido detenida.

—¿Detenida? —dijo ella a medio camino entre el pánico y la sorpresa—. ¿Q-qué ha hecho para que la detengan?

—Eso a usted no la atañe, señorita Kiesler —zanjó el director.

—¿Qué quieren de mí, entonces?

El agente que estaba de pie se acercó al escritorio de Friedman. Aplastó lo que le quedaba del pitillo entre el marasmo de colillas.

—Señorita Kiesler, dada la gravedad del asunto, lo único que podemos decirle es que, desde hace años, Ilse Ostermann ha estado pasando información confidencial a la Unión Soviética. Creemos que ha podido entregar importantes datos sobre los avances en comunicaciones y seguridad que se están desarrollando en el departamento que dirige el profesor Friedman y al que usted se incorporó hace algo más de un año.

A Victoria no le pasó desapercibido el hecho de que se despojaba a la señorita Ostermann de cualquier tratamiento de respeto.

—¿Eso me convierte en sospechosa de algo?

El agente y Friedman se miraron unos segundos.

—Eso se determinará en su momento —respondió el agente con frialdad—. Por lo visto, Ostermann manejaba un intrincado sistema de enlaces y correos.

Ella parpadeó, aturdida.

—N-no sé qué decir —titubeó.

La mirada penetrante de aquel hombre le provocó un temblor incontrolado en las piernas. Posó las manos sobre las rodillas y procuró conservar el aplomo necesario para enfrentar aquella situación.

—Lleva usted un año trabajando codo con codo con Ilse Ostermann. —El agente hizo una pausa con una expresión intrigante—. Dígame la verdad, señorita Kiesler: ¿notó algo raro en ella, algo sospechoso en su forma de trabajar, en alguna de sus tareas o actitudes?

Ella tomó aire con un gesto pensativo. Negó con la cabeza antes de hablar.

—No que yo sepa... A pesar de trabajar juntas, la señorita Ostermann y yo apenas teníamos relación más allá de lo estrictamente laboral. Lo sabe bien el profesor Friedman: la señorita Ostermann es muy reservada, nunca hablábamos de nada que no fuera el trabajo...

—No le estoy preguntando eso —objetó el agente con brusquedad; enseguida se relajó y esbozó una leve sonrisa—. Es lógico que un espía no vaya contando por ahí que lo es o lo que hace. Piénselo, señorita Kiesler: ¿vio en ella algo extraño, algo que no se ajustase al normal comportamiento de una investigadora de universidad?

—No —respondió con toda la firmeza de que fue capaz.

—¿Le pidió que llevase algo a algún sitio concreto o que lo entregase a alguien?

—No —volvió a contestar sin añadir nada más.

Victoria sintió la mirada de los tres hombres, en un silencio tenso, evaluándola a la espera de pillarla en algo que la delatase.

—¿La ha llevado a usted alguna vez en su coche?

—En alguna ocasión la señorita Ostermann me ha acercado a la estación del metro.

—Es extraño... Una mujer con la que apenas tiene trato fuera del ámbito laboral y, sin embargo, se sube a su coche para hacer un tramo de apenas... —alzó las cejas y la mano en el aire como buscando la medida— ¿cien, doscientos metros?

Victoria decidió hacerle frente.

—¿Me está acusando de algo, agente? —preguntó sin ocultar su indignación.

El agente le dedicó una mirada valorativa.

—Su condición de extranjera la hace especialmente vulnerable en asuntos como este.

—¿Cree que todos los extranjeros somos espías? —replicó ella en tono burlón.

—Señorita Kiesler, en este país estamos inmersos en una

guerra: no hay bombas, no hay ejércitos ni ataques con armas, pero en este conflicto nos jugamos mucho.

—Agente Lewis, no sé usted, pero yo he pasado una guerra con bombas, muerte, miseria y la destrucción más terrible que pueda imaginar. He venido a este país para trabajar y aportar mi talento en mejorar la sociedad. No tengo ningún interés en su guerra.

El mutismo cayó sobre la sala; los tres hombres dirigían sus ojos hacia Victoria y ella les mantuvo la mirada, tratando de encarar la situación.

El agente que llevaba la voz cantante sacó otro cigarrillo y lo encendió. Se acercó más a Victoria y se apoyó en el borde de la mesa, los brazos cruzados y el pitillo humeando entre sus dedos.

—Procede usted de Berlín, ¿no es cierto?

—De Berlín Occidental —puntualizó—, del sector norteamericano. Trabajé allí para la RIAS y colaboré en la gestión del puente aéreo durante el bloqueo que Stalin impuso sobre la ciudad.

—¿Tiene familia allí?

—Sí, mi hermana y mi hija siguen allí.

—¿Y por qué no viajaron con usted? Por lo que sabemos, tenían los visados, pasaron la revisión médica, incluso la entrevista en el consulado. —Abrió los brazos mostrando las manos como gesto de interrogación—. ¿Por qué se quedaron en Berlín en el último momento?

Victoria se dio cuenta de que lo sabían todo de ella. No le extrañó demasiado, era el FBI; con preguntar a la embajada les bastaba para obtener aquella información. No obstante, estaba muy nerviosa, demasiado para no cometer ningún error. La mirada de aquel hombre la apabullaba.

—Bueno... —trató de contestar con serenidad, repitiendo lo mismo que había sostenido ante Robert—, mi hermana no estaba muy convencida del viaje... y mi hija no sabía inglés, y pensamos que, tal vez, sería mejor esperar a que yo me instalase aquí.

—Usted entró en este país de la mano del conocido abogado comunista Robert Norton, con quien convive desde la misma noche de su llegada.

—No me consta que el señor Norton sea un abogado comunista ni nada parecido —afirmó desconcertada—. Y sí, vivo en su casa desde que llegué.

—Ya... —murmuró el agente antes de arrugar el ceño, caviloso—. Su situación... ¿Cómo debería calificarla? ¿Es usted su amante, su querida...?

—Robert Norton y yo estamos prometidos —replicó Victoria sin ocultar la vergüenza y la indignación que sentía—, tenemos intención de casarnos pronto.

—Ya... —volvió a murmurar el hombre.

Un incómodo silencio se prolongó durante unos largos segundos.

—Debe de ser muy duro para una madre separarse de su hija, tan pequeña y durante tanto tiempo.

—¿Tiene usted hijos, agente?

—No —respondió sin perder la compostura—, pero he sido hijo, y si mi madre se hubiera marchado muy lejos y durante tanto tiempo dejándome a cargo de mi tía, sé que me habría sentido... huérfano.

—¿Estamos aquí para evaluar mi valía como madre? —preguntó ella desafiante.

El agente no contestó de inmediato. Como el gato al ratón, parecía disfrutar mientras la acorralaba.

—Hemos comprobado que el domicilio en el que vivían usted, su hermana y su hija lo ocupa en la actualidad una familia.

—Esa casa no era nuestra, pertenecía a un familiar de mi padre que abandonó Berlín al principio de la guerra. La ocupamos en 1943, cuando nuestro edificio quedó reducido a escombros por las bombas.

—¿Dónde viven ahora su hermana y su hija?

Victoria tragó saliva y rehuyó la mirada de aquel hombre.

—No lo sé...

—¿No lo sabe?

—Creo que mi hermana encontró trabajo en Berlín Este. Pero no estoy segura.

—¿No tiene comunicación con ella?

—No mucha. Mi hermana es un poco especial, no le gusta demasiado escribir y, bueno, sé que están bien, eso es todo.

—Eso es todo... —murmuró el agente como un eco—. ¿Cómo sabe que están bien? ¿Se cartea con alguien, o solo lo intuye?

Ella miró primero al que le estaba preguntando, luego al otro y por último a Friedman, que rehuyó sus ojos dándole a entender que ni podía ni tenía intención alguna de ayudarla.

—No tengo por qué responder, es un asunto privado.

—Un asunto privado —repitió el agente con cierta sorna.

El profesor Friedman asistía al interrogatorio con el rostro demudado, ensombrecido por una especie de culpa y vergüenza, no sabía si por ella o contra ella.

—Está bien, señorita Kiesler, no la molestaremos más. Le ruego que esté localizable, tal vez tengamos que acudir a usted para hacerle más preguntas. —Sacó una tarjeta de visita y se la tendió—. Si por casualidad recuerda algo o a alguien relacionado con Ilse Ostermann, no dude en ponerse en contacto con nosotros. Cualquier cosa nos sería de gran ayuda, pero sobre todo lo sería para usted, recuérdelo.

Victoria tomó la tarjeta sin mirarla. Los agentes cogieron sus sombreros y se dirigieron a la puerta.

—Ah, y si está pensando en salir de la ciudad, será mejor que posponga sus planes.

Se despidieron. Al quedarse solos, Friedman y Victoria se miraron. Ella se sintió mareada por los nervios. Se levantó para marcharse, y en ese momento el profesor habló con voz gélida:

—Será mejor que se tome unos días de descanso.

—No necesito unos días de descanso, profesor. Tenemos un trabajo a punto de culminar y creo que no sería conveniente...

—Tómese unos días —dijo él con una hiriente firmeza—. La avisaré cuando todo se calme... —continuó con un tono severo—, si es que se calma.

—¿Cree que tengo algo que ver con toda esta locura?

El profesor Friedman cogió su puro y se lo llevó a la boca. Dio una larga bocanada sin dejar de mirarla. En sus ojos brillaba algo oscuro.

—Buenas tardes, señorita Kiesler.

El trato de Friedman la desconcertó aún más. Salió del departamento sin saber adónde ir. Estaba aturdida, no tenía claro si era sospechosa de algo, si sabían sus idas y venidas con los sobres lacrados que la señorita Ostermann le había entregado y que ella había ido dejando donde le indicaban. Si aquellos hombres del FBI conocían tantos detalles de su vida, cómo no iban a saber de sus andanzas con esos malditos sobres.

Salió a la calle y echó a andar hacia el sur por la calle Broadway. Caminaba entre la multitud de viandantes sin sentir su presencia, envuelta en el murmullo de sus voces, del bullir ensordecedor del tráfico, rodeada de una niebla densa y mareante a pesar de la claridad de aquel atardecer primaveral. Se sentía perdida y tenía miedo. Nunca antes había experimentado esa clase de miedo. Temía por su hija, pero sobre todo temía perder el amor de Robert, y eso la inquietaba mucho más porque sentía que su amor era lo único que la mantenía a flote.

Tropezó bruscamente con un hombre y le miró desconcertada.

—¡Mire por dónde va! —la amonestó irritado.

El hombre continuó y ella se lo quedó mirando, absorta en su caminar apresurado. En ese momento localizó una cabina de teléfono. Sin pararse a pensarlo, entró en ella, sacó unas monedas y las introdujo en la ranura; marcó y esperó el tono de la llamada.

Norton se despidió de Margaret y se dirigió hacia el ascensor. Justo cuando la puerta se deslizaba para cerrarse, sonó el teléfono en la mesa de su secretaria, pero él no llegó a oírlo.

Había quedado para cenar con Fred Fowler, un viejo amigo al que conocía desde la universidad. Fred había estudiado Derecho como Robert, pero al licenciarse entró a trabajar en el *Washington Post* y trabajó como redactor en el periódico hasta 1939 en la sección de Tribunales. En esa fecha, Norton se instaló en Nueva York huyendo de la tragedia de Tuskegee, y fue Fred quien le animó a presentarse con él a las pruebas para formar parte del FBI. Ambos consiguieron superar el exigente proceso de selección de la oficina de investigación que dirigía el insigne Edgar J. Hoover. Una vez terminado el entrenamiento en Quantico, en el estado de Virginia, los dos amigos se convirtieron en agentes especiales. No habían transcurrido ni seis meses cuando Norton presentó su dimisión esgrimiendo razones personales, aunque el verdadero motivo fue su radical desacuerdo con algunos de los métodos utilizados en las investigaciones de la agencia gubernamental. Su marcha no pareció importarle a nadie salvo a Fred, que se había mantenido en el FBI hasta un año después de terminada la guerra.

En realidad, a Fred le habían obligado a renunciar con reiterados traslados a diferentes destinos cada dos o tres meses, cada cual más lejano que el anterior. Durante su época como agente del FBI, había estado recabando copias de expedientes a los que tenía acceso y, al abandonar la Agencia, obraba en su poder un arsenal de información meticulosamente archivada y guardada en lugar seguro. Una vez fuera del FBI, consiguió trabajo como columnista en *The Nation*, un periódico muy crítico en su línea editorial con la oficina dirigida por Hoover. Fred presentó al jefe de redacción la documentación sacada a hurtadillas de la Agencia: unido a su propio testimonio, se trataba de pruebas irrefutables sobre reiterados abusos y transgresiones a los derechos civiles llevados a cabo por los agentes del FBI, como el espionaje a través de vigilancia y escuchas ilegales o la utilización de extorsión, coacción, incluso violencia, con el fin de obtener información. El jefe estuvo de acuerdo en hacerlo público; la noticia iba a ser titular de portada, hasta que ocurrió algo y todo se vino abajo. No habría artículo: Fred retiró su propuesta de hacer pública la información que poseía. Las explicaciones fueron ambiguas y esquivas, aunque su jefe intuyó que aquel cambio de opinión no había sido voluntario, sino que algo muy grave le había obligado a hacerlo. Se despidió del periódico y, en la actualidad, formaba parte de la plantilla del *The New York Times.* Desde entonces, Fred se había mantenido cauto en el contenido de sus columnas, a la espera de tiempos mejores para denunciar las tácticas utilizadas por la agencia gubernamental, encubiertas y bien protegidas por su afamado director.

Para Norton, Fred era alguien de la más absoluta confianza y solía pasarse por su despacho a charlar, quedaban para tomar una copa o un café y, desde la llegada de Victoria, habían cenado juntos con su encantadora esposa, Lillian. Fue el único, además de Victoria, a quien había confesado la terrible verdad descubierta sobre la noche en la que perdió a su bebé. También le había comentado lo que Oliver Coleman le había dicho sobre su prometida, y Fred se comprometió a tantear a sus fuentes para saber qué había de cierto detrás de aquellas palabras. Pero aquella misma tarde le había llamado por teléfono: tenía que hablar urgentemente con él. La insistencia de su amigo en verse cuanto antes le había alertado.

Pensó en ir caminando hasta Stork Club, pero amenazaba lluvia y cogió el coche. Aparcó frente al número 3 de la calle Cincuenta y tres Este y le entregó la llave al aparcacoches. Al entrar vio a Fred en la barra. Estaba sentado en una silla alta, encorvado sobre su bebida, el sombrero ladeado, los codos apoyados y un aire preocupado. Se acercó hasta él y le puso la mano en el hombro. Su amigo se giró sobresaltado.

—Eh, Fred —Robert sonrió al ver el susto que le había dado—, ¿en qué estabas pensando?

Se dieron un fuerte apretón de manos.

—Hola, Robert. —La sonrisa de Fred apenas fue una mueca—. Me alegro de verte.

—Nadie lo diría. ¿Qué ocurre?

—Ahora te cuento. —Se levantó e hizo un gesto al maître—. ¿Está preparada nuestra mesa?

—Sí, señor Fowler. Acompáñenme, si son tan amables.

El local estaba lleno y las voces y risas se mezclaban en el aire en un animado guirigay. Los dos hombres siguieron al maître esquivando las mesas vestidas con manteles de lino blanco y sillas tapizadas de terciopelo. Se sentaron en una de ellas frente a frente, pidieron el vino y para comer se dejaron llevar por las recomendaciones del jefe de comedor.

—¿Qué ocurre, Fred? —preguntó de nuevo Norton en cuanto quedaron solos.

—Estás metido en un lío, amigo mío —afirmó contundente—. El FBI te está vigilando. Y no solo a ti, también a Victoria.

Norton le miró con expresión grave. Se encendió un cigarro con una larga y profunda calada. A continuación posó los codos sobre la mesa y le miró alzando la mandíbula en un gesto de apremio.

—¿Qué has averiguado?

—Te acusan de haber sido miembro del Partido Comunista y de haber participado en diversas actividades subversivas.

—¡Qué originales! —exclamó en tono burlón, aunque

enseguida su semblante se tornó serio—. Eso es mentira, y tú lo sabes.

—Claro que lo sé. —Fred cogió un pitillo de la cajetilla de Norton que estaba sobre la mesa, lo encendió y soltó una rápida bocanada de humo antes de continuar hablando con voz fría—. Han elaborado un expediente completo en el que se recogen toda clase de cuentos, cotilleos y medias verdades mediante testigos falsos o interesados cuya identidad nunca sabremos, un expediente que no tendrán ningún reparo en mostrar al mundo en cualquier medio que se preste, si es necesario —le miró un instante con intensidad—, y ya sabes lo que pasa, Robert: la gente se cree todo lo que se publica. Da igual que sea verdad o una burda mentira; una vez esparcidos resulta imposible suprimir los rumores, quedan para siempre en el limbo de la memoria. Y ahora cuentan con la televisión: todo lo que sale en la pantalla, aunque solo sea unos segundos, supone un impacto extraordinario en la conciencia del ciudadano.

—No será para tanto —replicó restando importancia al tema.

—Más de diez millones de hogares en Norteamérica tienen uno de esos aparatos; calculan más de treinta millones de espectadores. Esto es imparable, y se nos escapa de las manos, incluso a los periodistas. La radio tal y como la conocemos puede estar dando sus últimos coletazos, y quizá también los periódicos.

—No soy tan importante, Fred. A quién le va a importar mi vida.

—Sabes muy bien que eso no es cierto. Si los socios del bufete se enteran, te echarán a la calle, sin contemplaciones. Con todo esto de los Rosenberg se ha disparado la paranoia de que estamos amenazados por subversivos comunistas que nos quieren conquistar para establecer la dictadura bolchevique. El senador McCarthy está yendo demasiado lejos; está creando una ola de temor e histeria a todos los niveles, esto es incontrolable.

Robert sabía que era cierto, pero estaba tranquilo. No era la primera vez que se veía acosado por las presiones de quienes le querían callado y acobardado, aquella era una situación bien conocida para él.

—Tendré que defenderme. —Se encogió de hombros.

El rostro de Fred mostraba una profunda inquietud. Con la mirada perdida, daba toquecitos constantes al borde del cenicero con el pitillo entre los dedos.

—Ya sabes de dónde viene todo esto...

—No me lo digas —replicó Norton—. El ínclito Lucas Ewell y sus tentáculos en todos los estercoleros.

—Te advertí que remover la mierda que esconde ese Ewell era como jugar con los cables de una bomba. Y la bomba está a punto de detonar.

—No me voy a callar, Fred. Pienso hundir a ese tipo como sea, y no me preocupa que me investiguen, ni a mí ni a Victoria, pueden hacer lo que quieran, estamos limpios.

—Estás obcecado con ese asunto, Robert, y comprendo el daño que te hace, pero ese afán de venganza...

—También se trata de justicia —puntualizó molesto.

Fred le miró un rato largo. Se llevó el pitillo a los labios, dio una nueva calada y expulsó el humo con rabia.

—Dios santo, Robert —susurró con exasperación—, te van a lapidar, a ti y a Victoria. —Clavó los ojos en los de su amigo. Su voz se tornó grave—. Además de comunista te acusan de cohabitar con una espía soviética.

Soltó una risa incrédula.

—Es lo más estúpido que he oído en toda mi vida.

—Es una espía, Robert.

La rotunda aseveración de su amigo le dejó sin aliento. En ese momento se acercó el camarero para servirles el primer plato. Los dos hombres se miraban de hito en hito sin moverse, ajenos a las maniobras del camarero con el servicio. Cuando quedaron solos de nuevo, Robert se removió.

—¿Cómo lo sabes?

—Ya sabes quién es mi contacto en el FBI. Ha sido él quien me ha informado de todo: dos de los mejores agentes de Hoover han viajado a Berlín a indagar sobre el pasado de Victoria. Van a por ti. El director te tiene enfilado desde que abandonaste la Agencia... Sabe por qué lo hiciste, no aceptaste entrar en su juego de ilegalidades y Hoover nunca deja de acechar a quienes le plantan cara. Te tiene ganas, Robert. Lo más seguro es que Lucas Ewell le haya dado munición suficiente contra ti. Están montando una trampa a tu alrededor para hundirte. A ti y a Victoria.

Norton se mantuvo en silencio, mientras trataba de asimilar la realidad que su amigo le había mostrado. De repente, una gran duda emergió de sus recuerdos.

—Nunca te lo he preguntado, Fred, y no tienes que contestarme si no quieres. —Le miró fijamente antes de continuar, consciente de que pisaba un terreno muy delicado—. ¿Por qué te negaste a publicar la mierda que tenías sobre el FBI? Si esa información sale a la luz, será el fin de Hoover.

Fred le sostuvo la mirada unos segundos. Luego tomó aire y bajó los ojos.

—Descubrieron algo sobre mí... No tenían pruebas fehacientes, pero les bastaba con un mero rumor para destrozarme la vida.

—Nunca has cedido a chantajes. —Norton arrugó el ceño—. No puedo entenderlo. Tienes material suficiente para hundir a Hoover y, sin embargo, callas y miras hacia otro lado mientras ese impresentable sigue haciendo de las suyas. Tipos como tú sois los que podéis detener y acabar de una vez por todas con estos abusos...

—No puedo hacerlo, Robert... —Había en su tono un deje de derrota—. No puedo...

—¿Por qué? ¿Qué puedes ocultar tú? —preguntó con ironía—. No te acallarían ni aunque fueras el líder del comunismo americano.

De nuevo el incómodo mutismo. Fred aplastó el cigarrillo a medio fumar y, de manera compulsiva, se encendió otro. Robert advirtió un ligero temblor en las manos.

—Lillian y los niños son lo más importante que tengo en la vida, y jamás haría nada que pudiera perjudicarlos... Y si para eso tengo que tragarme toda esa porquería, me la trago y punto.

Robert no dijo nada, solo le miraba consciente de que su amigo evitaba sus ojos. Hasta que de repente le miró. La voz de Fred se deslizó tenue de sus labios, un susurro apenas audible transmitido a través de la angustia reflejada en su rostro.

—Amo a Lillian, Robert, pero la realidad es que siempre me han atraído los...

No completó la frase. Tampoco hacía falta. Norton no se movió, ni siquiera parpadeó. No le pilló de sorpresa porque algo había intuido a lo largo de los años desde que se conocían; no por su actitud hacia él —aunque siempre se habían tratado como buenos amigos—, pero sí en otros detalles que ahora se le mostraban con la evidencia de aquella confesión.

—Está bien, no pasa nada, Fred. Lo entiendo.

—Robert, esto no puede... Lillian nunca debe saberlo...

—Nadie se enterará de esto por mí, jamás —afirmó contundente—. Tienes mi palabra.

La mano de Fred se movía de manera compulsiva con el cigarro entre los dedos.

—Cuéntame qué más saben de Victoria —añadió Norton dispuesto a dejar atrás el asunto—. Necesito saberlo todo para actuar.

Antes de contestar, Fred dio una larga calada al cigarro e hizo un movimiento con la mano como si de un manotazo retirase algo molesto.

—Hay un tal Lugovoy. Es un pez gordo de la policía secreta soviética en Berlín. Por lo visto, es el responsable de que la hija de Victoria y su hermana no viajaran con ella.

—Ahora comprendo...

—Se trata de un tipo despreciable. Ese hombre visitó a Victoria en su casa la mañana anterior a su partida de Berlín, el mismo día que su hija y su hermana se trasladaron a la zona soviética de la ciudad para quedarse allí. Sé que las han buscado, pero no han podido dar con el paradero de ninguna de ellas.

—Es probable que hayan cambiado de nombre —susurró Norton pensativo—. Pero... —parpadeó aturdido— ¿qué tiene que ver todo esto con Victoria y el espionaje?

—Es muy probable que Lugovoy le diera indicaciones para actuar en Nueva York. Hay sospechas de que forma parte de una red de espionaje cuya líder es una profesora con la que ha estado trabajando codo con codo en la universidad. Se trata de la profesora Ilse Ostermann; esta misma mañana ha sido arrestada. Por lo que sé, han estado haciéndole preguntas a Victoria, aunque no está detenida, al menos por ahora.

Norton trataba de procesar toda aquella apabullante información. Sintió que le ardía el estómago y una nube brumosa planeó ante sus ojos unos instantes.

—Tengo que hablar con ella... —murmuró—. Tengo que hablar con Victoria... Ahora empiezo a entenderlo todo. —Le miró turbado—. Estoy seguro de que la obligaron a hacerlo, Fred..., ¿no lo comprendes? Ella... Ese Lugovoy..., la obligaron presionándola con la niña, por eso no pudo traerla consigo, por eso vino sola.

—Si se demuestra que estuvo involucrada en la red de Ilse Ostermann, puede tener muchos problemas... Y tú también. Fuiste tú el que le dio cobertura para que entrase en el país, y en la universidad, moviste muchos hilos para conseguir su ingreso en Columbia. Tu posición es muy complicada.

Norton se levantó y Fred le agarró de la muñeca para retenerle.

—¿Qué piensas hacer? —le preguntó preocupado.

Norton le miró como a un desconocido. Negó con la cabeza y se soltó del amarre.

—Tengo que verla... Ella es lo más importante para mí.

—Ten mucho cuidado, Robert, te juegas mucho.

Se alejó dejando la comida intacta en el plato. Fred miró el suyo y lo apartó con la mano. Llamó al maître y pidió la cuenta.

Norton salió a la calle, respiró hondo y sintió sobre su cara las primeras gotas de lluvia. Miró su reloj, por la hora calculó que hacía rato que Victoria estaría en casa. Se subió al coche y lo puso en marcha. Tenía la necesidad de escucharla, de aclararlo todo y enfrentarse a la verdad, una verdad de la que ahora era consciente y que le había estado ocultando desde su llegada; pero quería hacerlo a su lado, la amaba demasiado como para poner en riesgo su relación. Quería salvarla, necesitaba protegerla de cualquier peligro que la acechara. Haría cualquier cosa por ella.

Cuando colgó el auricular, sonó el tintineo de las monedas al caer al depósito. Victoria metió los dedos, cogió el dinero, lo guardó en el bolsillo y salió de la cabina. Aturdida, miró a un lado y otro. No sabía qué hacer. Estaba tan confusa que era incapaz de razonar con claridad. Había decidido contarle todo a Robert, no podía soportar más aquella presión, él lo entendería y sabría qué hacer. Quería volver a Berlín a buscar a su hija, pero cuando lo pensaba, el corazón se le aceleraba por el pánico a que su reacción tuviese consecuencias negativas para Hedy y Rebecca. La señorita Ostermann se lo había advertido en varias ocasiones, con esa voz ladina y susurrante que parecía un cuchillo afilado clavándose en su conciencia: «Si nos fallas, tu hija lo pagará», y sabía que lo decía en serio. ¿Y si la señorita Ostermann la delataba? Solo de pensarlo sentía flojera en las piernas.

Miró a su alrededor, no sabía dónde estaba. Desorientada, decidió tomar un taxi. No era una calle muy transitada, así que echó a andar en busca de algún cruce por el que pasara más tráfico. Un coche se detuvo a su altura; ella continuó caminando. Oyó el ruido de las puertas al abrirse y, a continuación, unos pasos apresurados a su espalda. Apenas le dio tiempo de reaccionar: una mano fuerte y dura le tapó la boca y la izó como una marioneta. Trató de resistirse, se retorció, sentía que se ahogaba, hasta que perdió el conocimiento.

Norton llegó a su casa, abrió la puerta y encendió la luz del recibidor. Le extrañó no ver el bolso ni las llaves de Victoria. Con sigilo, se acercó hasta la habitación pensando que tal vez estaría durmiendo, pero la cama estaba vacía.

—Victoria —llamó con la voz queda.

Aquel gélido silencio le estremeció. Miró el reloj: faltaba una hora para la medianoche. Se acercó al teléfono y descolgó.

—Fred, soy yo, Victoria no ha vuelto a casa. —Escuchó las palabras de su amigo—. Claro que estoy preocupado, son casi las doce; ¿dónde se ha podido meter?

Fred le pidió que se tranquilizase. Le insinuó sin mucho convencimiento que tal vez podría estar en algún garito ahogando sus penas en alcohol como hacían ellos. Pero los dos sabían que esa posibilidad estaba descartada.

—Está bien —le dijo también con la idea de que podía haberle ocurrido algo grave—. Tú quédate en casa por si vuelve. Haré algunas llamadas. Si hay alguna novedad, me avisas, ¿de acuerdo?

Robert colgó el auricular y se quedó mirando aquel aparato negro, abstraído en la profunda preocupación por Victoria. Encendió un cigarro y se sirvió un whisky; lo bebió de un trago y se puso otro. Con el vaso en la mano, se acercó a una de las ventanas del salón desde donde se veía la calle y se apostó en el alféizar como si pudiera invocar su regreso desde aquella atalaya.

Las horas pasaron interminables y lentas. Norton fumaba

un cigarro detrás de otro, sin apenas quitar los ojos de la calle vacía, atento a cualquier ruido o movimiento, con el corazón en un puño, dando vueltas a mil ideas de dónde podría estar. Se preguntaba por qué no volvía a casa, por qué no le llamaba; había comprobado varias veces que el teléfono estaba bien colgado y que había línea. Trataba de no desesperarse, de no perder la calma, pero cuando empezó a despuntar el día no pudo aguantarse y volvió a llamar a Fred. Le respondió la voz somnolienta de Lillian, quien le dijo que Fred había salido de casa hacía mucho. Se disculpó por haberla despertado y colgó. Miró el reloj. Eran las siete de la mañana y el día se abría camino sin contemplaciones. Volvió a la ventana y continuó con la mirada fija en el exterior, aturdido por el tabaco, el alcohol y la falta de sueño. Decidió hacerse un café. El líquido caliente le sentó bien, templó cada rincón de sus frías entrañas.

El estridente repique del teléfono le pilló desprevenido. Lo miró un instante, sin creerse que por fin aquel maldito artilugio estuviera sonando. Se precipitó hacia el aparato, descolgó y oyó el típico clic de una cabina al tragarse la moneda.

—Habla Norton —reclamó apremiante.

Una voz cavernosa le dejó paralizado. Dijo una sola frase y colgó. La inercia propia de la sorpresa le impulsó a gritar al auricular, consciente de que la llamada se había interrumpido.

—¿Quién es? —reclamó al vacío—. ¿Quién es? ¡Oiga!

Miró el auricular de donde había salido la flecha que le acababa de asaetear el corazón. Aquella frase se repetía en su cabeza con el efecto del eco, igual que una bola de billar lanzada con fuerza que golpea una y otra vez contra las bandas de la mesa. Soltó el aire que aún retenía, y sintió un ligero mareo. Se sentó porque le abandonaban las fuerzas.

No fue consciente de cuánto tiempo había pasado, podrían haber sido minutos o apenas segundos, pero el teléfono volvió a sonar arrancándole del estado de conmoción en el que se había sumido. Descolgó y se lo llevó a la oreja sin responder.

—¿Robert? Robert, soy Fred...

—Soy yo —murmuró por fin Norton con voz ronca.

—Victoria está ingresada en el Monte Sinaí.

—¿Cómo?

—Estoy en urgencias del hospital, antes de llamarte he comprobado que es ella. Cuando la han encontrado estaba sin documentación.

—Pero... ¿que la han encontrado? ¿Dónde? —Sus palabras tropezaban torpes en su mente—. ¿Qué le ha...? —Norton tragó saliva porque sentía una bola en la garganta—. ¿Cómo está? —consiguió decir al fin.

Durante un par de segundos Fred mantuvo un mutismo inquietante.

—Está viva, por ahora es lo importante. Ven enseguida. Te estaré esperando.

Norton condujo con la consciencia emborronada igual que si estuviera sumergido bajo el agua y todo lo viera distorsionado. Apenas se dio cuenta de que había llegado. Entró en urgencias y se acercó a la ventanilla de la recepción para preguntar, pero la voz de Fred a su espalda le hizo girarse.

—¿Dónde está? —Fue hacia él con gesto desesperado.

—Hay que esperar. Ahora saldrá el médico y te informará de todo.

—¿Cómo está? ¿La has visto? —hablaba a trompicones, asustado, ansioso por entender lo ocurrido—. ¿Qué le ha pasado?

Fred tenía un aspecto cansado. Se había recorrido todos los hospitales de Manhattan sin obtener resultados. El hecho de que no estuviera ingresada en ninguno de ellos le había llegado a tranquilizar, pero nada más regresar a casa, le llamaron del Monte Sinaí para informarle de que acababa de ingresar una paciente con las características de la mujer que estaba buscando, y que, al no tener documentación, necesitaban saber si podía identificarla. A Fred se le había encogido el alma al ver el lamentable estado de Victoria.

—Le han dado una paliza brutal, Robert. —Fred trataba de encontrar las palabras adecuadas para contarle la verdad sin destrozarle—. Una anciana que paseaba a su perro la encontró en una bocacalle del Bronx. Estaba inconsciente, medio desnuda e indocumentada. La mujer dio el aviso y la trajeron aquí. La policía cree que la dieron por muerta. Lo más probable es que sufriera un atraco y se ensañaron con ella.

—No ha sido un atraco. —La voz de Robert era dura, sus ojos miraban a una nada encolerizados, contenida la rabia en la tensión de sus mandíbulas.

—¿Cómo lo sabes?

—Recibí una llamada un poco antes de la tuya. —Miró a su amigo, lívido—. Alguien me dijo: «Olvídate de Lucas Ewell o la próxima vez tu bonita amante morirá». —Lo repitió muy despacio, palabra por palabra, grabadas a fuego una a una en su mente.

—Hay que denunciarlo, Robert. La policía vendrá luego...

—No, Fred —repuso con una inusitada firmeza—. Este asunto lo tengo que resolver yo.

En ese momento apareció un médico y Fred le llamó.

—Doctor, él es Robert Norton —dijo cuando se acercó hasta ellos—. Es el responsable de la señorita Kiesler.

—¿Es usted su marido? —preguntó el médico dirigiéndose a Norton.

—Soy su prometido. ¿Cómo está? —preguntó ansioso.

El doctor le sostuvo la mirada y torció el gesto.

—Señor Norton, su prometida está muy grave. Hemos conseguido estabilizarla. La han golpeado con violencia por todo el cuerpo. Tiene una contusión pulmonar, por lo que ahora mismo está con ventilación asistida. Además de varias costillas rotas hemos detectado una contusión cerebral por un fuerte golpe que podría haber sido mortal... Se han ensañado con ella.

Norton le miraba atónito.

—¿Se pondrá bien?

—Hay que esperar, las primeras horas serán cruciales. Por ahora la mantendremos sedada para evitarle sufrimiento. Es mejor que permanezca inconsciente. Después, ya se verá.

—Ella es fuerte —murmuró Norton asumiendo la espera y la esperanza de que saldría adelante—. Se recuperará...

—Señor Norton... —La expresión del médico se tornó aún más grave—. Me temo que... su prometida ha perdido el bebé que esperaba. No hemos podido hacer nada. Lo siento.

Norton le miró sin entender, su mente trastornada trataba de asimilar aquellas palabras.

—Victoria estaba... ¿Estaba embarazada?

—Lo estaba —afirmó pesaroso—, al menos de tres meses.

Norton asintió perplejo.

—¿Puedo verla? —preguntó en tono suplicante.

—Podrá pasar en un rato.

Norton se dio la vuelta y con paso tambaleante se dirigió a uno de los asientos vacíos. Se sentía mareado, y no pudo evitar una arcada y un dolor intenso en la boca del estómago. Se dejó caer en la silla y Fred lo hizo a su lado.

—Lo siento, Robert, lo siento mucho.

Norton tenía los ojos clavados en el vacío que se había abierto ante él. Movió la cabeza de un lado a otro, lentamente.

—Dentro de una semana es mi cumpleaños. —Su voz era apenas un susurro—. Me dijo que iba a hacerme el mejor regalo de toda mi vida...

Cabizbajo, cerró los ojos y se tragó las lágrimas que pugnaban por brotar: ahora lo entendía.

CAPÍTULO 14

A Victoria la mantuvieron sedada durante más de una semana. En todo ese tiempo de inconsciencia inducida, Norton no se separó de su lado. Permaneció sentado en una butaca junto a la cama en la que yacía, intubada y llena de golpes. Dormitaba a ratos y se alimentaba de sándwiches, pizzas o perritos calientes que le llevaba su amigo Fred cuando le visitaba. Había dado aviso al bufete de que se tomaría unos días de descanso. Tenía la imperiosa necesidad de estar con ella, cuidarla y protegerla de los peligros que la acechaban.

En las largas horas que permaneció velando su lenta recuperación, planeaba la forma de vengarse. Sentía una dolorosa rabia al ser consciente de que Lucas Ewell le había vuelto a arrebatar un hijo, su futuro otra vez cercenado por causa de aquel miserable. Se exigía a sí mismo calma, no precipitarse, debía analizar minuciosamente cómo hacerle pagar por tanto sufrimiento como le había causado. Estaba dispuesto a hundirle de una vez por todas, aunque con ello arrastrase a otros inocentes como Katie. No había vuelta atrás. Aquel hombre tenía que pagar.

Acababa de amanecer y una tenue claridad se filtraba por las rendijas de las cortinas. Norton tenía los párpados cerrados en una agitada duermevela, pero algo le alertó y los abrió. La mano escayolada de Victoria se movía levemente. Se levantó conteniendo la respiración y se inclinó hasta quedar muy cerca de ella. El día anterior le habían retirado la intubación y ya respiraba por sí misma. Le habían ido rebajando la sedación poco a poco, pendientes de la reacción de su organismo. Los moratones de la cara empezaban a tornarse amarillentos, la hinchazón del párpado había bajado y la herida del labio iba cicatrizando. Pensaba en aquellos pequeños avances cuando Victoria abrió los ojos y le miró. A continuación, esbozó una sonrisa.

—¿Estoy en el cielo? —susurró al verle.

A Norton le embriagó una profunda emoción al contemplarla. Llevó la mano a su mejilla respondiendo con otra conmovedora sonrisa.

—Estás conmigo, mi amor.

Ella levantó un poco la mano tratando de acariciarle también, pero desistió de inmediato.

—¿Qué me ha pasado? —Miró a su alrededor—. ¿Dónde estoy?

—En el hospital Monte Sinaí. Llevas aquí diez días.

—Apenas recuerdo nada... —murmuró ella con la voz ronca—. Mi mente...

—Eh, eh —atajó él en un tono suave—, no pienses en eso. Ahora lo importante es que te recuperes y volvamos a casa.

Ella le acarició la mejilla con embeleso.

—Robert... dime una cosa —esbozó una leve risa—. ¿Ha sido ya tu cumpleaños?

Él afirmó con un leve movimiento de cabeza. Tomó su mano escayolada y rozó los dedos con sus labios.

—Vaya... —dijo ella con voz queda, aún muy aturdida—, quería darte mi regalo... —sonrió emocionada—. Robert... Estoy...

Norton chistó un poco para hacerla callar y le habló con toda la ternura de la que fue capaz, tratando de contener el dolor que le desbordaba.

—Ahora solo debes centrarte en recuperarte, amor mío... Lo demás no importa.

—Pero, Robert... —una sonrisa de felicidad hacía brillar

sus ojos enfermos—. Estoy embarazada... Vamos a tener un hijo.

Norton no pudo impedir que asomara a su rostro el dolor que sentía por dentro. Ella lo percibió y se alarmó.

—Robert, ¿qué ocurre? Robert... Dime qué pasa...

Sin dejar de mirarla, aferrada a sus ojos como a un clavo ardiendo, sintió un tremendo vacío en el alma. Cómo decirlo, cómo explicarle que ya no había vida en su vientre. Su voz sonó rota y temblorosa.

—Victoria, has perdido al niño... —Tragó la amarga saliva—. Hemos perdido a nuestro hijo...

Ella le miraba con los ojos muy abiertos, negándose a creer sus palabras, hasta que los cerró y en su semblante se dibujó una mueca de dolor porque algo se había desgarrado en su interior. Sus labios se contrajeron. Una lágrima desbordó los párpados cerrados y rodó hacia la sien. Norton pasó sus dedos por aquella lágrima y, por primera vez, se abandonó a un llanto callado.

—Lo siento, Victoria —balbució—, siento todo esto, amor mío...

Ella estaba convencida de que aquel incidente había sido a consecuencia de la detención de la señorita Ostermann y de la visita a la universidad de los dos agentes del FBI para interrogarla. Quizá trataron de matarla al saberla quemada como espía, o podría ser una amenaza para que no dijese una palabra sobre el ruso. No lo sabía, y se devanaba los sesos tratando de entender cómo afectaría aquello a su hija.

—¿Se sabe quién me ha hecho esto? —tanteó prudente.

Norton la miró largo rato. Había pensado mucho en cómo explicarle que aquella brutalidad había sido una advertencia de un ser despreciable y sin escrúpulos como era Lucas Ewell. Decidió mentirle. Se lo contaría todo más adelante.

—La policía cree que fuiste víctima de un atraco. Hay muchos en esta ciudad. Ya ves que no es perfecta.

—Solo recuerdo golpes... Me abordaron en la calle y perdí el conocimiento. Me desperté en un lugar frío, oscuro y húmedo, un sótano o algo así... Estaba sentada en una silla con las manos atadas a la espalda y una cinta en la boca que me impedía gritar... —Le miró con desasosiego—. Sentía frío... Tenía mucho frío. Me pegaron...

—¿Cuántos eran? ¿Pudiste ver sus caras?

—Llevaban pasamontañas, tan solo podía verles los ojos... Sería capaz de identificar esa mirada... —murmuró absorta en su recuerdo—. Me daban golpes y yo no sabía por qué... —Su voz se quebraba—. Sabían mi nombre y también el tuyo... Te nombraron...

Norton le puso suavemente los dedos sobre los labios para hacerla callar.

—Olvida eso ahora, Victoria; cuando te cures lo hablaremos todo con tranquilidad. Por favor, no pienses en ello, déjalo estar.

En ese momento se abrió la puerta y entró el médico acompañado de la enfermera.

—Se ha despertado la bella durmiente —dijo el doctor muy risueño al verla—. Bienvenida a la vida, señorita Kiesler. ¿Cómo se encuentra? —le preguntó ya junto a su cama, tomándole la muñeca para controlar el pulso.

—He perdido a mi bebé... —musitó con voz débil.

La sonrisa del médico se le congeló en los labios.

—Lo siento mucho. Los golpes desprendieron la placenta y tuvimos que practicarle un aborto de urgencia.

Ella volvió a cerrar los ojos en medio de un respetuoso silencio.

El médico prestó atención al historial en el que se habían apuntado las constantes y la medicación. Cerró la carpeta y se la pasó a la enfermera.

—No se desanime, se recuperará y podrá tener más hijos.

Victoria abrió los ojos y miró a Norton, que le agarró la mano con fuerza.

—Si todo va bien —continuó el doctor—, podrá irse a

casa en unos días. Hoy empezará a ingerir alimentos con una dieta blanda. A partir de mañana podrá levantarse y dar unos paseos, siempre que se encuentre con fuerzas. Lo peor ha pasado, señorita Kiesler, pero aún le queda una larga convalecencia por delante. —Miró a Norton y después volvió la atención a ella—. La policía me pidió que los avisara cuando despertase; necesitan hacerle unas preguntas. ¿Se siente con fuerzas para atenderlos?

Ella asintió. El médico se marchó y volvieron a quedarse solos.

—Robert... —los ojos de Victoria se llenaron de lágrimas y su mano acarició melosa la mejilla de él—, te necesito para poder salir de esto...

Norton se acercó a ella y besó sus labios secos con delicadeza. Al separar su boca, sintiendo su aliento y enlazados en una intensa mirada, le habló en un susurro:

—Te juro que voy a dejarme la piel para hacerte feliz.

Al día siguiente, dos agentes tomaron declaración a Victoria sobre todo lo que recordase de su asalto y agresión; sin embargo, sacaron muy poco en claro. Ni siquiera sabía el nombre de la calle en la que la abordaron.

Tal y como le había dicho Fred, la policía llegó a la conclusión de que había sido un atraco, que sus atacantes la creyeron muerta y la abandonaron en el callejón donde la encontraron. No se había hallado ni su bolso ni su ropa. Así que el caso, en principio, quedaba cerrado a la espera de alguna prueba que pudiera llevarlos a identificar a los agresores. Norton sabía que, siendo una extranjera, se invertiría poco tiempo y menos esfuerzos en la búsqueda de los delincuentes, y esa circunstancia favorecía sus planes. Quería a la policía fuera de aquel asunto.

Cuando se quedaron de nuevo solos, Victoria le hizo un gesto para que se acercase.

—Robert, tengo que contarte algo... La razón por la que vine sola de Berlín, sin Hedy...

—Lo sé, Victoria —la interrumpió en un tono suave y con un gesto cariñoso—. Sé que Lugovoy te obligó a dejar a tu hija en Berlín y... —bajó la voz, a pesar de que estaban solos en la habitación— sé de la detención de la señorita Ostermann. Tienes que contármelo todo, hasta el último detalle. No podré ayudarte si no lo haces, y no hay nada en este mundo que desee más que hacerlo, puedes estar segura.

Ella cerró los ojos y movió la cabeza de un lado a otro.

—Lo siento, Robert, siento haberte mentido todo este tiempo...

—No pienses eso ahora —trató de calmar sus temores—. Afrontaremos esto juntos.

—Tengo miedo, temo que le hagan daño a mi pequeña, o que te lo hagan a ti. Hedy y tú sois lo único que me queda en este mundo, no soportaría perderos.

—Yo te protegeré. —Le acarició el pelo con una tierna sonrisa—. Buscaremos a Hedy, estará con nosotros y os cuidaré siempre.

Victoria le contó con voz queda todo lo que le había sucedido con Lugovoy y con la señorita Ostermann, las entregas que había tenido que hacer, los lugares de las mismas y el incómodo interrogatorio en el despacho del profesor Friedman por parte de los agentes del FBI. Cuando terminó, estaba agotada y se quedó dormida. Norton salió y se encontró con Fred. Los dos hombres hablaron de las diferentes posibilidades que se le podían abrir a Victoria.

—Deberías sacarla del país —le dijo su amigo en el pasillo del hospital—. Si la detienen por espionaje, quedaría fuera de tu control. Ya conoces la eficiencia de los métodos que emplean los de Hoover para obtener información. Ostermann puede delatarla.

—Es posible que no lo haga —apuntó Norton pensativo—, por una razón práctica. Si lo hiciera, se expone a que

Victoria les dé el nombre de Lugovoy, el pez gordo de la operación.

—Tal vez estés en lo cierto —asintió Fred—, pero hay algo que no podemos obviar. Victoria es insignificante para ellos, y por esa razón puede resultarles más conveniente hacerla desaparecer para atajar un posible problema. Me refiero a Lugovoy, claro está. Un desafortunado accidente, un atraco, un atropello, cualquier cosa puede cerrar lo que para ellos es, además de inútil, peligroso. Robert, a Victoria le acecha el peligro en dos frentes: está Ewell y su banda de matones, porque ella es tu lado vulnerable y lo saben; y en cuanto al asunto de Lugovoy, no seré yo quien te explique cómo se conducen los soviéticos para solucionar sus contratiempos. —Paseaban lentamente por el pasillo en el que se hallaba la habitación de Victoria—. Tienes que tomar una decisión.

—Primero debe recuperarse. En cuanto lo haga nos casaremos —dijo sonriendo por primera vez—. Luego ya pensaremos qué hacer.

—Seré el padrino o me opondré a esa boda —le dijo Fred con un gesto afable.

Norton agradeció a su amigo el apoyo recibido.

Cuando le dieron el alta, Norton se la llevó a casa. Debía seguir en reposo durante al menos un mes. Cuando salía de casa, la dejaba al cuidado de la señora Betsy, a quien dio instrucciones muy precisas sobre cómo actuar durante su ausencia. Prohibido abrir la puerta a nadie, bajo ningún concepto, fuera quien fuese; no podía dejarla sola en ningún momento, y debía llamarle ante cualquier cosa que le pareciera extraña. Asimismo, inició los trámites para casarse lo antes posible.

Norton se reincorporó al bufete al tiempo que en su cabeza fraguaba un plan contra Ewell y Coleman, consciente de que habían sido los responsables de la agresión a Victoria con el único fin de amedrentarle. En primer lugar, debía hacerles creer que había entendido el mensaje y que renunciaría a la idea de reabrir el caso de Tuskegee. Eso les haría bajar la guardia. Estaba convencido de que la paciencia y la mesura eran las mejores armas para luchar contra un enemigo tan taimado como Lucas Ewell.

Habían pasado más de dos meses de la agresión a Victoria cuando Margaret tocó a la puerta del despacho.

—Adelante —respondió Norton sin levantar la cabeza del escritorio.

—Señor Norton, el señor Makenzie quiere verle.

Robert levantó la vista, sorprendido. Arrugó el ceño y miró el reloj.

—¿Cuál es el motivo?

Ella encogió los hombros y negó conocerlo, pero Norton sabía que mentía: esa mujer estaba al tanto de todo lo que se cocía en el bufete. Desde que se había incorporado tras el alta de Victoria, había notado algo raro en el ambiente que no le encajaba, no solo por parte de Margaret, mucho más esquiva y distante que de costumbre, sino también de los demás abogados, algunos de los cuales directamente obviaban su presencia y se mostraban recelosos con él.

—Está bien —murmuró cerrando la carpeta del caso que estaba revisando.

Margaret esperó paciente mientras él se ponía la chaqueta y le acompañó hasta la puerta del socio fundador.

—El señor Norton está aquí.

—Que pase —se oyó una voz en el interior.

Al acceder al fastuoso despacho de Edward Makenzie, se extrañó al ver al otro socio, Cooper, y a Richard Shelton, uno de los abogados más antiguos del bufete.

Makenzie estaba sentado detrás de su imponente escritorio de nogal, pero se levantó en cuanto Norton entró. Los otros dos se habían situado junto a la mesa de reuniones.

—Buenos días, señor Makenzie, ¿quería verme?

—Sí, Robert, toma asiento, por favor.

Makenzie era un hombre alto, delgado, extremadamente educado, de porte elegante, con trajes hechos a medida y corbatas de seda; el pelo blanco y abundante peinado hacia atrás, el cutis cuidado y los ojos grises muy claros. A pesar de haber cumplido los setenta años no se le pasaba por la cabeza jubilarse, el bufete era su mundo y el centro de su vida. Lo mismo le ocurría a su socio, incorporado a la firma hacía medio siglo. Cooper tenía un par de años menos que Makenzie y ambos mantenían una relación muy estrecha, compartían aficiones como las carreras de caballos, viajes de lujo exclusivos y la soledad, ya que Makenzie era soltero y Cooper había enviudado hacía más de tres décadas y no había vuelto a casarse. Corrían rumores sobre el sentido de su singular relación, pero nadie había podido probar que lo suyo fuera algo más que una muy buena amistad.

Robert saludó a Cooper y a Shelton con un gesto correspondido con frialdad por ambos.

Makenzie se sentó presidiendo la mesa, con Cooper y Shelton flanqueándole a derecha e izquierda. Miró a Norton y le hizo una seña con la mano para que tomase asiento al otro lado, frente a él, alejado de todos.

—¿Cómo estás, Robert? —preguntó Makenzie palpándose el nudo de la corbata, señal de que se encontraba en una situación incómoda.

—Bien, estoy bien. —Pasó los ojos por cada uno de los rostros que le observaban como a un condenado—. ¿Ocurre algo?

—Verás, nos han llegado noticias inquietantes sobre ti y sobre esa mujer alemana con la que convives hace ya dos años.

—Esa mujer alemana es mi prometida, señor Makenzie. —Norton se había puesto en guardia porque intuía por dónde le iban a llegar los palos.

—Ya, ya, es posible, pero lo cierto es que desde que llegó de Alemania mantienes con ella una convivencia bajo el mismo techo, ¿no es cierto?

—Discúlpeme, señor, pero creo que mi vida privada no es de la incumbencia del bufete.

—Sí lo es si afecta al prestigio y a la honorabilidad de esta firma —replicó el otro con voz grave.

—¿Estamos aquí entonces para hablar de con quién me acuesto?

Los dos socios se miraron con gesto reprobatorio. Makenzie tomó aire y alzó la barbilla con una expresión desafiante.

—Son varias cosas las que se van acumulando; te recuerdo la bochornosa pelea que iniciaste en el Savoy delante de un potencial cliente que nos habría aportado pingües beneficios, y no solo económicos, y que perdimos definitivamente porque fuiste incapaz de controlar tu ira. Fuimos la comidilla de Manhattan durante varios días. Respecto a la relación que mantienes con esa mujer, muchos de nuestros clientes son muy exigentes con la moralidad, y el hecho de que uno de nuestros abogados más destacados viva amancebado con una mujer, y encima extranjera, preocupa mucho, a los clientes y a nosotros.

—Lo comprendo, señor Makenzie —señaló condescendiente—, pero no debe preocuparse. Ayer precisamente me llegó la licencia de matrimonio. En quince días estaremos casados.

Makenzie miró a Cooper y luego a Shelton, y volvió a fijar su atención en Norton. Su semblante tenso desprendía malestar por la situación.

—Me alegro por ti, Robert, pero no es ese el único problema. Ha llegado a nuestras manos una turbadora información sobre tu etapa como abogado en Tuskegee. —Abrió una carpeta que tenía delante. Miró unos segundos y levantó la vista de nuevo—. Según estos informes, tuviste estrechos contactos con el Partido Comunista de Alabama y con asociaciones de carácter subversivo.

—Esa información es falsa —dijo Norton con determinación.

—¿No es cierto que defendiste a negros por delitos contra los blancos?

—Por supuesto. Lo hice como abogado. En este bufete aprendí que toda persona tiene derecho a la defensa, sea cual fuere su crimen, su condición o el color de su piel.

Los tres hombres lo miraron sin convencimiento y Norton supo que cualquier explicación que pudiera darles caería en saco roto porque ya tenían dictada su sentencia; lo único que le quedaba saber era el contenido de la misma.

—Hay pruebas testificales que acreditan de forma fehaciente tu participación en actividades comunistas, y que durante tu estancia en Berlín en 1941 pasaste información a los rusos que supuso una seria amenaza para la seguridad del Estado.

—Qué estupidez —murmuró en tono sarcástico. Abrió las manos en una clara señal de franqueza—. No he sido espía de nada ni de nadie, y no soy comunista, no lo he sido nunca, aunque podría porque estamos en un país libre. Le recuerdo, señor Makenzie, que las ideas no pueden considerarse delito.

—No te estamos acusando, Robert...

—Entonces es aún peor. Ustedes, con esta interpelación, pretenden convertir mi presunta ideología en algo reprobatorio por la sencilla razón de creerse en posesión del pensamiento moralmente acertado.

Makenzie le miró con fijeza. Aquellas palabras habían dado de lleno en el centro de su conciencia. Habló en tono condescendiente.

—Cuando uno es joven a veces puede errar su camino.

—No voy a permitir que se cuestione mi lealtad a este país —le censuró sin ocultar su indignación por las acusaciones vertidas—. Le recuerdo que mi estancia en Berlín fue al servicio de este bufete, que me desplacé allí para negociar la venta de las acciones de Noah Carter en el laboratorio farmacéutico, que el cliente quedó más que satisfecho con mi trabajo y que aportó importantes beneficios al despacho; usted mismo me lo reconoció. —Hizo una breve pausa antes de continuar—: Y después de la guerra volví a Berlín para servir a mi país colaborando con la Oficina de Servicios Estratégicos, un trabajo que usted mismo tramitó para mí. Y que yo sepa, entonces no hubo reproche alguno sobre mis actividades.

Makenzie le escuchaba con suma atención. Chascó la lengua antes de hablar.

—Lo siento, Robert, pero nos encontramos en una situación muy delicada —dijo tratando de justificar aquel ataque frontal—. Ya sabes cómo están las cosas respecto a este asunto. No podemos permitir que caiga sobre nuestra firma la idea de que mantenemos en nuestra plantilla a sospechosos de ser comunistas o subversivos, sin contar con tus relaciones nada edificantes en tu vida privada. No podemos quedarnos de brazos cruzados, el prestigio del bufete está por encima de los asuntos personales de cada uno de nosotros.

Ya conocía la mecánica de aquellos infundios. Tan pronto como supo a través de Oliver que él estaba al tanto de su papel en la muerte de su hijo y su hermana, Lucas Ewell no se había conformado con tratar de intimidarle a través de Victoria, sino que se había volcado en hundirle a nivel profesional. Ahora entendía la actitud de algunos de sus compañeros. Una vez vertida la calumnia, el descrédito se extendía calando en los entresijos de las conciencias de quienes estaban dispuestos a aceptarlo todo sin analizar o contrastar la información recibida. El veneno del escarnio, del rechazo y del aislamiento estaba en marcha y ya no había forma de detenerlo.

—¿Quién me ha denunciado?

—No nos lo han dicho...

—Yo tengo el nombre —atajó Shelton. Ante la inacción

de Makenzie, abrió una carpeta que tenía delante de él y leyó en voz alta—: Samuel Keating, un judío comunista con el que estuvo trabajando en Tuskegee antes de la guerra. Él ha denunciado de forma categórica tu participación en actividades comunistas clandestinas de carácter peligroso.

A Norton le costaba mucho ocultar su asombro. No podía creer que el señor Keating le hubiera metido en aquel lío. Se topó con la mirada artera de Shelton. Era un tipo mediocre y antipático que le tenía enfilado desde su llegada al bufete. Trató de mostrarse impertérrito, no revelar el zarpazo que le suponía aquella acusación. Habló con serenidad.

—Desconocía que el señor Keating fuera comunista.

—A veces la vida nos depara sorpresas desagradables —remarcó Shelton.

Norton desconfiaba de la veracidad de aquella información, pero no dijo nada al respecto.

Makenzie tomó la palabra de nuevo.

—Robert, ha llegado una citación de la Subcomisión Permanente de Investigación del Senado. —Cogió un papel del expediente, se lo pasó a Cooper y este se lo tendió a Robert—. Debes presentarte en Washington el 15 de septiembre a las diez de la mañana.

Norton leyó la notificación. Luego miró a los presentes uno a uno.

—Viene a mi nombre. —Alzó el papel en el aire—. ¿Cuándo ha llegado y por qué no me lo han entregado a mí directamente?

Ninguno de los tres se inmutó ante su pregunta. La voz de Makenzie se tornó paternal, casi conciliadora.

—Será mejor que te tomes un tiempo de descanso. De ese modo podrás preparar con tranquilidad tu defensa.

—¿Me está despidiendo, señor Makenzie?

—Tómatelo como quieras, Robert, pero no podemos sostener por más tiempo esta situación. Tu presencia en el despacho perjudica a la firma, y no nos lo podemos permitir.

—Makenzie se levantó y se abrochó el botón de su chaqueta dando a entender que la reunión había finalizado. Alzó la barbilla sin dejar de mirarle—. Lo siento, Robert, lo siento mucho.

A continuación Cooper salió del despacho sin decir nada. Shelton se puso en pie, se ajustó la corbata, cogió la carpeta y rodeó la mesa; cuando pasó junto a Norton, se detuvo y se inclinó hacia él para hablarle al oído.

—Estás acabado, Norton.

Él le miró sin decir nada. Shelton se marchó y Robert se quedó solo frente a Makenzie, que le observaba en silencio desde el otro lado de la mesa. Se levantó despacio, resentido por aquella situación injusta, y salió de aquel opulento despacho con un solo pensamiento en la cabeza: prepararse para asestar el último y definitivo golpe.

CAPÍTULO 15

La humedad tornaba pegajoso el calor de aquel amanecer en Washington. Una tormenta de final de verano había descargado un fuerte aguacero, acompañado de rayos y truenos que retumbaron en la ciudad a lo largo de la noche. Sin embargo, parecía que el sol se abría paso a través de las nubes rotas que aún cubrían el cielo.

Habían llegado en coche la tarde anterior y se alojaban en el hotel Mayflower, aunque ninguno de los dos había podido dormir.

Victoria había insistido en acompañarle, no quería dejarle solo en un momento tan crucial, y tampoco quería quedarse sola durante tantos días, aún tenía el miedo metido en el cuerpo. Norton no tuvo otra opción que permitir que viajase con él. En el fondo agradecía el tenerla a su lado. Se habían casado a principios de julio, en una sencilla ceremonia civil a la que solo asistieron la familia de Fred y Lillian, que actuaron como padrinos de boda. Victoria no había podido evitar emocionarse al recordar, no solo a su pequeña y añorada Hedy, sino también a ese hijo perdido antes de haber podido siquiera estrecharle en sus brazos. Aferrada al amor de Robert, trataba de salir del doloroso agujero en el que se sentía atrapada.

Además de la obligatoria comparecencia a la pantomima de la audiencia ante los miembros de aquella Subcomisión del Senado que le investigaba, Norton tenía previsto el primer gran movimiento estratégico respecto al asunto de Lucas Ewell, que seguía obsesionándole mucho más que la histriónica amenaza que le señalaba como un peligro para la seguridad del país. Aquella gran farsa de su pasado comunista se había hecho pública gracias a la ayuda inestimable de Shelton, quien se había encargado de filtrar a la prensa el expediente articulado para intimidar a Norton, no solo respecto a sus presuntas actividades subversivas de antes de la guerra, sino sobre su vida «amancebada» con una extranjera, asimismo con tintes bolcheviques a criterio de los medios que se hicieron eco de aquel sainete. Fred había investigado a Shelton y descubrió que, en aquellos meses, había mantenido varios encuentros con Lucas Ewell en un reservado de El Morocco. También supieron que, desde el día siguiente de la marcha de Norton del bufete, Shelton había pasado a ocupar su magnífico despacho con vistas a Central Park.

Norton había tratado de ponerse en contacto con Keating sin ningún resultado. No se encontraba en Tuskegee. Nadie sabía de su paradero desde hacía dos meses. De la noche a la mañana, había cerrado el despacho y desaparecido con su esposa mexicana y su hijo de cuatro años.

A las 9.30 Robert y Victoria salieron del hotel rumbo al ala este del edificio del Capitolio. Cada uno de sus movimientos se veía asaltado por una nube de periodistas en busca del gesto contrariado, del miedo reflejado en la mirada, de captar la angustia ajena para lanzarle a las primeras páginas de los periódicos, a la pantalla de televisión o a las ondas radiofónicas en forma de teatral relato. El mal estaba hecho, se había puesto en marcha la perversa maquinaria del oprobio y resultaba imparable; el vendaval del ostracismo social, de la difamación personal y la dilapidación profesional le arrollaban sin compasión. Se avecinaban malos tiempos para Norton, y también para Victoria por el mero hecho de estar a su lado y de ser extranjera.

La sala estaba abarrotada de público y prensa, ávidos de

carnaza con la que murmurar y especular montando espectáculo. La audiencia empezó con más de una hora de retraso. Pasadas las once de la mañana, los miembros de la Subcomisión irrumpieron en la sala y fueron tomando asiento entre el barullo de los presentes. Norton reconoció a Joseph McCarthy; él actuaría como presidente de la sesión.

El aire de la sala estaba tan caldeado y cargado de humo que se hacía difícil respirar. Los dos grandes ventiladores del techo apenas aplacaban la sensación de sofoco. Norton tomó asiento en el puesto asignado, frente a la mesa presidencial que ya ocupaban los seis miembros del comité. Estaba solo, sin nadie a un lado y al otro. Victoria se había sentado unas filas detrás de él. Fred llegó en ese momento, y Norton le indicó con un gesto que se sentase junto a Victoria. Le tranquilizó saber que ella estaría acompañada, ya que también sufría el acoso de los reporteros. Quería protegerla de aquella tremenda injusticia, consciente de que ninguno de los dos tenía escapatoria.

Una vez que McCarthy consiguió acallar la sala, dio por iniciada la audiencia pública. Norton tuvo que prestar juramento sobre la verdad de sus declaraciones vertidas ante aquel comité. A continuación se le informó de que no tenía derecho a guardar silencio ni negarse a responder a las preguntas, de lo contrario podría ser acusado de desacato y procesado penalmente por ello. Norton lo sabía y llevaba preparada la réplica, consciente de que serviría de muy poco. Se acercó al micrófono que tenía delante e interpeló a la mesa.

—Señor presidente...

—No tiene la palabra por ahora, señor Norton —le exhortó el presidente.

Pero él no se calló. Alzó la voz por encima de la retahíla de McCarthy, que trataba de silenciarle.

—Este comité vulnera la Quinta Enmienda de la Constitución de Estados Unidos que, como ciudadano de este país, me otorga el derecho a no declarar contra mí mismo.

El bisbiseo de las voces a su alrededor, el centelleo de los flashes de las cámaras de fotos, la gente moviéndose sigilosa de un lado a otro, todo era una especie de grotesco caos.

A las demandas de Norton, el presidente arguyó lo que aquel ya sabía: que en aquella audiencia se realizaba una investigación legislativa, que no era un tribunal y que no estaban celebrando un juicio; que su único objetivo era identificar y exponer actividades que se consideraban antiamericanas y subversivas, sin procesar ni castigar a los citados.

Norton sonrió sarcástico ante aquella argumentación. El castigo ya se había hecho efectivo: el violento aislamiento social y profesional que recaía sobre cualquiera que se viera envuelto en aquel arrollador circo mediático. Él ya lo estaba sufriendo: le habían despedido del bufete, expulsado del medio en el que se ganaba la vida, los conocidos evitaban el contacto con él para no ser señalados; incluso Fred tuvo que aceptar que su jefe le aconsejara poner distancia con quienes pudieran perjudicar su imagen y la del periódico. Fred lo habló con Norton, y este lo entendió. Se veían de vez en cuando, casi a hurtadillas, para contarse las novedades que cada uno conseguía. Ni siquiera se atrevían a hablar por teléfono, porque Norton daba por hecho que se lo habían pinchado. Así que todo aquello los había arrollado, a él y a Victoria, antes siquiera de poder defenderse.

Sin más preludios, empezó el interrogatorio. Norton fue respondiendo con mesura a cada una de las preguntas que se le planteaban. Las interpelaciones resultaron agresivas y reiterativas, estrategia habitual por parte de McCarthy, sin apenas dar tiempo a replicar o a argumentar, entorpeciendo de forma artera cualquier alegato que pretendiera exponer.

La gran sorpresa llegó en el momento de presentar la prueba definitiva que el comité tenía contra Norton. El presidente dio la orden de llamar al testigo que le había denunciado; la puerta se abrió y apareció Samuel Keating. Pasó por delante de Norton y, por un instante, los dos hombres se cruzaron la mirada. Norton contuvo el aliento: llevaban sin verse más de tres años, desde su estancia en Tuskegee tras la muerte de su madre. Tenía un aspecto cansado y avejentado. La evidencia de que le había delatado le resultó tan dolorosa como un trallazo en la cara. Era cierto que había dado su nombre; lo más probable, a cambio de salvarse él o su entorno más inmediato. Trató de entender las razones para que le hubiera señalado en aquella gran mentira, se esforzó por comprender la perfidia de dar la patada hacia delante y permitir que la bola del escarnio recaiga sobre otro mientras uno cree quedar a salvo. Con su comparecencia podría disipar la amarga incertidumbre sobre él que se había formado en su conciencia.

Keating se sentó donde le indicaron, con voz clara y segura prestó juramento para decir toda la verdad y nada más que la verdad, y empezó el interrogatorio.

—Señor Keating —el tono del senador McCarthy era sereno, seguro de que lo tenía todo bien amarrado—, el pasado 3 de abril señaló usted de forma clara a Robert Norton como un activo comunista y miembro de movimientos subversivos en los tiempos en los que trabajó en su despacho de abogados, afirmando que dichas actividades podrían haber resultado peligrosas para la seguridad de nuestro país, ¿no es cierto?

—Sí, señor, así lo declaré... —Calló apenas un segundo y, sin dar tiempo a que le formulasen más preguntas, continuó hablando—: Sin embargo, ante esta Subcomisión confieso que todo lo que dije es rotundamente falso.

Una tumultuosa oleada de voces invadió la sala con estruendo. Norton miró hacia atrás, a Victoria y Fred, que encogieron los hombros entre la sorpresa y la esperanza.

Después de reiterados mazazos reclamando silencio, el presidente McCarthy consiguió recobrar el control de la sala.

—¿Está usted diciendo que mintió en su declaración de abril, señor Keating?

—Así es. Me vi obligado a hacerlo porque los dos hombres que se presentaron en mi despacho y que se identificaron como agentes del FBI me amenazaron con deportar a México de forma inmediata a mi esposa y mi hijo si no firmaba la denuncia contra el señor Norton.

—Esa es una acusación muy grave, señor Keating.

—Lo sé, pero es cierta, tan cierta como falsa es mi declaración sobre las ideas comunistas del señor Norton. —En ese momento se giró hacia Robert un instante, para luego volver la atención hacia McCarthy—. Es más, como en un principio me resistí a su amenaza y me negué a firmar dicha declaración, convencidos de que prefería salir con mi familia de un país que me obliga a delatar a un buen hombre, dichos agentes me hicieron la perversa sugerencia de que, si me negaba a sus reclamaciones, cabría la posibilidad de que mi mujer o mi hijo sufrieran un fatal accidente. Ante semejante advertencia opté por firmar una declaración previamente elaborada y que tienen ustedes delante.

El silencio en la sala podía cortarse, solo se oía el zumbido de los ventiladores del techo dando vueltas sin cesar. Los miembros de la mesa se removieron, empezaron a hablar entre ellos, cuchicheando, atónitos por el cambio de rumbo de aquel asunto. McCarthy estaba nervioso y molesto ante el giro inesperado. Si perdían el testimonio de Keating contra Norton, no tendrían de dónde tirar. Se dispuso a atacarle e intentar doblegarle.

—¿Sabe usted, señor Keating, que con sus palabras puede ser acusado de difamación y calumnia contra dos funcionarios del FBI, y que puede ir a la cárcel?

—Soy consciente, señor.

—¿Y ahora no tiene miedo a la amenaza que afirma que le hicieron? —preguntó otro de los miembros de la mesa.

—No, señor, ya no —respondió con entereza—. Mi mujer y mi hijo se encuentran en un lugar seguro, fuera de este país y del alcance de cualquier desalmado que pretenda hacerles daño. Y lo que me pueda suceder a mí me da exactamente igual. —De nuevo se giró hacia Norton, para volver de inmediato su atención a los miembros de la mesa—. El señor Norton es y siempre ha sido un ciudadano ejemplar, leal a este país y comprometido con la defensa de los derechos y libertades que recoge nuestra Constitución. Esta bufonada que se ha montado contra él es una ignominia y una tremenda injusticia que no deberíamos permitir, porque si lo hacemos, si consentimos este tipo de atropellos, estaremos cediendo al chantaje, a la difamación y a la manipulación de los mismos que deberían protegernos.

El senador McCarthy, nervioso y muy desconcertado, dio por finalizada la audiencia, se levantó y salió como alma que lleva el diablo; los demás le siguieron en tropel. Un estremecedor silencio inundó la sala antes de ceder paso a un murmullo de voces que se fue elevando hasta convertirse en un clamor. Los periodistas se precipitaron alrededor de Norton para recoger sus primeras impresiones. El testigo se había retractado; las consecuencias de su grave acusación recaerían sobre Keating, pero la sospecha sobre las actividades comunistas y subversivas de Norton parecían desvanecerse por falta de pruebas. Esa era la opinión de la mayoría de los que trataban de analizar lo sucedido.

Norton intentaba llegar hasta Keating esquivando la marabunta de reporteros, aunque un enjambre de micrófonos y cámaras le impedía ver más allá de sus cabezas. Prometió atenderlos en cuanto pudiera hablar con el señor Keating, pero los periodistas no se dieron por vencidos y continuaron acuciándole para conseguir las ansiadas declaraciones.

Vio a Fred y a Victoria, que llegaban junto a Keating, gratamente sorprendidos por aquel inesperado desenlace. Logró alcanzarlos y centró su atención en su amigo. Se mantuvieron frente a frente unos segundos, aguantando los empellones del hervidero mediático que los cercaba como una espesa tela de araña. Norton le sonrió y le estrechó la mano con gesto cordial, con el ruido de fondo de los flashes y las atropelladas preguntas sin respuesta.

—Lo que ha hecho hoy ha sido un acto heroico, señor Keating; espero que le haya merecido la pena.

Keating le miraba con una mueca afable. Su voz sonó blanda y apacible.

—Mi querido Robert, resulta muy fácil rasgar una almohada desde una ventana y soltar al viento las plumas del relleno, pero si pretendes volver a recoger las plumas en el interior de la almohada te resultará una labor imposible. —Le tocó el brazo con una expresión de pesadumbre—. Mi acto heroico, como tú lo llamas, no te va a librar de la maldición. Han lanzado sobre ti la sombra de la sospecha y, por más tiempo que pase, no podrás llegar a restituir el honor que la maledicencia te ha arrebatado.

—Me las arreglaré —replicó en tono sosegado—. Y usted, ¿qué piensa hacer ahora?

—Esperar —respondió el otro. Hizo un gesto hacia la mesa presidencial ya vacía de senadores—. Les he fallado, y no dudo que van a ir a por mí. Pero estoy preparado para lo que venga. —Miró a Victoria, sonrió y les habló con un gesto cariñoso—. Es mucho más bonita y encantadora de lo que me contaste. —Sonriente, con la expresión apesadumbrada de una despedida, añadió enternecido—. Cuídala, y no permitas que nadie le haga daño.

Se fundieron en un abrazo y Norton le dio las gracias por su noble gesto de presentarse allí.

—Tengo que marcharme —dijo Keating azorado.

—Me gustaría volver a verle —añadió Norton.

—Será mejor que no, Robert —hablaba con pesadumbre—, dejemos pasar el tiempo. Te deseo suerte.

Se alejó abriéndose paso entre el gentío. La masa de reporteros le siguió. Liberados momentáneamente del acoso, Victoria le miró y le sonrió relajada.

—Se acabó.

—Hemos ganado una batalla —agregó él—, habrá que ver hasta dónde llega esta guerra.

La envolvió en sus brazos y ella se pegó a su cuerpo. Luego, con el brazo libre, Norton estrechó la mano de Fred y los tres rieron soltando la tensión acumulada.

—Te has librado por poco —dijo Fred ufano mientras caminaban hacia el exterior—. Me alegro por ti.

Cuando salieron del edificio, en lo alto de la escalinata, una turbamulta los rodeó de nuevo. Norton se detuvo para atender las preguntas de los medios. Sus declaraciones fueron contundentes.

—Lamentablemente he sido protagonista de una parodia dirigida por el senador Joseph McCarthy en la que me he visto privado de mis derechos constitucionales —elevó la voz, para que todos pudieran oírle—: acusar no es demostrar. Si consiguen que tengamos miedo a hablar o a defender las ideas o causas que consideremos justas, aunque sean impopulares, nos deslizaremos por una pendiente muy peligrosa. Como ciudadanos libres tenemos la obligación de detener estos abusos y nos corresponde hacerlo a todos. No podemos rehuir nuestra responsabilidad porque, si lo hacemos, el terror se instalará entre nosotros y no habrá límites. —Dirigió la mirada al grupo que seguía atento sus palabras y concluyó tajante—: No somos un país de cobardes. No haré más declaraciones.

Norton sintió el delicado agarre de la mano de Victoria, que permanecía a su lado. Ajeno a la cascada de preguntas que estallaron ante su rostro impertérrito, vio alejarse a Keating. Caminaba encorvado, las manos hundidas en los bolsillos, con el pesar del negro futuro que le esperaba. Ambos eran conscientes de que aquella confesión de la verdad iba a costarle la cárcel. El precio por ser honrado a veces era difícil de asumir.

En la primavera de 1950 y a propuesta del presidente Truman, el Senado había nombrado a Benjamin Coleman juez de la Corte Suprema; desde entonces, el matrimonio residía en Washington, para regocijo de la señora Coleman, encantada de codearse con la flor y nata de la alta sociedad capitalina.

Desde la muerte del pequeño Ben, Norton no había vuelto a encontrarse con el que había sido su suegro, y concertar una cita había resultado una tarea complicada, pero después de mucha insistencia lo había conseguido. Se despidió de Victoria en la habitación del hotel y salió para tomar un taxi. El grupo de reporteros que dos días atrás esperaban frente a la entrada del Mayflower se había esfumado. Llegó al edificio de la Corte Suprema y se quedó al pie de la imponente escalinata que ascendía en varios niveles hasta el pórtico de entrada, donde las dieciséis columnas de mármol blanco en la fachada neoclásica evocaban la solemnidad del poder judicial. Tomó aire, muy inquieto por lo que se avecinaba, y emprendió la subida. El encuentro con su exsuegro se había fijado a las nueve en punto; faltaban quince minutos.

Subió la escalera con la cabeza alta, mientras hacía acopio de fuerzas para afrontar lo que tenía previsto. Se preguntaba si sería capaz, una vez que estuviera delante, mirándole a los ojos. Sabía que aquella visita tendría una sombra muy alargada. Conforme iba superando todos los controles de seguridad, pensó que ninguna vigilancia podría detectar una bomba oculta en su pensamiento.

Llegó a la antesala del juez Benjamin Coleman. Siguiendo las instrucciones de una secretaria, se sentó en un sillón no muy cómodo. Estuvo esperando casi media hora. Cuando la chica le dijo que el juez Coleman le recibiría, Norton apagó el cigarrillo en un cenicero rebosante de colillas, se levantó, se ajustó el nudo de la corbata, cogió su sombrero y, con él en la mano, accedió al despacho.

Benjamin Coleman le recibió con la mano tendida y una sonrisa afable.

—Robert, me alegro de verte.

Norton se la estrechó y sonrió agradecido.

Le sorprendió el aspecto vital de su exsuegro. A pesar de sus arrugas, del pelo ralo y encanecido, aún conservaba ese porte tan sureño, distinguido y gentil, ataviado con un traje impecable y una corbata de seda perfectamente combinada con la camisa blanca de cuello almidonado. Al verle, no pudo evitar pensar que aquel hombre había conseguido sobreponerse a la tremenda pérdida de su único nieto.

—Agradezco mucho que me dedique su tiempo, juez Coleman...

—Bah, llámame Benjamin, te lo ruego, ya no eres mi yerno y no estamos delante de la señora Coleman —su gesto se tornó burlón—, siempre tan rígida con nimiedades de esa clase. Pero toma asiento.

Le indicó con la mano que ocupase una de las sillas que había ante su escritorio. Norton sintió la mullida alfombra bajo sus pies. Se sentó y Coleman rodeó la mesa para hacerlo al otro lado. Abrió los brazos en un gesto de bienvenida.

—¿Cómo estás? ¿Cómo te va en Nueva York?

—Bueno, últimamente las cosas se me han complicado bastante.

—Sé que te despidieron del bufete. Hablé con Makenzie hace una semana, estuvo aquí por un asunto que tenía entre manos. Debió de costarle mucho tomar la decisión de prescindir de ti.

—Pero lo hizo —afirmó Norton en tono de reproche—, y no me lo esperaba, mucho menos de un hombre como él. Le creía más íntegro.

—No lo apruebo, aunque puedo llegar a entenderlo. El bufete se debe a sus clientes, y estos a veces son muy exigentes y presionan a hombres justos como Makenzie para que hagan lo que no quieren hacer. Tal vez te vuelvan a llamar después de lo que sucedió en la sesión del otro día.

Norton, sin decir nada, torció el gesto y sonrió ladino.

—Seguí tu comparecencia en la audiencia del comité, Robert —desplegó una amplia sonrisa—. Ya sabes que ese Keating nunca fue santo de mi devoción, pero he de reconocer que su gesto le honra y los desarmó por completo.

—El problema es que el señor Keating va a tener que penar por decir la verdad —arrugó el ceño hastiado—, y es lo que no entiendo de este país. No comprendo qué nos está pasando. McCarthy arremeterá contra él con todas las armas a su disposición, y no tendrá reparo alguno en enviarle a la cárcel cuando sabe que es cierto que hubo amenazas.

—Ese McCarthy es un político mediocre, ambicioso y narcisista, pero solo es la punta de lanza de otros poderes ocultos. Si no tuviera el apoyo de la sociedad, de una gran parte de la prensa y la ayuda inconmensurable del FBI, el senador de Wisconsin seguiría siendo un completo desconocido sin más influencia que en su propio entorno.

—Me resulta muy preocupante que el FBI esté detrás de todo esto.

—Es la forma de actuar de su omnipotente director. Es habitual por parte de Edgar Hoover utilizar a tipos sin escrúpulos como McCarthy para conseguir lo que quiere sin manchar su reputación; le apoyará mientras le sea útil y jamás admitirá que lo hace, es demasiado precavido. Ahora mismo los une la obsesión por los comunistas, los ven en cada rincón de este país. Todo es una locura y siento de veras que te haya salpicado.

—¿No cree que sea un comunista? —preguntó Norton con ironía.

—¿Y qué si lo fueras? —su réplica iba cargada de intención—. Cada uno que piense como quiera siempre y cuando sea leal a las leyes de este país. Sabes que esa ha sido siempre mi bandera: el respeto a la ley y a la Constitución como base de los derechos y libertades; si esto no se acata, estaremos abocados a la anarquía y al caos.

Norton no lo pudo evitar y le atacó sin demasiado convencimiento, aunque no era el momento.

—Los negros lo han tenido más difícil para eso de los derechos y libertades.

La frente de Coleman se arrugó y endureció el tono.

—Los negros están sometidos a las leyes, y esas leyes son las que se aplican.

—Las leyes pueden cambiarse y mejorar.

—No puedo creer que hayas insistido en verme para plantear un cambio legislativo respecto a los negros.

Norton sonrió y decidió amagar.

—No, no he venido a eso.

Tras unos instantes, la conversación volvió a un cauce cordial.

—¿Qué piensas hacer ahora? Tal vez, si hablo con Makenzie...

—No, no —le cortó Norton tajante—, de ninguna manera, no se me ocurriría involucrarle en este asunto. Me las arreglaré.

Notó que Coleman relajaba el gesto. A buen seguro el juez había creído que aquella visita era para solicitar su mediación, lo que le hubiera supuesto un compromiso que no quería asumir.

—Espero que te vaya bien con esa belleza alemana de la que tanto se habla en la prensa. —En una actitud más distendida, el juez no pudo reprimir la curiosidad.

—Victoria es mi esposa desde hace un mes.

—Vaya, no sabía... Enhorabuena.

—No se merece todo el escarnio que está sufriendo. Es una mujer extraordinaria —agregó convencido.

—Una mujer afortunada. —El juez chascó la lengua con un ademán displicente—. Mi hija nunca debería haberte dejado. Fue una de las muchas artimañas de su madre y esa obsesión suya de casarla con ese impresentable de Lucas. —Le miró y sonrió complaciente—. Me hubiera gustado mantenerte como yerno, Robert, pero mis ardides siempre han resultado vacuos frente a los de mi querida esposa.

Norton le observó unos segundos. Coleman aprovechó para sacar una cajetilla de Chesterfield y le ofreció.

—Creí que lo había dejado —dijo Norton al tiempo que tomaba un cigarrillo.

—Debería hacerlo —añadió el juez con voz ronca mientras encendía el mechero y acercaba la llama al pitillo de Norton; luego prendió el suyo y aspiró el humo—. Eso dicen algunos: que dejemos de fumar o nos acabará matando —soltó una risa—. ¿Y a qué vamos sino a la muerte? ¿Qué más da que nos marchemos de aquí envueltos en humo?

Norton fumaba nervioso. A pesar de haberlo pensado y reflexionado mucho, no sabía cómo abordar el tema, consciente del dolor que iba a provocarle. Al margen de sus diferencias, apreciaba a ese hombre por su honestidad y se había ganado su respeto.

—Bueno, tú dirás, Robert, no tengo mucho tiempo, esto de ser juez en la Corte Suprema es un sinvivir. A veces echo de menos los tiempos de fiscal en Tuskegee. Ambicionar un puesto mejor, mayor sueldo o más reconocimiento tiene su lado oscuro y yo lo estoy pagando con creces. Cuéntame, si no necesitas mi ayuda con Makenzie, ¿para qué querías verme con tanta premura?

—Señor, quería hablarle de... —Se removió inquieto, se irguió y continuó hablando—: Debo contarle algo importante sobre su hijo Oliver y Lucas Ewell, algo muy grave.

Coleman alzó las cejas sin apenas inmutarse.

—De Lucas y sus fechorías tengo un abultado expediente, pero no seré yo quien lo toque. Ese hombre es escurridizo y muy peligroso. Si no fuera porque es mi yerno...

—¿Katie siente algo por él? —inquirió Norton de repente.

Coleman se quedó pensativo durante un rato. Negó con la cabeza y habló con voz entregada, vencido a una evidencia que le costaba admitir.

—Si te soy sincero, hace tiempo que no sé lo que pasa por la cabeza de mi hija. La perdí para siempre el mismo día que enterré a mi nieto...

Aquello fue una puñalada directa al corazón de Norton. Se preguntó si debía hacerlo, si debía seguir adelante y contar la verdad.

—¿Qué ocurre, Robert? —preguntó Coleman con gravedad—. ¿En qué andan metidos ese cantamañanas de yerno que tengo y el tarambana de mi hijo?

—Juez Coleman —dijo recurriendo a ese trato formal, casi como un escudo—, se trata de lo que sucedió la noche del incendio en casa de mi hermana. Oliver y Lucas formaban parte de un grupo del Klan. Lucas asesinó a sangre fría a mi hermana Rose y a Caleb Douglas, les descerrajó un tiro en la cabeza. Lo hizo para no dejar testigos del horror que había provocado Oliver al prender fuego a la casa de mi hermana..., en cuyo interior estaba mi hijo..., su nieto, señor. —Su voz le parecía ajena. El rostro descompuesto de su exsuegro era un terrible espejo que reflejaba su dolor—. Ambos fueron responsables de aquella tragedia.

Lo soltó todo del tirón, sin pausas, sin dejar de mirar a los ojos claros de aquel hombre que recibía sus palabras como un veneno infiltrado en cada letra, en cada sílaba pronunciada. Cuando Norton calló, el aire se hizo vacío en un mutismo pétreo, como si se hubiera cristalizado. Coleman estaba blanco, sus ojos fijos en el espanto de sus pensamientos se hundieron en las cuencas orladas por unas oscuras ojeras. Abrió los labios, pero volvió a cerrarlos; le temblaban. Tragó saliva con dificultad.

—¿Desde cuándo lo sabes?

—Me lo dijo Jimmy Sanders hace un año, el hombre a quien defendí en el juicio por la muerte de Hightower. Una niña negra que vivía en las cabañas cercanas a la casa de Rose lo vio todo. El padre de la niña se lo contó a Sanders en la cárcel.

El juez tomó aire en un vano intento de digerir todo aquello.

—Dios todopoderoso —volvió a murmurar con los hombros hundidos—, Oliver..., mi propio hijo. No puedo creerlo... —Examinó a Norton con una mirada trastornada—. Robert, si esto sale a la luz, no... —Negó con la cabeza—. Esto nos destrozará a todos.

—Ya nos ha destrozado, señor. Y si no hacemos algo, tarde o temprano acabará por devorarnos.

—¿Ellos saben que lo sabes?

Norton asintió.

—Ewell me ha presionado para que guarde silencio.

—Las acusaciones falsas del FBI —dedujo el juez.

—Sí, señor, eso creo. Pero ya antes del verano recibí un aviso: se llevaron a Victoria y le dieron una paliza, casi la matan, y ella... —Sintió un nudo en el pecho, solo de pensarlo, le dolía—. Estaba embarazada de tres meses... Perdió al niño... —Sus ojos se inflamaron de odio—. Señor Coleman, ese hombre ha vuelto a arrebatarme a un hijo mío.

Coleman golpeó el puño contra la mesa. Estaba rojo de rabia.

—¡Por todos los santos! Mi hija convive con el hombre que mató a su hijo, por el que aún suspira cada minuto de cada día —sus palabras salían desgarradas de su garganta—. No puedo creerlo...

—Voy a hacer todo lo que esté en mi mano para que pague por su crimen... Lo siento por Katie, pero no habrá nada ni nadie que me detenga.

Coleman alzó los ojos y le miró fijamente con inquietud.

—¿Qué piensas hacer? No irás a denunciarle... Ha pasado mucho tiempo... Es un asunto complicado. —Trataba de encontrar una salida airosa—. Solo tienes el testimonio de una mujer negra que ha callado durante más de una década. No lo conseguirás...

—Hay otra solución. Que Oliver cuente lo que pasó.

—¿Oliver? —inquirió el juez entre la sorpresa y el espanto—. Si lo hiciera —negó con la cabeza, abatido—, caeríamos todos.

—No, todos no, solo los culpables.

—¿Y Katie? ¿Cómo crees que se lo va a tomar? ¿Y mi esposa, cómo van a asimilar ellas todo esto?

—¿Prefiere que su hija siga conviviendo con el asesino de su nieto?

El juez le miró aturdido sin saber qué responder. Movió la cabeza.

—No es solo ese el problema... —murmuró apesadumbrado—. Debes comprender... Mi carrera... —Alzó la mano en un movimiento de rechazo—. Estaría acabado, ni siquiera podría volver a ser fiscal.

—Al contrario, señor: lidere esta acusación. Demuestre hasta qué punto ha dado usted la vida por defender la justicia, hasta qué punto es usted el hombre perfecto para este cargo.

Coleman no parecía oírle, negaba con la cabeza.

—No puedes hacernos esto.

—No le estoy pidiendo autorización, juez Coleman, solo le expongo la situación.

El hombre perdió la mirada en un delirante vacío. Su frente se arrugó en una mueca de desprecio.

—Si esto transciende, lo único que lograrás es reabrir una herida muy dolorosa.

—¿En algún momento ha pensado cómo me siento yo? —hablaba entre dientes, tensa la mandíbula, furioso por la actitud pusilánime de su exsuegro. No pudo evitar alzar el tono de la voz—. No solo sufrieron ustedes, también mi familia sufrió, tanto que los enterró en vida. —Hizo una pausa y alzó los brazos recorriendo con la vista el inmenso y opulento despacho en el que se encontraban—. ¡Mírese, señor Coleman! ¡Mire dónde está y adónde ha llegado! La imagen de su esposa y de usted en los eventos más exquisitos de Washington está en la sección de Sociedad de los periódicos casi a diario, es usted una autoridad, tiene poder, se le ve radiante, se siente importante. —Guardó unos segundos de silencio—. Mis padres no se recuperaron nunca... Perdieron a su hija y a su nieto... ¿Me está pidiendo que me quede con los brazos cruzados sabiendo quiénes fueron los causantes de semejante tragedia? ¿Sabiendo que viven libres y sin remordimiento? ¿Cómo puede siquiera pensar que no voy a hacer nada contra el asesino que de nuevo me ha arrebatado a un hijo?

—Robert, Robert, no conseguirás nada —repitió el juez intentando recuperar el control para no verse salpicado en aquella infamia—. Sin la confesión de Oliver no se reabrirá el caso. Todo habrá sido inútil y muy doloroso.

—Hable con él. Usted puede convencerle para que declare su crimen y el de Lucas.

—No lo hará —susurró Coleman. Su mirada había quedado varada en un profundo vacío—. Oliver es un cobarde y teme a Lucas como al diablo. No lo hará...

—Entonces caerá con él.

Tras su tormentoso paso por Washington, Victoria y Norton decidieron aceptar la invitación de Fred para pasar unos días en una vieja casa junto a la playa en Cape Cod, propiedad de los padres de Lillian.

Los días transcurrieron sosegados y tranquilos, aunque Norton estaba preocupado por Victoria. Aún se resentía de las secuelas físicas de la paliza recibida a manos de los hombres de Lucas Ewell, pero era la pérdida del bebé lo que la mantenía en un estado de aletargamiento, demasiado callada, como ausente, sin ánimo de hacer o participar en nada. Se dejaba llevar y trataba de sonreír, aunque sus ojos desprendían una profunda tristeza. Ver a los hijos de Fred correr y jugar en la playa intensificó la sensación de añoranza por Hedy.

Era muy temprano. Victoria permanecía desde hacía rato en el porche de la casa, sentada en una hamaca, envuelta en una manta para resguardarse del frío del amanecer. Había dormido muy mal y le gustaba aquella vista al horizonte, se sentía reconfortada en aquella soledad, en aquel silencio roto tan solo por el graznido de las gaviotas y el sonido del oleaje al romper en la playa. Oyó la puerta. Robert apareció despeinado, con el pantalón del pijama y abrigado con un jersey de lana; sostenía una taza humeante en cada mano.

—Traigo bebida caliente —dijo acercándose hasta ella.

Sin dejar las tazas, se inclinó hacia ella y le dio un dulce beso en los labios. Ella llevó las manos a sus mejillas, le acarició y alargó el beso.

—Te amo, Robert —le susurró mientras le miraba muy cerca, sintiendo la calidez de su aliento—. No sé qué habría sido de mi vida sin ti.

Robert le tendió una de las tazas y se sentó a su lado, mirando al horizonte.

—Saldremos juntos de todo esto.

Estuvieron largo rato en silencio, las manos entrelazadas, en un estado de paz buscado.

—¿Has dormido mal? —le preguntó Robert.

—He tenido otra vez la misma pesadilla... Veo a esos hombres, pegándome... Y de repente veo a mi hija... y a un bebé, los dos lloran, tienden sus brazos hacia mí, intento correr hacia ellos pero algo me lo impide y ellos se alejan cada vez más, movidos por una fuerza que los arrastra lejos de mí y lloran y me llaman... mamá... mamá... mamá. —Calló un momento, tragó saliva y bebió un sorbo del café caliente—. Cuando me despierto, temo volver a dormirme.

Lo que no llegó a decirle es que aquel ataque le había

hecho revivir en su memoria la brutal violación que sufrieron su hermana y ella por parte de un puñado de rusos salvajes al terminar la guerra; el recuerdo de Rebecca y ella tiradas en el suelo, mirándose la una a la otra para aferrarse a la realidad, con aquellos hombres encima, golpeándolas con sus caderas mientras Hedy lloraba en la habitación de al lado agarrada a los barrotes de la cuna.

—Lo siento... —dijo él, y se llevó a los labios el dorso de la mano.

Robert la observó en silencio. Aún no le había contado la verdad sobre su ataque; no había tenido valor suficiente para hacerlo, de modo que ella seguía pensando que esa paliza tenía algo que ver con Lugovoy y la detención de la señorita Ostermann.

Norton se incorporó y se giró hacia ella; buscó sus ojos, le agarró las manos con fuerza, para no caer ni dejarla caer a ella.

—Victoria, tengo que confesarte algo —su voz salió densa de su garganta—: la agresión que sufriste la urdió Lucas Ewell con el único fin de amedrentarme para que no haga nada contra él.

Ella quedó abismada en sus ojos, sin llegar a entender tanta crueldad. No asimilaba que después de lo que hicieron pudieran volver a causar otra vez un daño irreparable. En el fondo habría preferido que fueran los rusos los causantes de tanta violencia, al menos le quitaría algo de peso al dolor de Robert.

—No puedes dejar que se salga con la suya, Robert, ese hombre nos ha arrebatado a nuestro hijo. Tienes que hacer algo —le instó arrugando la frente—. No puedes esperar más.

Se dedicaron una mirada de profunda tristeza.

—Todo es muy complicado —murmuró él cabizbajo—. Me temo que el juez Coleman ha optado por tapar este escándalo. Llegué a creer que lo asumiría, su dignidad no le permite vivir de otro modo que no sea el estricto cumplimiento de la ley, pero resulta una carga demasiado pesada. Y no le culpo.

—¿Qué vas a hacer?

—Estoy pensando en marcharme contigo a Berlín —contestó esbozando una sonrisa—. Empezar de nuevo, olvidarme de todo y centrarme solo en ti.

Ella le miró con ternura, besó sus manos.

—No encontrarías la paz si lo hicieras.

—Dios santo... —Se pasó la mano por el pelo con gesto desesperado—. No sé qué hacer...

—Llama a ese fiscal del que te habló Fred. Él te escuchará.

Fred le había hablado de Andrew Peterson, un fiscal al que conocía desde hacía tiempo y en cuyo criterio honesto y objetivo confiaba. Había hablado con él y le había adelantado algo de la cruenta historia, y la solución más factible y efectiva, según Peterson, era la de hacerlo público: horadar el prestigio de Ewell era el primer eslabón de una cadena que, tal vez, no resistiera la tensión que debía soportar. Norton lo estaba valorando.

—Está bien —dijo con una expresión agradecida—, le llamaré hoy mismo.

Con un gesto de cansancio, ella se recostó de nuevo en la hamaca y dejó vagar la mirada por el azul intenso del cielo.

—Me pregunto qué estará haciendo Hedy ahora mismo —susurró para sí—. Lo pienso tantas veces... —Su tono dulcificado mostraba sus sentimientos más entrañables—. Qué hará, dónde estará, si se acordará de mí, si será feliz...

Norton la observó de reojo; había hablado en varias ocasiones con Fred acerca de la total falta de noticias sobre Rebecca y Hedy. Era muy extraño, pero teniendo en cuenta que estaba por medio ese Lugovoy, y que las cosas con la señorita Ostermann habían salido muy mal, ninguno de los dos descartaba la posibilidad de que las hubieran quitado de en medio, haciéndolas desaparecer definitivamente. Norton no había tenido valor para exponerle esa dolorosa pero real posibilidad. Se giró hacia ella, le cogió la mano y se la llevó a los labios, reteniéndola en ellos unos segundos.

—La encontraremos, Victoria, aunque tenga que ir a buscarla al fin del mundo. Conseguiré que te reúnas de nuevo con Hedy.

Ella le miró un instante. En el fondo de su corazón y sin poder evitarlo se había planteado la posibilidad; el miedo a que Lugovoy o su gente pudieran haberle hecho daño a su niña seguía pesándole en la conciencia. Soltó la mano y le acarició la mejilla. Su voz salió serena.

—Sé que está viva, Robert, lo siento aquí —añadió poniéndose la mano sobre el pecho—. Hedy está viva, respira y su corazón late con fuerza...

Los envolvió un inquietante silencio.

—Robert... —esta vez fue ella la que se incorporó hacia él—, te amo con toda mi alma, pero no puedo esperar más. —Asió sus manos y se las llevó al corazón—. Tú debes quedarte, no puedes abandonar esto ahora. Necesito buscar a mi hija, debo volver a Berlín y debo hacerlo sola. No tienes que venir conmigo. Este es tu país, no quiero...

Norton la atrajo hacia sí y la besó en los labios.

—Mi país está donde tú estés. No te voy a dejar sola, Victoria. De algún modo acabaré con Lucas Ewell y nos iremos juntos a buscar a Hedy, y será muy pronto. Lo prometo.

Regresaron a Nueva York a finales de septiembre. Norton estaba delante del espejo haciéndose el nudo de la corbata mientras Victoria le observaba apoyada en el umbral de la puerta de la alcoba. Había quedado con el fiscal Peterson a las diez.

—He leído que Ella Fitzgerald canta en el Birdland, en Broadway —le dijo mirándola en el reflejo del espejo—. ¿Te apetece que vayamos a verla?

Victoria le sonrió. Se acercó, le rodeó con sus brazos y se pegó a su espalda.

—Lo siento, Robert, pero no puedo. No estoy con ganas.

Él se volvió hacia ella y la agarró por la cintura para abrazarla.

—Lo comprendo, tranquila.

—Te quiero tanto... —musitó ella—. Gracias por tratar de hacerme feliz...

El repiqueteo del teléfono los interrumpió. Victoria se deshizo del abrazo y se fue hacia el salón para responder a la llamada.

—Quién llamará tan temprano —se preguntó Robert consultando la hora de su reloj mientras se lo abrochaba en la muñeca izquierda.

Victoria descolgó.

—Residencia Norton. —Escuchó unos segundos y se volvió hacia él con el rostro demudado.

—¿Qué ocurre? —se asustó Robert.

Sin dejar de mirarle, con cara desencajada, colgó el teléfono muy despacio.

—Era Oliver Coleman... —dijo ella con voz grave—. Su padre... El juez Coleman ha muerto. Se ha pegado un tiro y te culpa a ti de su muerte... —balbució—. Ha dicho que te mataría por esto y... ha colgado... —Se fue hacia él y le abrazó con fuerza, hundiendo la cara en su pecho—. Lo decía en serio, Robert. Tengo miedo por ti.

—No es Oliver quien me preocupa —dijo él con la gravedad del momento marcada en el rostro.

El sonido del teléfono irrumpió de nuevo. Norton se acercó y descolgó.

—Norton al habla... Hola, Fred... Sí, sí, lo sé, Oliver acaba de llamar. ¿Se sabe algo más? —Calló mientras escuchaba la voz de su amigo—. ¿En Tuskegee? ¿Qué hacía Coleman en Tuskegee?

Fred le explicó que la noticia estaba saltando en ese mismo instante en los teletipos de la redacción. El juez Coleman se había quitado la vida en su domicilio familiar de Tuskegee. Nada se sabía de las causas.

Norton se despidió de Fred y colgó, pensando ya en Katie. Cogió el listín telefónico y buscó el nombre maldito de Lucas Ewell. Lo encontró e hizo la llamada. Le contestó una voz femenina del servicio; en tono neutro le dijo que la señora Ewell se encontraba de viaje. Colgó y marcó el número de la operadora.

—Quiero hacer una llamada a Tuskegee. —Calló un instante—. Sí, al TU5-6309... Está bien, espero.

Se volvió hacia Victoria y extendió el brazo que tenía libre instándola a que se acercara. Ella lo hizo y él la abrazó, manteniendo el auricular pegado a su oído. Estuvieron en silencio varios minutos, en una espera tensa, ceñidos el uno al otro, presintiendo el latir de sus corazones, hasta que una voz se oyó al otro lado del receptor.

—Le paso con el TU5-6309 de Tuskegee.

Luego se oyó un clic y a continuación la voz de una mujer en un tono demasiado alto.

—Molly al habla. ¿Quién llama?

—Señora Molly, soy Robert Norton. Le llamo desde Nueva York.

—Señorito Robert, qué bueno escucharle, aunque sea por este maldito aparato. ¿Cómo está?

—Bien, estoy bien... Señora Molly, ¿sabe algo del señor Coleman?

—Ah, sí, se ha montado una muy gorda por aquí. Por lo visto se ha... —Se detuvo unos segundos como si de repente le hubiera dado reparo decirlo a través del teléfono. Su tono de voz descendió de forma ostensible—: El señor Coleman se ha quitado la vida, señorito Robert. Hay mucho revuelo. Imagínese, con lo que era el señor Coleman.

—Señora Molly, voy a ir a Tuskegee; ¿podría reservarme una habitación en el Bristol?

—Claro que sí, ahora mismo mando a mi hija al hotel para que haga la reserva y que le pongan en la mejor habitación. Pásese por aquí cuando llegue. Me voy a enterar de todo lo que pueda para luego contárselo.

Posó el auricular sobre la horquilla del teléfono y fijó su atención en Victoria.

—Voy contigo —dijo ella resuelta.

—No va a ser una visita agradable.

—Quiero estar a tu lado.

Norton llamó al fiscal Peterson para aplazar su cita y apenas una hora después ya estaban de camino. Eran conscientes de que tenían muchas horas de viaje por delante, pero podrían alternarse en la conducción del coche. A Norton le urgía llegar cuanto antes a Tuskegee.

Alcanzaron su destino a media tarde del día siguiente. Aparcaron frente al que fuera el restaurante de Matilda y Wolfgang Norton. El viejo cartel de madera con el nombre de NORTON'S BAVARIAN KITCHEN pintado sobre ella se había visto sustituido por unas retorcidas letras de neón en verde y amarillo que decían MOLLY'S BAVARIAN KITCHEN y ocupaban una gran parte de la fachada. Los brillos fulgían en toda la calle.

Al entrar en el interior, Norton advirtió pocos cambios en el local. Molly y su hija apenas habían tocado nada, todo estaba tal y como lo recordaba salvo una mano de pintura en las paredes y la distribución de algunas mesas. Sonrió al sentir la marea de recuerdos que se le vinieron encima. Vio a la hija de la señora Molly sirviendo unos platos en una mesa, y a su marido detrás de la barra. El hombre le reconoció enseguida.

—Señorito Robert, qué alegría verle por aquí. —Salió de la barra y se dirigió hacia ellos con una sonrisa en los labios—. Prissy, avisa a tu madre, el señorito Robert ya está aquí.

Prissy se dio la vuelta, sonrió.

—¿Cómo está, señorito Robert?

—Muy cansado del viaje. Sam, ¿está tu suegra por ahí?

—¡Prissy! —alzó la voz porque la mujer se había detenido en otra mesa para atender a un cliente que la había reclamado—, avisa a tu madre, rápido.

—Ya voy... —Prissy se alejó hacia la cocina con premura,

sin dejar de sonreír hacia Norton—. Madre, madre... Ya está aquí...

La señora Molly salió de la cocina como una exhalación, secándose las manos con el delantal blanco bien ceñido. Estaba igual que siempre, grande y oronda, con los mofletes inflados y brillantes, el pañuelo en la cabeza envolviendo su abundante cabello rizado, sus ojos chispeantes y su sonrisa abierta, enseñando sus dientes blancos, que contrastaban con la piel negra y tersa.

—Señorito Robert, por fin ha llegado. ¿Cómo ha hecho el viaje? —No pudo evitar echar un vistazo a Victoria—. Estará muy cansado, y tendrá hambre... —lo dijo todo seguido, como una madre protectora pendiente del bienestar de sus cachorros.

—Señora Molly, le presento a Victoria, mi esposa.

La mujer se llevó las manos a la cara de alegría, Prissy comenzó a dar saltitos y Sam le palmeó la espalda, felicitándole.

Molly se puso frente a Victoria, la cogió por los hombros y le plantó dos besos. Todo sin dejar de sonreír y de repetir una y otra vez «qué alegría, señorito Robert». Luego los obligó a sentarse en una de las mesas. Ella se sentó con ellos y le pidió a Sam que les sirviera unas cervezas frías.

—¿Qué se sabe, señora Molly?

—Me he estado enterando de todo desde que usted llamó. El señor y la señora Coleman llegaron a Tuskegee hace tres días casi sin avisar. Las criadas apenas tuvieron tiempo de ventilar la casa y destapar los muebles. Al día siguiente aparecieron los dos hijos, el señorito Oliver y la señorita Katie. Desde su llegada no se ha visto por la ciudad a ninguno de los cuatro. Según ha contado uno de los criados, el padre y el hijo tuvieron una discusión muy fuerte, con gritos y muy malas formas. Por lo visto, la madre y la hija estaban presentes, pero ellas solo lloraban, lloraban mucho. La tarde antes de la desgracia del señor Coleman, la señora Coleman necesitó de la asistencia de un médico por un ataque de nervios.

El doctor le suministró un tranquilizante y durmió toda la noche. Fue la señorita Katie la que encontró al señor Coleman. Imagínese, pobrecita. Creo que está destrozada, señorito Robert. Qué desgracia más grande. —Se persignó con un rápido movimiento de la mano delante de la cara y el pecho.

Robert y Victoria escuchaban con mucha atención. Sam les sirvió unas jarras de cerveza.

—Le tienen en la casa —dijo Prissy—. Los de la funeraria han estado preparándole hasta hace un rato. Mañana le entierran.

—¿Es seguro que ha sido un suicidio? —preguntó Norton.

Sam, que aún no se había alejado de la mesa, intervino.

—El médico forense estuvo en la casa y ha confirmado que el señor Coleman se pegó un tiro en la boca con el revólver de su propiedad.

Hubo un momento de pesar, estremecidos al imaginarse la escena.

Norton arrugó el ceño y preguntó:

—¿Saben si está por aquí Lucas Ewell?

—Dicen que no ha venido —respondió Sam.

—Todo se está llevando con mucho secretismo —añadió la señora Molly—, y eso lo único que provoca es que la gente especule. —Se echó hacia delante posando sobre la mesa su enorme pecho con un gesto confidencial—. Dicen que se mató por algo que hizo ese Ewell del diablo. —Volvió a erguirse, el gesto adusto—. Maldita sea su alma —murmuró con una mueca hostil.

—Me acercaré a la casa. —Norton ya se estaba poniendo en pie.

—No creo que le dejen pasar, señorito Robert —atajó Sam—. Desde ayer por la tarde la propiedad de los Coleman está blindada. El *sheriff* ha puesto a todos sus hombres rodeando la casa y no permite que nadie se acerque. Son órdenes de la señora Coleman. No quiere curiosos merodeando por allí.

—Es muy tarde, señorito Robert —se preocupó la señora Molly—. No son horas de visita. El viaje ha sido muy largo. Deberían comer algo y descansar. Mañana tendrá tiempo de acercarse a la casa Coleman.

Norton le dedicó una tierna mirada. Aquella mujer negra de cara redonda y labios gruesos desprendía esa sensación maternal que solo se percibe cerca del hogar.

—No tengo hambre —dijo con una sonrisa agradecida.

—Claro que la tiene —manifestó ella resuelta—. Y estoy convencida de que su esposa también. Una buena Weisswurst con chucrut les levantará el ánimo y hará que la señorita Victoria se sienta como en casa. —Mandó a Prissy a la cocina para que fuera preparando las cosas al tiempo que se ponía en pie y obligaba a Norton a tomar asiento de nuevo—. Además, tengo algo para usted, señorito Robert. Me llegó hace unos días, iba a enviárselo a su casa en Nueva York, pero ya que está aquí... —Molly se metió en la cocina y salió a los pocos segundos con una carta en la mano—. Es del señor Keating.

—¿No está aquí?

—No, señorito Robert, no está aquí.

Samuel Keating le escribía desde un lugar de México al que había llegado tras un largo y tortuoso viaje valiéndose de documentación falsa. Se había reunido con su esposa y su hijo y tenían previsto empezar una nueva vida lejos de Estados Unidos. Le deseaba lo mejor y le pedía perdón por el daño que pudiera haberle causado.

Norton guardó la carta en el bolsillo y se levantó una vez más, ahora que Victoria y él se habían quedado solos.

—¿Adónde vas? —preguntó ella.

—A casa de los Coleman. Tengo que saber cómo está Katie.

—¿Quieres que te acompañe?

—Será mejor que vaya solo. Come algo, la señora Molly tiene muy buena mano en la cocina. No me llevo el coche, prefiero ir caminando.

Cogió el sombrero y le dio un beso.

Victoria le retuvo agarrándole del brazo.

—Ten cuidado, Robert, por favor.

Él la miró y le sonrió con ternura. Le acarició la mejilla y asintió. Luego se dio la vuelta y se marchó antes de que la señora Molly pudiera impedirle salir del local.

En el camino que llevaba a la propiedad de los Coleman se cruzó con varios grupos de gente que regresaban a la ciudad. Iban hablando del tema. Eran curiosos que se habían acercado hasta donde la policía les permitía con la intención de fisgonear algún detalle de la tragedia de aquella prominente familia. «La desgracia cae también sobre los poderosos», oyó decir a una mujer negra que caminaba acompañada de otras mujeres. Aunque estaba empezando a anochecer y el sol ya se ocultaba bajo la línea del horizonte, el calor seguía apretando y la tierra seca crujía bajo los pies. Llegó al cruce por el que se iba a la casa que años atrás había compartido con Katie y Ben. Se detuvo y oteó la lejanía. A escasos cien metros se atisbaba la frondosa arboleda que precedía a la vivienda. Tuvo el impulso de acercarse, pero prefirió seguir hacia la casa principal. Un poco más adelante, dos coches patrulla bloqueaban la entrada a la propiedad. Una docena de policías uniformados se hallaban desplegados a lo largo de la cerca de madera que rodeaba la finca. Norton volvió a comprobar que no era el único que había tenido la idea de acercarse al lugar. El morbo de hurgar en el dolor ajeno era universal y nadie quería reprimir esa curiosidad de saber cómo lo gestionaban otros. Una veintena de hombres y mujeres, blancos y negros, susurraban en corrillos a unos metros del acceso bloqueado por la policía. Cuando Norton se aproximó, alguien le reconoció y le abordó con premura. Se trataba de un periodista de Tuskegee a la caza de alguna noticia o declaración con sustancia que pudiera servirle.

—Señor Norton, ¿qué piensa que ha podido ocurrir?

—Acabo de llegar de Nueva York —contestó sin detenerse y sin apenas mirarle, con los ojos puestos en la entrada—. Sé lo mismo que usted.

—Dicen que el señor Coleman se suicidó porque se enteró de que su hijo estaba involucrado en un crimen cometido hace años.

Norton se detuvo y le miró por primera vez. Vio la avidez en los ojos del reportero. Le observaba muy atento, con un lápiz en una mano y una libreta abierta en la otra, dispuesto a apuntar cualquier cosa que dijera o hiciera, cualquier gesto, cualquier mueca. Norton continuó andando sin decir nada, pero el reportero le siguió, acompañado de otros dos que se habían unido también con cuadernillos de notas en la mano. Un fotógrafo se puso delante y el flash lo deslumbró cuando disparó la cámara a traición; Norton le esquivó y siguió su camino hasta llegar a la puerta de acceso. Solo entonces no le quedó más remedio que detenerse ante la presencia policial. Uno de los agentes era un antiguo compañero de colegio. Le reconoció y se acercó hasta él.

—Hola, Robert, ¿qué haces por aquí?

—¿Tú qué crees? —preguntó sarcástico. Hizo un gesto hacia la casa—. Quiero ver a Katie.

—No es buen momento para hacer visitas de cortesía.

Su actitud flemática molestó a Norton.

—No es una visita de cortesía, Harry. Déjame pasar, por favor.

—La señora Coleman ha dado órdenes muy claras: nada de visitas. Además, no creo que Katie quiera ver a nadie. Fue ella la que encontró a su padre en el despacho con la cara destrozada por el disparo. La he visto un momento esta mañana y está conmocionada. No sé cómo se va a recuperar de esto.

—¿Se sabe por qué...? —preguntó Norton sin poder reprimir la curiosidad. Quería saber hasta qué punto había trascendido la noticia.

—Parece ser que el señor Coleman se enteró de alguna pifia gorda de Oliver. Algo muy grave. Hubo una fuerte discusión entre padre e hijo... Esa misma noche, el señor Coleman decidió quitarse de en medio. Por ahora, es lo único que se ha difundido.

—¿Lucas está por aquí?

—Yo no le he visto. Imagino que estará de camino.

Norton ofreció un cigarro al policía y ambos fumaron en silencio. Tras unas caladas, Norton habló con mesura.

—Harry, déjame entrar. Si Katie no quiere verme, me marcharé.

El policía se giró hacia la casa y luego se volvió hacia Norton; negó con la cabeza.

—No puedo, Robert, lo siento. —Se detuvo unos segundos—. Tal vez podría acercarme a la casa y decirle que estás aquí...

—Hazlo, por favor. Dile que quiero verla.

El policía asintió y se adentró en la propiedad. Después de unos minutos, Norton le vio aparecer de nuevo.

—Lo siento, Robert, la señora Coleman ha dicho que Katie no está para visitas, y mucho menos la tuya. Ya sabes el cariño que te tiene —añadió con ironía—. Mañana podrás verla en el cementerio. El entierro será a las ocho. La señora Coleman quiere acabar cuanto antes con todo esto para evitar que llegue la gente de Washington. Cree que con el entierro del juez se acabará el circo, pero me da a mí que esto no ha hecho más que empezar.

—No lo dudes. Gracias, Harry. Hasta mañana.

Se dio la vuelta y se alejó con paso tranquilo. Se había hecho de noche y se oía el chirriar de los grillos. Se aflojó el nudo de la corbata y se desabrochó el botón de la camisa para dejar hueco en el cuello. Tenía la espalda empapada de sudor. Casi se había olvidado del calor seco y polvoriento de Tuskegee. Cuando llegó al cruce, en vez de seguir recto hacia la ciudad, giró a la derecha y embocó el camino que le llevaba a su antiguo hogar. La silueta de la casa se perfiló ante él como una sombra proyectada por la luz de la luna. Se quedó un instante para observar aquella mole inerte y sin vida. Nadie la había vuelto a ocupar desde su divorcio. Había permanecido cerrada a cal y canto durante todos aquellos años, guardados entre sus muros los recuerdos felices que se vivieron en ella antes de la gran tragedia.

Alzó la vista y miró hacia la ventana de la habitación que en su día ocupó su hijo Ben. Resopló con fuerza porque, sin darse cuenta, estaba conteniendo la respiración. Cuando se iba a dar la vuelta para marcharse, le pareció ver un reflejo de luz tras la cortina. Permaneció con los ojos fijos en aquella ventana sin ver otra cosa que la negrura de la noche. Decidió acercarse hasta la entrada. Subió los dos escalones para entrar en el porche, agarró el picaporte de bronce, lo bajó y la puerta cedió con un chirrido que parecía un lamento. Le llegó un amargo y solitario olor a cerrado. Se mantuvo quieto hasta que la vista se adaptó a la penumbra. Avanzó hasta la escalera y miró hacia arriba. La puerta de la habitación estaba entornada y el leve resplandor de una vela se deslizaba por las rendijas abiertas. Subió despacio hasta el piso superior, se acercó a la puerta y la empujó con suavidad.

Llevaba sin entrar en aquella habitación desde el maldito día en que Maudi salió con el niño en brazos para acudir a casa de Rose. Nada se había tocado, todo estaba igual, como si en su interior el tiempo se hubiera detenido en aquel instante. El recuerdo de las últimas risas de su hijo le abofeteó la conciencia con dureza, y sintió que sus piernas perdían la firmeza. Katie se encontraba sentada en una butaca junto a la cuna vacía. Su silueta quedaba iluminada por la llama de una vela que titilaba a su lado provocando una inquietante danza de sombras a su alrededor. Tenía entre las manos el peluche con el que solía dormirse el pequeño Ben, y Norton pensó que aquella era una de las imágenes más dolorosas que se puedan llegar a contemplar: la de una madre junto a la cuna vacía de su hijo muerto.

Ella le miró con la tristeza incrustada en sus pupilas. Sonrió lánguida.

—Sabía que vendrías aquí —dijo con una voz débil, sin apenas fuerza.

—Katie... —Norton dio un paso hacia ella con la sensación de caminar por el borde de un precipicio—. Quería verte...

—Nuestro pequeño Ben tendría ahora trece años... Habríamos tenido más hijos, una niña, o dos... —Mientras hablaba acariciaba el peluche con los ojos puestos sobre él—. Habríamos sido tan felices... —Alzó la mirada y le inquirió con anhelo—. Lo habríamos sido, ¿verdad?

—Estoy seguro de ello.

Katie volvió la atención al osito con una sonrisa sombría en sus labios. Norton se acercó un poco más y, cuando estaba frente a ella, Katie levantó la cara y le interpeló desconsolada:

—Tú lo sabías, Robert... ¿Por qué no me lo dijiste? ¿Por qué has permitido que siguiera viviendo con el asesino de nuestro hijo? —Bajó los ojos al peluche que retorcía en sus manos inquietas—. Cuanto más lo pienso, menos lo entiendo. —Volvió a levantar la mirada hacia él. En su actitud había una mezcla de súplica y reproche—. ¿Cómo has podido hacerme esto? ¿Cómo has podido...?

—Katie... Yo... —Se detuvo abrumado por la sensación de culpa que le inundó de repente—. Lo siento, lo siento mucho. No sabía cómo afrontarlo...

—¿No sabías cómo afrontarlo? —replicó ella alzando la voz. Su enfado se desbordaba de impotencia, de rabia, de incomprensión y de horror de saber con qué clase de monstruo estaba casada.

El aire resultaba irrespirable, espeso y cálido. Norton se agachó ante ella y le agarró las manos buscando sus ojos.

—Katie, no sabía cómo decírtelo, ni siquiera sabía si debía hacerlo. No puedes imaginar por lo que he pasado todo este tiempo...

Ella le miró largamente.

—No digas nada. No hay nada que se pueda decir. —En sus labios se esbozó una dulce risa. La voz salió ahogada de su garganta—. Quiero que sepas que nunca he dejado de amarte...

—Katie... —susurró él pesaroso—. Lo siento...

—Vete, Robert, necesito estar sola. Márchate, por favor.

Norton se levantó, acercó la mano a la cabeza de Katie, hundida de nuevo en el blando peluche, sin llegar a tocarla, la retiró, se dio la vuelta y se alejó.

Empezaba a amanecer cuando Norton descendió del coche a la entrada del cementerio. Victoria lo hizo también y le siguió por los senderos del camposanto hasta llegar al panteón de mármol en cuyo frontón se podía leer FAMILIA COLEMAN. Norton sentía la calidez de la mano de Victoria rodeando la suya. No le había preguntado nada a su llegada al hotel la noche pasada; se había tendido junto a ella y, abrazados, habían dejado transcurrir el tiempo.

En el centro, una montonera de tierra indicaba la fosa ya abierta y preparada para recibir el féretro del juez Coleman. Guiada por los pasos de Norton, Victoria se dejó llevar hasta quedar al pie de una lápida también de mármol, pequeña y blanca; un ángel con aspecto de niño del mismo material se erguía ligero en la cabecera. Estremecida, apretó la mano de Norton. Sus ojos fijos en aquel nombre, en aquellas fechas que confirmaban una vida dolorosamente breve:

BENJAMIN NORTON-COLEMAN

25 DE OCTUBRE DE 1938 - 19 DE MAYO DE 1939

Permanecieron los dos unos minutos delante de aquella sepultura, sumidos en la memoria de distintas pérdidas. Con movimientos muy pausados, Robert se puso en cuclillas y posó la mano sobre el mármol, como si con ese gesto conectase más intensamente con el recuerdo del hijo perdido. Se levantó, miró a Victoria y le dedicó una sonrisa enternecida con los ojos brillantes, antes de rodearla con un brazo y dirigir sus pasos hacia las tumbas de sus padres y de su hermana.

Habían decidido visitar el cementerio antes de que se llenase de gente, una visita solitaria, con el fin de mostrar el debido respeto a los muertos.

El cortejo fúnebre salió de la propiedad de los Coleman un poco antes de las ocho de la mañana. El intenso sol escalaba por un cielo limpio de nubes augurando otro día de temperaturas sofocantes. Como el día anterior en casa de los Coleman, en la entrada del camposanto se arremolinaban un sinfín de periodistas, fotógrafos y curiosos dispuestos a contemplar el drama de la muerte. Cuatro hombres llevaron a hombros el féretro desde el coche hasta la fosa. Alrededor de la sepultura se fueron colocando los acompañantes del difunto. La viuda se situó a la derecha del oficiante; vestía de riguroso luto de pies a cabeza, tocada con un sombrero del que caía un velo que le cubría la cara, y llevaba en la mano enguantada un pañuelo blanco con el que de vez en cuando se enjugaba las lágrimas. Su hija Katie iba con un traje de chaqueta negro, medias negras y tupidas a pesar del calor, sombrero negro y unas gafas oscuras que ocultaban sus ojos. A pesar de colocarse al lado de la señora Coleman, madre e hija no estaban juntas, había entre ellas una distancia abismal. Katie rechazó sin reparo el apoyo que su madre, de forma inconsciente, buscó en ella. A falta del mismo, la viuda, mediante un gesto enérgico y desabrido, reclamó el sostén de su fiel criada negra, que corrió a su lado.

A la otra orilla de la sepultura abierta se posicionó Oliver. Presentaba un aspecto descuidado. Cabizbajo, con el sombrero calado hasta las cejas, traje oscuro, corbata negra con el nudo aflojado y los hombros hundidos, parecía que la vida le pesara demasiado. Era evidente que había bebido y se balanceaba ligeramente, en un equilibrio precario, con las manos hundidas en los bolsillos del pantalón y una actitud de apatía y desidia que contrastaba con la gravedad del momento. Igual que su hermana, se cubría los ojos con unas gafas de sol negras. El resto de los asistentes se fueron congregando alrededor de la familia. Norton se mantuvo a cierta distancia del féretro, observando. A muchos los conocía de la ciudad, otros le parecieron gentes de fuera, lo más probable, amigos y colaboradores del juez Coleman que habían podido llegar a tiempo desde Washington. No vio a Lucas Ewell, aunque, tal y como estaban las cosas, no era extraño que no apareciese por allí. Se preguntaba cómo se habría tomado el suicidio del juez Coleman, y cuál sería su reacción. Le consideraba un tipo peligroso e imprevisible, un animal salvaje que, al sentirse acorralado, atacaría con violencia. Habría que estar muy atento a sus actos a partir de aquel instante.

Cuando el féretro descendió a la fosa, la señora Coleman cogió una rosa de una de las coronas fúnebres y la arrojó al interior. Después, obviando a todos los presentes y sin esperar a recibir el pésame de nadie, se alejó del brazo de su criada y se metió en el coche. El chófer arrancó el motor y se marcharon. Aquello fue la señal para que el resto comenzara a dispersarse. Oliver fue el primero en hacerlo: se alejó tambaleante en dirección contraria a la posición de Norton. Robert le siguió con la mirada, hasta que vio que Katie se acercaba a ellos. Las gafas oscuras no ocultaban el gesto descompuesto, talladas las líneas de la comisura de los labios debido a la tensión, arrasada su piel por el llanto.

Le presentó a Victoria, que extendió su mano hacia Katie. Apenas fueron un par de segundos de contacto entre las dos mujeres. Katie retiró enseguida la mano enguantada.

—La acompaño en el sentimiento —dijo Victoria con pesar.

Los labios de Katie estaban prietos, pero esbozaron una sonrisa de gratitud.

—Ya no me quedan sentimientos. —Su voz era apática—. Estoy vacía.

Un perturbador silencio los envolvió como una fría y pesada armadura. Al cabo, Katie lo rompió dirigiéndose a Norton.

—Mi padre dijo que una niña negra vio todo lo que pasó aquella noche.

—Así es. Se lo dijo a su padre, y su padre se lo contó a Sanders en la cárcel.

—¿Sabes quién es ella? ¿Sigue viviendo aquí, en Tuskegee?

Norton asintió con la cabeza.

—Quiero verla —dijo con vehemencia.

—Katie, es inútil. Ya lo intenté yo. No hablará. Tiene miedo.

—Quiero verla, Robert, por favor, necesito hablar con ella.

Norton, desconcertado por la solicitud, miró a Victoria, quien le agarró del brazo y le susurró que lo hiciera.

—Está bien, te llevaré.

Invitó a Katie a subir al asiento de atrás del coche, Victoria lo hizo en el del copiloto y Norton se acomodó al volante. Arrancó el coche y, antes de pisar el acelerador, miró a Katie por el retrovisor.

—¿Estás segura de lo que vas a hacer?

—Llévame a ver a esa mujer.

Norton enfiló la carretera que llevaba al este de la ciudad, al distrito de los negros. Ninguno de los tres dijo nada durante todo el trayecto. Tampoco cuando él giró en una intersección para adentrarse por un camino de tierra. Avanzaron despacio, traqueteando debido al firme desigual, hasta que avistaron una casita de madera pintada de blanco, con un tejado a dos aguas y un pequeño porche. Atado a una estaca por una larga correa, un perro se lanzó hacia ellos ladrando y dando aviso a sus moradores. Detuvo el coche justo cuando se abría la puerta de la casa y asomaba al umbral una mujer con un niño en los brazos, encajado en la cadera. Debía de tener algo más de veinte años y llevaba el pelo, rizado y fosco, recogido hacia atrás con una cinta de color amarillo, y un fino vestido suelto de color gris que apenas le cubría las rodillas. Detrás de ella aparecieron otros dos pequeños de unos dos años, un niño y una niña. Todos iban descalzos y tenían los mismos labios gruesos y rosados, y la misma piel negra seca por el polvo. Escrutaban a los recién llegados con sus grandes ojos blancos y muy abiertos.

—¿Señora Desmond? —preguntó Norton al descender del coche.

—¿Quién la busca? —inquirió ella precavida mientras, con el dorso de la mano libre, se secaba el sudor de la frente.

—Soy Robert Norton, hablamos por teléfono hace un tiempo, la llamé desde Nueva York; usted me atendió desde el restaurante de Molly...

—Sé quién es usted —replicó.

—Señora Desmond, ella es la señora Ewell.

—Coleman —le corrigió ella mientras daba un paso adelante.

Habló con ansiedad, quitándose las gafas de sol por primera vez, dispuesta a mostrar a aquella mujer su dolor.

—Soy la madre del bebé que murió hace doce años cerca de aquí, abrasado por las llamas que provocaron un grupo de hombres del Ku Klux Klan. Usted lo vio todo. Pudo ver sus caras...

—No quiero saber nada —atajó ella alzando la voz—, ya se lo dije al señor.

—Por favor, señora Desmond —imploró Katie—. Solo quiero saber la verdad.

—La verdad ya la sabe.

Aquellas palabras fueron tan ciertas que Katie las sintió

como una bofetada. La mujer se dio cuenta y suavizó su tono.

—Lo siento, señora Coleman, no puedo ayudarla. No podría aunque quisiera...

Con la mano libre empujó a los niños para hacerlos entrar en la casa, pero antes de que pudiera hacerlo, Katie se acercó un poco más a ella.

—¿Cuántos meses tiene? —le preguntó.

La mujer se detuvo. Katie había subido los dos escalones del porche y se encontraba muy cerca de ella. Los niños se pegaron a las piernas de su madre, observando con recelo a aquellos blancos que se encontraban en su terreno, con ese miedo aprendido desde tan pequeños.

—El bebé —insistió Katie señalando al niño que mantenía apoyado en su cadera y rodeado con el brazo—, ¿cuántos meses tiene?

—Siete meses ha hecho esta semana.

—Es precioso —dijo ella con una amarga sonrisa—. Mi hijo Ben también tenía siete meses cuando murió entre las llamas con su niñera.

Un silencio aplastante se fundió en el aire, roto únicamente por la respiración sofocada del perro.

—Señora Desmond, solo quiero que me cuente lo que vio aquella noche. He vivido con la pena de perder a mi bebé, y ahora me entero de que el hombre con el que me casé fue el responsable de su muerte.

—El señor Ewell fue el que prendió la tea, señora. Él fue quien incendió la casa. Él era el que mandaba. El señor Ewell.

Katie la miraba con los ojos arrasados por una verdad que necesitaba y dolía.

—Así que es cierto... —susurró—. Fue él.

—Había dos hombres más que no vi. Pero a su hermano y al señor Ewell los vi perfectamente y también oí sus nombres, tan claros como la oigo a usted ahora.

Norton aprovechó para hablarle.

—¿Estaría dispuesta a prestar testimonio contra ellos, señora Desmond?

Ella le miró y pegó al niño contra su pecho.

—No serviría para nada porque nunca me creerían, ni antes ni ahora. Ningún blanco cree el testimonio de un negro.

—Yo sí la creo, señora Desmond —aseguró Katie—. Eso debería ser suficiente para usted.

—No lo es si pone en peligro a mis hijos y a mi marido. Ya me lo advirtió el señor Ewell.

—¿Lucas estuvo aquí y la amenazó? —Katie se horrorizó.

—Sí, señora. Me lo dejó muy claro. Si se me ocurría decir una palabra de lo que vi, acabaría conmigo, con mis hijos y mi marido. Eso fue lo que me dijo, y sé que es capaz de hacerlo.

Katie miró a Norton incapaz de asimilar lo que estaba oyendo.

—Estoy casada con un monstruo... —susurró.

—Vamos, Katie —él la tomó del brazo—, aquí no hay nada que hacer. Deja que te lleve a casa.

Katie bajó rendida los escalones, pero la voz de la mujer la obligó a detenerse.

—Señora Coleman, siento mucho todo por lo que está pasando, pero póngase en mi lugar. Soy negra, tenía solo doce años, nadie me habría creído... Ni antes ni ahora. Ningún blanco cree el testimonio de un negro.

—Está en su mano cambiar las cosas, señora Desmond.

—Es tarde para eso, señora Coleman —insistía la mujer—, ya no se puede hacer nada. La justicia condenó a dos inocentes por el color de su piel, no había pruebas, solo pasaron por allí en el momento más inoportuno. He vivido todos estos años con remordimiento por esos dos hombres ahorcados; conozco a sus familias, me cruzo con sus viudas y con sus hijos y no soy capaz de mirarlos a la cara porque me muero por dentro al pensar qué habría pasado si hubiera hablado, si hubiera sido capaz de contar lo que vi, el horror del que fui testigo, pero tenía miedo, mucho miedo... Es ese miedo que tenemos metido en las venas todos por aquí. No te metas en nada y puede que tengas suerte y no te pase nada... Pero si te interpones en el camino de un blanco deberás atenerte a las consecuencias. —El bebé se removió y lloriqueó un poco. La mujer se lo cambió de cadera y le arrulló con un leve balanceo de su cuerpo—. Me pregunto cada día si soy culpable por haber guardado silencio sobre lo que vi, y después de tantos años no tengo respuesta. Lo que sí sé es que los verdaderos culpables han seguido con sus vidas sin ningún cargo de conciencia. —La mujer calló unos segundos con los ojos fijos en Katie—. Así que no venga a mi casa a contarme lo dura que es su vida ni a decirme lo que tengo que hacer, porque no sabe de qué está hablando. Es la justicia de los blancos, señora Coleman, la justicia que sufrimos los negros.

Katie se fue hacia ella con la rabia contenida, los dientes apretados y los puños cerrados.

—¿Cómo cree que me siento yo al saber que he estado conviviendo con un asesino durante años? —Su voz desgarrada asustó a los niños.

La mujer la miró a los ojos y respondió desde la trinchera de su propia guerra.

—Yo, yo, yo... Todos hemos sufrido con esto, señora. Cada uno lleva su propia pena.

Katie le mantuvo la mirada unos segundos; su cuerpo se tambaleó y se hubiera caído si no llega a ser porque Norton estaba atento y la sujetó a tiempo. Victoria, que había permanecido junto al coche, acudió en su ayuda.

Llevaron a Katie a la casa vacía en la que habían vivido Norton y ella. Se negó en redondo a volver con su madre. No soportaba su presencia, tampoco la de su hermano, prefería estar sola. Tenía que pensar qué hacer con su vida.

—¿Crees que estará bien? —preguntó Victoria mientras regresaban a la ciudad después de dejarla en la casa.

La única respuesta que obtuvo fue un demoledor silencio.

Llevaban un buen rato tendidos sobre la cama, escuchando el zumbido del ventilador del techo, cuyas aspas daban vueltas removiendo el aire caliente de la habitación. El calor y la profusión de pensamientos los habían mantenido toda la noche en una ligera duermevela. La tenue luz del nuevo día se iba filtrando a través de las cortinas mecidas con la brisa. Victoria se giró hacia Norton, se incorporó con el codo en el colchón y apoyó la cabeza en la mano para mirarle. Sin apenas rozarle, llevó la yema de los dedos hacia sus párpados aún cerrados, deslizó la mano hasta sus labios relajados y desde su barbilla bajó por el cuello cincelando en su conciencia aquel rostro amado. Norton abrió los ojos, sonrió, le rodeó la cintura y la atrajo hacia él con delicadeza. Ella le habló en un susurro.

—Te amo más de lo que nunca habría podido imaginar, Robert.

Él la besó en los labios, un beso dulce y suave. Ella sintió el calor de su boca.

Se miraban muy de cerca, sintiendo el aliento el uno del otro. Se besaron de nuevo, pero entonces un ruido los alertó. Pasos rápidos que resonaban en el pasillo y, a continuación, varios golpes apremiantes en la puerta.

—Señorito Robert, ¿está usted ahí? Soy Sam, me manda la señora Molly. Abra, por favor, tengo algo importante que decirle.

Él ya había saltado de la cama y se estaba poniendo los calzoncillos. Victoria, por su parte, se cubrió con un vestido de verano que tenía en la silla y se quedó de pie a un lado mientras Norton abría la puerta.

—¿Qué sucede, Sam?

—Se trata de la señorita Katie...

En apenas unos minutos Victoria y Robert estaban en el coche. Norton conducía deprisa por una ciudad aún adormecida. En el cruce giró y vieron dos coches de policía aparcados en la entrada de la casa: uno de ellos era el del *sheriff*. Frenó en seco y descendió del coche a toda prisa. Ni siquiera se detuvo a saludar a Harry, que se encontraba junto al segundo coche y levantó una mano para detenerle, en vano.

Como una exhalación, Norton entró en la casa y se encontró a Oliver sentado en un rincón del salón, el cuerpo inclinado hacia delante, la cabeza entre las manos.

—¡Oliver!

En ese momento alzó la cara. Tenía un aspecto aún peor que el día anterior en el cementerio, muy fatigado y con un deje de locura.

—¿Qué ha pasado? ¿Dónde está Katie?

—Katie... —Era una voz rota, ahogada en un doloroso llanto interno—. Katie... Dios santo, Robert... Te dije que no lo hicieras... Te lo dije... Dios... —Oliver volvió a derrumbarse y dejó caer los hombros, trastornado.

Sobrecogido, Norton miró a Victoria, que había seguido sus pasos, luego hacia arriba. Salió del salón y subió la escalera hasta llegar a la habitación del pequeño Ben. La señora Coleman estaba sentada en el mismo sillón en el que había encontrado a Katie hacía dos noches. En sus manos sostenía el mismo peluche, contraída sobre sí misma, su aspecto altivo había desaparecido y mostraba la terrible dureza de una madre desolada. Sobre la cama en la que antaño dormía Maudi, reposaba el cuerpo de Katie con las manos en el regazo. El *sheriff* hablaba con el médico junto a la cama. Se volvieron al sentir la presencia de Norton.

—Katie... —murmuró él adentrándose en el interior. Miró al médico y al jefe de policía con el rostro desencajado.

—Lo siento, Norton —dijo el *sheriff*—. No se ha podido hacer nada. El doctor lo ha intentado todo, pero llegamos demasiado tarde. Tal vez si no hubiera estado sola...

—Pero... Por qué...

—¿Por qué? —La señora Coleman saltó como una hiena enloquecida contra él—. ¿Tú preguntas el porqué de toda esta tragedia? ¡Eres tú el responsable de todo esto! ¡Tú y tu sentido de la justicia habéis causado este horrible cúmulo de muerte sobre mi familia! —Le señalaba con el dedo con expresión trastornada—. En tu conciencia quedan la muerte de mi marido y de mi hija... Maldito seas... —Se quebró en un llanto histérico—. Lo has destrozado todo, maldito seas...

El *sheriff* la había sujetado para evitar que llegase hasta Norton. Él no se había movido de donde estaba, impertérrito ante el ataque de aquella mujer enajenada por el dolor. El médico la tomó del brazo, la rodeó por el hombro y la llevó fuera de la habitación mientras trataba de calmarla. Cuando quedaron solos, el *sheriff* le contó a Norton que Oliver había encontrado de madrugada el cuerpo de su hermana en el suelo; a su lado, un bote vacío de barbitúricos. Habían intentado realizarle un lavado de estómago, pero todo había sido inútil. Estaba muerta, y ahora temía por Oliver.

—Me preocupa su estado. Ayer estuve con él hasta muy tarde, bebió mucho. Fue al volver cuando se pasó por aquí, me dijo que quería hablar con ella. —Hizo un gesto con la cabeza hacia Katie—. Hable con él, a usted le hará caso, le sigue considerando su amigo a pesar de todo lo que ha ocurrido. Oliver le aprecia más de lo que se imagina. Está desesperado; si no hacemos algo, es posible que esta tragedia sume una nueva víctima.

—Hablaré con él —murmuró afligido.

—Escuche —el *sheriff* echó un rápido vistazo hacia donde estaba Katie tendida—, desconozco cuál es la razón que ha provocado este drama en tan poco tiempo, pero, dadas las circunstancias, tiene que ser algo muy grave. Oliver no me lo quiso decir, no sé si puedo contar con usted...

—*Sheriff*—Norton le interrumpió mirándole a los ojos—, lo sabrá todo a su debido tiempo, se lo aseguro, ahora no es el momento. —Lo dijo con los ojos puestos en Katie, roto por el dolor. Luego miró al policía con un gesto de súplica—. Por favor...

El jefe de policía asintió y se retiró hacia la puerta. Miró a Victoria, que permanecía en el umbral, las manos cruzadas en el regazo, testigo mudo del horror.

Norton se acercó a la cama en la que yacía Katie, se inclinó y le acarició la mejilla; se estremeció al sentirla fría. Contra su voluntad, nublaron sus ojos unas lágrimas que dolían. Jadeó porque le faltaba el aire.

—Lo siento, Katie... —susurró—. Lo siento mucho...

Se dejó caer de rodillas junto a la cama.

Victoria se acercó hasta él con el corazón encogido y le puso una mano en el hombro, solo para que supiese que no estaba solo. Unos minutos después salieron de la habitación agarrados, dándose apoyo mutuo para no desmoronarse. El médico había suministrado un sedante a la señora Coleman; su criada velaba ahora su inquieto sueño en la habitación que Katie y Robert ocuparon en su día.

—Espérame fuera —rogó Norton a Victoria antes de adentrarse en el salón.

Oliver seguía en la misma postura abatida, inclinado y con la cabeza enterrada entre sus manos. A su lado, una botella mediada de whisky.

—Oliver —le llamó con voz suave—, no sé qué decir, no sé cómo ayudarte.

Él levantó la cara, fijó la mirada en él, exhaló el aliento y se echó hacia atrás, apoyando pesadamente la espalda en la butaca. Parecía un viejo prematuro, seco, cansado, derrotado.

—Si tuviera la mitad del valor que ha tenido ella, haría lo mismo, pero soy un cobarde, siempre lo he sido, y tú lo sabes mejor que nadie... Un payaso y un cobarde.

—Lo que ha hecho Katie no es valentía, Oliver, es producto de la desesperación.

—Y yo azucé durante años esa desesperación. —Buscó su mirada con una mueca de interrogación—. ¿Crees que soy responsable de su muerte, Robert?

—Creo que este asunto nos ha desbordado a todos.

—Ella no se merecía todo esto. —Oliver cogió la botella y le dio un trago. Con ella asida del cuello y la mirada perdida en un inmenso vacío, continuó hablando—: Me preguntaste en tu despacho cómo había podido vivir con esa carga durante todo este tiempo... —Soltó una risa beoda y blanda. Luego, se puso muy serio—. Yo también me lo pregunto. Quiero decirte algo y me da igual que me creas o no: en todos estos años he estado a punto de confesarlo todo muchas veces... —Arrugó la frente al sentir un dolor repentino en su conciencia—. ¿Cómo pude permitir que mi hermana se casara con ese indeseable? —Alzó las cejas con una expresión desquiciada—. Pero no tuve el valor de impedirlo. Callé y, con mi silencio, la condené a ella también —resopló constreñido—. Me he convertido en un bufón, un alcohólico, un donnadie atrapado en las garras de ese maldito Lucas desde aquella noche. —Levantó los ojos y le miró mientras le tendía la botella—. Toma, bebe, bebamos juntos como en los viejos tiempos.

Norton la cogió, se sentó a su lado y bebió. Sintió el picor del alcohol en la garganta. Colocó la botella entre ambos, sacó un cigarrillo y le ofreció. Con la mirada perdida, ambos dieron una calada larga y profunda hasta llenarse los pulmones. Norton habló mientras dejaba escapar el humo por las fosas nasales.

—¿Qué piensas hacer ahora?

—Katie me dijo que la llevaste a ver a esa mujer y que ella se niega a declarar.

—Tiene miedo. Lucas la ha amenazado con hacer daño a su familia si habla.

Un hondo silencio los rodeaba, como si nadie más que ellos estuviera en el mundo.

—De qué sirve arrepentirse de algo que ya no tiene remedio —dijo Oliver.

—Tal vez para descargar la conciencia, siempre y cuando la tengas.

—Lo voy a contar todo. Se lo debo a mi hermana y a mi sobrino... —le miró con la barbilla alzada y una expresión de aplomo en sus ojos—, y se lo debo a Rose. Y a ti también, Robert, también te lo debo a ti. Voy a declarar todo lo que pasó aquella noche.

Norton le miraba absorto. Aquel hombre totalmente abatido parecía de repente más sereno que nunca. Sus ojos, brillantes por el alcohol, sonreían al reflejar una certeza asumida: decir la verdad era lo único que podría salvarle.

—¿Estás seguro de lo que vas a hacer?

—Nunca lo he estado tanto.

Katie fue enterrada junto a la tumba de su hijo y muy cerca de la de su padre. Tres días después, Norton y Victoria abandonaban Tuskegee rumbo a Nueva York con el corazón destrozado.

Oliver se puso en manos de Norton para organizar la estrategia contra Ewell. Eran muy conscientes de que debían andar con pies de plomo porque el poder de Lucas podría arrollarlos de un solo manotazo. Lo primero que hizo fue solicitar al *sheriff* protección para Oliver durante su traslado a Nueva York. Le alojaron en una casa de Nueva Jersey, propiedad de los padres de Fred. Allí, oculto y apartado de todo, rodeados de prados verdes, bosques y matorrales, con el asesoramiento de Andrew Peterson, el fiscal amigo de Fred, prepararon la estrategia que iban a llevar a cabo.

Además de una completa declaración, Oliver aportó un Colt, el arma con la que Lucas había asesinado a sangre fría a Rose y a Caleb, con la advertencia de que, aparte de las suyas, podrían encontrar en ella las huellas dactilares de

Ewell. Tras el crimen, Lucas se la había confiado para que la hiciera desaparecer, pero Oliver la guardó en un baúl de la buhardilla de la casa de sus padres junto a la vestimenta del Klan que había utilizado aquella noche, el capirote y la túnica aún tiznada de humo y de salpicaduras de la sangre de Rose.

En su calidad de abogado, Norton presentó ante el gran jurado de Alabama la denuncia contra Lucas Ewell y Oliver Coleman por el crimen múltiple cometido en la madrugada del 19 de mayo de 1939 en Tuskegee. La acusación se sustentaba en la declaración de Oliver Coleman, además de en las pruebas aportadas por este. Al mismo tiempo, se solicitó ante la Junta de Perdones y Libertad Condicional de Alabama la revisión del juicio que, de forma improcedente, se había llevado a cabo contra los dos acusados, con el fin de obtener la declaración oficial de inocencia de los dos hombres y una indemnización para sus familias por la condena y muerte injusta de ambos.

Oliver Coleman quedó en libertad condicional tras pagar una fianza debido a su disposición a colaborar en el esclarecimiento de los hechos. Cuando la policía acudió a casa de Lucas Ewell para interrogarle no le encontraron.

La noche del 16 de diciembre de 1951, Oliver Coleman entró en directo en el programa *See It Now* que dirigía Edward R. Murrow en la CBS. Ante las cámaras y en horario de máxima audiencia, Oliver contó con pelos y señales lo que había ocurrido aquella trágica madrugada: cómo todo había sido idea de Lucas Ewell, obsesionado en dar un castigo al doctor Caleb Douglas por atreverse a cortejar a una mujer blanca. También desveló la identidad de los otros dos hombres que los acompañaban aquella noche. Más tarde se comprobó que uno de ellos había muerto cinco años atrás en un accidente de tráfico, iba borracho y se estrelló contra un árbol a la salida de

Tuskegee; el otro había caído en la batalla de Okinawa en mayo de 1945. Sus viudas e hijos se enteraron en ese momento de que sus maridos y padres habían sido partícipes de aquel terrible asesinato.

Robert, Victoria y Oliver salieron del edificio de la CBS en Madison Avenue al terminar la emisión, conscientes del impacto que la noticia tendría en todo el país. Estaban convencidos de que aquella publicidad los favorecería. Ya en la acera, Norton cogió a su mujer de la mano y rodeó con el otro brazo los hombros de Oliver en un gesto de amistad.

—Te invito a una copa —dijo tratando de restar tensión al momento—, como en los viejos tiempos.

—En los viejos tiempos era yo el que te invitaba siempre —añadió Oliver en un triste tono afectuoso.

—Pues invítame entonces. Nos lo hemos ganado.

El trayecto lo hicieron en completo silencio. Norton conducía pensativo. Victoria, a su lado, tenía la mirada perdida. Oliver, sentado detrás, estaba exhausto; el esfuerzo de volcar aquella cruda verdad le había dejado sin energía. Desde el asiento de delante, Victoria se giró y le preguntó afable:

—¿Estás bien?

Oliver la miró con los ojos brillantes, a punto de estallar en lágrimas. Asintió tragando el llanto que le desbordaba en la garganta. Se sentía vacío y a la vez le embargaba una extraña serenidad en la que parecía levitar. Sus labios se contrajeron y desvió la mirada en dirección a la calle.

Victoria se volvió hacia Norton y buscó sus ojos. Él le devolvió la mirada, soltó la mano derecha del volante y se aferró a la de ella. La emoción contenida podía respirarse en el interior del coche.

Giró por la calle Sesenta hasta llegar a la altura del Copacabana, en cuya puerta se arremolinaban un grupo de hombres y mujeres elegantemente vestidos. Norton aparcó y los tres salieron del coche con el eco de las puertas al cerrarse. Entregaba las llaves a un aparcacoches cuando un taxi se detuvo justo detrás. Los tres se encaminaron hacia el club, bromeando algo más distendidos.

Todo pasó en unos segundos, igual que la secuencia de una película a cámara lenta. Un sonido fuerte y seco sonó a su espalda. Oliver, que caminaba junto a Norton, le miró un instante y se desplomó como una marioneta a la que le hubieran cortado los hilos. Norton, desprevenido, trató con torpeza de sujetar en vano el cuerpo de su amigo. Hincó las rodillas en la acera en un intento absurdo de sostenerle, una vez derribado.

—No deberías haberlo hecho, Norton...

La voz ronca y lúgubre de Lucas Ewell le obligó a girar la cabeza. Le apuntaba con una pistola a muy poca distancia. Estaba envuelto en un aura de soledad, desastrado, sin corbata, las piernas abiertas para asegurar su equilibrio y la expresión de un lunático.

—Lucas... —murmuró aturdido Norton desde su posición.

—Te lo advertí, Norton... Lo vas a pagar —dijo amenazador—. Lo vas a pagar muy caro...

De repente, el brazo que sostenía la pistola se desvió en otra dirección. Norton se dio cuenta de que estaba apuntando a Victoria, reaccionó y desde el suelo se tiró a las piernas de Lucas justo en el instante en el que sonaba un segundo disparo. Oyó el grito de ella. Consiguió derribarle. Forcejearon. Lucas aferraba la pistola y trataba de dirigirla al cuerpo de su atacante, pero Norton tenía más fuerza. En un momento de la pelea, Norton atisbó a Victoria desplomada en el suelo. Esos segundos bastaron para que bajara la guardia, abrumado por la idea de perderla. No fue consciente del disparo. Sintió un dolor ardiente en el pecho, la falta de aire. Luego, dejó de sentir.

SEGUNDA PARTE

Lo que podría desaparecer aquí es un bien perecedero llamado esperanza.

Edward R. Murrow

CAPÍTULO 1

—

Campo correccional de Norilsk,
región de Krasnoyarsk, Rusia. Noviembre de 1956

Las montañas se doblan ante tamaña pena
y el gigantesco río queda inerte.
Pero fuertes cerrojos tiene la condena.
Detrás de ellos solo «mazmorras de la trena»
Y una melancolía que es la muerte.

Hedy interrumpió la escritura de aquellos versos memorizados alertada por la tos de su tía, que, a su lado, se removía inquieta. Le tocó la frente y comprobó que le había bajado la fiebre. Remetió la manta alrededor de su cuerpo y se acercó para observarla durante unos segundos.

Rebecca notó la respiración en su cara.

—Estoy bien —musitó con voz ronca sin llegar a abrir los ojos—, no te preocupes.

Hedy la besó en la frente y le acarició la seca mejilla. Aterida, se llevó a la boca la parte de los dedos que dejaban al descubierto los raídos mitones y exhaló para calentarlos con el aliento. Miró a su alrededor. Las treinta mujeres que abarrotaban los bloques de literas dormían apretujadas unas con otras en los camastros corridos, envueltas en todas las prendas que tenían en un vano intento de protegerse de la sensación de frío que, al igual que el hambre, nunca las abandonaba. El aire estaba sumido en una gélida penumbra. Dos dedos de hielo cubrían los cristales de las ventanas. En el exterior del barracón, el viento anunciaba un nuevo día de trabajo con temperaturas glaciales. Le asaltó el desasosiego habitual, pero de inmediato sacudió la cabeza con el fin de alejar los malos pensamientos, no podía dejarse llevar por la desesperación. Desde que llegaron a aquel rincón perdido del mundo, su tía le había inculcado el objetivo de sobrevivir una hora más, un día más, vivir, seguir respirando; se lo había repetido un millón de veces, «saldremos adelante, mi niña, yo me encargo, yo te cuidaré, siempre estaré a tu lado, tú respira, vive, no te rindas, nunca te rindas». Esas palabras habían sido el aliento para Hedy en las numerosas ocasiones en las que, siendo más niña, le flaqueaban las fuerzas, su cuerpo pedía detenerse y su corazón pugnaba por dejar de latir. Cada vez era más frecuente el cambio de papeles, y a sus catorce años ya era ella la que cuidaba del bienestar de su tía.

Tomó aire y continuó escribiendo.

—Vas a dejarte la vista de tanto escribir —susurró Rebecca—. Apenas tienes luz.

—Veo suficiente. Duerme, aún queda un rato.

Aquella libreta y el lápiz se los había proporcionado Sorokina, una mujer que, antes de su detención, impartía clases de Física nuclear en la Universidad de Leningrado. El hecho de que Sorokina hablara un alemán perfecto, al haber vivido cinco años en Berlín en la década de los veinte, les facilitó mucho las cosas en aquel campo de trabajo. Con ella pudieron empezar a defenderse en ruso. Rebecca no consiguió ni entenderlo ni hablarlo, salvo algunas frases y palabras sueltas, habituales en su día a día. Hedy, sin embargo, lo aprendió con rapidez, no solo gracias a las charlas que ambas tenían, sino también con la ayuda de una novela de Dostoievski, *Memorias de la casa muerta*, que le había regalado Sorokina y que leía una y otra vez hasta llegar a aprenderse párrafos enteros de memoria. Sorokina volcó sus ansias de enseñar en Hedy. La profesora se dio cuenta de que era una niña muy espabilada, curiosa y ávida de adquirir conocimientos, y se empeñó en impartirle clases de matemáticas y física, así como conocimientos básicos de literatura y filosofía. Además, le había enseñado una forma secreta de rebeldía contra la injusticia de que era víctima mediante la memorización de poemas de Anna Ajmátova, íntima amiga de Sorokina, a quien se le había prohibido escribir. Sorokina le enseñó que el único lugar en el que podían perdurar esos versos silenciados era la memoria. Hedy sabía que al escribirlos se exponía a un grave castigo, pero ese paso más de desobediencia a las normas la hacía sentirse viva. Esta particular sublevación contra el olvido de lo hermoso, además de las clases de Sorokina, habían hecho a Hedy mucho más llevadera la estancia en aquel lugar, aparte de despertar en ella el interés por la física nuclear, los átomos y núcleos, la energía, fisión y fusión nuclear; a Hedy le fascinaba todo aquello, y Sorokina disfrutaba explicándoselo.

Volvió a centrarse en la escritura hasta que sonó la diana. A las cinco de la mañana, Hedy metió el lapicero entre las hojas, cerró la libreta y se arrodilló ante la pared para introducirla en una estrecha grieta, un escondite que había superado todos los registros.

Rebecca se incorporó adormilada y tosiendo.

—Deberías ir a la enfermería —le dijo Hedy al tiempo que doblaba la manta.

—Ya no tengo fiebre —respondió Rebecca bajando del camastro con dificultad, con ayuda de su sobrina—. Si el médico está de mal humor, me enviará a la celda de castigo... Para que me recupere del todo —añadió con ironía.

Las mujeres, recién arrancadas de su letargo, se movían alrededor de los bloques de literas mientras se vestían a toda prisa y colocaban las mantas y las almohadas en los colchones de serrín. Apenas hablaban, no tenían fuerzas. El hambre de la noche requería de toda su energía hasta llevarse a la boca el pan y las gachas aguadas, pero calientes, con las que engañar al estómago unas horas más.

La puerta del barracón se abrió y la voz ronca del jefe de brigada las obligó a ponerse firmes.

—¡Barracón 28! —vociferó—, inspección. ¡Ennnn... marcha!

Una vez finalizado el recuento y el escueto desayuno, las doscientas mujeres de esa zona del campo se dispersaron ateridas y, presurosas, se dirigieron a sus trabajos. Hedy se despidió de su tía y se encaminó hacia las cocinas.

Rebecca trabajaba en la lavandería.

Llevaba más de una hora removiendo con la pala de madera la montonera de harapos mugrientos sumergidos en la tina cuando se oyó la voz de una de las chicas que trabajaban en el edificio del comandante.

—¡Eh, tú! —gritó desde la puerta—, S-228, el comandante quiere verte.

Rebecca se detuvo petrificada, la pala de madera entre sus manos enrojecidas, la mirada fija en aquella mujer que esperaba en la puerta. La veía a través del vaho formado por el brusco cambio de temperatura con el exterior. Miró a la responsable de repartir el trabajo, quien asintió con la cabeza. Solo entonces dejó la pala, se bajó de la peana secándose las manos en su ropa, y enfiló la puerta mientras se ponía el chaquetón guateado. Cruzó el patio envuelto en un frío halo de niebla y llegó al edificio del comandante. Al entrar se encontró con Hedy, que, nada más verla, se fue hacia ella con cara de miedo.

—¿Qué pasa, tía Becca? —preguntó la muchacha en voz muy baja, abrazada a ella—. ¿Qué hemos hecho mal?

—No lo sé —respondió apretando con fuerza a su sobrina para ofrecerle una tranquilidad que ella no tenía—. No lo sé...

La puerta se abrió y la chica que las había avisado antes las hizo pasar.

El comandante era un hombre fuerte, de hombros anchos. Tenía la cara colorada, los ojos muy pequeños y el pelo abundante y muy negro. El pánico no las dejó disfrutar de la calidez del aire que, aunque fuera por unos segundos, las liberaba de la permanente sensación de frío que tenían incrustada en el cuerpo.

El hombre las miró como siempre lo hacía, con el mismo desprecio con el que podía mirar un gusano.

—Vosotras dos, estáis libres —espetó en tono neutro—. Podéis marcharos.

Sin más, bajó la cabeza, ignorándolas. Ellas no se movieron. Sin quitarle los ojos de encima, Rebecca susurró en voz muy baja a Hedy:

—¿Qué ha dicho?

—Que estamos libres... —repitió Hedy en el mismo tono—. Que nos podemos ir...

Agarradas la una a la otra por el brazo, permanecían pasmadas sin dar crédito a esa palabra tan deseada: *libres...* Ante su inmovilidad, el comandante volvió a alzar la cara y les gritó colérico:

—¡Largaos de una vez antes de que me arrepienta! —Desvió de nuevo la mirada y farfulló—: Estúpidas alemanas.

Hedy notó que su tía temblaba. Tenía una expresión consternada. Le agarró la mano como único gesto de alegría, pero no encontró su mirada, porque los ojos de Rebecca permanecían abismados en el miedo a la incertidumbre.

Hedy se atrevió a preguntar:

—Ciudadano comandante, ¿adónde iremos? No tenemos dinero, ni pasaporte.

—Es problema vuestro. Ya no estáis bajo la protección del Estado del pueblo soviético. Ya os hemos vestido y alimentado durante demasiado tiempo. Ahora, buscaos la vida.

—Su rostro se torció con un mal gesto—. Os quiero fuera del campo, ¿entendido?

Hedy agarró a su tía por el brazo y las dos salieron al patio. Lo atravesaron en silencio con el crujir de la nieve bajo sus botas, sintiendo el frío atenazador que las envolvía y que hacía toser a Rebecca. En el barracón encontraron a Sorokina.

—¿Os dejan libres? —preguntó antes de que la puerta se cerrase.

Rebecca asintió con gesto abismado.

—A mí también —murmuró la profesora—. Y a muchos más. Nos dan la libertad y nos sueltan en mitad de la nada.

—¿Qué se supone que debemos hacer ahora? —preguntó Hedy, que se debatía entre la alegría y la perplejidad de lo inesperado.

Sorokina metía sus escasas pertenencias en un saco hecho de retales de tela. La miró valorando su respuesta.

—Imagino que no tenéis pasaporte ni ningún documento de identidad alemán.

Hedy miró a su tía, y esta negó con la cabeza.

—Sin documentación no podréis salir de la Unión Soviética.

Hubo un silencio amargo. Rebecca y Hedy miraban a Sorokina como quien espera que se produzca un milagro. Ella las miró de reojo y se detuvo. Se irguió y sonrió con franqueza.

—Podéis venir conmigo a Leningrado. Desde allí os será más fácil tramitar el permiso de salida de la Unión Soviética. —Trataba de buscar soluciones—. Debéis solicitar a las autoridades alemanas que os envíen pasaportes, si no queréis pudriros en este maldito país. —Tras un silencio incómodo, se dirigió a Rebecca—: ¿Conoces a alguien con influencia en Berlín? ¿Alguien que os pueda ayudar a acelerar los trámites? En Rusia cualquier gestión se puede hacer eterna. Podrían tardar años.

Rebecca se dejó caer desolada en el camastro. Pensaba en el que había sido el artífice de toda aquella pesadilla. Lugovoy había sido su perdición y de repente se erigía como su única esperanza de salvación.

—Conozco a alguien en Berlín... —su voz salió grave de su garganta, ahogadas sus palabras en la rabia contenida por aquella injusticia—, pero no estoy segura de que quiera ayudarnos.

Hedy supo en quién estaba pensando su tía. Se sentó a su lado y la abrazó compungida, consciente del inmenso daño que Lugovoy había causado en sus vidas.

—Tía Becca, tal vez haya otra forma...

Rebecca le cogió la barbilla y buscó sus ojos antes de hablarle con firmeza.

—Te sacaré de aquí, Hedy. Aunque tenga que arrastrarme a los pies del mismísimo diablo y suplicarle que me ayude, juro que te sacaré de aquí y te llevaré de regreso a Berlín.

Rebecca había conocido a Lugovoy en el verano de 1947. Tras dejar a Hedy en la escuela había acudido al sector soviético, a un piso de Ackerstrasse, en el que una mujer vendía comida y artículos de limpieza a bajo precio. Sabía que eran de contrabando. La mujer trabajaba en las dependencias de distribución de alimentos para la población que organizaba el mando militar soviético, y de ahí se surtía de productos que sisaba para conseguir unos ingresos extra. Rebecca hizo la compra, pero al salir del portal la policía la estaba esperando. Le quitaron todo lo que había adquirido y la detuvieron. Mientras la llevaban a empujones por los pasillos de la comisaría, clamaba que tenía una niña muy pequeña, que solo la tenía a ella, y suplicaba llorando que la dejasen ir. Lugovoy se cruzó en su camino y se detuvo ante sus gritos. El policía que la custodiaba también se paró y se cuadró ante él.

—¿Qué ha hecho? —preguntó al agente sin dejar de mirarla.

Antes de que el policía pudiera abrir la boca, Rebecca se

arrojó al suelo y, arrodillada ante Lugovoy, le imploró que la dejase ir, que haría lo que le pidieran si la dejaban marcharse, lo que fuera; suplicaba entre llantos histéricos, que su pequeña saldría del colegio en dos horas y, si ella no iba, nadie la recogería.

Lugovoy dio la orden de que la llevase a su despacho. Rebecca le contó todo sobre ella, sobre Hedy y sobre Victoria, las penurias pasadas durante y después de la guerra, la necesidad de buscar comida para la niña, los esfuerzos que hacían las dos hermanas por sobrevivir y salir adelante.

—Así que vives en el sector norteamericano.

—Sí, señor —respondió ella sumisa y ávida por agradar.

—Y dices que tu hermana canta en el Kassandra.

—Así es, señor, cada noche, todos los días de la semana menos los lunes. Yo me ocupo de la niña.

—Está bien, Rebecca. Te dejaré marchar, pero a cambio, quiero que hagas algo por mí.

—Lo que sea —dijo rendida y agradecida—, haré lo que sea...

No lo supo entonces, pero acababa de vender su alma al diablo.

Aquel día Rebecca pudo llegar a tiempo a recoger a Hedy del colegio; además, se le devolvió todo lo que había comprado en el piso de la Ackerstrasse.

En aquel entonces, Lugovoy era uno de los oficiales de la policía secreta soviética. Cuando supo que Rebecca vivía en el oeste de Berlín, que tenía una hermana que trabajaba en ese nido de espías que era el Kassandra y que tenía un elemento de vulnerabilidad que era la niña, decidió convertirla en su marioneta, en su particular chica de los recados y su amante esporádica a cambio de darle importancia y algunos productos de primera necesidad. La amenazó con meterla en prisión si contaba algo de él o de la relación que mantenían, y por supuesto de las actividades que le encargaba; no podía hablar de ello con nadie, mucho menos con su hermana.

Rebecca le juró por lo más sagrado que su boca permanecería sellada. Estaba encantada con tener un secreto que ocultar a Victoria. Se sentía relevante y disfrutaba de ello.

Cayó fascinada ante la figura de Lugovoy, le adoraba como a un dios, escuchaba con fervor sus retahílas ideológicas. Accedía a todo lo que él le pedía en la cama, por muy repugnante que resultara para ella, lo aceptaba con entrega y devoción. Se empapó de la ideología comunista, de las bondades de los soviéticos hacia la población civil alemana, se convenció de que los rusos eran la única potencia capaz de devolver a Berlín su anterior grandeza. A todo lo que Lugovoy decía, ella asentía, en todo estaba de acuerdo, incluso cuando le ordenó cambiar a Hedy a un colegio del sector soviético; tampoco se planteó duda alguna cuando le anunció que ni ella ni Hedy se marcharían a Nueva York con Victoria. Muy al contrario, aquello le pareció a Rebecca maravilloso: aquel hombre había conseguido echar abajo los planes de su hermana. La primera noche que pasaron en casa de Lugovoy, donde se habían instalado el día antes de aquel odioso viaje, había resultado muy duro por los recelos de Hedy, empeñada en volver a su casa, con su madre; pero la gran decepción llegó cuando Lugovoy le confirmó que Victoria se había marchado sin ellas. Rebecca estaba convencida de que su hermana nunca las dejaría, que nunca se marcharía, al menos sin la niña. Se sintió desolada al comprender que Victoria había preferido abandonarlas y correr tras ese maldito yanqui. Se prometió a sí misma no perdonárselo jamás.

A los pocos días Lugovoy las alojó en un piso pequeño e incómodo, nada que ver con su apartamento, amplio, limpio y luminoso. De repente dejó de ir a verla, no la llamaba ni la requería para nada. Resultaba evidente que había dejado de serle útil.

Dos meses después de la marcha de Victoria, Rebecca supo que estaba embarazada de Lugovoy. Creyó que esa circunstancia le haría volver a ella, pero entonces comenzó la pesadilla que ya duraba casi siete años. La misma noche que le comunicó a Lugovoy su futura paternidad, cuatro policías del pueblo fueron a buscarlas de madrugada, las sacaron a empujones de la casa y las metieron en un calabozo inmundo de una cárcel a las afueras de Berlín. Un mes después, Rebecca fue sometida a un juicio acusada de espiar para su hermana, que a su vez tenía contactos con los servicios secretos norteamericanos. Sin posibilidad de defensa, fue condenada a diez años en campos de trabajo. Las metieron en un tren de mercancías y, durante más de un mes, atravesaron media Europa hasta llegar a aquel campo situado en Siberia. Allí dio a luz a un niño sano que, por un momento, le proporcionó un hálito de felicidad; pero sus pechos estaban secos y no tenía con qué alimentarle, ni ropa suficiente con que abrigarle, ni agua para asearle, y en tan solo una semana el hambre y la falta de higiene se lo arrebataron de los brazos.

Rebecca volcó toda su rabia contra su hermana Victoria. Su odio fue creciendo en la misma medida que lo hacía el amor y la dedicación incondicional hacia su sobrina Hedy. La niña creció bajo su protección, la alimentó aunque ella tuviera que pasar hambre, la abrigó con sus propias ropas, la eximió de los trabajos más duros asumiéndolos como propios y la amparó de todos los peligros incluso a costa de su propia integridad. Hedy era consciente de la entrega y del amor que su tía le profesaba, así como de la imagen cada vez más desdibujada de su madre, cuyo grato recuerdo se fue diluyendo en su conciencia.

CAPÍTULO 2

Berlín, noviembre de 1960

El día amanecía tranquilo en Berlín. Victoria apagó el despertador y se quedó quieta, la mejilla pegada a la almohada, sin dejar de mirar la claridad del alba que se iba filtrando a través del encaje de los visillos. Sus ojos se posaron en la foto que presidía la mesilla. Ese rostro risueño, esos ojos vivos y esos labios sonrientes le daban a diario los buenos días. Sus dedos rozaron la cicatriz de su pecho. Cada mañana palpaba aquel costurón como un recordatorio de la razón de estar viva. Habían pasado nueve años y, aunque la herida hacía ya tiempo que había sanado, aún le dolía su muerte.

No había podido asistir al entierro en Tuskegee. Mientras Robert Norton recibía sepultura junto a las tumbas de sus padres y su hermana Rose, en el pueblo que le había visto nacer, ella permanecía en un hospital de Nueva York debatiéndose entre la vida y la muerte. Tardó un mes en recibir el alta y otros dos más en poder viajar al cementerio de Tuskegee a llevarle flores, un ramo de rosas rojas. La acompañaron Fred y Lillian. El disparo le había rozado el corazón, pero la rápida reacción de Norton había desviado la trayectoria de la bala lo suficiente como para que el daño no resultara mortal. Era consciente de por qué estaba viva. El hombre a quien tanto había amado y de quien había recibido tanto amor le había salvado la vida a cambio de dar la suya propia. Esa certeza conmovedora la llevaría siempre consigo.

Fred se había hecho cargo de todos los trámites de la herencia de Robert. Victoria vendió la casa de Brooklyn que había compartido con él. Además del importe de la venta, recibió más de doscientos mil dólares que Norton tenía en sus cuentas bancarias. El Packard Clipper se lo regaló a Fred y a Lillian. Además de su larga recuperación, Victoria no pudo abandonar Nueva York hasta después del juicio celebrado contra Lucas Ewell por el asesinato de Robert y Oliver Coleman, y del intento de asesinato contra ella. Cuando escuchó la sentencia de cadena perpetua, sintió un triste alivio; Ewell cumplía condena en la penitenciaría de Atlanta.

Victoria regresó definitivamente a Berlín a principios de septiembre de 1952. Compró un piso nuevo y soleado en Frobenstrasse, un moderno edificio con ascensor situado en un barrio reconstruido y ordenado. La vida debía continuar, y ella lo hizo.

Se levantó de la cama y se puso en marcha. En un par de horas debía estar en la radio. Una vez instalada en Berlín se había presentado en la emisora norteamericana de la RIAS y volvieron a admitirla casi de inmediato. Al principio siguió con los noticiarios a horas determinadas, pero debido al excelente trato informativo que había hecho con la revolución húngara en otoño del 56, le ofrecieron dirigir un magazín de actualidad en el que, además de las noticias, hacía tertulias y entrevistas a personajes de interés del momento. Las audiencias la respaldaban y se había convertido en un referente radiofónico en la ciudad. Tituló su programa *Esto es Berlín*, en honor de uno de los periodistas que más admiraba, Edward R. Murrow, siguiendo la estela de su frase «Esto es Londres» que utilizaba el corresponsal norteamericano al iniciar sus aclamadas retransmisiones en directo desde Londres durante la Segunda Guerra Mundial.

Se pasaba el día en la emisora, entraba muy temprano y

no tenía prisa por volver a casa. Si había un acontecimiento de impacto no le importaba quedarse hasta la hora que fuera o salir de la emisora y llevar el micrófono a la calle, al pie de la noticia. Le gustaba hacerlo y era la única forma de llenar ese vacío de nostalgia del que no conseguía desprenderse.

Habían pasado once años desde la última vez que vio a su hija Hedy, y a pesar del tiempo transcurrido, Victoria no había dejado de indagar sobre su paradero. Era lo que la mantenía en pie cada día, lo único que le quedaba: la certeza de que estaba viva y la esperanza de volver a abrazarla algún día. A menudo pensaba en cómo sería su aspecto con sus dieciocho años, trataba de imaginar cómo habría cambiado su rostro a partir de la niña de siete años que la miraba sonriente en la única fotografía que guardaba de ella, cuyo marco presidía un lugar destacado en la estantería del salón de la casa. Se preguntaba si la recordaría. Eso era lo que más la angustiaba, la idea de que Hedy se hubiera olvidado de ella, que no la reconociera; eso la desasosegaba mucho más que la sombra de la ausencia.

Al poco tiempo de su regreso, Victoria se enteró de que Charlotte había muerto en extrañas circunstancias en la prisión de mujeres de Barnimstrasse, en febrero de 1950. Kovalenko se lo contó en el Kassandra, que continuaba regentando. El ambiente del club había cambiado; apenas había uniformes y abundaban los esmóquines, los trajes hechos a medida y vestidos largos de fiesta. Todo era más sofisticado, menos militar, y habían desaparecido por completo los oficiales y soldados soviéticos, no así los civiles rusos o germano-orientales que, aunque en número más reducido, seguían acudiendo a deleitarse con la buena música de la orquesta de Heiko y con la calidad de las bebidas espirituosas.

Sentados en una de las mesas, envueltos con el sonido de la trompeta, Heiko interpretando la melodía *When I Fall in*

Love, Kovalenko le contó que, el mismo día que ella se marchaba y en la misma estación, la policía norteamericana había detenido a Charlotte y acabó en prisión.

—¿Cómo fue...? ¿Cómo murió?

—El informe oficial dice que de un infarto —había dicho él sin convencimiento.

—Y tú no crees esa versión, ¿no es así?

—Una mujer que fue compañera de celda de Charlotte vino a verme cuando salió libre. Me contó que otra reclusa la había asfixiado con una almohada, que nadie hizo nada por ayudarla. Fue un encargo... Un encargo de Lugovoy.

—¿Un encargo? ¿Qué tenía Lugovoy contra ella?

—Sabía demasiado... —Negó con la cabeza, se llevó el cigarro a los labios y aspiró el humo hasta llenar sus pulmones—. El día anterior a que fuera a recogerte, Lugovoy vino a verla. La necesitaba para convencerte de que te marcharas. Ella se enfrentó a él por ti, le sacó de sus casillas. Charlotte estaba convencida de que era algo peligroso para ti y sobre todo le pareció una crueldad separarte de tu hija y de tu hermana. Le amenazó con contarlo todo a la policía norteamericana... —La miró a los ojos con fijeza—. Ese fue su gran error. Lugovoy la amenazó... Si no lo hacía, acabaría con tu hija y con tu hermana. Y Charlotte sabía que lo haría.

—¿De qué conocía ella a Lugovoy?

—Tenía una deuda pendiente con él. Ese hombre la ayudó a recuperar a uno de los chicos de la banda de Heiko. —Hizo un gesto hacia el escenario—. Buster, el saxofonista, no sé si lo recuerdas.

Ella asintió dando a entender que se acordaba del chico y de su larga e inexplicable ausencia durante semanas en los primeros meses de 1947.

—Se metió en un lío en la zona soviética y los rusos le detuvieron. De no ser por las gestiones de Charlotte con Lugovoy, ese pobre chico habría acabado en un campo de trabajo ruso en los confines de la tierra.

Victoria trataba de hilar los acontecimientos para entender qué había pasado.

—Pero a Charlotte ¿por qué la detuvieron?

—La policía norteamericana la acusó de contrabando de alcohol y tráfico de drogas.

Victoria le había mirado en silencio y con un gesto de interrogación en sus ojos.

Kovalenko negó con la cabeza.

—Charlotte se movía siempre en el límite de la legalidad, muchas veces fuera de ella; es cierto que el alcohol y el tabaco eran en parte de contrabando, pero cómo iba a conseguirlo si no... No había otro modo, en aquella época todos entraban en ese juego y las autoridades solían hacer la vista gorda a cambio de unas cuantas botellas de las de mejor calidad. —Chascó la lengua—. Sin embargo, te puedo asegurar que jamás traficó con drogas. Nunca quiso entrar en ese negocio. —Kovalenko calló durante unos segundos, el gesto adusto—. Le tendieron una trampa. En uno de los últimos pedidos, además del whisky y el coñac, le colaron un cargamento de droga, cocaína y morfina. No hubo lugar a defensa. Se aseguraron de que fuera condenada. Acabar con ella en la cárcel resultó fácil.

—Intenté llamarla por teléfono desde Nueva York.

—Cortaron la línea el mismo día de tu marcha. Lugovoy se aseguró de que no tuvieras contacto alguno con ella —arqueó una de sus espesas cejas—, ni siquiera conmigo.

Circundados por la música y el murmullo de las voces a su alrededor, habían mantenido un amargo silencio durante un rato, sin saber qué decir, lacerados por un dolor que les afectaba a ambos. Kovalenko había continuado al frente del negocio, se lo había encargado Charlotte la última vez que la vio, en su única visita a la cárcel. El club marchaba muy bien, ganaba fama y prestigio cada día, entre sus clientes había gente importante y respetada, sin embargo, la ausencia en su vida de su amada Charlotte se le hacía mucho más pesada de lo que hubiera podido imaginar.

—Te quería mucho —le había dicho con el vaso de whisky en la mano y la nostalgia reflejada en sus ojos—. Fuiste para ella como una hija, la hija que le hubiera gustado tener.

Habían brindado por el recuerdo de Charlotte. Al día siguiente Kovalenko acompañó a Victoria al cementerio de Dorotheenstadt. Sobre la tumba de Charlotte, ella depositó un ramo de flores y lloró por su pérdida.

A pesar de las advertencias de Kovalenko de lo peligroso que podía ser tratar de acercarse a Lugovoy, Victoria se adentró en varias ocasiones en la zona soviética para buscarle. Aquel hombre era el único que podía decirle algo sobre Hedy y Rebecca. Aun así, el nombre de Lugovoy se escurría como agua entre los dedos; nadie parecía conocerle, nadie le daba información de él, tan solo hubo una mujer que trabajaba en las oficinas de la Stasi y que, tras abandonar Victoria el edificio, la siguió y se acercó a ella cigarrillo en mano con la excusa de pedirle fuego. Arriba le había dicho que ni conocía ni sabía cómo encontrar a ningún Lugovoy, pero ya en la calle le susurró que hacía tiempo que Lugovoy había sido degradado por los servicios secretos rusos porque había fallado en una importante operación en Estados Unidos, de la que era responsable; que desde entonces pasó a pertenecer a la Stasi y se encontraba en una comisaría de tercera al norte de Berlín, dedicado a controlar a putas, borrachos y ladronzuelos de poca monta.

—Nunca podrá encontrarle si él no quiere que le encuentre —había sentenciado la mujer antes de alejarse y desaparecer de su vista.

A medida que pasaba el tiempo, la persistencia de Victoria en la búsqueda de su hija se debilitó y se fue desmoralizando; poco a poco asumió, aunque fuera inconscientemente, que tal vez tuvieran razón los que le sugerían la posibilidad de que estuviera muerta, aunque ella siguiera sintiendo en el pecho los latidos del corazón de Hedy, palpitando al ritmo del suyo.

Victoria miraba con atención hacia la luz de control. Al otro lado del cristal, el técnico de sonido permanecía alerta para darle paso. Cuando el piloto cambió a rojo, se acercó al micrófono y empezó a leer el papel que tenía delante.

«Esto es Berlín. Les habla Victoria Norton desde la RIAS. La voz libre de un mundo libre. Es 30 de noviembre de 1960. La temperatura hoy no superará los ocho grados, los cielos estarán cubiertos y se esperan lluvias a última hora de la tarde. Continúa el flujo constante de personas que buscan escapar de las penosas condiciones políticas y económicas de la Alemania Oriental. No obstante, tal y como venimos informando, para muchos de ellos el sueño de una vida mejor en el Oeste, lejos de las restricciones políticas y falta de libertades en la RDA, no está resultando nada fácil. La situación de estos refugiados desbordó hace mucho tiempo cualquier previsión. El centro de acogida de Marienfelde, primer lugar en el que se recibe, asiste y orienta a los asilados, mantiene un insoportable exceso de ocupación...».

La luz blanca del piloto se encendió y el técnico de sonido le hizo un gesto con la mano indicándole que todo había salido bien. Se retiró los cascos justo en el momento en el que la puerta del estudio se abría y se asomaba la cara sonriente de Eszter.

—Victoria, ¿estás libre esta tarde? Quiero que me acompañes al ayuntamiento, el alcalde va a dar una rueda de prensa sobre el asunto de los refugiados del Este.

—¿Podría negarme? —replicó ella con ironía.

—No —le guiñó el ojo, risueña—, pero sabes que siempre me gusta preguntar.

Eszter Szabó era la jefa de redacción del magazín que dirigía Victoria; las dos mujeres trabajaban codo con codo durante muchas horas y entre ellas se había creado un fuerte vínculo tanto profesional como personal. Eszter había nacido en Budapest, toda su familia seguía viviendo allí, pero ella no había soportado la presión de los soviéticos hacia su trabajo y a principios de 1950 decidió abandonar Hungría e instalarse en Berlín Occidental. Cuando en el otoño de 1956 estalló la revolución húngara, Eszter no dudó en acudir al centro de la noticia con el fin de informar de los acontecimientos a pie de calle. Su pasaporte de la República Federal Alemana le permitió conseguir un pase especial de prensa para llegar a su ciudad natal. De ese modo, Eszter se convirtió en los ojos y los oídos de la RIAS, y concretamente de Victoria, la voz que contaba al mundo lo que allí estaba sucediendo.

Ambas vivían en el distrito de Schöneberg. Victoria encontró en ella un gran apoyo desde el principio; a su lado había podido sobrellevar la profunda sensación de soledad y vacío que la asolaba tras la pérdida de Robert.

—¿Cómo crees que lo hará Kennedy? —preguntó Victoria mientras degustaban un plato de *boulette* con ensalada y patata en un restaurante cerca de la emisora.

Eszter arqueó las cejas negras y su frente bosquejó las delgadas líneas de arrugas futuras. Tenía los ojos claros, pequeños y chispeantes, parecía que siempre estuvieran sonriendo. No era guapa pero sí atractiva, alta, delgada y algo desgarbada, el pelo oscuro y corto. Trabajadora incansable, perfeccionista y tenaz, necesitaba contrastar las noticias antes de soltarlas al aire y creía firmemente que el periodismo debía contar aquello que el poder pretendía ocultar. A su lado, Victoria se había empapado del lema que Eszter repetía: «El periodista siempre debería cuestionar al poder». Le gustaba escucharla, compartir con ella ideas y contrastar datos y acontecimientos de la actualidad.

—Hay mucha expectación —contestó Eszter—. Demasiado joven, resultados electorales demasiado ajustados; en lo único en lo que no ha estado ajustado ha sido en la ingente cantidad de recursos que papá Kennedy ha puesto para conseguir que su hijo llegue a ser el flamante presidente de Estados Unidos.

—Si no anda con ojo, Jrushchov se lo va a merendar —añadió Victoria—, y Berlín es el plato principal de la merienda.

—En la carrera presidencial, Kennedy declaró que está dispuesto a defender Berlín Occidental frente a las intenciones de los rusos de integrarlo en la RDA. Tendremos que esperar al 20 de enero para saber si cumple lo que dijo. Lo cierto es que Berlín Oeste pende de un hilo y puede romperse en cualquier momento.

Victoria cogió la copa de vino y miró a su amiga.

—¿Te das cuenta de que vivimos en uno de los lugares más peligrosos del planeta?

—Y con más espías por metro cuadrado de todo el mundo —añadió Eszter riendo. Calló de repente, pensativa. Ladeó la cabeza y continuó con el semblante muy serio—. Si al final los rusos consiguen quedarse con esta parte de la ciudad, no dudaré ni un segundo en salir pitando de aquí.

—Los norteamericanos no dejarán Berlín —dijo Victoria convencida—. Si lo hicieran, estarían cediendo el resto de Alemania. No les conviene. Son más anticomunistas que tú.

—No soportaría volver a vivir en un país comunista... —Eszter se calló al ver el rostro demudado de su amiga.

Victoria tenía los ojos puestos en otros ojos que la miraban desde la calle, a través de la cristalera del restaurante. Abrió la boca y la cerró de inmediato. Tragó saliva e hizo el amago de levantarse sin llegar a hacerlo.

—¿Qué te ocurre, Victoria? —Dirigió la mirada hacia la cristalera—. Cualquiera diría que has visto un fantasma.

Le dio en el brazo y, solo entonces, Victoria la miró desconcertada. Al volver la vista a la cristalera, aquellos ojos habían desaparecido y solo vio la espalda de una chica que cruzaba con prisa la calle.

—Pensé... —murmuró aún abstraída por la visión. Volvió a mirar a Eszter y alzó la mano en el aire y la agitó como si quisiera aventar una quimera—. Bah, no es nada, cosas mías...

Sin mirar atrás, apretó el paso con el latido del corazón desbocado. Las calles se le hacían extrañas a pesar de ser la ciudad en la que había nacido y vivido en el caos de la guerra y su destrucción. Nada quedaba de lo que aún mantenía en su memoria infantil, recuerdos de ruina y miseria y gente vagando entre ella. Todo a su paso estaba limpio, todo reconstruido, todo olía a nuevo, preciosos escaparates exhibían sus productos sobre terciopelo. Puestos callejeros ofrecían almendras tostadas, calientes y dulces. Se cruzaba con jóvenes y viejos bien vestidos, con rostros risueños, serenos, sin las marcas que graba el hambre. Oía las voces de los que pasaban a su lado: hablaban el mismo alemán que ella y, sin embargo, se sentía fuera de sitio, una forastera de incógnito en un país extraño. A menudo se preguntaba dónde estaba su lugar, pero no encontraba respuesta.

Llevaba mucho rato caminando y, de repente, se detuvo desconcertada y miró a un lado y a otro. Se había perdido. No quería preguntar. No era la primera vez que cruzaba aquella frontera en forma de carteles y líneas blancas pintadas en la calzada en dirección al otro lado, donde habitaba el pernicioso imperialismo de acuerdo a la insistente idea que su tía repetía una y otra vez, pero continuaba ignorándolo todo sobre aquel sector; no sabía qué línea de tranvía iba hacia el este o si podía regresar en el metro, tampoco tenía ni un pfennig occidental. Caminó sin rumbo hacia la dirección que creía correcta hasta que vio la Puerta de Brandeburgo, símbolo de la separación de la ciudad, la división entre dos formas de vida distintas: una buena, la otra malvada y perversa, dependiendo del sector desde el que se opinase.

Se acercó hacia una de las arcadas laterales, donde un

policía oriental con uniforme gris hacía guardia. Hedy preparó su pasaporte, dispuesta a mostrarlo, pero al llegar a su altura el policía le sonrió requebrándola con un piropo apenas susurrado a su paso, antes de darle la espalda riendo por su hazaña. Nada más; tampoco le habían pedido nada al pasar por Potsdamer Platz. Hedy siguió caminando sin ser controlada. Había regresado sana y salva del otro lado.

Llegó a casa exhausta y acalorada, igual que si hubiera corrido una carrera sin descanso. Se derrumbó en el viejo sofá de felpa marrón.

—¿Dónde estabas? —preguntó su tía apoyada en el quicio de la puerta—. ¿Otra vez con ese gandul de Adler?

—No es un gandul, tía, saca todo sobresalientes. Tiene mucho talento.

—No me importan sus sobresalientes, me preocupan tus notas. Tienes que conseguir el título, Hedy, no puedes fallar.

—Aprobaré, no te preocupes.

—Lávate las manos. La cena está lista.

Hedy miró de reojo a su tía, que en ese momento se dio la vuelta y desapareció. Se incorporó y echó un vistazo consciente a la estrechez que la rodeaba. Todo era viejo y oscuro. La casa daba a un patio interior, lleno de olores y ruidos incómodos. Estaba acostumbrada a cosas mucho peores, había tenido que sobrevivir en lugares mucho más inhóspitos y en condiciones extremas, pero al llegar a Berlín pensó que todo iba a cambiar. Empezaba a creer que nunca podría desprenderse de la mugre, la miseria y la tristeza en la que habitaba desde que su madre desapareció de su vida. Aquel había sido el punto de inflexión para ella: la incomprensible ausencia de Victoria.

Se levantó con pesadez, se lavó las manos y la cara y descubrió su imagen reflejada en el espejo. Examinó sus rasgos preguntándose si se parecía a ella. Desvió los ojos y salió del baño.

Se sentó frente a su tía en la pequeña mesa de formica de

la cocina cubierta con un pringoso mantel de hule. Hacía frío y olía a col y a refrito de pescado.

Rebecca sorbía la sopa sin levantar la mirada, la cabeza gacha, demasiado cerca del plato, igual que un animal hambriento. Sin apenas probar bocado, Hedy la observaba; su tía estaba tan escuálida que todos los huesos se le marcaban en su feo jersey de punto, sus manos deformadas por el trabajo intenso y las secuelas del frío congelante, sus mejillas moteadas con manchas mates, envejecida mucho antes de tiempo. Las greñas blancas le caían delante de la cara, mohína, siempre encogida sobre sus clavículas huesudas.

—He visto a mi madre.

Rebecca dejó de sorber, inmóvil, paralizado todo su cuerpo por aquellas palabras. Dejó la cuchara lentamente sobre el plato y alzó la vista.

—¿Dónde? —preguntó con la voz ahogada.

—Al otro lado.

—¿Has pasado...? —Se irguió tratando de recomponerse—. ¿Has pasado la frontera?

—No hay frontera, tía. Nadie me ha pedido mi pasaporte ni al ir ni al volver.

—¿Estás segura de que era ella?

Rebecca estaba convencida de que Victoria seguía en Nueva York viviendo una vida acomodada y abundante, tal y como siempre había soñado, suprimidas de su memoria tanto su hija como su hermana; al fin y al cabo, pensaba, nunca se había intentado poner en contacto con ellas, ni le constaba que las hubiese buscado o quisiera encontrarlas, convencida de que había borrado todo aquello que la unía a su pasado en Berlín. Sin embargo, Hedy siempre había mantenido la esperanza de volver a verla algún día, le costaba creer que su madre se hubiera olvidado por completo de ellas. Y esa esperanza se vio recompensada a través de su voz. La radio le había devuelto a su madre. Gracias a eso supo que había regresado a Berlín y que la tenía muy cerca. La primera vez que la vio había pasado más de dos horas esperando frente a la puerta del edificio de la emisora. La reconoció enseguida. Al verla se le aceleró el pulso y contuvo la respiración de forma inconsciente. Victoria iba sola, pero Hedy no se movió; el miedo al rechazo la paralizó y no se atrevió a acercarse. Aquella segunda vez había ido un poco más allá y estuvo a punto de entrar en el restaurante, pero cuando se cruzó con los ojos de su madre, un irracional temor volvió a dominarla impeliéndola a alejarse y a huir de sí misma.

—Es ella, estoy segura —contestó convencida.

—¿Te ha reconocido? ¿Has hablado con ella? ¿Qué te ha dicho?

Mientras preguntaba a ráfagas, inquieta, Hedy negaba con la cabeza.

—No he llegado a hablar con ella. La he visto de lejos. Creo que no me ha reconocido.

—¿Crees? —No obtuvo respuesta—. ¿Cómo has dado con ella?

—Es locutora de radio. Da las noticias todos los días en la... —se detuvo un instante— en la RIAS.

—¿La RIAS?

—La radio del sector norteamericano.

—¡Sé qué es la RIAS! —bramó su tía irritada—. Una emisora enemiga que solo vierte mentiras y propaganda imperialista —espetó con la boca crispada.

—Es la emisora en la que puedo escuchar la voz de mi madre... y de tu hermana.

A pesar del tono sereno de la joven, Rebecca recibía cada palabra como un golpe en el estómago.

—¿Dónde escuchas esa basura?

Hedy mantuvo la mirada desafiante mientras su tía hablaba.

—¿Sabes a lo que te expones si te pillan?

—No me descubrirán, a menos que tú me denuncies.

Rebecca la observaba con el rostro serio. Se secó los labios con la servilleta, se levantó y le dio la espalda para buscar algo en el armario de formica.

—Está en el cajón de la izquierda —dijo Hedy.

Su tía se volvió hacia ella con expresión furibunda, luego abrió el cajón y palpó hasta dar con la botella de vodka al fondo, bajo un montón de trapos.

—¡No se te ocurra volver a esconderla! —rugió encolerizada, con ella en la mano.

Hedy no dijo nada. Observó cómo llenaba el vaso y luego cómo lo bebía de un trago, echando la cabeza hacia atrás. Al ir a coger de nuevo la botella, Hedy se la arrebató con un movimiento rápido.

—Esto no va a solucionar nada, tía. Déjalo ya. Te estás matando.

Rebecca exhaló el aliento, se limpió la boca con el dorso de la mano y habló con los ojos puestos en el vaso vacío.

—Se trata de ese Adler, ¿verdad? Es él el que te lleva a escuchar al enemigo.

—Adler es mi amigo.

—¡Te meterá en problemas! —la mujer alzó la voz de nuevo, enfurecida. A continuación le habló algo más calmada, tratando de ganársela—: Hedy, he solicitado el ingreso en el Partido. Si me aceptan, tendremos acceso a otra vivienda mejor, nos aseguraremos mi puesto de trabajo y que puedas entrar sin problema en la universidad. Nuestra situación sigue siendo complicada. Si se enteran de que escuchas esa basura o que te paseas por las calles del Oeste, me rechazarán.

—¿Por qué se van a enterar?

Rebecca descargó toda su rabia con un fuerte golpe sobre la mesa que cogió desprevenida a Hedy.

—¡Porque se enteran de todo! —bramó exaltada con el cuerpo tenso como un cable de acero—. Lo saben todo de todos. Están en todas partes, tienen oídos y ojos por todos los rincones. Nadie escapa a su vigilancia. —Se detuvo un instante y su expresión se moderó, igual que su tono—. Ni siquiera tú, Hedy...

—Me prometiste que no volveríamos a vivir con miedo.

—No habrá miedo si cumplimos las reglas, de eso se trata, de cumplir las reglas. —Su tía la miró fijamente con los ojos brillantes—. No debes pasar al otro lado, Hedy. Esa mujer no merece tanto riesgo.

—Esa mujer es mi madre.

—Ella te abandonó, nos abandonó a las dos y se fue tras ese yanqui como una perra en celo...

—¡No hables así de ella! —gritó Hedy; resopló frenética, soltó con brusquedad la botella sobre la mesa, se puso en pie y salió de la cocina.

—¡Espera! —le ordenó su tía, pero como respuesta oyó el portazo.

Rebecca cogió el vodka y echó un segundo trago directamente de la botella.

Rebecca y Hedy habían llegado menos de un año antes a Berlín. Tres meses después de ser liberadas del campo de trabajo, entraban en Leningrado junto a Sorokina. Ella las acogió en la habitación de seis metros cuadrados que compartía con su madre enferma e imposibilitada. Las cosas no resultaron fáciles allí. Extranjeras indocumentadas y señaladas como exconvictas por delitos políticos, les era imposible acceder a un trabajo digno. Sorokina volvió a dar clases en la universidad. Hedy acudía a ellas de oyente, desde la última fila, sin hablar ni relacionarse con nadie para no levantar recelos. Rebecca se dedicó a cuidar de la madre de Sorokina y hacía trabajos esporádicos que los amigos de la profesora le conseguían a cambio de un puñado de rublos, algo de comida o ropa para Hedy.

Cada semana echaba en Correos una carta dirigida al comisario del KGB Lugovoy, en las que le suplicaba que les proporcionase documentación necesaria para abandonar la Unión Soviética y poder regresar a Berlín; además, había escrito a todas las administraciones de la RDA para solicitar pasaportes para Hedy y ella, pero no había obtenido ni una sola respuesta. Se sentían abandonadas, olvidadas, expulsadas del mundo.

Tres años después de su llegada a Leningrado, Rebecca recibió una notificación para que se presentasen en las oficinas gubernamentales un día y a una hora concreta. Aunque habían tenido dudas del carácter de aquella cita, Rebecca acudió junto a Hedy. De allí se marcharon con los pasaportes y los permisos de salida de la Unión Soviética y de entrada a la RDA. Diez años después regresaban a un Berlín muy cambiado. Se instalaron en la habitación de una pensión durante más de un mes hasta que se les asignó aquel piso en Prenzlauer Berg con cocina y una sola habitación con un lavabo, y con un váter en el rellano compartido para las cuatro viviendas de la planta. Ahí vivían desde entonces. Rebecca encontró un trabajo y Hedy pudo matricularse en el último curso de secundaria. No tuvo ninguna dificultad en seguir el ritmo de las clases, demostrando que las enseñanzas de Sorokina habían sido muy eficaces en su formación.

Desde un principio congenió con Adler, ambos se hicieron inseparables. Adler vivía a unas pocas manzanas de ella y tenía un hermano mayor llamado Theo, que estudiaba el último curso de Arquitectura en la Universidad Libre en Dahlem, en el sector norteamericano. Theo había conseguido una radio que escondía bajo llave en el armario ropero de su habitación y que solo sacaba cuando no estaba su padre. Era una radio de onda corta con una potente antena que había fabricado él mismo y que sacaba por la ventana camuflándola entre la hiedra que cubría la fachada. Era un joven brillante, divertido, entrañable y locuaz, amante de la buena música y un lector voraz. Su estantería estaba abarrotada de libros de historia de la arquitectura, diseño, gestión de proyectos, además de algunas obras de Bertolt Brecht o Anna Seghers, pero en la parte trasera de la estantería guardaba títulos incluidos en la «lista negra», como la distopía de George Orwell *1984*, que había conseguido de segunda mano en una librería de Occidente, y que únicamente sacaba cuando estaba solo. Su madre se llamaba Brigitte, era dulce y tranquila, apenas hablaba y su rostro reflejaba ese halo de tristeza que arrastraban muchas mujeres que habían vivido la guerra, igual que su tía Rebecca. El padre, Joseph Linkerhand, era un hombre distante y austero. Trabajaba como miembro del consejo municipal y paraba poco en casa, porque salía muy temprano y no volvía hasta la noche. Las pocas veces que Hedy se había cruzado con él apenas se había fijado en ella, como si los que pululaban por allí fueran para él seres invisibles.

Hedy solía pasar muchas tardes con Adler, sobre todo cuando su tía tenía turno de tarde y no volvía hasta las tantas. Le horrorizaba estar sola en su piso húmedo, frío y oscuro. Fue en la habitación que compartían los dos hermanos donde descubrió que la que hablaba en la radio de Theo era su madre; él fue quien le buscó la dirección de la emisora y quien la animó para que fuera a verla, en contra del criterio de Adler, que creía que pasar al sector occidental era como traspasar las puertas al infierno.

CAPÍTULO 3

«Esto es Berlín. Les habla Victoria Norton transmitiendo desde la RIAS. La voz libre de un mundo libre. Hoy es 21 de enero de 1961. El día se presenta nublado y la temperatura máxima apenas rebasará los siete grados. Ayer, desde esta misma emisora, retransmitimos en directo la toma de posesión del presidente de Estados Unidos, John Fitzgerald Kennedy, en el Capitolio de la ciudad de Washington. La elección de Kennedy como presidente ha generado esperanzas tanto en Estados Unidos como en el mundo entero, y eso incluye a los ciudadanos de Berlín, que vivimos en la primera línea del frente de la Guerra Fría. El nuevo presidente se reafirmó en su determinación contra la amenaza comunista. Su discurso fue inspirador y necesario en estos tiempos difíciles en los que vivimos. La administración Kennedy hereda un mundo marcado por las tensiones. Es previsible que continúe la política de contención contra la expansión comunista, pero la pregunta clave es cómo lo hará. Kennedy ha hablado de flexibilidad y diplomacia, lo que podría cambiar la dinámica en las relaciones internacionales. Los ojos del mundo están puestos en esta ciudad dividida y en cómo la nueva administración abordará los desafíos de la Guerra Fría. Desde la RIAS seguiremos informando sobre los acontecimientos que están marcando la historia...».

La luz roja se apagó y sonó la sintonía de cierre. Victoria

se desprendió de los cascos y bebió agua de un vaso que tenía al lado. Eszter se asomó a la puerta.

—Esta tarde voy al centro de acogida de refugiados de Marienfelde. —Bajó la voz en tono de confidencia—. Me gustaría que me acompañases.

—Será interesante saber qué se cuece allí.

—Un verdadero guiso, te lo digo yo —murmuró—. Tengo que terminar un par de cosas en la redacción. Podemos quedar a las cinco en la puerta del centro.

—Allí estaré.

Se despidieron y Victoria salió de la emisora rumbo a su casa, al volante de su coche recién estrenado, un Volkswagen Beetle de color azul que aún olía a nuevo. No había dejado de pensar en aquella mirada descubierta tras el cristal del restaurante un par de meses antes. Desde entonces había buscado esos ojos denodadamente sin resultado. No quería hacerse ilusiones, pero algo le decía que podría ser su hija, lo que la llevaba a un angustioso bucle que iba de la esperanza a la desazón; si era ella, se preguntaba por qué no se había acercado, tal vez no quería verla, y entonces caía en la sima en la que descartaba aquellos ojos como los de Hedy.

Aparcó frente a su edificio y se bajó. Cerró la puerta, introdujo la llave en la cerradura y al alzar la cabeza la vio. Estaba allí, al otro lado del coche, junto al portal, apenas a unos metros de ella, de pie, sin apoyarse en ningún sitio, los brazos dispuestos a lo largo del cuerpo, quieta, observándola con fijeza.

Durante unos segundos las dos permanecieron mirándose de hito en hito, sin moverse. Victoria sentía el latido de su corazón golpeando su pecho. Abrió la boca y pronunció su nombre.

—Hedy... Hedy...

Moviéndose muy lentamente y sin dejar de mirarla, con el temor de que aquella visión se difuminase en un solo parpadeo, Victoria rodeó el coche hasta llegar frente a su hija. Era tan alta como ella, la melena larga, oscura y ondulada como la suya, sus ojos eran los suyos, su rostro...

—Hedy... No imaginas cuántas veces he soñado este momento.

Ella permanecía paralizada por la visión de la madre. No sabía qué hacer ni qué decir. Había conseguido su dirección en el listín telefónico de una cabina. Una vez en el portal, buscó en la hilera de buzones y comprobó que solo figuraba el nombre de Victoria Norton, eso quería decir que vivía sola. Así supo que no había peligro de encontrarse con Robert Norton, el hombre que le había arrebatado a su madre y con quien se había casado, ya que utilizaba su apellido. Decidió presentarse en su casa. Había subido hasta el piso, pero nadie le abrió. Había bajado la escalera y al salir a la calle vio el coche aparcando delante del portal. No estaba segura de nada, si quería quedarse o salir corriendo, no tenía nada claro. Una fuerza extraordinaria le anclaba los pies en el suelo, anulando su confusa voluntad.

Victoria tampoco sabía qué hacer. La miraba con la adoración con la que se admira algo bello, sin terminar de creérselo.

—¿Quieres subir? —preguntó medrosa.

Hedy reaccionó como si la voz de su tía dándole la orden de alejarse hubiera resonado en su cabeza. Dio un paso hacia un lado, con movimientos torpes, se alejó de ella por la acera, pegada a la fachada, caminando con miedo.

—No te vayas, por favor —le suplicó Victoria—. No te vayas..., Hedy...

Hedy negó con la cabeza, se dio la vuelta y echó a correr.

Victoria sintió un restallido en el pecho, el latigazo del cordón que la había unido a ella en esos breves instantes en los que la había tenido enfrente.

—¡Hedy! —gritó desesperada—. ¡Vuelve! ¡Hedyyyy!

Insistió en su llamada hasta que desapareció por una esquina. Los ojos de Victoria se anegaron en llanto.

—Está viva —susurró conmocionada—. Está viva... Mi hija está viva —repitió una y otra vez como un mantra que la mantenía en pie.

Subió a la casa y se desmoronó en el sillón, arrostrada por un sinfín de sensaciones. No hacía más que repetirse que estaba viva; la había visto, su hija, su niña, estaba viva y se había convertido en una mujer preciosa.

Llevaba un rato dándole vueltas, aturdida, entre el desconsuelo de su huida y la alegría de saberla viva, cuando oyó el timbre de la puerta. Miró hacia la entrada de la casa a la espera de que ocurriera algo extraño, algo imprevisto. Reaccionó y se levantó. Llegó a la puerta, la abrió y allí estaba.

—Hedy...

—¿Puedo pasar? —Aquella voz dulce le sonó a Victoria a música celestial.

—Claro que sí. —Se hizo a un lado, agarrándose una mano con la otra para contener el impulso de abrazarla contra su pecho y no separarse de ella nunca—. Por favor, entra.

Hedy dio varios pasos hacia el interior. Llevaba un chaquetón de color azul marino, una falda de cuadros y medias de lana hasta la rodilla, un jersey verde y una bufanda. Del hombro le colgaba una cartera marrón y en la mano llevaba un gorro de lana gris oscuro. Tenía el pelo retirado de la cara, sujeto con una horquilla.

Victoria cerró la puerta y la guio hacia el salón. A su lado, nerviosa, no paraba de mirarla. Mientras, Hedy examinaba con tímida curiosidad todo a su alrededor.

—¿Te apetece un té, un café...?

—Un té está bien —dijo Hedy cortante.

—Toma asiento, lo preparo enseguida.

Victoria fue a la cocina y, tratando de controlar los nervios, puso al fuego la tetera. Le temblaban tanto las manos que al coger la taza se le resbaló de los dedos y cayó al suelo.

—No pasa nada. —Alzó la voz con la vana pretensión de justificarse—. Un pequeño accidente doméstico.

Con un movimiento del pie arrastró los pedazos para no tropezar con ellos y, apresurada, continuó con los preparativos. Cuando entró en el salón, la encontró de pie, junto a la estantería, sujetando entre sus manos el marco de la foto de su propia imagen con siete años, la misma que once años antes le había tomado Kovalenko con la Polaroid Land 95 que hacía fotos instantáneas y que acababa de adquirir Charlotte.

—Has cambiado mucho desde entonces. —Victoria posó la bandeja sobre la mesa auxiliar y se acercó a ella. Percibió su olor y le surgió una sonrisa—. No sé cómo no se ha desgastado la imagen de tanto que la he mirado.

Hedy se volvió hacia ella asombrada por sus palabras.

—Yo no tengo una foto tuya.

Victoria no supo qué decir. Fue al mueble, abrió el cajón y sacó el sobre en el que guardaba cuidadosamente la hoja con el dibujo que Hedy le había regalado unos días antes de perderla. Se lo mostró.

—¿Te acuerdas de esto? —le preguntó—. Lo dibujaste en la cocina y me lo regalaste. Todo este tiempo lo he llevado conmigo como un talismán.

Hedy dejó el marco en el estante, cogió el papel y lo miró un rato, en silencio.

—Sí, me acuerdo... Me acuerdo de aquella cocina, de las tres juntas alrededor de la mesa mientras sacabais las cosas que conseguíais por ahí. —Se llevó la mano a la sien, sonriente, y le entregó el dibujo—. Es una imagen que tengo aquí grabada.

Esquivó a su madre y se sentó en el borde del sillón.

Victoria acarició el dibujo infantil y lo guardó en el sobre.

—Tienes una casa muy bonita —dijo Hedy mirándolo todo.

—Me alegra que te guste. ¿Dónde vives? ¿En la zona oriental?

—Es la República Democrática Alemana —replicó Hedy dándose cuenta de inmediato de que había saltado igual que lo habría hecho su tía, siempre tan sensible a la falta de reconocimiento del país como tal.

—Para mí sigue siendo una parte de mi país de la que se han apropiado los rusos.

—También es mi país.

Victoria no continuó con la absurda polémica. Quería hablarle, contarle, pero no sabía por dónde empezar, qué decir, cómo hablar a esa hija recuperada después de tanto tiempo. No podía evitar sentirse cohibida. Se sentó a su lado, aunque manteniendo cierta distancia. Le sirvió el té y le ofreció azúcar. También había sacado un plato con pastas. Hedy se echó dos cucharadas de azúcar, cogió una pasta y la mordió. Al instante se quedó inmóvil con el dulce entre los dientes, avergonzada de que la viera comer. Lo dejó en su plato, tragó el trozo y bebió un sorbo de té.

—Bebe con cuidado —le advirtió su madre—, está muy caliente.

Al cabo de un rato de silencio, Victoria se atrevió a preguntar:

—¿Cómo está Rebecca?

—Bien.

—¿Vives con ella?

—He pasado todos estos años a su lado. Es la que siempre me ha cuidado.

—Ya me imagino —dijo su madre sin poder evitar sentir una injusta vergüenza—. ¿Habéis vivido siempre en Berlín? No volví a saber nada de vosotras desde que tuve que marcharme.

—Querrás decir desde que nos abandonaste.

—No te abandoné, Hedy. Nunca lo habría hecho, ni a ti ni a la tía Rebecca.

—Entonces, ¿por qué te fuiste sin nosotras? Es una pregunta que me he hecho cada día durante todos estos años sin ti... Cada día —remarcó con aspereza—. Qué te llevó a dejarnos aquí.

—Puedo explicarlo.

—Inténtalo —dijo Hedy con contundencia y tranquilidad. De nuevo cogió la pasta y la masticó mientras apoyaba la espalda en el respaldo del sillón.

—Tuve que marcharme para que no os hicieran daño.

—¿Quién nos quería hacer daño y por qué?

—El porqué es difícil de explicar. El quién tiene fácil respuesta: un hombre llamado Lugovoy.

—Sé quién es —murmuró Hedy con desprecio.

—Ese hombre te separó de mí a sabiendas del sufrimiento que causaba.

—¿Qué sabrás tú de sufrimiento? —arremetió de repente, rabiosa—. Has estado en Nueva York, rodeada de comodidades, sin más preocupación que estar babeando por ese yanqui.

Aquellas palabras se clavaron en el corazón de Victoria como un puñal envenenado. Cerró los ojos y encogió los hombros dolorida.

—Por cierto —añadió Hedy, sarcástica—, ¿dónde está? Llevas su apellido, así que te casaste con él, pero vives sola... —Alzó la ceja—. ¿Qué pasó? ¿Se cansó de ti, o fue al revés?

—Murió... —Abrió los ojos y alzó el rostro—. Le mataron por salvarme la vida... Y por defender una causa de justicia.

Hedy se quedó paralizada por el zarpazo que había recibido tras su incauto ataque.

—Le amé con toda mi alma, casi tanto como te amo a ti, hija. —Fue la primera vez que pronunció esa palabra ante ella, y se sintió conmovida—. El poco tiempo que viví a su lado me sentí querida, protegida y feliz, con la única sombra de tu ausencia.

Hedy mantenía la pasta mordida en la mano.

—Lo siento —dijo al rato.

—No pasa nada —musitó Victoria con una leve sonrisa—. Sucedió hace muchos años, en Nueva York. Nos casamos un poco antes de que le mataran. Teníamos decidido volver a

Berlín para buscarte, a pesar de que no sabíamos nada de vosotras, nada, ni una sola noticia sobre dónde podrías estar. —Hablaba tensa, tratando de justificarse—. Desde mi regreso no he dejado de buscarte, pero era como si os hubierais esfumado.

—Llevamos en Berlín tan solo un año. Los anteriores los pasamos entre Leningrado y un campo de trabajo ruso.

—Dios santo —susurró Victoria espantada, al tratar de imaginar lo que su niña habría sufrido.

—Si no hubiera sido por la tía Becca... —añadió Hedy afligida—. Ella fue mi salvación... Se quedaba sin comer para alimentarme, sin abrigo para abrigarme, sin zapatos para que fuera calzada... Velaba mi sueño y me cuidaba cuando estaba enferma. —Tenía la mirada baja, mirándose las manos, que movía nerviosa—. Estoy viva gracias a ella.

—Hedy... No sabía... No sabía nada...

—No imaginas cómo me sentí cuando comprendí que te habías ido y que no volverías... —Calló y bajó la mirada a sus manos.

—Claro que lo imagino... —dijo ella con voz serena—. Jamás te habría dejado si hubiera tenido alguna posibilidad... Lugovoy me obligó. Me encargó hacer algo en Nueva York... Algo fuera de la ley. Tuve que colaborar con los servicios secretos rusos, lo que ahora llaman el KGB. Me amenazó con haceros daño si no me marchaba y cumplía sus órdenes, y sé que lo habría hecho...

—Lo hizo... —afirmó Hedy—. Nos hizo mucho daño, a la tía y a mí. Yo sé que fue él quien la denunció. La acusaron de espiar para ti, decían que tú eras una espía de los norteamericanos. Fue él... —musitó abismada en el dolor de los recuerdos. Su cuerpo pareció encogerse: odiaba a ese hombre con toda el alma.

Victoria cogió la taza y bebió un sorbo. La miró por encima de la taza, dispuesta a abordar el incómodo tema de Rebecca. Necesitaba saber de ella.

—¿Cómo está? —le insistió ansiosa.

Hedy la miró sin entender.

—Tu tía, mi hermana, ¿cómo está?

—No ha sido fácil —dijo dubitativa—. Sobrevive... Ella es muy fuerte. Ahora trabaja en una VEB que fabrica bombillas. Las llaman empresas propiedad del pueblo, pero las dirigen y controlan los de siempre. Está en la línea de ensamblaje, no puede despistarse ni un segundo. —Ladeó la cabeza pesarosa—. Tiene turnos rotatorios, una semana de día y otra de noche, así que nunca duerme bien y siempre está cansada.

—¿Sabe que estás aquí?

—Si lo supiera, se pondría enferma. Te odia, no puede evitarlo.

Victoria pensó en preguntarle si ella sentía lo mismo, si Rebecca había conseguido inocular en su corazón ese odio hacia ella, pero no se atrevió, temió la respuesta. Dejó la taza sobre la mesa.

—No sé qué decirte, Hedy. Te he soñado tanto, he pensado tantas veces en este momento, y ahora que estás aquí no sé qué decir...

Su hija se levantó de repente.

—Tengo que marcharme. Se me hace tarde y no quiero que se preocupe.

—Te llevo en el coche, si quieres.

—No... No... —balbució nerviosa—. Mejor que no.

Cogió el abrigo y se lo puso; se colgó la cartera al hombro y se rodeó el cuello con la bufanda. Victoria la observaba mientras lo hacía, aún sentada, sin saber cómo evitar que se marchara.

—Llévate las pastas —dijo al tiempo que hacía un paquetito con una servilleta. Se puso en pie y se lo tendió con un ademán afectuoso—. Llévatelas, por favor.

Hedy las cogió y las pegó a su pecho con una escueta sonrisa de gratitud. Sin decir nada, se encaminó a la entrada.

—¿Volveré a verte? —preguntó Victoria siguiendo sus pasos.

Hedy se detuvo y se giró un poco, sin llegar a darse la vuelta. Abrió la puerta de la calle y, antes de salir, le dijo:

—No lo sé... Si tú quieres.

—¡Claro que quiero! Hedy, eres mi hija, y me siento tan feliz de... —Dejó la frase en el aire, antes de repetir simplemente—: Claro que quiero.

Madre e hija se observaron un rato largo, buscándose en el recuerdo, sosteniéndose una a la otra, bebiendo de un sentimiento que les costaba manifestar.

—Entonces, volveré —musitó Hedy con una sonrisa.

—Espera —dijo de repente Victoria. Cogió una libreta—. Te daré mi teléfono de casa y del trabajo. —Hablaba mientras escribía la serie de números—. No podrás llamarme desde la zona oriental, pero si pasas a este lado, podrás localizarme. Si necesitas cualquier cosa, lo que quieras. Estaré siempre dispuesta para ti, Hedy. Esta vez no te fallaré, te lo prometo.

Hedy, sonriente, cogió la hoja arrancada de la libreta.

—Un amigo mío tiene una radio... A veces te escucho. Me gusta oír tu voz.

La alegría de Victoria por sus palabras se tornó de pronto en preocupación por sus consecuencias.

—Debes tener cuidado, Hedy. Escuchar la RIAS en la Alemania Oriental es peligroso y tiene consecuencias.

—Eso mismo me dice la tía. —Le dio la espalda y empezó a bajar los primeros escalones; se detuvo y se giró. Volvía a tener una sonrisa cálida en sus ojos—. Me alegro de haber venido.

—Me has hecho feliz, Hedy, muy feliz.

La joven se precipitó escaleras abajo. Victoria mantuvo la mirada clavada en la escalera vacía, escuchando cómo se alejaban sus pasos hasta que todo quedó en silencio. En ese momento pensó que ni siquiera la había rozado, y sintió unas ganas inmensas de abrazarla, palpar su rostro, tocar su pelo y sentirla cerca, muy cerca. Pero se conformaba con haberla visto y, sobre todo, con saber que su hija también la había buscado; eso era lo que la hacía estar exultante. Un torrente de emoción le nubló la visión.

Eszter la esperaba apoyada en su viejo BMW con la pintura deslustrada. Victoria la avisó de su llegada con un toque de bocina, aparcó y descendió del coche.

—Vamos —su amiga arrojó la colilla al suelo y se incorporó—, nos esperan.

A pesar de las prisas, Victoria la obligó a detenerse. Sus ojos chispeantes le anunciaron su alegría.

—¿Qué pasa? —preguntó Eszter—. Nunca te había visto tan feliz... Algo muy bueno tiene que ser...

Victoria le agarró las manos y las envolvió entre las suyas pletórica.

—La he visto, Eszter, he visto a Hedy. He estado con mi hija. Está viva y es... —alzó la cara hacia el cielo con una expresión de felicidad—, es preciosa.

Eszter no pudo evitar emocionarse y la abrazó.

—Cuánto me alegro... Pero ¿cómo ha sido? ¿Qué ha pasado? ¿Dónde estaba?

Victoria le contó a trompicones el encuentro entre lágrimas emocionadas y risas.

—Esto hay que celebrarlo por todo lo alto, en cuanto salgamos de ahí dentro.

Echaron a andar cogidas del brazo, contentas de las buenas noticias.

—¿Qué buscamos exactamente? —preguntó Victoria mientras se dirigían al edificio principal de aquel centro de acogida de refugiados.

—Espías —contestó Eszter mirándola de reojo—. La CIA está detectando a sujetos que se hacen pasar por refugiados del Este cuando en realidad son espías de la Stasi, o peor aún, del KGB.

—¿Cómo saben quiénes son? ¿Los tienen localizados?

—Son tantos los que llegan a diario que resulta imposible interrogar a fondo a todos. El perfil es muy variado, cualquiera les vale: adolescentes, ancianos, mujeres con niños, padres de familia... Eso complica mucho la posibilidad de detectarlos.

Victoria recordó el interrogatorio al que la había sometido el FBI en Nueva York por el turbador mundo del espionaje. Se estremeció con solo pensarlo.

—Las cosas están muy tensas —añadió Eszter—, y toda información o contrainformación resulta crucial.

Sonó el timbre y el profesor dio por terminada la clase. Salieron en tropel a la calle. En cuanto se separaron del resto de los compañeros, Adler le preguntó con avidez:

—Pero ¿qué te dijo? ¿Se alegró de verte?

Un viento frío y húmedo les lamía la cara. Caminaban con paso rápido, las manos hundidas en los bolsillos, la cartera con los libros al hombro, la bufanda ajustada al cuello y el gorro de lana calado hasta las orejas.

—Yo creo que sí, estaba... —Hedy vaciló—. No sé..., impactada —soltó una risa nerviosa—. No daba pie con bola.

—No me extraña, piensa que la última vez que te vio tenías siete años —añadió Adler contento por su amiga—. ¿Qué vas a hacer ahora?

—Le he dicho que volveré. Ella me lo pidió.

—¿Se lo has dicho a tu tía?

—Sí, y no le ha gustado. No la perdona.

—¿No le habrás dicho que escuchamos la radio?

Hedy no contestó y él se detuvo en seco. Ella se frenó un paso por delante y se dio la vuelta. Adler la miraba preocupado.

—No dirá nada —insistió ella—, nunca haría nada que pudiera perjudicarme.

—Pero a mí sí —replicó muy serio—, y a mi hermano... —Negó con la cabeza.

Hedy le sonrió, le cogió del brazo y le animó a caminar.

—No te preocupes, confía en mí. Mi tía no dirá nada.

El chico se dejó llevar y relajó el gesto.

—Estoy hecha un lío —continuó hablando Hedy—. Necesito recuperar a mi madre, pero sé que si lo hago mi tía sufrirá, y yo no quiero hacerle daño, a ella no.

Adler no dijo nada, sabía del apego que Hedy tenía por su tía a pesar de que Rebecca demostraba ser una mujer egoísta y desabrida con todo aquel que no fuera su intocable sobrina.

—Entonces, ¿piensas volver a verla?

—Creo que sí... —Le miró de reojo—. ¿Por qué no me acompañas? Nunca has estado en el Oeste.

—Ni hablar, no me interesa comprobar cómo el capitalismo explota a la gente y los revienta a cambio de un Mercedes y ropa de colores estridentes.

—Eres un miedica —le provocó divertida.

Rieron y aceleraron el paso porque empezaban a caer unos finos copos de nieve que parecían bailar delante de su cara. Hedy le iba contando lo que había visto en los escaparates, comparando la cantidad y variedad de cosas que se exponían con lo escueto y pobre de los comercios de su zona. Al llegar al cruce en el que se separaban siempre, se toparon con Theo, el hermano mayor de Adler.

—Hola, Hedy —le dijo con una sonrisa.

—¡Hola, Hedy! —repitió Adler con sorna—. Y a mí que me zurzan.

Theo le empujó con cariño, sin retirar en ningún momento los ojos de Hedy, que le devolvía la mirada ruborizada.

—A ti te tengo muy visto, enano.

—Hola, Theo —dijo ella con una mueca modosa.

—Ha visto a su madre —intervino Adler con tal de darse

importancia, al notar que su presencia se había hecho invisible para ambos.

—¿Es eso cierto? —se alegró Theo.

—Sí, por fin me decidí y he hablado con ella.

—¿Y bien? —volvió a preguntar expectante.

—No sé... —balbució insegura—. Ella es... Bueno, es mi madre y yo... —resopló apenas, reacia a mostrar sus sentimientos—. Me gustaría volver a verla.

—El domingo pasaré la tarde en el Oeste. Una amiga se ha instalado allí definitivamente y voy a visitarla.

—¿No me irás a decir que Berta se ha ido al Oeste? —preguntó Adler sorprendido.

—Desde hace una semana.

—Pero si estaba trabajando con su padre.

—Su padre también se ha ido, y su madre. Solo se ha quedado su hermano. —Encogió los hombros—. Es un comunista convencido. —Volvió de nuevo la atención a Hedy—. Si quieres venir conmigo, te llevaré en la moto hasta la casa de tu madre.

—¿De verdad lo harías?

—Claro que sí. Te paso a buscar a las cuatro. Tengo que marcharme, llego tarde a clase.

Se despidieron de Theo y continuaron andando.

—¿Por qué estudia tu hermano en la Universidad Libre y no en la Humboldt?

—Theo cree que en el otro lado se vive mejor y se cobran mejores sueldos.

—Pero este es su país.

—Eso dice mi padre. Mi madre piensa que con el tiempo se irá para siempre a Occidente, y yo también lo creo. Esa Berta es más que una amiga, ¿sabes? Yo creo que son novios, aunque él lo niega. Ella es dos años mayor que él y es médico como su padre, trabaja en La Charité... Bueno, trabajaba. —Hizo un amago de escupir al suelo—. Son unos traidores.

—No seas tan duro: ya veremos si no acabas tú también yéndote a vivir al Oeste.

—Jamás. Este es mi país —repitió convencido.

Se despidieron y Hedy se dirigió a su casa. La escalera atufaba al lignito que se había descargado en el patio y que penetraba por cada rincón del edificio y sus alrededores. El domingo volvería a ver a su madre, y eso le hacía ilusión.

Era la primera vez que iba en motocicleta y la experiencia le estaba gustando mucho más de lo que habría imaginado. Era una DKW RT de segunda mano de color rojo que Theo había adquirido en un taller de Spandau. El motor rugía mientras ellos avanzaban por las calles esquivando con facilidad cualquier obstáculo. Con su cuerpo pegado al de Theo, rodeándole la cintura con los brazos, Hedy disfrutó del trayecto y la velocidad hasta que el joven ralentizó la marcha y detuvo la moto frente al portal que ella le había indicado.

Ella descabalgó y se paró delante de la puerta, indecisa.

—¿Piensas quedarte ahí toda la tarde? —preguntó Theo irónico.

—No la he avisado de que venía. —Hedy se volvió hacia él con la duda reflejada en su rostro—. A lo mejor no está en casa.

—¿Por qué no llamas y lo compruebas?

Hedy asintió, hinchó los pulmones, miró el panel con botones numerados y apretó el botón del 3.º A. Esperó unos segundos sin obtener respuesta. Volvió a presionar con el mismo resultado.

Miró a Theo, decepcionada.

—No está...

—Parece lógico —dijo él alzando las cejas—. Es domingo, hace sol, y la gente suele salir de casa.

Hedy soltó un suspiro.

—Tienes razón —sonrió azarada—. Regresaré a casa dando un paseo.

—Vente al cine con Berta y conmigo. Vamos a ver *El apartamento*. Es de Billy Wilder, ¿le conoces?

Ella negó con la cabeza.

—Es un director fantástico —añadió él—. Te gustará. Vamos, sube.

—¿No le molestará a tu amiga que te presentes conmigo?

—Claro que no, le encantará conocerte.

Aquella tarde de domingo, Hedy entró en un cine por primera vez: la enorme pantalla le resultó fascinante, apenas parpadeó durante toda la película, ávida de empaparse de cada detalle. Después, los tres fueron a un local de jazz, donde se juntaron con otros jóvenes de la edad de Theo. Aquella música envolvente, el baile y la compañía resultaron experiencias muy divertidas. Tanto Theo como Berta la hicieron sentirse como una más. Estaba tan feliz que perdió la noción del tiempo y cuando se quiso dar cuenta eran casi las nueve. Al decir que se iba, Theo se ofreció a acompañarla.

—No tienes por qué, Theo. Quédate con tus amigos y sigue disfrutando de todo esto.

—Te llevaré hasta Potsdamer Platz, desde allí podrás coger el tranvía que te dejará en la puerta de tu casa. —Mientras hablaba, abría la cartera en busca de dinero—. Espera un momento, voy a pagar y nos vamos.

Cuando se alejó, Berta hurgó en su bolso, sacó un sobre pequeño y se levantó.

—Hedy —se acercó a ella—, ¿puedo pedirte un favor?

—Claro —respondió sonriente.

—¿Podrías dejar esto en el número 20 de Storkowerstrasse? Theo me ha dicho que vives muy cerca de su casa, así que te pilla de camino. Es para un amigo que lo necesita mañana a primera hora. Solo tienes que entregárselo. Lo está esperando.

—Lo haré —dijo ella complaciente, mientras cogía el sobre.

—Se llama Max. Vive en el 2.º B. —La miró con fijeza—. ¿Te acordarás?

Ella asintió mientras lo guardaba en su bolso.

—Hedy..., no se lo digas a Theo, ¿vale? No quiero que lo sepa.

Ella la observó unos segundos. Berta le sonrió y le pellizcó la mejilla con un gesto de cariño.

—Será nuestro secreto de chicas —susurró justo cuando se acercaba Theo.

—Vámonos. —Alzó la mano para despedirse del grupo y le hizo un gesto a Hedy para salir.

Ella miró a Berta y siguió a Theo hacia la calle.

Cuando llegaron frente al paso al sector soviético de la Potsdamer Platz, Theo detuvo la moto y Hedy se bajó con agilidad.

—Gracias, Theo, lo he pasado muy bien.

Él le sonrió, se inclinó hacia ella y le dio un beso en la mejilla. Su voz dulcificada resonó en su oído.

—Ha sido una tarde fantástica.

Luego aceleró la moto y se alejó cual caballero medieval en su caballo de guerra. Hedy se llevó la mano a la mejilla besada, sonriendo. Se dio la vuelta y apresuró el paso hacia el control fronterizo para tomar el tranvía. Sabía que su tía se iba a enfadar porque nunca había llegado tan tarde. Vio que la gente pasaba por delante del puesto de control sin que nadie los detuviera. Hacía mucho frío y no se veía a ningún VoPo. Cuando estaba a punto de rebasar el control, oyó una voz a su espalda.

—Eh, tú, chica, documentación.

Se detuvo, se dio la vuelta y metió la mano en su bolso para sacar su pasaporte. El policía lo cogió sin dejar de mirarla, con un gesto de suficiencia, de poder.

—¿A qué has ido al Oeste?

—Al cine —respondió ella muy seria. Sentía el latir de su corazón. Trató de calmarse. No le harían nada por ir al cine.

—¿Y qué película has visto?

—¿Qué importa eso? Llego tarde a casa.

El policía observó el pasaporte abierto en su mano. Su rostro se tornó serio. La miró con tanta fijeza que se sintió incómoda.

—Espera aquí. —Cambió la voz a un tono grave.

Se dio la vuelta y se acercó a otro con uniforme de oficial. Hedy observó atenta cómo hablaban entre ellos. El segundo cogió el pasaporte, leyó el nombre y se acercó seguido por el primero de los VoPos y otro más.

—¿Eres Hedy Kiesler?

Ella asintió.

—Acompáñanos.

—Pero...

No pudo decir mucho más; los dos policías la agarraron de los brazos y la obligaron a avanzar detrás del oficial, quien caminaba por delante con su pasaporte en la mano. La metieron en una garita donde había una mesa y un teléfono y otro policía, que se levantó cuando entraron. El oficial entregó un papel con un número de teléfono al que estaba al otro lado de la mesa; de inmediato, descolgó el auricular y marcó. A continuación cedió el aparato al oficial.

—Sí —dijo mirando el pasaporte—. Es ella. Hedy Kiesler... De acuerdo.

Colgó y se volvió hacia ella.

—Saca todo lo que llevas en el bolso —le ordenó.

Hedy lo hizo, volcó sus cosas sobre la mesa. Primero cayeron las llaves de casa, su cartera con algo de dinero, un pañuelo, un lapicero... Cuando apareció el sobre de Berta, el oficial lo cogió y, sin miramientos, lo abrió y dejó caer el contenido. Por unos segundos todo se detuvo ante la vista de lo que se había desparramado encima de la mesa: un pasaporte y un fajo de marcos de las dos Alemanias. Hedy miraba aquello con los ojos muy abiertos, incapaz de reaccionar. El oficial cogió el pasaporte y lo abrió.

—¿Qué es esto?

Ella lo miró parpadeando, como si no entendiera lo que le estaba diciendo. Abrió la boca y volvió a cerrarla, negó con la cabeza, arqueó las cejas tratando de asimilar lo que estaba ocurriendo.

—No lo sé... Es... Me lo ha dado una chica...

—¿Una chica? —la interpeló cada vez más taxativo—. ¿Y cómo se llama esa chica?

No quiso traicionar a Berta.

—No me dijo su nombre. Solo me preguntó si vivía en el Este y me pidió que lo echase en un buzón...

—¿En un buzón? ¿Sin destinatario ni remitente?

—No lo sé... Me dijo... —trató de rectificar, pero el mal ya estaba hecho—, eso fue lo que me pidió...

—¿Y tú lo aceptaste, así, sin más?

—Sí... No vi nada malo en ello.

—¡¿Me tomas por estúpido?! —Esta vez el grito la sobresaltó.

—No... —Estaba a punto de llorar—. No creí que estuviera haciendo nada malo.

Desde la calle se oyó el motor de un coche. La puerta se abrió y un policía se asomó.

—Señor, ya está aquí.

A pesar del aviso, el oficial no le quitó a Hedy los ojos de encima.

—Estás metida en un buen lío —murmuró recogiendo las cosas e introduciéndolas en su bolso, todo menos el sobre de Berta. Con brusquedad, le puso el bolso en el pecho y ella lo sujetó—. Andando.

La llevaron casi a rastras fuera de la caseta. Ella quería protestar, pero no le salían las palabras, aturulladas en su mente confusa y embotada por el miedo. La llevaron hasta un coche de color oscuro y la metieron en la parte de atrás de malas formas. Dos hombres vestidos de paisano que esperaban junto al vehículo la flanquearon y quedó aprisionada entre los dos cuerpos. El oficial que la había interrogado se acercó al copiloto, se inclinó y, a través de la ventanilla, habló en voz baja. Le entregó el sobre de Berta y el pasaporte de Hedy; el hombre subió el cristal y el coche se puso en marcha. Hedy bajó la cabeza y cerró los ojos aterrorizada.

—Hola, Hedy. —Aquella voz ronca fustigó sus más amargos recuerdos—. ¿Te acuerdas de mí?

Alzó la cara, abrió los ojos y en la inquietante penumbra de aquel habitáculo le pareció ver el rostro del mismísimo diablo.

Era casi medianoche cuando Hedy llamó al timbre de la puerta en Storkowerstrasse. Tras unos segundos, se oyó la voz de un hombre desde el interior.

—¿Quién es?

—¿Max? —preguntó ella sin levantar la voz—. Me envía Berta. Tengo algo para ti.

La puerta se abrió y apareció un hombre de unos treinta años, despeinado, vestido con un viejo pijama. Hedy le entregó el sobre y él lo miró extrañado, luego alzó los ojos hacia ella.

—¿Te ha enviado Berta? —repitió confuso.

Hedy asintió y, sin decir nada más, se dio la vuelta y empezó a bajar la escalera. Oyó el golpe al cerrar. Salió a la calle y apresuró el paso hacia su casa.

Cuando entró, Rebecca tenía el rostro desencajado.

—¡Hedy! ¿Dónde has estado? —inquirió entre la angustia y la tranquilidad sobrevenida—. Me tenías muy preocupada.

—Lo siento, tía Becca. He estado con unos compañeros de clase; fuimos a un bar, me estaba divirtiendo y no me di cuenta de la hora. Lo siento —volvió a decir con expresión de arrepentimiento.

Rebecca la estrechó entre sus brazos con fuerza, aferrada a ella, tratando de soltar el miedo que se le había metido en el cuerpo.

—Pensaba que te había... Y si te pasa algo... Si te pasara algo... Mi niña... Mi pequeña niña...

Hedy, esquiva, se soltó del abrazo.

—Ya no soy una niña, tía Becca. Mis compañeros de clase salen los domingos, bailan, charlan y llegan tarde a casa. No deberías preocuparte tanto por mí.

Rebecca la miró desazonada, trató de sonreír.

—Tienes razón, Hedy... Pero deja que me acostumbre. Te calentaré un vaso de leche. Te vendrá bien.

—No, tía —replicó huraña—. Estoy muy cansada, me voy a dormir.

Se desnudó a toda prisa y se metió en la cama, agazapada bajo las dos raídas mantas que apenas la cubrían del aire gélido que reinaba a todas horas en aquella alcoba. Con los ojos muy abiertos, fijos en los desconchones de la pared, pensaba en su tía, en su madre, en ella misma y en el maldito sobre que le había dado Berta, y cuanto más pensaba, más presión sentía en el pecho. Cerró los ojos y las lágrimas brotaron de sus párpados apretados. Volvía a tener miedo, un miedo aterrador a provocar daño o a que se lo hicieran a ella. De espaldas a la puerta, oyó que Rebecca entraba en la alcoba procurando no hacer ruido. Fingió dormir. Notó la calidez del frágil cuerpo de su tía al meterse en el lecho. Se había sentido protegida tantas veces con su abrazo... Se estremeció al notar un leve beso en su brazo, sigiloso para no despertarla, tierno y siempre preocupado. «¿Qué va a pasar ahora?», pensó Hedy con los ojos de nuevo abiertos; ¿cómo iba a afrontar todo aquello?, ¿cómo hacerlo sin dañar a terceros? Imposible, pensó, y volvió a cerrar los párpados, tratando de huir de la realidad hostil que esa noche había salido a su encuentro.

Había pasado más de una semana desde aquella nefasta noche. Hedy salió del colegio con paso rápido, quería llegar a casa cuanto antes. La voz de Adler la obligó a ralentizar la marcha, aunque no se detuvo.

—Eh, oye, ¿se puede saber qué mosca te ha picado? —inquirió el chico al llegar a su altura—. ¿He hecho algo que te haya molestado?

Los dos continuaron con el paso acompasado.

—Claro que no —dijo ella con voz blanda—. ¿Por qué dices eso?

—Hace más de una semana que te escaqueas de mí. Sales corriendo, casi no me diriges la palabra... No lo entiendo.

Hedy le miró con el rabillo del ojo. Sonrió y le habló afable.

—He tenido que estudiar, y mi tía... —Encogió los hombros en busca de alguna excusa—. Ha estado un poco pachucha... —Calló al darse cuenta de que estaba mintiendo. Soltó el aire que había retenido sin querer—. Lo siento, estaba muy preocupada por ella.

—Te recuerdo que tenemos que hacer el trabajo de física. Estamos a miércoles, hay que presentarlo el viernes y ni siquiera hemos hablado sobre qué vamos a trabajar.

—Tienes razón. —Frunció el ceño ya que había olvidado por completo el dichoso trabajo, necesario para aprobar la asignatura y que debían hacer en equipo.

—Vente a casa —le propuso Adler—. Esta tarde podemos dejarlo preparado y mañana lo rematamos.

Ella se detuvo, se giró hacia él y le miró en silencio unos segundos.

—De acuerdo. Vamos a tu casa.

Estuvieron toda la tarde elaborando el proyecto de investigación elegido. Cuando la madre de Adler le avisó de que se acercaba la hora de la cena, empezaron a recoger. Hedy guardó sus libros y cuadernos en la cartera y, al ir a coger el abrigo, la puerta de la habitación se abrió y apareció Theo. Hedy había temido aquel encuentro y no pudo evitar azorarse.

Theo saludó con un seco hola y el semblante muy serio. Hedy hizo un amago de sonrisa como respuesta al saludo y Adler se excusó por ocupar el escritorio de su hermano mientras retiraba los últimos papeles y libros.

Theo se quitó el abrigo y se dejó caer sobre la cama. Parecía muy abatido.

—¿Ocurre algo? —se extrañó Adler—. No tienes buen aspecto.

Su hermano le dedicó una breve mirada. En sus ojos se reflejaba una profunda preocupación.

—Esta mañana la Stasi ha detenido a Max Krause.

—¿Qué ha hecho para que le detengan? —preguntó desconcertado—. Max siempre ha sido un buen comunista.

Theo soltó una sonrisa condescendiente.

—Qué equivocado estás, hermanito. —Inclinó el cuerpo y apoyó los codos en las rodillas, enterró la cara en las manos, para luego volver a levantarla, resoplando—. Max lleva vigilado desde que en el 56 participó en unas protestas contra la brutalidad soviética en las revueltas de Hungría. Estuvo detenido tres meses. Desde entonces le han hecho la vida imposible. Trabajaba en una empresa química, y de la noche a la mañana le pusieron a limpiar el alcantarillado de la ciudad. Hace tiempo que quería pasarse al otro lado, pero al estar vigilado le resultaba imposible hacerlo, salvo con un pasaporte falso. Berta y él pensaban casarse... —Su boca se torció en un amago de sonrisa lánguida—. En seis meses serán padres.

—¿Berta está con Max? —inquirió Adler sorprendido—. Creí que tú estabas con ella.

—Berta y Max están juntos desde la universidad, pero no querían que su relación se conociera en la RDA para no perjudicarlos a ella ni a su familia. Si los de la Stasi hubieran conocido su relación con Berta, no le habrían permitido salir de Berlín Este, ni a ella ni a sus padres. —Se detuvo por un momento, pensativo—. No sé qué pasará ahora. Berta está destrozada, y de Max nadie sabe nada.

—Tal vez le dejen en libertad —intervino Hedy—. Si no ha hecho nada malo...

—¿Te parece poco tratar de pasar la frontera con un pasaporte falso? —inquirió Theo con ironía. Se hizo un incómodo silencio—. No me lo explico... Alguien ha tenido que denunciarle. Berta me aseguró que el pasaporte era perfecto. —Negó con la cabeza, consternado—. Le estaban esperando.

Hedy tragó saliva, se puso el abrigo y se dispuso a salir.

—Tengo que marcharme —atinó a decir.

Salió a la calle con el latido de su corazón tan desbocado que le costaba respirar. Se apoyó en la fachada para recuperar parte de la serenidad que había perdido. Se sintió culpable, dolorosamente responsable de que ese hombre estuviera en ese instante en uno de esos horribles calabozos de la Stasi. Echó a andar hacia su casa, encogida, agobiada; el cuerpo entero le temblaba.

Llegó a casa descompuesta. Su tía estaba en la cocina preparando la cena; debía de estar muy contenta porque tarareaba una canción, algo que en muy pocas ocasiones la había visto hacer. No la oyó entrar y Hedy fue a la habitación y se sentó en la cama. No había vuelta atrás; la detención de Max había sido un aviso; no le quedaba más remedio que aceptar las condiciones a cambio de una vida tranquila, de no tener otro sobresalto, otro penoso viaje a Siberia, volver a aquellos campos malditos en los que apenas había un hálito de vida. No lo superarían, esta vez no; su tía no sería capaz de pasar de nuevo por ese infierno, estaba convencida. Tenía que afrontarlo, no le quedaba más remedio que aceptar la propuesta de Lugovoy para evitar su vil amenaza. Ese hombre no tenía corazón, y ella lo sabía.

—Hedy, cariño. —La voz de su tía la sobresaltó—. No te había oído entrar.

—He estado toda la tarde con Adler haciendo un trabajo —dijo sin ganas—. Estoy muy cansada.

Rebecca se sentó a su lado y le agarró las manos, buscando sus ojos. Resultaba evidente que estaba muy contenta. Había en su gesto una emoción contenida.

—Te estaba esperando... —sonrió encogiendo los hombros alborozada—. Tengo muy buenas noticias. —Se sacó una carta del bolsillo y se la mostró—. Mira, ha llegado esta tarde. Nos han adjudicado un piso en la Stalinallee, nada menos. Mira —insistió mientras extraía un papel del interior para luego desdoblarlo.

Se trataba de una notificación oficial de adjudicación a Rebecca Kiesler y a su sobrina, Hedy Kiesler, del piso 8.º, puerta A, con el derecho de la ocupación inmediata de la vivienda.

—¿No te parece algo maravilloso? Una casa con cuarto de baño solo para nosotras, con azulejos en la cocina, con ascensor, Hedy, ascensor para subir y bajar cómodamente. —Hablaba con una alegría desbordante, mientras Hedy tenía los ojos puestos en aquel papel, consciente del alto precio que iba a pagar por ese cambio que para su tía resultaba tan milagroso—. Y eso no es todo: en la fábrica me han sacado de la línea de ensamblaje y me han colocado en las oficinas, y me han doblado el sueldo. —Cogió el papel entre sus manos y lo miró con fervor religioso—. Nuestra suerte empieza a cambiar, mi pequeña, por fin vamos a poder vivir con dignidad, por fin podremos ser felices.

—Yo ya lo era —farfulló ella incómoda ante las contradicciones que chocaban en su cabeza—. Siempre he sido feliz a tu lado porque siempre hemos mantenido la dignidad, estuviéramos donde estuviésemos y en las condiciones que fuesen.

Su tía la miraba absorta, sin comprender aquella salida de tono. Pero su regocijo lo arrasaba todo. Se levantó vigorosa.

—Vamos a cenar. Para celebrarlo, he preparado estofado de cerdo, como a ti te gusta. —Se giró y sonrió—. Y de postre una de mis mejores *apfelkuchen*.

—No tengo hambre —musitó la joven desganada, sin medir las consecuencias de sus palabras sobre el ánimo de su tía.

Rebecca se inclinó y le puso la mano en la frente en un gesto maternal.

—¿Estás enferma? ¿Quieres que llame al médico?

—Solo estoy cansada —repitió, y se tumbó sobre la almohada con la esperanza de que su tía la dejase sola. No podía soportar su alegría: era un espejo diabólico que le devolvía el reflejo de su propia culpa—. Tan solo necesito dormir.

—Está bien.

Hedy intuyó el profundo desencanto de su tía, pero no hizo nada para remediarlo; continuó tendida en la cama, sin fuerzas.

—Mañana estrenaremos la casa con la suculenta comida que hoy no vamos a probar.

—¿Nos vamos mañana? —se asombró por la precipitación—. ¿Tan pronto?

—A las tres en punto nos esperan para entregarnos las llaves —contestó Rebecca de nuevo animada—. No tienes que ir al colegio, ni yo a trabajar. —Le mostró otro papel—. Mira, tenemos un justificante para ti y otro para mí. —Volvió a sonreír pletórica—. Aún estoy tratando de asimilarlo, he leído ese papel cien veces. Mañana dormiremos en uno de los palacios de los trabajadores construidos por la RDA para nosotras. ¿No es fantástico? —El regocijo desbordante de Rebecca contrastaba con la severidad de Hedy—. Te dejo descansar. Nos espera un día lleno de emociones.

Le plantó un beso en la mejilla y salió de la habitación. Hedy se descalzó y enroscó su cuerpo como un caracol, las rodillas pegadas a su pecho, rodeadas las piernas con los brazos.

Al día siguiente las dos mujeres recogieron todas sus pertenencias. Debían dejar vacío aquel horrible piso antes del mediodía y presentarse en la nueva vivienda para que les entregasen las llaves.

Metieron sus pertenencias en cuatro bolsas; ropa, enseres y poco más, todo lo que habían acumulado en aquel último año desde su regreso a Berlín, ya que de Leningrado habían llegado prácticamente con lo puesto. Hedy llevaba en la cartera el libro de Dostoievski que le había regalado Sorokina y su vieja libreta con los versos anotados de Anna Ajmátova.

Dieter Schäfer, un compañero de Rebecca de la fábrica, se brindó a llevarlas en su viejo coche, antes de acudir a su turno de tarde.

La Stalinallee era una avenida monumental, reconstruida de las ruinas de la guerra: un ancho bulevar flanqueado por largas hileras de bloques de pisos de varias plantas, con el sello inconfundible de la arquitectura monumental estalinista. Dieter detuvo el coche frente al edificio indicado, las ayudó a bajar los bártulos y se despidió de ellas.

Entraron en un amplio portal con escalera de mármol y algunos elementos ornamentales en las paredes que representaban símbolos socialistas como la solidaridad, la lucha obrera o el trabajo colectivo; el ascensor estaba al fondo. Subieron hasta la octava planta y, al acceder al rellano, se encontraron con una familia que estaba sacando sus cosas del piso al que ellas iban; maletas, cajas, una cuna. Tres niños de muy corta edad permanecían sentados en los escalones junto a la puerta abierta. Rebecca tuvo que dejar pasar a una anciana que sacaba un cesto con cachivaches.

—¿Son ustedes los nuevos inquilinos? —preguntó la mujer.

—Sí... Nos han asignado este piso.

—Pues ya es suyo —espetó desairada.

En ese momento apareció un hombre con un traje oscuro que iba azuzando con prisas a un anciano y a una mujer de unos treinta años.

—Vamos, vamos, aprisa, sacad de una vez vuestras cosas. Os lo advertí con tiempo.

Cuando reparó en la presencia de Rebecca y Hedy, salió al rellano.

—Vosotras sois...

—Rebecca Kiesler —se apresuró a responder—, y ella es mi sobrina, Hedy.

—Está bien, ya podéis ocupar el piso. Aquí están las llaves. —Se las entregó, sacó un papel del bolsillo y se lo tendió—. Firma aquí. —Esperó a la firma y lo volvió a plegar—. Pues ya está hecho. Que lo disfrutéis.

Se marchó por la escalera, obviando el elevador.

Los dos ancianos, la mujer y los niños las miraban con aprensión, con todas sus cosas desparramadas por el estrecho rellano. Rebecca entró en la casa indiferente al drama, pero Hedy se quedó pasmada ante aquella familia, desahuciada de su hogar para que lo ocupasen ellas.

—Lo siento mucho —susurró.

La anciana se acercó a ella con un gesto arisco.

—Ojalá te pudras —le soltó rabiosa, antes de lanzarle un escupitajo y darle la espalda.

La familia recogió sus bártulos y fueron despejando el rellano poco a poco.

Victoria había llegado al restaurante quince minutos antes de la cita. Sentada en la mesa, estaba tan nerviosa que no paraba de moverse, encendía un cigarro, lo apagaba a las dos caladas y volvía a encender otro. No perdía de vista la entrada del local, pendiente de la llegada de Hedy. El día anterior había recibido su llamada telefónica a la radio; al oír su voz sintió que levitaba de gozo; ese día su hija cumplía diecinueve años y no pudo evitar emocionarse ante la oportunidad de felicitarla, aunque fuera a través de la línea telefónica. El último cumpleaños que pasó con ella fue en 1949 y lo celebraron las tres en casa, con una escueta tarta de manzana que había cocinado Rebecca, una sola vela encendida sobre ella y un libro de cuentos de Hans Christian Andersen como regalo; a última hora se había presentado Charlotte acompañada de Kovalenko; le llevó unos preciosos zapatos y él le hizo la foto con la que Victoria había podido mantener viva la imagen de su hija a lo largo de los años. Antes de que pudiera reaccionar y asimilar aquella inesperada y feliz llamada, Hedy le había propuesto comer juntas al día siguiente para celebrarlo. Y allí estaba, esperando la llegada de su hija querida, con una sensación de entusiasmo tan poderosa que apenas podía reprimir en público la felicidad que la desbordaba.

La vio entrar y se levantó para llamar su atención. Mientras Hedy se acercaba, de forma inconsciente, Victoria se colocó bien la chaqueta y el collar de cuentas del cuello.

—Hola, Hedy... —musitó sin terminar de creerse que estuviese allí—. No imaginas lo feliz que me hace poder volver a felicitarte por tu cumpleaños —encogió los hombros para matizar—, aunque sea un día después...

Con expresión radiante, hizo un amago de besarla en la mejilla, pero Hedy se mantuvo rígida y distante, lo que provocó un momento tenso, la sonrisa congelada en los labios de Victoria y la mirada esquiva y abochornada. Enseguida recuperó la compostura y ambas se sentaron.

Victoria le entregó una caja envuelta en un precioso papel de regalo.

—No sabía qué comprarte...

—No tenías que hacerlo —murmuró Hedy abrumada por el detalle.

Colocó la caja delante de ella. El envoltorio era tan bonito que le daba pena rasgarlo. Lo quitó con cuidado. Abrió la caja y sacó un precioso bolso de mano.

—Es de piel —dijo Victoria nerviosa porque no sabía muy bien si había acertado o no—. Está muy de moda por aquí, lo suelen llevar las chicas de tu edad. Si no te gusta, puedo cambiarlo por...

—Me encanta —la interrumpió Hedy mirando con ojos brillantes el bolso por todos los ángulos; lo abría y cerraba, admirada—. Me gusta muchísimo... Te ha tenido que costar un dineral...

—Te debía muchos cumpleaños —dijo Victoria ya más relajada—. Demasiados...

—Gracias... —susurró sin poder ocultar su emoción—. Nunca... —calló un segundo porque se le trabó la voz en la garganta—, nunca he tenido nada tan bonito. —Le dedicó una sonrisa tan agradecida que Victoria estuvo a punto de echarse a llorar de alegría.

A pesar del acierto con el regalo, madre e hija tardaron un buen rato en entrar en una conversación afable y distendida. Victoria hacía todo lo posible por agradarla. Hedy, por su parte, no podía evitar cierta suspicacia, hasta que se dio cuenta de que debía relajarse. Para eso estaba allí, debía tender puentes con el fin de ganarse la confianza de su madre.

Hablaron mucho del pasado de ambas, de anécdotas que les habían ocurrido. Las dos procuraron esquivar episodios espinosos de sus vidas, o al menos suavizarlos.

—¿Sabes ya qué quieres hacer cuando acabes el colegio? —le preguntó Victoria.

Hedy se limpió la comisura de los labios con la servilleta. Le había contado su relación con Sorokina en Siberia, y cómo asistía a sus clases en la Universidad de Leningrado.

—Quiero estudiar Física nuclear.

—Me alegra saber que sigues mis pasos iniciales.

—Antes te apasionaba la física...

Victoria encogió los hombros, valorativa.

—Bueno, a veces la vida te lleva por senderos diferentes a los que en principio eliges. Me gusta lo que hago ahora.

Hedy la miraba con fijeza. Se llevó un trozo de pescado a la boca y luego le habló sin mirarla.

—Si apruebo el examen de junio, empezaré la universidad en septiembre. —La asaltó el recuerdo de una de las amenazas de Lugovoy si no hacía lo que le pedía; no le permitiría su entrada en la universidad.

—Estoy convencida de que pasarás el examen sin problema.

Hedy recuperó la sonrisa e imprimió entusiasmo a sus palabras.

—También me gusta mucho lo que tú haces.

—¿Te gusta la radio?

Ella asintió. Sonreía. Hedy estaba cada vez más a gusto con aquella madre tanto tiempo ausente. Durante una época la había odiado, o eso había creído, porque en realidad no era odio lo que sentía hacia ella, sino rabia, mucha rabia por la sensación de abandono; pero cuando en su primer encuentro descubrió la razón por la que se había ido a Nueva York, aquel resentimiento que atenazaba su conciencia empezó a diluirse y el muro de recelo que la había separado de ella se fue derrumbando. Poco a poco, frase a frase, sonrisa a sonrisa, madre e hija iban restaurando los vínculos que se habían fracturado por la incomprensión y los malos entendidos sobre las verdaderas razones de su separación.

—Debe de ser muy emocionante estar al pie de la noticia, conocer a gente importante, tener acceso a todo lo que se cuece en la actualidad.

—Sí, lo es —dijo convencida—. Me gusta mucho lo que hago, aunque a veces las noticias te arrollan por lo trágicas o por la rapidez con la que se desencadenan. Pero reconozco que ya no lo cambiaría por nada.

Hedy escuchaba admirada a su madre. Cuántas cosas se había perdido de ella, pensaba. Seguía siendo una mujer muy atractiva, y era cierto que se le parecía mucho, algo más claro su pelo que el de ella, la misma altura, parecida figura. Era su madre y no se cansaba de mirarla.

Les sirvieron el café y Victoria sacó una cajetilla de Marlboro.

—¿Fumas? —preguntó tendiéndoselo.

Hedy cogió un cigarrillo y Victoria le acercó la llama de su mechero. Con la primera calada tosió un par de veces. Su madre la observaba sonriente.

—Fumo de vez en cuando cigarrillos Juwel, se fabrican en la RDA —dijo Hedy con la cajetilla entre sus manos—. Estos son más suaves.

—Quédatela. En la RDA esto no se vende.

Hedy dio otra calada, esta vez sin toser.

—Cuando te escucho hablar por la radio, me pregunto cómo has llegado hasta allí.

—¿Tu tía nunca te lo contó?

—Tía Becca solo habla de ti para culparte de todos los males que nos han ocurrido.

Victoria no pudo evitar sentir lástima por su hermana.

—Pues llegué a la radio por pura necesidad. El bloqueo del 48 me sacó del Kassandra y pude descubrir una faceta que desconocía de mí.

—Mamá... —aquella fue la primera vez que la llamaba así, y Victoria recibió esa palabra como un dulce estallido de felicidad en su corazón—, ¿podría acompañarte alguna vez a la radio? Tengo mucha curiosidad por saber cómo es por dentro, cómo funcionan las cosas al otro lado del aparato que se escucha en casa.

—Claro que sí, Hedy —respondió Victoria con entusiasmo—. Podemos quedar un día y te lo enseño todo. Puedes estar en la cabina del técnico y ver todo el programa en directo. Aunque no sé cómo se lo tomará tu tía.

—No tiene por qué enterarse.

Aquel fue el primero de otros muchos encuentros entre madre e hija, siempre en el lado occidental. Hedy le pedía a su madre tiempo para convencer a Rebecca de iniciar un acercamiento entre ellas. En realidad, no pensaba contarle nada de sus incursiones al Oeste por mandato expreso de Lugovoy. Ni una palabra a nadie, le había insistido mirándola con esos ojos llenos de maldad; debía actuar con mucho sigilo.

A través de Eszter, Victoria consiguió un pase a la emisora, de ese modo Hedy podría franquear los controles de acceso sin problema. Desde el mes de marzo de aquel año, la tensión entre los soviéticos y Occidente se había incrementado debido a los desencuentros entre los dos dirigentes mundiales del momento: el viejo y baqueteado Jrushchov frente al joven y novato presidente Kennedy, la Unión Soviética contra Estados Unidos, el comunismo frente al capitalismo imperialista. Y en aquel difícil equilibrio de fuerzas, todos los ojos estaban puestos en la ciudad de Berlín, convertida en un polvorín que podía saltar por los aires con cualquier chispazo. Por esa razón, la libertad de paso habitual que los berlineses habían tenido entre Este y Oeste se fue endureciendo, y la policía de la RDA cada vez ponía más trabas y dificultades para aquellos ciudadanos del Este que trabajaban en el Oeste o que pasaban a visitar a familiares, al cine o a pasear por el famoso Ku'damm con sus primorosos escaparates y sus terrazas siempre llenas de gente. Sin embargo, Hedy entraba y salía sin que nadie le pusiera una sola pega.

Hedy se colgó la cartera al hombro y salió de clase. El cambio de piso a la Stalinallee le había complicado el trayecto al colegio: lo que antes le suponía un paseo de minutos, ahora implicaba coger un tranvía y andar un buen trecho. Además, desde la detención de Max Krause, se había distanciado mucho de Adler; en realidad, se había distanciado de todo y de todos, incluso de Theo, no se encontraba con ánimo para nada.

Llegó a la parada y se dispuso a esperar, mientras leía unas líneas del viejo libro de Dostoievski, decidida a no olvidar el ruso. Estaba sola en la parada cuando oyó que un vehículo se aproximaba; echó un rápido vistazo y vio que era un coche grande de color oscuro. Algo en su interior le dijo que tenía que huir. Cerró el libro y echó a andar por la acera, tratando de alejarse de un peligro presentido, encogidos los hombros, el paso rápido y el corazón acelerado al mismo ritmo. Con el rabillo del ojo vio que el coche la rebasaba y llegó a pensar que se había asustado por nada. Sin embargo, frenó unos metros por delante. Ella ralentizó el paso hasta detenerse mientras un hombre descendía del asiento del acompañante y, con movimientos rápidos y precisos, abría la puerta de atrás y le hacía una seña para que subiera. Ella no se movió, no reaccionó a esa primera orden, hasta que del interior salió una voz ronca y conocida.

—Hedy, sube al coche.

Lugovoy le hizo otra seña. Solo entonces ella avanzó hacia el automóvil. Iba a entrar cuando alzó la vista y, al otro lado de la calle, descubrió unos ojos que la escrutaban. Aquella mirada la fustigó igual que la metralla. Estuvo a punto de darse la vuelta y echar a correr, pero el hombre que esperaba de pie junto a la puerta la agarró del brazo y, con una suave firmeza, la obligó a entrar. Nada más hacerlo, cerró la puerta, se subió al asiento delantero y el conductor pisó el acelerador.

Hedy respiró el aire viciado de tabaco y sudor. Se sintió mareada. No miró al demonio, mantuvo la cara girada hacia la ventanilla, con la vista perdida en un horizonte que no se detenía.

—¿Cómo estás, Hedy?

—Bien —susurró ella en un tono apenas perceptible.

—¿Estáis cómodas en vuestro nuevo apartamento? ¿Tu tía está contenta en su nuevo trabajo?

Ella asintió con la cabeza sin apenas mirarle.

—Me alegro. Y dime, ¿cómo van esos encuentros con tu madre? Tengo entendido que te gusta mucho el mundo de la radio. —Calló un instante sin esperar respuesta a su comentario—. No debes desviar la atención de tu proyecto; la física nuclear es muy importante para nuestro país, necesitamos gente como tú; con tu inteligencia y tu trabajo podremos conseguir cosas increíbles que harán avanzar a nuestra República. —Se detuvo como si quisiera reforzar el sentido de su mensaje—. No lo olvides...

Ella le miró solo un instante; luego retiró la mirada. Lugovoy dio un largo suspiro antes de continuar.

—Bueno, Hedy, ha llegado la hora: te toca a ti cumplir tu parte del trato.

Ella bajó la mirada a sus manos. Temía escuchar su propia voz.

—Detuvieron a Max Krause —dijo en un ingenuo tono de reproche—. Me dijo que no lo harían.

—No te preocupes por él, saldrá en libertad en cuanto hagas tu parte. Y si quiere irse a Occidente con esa furcia que espera un hijo suyo, que se vaya. La RDA no quiere a gente de esa calaña. Que las cosas cambien para él solo depende de ti.

Ella no respondió de inmediato, tensa, los ojos puestos en sus dedos, que se retorcían inquietos. Negó con la cabeza antes de hablar.

—No puedo hacer lo que me pide... —balbució con desesperación—. No puedo...

—Hedy, Hedy —replicó él en tono condescendiente—, la paciencia no está entre mis virtudes, no me hagas perder la poca que tengo. Has estado en situaciones mucho más complicadas y has salido airosa. El esfuerzo merecerá la pena, te lo aseguro.

Solo entonces ella se volvió para observar aquel perfil rígido, de nariz de boxeador, cabeza grande, pelo fino y peinado hacia atrás. El sombrero estaba posado en el asiento, entre los dos cuerpos. Su voz se oyó frágil.

—¿Por qué me hace esto?

Lugovoy la observó fijamente, mientras ella le dedicaba una mirada al bies, cargada de recelo y rechazo. Él miró al frente, conteniendo la impaciencia. Subió la barbilla y volvió sus ojos hacia ella de nuevo.

—Me caes bien, eres una buena chica y entiendo tus recelos, pero todos tenemos que hacer cosas que no son de nuestro agrado cuando servimos a una causa mayor. —Se movió para hundir la mano en el bolsillo de su gabardina, se oyó el roce de su ropa—. Te lo voy a poner muy fácil. —Le tendió algo. Hedy, sin moverse, miró aquella mano callosa y ruda—. Cógelo —le ordenó.

—¿Qué es? —preguntó con cautela.

—Es un sedante. Lleva siempre esta cápsula contigo; deberás estar preparada para cuando llegue el momento. Te resultará muy sencilla de utilizar; la abres y viertes el contenido en una bebida, si puede ser caliente, mejor. Asegúrate de que lo bebe, y cuando lo haga, márchate con cualquier excusa.

—¿Y qué pasará con ella?

—No es asunto tuyo —negó con la cabeza antes de continuar—, y tampoco mío.

—¿Por qué lo hace entonces?

Lugovoy sonrió.

—Es un tema que le compete al gobierno húngaro: esa mujer tiene que saldar algunas cuentas en su país desde hace mucho tiempo. Gente importante de Hungría me apoyó en un momento complicado para mí, y yo les devuelvo el favor. —La miró condescendiente—. Ya ves, Hedy, todos debemos pagar los favores que nos hacen.

El coche se detuvo a cierta distancia del portal de Hedy. Lugovoy le puso la cápsula en la mano, le cerró los dedos y le habló mirándola a los ojos.

—No me falles, o me encargaré personalmente de que te arrepientas de haber salido de Siberia.

Con la mano cerrada, ciñendo la cápsula, Hedy bajó del coche.

—¿Estás seguro de que era de la Stasi? —Theo había escuchado con atención el relato que su hermano menor le había contado, en tono confidencial, encerrados en su habitación.

—Era un Wartburg negro —insistió Adler perdiendo los nervios ante las dudas de su hermano—. Iban tres hombres: el conductor, el copiloto y el de atrás, un pez gordo, estoy seguro.

—¿Y ella subió al coche voluntariamente?

—Nadie la empujó —dijo encogiendo los hombros—, aunque no creo que nadie en su sano juicio se niegue a subir a un coche de la Stasi. Además, Hedy ha faltado dos días a clase y el señor Schlink no le ha afeado las faltas ninguna de las dos veces. Ha hecho como si nada. ¿No te parece extraño?

—¿Tú le has preguntado?

—Desde que se cambió de casa está muy rara. Casi no hablamos, en los recreos se sienta en un rincón a leer un libro en ruso, y ya nunca me espera al terminar las clases.

—Está bien —le dijo Theo con aire pensativo. Alzó el dedo anular—. No hables de nada de esto con Hedy. Trataré de hacer algunas averiguaciones.

—¿Me contarás todo lo que descubras?

Theo asintió con la cabeza mientras se preguntaba, al igual que Adler, si Hedy podría ser una confidente de la Stasi.

CAPÍTULO 4

Las primeras luces del día empezaban a clarear el horizonte. Por la ventana abierta se colaba una agradable brisa primaveral. Victoria repasaba la escaleta del programa de ese día. Revisó los datos sobre la noticia que había saltado días antes referente a seis ingenieros, residentes en Berlín Este y que trabajaban desde hacía años en Telefunken, a quienes, sin previo aviso, las autoridades de la RDA habían retirado el permiso de paso al Oeste, con lo que no podían llegar a su trabajo. La novedad estaba en que a las esposas de cinco de ellos y a la madre del único soltero se les había concedido un pase de unas horas al Oeste con el fin de recoger las pertenencias de sus maridos e hijo en las oficinas de la empresa. A lo largo de aquella mañana esas seis mujeres pasarían a la zona occidental, por lo que había que estar atentos para tratar de conseguir alguna declaración por su parte. Según informaciones recogidas por un corresponsal en Berlín Este, los ingenieros ya estaban reubicados en diferentes fábricas de la ciudad. No era algo nuevo, desde hacía meses muchos trabajadores que vivían en la RDA y que pasaban cada día a trabajar a empresas y comercios de Berlín Occidental habían tenido problemas con sus permisos de salida en los diferentes pasos fronterizos.

Alzó la mirada, dejó a un lado su bloc de notas y subió el volumen del aparato de radio para escuchar una noticia de última hora. El presidente del Consejo de Estado de la República Democrática Alemana, Walter Ulbricht, convocaba una rueda de prensa para el día siguiente en la Casa de los Ministerios de Berlín Este, abierta a toda la prensa, también a los corresponsales occidentales. Atenta al relato del locutor, se sirvió una taza de café y untó mantequilla en la tostada caliente. Cuando iba a darle un bocado, la interrumpió el timbre de la puerta. Se quedó con la boca a medio abrir, extrañada por una visita tan temprana.

Ya por el pasillo pensó que sería algún recado de última hora de la emisora. Cuando abrió la puerta se encontró con un joven de unos veinte años, bien parecido, vestido con una camisa blanca, chaqueta beis, pantalones oscuros y una cartera de piel colgada al hombro.

—Buenos días. ¿Es usted Victoria? ¿La madre de Hedy?

—¿Le ha pasado algo? —se alarmó.

—No... —el chico dudó—, por ahora no. Soy Theo Linkerhand, amigo de Hedy. Mi hermano y ella van a la misma clase.

—Adler. —Asintió con la cabeza—. Hedy me ha hablado de vosotros.

—Señora Norton, necesito hablar con usted... Se trata de Hedy.

Durante unos instantes ambos quedaron detenidos en una extraña pausa, hasta que Victoria se retiró y le hizo un gesto.

—Adelante. —Cuando Theo entró, Victoria cerró la puerta y le guio hacia la cocina—. Estaba tomando un café, ¿te apetece uno?

—Se lo agradezco.

Victoria le pidió que tomara asiento, apagó la radio y le sirvió el café.

—¿Qué ocurre, Theo? —preguntó al tiempo que se sentaba frente a él.

—No estoy seguro, pero creo que Hedy tiene algún trato con la Stasi —soltó a bocajarro.

—¿Cómo que no estás seguro? —interpeló ella entre el miedo y la sorpresa.

—Con la Stasi nunca se está seguro de nada. Verá, señora Norton...

—Por favor —le interrumpió—, llámame Victoria.

—Últimamente su hija ha actuado de forma muy extraña. —Theo le contó la visita fallida que le habían hecho aquel domingo de unas semanas antes, el cine, el club de jazz...

—Qué raro —musitó Victoria—. No me ha comentado nada.

—Hay algo importante que no he sabido hasta ayer... —Theo dio un largo suspiro y se removió incómodo—. Verá, la tarde que estuvimos juntos, Berta, una amiga mía que se ha pasado al Oeste hace poco, le dio un sobre y le pidió que se lo entregase a otro amigo que vive cerca de casa de Hedy.

Aquello le produjo a Victoria el mismo efecto que una bofetada al recordar los sobres que le entregaba la señorita Ostermann en Nueva York. Se estremeció al evocarlo.

—¿Qué contenía ese sobre? —preguntó expectante.

—Un amigo quería salir de la zona soviética. Estaba vigilado y la única manera de hacerlo era con un pasaporte falso... —Calló, desvió la mirada durante unos segundos para luego fijarla de nuevo en Victoria, que le observaba con la respiración contenida—. Eso es lo que contenía el sobre: el pasaporte y dinero.

—Tu amiga puso en peligro a mi hija —reclamó indignada—. Podrían haberle...

—Lo sé... Pero yo no sabía nada, se lo juro, nunca habría permitido que expusiera a Hedy a semejante peligro. Mi amiga pensó que a ella... —negó con la cabeza, desolado—, creyó que a ella no le pasaría nada.

—Pero pasó algo. —Victoria sintió el peso de una verdad que se le venía encima.

—Los VoPos la detuvieron en el control de paso —Theo

habló con un tono firme y contundente, como si hubiera tomado impulso para soltarlo.

Victoria arrugó el ceño.

—No lo entiendo... —murmuró desconcertada—. ¿Por qué no me ha dicho nada?

—Eso es lo extraño, que no se lo ha dicho a nadie. Cuando mi amiga me confesó lo del sobre para Max, hice unas cuantas llamadas. Conozco a uno de los policías que hacen guardia en la Potsdamer Platz. Hablé con él. Esa misma noche estaba allí y se acordaba perfectamente de Hedy porque su nombre aparecía en una lista que ellos manejan; cuando la detuvieron, en vez de llevarla a la comisaría del distrito, la retuvieron durante un rato hasta que apareció un coche y se la llevaron. No ha sabido o no ha querido decirme ni adónde ni si era de la Stasi. —Guardó silencio unos segundos, concediéndole tiempo para asimilar todo aquello—. Lo más insólito es que Hedy llevó el sobre con la documentación falsa a casa de mi amigo, pero lo hizo tres horas más tarde. ¿No le parece llamativo? Tres horas retenida y la sueltan sin más, permitiendo que entregase a su destinatario el pasaporte falso y el dinero.

Victoria no dijo nada, escuchaba con tanta atención, con tanta tensión, que le dolía la nuca. Theo continuó hablando:

—A los pocos días detuvieron a Max Krause con el pasaporte falso, y de la noche a la mañana, a su tía Rebecca y a ella les adjudican un piso nada menos que en la Stalinallee para los que hay lista de espera de años. Se ha vuelto esquiva y hace unos días, al salir del colegio, mi hermano Adler la vio subir a un coche de la Stasi.

Victoria trataba de ordenar aquella información en su cabeza. En ninguna de las ocasiones en las que estuvieron juntas le había dicho nada ni de la detención ni de la mudanza. Resultaba muy chocante que después de la detención le adjudicaran una vivienda mucho mejor, así, de repente.

—Es obvio que ha llegado a algún tipo de acuerdo con la

Stasi —dijo ella con la mirada perdida en un intento de atar cabos—. Es su forma de actuar. Te detienen, te amenazan, te presionan y luego aflojan a cambio de que colabores con ellos. —Alzó la mirada hacia Theo, que asentía con la cabeza—. Por eso la están premiando.

—Lo que no sabemos es a qué tipo de colaboración se ha comprometido. —El joven se echó la mano al bolsillo de la chaqueta y sacó un papel que fue desdoblando conforme hablaba—. Antes de venir a verla he hecho averiguaciones. La noche que la detuvieron la llevaron a la comisaría de Pankow. —Leyó los datos del papel. Subió los ojos y preguntó—: ¿Le suena de algo el nombre de Lugovoy?

Victoria creyó caer en un abismo. Apretó los párpados, como si una fuerza bruta la hubiera atravesado bruscamente.

—Dios mío... —balbució—. Otra vez él...

—¿Le conoce? —insistió Theo.

—Fue él quien me arrebató a mi hija durante años —susurró con una voz cargada de amargura.

—Victoria, tiene que averiguar qué está ocultando Hedy. Por lo que he sabido, ese Lugovoy perteneció a la KGB, pero a principio de los cincuenta le apartaron del servicio. Ahora es un pez gordo de la Stasi. Sus métodos son...

—No tienes que decirme cómo son sus métodos —le interrumpió Victoria exacerbada—. Sé muy bien cómo actúa ese miserable. —Calló unos segundos, hundida en sus resucitados miedos. Escrutó los ojos de aquel chico: tenía la mirada honesta; le preocupó su seguridad. Se inclinó hacia delante—. Escúchame, Theo, ese hombre... —susurró—. Tú vives en el Este, debes tener mucho cuidado de no cruzarte en su camino, no lo hagas, te la juegas, te pondrías en peligro.

Él no le dijo que al hacer preguntas ya se había puesto en el punto de mira del siempre omnipresente Ministerio de Seguridad del Estado. Aún no había tenido consecuencias, pero sus idas y venidas a la universidad en el Oeste estaban resultando cada vez más complejas e incómodas.

—No la entretengo más. —Se puso en pie y ella le imitó.

—Te agradezco mucho que hayas venido —añadió—. Me mantendré alerta con Hedy.

—Victoria... —Theo la miró inquieto—, verá, no sé cómo se tomaría Hedy que haya venido a contarle todo esto...

—No te preocupes, iré con mucho cuidado, por la cuenta que nos trae a todos.

—Yo... —balbucía él sin encontrar las palabras—. Hedy me importa mucho... Me gusta, aunque ella no lo sabe —aclaró ruborizado al descubrir su secreto—. No quiero que le pase nada malo.

Victoria le sonrió afable.

—Es mi hija, Theo, haré lo que sea por sacarla de las garras de ese canalla.

—Cuente conmigo para lo que necesite —zanjó resuelto.

Victoria anotó el número de teléfono y la dirección que le dictó Theo por si tenía que contactar con él. A su vez, le entregó los teléfonos de casa y de la emisora.

—Llámame si te enteras de alguna cosa. —Le tendió el papel—. Por nimio que te parezca, cualquier detalle puede ser crucial. —Durante unos segundos mantuvo la mirada perdida, sus ojos revelaban la profunda preocupación—. Debemos actuar con mucha cautela.

Victoria permanecía atenta al encendido del piloto rojo. Hedy se había situado detrás del técnico de sonido. Madre e hija se miraron y se sonrieron justo en el momento en el que la luz cambió de color y la voz contundente de Victoria se expandió por las ondas.

«Esto es Berlín. Les habla Victoria Norton desde la RIAS, la voz libre de un mundo libre. Es domingo, 11 de junio de 1961. Hoy tenemos un especial para analizar las consecuencias de la extraordinaria, por inusual, rueda de prensa convocada por el presidente del Consejo de Estado de la RDA que se celebró ayer en la Casa de los Ministerios con la asistencia de más de dos centenares de corresponsales solo de Berlín Oeste, entre ellos la que les habla.

»Tras una decepcionante y soporífera declaración inicial, el verdadero objetivo de Ulbricht se vislumbró en las preguntas de los compañeros de prensa. El presidente declaró que la RDA firmaría un acuerdo de paz con los soviéticos que alteraría drásticamente el estatus de Berlín como ciudad libre. Ulbricht instó al cese de los centros de espionaje de Estados Unidos situados en Berlín Oeste, así como al cierre inmediato de los llamados campos de refugiados, refiriéndose al centro de Marienfelde, y comparó la ayuda humanitaria que allí se otorga a los cientos de miles de ciudadanos que abandonan de forma voluntaria la RDA con el tráfico de personas. Aseguró el presidente de la RDA en su rueda de prensa que, una vez firmado el tratado con los soviéticos, los desplazamientos en la Alemania del Este se regularían de forma más estricta y que solo aquellos que obtuvieran un permiso del Ministerio del Interior podrían abandonar el país. A la pregunta de un corresponsal occidental sobre los rumores de erigir una barrera física entre Berlín Este y Berlín Oeste, Ulbricht negó categóricamente que se fuera a construir ningún muro, algo que seguro nos tranquiliza a todos los ciudadanos de bien en ambos lados de la ciudad...».

Tras dos horas de emisión, la luz roja se apagó y Victoria enmudeció para dar paso a la sintonía de cierre, *How High the Moon*. Desde que estaba al frente del programa había elegido aquella pieza como sintonía de despedida del magazín, lanzando una especie de faro en las ondas por si alguna vez llegaba a oídos de su hija. Aquella llamada resultó efectiva; Hedy le había confesado que la primera vez que la había escuchado en la radio de Theo se sintió conmovida por los recuerdos de los tiempos en los que compartían la vida las tres juntas.

La muchacha entró en el estudio con el rostro radiante. Llevaba el bolso que le había regalado por su cumpleaños.

—Me pasaría horas escuchándote y viendo cómo trabajas —le dijo.

Victoria la miró agradecida mientras recogía los papeles, tratando de disimular su inquietud por descubrir en qué lío la había metido ese miserable de Lugovoy.

En ese momento Eszter asomó por la puerta.

—Hola, Hedy —la saludó con una sonrisa antes de dirigirse a Victoria—. Tengo noticias del congreso de científicos nucleares que se celebrará a final de mes. He conseguido varias entrevistas interesantes. Te invito a comer y lo hablamos. —Hizo un gesto hacia Hedy—. Que venga ella también.

Eszter era consciente de lo importante que había sido para Victoria la aparición de su hija. Desde que habían retomado el contacto, a su amiga le había cambiado hasta el semblante; se la veía feliz de tener a su hija a su lado, y ella se alegraba profundamente.

Estaban sentadas en la misma mesa del restaurante en el que el pasado noviembre Victoria había descubierto los ojos de Hedy, sin saber aún si era ella o no. Las dos mujeres hablaron de los currículos de los científicos a los que iban a poder entrevistar: un norteamericano y un ruso con puntos de vista muy distantes en cuanto a la utilización de la energía nuclear. Lo del ruso había sido posible gracias a los contactos que había manejado la jefa de redacción, y ambas coincidieron en que podría resultar «una charla de alto voltaje», como decía Eszter siempre que tenía algo muy interesante entre manos.

Hedy las escuchaba en silencio. La húngara la miró.

—Lo siento, Hedy, te estamos aburriendo —afirmó con expresión compungida.

La chica abrió una amplia sonrisa.

—Me interesa todo lo relativo a la física nuclear. Aprendí mucho sobre el tema en la Universidad de Leningrado.

—No me puedo creer que fueras a la Universidad en Leningrado —replicó Eszter—. ¿Qué tenías?, ¿catorce, quince años?

Hedy le contó a Eszter su relación con Sorokina, sus enseñanzas, su asistencia a las clases como oyente y su entusiasmo por todo lo que girase en torno a la radiactividad, los trabajos e investigaciones del matrimonio Curie sobre los elementos radiactivos, así como la fisión nuclear que tanto estaba dando que hablar desde el lanzamiento de las dos bombas nucleares sobre población civil en Japón.

Eszter habló antes de llevarse la copa de vino a los labios.

—Gracias a ese horror, Japón se rindió y la guerra del Pacífico pudo terminar antes.

—No estoy segura de que midieran las terribles consecuencias que dejaron esas bombas en las poblaciones de Hiroshima y Nagasaki —dijo Victoria reflexiva—. No solo me refiero a los muertos, desintegrados en el mismo instante de la explosión; aún hoy siguen naciendo niños con graves deformaciones, y hay mucha gente con cáncer y enfermedades degenerativas. Es una tragedia tan inconmensurable como injustificable.

—Crearon un monstruo que puede acabar con el mundo y ahora a muchos de los que lo desarrollaron les surgen las preocupaciones éticas. —Eszter hablaba con la mirada perdida en su copa vacía—. Los eternos dilemas de la humanidad... Todo progreso tiene sus costes.

Victoria se dirigió a su hija.

—¿Tú qué opinas, Hedy? —le preguntó con curiosidad—. ¿Crees que fue un error desarrollar esa energía?

—El error no está en su desarrollo, sino en su aplicación y uso. —El tono de Hedy era firme y seguro—. La física nuclear no solo sirve para crear bombas, supone un gran avance en la generación de energía eléctrica gracias a los reactores nucleares, y puede llegar a convertirse en una fuente inagotable de energía; sin contar los progresos en la medicina con el uso de radioisótopos para diagnóstico y tratamiento médico, incluyendo escáneres y terapias basadas en radiación.

Victoria y Eszter la escuchaban asombradas. Cruzaron una mirada.

—¿De dónde ha salido este cerebrito? —preguntó Eszter en un tono entre divertido y sorprendido.

Victoria sonrió orgullosa.

—Es mi hija.

Hedy sintió la grata vanidad del reconocimiento de su madre, esa sensación la llenaba mucho más de lo que nunca habría imaginado. Se sentía querida, admirada e importante para ella, y eso la hacía feliz.

En ese momento el camarero les retiró los platos y les ofreció la carta de postres.

—Tengo que ir al servicio. —Hedy se levantó de la mesa.

Mientras lo hacía, su madre le acarició la mano en un tierno gesto. Ambas sonrieron.

El camarero le indicó el camino y la chica se alejó hacia el fondo del local. Entró en el baño. Había dos servicios, ninguno estaba ocupado. Se metió en uno y, mientras orinaba, oyó que alguien entraba en el otro váter. Cuando salió, se inclinó en uno de los dos lavabos para lavarse las manos. La puerta del otro váter se abrió y apareció a su espalda una mujer que se acercó al otro lavabo y abrió el grifo. La inesperada voz de aquella desconocida le atravesó la conciencia.

—Debes hacerlo ahora, Hedy. —Su acento era rudo, resultaba evidente que no era alemana—. Espera mi señal, vierte el contenido de la cápsula en su té y en cuanto lo beba, márchate.

Se miraban desde el espejo como si estuvieran en un lugar diferente. Hedy no abrió la boca, inmóvil, con las manos aún bajo el chorro del agua. Observaba a aquella mujer bajita y algo gruesa de unos cincuenta años, el pelo corto y rubio, ojos muy claros y ladinos, con un collar de perlas en el cuello.

La mujer se secó las manos y, antes de salir, le dijo en tono amenazante:

—Procura no fallar o te arrepentirás.

Hedy, inmóvil como una estatua de sal, sacó las manos del agua y las apoyó en los bordes del lavabo. Soltó el aire retenido por el impacto de aquella voz. Se miró al espejo, mientras palpaba el bolsillo de su chaqueta. Allí estaba la maldita cápsula; siempre la llevaba consigo, como le habían dicho. Cerró los ojos y respiró hondo tratando de recomponerse. Cuando se tranquilizó, salió del baño y al ir hacia su mesa comprobó que la mujer del collar estaba situada justo en la de al lado, acompañada por un hombre. Los dos la miraron mientras tomaba asiento.

En ese momento el camarero servía un té para Eszter y un café a Victoria.

—No te hemos pedido nada —le dijo su madre—, ¿te apetece algo de postre?

Hedy negó con la cabeza y ellas continuaron hablando, ajenas a sus tribulaciones. Tenía a sus dos vigilantes de frente. Ninguno hablaba. La mujer fumaba observándola de reojo, el hombre tenía la mirada perdida con gesto aburrido.

El camarero iba de aquí para allá entre las mesas. Las voces de Victoria y Eszter parecían diluirse en los oídos de Hedy, no escuchaba, solo oía su murmullo, atenta a esa señal, mirando la taza humeante de la húngara, sin atreverse a levantar los ojos y toparse con su mirada. No sentía un especial aprecio por ella, la conocía desde hacía poco, pero sabía lo mucho que significaba para su madre, lo bien que se llevaban, lo cómplices que eran no solo en el trabajo sino también en su amistad firme y sincera. El corazón le latía con tanta fuerza que temió delatarse.

Una camarera con un impoluto delantal blanco almidonado se acercó a la mesa, se inclinó hacia Eszter y le habló educadamente.

—Señorita Szabó, la llaman por teléfono.

—¿Ha dicho quién es? —preguntó ella dejando la servilleta sobre la mesa.

—No, señorita, solo me ha dicho que es urgente.

—¿Quién será? —murmuró Eszter mirando a Victoria.

—El jefe, seguro; está claro que Lochner no puede vivir sin ti —le dijo esta con sorna.

—No me deja ni comer tranquila, qué hombre —añadió la otra alejándose hacia el extremo de la barra en la que se encontraba el teléfono.

Hedy miró a la mujer del collar de perlas. Victoria se llevó la taza de café a los labios, sorbió y luego encendió un cigarrillo. Le ofreció a Hedy, quien lo rechazó con un gesto. Le dijo algo, pero la chica no la escuchaba, atenta a la mujer del collar. Sin pensarlo, hundió la mano en el bolsillo de su chaqueta envolviendo la pequeña cápsula entre sus dedos. Un camarero se acercó con la bandeja llena de vasos y botellas; justo cuando pasaba por detrás de Victoria, el hombre que acompañaba a la mujer del collar se levantó de repente y tropezó con el camarero de forma aparatosa; la bandeja que llevaba en la palma de la mano se desequilibró y cayó al suelo con todo lo que llevaba sobre ella. El estruendo supuso que la atención de todo el local, incluida Victoria, se centrara en el pobre camarero y el desastre que se había producido por el choque. Los dos hombres trataban de disculparse uno con otro, y Victoria se había levantado porque, en su caída, una de las copas de la bandeja la había salpicado.

En ese instante la mujer del collar le hizo una seña de que actuara. Sacó la cápsula y trató de quitarle la tapa, pero le temblaban tanto los dedos que no era capaz. Sus ojos iban de la cápsula a su madre y a la desconocida, que no le quitaba ojo de encima. Consiguió destaparla y, con todo el disimulo que pudo, acercó la mano a la taza de Eszter y vertió en el interior su contenido; unos polvos finos cayeron en el té. Miró a la mujer y esta le hizo un sutil gesto de que lo removiera. Cogió la cucharilla y la metió en la taza justo cuando su madre se volvía para sentarse. Hedy retiró la mano de la cuchara. Su madre la había visto, pero no dijo nada. Hedy mantenía en la otra mano la cápsula vacía.

—Qué barbaridad —dijo Victoria limpiándose el brazo con la servilleta, sin dejar de observar la actitud de su hija—, pobre hombre, qué estropicio. Lo cierto es que hacen verdaderos malabares con las bandejas.

El encargado se acercó a la mesa y les preguntó si estaban bien. Ambas le quitaron importancia y se alejó justo en el momento en el que se acercaba Eszter.

—¿Quién era? —preguntó Victoria mientras la otra se sentaba.

—No lo sé. Al llegar ya había colgado. He llamado a Lochner y me ha dicho que él nunca me interrumpiría durante el almuerzo a no ser que hubiera una guerra nuclear —dijo mientras cogía la cucharilla de su té para remover el líquido caliente.

Hedy no dejaba de mirarla, y Victoria no dejaba de mirar a Hedy. Se daba cuenta no solo de que estaba muy tensa sino de que sus manos estaban tan cerradas que tenía los nudillos blancos.

—Hedy, ¿qué te pasa?

Su hija se volvió hacia ella con la mirada vacía, ahogada en una angustia interior que su madre captaba. Cuando Eszter dejó la cucharilla en el plato y cogió el asa de su taza, la inquietud de la joven se hizo más evidente. Cuando la taza iba a tocar los labios de Eszter, Victoria reaccionó, le cogió el brazo y la obligó a dejar la taza en la mesa, lo que provocó que parte del té se derramase.

—¿Por qué has hecho eso? —reclamó Eszter pasmada.

—¿Qué pasa, Hedy? —preguntó Victoria obviando la pregunta—. ¿Qué tiene esa taza?

Hedy miró a su madre entre el susto y la confusión. Negó con la cabeza y deslizó la mano en la que aún guardaba la cápsula por debajo de la mesa, pero su madre le agarró con fuerza la muñeca y la retuvo.

—¿Qué escondes?

Madre e hija se miraban de hito en hito, tensas, con el espanto reflejado en sus rostros. Sin soltar la muñeca de su hija, haciendo fuerza contra la resistencia de Hedy a mantener la mano sobre la mesa, Victoria le ordenó con voz serena pero firme que abriera la mano. La joven se resistió unos segundos más, hasta que sus dedos se aflojaron y la cápsula vacía se deslizó al mantel. Solo entonces liberó el brazo de su hija y cogió aquella cápsula. Se la llevó a la nariz y la olió. Ahí estaba ese olor a almendras amargas...

—Esto es... —volvió a oler arrugando la frente sin dar crédito—, es cianuro...

—¡No! —clamó Hedy alarmada.

Sin pretenderlo, echó un vistazo hacia la mujer del collar de perlas que observaba la escena con una expresión entre el reproche, el enfado y la decepción. El hombre tenía una mirada tan gélida que le provocó un escalofrío.

—Es un sedante... —balbucía nerviosa—. Solo... solo es un sedante...

—¿Has intentado matarme? —preguntó Eszter a Hedy, consternada.

—Yo... —Sintió que la invadía un temblor incontrolable por todo el cuerpo—. Yo no... Es un sedante... no...

Se levantó y la silla cayó tras ella. Salió corriendo antes de que Victoria pudiera agarrarla.

—Hedy, espera. —Su madre se levantó y fue tras ella—. ¡Hedy, Hedyyyy!

La persiguió un trecho, pero Hedy se movía más rápido y consiguió despistarla. Cuando volvió al restaurante, Eszter hablaba con el encargado. Había guardado la cápsula en un pañuelo.

—Todo está bien —le decía con vehemencia—, ya se lo he dicho. Olvide el incidente, no es asunto suyo. —Cuando vio aparecer a Victoria, la cogió del brazo y tiró de ella con resolución—. Vámonos de aquí.

Salieron a la calle y caminaron sin hablar hasta llegar al coche de Victoria. Solo cuando estaban solas en el interior, Eszter rompió el silencio.

—¿Has podido alcanzarla? ¿Te ha dicho algo?

—No... Me ha dado esquinazo... —La voz de Victoria era débil, de incredulidad—. Era esto lo que le ha encargado ese canalla...

—¿Qué quieres decir?

Victoria le contó la visita de Theo de dos días atrás y sus sospechas de que Lugovoy la estuviera presionando para hacer algo.

—Lo siento, Eszter... —No pudo más y rompió a llorar—. Lo siento mucho.

Su amiga la consoló llevando el brazo por encima de sus hombros.

—No te preocupes, esperaba algo así. Tarde o temprano sabía que pasaría.

Victoria se incorporó y la miró, sorprendida.

—¿Qué quieres decir? —preguntó mientras se secaba las lágrimas con la mano.

—Me advirtieron que lo pagaría, y esa gente siempre cumple sus amenazas.

—¿De qué gente hablas?

—La inteligencia húngara, nada menos —lo dijo con un impostado orgullo en su rostro cargado de ironía—, la antigua ÁVH, los temidos servicios de seguridad del Estado, concretamente uno de sus máximos dirigentes.

—¿Desde cuándo estás amenazada?

Eszter alzó las cejas y esbozó una tímida mueca.

—Desde mi estancia en Budapest en el otoño del 56.

—¿Por qué no me habías dicho nada? —preguntó irguiéndose, con una expresión a medio camino entre la incredulidad y el enfado.

—No quería involucrarte en mis problemas.

—¡Eszter! —replicó Victoria en un tono de reproche—. ¡Eres mi amiga! Hemos pasado demasiadas cosas juntas como para que ahora me vengas con eso.

Ella le sonrió agradecida.

—Lo sé, lo sé. Tampoco podías hacer nada.

—¿Te amenazan porque informamos de lo que sucedió allí?

—Hace tiempo que me convertí en una periodista incómoda para el gobierno húngaro. Pero la cosa no va por ahí; esto es una pura venganza.

Victoria arrugó el ceño sin decir nada, expectante por conocer las explicaciones de Eszter. Ella la miró, apretó los labios y desvió los ojos antes de continuar hablando.

—Los días que estuve cubriendo la información en Budapest ocurrió algo... Mi hermano tenía una novia. Ella era una de las líderes del Círculo Petőfi. En las primeras horas del levantamiento de la población civil la detuvieron los de la secreta. Cuando el ejército ruso parecía que se retiraba y el primer ministro Nagy consiguió la tregua de cuatro días, la buscamos por todos los centros de detención... Fui yo quien la encontró; la tenían en los calabozos del cuartel general de la infame Államvédelmi Hatóság. —Lo dijo en húngaro, con rabia. Durante unos segundos el nombre de aquel lugar pareció retumbar en el silencio de aquel estrecho cubículo. Cuando habló de nuevo, su voz rezumaba una amarga nostalgia—: Conocía a Katalin desde que era pequeña, vivía en la misma calle que nosotros, iba al colegio con mi hermano; eran inseparables desde niños... Se iban a casar en primavera... —Su tono era cada vez más bajo, como si con cada palabra pronunciada se fuera quedando sin energía—. Cuando la vi... —Calló y miró al techo como si rogase clemencia al cielo—. Tenía golpes por todo el cuerpo, la nariz rota, la cara deformada, le habían arrancado las uñas... Estaba desnuda, colgada de un gancho de carnicero en un lugar inmundo para morir...

—Con esfuerzo, consiguió controlar el llanto—. Al verla sentí tanto odio, tanto dolor, tanta rabia... Uno de los que me acompañaban me llevó hasta otra celda en la que retenían a una mujer de la ÁVH que había participado en los interrogatorios de Katalin... —Miró de reojo a Victoria, que escuchaba con el alma encogida—. Todo lo que pasó en aquella celda está envuelto en niebla... Yo... —Se detuvo agitada—. Creo que me volví loca, necesito pensar que sufrí una enajenación para aplacar la vergüenza de lo que le hice... Me ensañé con ella... No me importó su sufrimiento, no me importaron sus gritos clamando compasión para que la matase de una vez... Fui cruel e inhumana exactamente igual que ellos... —Dejó escapar un largo suspiro buscando recuperar la compostura. Se removió en el asiento—. Esa mujer resultó ser la esposa de uno de los que habían ascendido al poder cuando los rusos tomaron las calles. Pertenece a la cúpula del AOV. Es él quien me persigue desde entonces...

Durante un rato solo hubo silencio.

—No sé qué decir... —murmuró Victoria al fin, tratando de asimilar la conmoción de aquel relato.

—No tienes que decir nada, asumo lo que hice y también sus consecuencias. —Se volvió hacia ella amagando una sonrisa—. Sabía que podía pasar algo así, pero nunca pensé que pudieran utilizar a alguien como tu hija para llevar a cabo su amenaza. Pobre Hedy... Ha tenido que ser horrible para ella. No tienen corazón.

Victoria la escuchaba casi sin respirar.

—Qué perversidad —susurró conmocionada por los acontecimientos—. Mi pobre niña...

Tras abandonar precipitadamente el restaurante, avergonzada, asustada y aturdida, Hedy había ido caminando hasta la estación del zoo, tomó el S-Bahn y se bajó en Friedrichstrasse, y tras pasar sin problema el control fronterizo, continuó caminando hasta llegar a casa. Necesitaba andar, moverse, sentir que avanzaba. No veía nada a su alrededor. Pasó por un parque y se sentó en un banco. Estaba agotada, no tanto por la caminata sino por el miedo, un terror que le acogotaba el cuerpo, miedo a lo que pudiera suceder, a lo que podía haber sucedido. No dejaba de darle vueltas a lo que había hecho. Se le agriaba la garganta con solo pensarlo. ¿Qué pasaría ahora? ¿Cómo se lo tomaría Lugovoy? ¿Cómo enfrentarse a ello? ¿Qué pasaría con su madre? ¿Y con ellas? ¿Qué iba a ser de su pobre tía Becca, que tanto había luchado por ella?

Estaba anocheciendo cuando llegó al portal. Soltó un resoplido enojado al ver un cartel en el que se leía AVERIADO colgado en la puerta del ascensor. Se dispuso a subir uno a uno los ocho pisos. Al alcanzar su rellano el corazón le latía acelerado por el esfuerzo y respiraba con pesadez. Abrió la puerta de casa y cuando iba a cerrar, algo se lo impidió. Se volvió y le vio.

Lugovoy se llevó un dedo a los labios para que se mantuviera en silencio. La empujó hacia el interior, entró y cerró a su espalda.

—Me has fallado, Hedy. —Su voz, sus ojos, la expresión, todo en él era sombrío, torvo, amenazador.

Después del pánico al verle, Hedy reaccionó y se fue hacia él con toda la rabia que había contenido dentro de su cuerpo.

—¡Me engañó! —le gritó rabiosa—. No era un sedante. He estado a punto de matar a esa mujer...

Lugovoy la agarró con una sola mano del cuello obligándola a subir la barbilla. Se acercó a ella y le habló tan cerca que aspiró su aliento. Hedy sintió que le faltaba el aire. El olor agrio de su boca le provocó náuseas.

—Te lo advertí —dijo Lugovoy encolerizado—. Si por tu culpa tengo problemas, lo pagaréis tú, la estúpida de tu tía y también tu madre. Lo pagaréis muy caro.

La soltó y ella se inclinó hacia delante, resoplando, las manos apoyadas en las rodillas, con una agobiante sensación de sofoco.

Vio cómo cogía su bolso, lo abría y hurgaba en su interior hasta que encontró su pasaporte.

—No volverás a pasar al Oeste. —Se detuvo unos segundos. Hedy tenía los ojos puestos en sus botas negras—. Y te aseguro que vas a desear haber matado a esa húngara.

Se marchó con un fuerte portazo. Hedy se dejó caer de rodillas y tocó el suelo con la frente. Lloró durante mucho rato, acurrucada sobre sí misma, envuelta por la incertidumbre y el miedo, otra vez el miedo a perderlo todo.

No sabía el tiempo que había pasado cuando volvió a oír la cerradura. Se levantó deprisa, pero no pudo evitar que Rebecca la descubriera en tan lamentable situación.

—Hedy... —murmuró preocupada—. ¿Qué te ha pasado?

Ella le dio la espalda y se dirigió a la cocina. Tenía la boca tan seca que la lengua le raspaba como esparto. Bebió un vaso de agua con ansia sin hacer caso a los reclamos de su tía, que insistía con preocupación en su estado.

—No me pasa nada, tía —balbució mientras dejaba el vaso en el fregadero—. No me pasa...

Se echó a llorar de nuevo, esta vez en brazos de Rebecca. Se lo contó todo, las visitas habituales a su madre al Oeste desde hacía meses —algo que a Rebecca no la pilló de sorpresa porque, a pesar de que había tratado de mentirle, sabía que ese bolso de piel se lo había regalado ella—; la tarde con Theo y la detención; Lugovoy y sus amenazas; la cápsula con lo que ella creía que era un somnífero, y todo lo que había pasado en el restaurante.

—He estado a punto de matar a esa mujer, tía Becca —le dijo, sentadas las dos en la mesa de la cocina, delante de una taza de leche caliente que Rebecca le había preparado mientras escuchaba horrorizada el terrible relato de su querida niña—. Ese hombre es un monstruo... Tengo miedo, tía, tengo mucho miedo. Me ha quitado el pasaporte, nos quitarán esta casa, nos volverán a enviar a Siberia.

—Te advertí que ir a ver a tu madre te traería problemas —le reprochó Rebecca sin reparos—. Cómo has podido hacerme esto, Hedy... —musitó con un gesto de incomprensión. Durante un rato se mantuvo callada, pensativa, mientras trataba de aliviar el desconsuelo de Hedy—. No llores, mi niña, no me llores... Ya pensaré cómo arreglarlo, la tía Becca pensará cómo arreglar esto.

—Vámonos de aquí, tía, huyamos al Oeste ahora que podemos. Esto se ha convertido en un infierno. Mi madre me ha dicho...

—¡Ni hablar! —exclamó furiosa—. Ya sabía yo que te iba a envenenar. Este es nuestro país, Hedy, y aquí nos quedamos. —Templó un poco su tono—. Todos esos desgraciados que corren a Occidente como gallinas sin cabeza se darán cuenta de lo idiotas que han sido por haber huido del socialismo, porque tarde o temprano el socialismo les dará alcance. Este sistema es el futuro del mundo, Hedy. Ya lo verás.

—¿Y Lugovoy? Nos hará daño otra vez... No podemos defendernos contra él.

—No te preocupes por ese —añadió taimada—. Ahora tengo contactos importantes que nos protegerán de ese desalmado.

—¿Qué quieres decir?

Ella le sonrió y le acarició la mejilla, con un gesto amoroso.

—Mi niña, mi pequeña Hedy, sabes que daría la vida por ti, que eres lo más importante que tengo. —Calló un instante y le sonrió—. Hay algo que debo contarte, quería hacerlo hace tiempo, pero no estaba segura de que la cosa fuera adelante... —Se detuvo tanteando en busca de las palabras adecuadas. Bajó los ojos ruborizada—. Verás, hay un hombre..., es un compañero de la fábrica —la miró sonriente—, el que nos ayudó con los bártulos cuando nos instalamos en este piso, ¿te acuerdas?

—Claro que me acuerdo —respondió esbozando por primera vez una sonrisa.

—Él..., bueno, Dieter se interesa por mí. Es muy amable, ¿sabes? Se preocupa de que en el trabajo esté bien, es divertido, me hace reír... —Encogió los hombros, sonrojada—. Las flores que a veces traigo me las regala él.

Hedy no salía de su asombro.

—Tía Becca, ¿me estás diciendo que estás enamorada? —preguntó entre la euforia y la sorpresa.

—Bueno, yo no diría tanto, aunque resulta evidente que él sí... —La miró y le dedicó una sonrisa cómplice. Se acercó a ella y le habló en voz baja, confidencial—: Me lo ha dicho.

Hedy no pudo evitar sentir ternura por aquella mujer a quien le debía tanto, a quien tantos desvelos tenía que agradecer.

—Me alegro mucho por ti, tía Becca. Es maravilloso.

—Dieter es el presidente del sindicato de la fábrica. Tiene poder e influencia. Nadie nos hará daño, mi pequeña. Se lo contaremos todo y él sabrá qué hacer. Pero tienes que prometerme que no volverás a ir al Oeste.

—Tía Becca, yo no quiero perder el contacto con mi madre. Estos meses han sido... —Bajó la cara, avergonzada al pensar que esas intenciones podrían herir a su tía—. Es mi madre...

Rebecca extendió los brazos por encima de la mesa, le cogió las manos y se las besó, primero una y después la otra. Aferradas se miraron con la emoción contenida.

—Yo estaré a tu lado... Nunca te dejaré, Hedy, nunca te abandonaré.

CAPÍTULO 5

«Esto es Berlín. Les habla Victoria Norton desde la RIAS, la voz libre de un mundo libre. Es miércoles, 9 de agosto de 1961, y el día amanece soleado. Alcanzaremos los veinticuatro grados y al atardecer se esperan algunas tormentas. Hoy volverán a repetirse las concentraciones de miles de jóvenes berlineses en el lado occidental de la Puerta de Brandeburgo. Las proclamas coreadas en los días pasados se centraban en los gritos de "¡libertad!", "¡Alemania sigue siendo Alemania!", o el tan coreado, "¡rusos, volved a vuestra casa!", dirigidos a los policías populares de la RDA. Berlín continúa siendo el centro de las tensiones entre el mundo occidental y el soviético, dos formas distintas de ver la vida: el capitalismo por un lado, el socialismo por el otro. Entretanto, los berlineses tratamos de seguir con nuestra vida cotidiana, trabajar, llevar a nuestros hijos al colegio, estudiar, disfrutar de los días de fiesta con la familia y amigos, ajenos a las intrigas de los poderosos que rivalizan por dirigir el mundo. Los berlineses debemos ser conscientes de que en nuestra ciudad se está librando una batalla, sin bombas ni armas, con el único afán de conquistar el alma de los ciudadanos que habitan el bloque contrario...».

Victoria estaba a punto de salir de la emisora cuando la voz de Eszter la detuvo.

—Te estaba buscando.

—Tengo algo que hacer. ¿Qué ocurre?

—Lo primero, felicitarte. Acabo de conocer los datos; tienes a la audiencia encandilada y el número de oyentes sube como la espuma. Los jefes están encantados contigo.

—No es solo mérito mío y lo sabes —dijo Victoria complacida con los halagos—. Sin ti las cosas no funcionarían igual; es más, no funcionarían.

—Formamos un buen equipo —concedió su amiga risueña. La observó de arriba abajo—. Te sienta muy bien ese color.

Victoria se miró el traje de chaqueta y falda de tela liviana de un rojo intenso.

—Gracias.

Eszter llevaba un sobre en la mano y la miraba con una sonrisa enigmática. Victoria se dio cuenta.

—¿Qué es lo que tramas? —preguntó expectante.

—¿Recuerdas el proyecto del que me hablaste? ¿Aquel que presentaste en el departamento de criptografía de la Universidad de Columbia?

—Claro que lo recuerdo —respondió mohína—. Dediqué a ese proyecto muchos años de mi vida. El profesor Friedman se adjudicó la autoría. Mi nombre no aparece en ningún lado. —Agitó la mano en el aire con el entrecejo arrugado—. Me duele solo pensarlo. Mejor olvidarlo.

—Pues yo no me olvidé. Ese proyecto es tuyo y tienes tus derechos sobre él. Me ha costado mucho, reconozco que me han puesto toda clase de pegas, pero ya sabes que una de mis muchas virtudes es la persistencia. —Con una sonrisa abierta, le entregó el sobre que llevaba—. He conseguido que se incluya tu nombre en la elaboración del proyecto.

Victoria abrió el sobre y leyó el papel oficial de su interior. Alzó la vista con la indignación reflejada en el rostro.

—Aquí pone que fui una colaboradora del profesor Friedman en el desarrollo del proyecto —su tono era vehemente—, y eso es mentira. Ese lenguaje cifrado fue una invención enteramente mía y del profesor Seegers. Friedman no tuvo nada que ver ni en su programación ni en su elaboración, ni siquiera en su desarrollo.

Eszter dejó escapar un largo suspiro con una expresión resignada.

—Tienes toda la razón, pero no ha habido manera de echar a ese tipo de la primera línea. —Arqueó sus espesas cejas y ladeó la cabeza invitándola a una meritoria conformidad—. Al menos han aceptado que conste tu nombre.

—Sigue siendo injusto —dijo ella con desdén.

—Lo sé. —La miró orgullosa—. Hay algo más: he sabido que tu lenguaje cifrado se está utilizando en la OTAN. —Señaló el papel—. Es solo una batalla medio ganada, Victoria, pero estoy convencida de que el tiempo pondrá las cosas en su sitio.

—Nunca me reconocerán la autoría de ese proyecto —sentenció con desgana—. El único consuelo que me queda es saber que con mi trabajo contribuí a mejorar la seguridad de las comunicaciones. —Le dedicó una amplia sonrisa—. De todas formas, agradezco mucho tu tenacidad, Eszter, es conmovedor.

Las dos se quedaron en silencio unos segundos; Eszter sacó un cigarrillo, lo encendió y aspiró el humo.

—Victoria, hay algo que debo decirte... —Su rostro se había demudado mostrando una sombra de tristeza—. Me voy de Berlín. —Aquellas palabras fueron como una bofetada para Victoria—. Me han ofrecido un puesto en una emisora de San Francisco y he aceptado. Tienen entre manos un proyecto parecido al que hemos desarrollado juntas. —Eszter desvió la mirada y encogió los hombros—. No puedo quedarme aquí. Corro peligro y te pongo en peligro a ti.

—¿Y allí estarás a salvo?

—¿Quién está completamente a salvo en este loco mundo? —replicó mostrando una amplia sonrisa.

—No sé qué voy a hacer sin ti —murmuró Victoria cabizbaja.

—Puedes venir conmigo, hay un puesto para ti... Pagan una cantidad de dinero indecente.

—No puedo irme, Eszter, ya lo hice una vez y no salió bien. Mi hija está aquí, mi hermana... Esta es mi ciudad... No puedo irme, otra vez no...

—Sabía tu respuesta. —Dio otra calada a su cigarro—. Lo he hablado con Lochner. Te quedas al frente del programa y tendrás a los mejores trabajando para ti, los que tú elijas, sin condiciones.

—Eres insustituible y lo sabes.

—Nadie lo es en ningún sitio... y lo sabes.

—Dicen que en San Francisco los veranos son muy fríos —agregó Victoria sin saber qué más decir y tratando de asimilar la pena que le oprimía la garganta.

—Me recordará a esta ciudad. Te voy a echar de menos, Victoria.

Las dos mujeres se miraron con una expresión entre el pesar, la ternura y la nostalgia de los tiempos pasados y del futuro incierto que se les abría a ambas. Eszter se irguió, dio una profunda calada y aplastó el pitillo en el quicio de la ventana abierta.

—Pero antes voy a pasar unos días en Mallorca, estás a tiempo de acompañarme. Me han asegurado que es una isla preciosa, con buen tiempo, buena comida, playas desiertas, el mar. Podríamos pasar unos días estupendos, juntas, como una dulce despedida.

—No creas que te vas a librar de mí; pienso ir a verte a San Francisco y me llevaré ropa de abrigo.

—Vente a Mallorca —insistió Eszter.

—No sería una buena compañía. Hasta que no encuentre a Hedy no estaré tranquila.

—¿Comemos juntas, entonces? Es mi último día. Mi vuelo sale mañana a primera hora.

—No puedo. —Victoria desplegó una sonrisa locuaz y esperanzadora, a sabiendas de que le iba a dar una grata sorpresa—. Tengo su dirección.

—¿Conseguiste contactar con ese chico?

—Ayer hablé con él. Su familia ha estado de vacaciones en el Báltico, y él se pasa el día fuera de casa, apenas va a dormir, por eso no le localizaba. Ya tengo una dirección. Me voy ahora mismo a buscarla.

—¿Quieres que te acompañe?

Negó con un movimiento de cabeza.

—Debo enfrentarme a esto yo sola. No sé cómo va a reaccionar mi hermana, si llego a verla, ni siquiera sé cómo voy a reaccionar yo... Entre nosotras todo es un misterio.

El Escarabajo azul de Victoria avanzaba despacio por la Leipzigerstrasse. Seguía las indicaciones que le había dado Theo para llegar a la Stalinallee. Desconocía aquella nueva avenida que se había empezado a diseñar a partir de 1950, todo un símbolo de la arquitectura socialista. Siempre que se había adentrado en aquellas calles del sector soviético, tan conocidas en su tiempo y tan extrañas ahora para ella, lo había hecho por los alrededores de la Unter den Linden, Friedrichstrasse, la universidad y las vías aledañas, la mayoría de las veces a pie, escudriñando las caras de la gente en busca de su hija. Cruzó el puente Mühlendamm y continuó avanzando hasta que se topó con el famoso bulevar. Giró a la derecha y recorrió aquel amplio paseo, ancho y largo, atenta a los números de los portales. Una vez localizado el que le había dado Theo, se detuvo y aparcó al otro lado de la calle. Sin bajarse del coche, se encendió un cigarrillo y fumó con la mirada puesta en aquel edificio gris moteado de hileras de ventanas iguales con algunos sobrios elementos decorativos en la fachada. El piso era el octavo. Alzó la vista hasta esa altura pensando que detrás de aquellas cristaleras transcurría la vida de

Hedy. Se preguntó si Rebecca se encontraría en la casa, qué le diría si era ella quien le abría la puerta, cómo la recibiría. Se estremeció. Dio una última calada al cigarro, lo apagó en el cenicero y bajó del coche. Cruzó la calle con paso decidido. Al entrar en el edificio se encontró con el cartel de AVERIADO colgado en la puerta del ascensor. Dejó escapar un largo suspiro, miró hacia arriba por el hueco de la escalera e inició el ascenso. Lo hizo despacio, no tenía prisa; a pesar de ello, al llegar al rellano del octavo, las piernas le temblaban del esfuerzo y le faltaba el resuello. Se tomó unos segundos para recuperar el aliento. Miró las puertas y se acercó a la que tenía la letra A. Posó el dedo en el timbre, hinchó los pulmones con una bocanada de aire y presionó. El sonido chirriante sonó en el interior.

Rebecca estaba en la cocina fregando unos platos. Se detuvo al oír el timbre, alertada. Se preguntó quién podía ser; Hedy tenía su propia llave y, además, se había ido a Potsdam a pasar el día con unos amigos; y Dieter tenía turno de mañana y no saldría hasta media tarde. Había quedado con él a las siete para ir al teatro. Dejó el estropajo en el fregadero, se secó las manos en el delantal y, con mucho sigilo, se acercó hasta el vestíbulo. En el camino oyó de nuevo el insistente sonido del llamador. Temerosa de que pudiera ser Lugovoy, acechó a través de la mirilla con la respiración contenida. Se sobresaltó al verla y se retiró de inmediato, llevándose la mano al pecho para refrenar el alocado latido de su corazón. Se mantuvo inmóvil, atenta. La sentía al otro lado, percibía su respiración angustiada, su impaciencia, sus nervios, podía oler el aliento de su incertidumbre y su desesperación.

Victoria volvió a presionar el pulsador; Rebecca no se movió, cuidándose de no hacer ni un solo ruido, casi sin respirar. Después de unos largos segundos pendiente de los movimientos de su hermana, oyó algo a sus pies, bajó los ojos y vio deslizarse una hoja por debajo de la puerta. Luego, unos pasos en el rellano y el taconeo en los escalones cada vez más lejano, hasta que la envolvió el silencio.

Fijó los ojos en aquella nota sin decidirse a cogerla, recelosa de cuanto pudiera desencadenar su contenido, hasta que finalmente lo hizo y, con ella en la mano, sin llegar a mirarla, se fue a la sala y se asomó a la ventana. En ese momento Victoria salía del portal. La vio cruzar la calle con su elegante traje de chaqueta rojo, sus finos zapatos de tacón bajo, el bolso claro colgado de su antebrazo y el peinado perfecto. Seguía conservando ese porte distinguido tan suyo, pensó. Llegó hasta un coche nuevo, occidental, uno de esos Volkswagen de color azul que llamaban la atención en la ancha avenida por ser diferentes a los escasos Trabant de colores desvaídos que circulaban o permanecían aparcados. Victoria se detuvo y alzó la cabeza hacia ella. Rebecca se retiró con brusquedad de la ventana. Volvió a asomarse al cabo de unos segundos, con cuidado. El coche seguía allí, sin moverse. A pesar de la distancia podía atisbarla en su interior, a la espera. Solo entonces fijó sus ojos en la nota de su hermana. Eran apenas unas líneas, escritas apresuradamente, pero con letra clara y limpia.

> *Mi querida hermana, necesito veros, a ti y a mi hija, mi vida sin vosotras se resiente cada día. Rebecca, dame una oportunidad, una sola oportunidad para explicarme. Te necesito a ti, y necesito a mi hija como el respirar.*
>
> *Os quiero a las dos más que a mi vida.*
>
> *Victoria*

Rebecca se llevó la mano a la boca para tratar de contener el cúmulo de sensaciones que la embargaban. Aquellas palabras habían abierto la compuerta a todos esos sentimientos que creía haber arrojado al olvido, lacrados y sepultados en lo más oculto de su memoria, repentina y dolorosamente recuperados por obra de aquellas líneas.

Volvió a asomarse, el coche seguía allí. Intuía sus manos, moviéndose inquietas, con un cigarro entre los dedos. Sus ojos se llenaron de lágrimas. Se llevó la nota al pecho y tragó saliva, tensa e indecisa. Quería enfrentarse a ella, gritarle cuánto la había echado de menos, cuánto había deseado sus cuidados, su protección, su compañía y ánimo, pero el odio construido durante años y acumulado en su interior era demasiado denso como para desprenderse de su carga de un solo manotazo. Miró de nuevo por la ventana; sin cambios. Se quitó el delantal y, con la nota apretada entre sus dedos, salió de casa y descendió uno a uno los ocho pisos dejando en cada peldaño un pedacito de su rencor. Cuando llegó al portal sonreía decidida, iba a verla, la abrazaría, hablarían...

Al llegar a la calle se detuvo en seco, miró hacia el espacio vacío en el que había estado el coche, movió la cabeza de un lado a otro. Al fondo de la larga avenida vio alejarse el Escarabajo arrastrando tras las ruedas su perdón. Se quedó en medio de la calzada, los ojos fijos en el punto azul cada vez más pequeño, hasta que desapareció de su vista. Miró el papel estrujado en el interior de su mano. Echó la vista al cielo y se sintió rota. La abrumó el pensamiento de que se había precipitado, había sido débil. Volvió al portal y, rabiosa, subió la escalera, recogiendo en cada paso los fragmentos de rencor.

Victoria torció hacia el puente Mühlendamm y enfiló la Leipzigerstrasse. Conducía con la desesperanza clavada en su pecho. Bajó el cristal de la ventanilla y sintió que el aire cálido arrastraba el desaliento.

—Volveré —musitó aferrando las manos al volante—. No pienso rendirme, Rebecca, no voy a abandonar, volveré y lo intentaré, una y otra vez, hasta que consiga derribar el muro que nos separa, por alto, duro y pétreo que sea, lo echaré abajo para recuperaros a ti y a Hedy.

Rebasó el paso fronterizo y se adentró en las calles conocidas de Berlín Oeste. Pensó con tristeza en el abismo que la separaba de su hermana y de su hija.

Hedy no supo nada de aquella fugaz visita de su madre, de que había estado frente a su edificio, ni de que había llamado a la puerta de la casa y de que su tía no le había abierto. Tampoco supo de la nota que su madre había deslizado bajo la puerta, ni de la conmoción que había sufrido su tía al leerla, ni de sus lágrimas arrepentidas, replegado luego ese arrepentimiento al verse sola en mitad de la calle, con esa obstinada sensación de abandono y de inferioridad que la emponzoñaba. Hedy no supo nada de eso. Aquel día no había ido a Potsdam con unos amigos como le había dicho a su tía; Theo la había llamado y ella había aceptado su invitación, y por primera vez desde la tarde de finales de enero en la que Berta le pidió el maldito favor que lo había complicado todo, la joven había disfrutado de una jornada feliz en compañía de Theo.

Aquel viernes de agosto era el último día de trabajo para Rebecca; a partir del lunes disfrutaría de diez días de descanso. Dieter la iba a llevar cinco días a un complejo vacacional en Scharmützelsee. Serían las primeras vacaciones para ella desde antes de la guerra. A pesar de la insistencia de Rebecca, Hedy había rechazado la invitación de acompañarlos, no quería interferir con su presencia en aquella incipiente y tan prometedora relación.

Hedy se encontraba sola en casa. Estaba terminando de vestirse. Había quedado otra vez con Theo, que la iba a llevar a comer a una *gaststätte*, una taberna de comidas cerca de su casa en la que, además de tirar la mejor cerveza de barril de Berlín, hacían la mejor sopa de patata y también *rote Grütze*, un postre que ella nunca había probado. Luego irían a dar un paseo en barca por el río Spree. Le gustaba la compañía de Theo: paseaban, hablaban, era divertido y sabía cosas que ella ni imaginaba. Sin embargo, su relación con Adler se había enfriado, no solo debido al final de las clases por la llegada del verano, sino también por el recelo de su amigo desde que la había visto subir a aquel coche que suponía de la Stasi.

Theo en ningún momento le habló de la visita que había hecho a su madre en junio, ni de las sospechas que tenía sobre ella y su relación con la Stasi; Victoria le había explicado por teléfono el incidente de Hedy con Eszter y le había pedido que no se lo mencionase a ella.

Hedy se estaba cepillando la melena mientras, de fondo, se oía la voz enlatada del locutor de la Rundfunk der DDR.

«Es viernes, 11 de agosto de 1961. Llegaremos a una temperatura máxima de veintiséis grados. Las noticias de última hora...».

El timbre de la puerta desvió su atención. Bajó el volumen sin llegar a quitarlo, imaginando que Theo se había adelantado. Había quedado en recogerla con la moto abajo, en el portal, pero aún quedaba más de media hora.

Abrió la puerta confiada, y al verle no le dio tiempo a cerrar. Lugovoy metió la pierna y empujó la puerta con fuerza, y ella no tuvo más remedio que retroceder. Él entró y cerró. Hedy se quedó petrificada ante aquellos ojos vidriosos de alcohol.

—Eres igual de estúpida que tu madre...

—Salga de mi casa.

—¿Tu casa? —La carcajada dejó al descubierto los dientes ennegrecidos por el tabaco—. ¡Estáis aquí porque yo lo quise, y os echaré de aquí cuando yo quiera! —rugió enfurecido—. Os voy a hundir, a ti, a esa puta de tu tía y a ese cretino que se la está follando...

—¡Cállese! —gritó Hedy encolerizada.

No se esperaba la bofetada. Su cuerpo se ladeó por la violencia del golpe. Se abalanzó sobre ella y trató de sujetarla, pero Hedy se deshizo de su agarre y salió corriendo hacia su habitación. Al ir a cerrar, la puerta volvió hacia ella impulsada por Lugovoy y la golpeó con fuerza en la cara. Tenía la expresión de un monstruo enloquecido.

—Y sé que tonteas con ese Theo... ¿Te has acostado con él ya?

La voz babosa y obscena hablaba de peligro.

—¡Salga de aquí o grito!

—Grita todo lo que quieras. Nadie te hará caso. Todos los vecinos os odian. —Al tiempo que hablaba se acercaba a ella igual que un depredador que acorrala a su presa—. Yo también quiero probarte, Hedy...

Se abalanzó hacia ella; Hedy le esquivó saltando sobre la cama, pero en un rápido movimiento, Lugovoy le agarró la pierna y la hizo caer al suelo. La cogió del pelo y tiró violentamente. Ella gritaba y se resistía a la fuerza bruta de aquel hombre. Cuando intentó taparle la boca, Hedy le clavó los dientes en la mano. Él se revolvió dolorido y le propinó un puñetazo en el estómago que la dejó sin respiración. En ese momento de debilidad, Lugovoy se hizo fuerte sobre ella. Hedy forcejeaba, agitaba las piernas y le lanzaba desesperados tortazos aprisionada bajo su cuerpo. Lugovoy se alzó un poco y descargó el puño contra su mandíbula, lo que la dejó noqueada. Aprovechó entonces para abrirle las piernas con las rodillas, hurgarle bajo la falda y bajarle la braga con movimientos rápidos y bruscos. Hedy gritó con angustia. Notó su miembro rozar sus muslos, cerró los ojos para poner toda su energía en impedir que llegara a consumar aquel acto atroz; gritaba y se retorcía como un animalillo atrapado en un cepo. De repente, cuando estaba a punto de penetrar en su cuerpo, sintió que la opresión sobre ella se atenuaba. Abrió los ojos y vio a su tía con el rostro enloquecido que clavaba una y otra vez un enorme cuchillo de cocina en la espalda del hombre.

—Canalla... —repetía rabiosa Rebecca cada vez que alzaba los brazos para hundir con saña el filo de metal en la espalda de Lugovoy—. Miserable... —La voz ronca encolerizada parecía desplomarse en cada envite de cuchillo—. A ella no... A mi niña no, cerdo hijo de puta, a ella no... A mi niña no...

Hedy tardó unos segundos en reaccionar hasta que le empujó y el cuerpo de Lugovoy cayó a su lado casi inerte. Solo entonces Rebecca detuvo su ataque. Mantenía el arma aferrada en su mano, encorvados los hombros, perturbada la mirada, la sangre de aquel hombre arrojado a los infiernos goteando entre sus dedos. Hedy se levantó, le quitó el cuchillo de la mano y se volvió hacia Lugovoy. Alzó el brazo empuñando el arma, pero quedó paralizada, atrapada en aquellos ojos abiertos con el pasmo de una muerte inesperada, aferrado a una vida que se le escapaba. Lugovoy abrió la boca y susurró su nombre. Hedy impulsó su brazo hacia aquel cuerpo y le hincó la hoja de acero en el corazón, emulando inconscientemente la novela leída hacía poco de Bram Stoker, en la que la única forma de matar al vampiro que se alimentaba de la sangre de inocentes era clavándole una estaca en el corazón.

—Cerdo... —murmuró soltando el mango del cuchillo—, cerdo, cerdo, cerdo...

Se subió la braga y se dejó caer en la cama rota de dolor por dentro. Quería llorar, pero la rabia se lo impedía. Sintió que se ahogaba, que le faltaba el aire. Se precipitó a la ventana, la abrió y se asomó jadeante. Solo entonces rompió a llorar, apoyado su cuerpo en el alféizar. Era un llanto amargo, descompuesto, punzante. Rebecca seguía inmóvil, absorta en el cuerpo dislocado de aquel hombre que yacía en el suelo con las piernas abiertas, el pantalón medio bajado, el miembro al aire colgando flácido. Ni siquiera el llanto de Hedy la hizo reaccionar.

Cuando la joven se desahogó, se dio la vuelta y se acercó despacio a su tía. Solo entonces Rebecca la miró con una expresión trastornada.

—Mi niña... Lo siento... Lo siento...

Hedy la abrazó, pero Rebecca no reaccionó a su abrazo,

seguía repitiendo un «lo siento» ahogado, inquieto y lleno de remordimiento.

—Tía Becca... Tía... Ya pasó... Ya nunca nos hará más daño.

—Es una maldición que nos perseguirá siempre... Y yo tengo la culpa. —La miró fuera de sí—. Yo le metí en nuestra vida, lo hice yo y por él hemos padecido tanto. —Tenía una expresión conturbada—. Mi pequeña, has sufrido un calvario por mi culpa...

Hedy la sacó de la habitación y la sentó en uno de los sillones. Luego le limpió la sangre de las manos.

—¿Qué vamos a hacer ahora? —la oyó musitar con una voz agónica.

—Tenemos que pensar...

El timbre irrumpió en aquel ambiente de parálisis.

Rebecca se puso tensa, la mirada de espanto.

—No abras —susurró—. Son ellos. Nos matarán.

Hedy se acercó sigilosa hasta la puerta y miró por la mirilla. De inmediato abrió. Tiró del brazo de Theo y le obligó a entrar antes de cerrar de nuevo y echar la llave.

—Hedy... —dijo sonriendo sin comprender las prisas—. Habíamos quedado...

Theo se calló al verle la cara.

—¿Qué pasa? —se inquietó.

Le hizo entrar en la sala en la que se encontraba Rebecca y le contó con voz entrecortada lo que había ocurrido. Theo escuchaba atónito el horrible relato. Se asomó a ver el cuerpo de Lugovoy y se acercó para comprobar que, en efecto, estaba muerto.

—Debemos llamar a la policía —dijo la joven con la mirada perdida.

—De ninguna manera —replicó Theo con firmeza—. Te meterán en la cárcel, Hedy, a las dos. Habéis matado a un agente de la Stasi.

—Fue en defensa propia —protestó con vehemencia.

—Es tu palabra contra la de uno de los suyos que ya no se puede defender. No te creerán. Será el final para las dos.

—Y entonces, ¿qué vamos a hacer? —preguntó Hedy con la voz quebrada por el miedo y la incertidumbre.

—Tenemos que deshacernos del cadáver —dijo Theo, resuelto—. Arrojarlo a algún sitio o enterrarlo para que no lo puedan encontrar.

—¿Cómo lo hacemos? —La joven paseaba de un lado a otro, angustiada.

—Déjame pensar...

Rebecca guardaba silencio, escuchando, sentada muy tiesa con las manos sobre las rodillas, aún con algunos restos de sangre. Apenas levantaba la mirada hacia Theo que, una vez asimilada la terrible situación, se obligó a coger las riendas.

—Hay que sacarlo de aquí. —Permanecía de pie, una mano en la cadera y la otra pasando de la nuca a la barbilla y otra vez a la nuca—. Esperaremos a que se haga de noche. Entonces lo sacaremos. Muy cerca de aquí están preparando un solar para construir un bloque de viviendas. Estos días están haciendo los cimientos. Lo llevaremos hasta allí y lo enterraremos bajo un manto de cemento. Nadie se dará cuenta.

—¿Y cómo lo trasladamos hasta allí? —se horrorizó Hedy ante la realidad que se le empezaba a venir encima—. No hay ascensor.

—Lo bajaremos por la escalera cuando se haga de noche.

—¿Y cómo vamos a ir por la calle cargados con un cadáver?

Theo entró de nuevo en la habitación, se inclinó sobre el cadáver y, sin ningún reparo, hurgó en los bolsillos de su pantalón y de su chaqueta. Sacó su cartera y las llaves de un coche. Las sopesó en la mano con una mueca satisfecha. Se volvió hacia Hedy, que le observaba desde la puerta.

—Su coche está ahí abajo, aparcado en la puerta. Lo trasladaremos en él.

Volvieron al salón y durante un rato los tres se quedaron en silencio, pensativos, abatidos por una extraña sensación de serena culpabilidad. Le habían matado, habían acabado con un demonio lleno de odio que les había arruinado la vida. Ahora ya no estaba, con su muerte había desaparecido su constante amenaza, relevada ahora por otra sombra inquietante.

Decidieron sacarlo de madrugada para evitar en lo posible a los vecinos. Limpiaron a conciencia toda la sangre de la alcoba y del cuerpo de Lugovoy. Lo vistieron. Luego se sentaron y esperaron. Las horas pasaron de forma desesperadamente lenta. Cuando empezó a anochecer, Theo se asomó a la ventana.

—Saquémoslo ya —dijo volviéndose hacia las dos mujeres.

—Pero todavía es pronto —adujo Rebecca tensa por el miedo.

—Si alguien nos ve, diremos que está borracho. Vamos.

Entre Hedy y Theo cargaron el cuerpo. Rebecca abrió con mucho sigilo la puerta, se mantuvo unos segundos atenta a los ruidos de la escalera. No se oía nada. Era noche de viernes, muchos vecinos estaban de vacaciones y otros descansaban plácidamente en sus casas. Mientras Rebecca se asomaba a la escalera para comprobar que todo estaba tranquilo, Theo y Hedy permanecían a la espera en el recibidor de la casa, en un tenso silencio.

—Vamos —marcó ella.

Agarrado Lugovoy entre ambos —rodeándole la cintura y cada uno con un brazo del ruso por encima de los hombros—, lo arrastraron hasta el primer tramo de escalera. Rebecca los precedía y, en cada rellano, se detenía para asegurarse de que no había peligro. Así fueron bajando uno tras otro los ocho pisos, con el sonido hueco del arrastre de los pies del muerto y la respiración entrecortada de Theo y Hedy.

Al llegar al portal, Rebecca se asomó.

—Esperad aquí, voy a ver si la calle está despejada.

Se acercó a la puerta, la abrió y volvió a asomarse para al instante regresar como una exhalación y susurrar con premura.

—Viene alguien, escondeos...

Theo y Hedy arrastraron el cuerpo por la escalera que llevaba a la zona de basuras y calderas. Rebecca se quedó a la espera, alternando la mirada hacia la entrada y hacia la bajada precipitada, hasta que la puerta de la calle se abrió y entró una pareja que parecía tener una fuerte discusión. Cuando la vieron se callaron de golpe, incómodos. Justo en ese momento, Rebecca se dio cuenta de que en medio del portal había un zapato del ruso. También lo vieron los que acababan de llegar.

—Buenas noches —dijo ella resuelta y amable, sin hacer caso del zapato, tratando de aparentar normalidad.

Ninguno de los dos le contestó al saludo. La mujer tenía un gesto enfurruñado. El hombre dio una patada al zapato y este voló hacia el hueco de la escalera por el que habían desaparecido Theo y Hedy. Rebecca no se movió. La pareja llegó al ascensor y, al ver el cartel de AVERIADO, el hombre soltó un taco e inició el ascenso de la escalera seguido de la mujer.

Rebecca esperó hasta asegurarse de que llegaban al primer rellano. Oyó que reanudaban la discusión. Fue de nuevo hasta la calle y comprobó que no se veía ni un alma. Volvió al portal y se asomó al hueco de la escalera.

—Venid —susurró a la oscuridad—, ya no hay nadie.

Les costó mucho subir la escalera acarreando el cuerpo. Se oía el resoplar de Hedy y el golpear de los pies del muerto en los peldaños.

Rebecca sujetó la puerta para que salieran y abrió el coche. Echaron el cuerpo a la parte de atrás junto con el zapato que habían recogido. Hedy sudaba y le faltaba el resuello, le costó unos segundos recuperar fuerzas.

—Vamos —murmuró Theo poniéndose al volante—. Tenemos que alejarnos de aquí.

El coche de Lugovoy era un Zwickau P70 coupé de color gris.

—Tened mucho cuidado —dijo Rebecca con voz ahogada mientras Hedy se acomodaba junto a Theo; ella no iba a acompañarlos, el coche era demasiado pequeño en la parte de atrás.

Theo pisó el acelerador y avanzaron lentamente por las calles de nueva construcción de los barrios adyacentes a la Stalinallee hasta llegar a una zona de obras. Escudriñó en la oscuridad en busca del lugar exacto que buscaba. Frenó el coche y miró por la ventanilla.

—Es aquí —dijo antes de salir del automóvil.

Se acercó a una valla metálica, la abrió sin demasiada dificultad y volvió sobre sus pasos. Hedy esperaba junto al vehículo.

—Vamos. Dejemos a este tipo en el lugar en el que merece estar.

Sacaron el cadáver y lo arrastraron hasta el interior de la obra. Además de los faros del coche, Theo llevaba una linterna en el bolsillo de su chaqueta. Llegaron al borde de una gran sima horadada en la tierra en la que se estaban anclando los cimientos de un nuevo edificio. Sin ningún miramiento, Theo lo empujó y Lugovoy cayó al vacío oscuro. El sonido seco del cuerpo al impactar contra la tierra estremeció el silencio. Luego el joven se fue hacia una hormigonera, la puso en marcha y aquella máquina empezó a vomitar cemento al interior del hueco en el que había caído el cadáver. A la luz de la linterna, observaron cómo la masa gris iba poco a poco engullendo el cadáver hasta cubrirlo por completo. Lo último que desapareció fue su rostro. Hedy no podía dejar de mirarlo. Era como si con esa imagen se sumergiera en lo más profundo de su memoria una gran parte del daño que aquel hombre le había infligido.

La voz de Theo la sobresaltó.

—Tenemos que deshacernos del coche.

Condujo de nuevo hasta el parque de Treptower, aparcó junto al Spree y llenaron el maletero de grandes piedras. Theo se subió al volante y lo acercó hasta la orilla del río. Se agachó para poner un palo en el acelerador a modo de palanca que impulsara el vehículo hacia el agua, pero cuando lo soltó se atascó el palo en el pedal del acelerador y el coche tomó velocidad y cayó al río sin que le diera tiempo a reaccionar.

Hedy se asustó al ver que Theo no salía. Durante unos instantes se mantuvo inmóvil, a la espera, convencida de que él sabía lo que hacía. Pero al pasar los segundos y ver que el coche iba hundiéndose cada vez más, se acercó a la orilla y gritó asustada:

—¡Theo! ¡Theoooo!

Se mantuvo atenta, aunque lo único que veía era que el coche iba desapareciendo de su vista muy deprisa.

—Dios mío... Theo... Theo, sal del coche... ¡Theo!

En un intento desbaratado de hacer algo se descalzó y se adentró en el agua hasta la cintura, pero el coche cada vez se sumergía más, apenas se veía el techo y Theo no aparecía. Sus pies se hundían en el fango y tembló al sentir el agua fría del Spree. De repente el coche desapareció, engullido por las aguas oscuras del río.

—Theo... —Su voz temblorosa apenas tenía fuerza, como si aquellas aguas succionasen también su propia energía.

La envolvía un tétrico silencio. Empezó a tiritar y sintió que el llanto acudía a sus ojos, lágrimas de impotencia y desesperación.

De pronto surgió en la superficie la cabeza de Theo, respirando con profusión, manoteando en el agua como si quisiera ascender más aún.

—¡Theo! —Hedy sintió tanta alegría que nadó hasta él.

Él, a su vez, braceó hacia ella y los dos salieron agotados

del agua. Se sentaron en la orilla respirando con dificultad. No se decían nada, tan solo respiraban el uno junto al otro, hasta que Hedy se recostó en su hombro.

—Estaba tan asustada... Creí que no ibas a salir.

—Y casi no lo hago... —dijo él con los ojos puestos en la negrura de aquel río que había estado a punto de tragárselo—. La ventanilla se atascó y me quedé atrapado. Tuve que romper el cristal para poder salir.

—He pasado mucho miedo, ¿sabes?

—Saber que estabas esperándome me ha dado la fuerza para hacerlo.

Hedy se sonrojó y sonrió azorada. Luego le dio un beso. Él le agarró la mano y se la apretó, aún sorprendido de estar vivo.

Tuvieron que caminar más de una hora. Cuando llegaron al portal de Hedy estaba empezando a amanecer. Se habían secado por el camino pero, a pesar de que la temperatura era agradable, Hedy estaba helada.

—Me voy a casa —dijo él subiéndose a horcajadas en la moto—. Trata de descansar. Hablaremos luego.

—Theo... —se acercó a él—, gracias... No sé qué habríamos hecho sin tu ayuda.

Él sonrió. Ella se inclinó y le dio un beso en la mejilla. Se miraron dulcemente durante unos segundos; había un brillo especial en sus ojos. Theo puso la moto en marcha y se alejó por la avenida.

CAPÍTULO 6

Berlín Oeste, madrugada del 13 de agosto de 1961

El timbre del teléfono la despertó. Encendió la luz de la mesilla y miró el reloj de pulsera que había dejado al acostarse. Pasaban unos minutos de las cuatro de la madrugada del domingo. Descolgó el auricular y se lo puso al oído.

—Victoria, soy Lochner. Necesito que vengas.

No le extrañó tanto la llamada de madrugada, algo que podía ser habitual si había alguna noticia importante, sino que fuera el mismísimo Robert Lochner —su jefe y el director de la emisora de radio desde hacía poco tiempo— quien lo hiciera.

—¿Qué ocurre, señor Lochner?

—Lo están haciendo, Victoria —dijo con voz grave—, Ulbricht está cerrando la frontera. La RDA se está convirtiendo en una ratonera para sus habitantes.

Victoria alzó el rostro y tomó aire. Pensó en Hedy. Su jefe continuaba hablando.

—Eszter no está en Berlín y necesito que vengas a la emisora. Hay que dar boletines cada cuarto de hora y andamos muy escasos de personal... —dijo con un deje de desesperación—. La RIAS tiene que seguir siendo el cable de conexión para informar al mundo de lo que está pasando. Tenemos una misión importante que cumplir.

—Cuente conmigo.

Lochner asintió al otro lado.

—Acabo de enviar un par de corresponsales a recoger impresiones sobre el terreno. Por ahora parece que no hay problema en que los occidentales entren y salgan de la RDA con libertad. Nos irán enviando sus crónicas en cuanto puedan. —Hizo una pausa—. Te espero en mi despacho. Ven lo antes posible.

Victoria se lavó y se vistió a toda prisa, muy preocupada por la suerte que pudiera correr Hedy. Si cerraban la frontera, todo sería mucho más complicado para dar con ella. Se montó en el coche y no tardó en llegar a la emisora.

Al entrar en el despacho del director comprobó que estaba acompañado de un hombre al que Victoria reconoció de inmediato. Apenas había cambiado desde la única vez que habían coincidido, diez años atrás. El mismo pelo negro peinado hacia atrás, entradas definidas que despejaban su frente trazada de arrugas, las cejas negras y pobladas, ojos oscuros y semblante sobrio, impecable traje gris con raya diplomática, corbata oscura, camisa blanca y su inseparable cigarro pinzado entre los dedos.

Lochner se acercó a ella.

—Gracias de nuevo por venir, Victoria. —Le hizo una indicación con la mano para atraerla hacia el invitado—. Te presento a un ilustre visitante recién aterrizado de Nueva York, el director del Servicio de Información de Estados Unidos, Edward R. Murrow...

—Sé quién es —le interrumpió ella con la mirada puesta en el periodista.

Ambos se tendieron la mano en un cordial saludo. En ese momento sonó el teléfono del escritorio, Lochner se disculpó y se alejó de ellos para contestar la llamada. Una vez solos, Victoria retomó la palabra:

—Señor Murrow, no sé si me recuerda, nos conocimos el 16 de diciembre de 1951. Mi marido y yo estuvimos en su programa de la CBS *See It Now.* Usted dio voz a Oliver Coleman para que contase al mundo una cruda verdad con la que tratábamos de enmendar una injusticia cometida contra dos inocentes que pagaron por la culpa de otros... Esa misma noche, tanto él como mi marido fueron asesinados en represalia.

—Lo recuerdo —dijo él con esa voz grave y pausada tan suya—. Robert Norton... —Ladeó la cabeza con ademán convencido—. Hombres íntegros como su esposo no deberían ser olvidados.

Lochner hablaba con el auricular pegado a su oreja, muy concentrado, apuntando algunas notas en un cuaderno que tenía sobre la mesa. Victoria continuó hablando.

—Seguí muy de cerca su magazín sobre el caso de la expulsión de Radulovich del ejército, así como el acoso que sufrió Annie Lee Moss. Demostró tener mucho valor al defenderlos y desafiar al poder establecido, enfrentarse al senador McCarthy y tratar de combatir sus torticeras manipulaciones en su particular caza de brujas. Su trabajo fue éticamente impecable.

—Para ser honesto, señora Norton, creo que mi trabajo en aquellos años fue llevar una bandera que todos los americanos de bien habrían levantado si hubieran tenido como yo una cadena de televisión detrás, cuyos dueños me permitieron hacerlo —calló un instante y alzó la ceja en un ademán irónico—, con gran esfuerzo por su parte, todo hay que decirlo.

—Pero con aquel demoledor programa del 9 de marzo del 54, usted consiguió asestar el golpe decisivo a esa caza de brujas.

Él negó indulgente con un movimiento de cabeza. Su boca se curvó mesurada.

—Afirmar eso sería señalar al senador McCarthy como el creador del macartismo y atribuir a su figura una envergadura que no merece. Ese hombre tan solo desempeñó un papel estelar en el momento álgido de la paranoia anticomunista que ya se había desatado treinta años antes de su aparición en escena. El caso Radulovich salió bien porque el ejército se dio cuenta de su error, y al senador McCarthy no le derribó mi programa, sino una comisión de investigación del Senado que aventó sus excesos. —Hizo una pausa para llevarse el cigarro a los labios—. Hice mi trabajo. No me siento como un héroe ni hice nada que lo mereciera.

Victoria asintió con un leve movimiento de cabeza y frunció el ceño.

—Reconozco que me llevé una profunda decepción con su país. Estados Unidos, el defensor de la libertad en todo el mundo, en cierto modo la llegó a perder en su propio territorio. Aún me cuesta entender cómo fue posible una persecución de semejante envergadura contra ciudadanos despojados de su dignidad y sus derechos constitucionales. El resultado fue devastador para muchos inocentes.

El periodista norteamericano abrió las manos y las mostró, aseverativo.

—Estoy de acuerdo con usted. Y lo peor de todo fue que, en la mayoría de los casos, el mal provocado ha resultado irreparable.

Victoria le escuchaba con interés. Su declarada modestia reafirmaba su admiración por un hombre íntegro que la reconciliaba con la realidad. Le habló convencida, la voz apacible.

—Arriesgó mucho a favor de la información veraz e imparcial y ganó.

El americano sonrió agradecido por el cumplido.

—Fue una cuestión de dignidad, la dignidad de una nación contra la intolerancia y en favor del respeto a la libertad de pensamiento de todos. Había que posicionarse, y yo lo hice con aquel programa. —Se la quedó mirando unos segundos al tiempo que daba otra larga calada a su cigarrillo—. Señora Norton, comparto con su marido el sentido de la justicia y el firme compromiso con la verdad. La gran diferencia entre él y yo es que su esposo perdió la vida por defender esos principios y yo —sonrió afable y arqueó las negras cejas arrugando la frente— aún sigo en pie.

En ese momento, Lochner colgó el teléfono y se levantó con una libreta de notas en las manos.

—Lamento interrumpir la conversación —dijo con gesto apresurado—, pero la actualidad apremia. Victoria, aquí tienes las notas de los corresponsales en el lado Este. Es hora de contarle al mundo lo que está ocurriendo ahí fuera.

Victoria cogió las hojas que Lochner iba arrancando del cuaderno. Cuando las tuvo todas, se dirigió al periodista estadounidense.

—Espero que disfrute de su estancia en Berlín.

—Tengo la impresión de que va a resultar muy interesante. —Murrow le tendió la mano—. Buenas noches y buena suerte.

Victoria le estrechó la mano y le dedicó una sonrisa amable ante aquel eslogan, popularizado por el propio Murrow como forma tranquilizadora de despedida en su etapa como corresponsal en Londres durante la guerra, un mensaje de esperanza y resistencia dirigido a los oyentes que se movían en medio de la oscuridad, el peligro y el miedo a los bombardeos.

A continuación salió hacia el estudio para empezar a emitir en directo las últimas noticias sobre el cierre de las fronteras de la RDA.

Aquella madrugada del 13 de agosto también sonó el teléfono en casa de Rebecca y Hedy. El sobresalto para las dos mujeres fue aún mayor, teniendo en cuenta lo que había ocurrido un día antes con la muerte y el rocambolesco enterramiento de Lugovoy. A pesar de que Theo les había asegurado que nadie encontraría el cadáver de ese miserable y que nadie podría señalarlos como culpables de su desaparición, las dos estaban con el alma en vilo.

Descolgó Hedy, ya que dormía en el sillón, incapaz de hacerlo en su habitación a pesar de haber limpiado la sangre. Oyó el tintineo de las monedas al caer al cajetín: llamaban desde una cabina.

—¿Hedy?

—¿Quién es? —preguntó atemorizada.

—Soy Theo. Estoy en Unter den Linden, frente a la Pariser Platz. Hedy... Han cerrado la frontera.

—¿Y eso qué quiere decir?

—Que esto se acabó... La RDA se ha convertido en una trampa de la que nos será muy difícil escapar. —Hubo un silencio inquietante—. Escúchame bien, es ahora o nunca... Voy a pasarme al Oeste.

—Es muy peligroso.

—No pienso quedarme en un país que me encierra como si estuviera en una cárcel.

Ante el mutismo de Hedy, Theo continuó hablando, inquieto, mientras miraba hacia los arcos de la Puerta de Brandeburgo; una barrera humana de cientos de hombres uniformados impedía el paso hacia el Oeste. Otros iban y venían desenrollando alambre de espino por la línea blanca pintada en el asfalto que, hasta entonces, había delimitado la frontera entre las dos partes de aquella ciudad dividida.

—Hedy, volveré a buscarte, ¿me oyes? No puedes quedarte aquí.

—Theo... —balbució ella sin saber qué decir—. Yo...

—Espera mi llamada. Tengo que dejarte. Hedy... Te quiero...

Colgó y Hedy miró el auricular con estupefacción.

La voz de su tía la arrancó de aquel pasmo.

—¿Qué ocurre?

—Han cerrado la frontera —dijo colgando el teléfono.

Rebecca encendió la radio y fue sintonizando una emisora tras otra; en todas estaban emitiendo comunicados en los que se informaba de las nuevas restricciones de desplazamiento para los ciudadanos de la República Democrática.

—Esto se veía venir —dijo mientras se sentaba pesadamente en el sillón—. De alguna manera había que detener la sangría de los que huyen como ratas. Ahora todo será distinto. Por fin estamos protegidos.

—¿Protegidos de qué? —preguntó Hedy confusa, incapaz de entender no solo el alcance de lo que estaba sucediendo ahí fuera, sino las últimas dos palabras que había pronunciado Theo y que revoloteaban en su mente como brillantes mariposas en el campo: te quiero, te quiero...

—De los fascistas —replicó Rebecca—, de los que pretenden imponernos su imperialismo revanchista.

Rebecca estaba concentrada escuchando la alocución de la radio. En su rostro había satisfacción. Hedy la observó durante unos segundos, luego se sentó frente a ella, envarada, tensa. Le resultaba absurdo que su tía siguiera defendiendo el régimen socialista con uñas y dientes, el mismo régimen de Lugovoy, de la Stasi, de su paso por los campos de trabajo, el miedo... No lo entendía.

—Tía Becca, tenemos que salir de aquí. No estamos seguras... Si alguien descubre lo de Lugovoy iremos a la cárcel.

Rebecca la miró y le acarició la cara. Le cogió la mano y se la besó con ternura.

—No temas por eso, mi pequeña niña. Tú no sufrirás más por ese hombre. —Sus palabras infundían seguridad—. Yo me encargo.

Theo condujo la moto hacia el sur. Iba a ver qué posibilidades quedaban de pasar al Oeste antes de que aquella locura que había visto con sus propios ojos desde las inmediaciones de la Pariser Platz fuera a más. Al filo de la una de la madrugada había recibido una llamada de un compañero en la que le advertía de que algo raro estaba pasando porque desde su casa, muy cerca de una de las calles fronterizas, se estaba realizando un inusual despliegue de policía y fuerzas militares. Él se había echado a la calle y se había dirigido a la Puerta de Brandeburgo, pero, antes de llegar a la Pariser Platz, le negaron el paso tras pronunciar la fatídica frase: *Die Grenze ist geschlossen*, «la frontera está cerrada», que repetían como un mantra a todo el que se acercaba.

Había dejado atrás la ciudad. Conducía a menor velocidad, sin perder de vista lo que hasta entonces había sido la frontera compuesta tan solo de una barrera de alambre de espino y poca o ninguna vigilancia. En su camino había podido comprobar que el despliegue de fuerzas era extraordinario, pero a medida que se alejaba de la zona de viviendas, los efectivos policiales y militares se reducían. Ralentizó la velocidad al ver un pequeño grupo de gente que, en la penumbra del amanecer, se dirigían a la alambrada. Tiró la moto y corrió tras ellos. Al otro lado había gente que ayudaba a los que pasaban, reptando, con prisa y apurados, por los huecos abiertos en el alambre de espinos. Theo aceleró su carrera cuando, a unos cincuenta metros, vio a un grupo de VoPos que se aproximaban dándoles el alto. Era una carrera contra reloj. Alentado por los que ya estaban en terreno occidental, llegó al amasijo de cable de púas justo cuando uno de los policías le alcanzaba; consiguió esquivarle con un ágil quiebro y se lanzó por el hueco facilitado por los del otro lado. No sintió los pinchos que le arañaban la cara ni los aguijonazos en sus manos ni los rasgones en su camisa. De repente, se vio arropado por desconocidos que le palmeaban la espalda con una alegre sonrisa: «Lo has logrado, estás en la República Federal. Enhorabuena, ahora estás en el lado de la libertad».

Sin embargo, no reaccionó con la euforia de otros que habían hecho lo mismo que él. Tenía que volver para buscar a Hedy y sacarla de allí. Aturdido, vio cómo los policías que casi le habían alcanzado custodiaban ya el paso por el que se habían colado, y cómo los que se habían quedado en el Este se desperdigaban, desesperados por no haberlo conseguido.

Un hombre se ofreció a llevarle en coche al centro de Berlín. Durante el trayecto, la voz de Victoria sonaba en los noticiarios de la RIAS. Theo subió el volumen y le pidió al hombre que le dejara en el edificio de la emisora.

Victoria le vislumbró tras el cristal, junto al técnico de sonido. Sin dejar de radiar el último comunicado de los corresponsales que se habían adentrado en la zona soviética y que transitaban por las calles preguntando a la gente, arrugó el ceño al verle los arañazos en la cara y los desgarros de su camisa. Salió a su encuentro tan pronto como pudo.

—¿Sabes algo de Hedy? —inquirió preocupada.

—Voy a ir a buscarla. Necesito su coche: los coches occidentales pueden entrar y salir, y tengo el pasaporte de la RFA de un amigo. Se parece a mí. Hedy puede ir escondida en el maletero.

—Estás loco. Si os cogen, os meterán en la cárcel.

—Victoria, me volveré loco si no lo intento.

Hubo un silencio mientras ella cavilaba qué era lo mejor en una situación tan delicada. De repente, le cogió del brazo y buscó sus ojos.

—Espérame aquí.

Se alejó y subió la escalera hasta el despacho de Lochner. Abrió sin llamar. El director departía con el periodista norteamericano. Los dos hombres se volvieron hacia ella sorprendidos por la irrupción.

—Disculpe, señor Lochner... Necesito un coche del Departamento de Estado para pasar al Este.

—Ya tenemos a dos corresponsales en la zona soviética.

—Tengo que sacar a mi hija de allí.

Victoria conducía con Theo a su lado. Se harían pasar por corresponsales en busca de la noticia. Además del Ford negro con matrícula US-D 1956, Lochner le había proporcionado una acreditación de corresponsal para Theo, una camisa y una chaqueta «muy occidental», le había dicho al vérsela puesta. Llegaron a la Puerta de Brandeburgo. Una multitud de ciudadanos observaban con estupefacción el espectáculo dantesco que se estaba desarrollando ante sus ojos. Una hilera de policías, uno por cada metro cuadrado, formaban una barrera dentro del territorio de la RDA. Iban armados y arropados por varios vehículos acorazados. Mientras tanto, a su espalda, un batallón de soldados y operarios desenrollaba alambre de púas y lo iba colocando sobre caballos de Frisia, mientras que otros ponían postes de hormigón cada tantos metros para ensartar una valla de alambre. Una insólita actividad en aquella inusual mañana de domingo recién estrenada de agosto.

Tocando el claxon, en una marcha corta, Victoria se fue abriendo paso entre el gentío en dirección a uno de los arcos. El corazón le latía con tanta fuerza que tuvo que tomar aire para tratar de aplacar sus nervios. No eran los únicos que tenían la intención de pasar al lado soviético. Varios ciudadanos a pie lo hacían sin que nadie se lo impidiera. Cuando llegó al cordón humano, la obligaron a detenerse. Uno de los policías miró la matrícula y les franqueó el paso. Victoria avanzó a través de uno de los arcos y se adentró en la ciudad, esquivando policías, soldados y camiones que descargaban material. No habían cruzado ni una sola palabra en todo el viaje. Theo le indicó que girase por una calle poco transitada.

—Pare aquí —le dijo Theo.

Ella frenó y él abrió la puerta.

—Vaya a buscar a Hedy, yo la esperaré aquí en media hora. No se retrase, Victoria, cada minuto cuenta.

Se apeó del coche y vio cómo se alejaba. Luego corrió hacia su casa. Le abrió la puerta su madre.

—Theo, ¿qué ocurre? ¿Qué te ha pasado? —preguntó al ver las heridas de la cara.

Sin decir nada, entró en el salón. Su padre y Adler estaban pegados a la radio. También estaba puesta la televisión sobre el aparador.

—Papá, vengo a despedirme de vosotros.

Un silencio los envolvió a los cuatro. La madre se llevó la mano a la boca y la otra al corazón. El padre le miraba apesadumbrado. Adler bajó los ojos y se removió, dándole la espalda, las manos hundidas en los bolsillos.

—¿Sabes a lo que te expones? —preguntó el padre con mesura.

—Lo sé.

El hombre asintió, tragó saliva y giró el rostro hacia la radio. La única que le miraba era su madre, con esos ojos pequeños y grises tan llenos de amargura. Theo se fue hacia ella y se abrazaron.

—Pensaré en ti cada día, hijo mío, y nunca olvides que te quiero más que a mi vida.

De nuevo un mutismo emocionado se apoderó de aquel aire cálido.

Adler seguía de espaldas mirando, aparentemente, las imágenes de la televisión en la que se veía la Puerta de Brandeburgo tomada por cientos de hombres uniformados. Su padre se había sentado en el sillón y tenía los ojos bajos, concentrado en apariencia en la voz del locutor de la radio.

Theo volvió a mirar a su madre y le sonrió.

—Os escribiré en cuanto pueda.

—Ten cuidado, hijo, ten mucho cuidado.

Theo besó a su madre, miró a su padre y a Adler, pero al no encontrar los ojos de ninguno de ellos se dio la vuelta y enfiló el pasillo, acompañado de la mujer. Salió de la casa desolado. Cuando empezó a bajar la escalera, oyó la voz de su hermano.

—Theo. —Adler se acercó hacia él. En su rostro se dibujó una cariñosa sonrisa—. Buena suerte.

Los dos hermanos se abrazaron. Theo miró hacia la puerta, en la que estaba su madre observando conmovida la escena, con la esperanza de que apareciera su padre.

—Es muy complicado para él, Theo —le dijo Adler consciente de que se iría sin el abrazo paterno—. El tiempo lo arreglará todo.

—Nos veremos pronto —añadió Theo agradecido a su hermano por su gesto—. Esto no puede durar mucho.

Empezó a bajar la escalera, mirando hacia arriba para ver la imagen de su hermano y de su madre, que le observaban desde la puerta con la preocupación grabada en sus rostros.

Victoria aparcó el Ford en el mismo sitio donde lo había hecho cuatro días antes con su Escarabajo. Descendió del coche y cruzó la avenida con paso apresurado. Esta vez el ascensor funcionaba. Subió hasta el octavo, se plantó delante de la puerta y pulsó el timbre. La espera fue corta. La puerta se abrió y apareció Hedy.

—Mamá..., ¿qué haces tú aquí?

—Tienes que venir conmigo, Hedy, tengo un coche abajo con el que podrás pasar la frontera... Theo...

Se calló al ver a su hermana aparecer detrás de Hedy. La miraba con tanta intensidad que Victoria creyó que el suelo perdía firmeza bajo sus pies.

—¡¿Cómo te atreves a presentarte aquí?! —rugió—. ¡Lárgate!

—Rebecca... —titubeó. Sabía que no habría otra oportunidad; si no conseguía sacar a su hija de la RDA, la perdería para siempre—. No podéis quedaros aquí, esto es muy serio...

Rebecca cogió del brazo a Hedy y la apartó. Se puso frente a su hermana, tensa, furiosa.

—¡Márchate, Victoria!

La puerta se cerró con tal portazo que Victoria se sobresaltó. No se movió, a la espera de que volviera a abrirse. Se pegó a la madera y la aporreó.

—Hedy, Hedy... Tienes que venir conmigo, Hedy... Aquí estás en peligro. —Victoria esperó alguna respuesta, muy atenta a los ruidos al otro lado, pero solo percibía un silencio sepulcral—. Hedy, hija, no me iré sin ti, ¿me oyes? Esta vez no me iré sin ti... Estaré esperando abajo, esperaré el tiempo que sea necesario, no te abandonaré... Esta vez no.

Se despegó de la puerta y la miró como si pretendiera escudriñar más allá de aquel muro de madera que las separaba, como un espejo del otro muro que levantaban a marchas forzadas ahí fuera.

—Te quiero, Hedy... Y a ti también, Rebecca. Os quiero con toda mi alma...

Se le quebró la voz. Se dio la vuelta y bajó hasta la calle. Se sentó en el coche y se dispuso a esperar con los ojos fijos en el portal.

Desde la ventana, Hedy la vio entrar en el coche. Se volvió hacia su tía.

—Tía Becca, ¿por qué la odias tanto? —La pregunta sonó a súplica—. No puedes seguir viviendo tan llena de rencor. No nos abandonó, no tuvo otro remedio, se marchó para protegernos, aunque su sacrificio no sirvió para nada, pero no es ella la culpable. Ella quiere verte, me lo ha pedido cada vez que nos hemos visto. ¿Qué es lo que te impide acercarte a ella?

Rebecca la miró un instante y luego desvió los ojos.

—Me da vergüenza...

—¿Por qué? —preguntó Hedy acercándose a ella y buscando sus ojos—. Es tu hermana —insistió con vehemencia, como si aquella sola palabra bastara para expulsar de la conciencia cualquier resquemor del pasado.

Rebecca acarició la piel suave de su sobrina. Cómo explicar los sentimientos tan contradictorios que se cernían sobre ella, esa culpa tan amarga que la asfixiaba. Cómo explicarle ese odio irracional que había mantenido en el tiempo hacia su hermana, la que le había protegido del desprecio de su padre y de la desidia de su madre, la que se había prostituido para conseguir las medicinas que la salvaron de la muerte, la que había trabajado hasta la extenuación para que ella comiera y tuviera un poco de jabón con el que lavarse, la que le había dado el único motivo real que había tenido para subsistir, su propia hija, quien le había enseñado el sentido del amor. Cómo explicar tanta ingratitud a quien tanto le había dado.

Encogió un poco los hombros cabizbaja. Su voz temblorosa pareció ahogarse en el peso de su conciencia.

—¿Sabes a lo que te arriesgas si te pillan?

—Tú me has enseñado que cuando crees en algo hay que arriesgarse. —Le cogió la mano cariñosa—. Tía, vente conmigo. Temo que mi huida te perjudique. He oído que la Stasi se dedica a atosigar a los familiares de los que se van, haciéndoles la vida imposible.

—No te preocupes por eso —trató de quitar hierro a un asunto espinoso—, Dieter se ocupará de mí.

Hedy miró hacia la ventana y Rebecca se levantó.

—Tienes que irte.

Hedy fue a su habitación y metió en su bolso el libro de Dostoievski. Cogió la vieja libreta, salió con ella en la mano y se la tendió.

—Quiero que me guardes esto. Para mí es importante que lo tengas tú.

Rebecca hojeó la libreta con los versos escritos de Anna Ajmátova. Leyó los primeros versos de «Réquiem».

Ningún cielo extranjero me protegía,
ninguna ala extraña escudaba mi rostro,
me erigí como testigo de un destino común,
superviviente de ese tiempo, de ese lugar.

Sonrió. Hedy se dio cuenta de que estaba temblando y se echó en sus brazos. Durante un rato no hicieron otra cosa que sentir aquel abrazo en el que se volcaron todos los sentimientos de amor y gratitud mutuos. Luego Rebecca la separó de ella y le cogió el rostro entre sus manos.

—Nunca olvides cuánto te he querido, cuánto te quiero y que siempre te querré, pase lo que pase, estés donde estés.

—Esto no puede durar mucho, tía, pronto volveremos a estar juntas.

Rebecca negó conteniendo las lágrimas que pugnaban por desbordar sus ojos.

—No, Hedy, esto no tiene vuelta atrás. Lo sé... Y dile a tu madre... —Se detuvo, desvió la mirada y tomó aire—. Si pudiera perdonarme...

Volvieron a abrazarse.

—Tía Becca, nunca olvidaré todo lo que has hecho por mí. Siempre estarás en mi corazón.

Asomada a la ventana, Rebecca vio a Hedy salir del portal y correr hacia el coche oscuro del que descendió Victoria al ver a su hija. Hedy subió al asiento del acompañante y, antes de ponerse al volante, Victoria miró hacia la ventana. Esta vez Rebecca no se apartó. Las dos hermanas se miraron unos largos segundos. Victoria sonrió y alzó la mano hacia ella. Rebecca no se movió, paralizada y conmovida. Cuando el coche aceleró por la avenida, rompió a llorar desconsolada.

—Mamá... —musitó Hedy mientras el coche avanzaba—, siento todo lo que ha ocurrido...

—Hedy —la interrumpió—, hija, hemos perdido demasiado tiempo como para andar con justificaciones que ya no sirven de nada. Te quiero, necesito tenerte a mi lado, disfrutar de tu compañía y darte todo el amor que tengo guardado para ti desde hace tanto tiempo.

Hedy la miró, le sonrió y se acercó a ella poniendo la cara en su hombro.

—Yo también te quiero, mamá, nunca he dejado de quererte.

Victoria sonrió, sintió que se le erizaba cada poro de la piel.

Theo las estaba esperando impaciente en el mismo sitio donde le había dejado Victoria y, al verle, Hedy salió del coche y se abrazó a él. Le explicaron que tendría que pasar el control fronterizo escondida en el interior del maletero.

—No podemos arriesgarnos a que nos pidan la documentación. Theo tiene el pasaporte de un amigo y la acreditación de corresponsal, pero tú no tienes nada.

La ayudaron a tenderse en el maletero. Su madre le acarició la cara.

—Cariño, todo va a salir bien, confía en mí.

Ella asintió y se acurrucó para que pudiera cerrar. Lo hizo muy despacio, y se pusieron en marcha.

—No deberíamos salir por el mismo sitio —sugirió Theo—. Hemos estado muy poco tiempo en este lado. Podrían sospechar y registrar el coche.

—Tienes razón. Iremos por Potsdamer Platz. Seguro que con todo este jaleo habrá mucha expectación en la parte occidental, eso obliga a los policías a ser muy cuidadosos con los ciudadanos del Oeste.

Victoria puso rumbo a Leipzigerstrasse, atravesó la desierta Leipziger Platz y desembocó en Potsdamer Platz. Estaba muy tensa y había empezado a sudar. Bajó la ventanilla para que le diera el aire. Por las calles la gente vagaba consternada, tratando de asimilar lo que estaba sucediendo, preguntándose qué iba a ocurrir a partir de aquel día.

Cuando llegaron a la gran plaza tuvieron dificultades para avanzar porque había mucha gente congregada observando entre el espanto y la desolación aquel despliegue de hombres uniformados y alambre de púas; en sus ojos, puestos en el Oeste, se reflejaba el estupor de lo impenetrable que se había hecho aquel puñado de metros que los separaban de amigos, seres queridos o ciudadanos como ellos que a su vez contemplaban desde el otro lado, aunque su preocupación era por los que se quedaban encerrados en su propio país.

Victoria se giró hacia Theo.

—¿Estás listo? —le preguntó con voz grave.

—Vamos —dijo él imprimiéndose un valor que se le diluía a cada respiración.

Avanzaron hasta llegar a la barrera humana y uniformada y allí se detuvieron. Dos de los policías miraron la matrícula y hablaron entre sí. Uno de ellos se acercó al lado de Victoria.

—Buenos días, ¿adónde van?

—A trabajar —contestó ella—. Soy periodista de la RIAS, y tengo que estar en la radio emitiendo lo que acabo de ver en... —miró su reloj de pulsera— veinte minutos. De lo contrario mi jefe se enfadará.

El policía se inclinó para mirar a Theo.

—¿Y él? ¿Qué es, su guardaespaldas?

—Actúa como tal —dijo volviéndose hacia Theo—. En realidad, es mi ayudante de redacción. Sin él no sé dar ni un paso.

—¿Qué le ha pasado en la cara?

—Se ha peleado con su novia —se impacientó Victoria.

—¿Me permite su documentación? —instó dirigiéndose a Theo.

—¿Algún problema? —preguntó ella.

—¿Tendría que haberlo? —replicó el policía con expresión desafiante.

Victoria se volvió hacia Theo, quien se llevó la mano a la chaqueta que le había prestado el director de la RIAS y extrajo el pasaporte del bolsillo. Ella notó que le temblaba la mano, le quitó el pasaporte y se lo tendió al agente por la ventanilla. El policía actuaba con movimientos lentos, sin dejar de mirarlos, con la clara intención de ponerlos nerviosos. Y lo estaba consiguiendo.

Abrió el pasaporte del amigo de Theo, pero en ese momento algo desvió su atención y la de todos los que tenía delante obstaculizándoles el paso. Se oyeron gritos y hubo un gran tumulto. Un chico había intentado traspasar la muralla de alambre de espinos por uno de los huecos aún abiertos, pero lo habían interceptado.

El agente devolvió el pasaporte a Victoria, hizo una señal a los que cerraban el paso para que abrieran.

—Circulen —ordenó—. Deprisa.

Ella pisó el acelerador y a punto estuvo de que se le calara el coche. Avanzaron con la respiración contenida. De reojo vieron al muchacho que había intentado la huida, lo llevaban sujeto entre dos policías, en su rostro se percibía la frustración, la desesperación y la ansiedad por lo que le esperaba. Cruzaron el hueco abierto en aquella barrera humana y, solo cuando al verse en el otro lado, rodeado de ciudadanos occidentales, ella frenó, soltó el aire retenido y miró a Theo. Estaba pálido.

—Lo hemos conseguido... —murmuró.

Victoria corrió a abrir el maletero. Vio el rostro asustado de su hija, acurrucada.

—Ya está, Hedy —dijo emocionada—. Ha pasado el peligro...

Los que estaban a su alrededor se dieron cuenta de que había sido una huida y, mientras Hedy salía del maletero como una diosa de su concha, la multitud los ovacionó con aplausos y muestras de alegría. Madre e hija se abrazaron.

Theo se encontraba a un lado, el cuerpo apoyado en el Ford, la mirada perdida, absorto en lo que había sucedido, agotado y a la vez sorprendido porque lo habían logrado, y jaleado por la multitud, que aplaudía su proeza en busca de la libertad.

—Gracias por ayudarnos, Theo —dijo Victoria con Hedy a su lado.

Hedy se soltó de su madre y le dio un beso al joven. Mantuvo el rostro muy cerca del suyo, le sonrió y le dio las gracias.

CAPÍTULO 7

Berlín, Navidad de 1964

La gente se apretujaba con el ansia de llegar al puesto fronterizo. Corría una brisa gélida y, desde hacía un rato, la nieve calaba la lana de los abrigos, suspendidos sus copos en los gorros, bufandas y mantos que cubrían cabezas y cuellos. Hedy agarraba a su madre del brazo, ansiosas por cruzar la frontera. Para ellas era la primera vez. La Navidad anterior les habían denegado el permiso de paso porque su familiar, Rebecca, aún cumplía condena por colaborar en la huida de ciudadanos de la RDA. Había sido en ese momento cuando supieron de su situación. La idea de que Rebecca se hubiera pasado casi dos años en la cárcel por su causa resultó muy dura para Hedy, también para Victoria, impactada por la noticia. Hedy se preguntaba cómo estaría, cómo la recibiría, si estaría esperándola y si le guardaba rencor por haberse marchado poniéndola a los pies de los caballos. En su escueta carta en la que anunciaba su visita, no le había dicho que la acompañaría su madre, lo que añadía más incertidumbre a su reacción, si es que aparecía.

Theo las acompañaba; Hedy y él iban a casarse en primavera. Theo había podido reunirse con su padre y su hermano Adler en la Navidad del año anterior, gracias al primer convenio entre las dos Alemanias, que permitió, por primera vez desde el cierre definitivo de las fronteras, el paso de los berlineses del Oeste a la RDA, aunque tan solo por unas horas y únicamente durante el periodo navideño. Aquel encuentro de Theo con su familia resultó muy triste y doloroso. Su madre había muerto de un derrame cerebral a los tres meses de la marcha de Theo. Se enteró de la luctuosa noticia a través de un frío y escueto telegrama. No pudo asistir al entierro, y la amargura de la muerte se mezcló con el sentimiento de culpa por no haber estado a su lado; ni siquiera pudo enviarle flores.

La gruesa fila avanzaba con una desesperante lentitud. Victoria tenía los pies helados y sentía el nerviosismo de su hija. Hedy sujetaba en su mano un pequeño tocadiscos portátil con varios discos de vinilo. Había decidido llevarlo en el último momento; creyó que un poco de buena música serviría para calmar los ánimos. Theo, con la cara enrojecida del frío, portaba dos mochilas bien cargadas, una con cosas para su padre y su hermano y la otra para Rebecca. Habían pasado por el puesto de Oberbaumbrücke porque la estación de Friedrichstrasse se encontraba desbordada desde la madrugada. Después de tres horas de espera, una vez rebasados los controles, cruzaron la barrera fronteriza y se encontraron, por fin, en Berlín Este.

Aturdidos por el gentío, buscaron entre aquella multitud alguna cara conocida. Enseguida vieron a Adler, que les hacía señas y se acercaba hacia ellos. Hedy le encontró cambiado, más adulto, más serio; trabajaba en una empresa como ingeniero y pensaba casarse con su novia, una chica que había conocido en la universidad. Se abrazó a su hermano, y a Hedy y a su madre les dedicó unas palabras afables.

Las dos mujeres se despidieron de Theo y Adler. Pasarían el día cada uno con los suyos y se reunirían en aquel mismo punto a las once de la noche. El salvoconducto solo les permitía la estancia hasta la medianoche.

Hedy y Victoria se quedaron solas en medio de los abrazos de los que se reunían, las voces de afecto y las lágrimas emocionadas de los reencuentros tanto tiempo deseados. Hedy la había avisado de que llegarían ese día temprano, sin concretar la hora, así que no sabía si acudiría a buscarlas o no.

—¿Y si no viene? —preguntó Victoria sin ocultar su inquietud.

—Lo hará —sentenció Hedy tratando de convencerse a sí misma de sus propias dudas—. Vendrá, estoy segura.

Durante un buen rato estuvieron escrutando con avidez, tratando de encontrar a Rebecca. De pronto, Hedy agarró la mano de su madre.

—Ahí está —dijo con los ojos clavados en el rostro de una mujer menuda que se acercaba hacia ella haciendo gestos con los brazos para llamar su atención.

—Tía Becca... —murmuró. Se fue hacia ella—. Tía... Mi tía querida.

Las dos mujeres se abrazaron. Durante un buen rato estuvieron así, fundidas en un mar de emociones, de llantos conmocionados en una mezcla de alegría y amargura, sintiendo el contacto la una de la otra.

Rebecca fue la primera que se desprendió del abrazo, la agarró de los hombros y la miró de arriba abajo.

—Estás más delgada... —balbució entre lágrimas—, pero estás... —le acariciaba las mejillas, volvía a mirarla y regresaba a sus ojos risueños—, estás preciosa, mi niña, mi pequeña Hedy, qué alegría me da volver a verte.

Hedy se sentía feliz. Rebecca seguía igual de flaca bajo un montón de capas de lana, pero se había teñido el pelo para cubrir las canas, un detalle que le sorprendió teniendo en cuenta que no recordaba a su tía pendiente de su aspecto. Pero además descubrió en sus ojos un brillo distinto, una expresión de serenidad que la tranquilizó.

—¿Cómo estás tú? —preguntó Hedy secándose el llanto con la mano.

—No me quejo —respondió con una afable conformidad—. Seguimos vivos, que ya es mucho —sonrió agarrándola de las manos sin dejar de admirarla—. Mi niña querida, no imaginas cuánto te he echado de menos... Vamos a casa. He preparado tu comida preferida...

Victoria se había quedado a un lado, junto a la mochila y el tocadiscos, respetando el entrañable encuentro. Hedy se volvió hacia ella y fue entonces cuando Rebecca la descubrió. Victoria dio un paso hacia ellas, prudente, con el temor al rechazo.

—Hola, Rebecca —dijo con voz suave, dedicándole una sonrisa—. ¿Cómo estás?

Su hermana la observó durante un rato.

—Hola, Victoria... —le susurró sin expresión en su rostro. Luego, esquivó la mirada y buscó la de Hedy, sonriendo nerviosa, avergonzada al no saber qué hacer o qué decir—. Vamos, tengo el coche aparcado un poco más adelante.

Hedy cogió la pesada mochila y su madre el tocadiscos. Echaron a andar. Rebecca agarrada al brazo de Hedy; Victoria las seguía. Mientras hablaban, la joven se volvió hacia su madre, quien le hizo un gesto de que estuviera tranquila.

—¿Desde cuándo sabes conducir? —preguntó al llegar junto a un viejo Trabant de color crema lleno de abolladuras y raspones.

—Desde hace unos meses, y no lo hago mal. Es pequeño y suena como una carraca, pero para mí es suficiente; me lleva y me trae a todos los sitios.

Victoria apenas pudo encajarse en el asiento de atrás. Rebecca se puso al volante, aceleró y el coche trompicó, deteniéndose en seco, lo que les provocó un brusco zarandeo.

—Lo siento, todavía no le he cogido el tranquillo a esto del embrague.

Avanzaron, pero no hacia la Stalinallee, renombrada tres años atrás como Karl-Marx-Allee.

—Desde que salí de la cárcel vivo con Dieter —aclaró tras la pregunta de Hedy.

Llegaron al distrito de Mitte, cerca del hospital La Charité. Era una calle tranquila, sin tráfico. Tuvieron que subir tres pisos. Rebecca abrió la puerta y las invitó a pasar. Nada más entrar, Victoria se estremeció al percibir un aroma familiar a manzana horneada, a canela, un olor de añoranza y gratos recuerdos de un pasado muy lejano. Entraron en un apartamento diminuto aunque muy acogedor: una habitación, un cuarto de estar, una cocina minúscula y un minúsculo cuarto de baño; los muebles imprescindibles y sencillos, pero todo estaba limpio y ordenado, y con ese aroma que evocaba la calidez del hogar. Dieter no estaba, había ido a visitar a su familia y volvería por la tarde.

—Es un buen hombre. —A pesar de la presencia de Victoria, Rebecca tan solo se dirigía a Hedy—. Cuando estaba en la cárcel pensé que no le volvería a ver... —Se detuvo unos segundos y ladeó la cabeza con una expresión afable—. Pero el día que salí, allí estaba, esperándome con una sonrisa y un precioso ramo de flores. Me trajo a su casa y aquí estamos...

—Me alegro tanto por ti... —dijo Hedy sonriente.

—Ponte cómoda —le indicó a su sobrina mientras se quitaba el abrigo.

Hedy se despojó del suyo y al ir a dejarlo, se fijó en una especie de pequeño altar sagrado que había en una estantería, formado por un marco con su foto y, al lado, la vieja libreta con los versos de la Ajmátova que Hedy había recogido durante su estancia en Rusia. Rebecca se dio cuenta y se situó a su lado.

—Fue lo único que pude salvar —le dijo tomando la foto y acariciando la imagen—. Cuando me detuvieron perdí lo poco que nos quedaba; justo antes de que vinieran a por mí se lo entregué a Dieter. —Dejó la foto en su sitio—. Él lo guardó para mí.

Hedy se fue hacia su bolso.

—Tengo algo para ti. —Hurgó en el interior hasta que sacó un paquete. Habló con voz muy dulce—: Sorokina..., nuestra Sorokina abandonó Rusia hace un año, ahora vive en Inglaterra y da clases en la Universidad de Oxford. Me envió esto para ti. —Se lo tendió—. Tiene una dedicatoria.

Rebecca cogió el paquete envuelto en un precioso papel de regalo. Lo abrió despacio y sonrió al ver el título del libro y el nombre de la autora.

—*Réquiem. Poema sin héroe*—susurró emocionada—. Aquí no hay forma de encontrar su obra. —Lo abrió y en la primera hoja vio unas líneas escritas en alemán—. «Mi querida amiga Rebecca, cada vez que leas estos versos de nuestra admirada Ajmátova, piensa en lo que vivimos juntas, en el dolor y la miseria que juntas superamos y en el milagro que nos unió para siempre en una amistad imperecedera. Un abrazo entrañable desde lo más profundo de mi corazón». —Alzó los ojos y miró a Hedy con una sonrisa enternecida—. ¿Cómo está?

—Está muy bien. Nos escribimos a menudo, y en el verano seguramente iremos a visitarla.

—Vaya, qué bien. —Rebecca hablaba comedida, los ojos puestos en aquel poemario que tantas veces había recitado Sorokina, a la que debía tanto—. Me alegro por ella.

Rebecca le acarició la mejilla con un ademán tímido. Se llevó el libro al pecho y sonrió. Luego la invitó a que se sentase.

—He preparado un té —dijo mientras salía de la estancia.

Rebecca seguía ignorando a Victoria. Hedy empezaba a estar molesta por aquella insistente actitud hacia su madre; no la había rechazado, pero tampoco hacía nada por hacerla sentir cómoda en el que era su terreno. Cogió el tocadiscos, abrió la tapa, lo enchufó, sacó un disco y lo colocó en el giradiscos. La voz melodiosa de Ella Fitzgerald con su interpretación de *How High the Moon* dulcificó el ambiente. Se sentó junto a su madre.

—Estoy bien, no te preocupes —le murmuró Victoria. Hizo un gesto hacia la puerta—. Necesita su tiempo.

Hedy asintió, agarró la mano de su madre y sonrió agradecida.

Cuando Rebecca entró con una bandeja, la joven se levantó para ayudarla.

—¿Te han dejado pasar con ese aparato? —se sorprendió.

—No han puesto ninguna pega. Éramos tantos que apenas les daba tiempo de revisar los visados.

Victoria observaba conmovida el contenido de la bandeja. Aparte de tres tazas, la tetera y unos platos, también había una *apfelkuchen* horneada, cuyo aroma impregnaba el aire.

—Has hecho la tarta... —musitó impresionada.

Rebecca cortó un trozo del pastel, lo puso en uno de los platos y se lo tendió.

—Espero que me haya salido bien —habló sin apenas mirarla, como si temiera enfrentarse a ella—. Hacía años que no la cocinaba.

—Seguro que está exquisita —sonrió Victoria—. Siempre has tenido muy buena mano para estas cosas. Gracias, Rebecca.

Solo entonces, su hermana pequeña la miró unos segundos y le sonrió por primera vez. Continuó sirviendo el té, al tiempo que hablaba de Dieter con una sonrisa apacible.

—La vida a su lado es tranquila y placentera, me divierto con él, es bueno conmigo, me cuida... —Encogió los hombros tímida—. Me quiere mucho; estamos arreglando los papeles para casarnos... Es viudo, perdió a su esposa y a su única hija en la guerra. —Calló unos segundos antes de continuar—. Dieter me está enseñando otra forma de ver la vida. —Al decir estas palabras, miró de reojo a su hermana, para de inmediato volver su atención al chorro de la tetera inclinada sobre la taza.

Terminó de servir y se sentó. Fue entonces cuando Rebecca se fijó en la mochila que estaba en el suelo.

—¿Eso lo habéis traído para mí? —preguntó con expresión ilusionada.

Victoria se levantó, colocó la pesada bolsa en una de las sillas y la abrió.

—No sabíamos qué necesitabas, y te hemos traído un poco de todo.

Empezó a sacar lo que había en el interior y a dejarlo sobre la mesa: conservas de toda clase, chocolate y otros dulces, paquetes de chicles, media docena de latas de Coca-Cola, cajetillas de Chesterfield, gel de baño, jabón perfumado, calcetines de lana, medias de nailon, ropa interior, revistas. Rebecca contemplaba aquel despliegue entre el regocijo y el asombro. En una de las veces que Victoria dejaba unas latas en la mesa, Rebecca le asió la mano. La escena pareció congelarse. Las tres mujeres quietas, sin mirarse, las manos de las dos hermanas juntas.

—¿Te das cuenta, Victoria? —dijo Rebecca con los ojos fijos en ese punto de contacto físico con su hermana—. Hace veinte años también estábamos las tres solas, en una casa parecida a esta, y tú sacabas las cosas que conseguías fuera... —Solo entonces la miró—. Nos salvaste del hambre tantas veces...

Victoria envolvió con sus dos manos la de su hermana.

—Fueron tiempos muy duros, pero salimos adelante. Y aquí estamos, a pesar de todo lo que hemos padecido... A pesar de las ausencias, de las penas, de las culpas y recelos, estamos aquí... Las tres, juntas otra vez.

—Si no me hubiera dejado arrastrar por ese hombre, si no le hubiera hecho caso y me hubiera quedado a tu lado, tal vez... —Rebecca miró a Hedy—, tal vez nuestras vidas habrían sido muy distintas, tal vez no habríamos sufrido tanto, ni soportado tanta miseria, tanta hambre, tanto frío... Tal vez...

La muchacha la interrumpió con voz dulce.

—Tía Becca, nuestra vida ha sido la que tuvo que ser. A tu lado he aprendido a ser fuerte, valiente, tenaz. Me has demostrado el valor ilimitado que tiene amar y ser amado.

—Han pasado demasiadas cosas —Rebecca susurraba las

palabras con los ojos puestos en el vacío—, demasiados malentendidos, demasiadas decisiones equivocadas, tantas conversaciones pendientes...

—Podemos recuperar el tiempo perdido —le cortó Victoria—, yo estoy dispuesta a intentarlo si tú me dejas. —Abrazó con más ahínco la mano de su hermana con las suyas—. Rebecca, nunca es demasiado tarde si ponemos voluntad.

Con la otra mano, Rebecca rodeó a su vez las de su hermana. Hedy se unió a ese abrazo. Entrelazadas las manos, sintieron el perdón dado y recibido de cada una de ellas.

—¿Crees eso de verdad? —preguntó conmovida.

Los ojos de Victoria se tiñeron de un entrañable afecto. Asintió.

En ese momento, el disco acabó. Hedy se levantó y buscó entre los vinilos que había llevado. Eligió otro de Ella Fitzgerald; cuando la aguja se posó sobre sus surcos, la voz de la reina del jazz interpretando *Pick Yourself Up* invadió el ambiente y el ritmo de la música, y las risas echaron abajo los muros que durante años las habían separado.

NOTA DE LA AUTORA

La literatura, para mí, constituye una forma de explicar el mundo, de plasmar esa intrahistoria que nos muestra lo cotidiano, lo privado de cada sociedad en la que nos podemos ver reflejados. La envidia, el resentimiento, el perdón, la redención, el arrepentimiento, el altruismo o el egoísmo son virtudes y defectos que honran y lastran a la humanidad desde tiempos ancestrales. Las novelas, a través de la «certeza» de la ficción, nos pueden dar medida de cómo se gestionan los sentimientos de acuerdo con los acontecimientos de la época en que nos toca vivir, con sus leyes, sus costumbres y sus principios morales, que se trasforman y cambian con el devenir de los tiempos, unas veces para bien y otras para mal.

El Berlín del siglo XX tiene tantas posibilidades de novela como personas lo habitaron. Es una ciudad llena de historias tremendas, fascinantes y, sin duda, dignas de ser contadas. Una vez terminada la Segunda Guerra Mundial, cuando se silenciaron los cañones, los incendios se extinguieron y desapareció el miedo al enemigo de uniforme, los berlineses que habían sobrevivido al horror de las batallas de los últimos meses subsistían entre escombros, miseria y hambre. En la ciudad de Berlín se emuló la división de Alemania en cuatro sectores, que fueron ocupados por cada uno de los países que habían ganado la guerra. Estos, cada uno en su zona, se hicieron dueños no solo del territorio, sino de la vida de los alemanes, mostrando hacia ellos una arrogancia y un desprecio que ahondaban aún más en la herida de la derrota.

En esta historia he tratado de mostrar aquellos durísimos primeros años de posguerra desde el punto de vista de los civiles alemanes: mujeres exhaustas en constante lucha por sacar adelante a los suyos, hombres derrotados y humillados, y niños que no habían conocido más mundo que la escasez y la violencia. Eran los vencidos, señalados como los culpables de todos los males derivados de la brutalidad de la guerra.

Se ha escrito mucho sobre la deriva que Alemania tomó a partir de los años treinta, de la barbarie del nazismo y sus consecuencias; también del estalinismo y la crueldad de aquel sistema. Pero la semilla del odio también se encontraba en lo que se consideraba la cuna de la libertad y de los derechos. En el *Deep South* de Estados Unidos se aplicaban las leyes de segregación racial, las llamadas leyes Jim Crow. Me resultó paradójico que este nombre procediera de una caricaturización realizada, en los años treinta del siglo XIX, por un actor blanco que se tiznaba la cara de negro en su *Minstrel Show,* espectáculos racistas cuya finalidad era mofarse de los afroamericanos.

Los estados del sur defendían el mantenimiento de la esclavitud como forma de vida, pero los del norte, liderados por Abraham Lincoln, pretendieron abolir este bárbaro sistema de trabajo, lo que llevó a una guerra civil que se inició en 1861 entre los confederados del sur y los unionistas del norte. La Guerra de Secesión finalizó en 1865. En los años siguientes se aprobaron las Enmiendas 13, 14 y 15, que abolían la esclavitud, otorgaban la ciudadanía a todas las personas nacidas o naturalizadas en Estados Unidos y protegían el derecho al voto de los hombres afroamericanos.

Sin embargo, los confederados no estaban dispuestos a aceptar la convivencia en igualdad de condiciones con los negros. A partir de 1880 muchos estados sureños comenzaron a implementar una serie de leyes que promovían la segregación racial y la discriminación contra los afroamericanos en lugares públicos como transportes, escuelas o baños según la doctrina perversa: «separados pero iguales». Desde ese momento y hasta bien entrado el siglo XX, la segregación se institucionalizó en muchos aspectos de la vida pública y privada; los negros por su lado y los blancos por el suyo, sin mezclarse. Los niños negros fueron escolarizados, pero en colegios solo para negros; en los autobuses públicos, los negros debían ocupar siempre la parte trasera; había baños separados para negros y blancos, igual que las fuentes; las entradas a cines, teatros, restaurantes y otros lugares públicos eran diferentes..., cualquier elemento que pudiera llegar a compartirse se señalizaba con claridad «solo para negros» o «solo para blancos».

Estas leyes llegaban a rozar lo absurdo, tal y como ocurrió con el atleta norteamericano Jesse Owens, ganador de cuatro medallas de oro en las Olimpiadas de Berlín de 1936, ante la estupefacción de Hitler. A su regreso a Estados Unidos se le preparó una fiesta homenaje en el hotel Waldorf Astoria, pero cuando el atleta olímpico llegó a la puerta principal se le negó el paso porque era negro, de manera que tuvo que entrar por el acceso habilitado para los de su raza y llegar al salón en el montacargas. A Owens nunca le llegó a felicitar el presidente Roosevelt porque, en ese momento, su prioridad era conseguir los votos de la población blanca de los estados del sur, sumamente racista. Paradójicamente, Owens había podido viajar por Alemania sin necesidad de ocupar asientos para negros y alojarse en los mismos hoteles que los atletas blancos.

Al rebufo de estas leyes ridículas e injustas, surgió el llamado Ku Klux Klan, una organización racista y violenta cuya misión era mantener y proteger la supremacía blanca, intimidando y atacando a los afroamericanos. También arremetían contra los republicanos del norte y los blancos que apoyaban la igualdad racial. Durante su auge inicial, en las primeras décadas del siglo xx, llevaron a cabo actos de violencia, como linchamientos, quema de cruces y ataques a las comunidades negras, sin que la brutalidad de sus actos tuviera apenas consecuencias.

Existen muchas similitudes entre las leyes Jim Crow y las leyes de Núremberg (las leyes nazis antisemitas dictadas en 1935). De hecho, los nazis tomaron costumbres y prácticas racistas de EE. UU. y las adaptaron a sus propias necesidades. En ambos casos se defendía la supremacía de la raza, blanca o aria, respecto de otras que se consideraban inferiores, los negros o los judíos.

Hay un ejemplo espeluznante de esta conexión entre la ideología nazi y algunas prácticas discriminatorias en Estados Unidos. En la ciudad de Tuskegee, en el estado de Alabama, se llevó a cabo un experimento sobre la evolución de la sífilis, iniciado en 1932 y que se alargó cuatro décadas. El propósito original era observar el avance natural de la enfermedad en hombres afroamericanos sin tratamiento. Aproximadamente seiscientos hombres afroamericanos pobres (es necesario recalcar este detalle) participaron en el estudio. La mayoría estaban infectados de sífilis, pero nunca fueron informados de que tenían la enfermedad ni tampoco se les dijo que participarían en un experimento médico. Se les prometió una cura para la «mala sangre», pero los investigadores nunca tuvieron la intención de tratarlos eficazmente. Prefirieron seguir observando cómo la enfermedad evolucionaba en sus cuerpos mientras sufrían dolor y limitaciones físicas y mentales.

Muchos de los hombres murieron a causa de la sífilis o de complicaciones derivadas de la enfermedad. Además, varios de ellos transmitieron la enfermedad a sus esposas, y algunos de sus hijos nacieron con sífilis congénita.

Otra de las grandes tachas en el estado de derecho de Estados Unidos fue el mayor caso de vigilancia masiva en la historia de ese país, que con el tiempo adquiriría el nombre de macartismo, por el senador Joseph McCarthy, quien abanderó la persecución de supuestos comunistas infiltrados en diversos ámbitos de la sociedad americana.

Una vez finalizada la Segunda Guerra Mundial y derrotado el peligro del nazismo, se inició la carrera armamentística y la lucha hegemónica entre Estados Unidos y la Unión Soviética. Con la excusa de salvaguardar la seguridad del país, se desató una delirante persecución anticomunista liderada, siempre en la sombra, por el director del FBI, J. Edgar Hoover, quien empleó una ingente cantidad de recursos de la agencia para vigilar, identificar, perseguir y eliminar a supuestos comunistas.

El senador McCarthy era un hombre mediocre con ansias de notoriedad a quien Hoover utilizó y manipuló hábilmente para sus propósitos. No obstante, gran parte del público americano legitimó y aplaudió sus métodos sin tener en cuenta que las «víctimas» señaladas por la Comisión de Actividades Anticomunistas caían en una suerte fatal, presionados y coaccionados para que proporcionaran otros nombres a los que perseguir, tejiendo una tela de araña que se podía extender hasta el infinito. Cualquiera que hubiera tenido algún tipo de contacto con sindicatos o comunistas, aunque hubieran pasado años y hubiera sido pura coincidencia, podía verse atrapado en la red. Las consecuencias para los afectados fueron diversas y todas nefastas: la pérdida del trabajo, perjuicio para la familia, la exclusión social, incluso la cárcel.

Un caso muy significativo de esta psicosis anticomunista fue el del matrimonio Rosenberg, acusados de espionaje a favor de la Unión Soviética, condenados a muerte y ejecutados en la silla eléctrica. Julius y Ethel Rosenberg nacieron en Nueva York y eran comunistas convencidos. El hermano de Ethel, David Greenglass, trabajaba como mecánico en Los Álamos, donde se desarrollaba el Proyecto Manhattan de la bomba atómica. A cambio de dinero, Greenglass pasó información a los rusos. Fue detenido junto con su esposa y no dudó en denunciar a su cuñado y a su hermana a cambio de mejorar su situación. Esta mejora resultó evidente ya que David solo cumplió quince años, mientras su esposa quedaba libre; los Rosenberg fueron ejecutados con pruebas muy débiles y algo amañadas, sin haber admitido ninguno de los cargos contra ellos. Con su muerte, quisieron dejar claro que fueron las primeras víctimas del fascismo norteamericano. El paso del tiempo y la desclasificación de los documentos del proceso han demostrado que Julius Rosenberg había pasado a los rusos información industrial, no atómica, lo que podría suponer una pena de cárcel de algunos años, y que Ethel no había tenido ninguna implicación en aquel asunto.

El macartismo tuvo un grave impacto en la libertad de expresión del país. Muchos medios de comunicación aprovecharon el clima de delirio anticomunista creado a raíz de la Guerra Fría y, con el único fin de aumentar ventas y audiencias, dieron crédito a las acusaciones y listas negras promovidas por McCarthy y sus acólitos. Sin embargo, también hubo medios de comunicación y periodistas que se enfrentaron al *stablishment* y cuestionaron las tácticas y afirmaciones del senador de Wisconsin. En su programa *See It Now*, emitido por la CBS, Edward R. Murrow se hizo eco de la acusación contra un teniente de las Fuerzas Aéreas, Milo John Radulovich, considerado un peligro para la seguridad por su relación continuada con su padre y su hermana, supuestos simpatizantes del partido comunista. Se le exigía denunciarlos, de lo contrario, sería expulsado del ejército. La falta de consistencia de la acusación llamó la atención al equipo de Murrow. Desde que el programa emitió la noticia por primera vez, y a lo largo de varios meses, Murrow hizo una crítica incisiva de los métodos de McCarthy, mostrando los peligros derivados de su particular caza de brujas. La intervención de Murrow y su equipo, con el respaldo de la CBS, supuso un punto de inflexión en la opinión pública para el descrédito del senador y, con su declive casi inmediato, se inició también el declive de la caza sin cuartel al comunista.

Tengo que aclarar que esta no es una novela histórica, porque ni estos ni otros acontecimientos o personajes históricos que aparecen en ella son sus elementos centrales o fundamentales. En esta novela se tratan los sentimientos universales del ser humano.

Siempre he pensado que la finalidad principal de escribir es entender, comprender y analizar cómo afronta la vida gente corriente como yo o cualquiera de mi entorno, en una época distinta a la que vivo, con otras leyes, códigos morales diferentes y hábitos sociales que nada tienen que ver con los que me enfrento a diario... O tal vez sí... Tal vez tengamos demasiadas cosas en común con un pasado que creemos superado, liberados de los males de un tiempo en el que la barbarie, la injusticia y la infamia campaban sin apenas trabas. El conocimiento del pasado permite una mirada comprensiva hacia la realidad presente. La ficción literaria puede convertirse en un instrumento extraordinario para entender esa realidad, la presente y la pasada, y estar mejor preparados para afrontar la que nos viene, el futuro.

AGRADECIMIENTOS

Al terminar cada novela siento la necesidad de mostrar mi agradecimiento a todos y cada uno de los autores a cuyas obras acudí para comprender la mentalidad de la época en la que me he movido con mis personajes. Gracias a su trabajo, a sus novelas, ensayos o artículos, pude enriquecer mi mente con la intrahistoria contenida en sus páginas.

En el proceso de documentación, películas, series y documentales resultan asimismo imprescindibles, y para esto he contado siempre con la ayuda incondicional de Víctor Arribas; gracias de corazón por su paciencia y sus acertados consejos de experto cinéfilo.

También quiero mostrar mi gratitud a los que, de una forma u otra, me acompañan en este, a veces tortuoso, proceso de creación; su comprensión, su paciencia y su apoyo son fundamentales para seguir adelante. Ellos saben quiénes son...

Siempre agradecida a Rosa María Pérez, mi «Hada de los libros». Cada envío recibido de su mano lo celebro como un regalo.

A diario le doy gracias a la vida por muchas cosas, pero sobre todo le agradezco que haya puesto en mi camino a Manolo, el amor de mi vida, de quien me llegaron mis dos hijos, Manuel y Javier, y mis tres nietos, Manuel, Lorenzo y Sofía; todos ellos se han convertido en el motor de mi existencia.